Warnung

Dieses Buch enthält explizite Folter- und Gewaltdarstellungen und thematisiert sexuelle Gewalt gegen Frauen und deren Folgen, sowie die Themen Tod und Unterdrückung von Minderheiten und psychische Erkrankungen, nämlich posttraumatische Belastungsstörungen, Angststörungen und selbstverletzendes Verhalten.

Über die Autorin

Lea Diamandis, Jahrgang 1996, wurde im kleinen Holzwickede geboren und lebt heute in Düsseldorf. Ihre Liebe zur Literatur entwickelte sie schon im Kindesalter, am liebsten erschafft sie fantastische Welten, in die sie eintauchen kann. Gleichzeitig möchte sie starke Protagonistinnen schaffen, die ihr in ihrer Jugend fehlten und als Teil der LGBTQ+-Community die Buchwelt bunter machen. Neben dem Schreiben sind Fotografie und Mode Formen, ihre Kreativität auszuleben, und wenn sie abschalten muss, ist sie beim Joggen in der Natur, auf dem Pferderücken oder auf Konzerten zu finden

LEA DIAMANDIS

EIN JUWEL IN DEN TRÜMMERN

CHRONIK DER GEFALLENEN
JAHRESZEITENKÖNIGREICHE

WREADERS TASCHENBUCH
Band 106

Dieser Titel ist auch als E-Book erschienen

Vollständige Taschenbuchausgabe
Deutsche Erstausgabe

Copyright © 2021 by Wreaders Verlag, Sassenberg
Verlagsleitung: Lena Weinert
Druck: BoD – Books on Demand, Norderstedt
Umschlaggestaltung: Jasmin Kreilmann
Lektorat: Anna Mackner, Nina Elisabeth Christ
Satz: Leoni Triltsch

www.wreaders.de

ISBN: 978-3-96733-207-0

Für meine Mutter.
Diese Geschichte erzählt von Frauen, die ihre Stärke finden und lernen, sie
zu nutzen und selbst die Kontrolle über ihr Leben in die Hand zu nehmen –
du bist eine dieser Frauen gewesen.

Zuria
Nivret
Alaria
Frostebene
Winione
Winter Königreich
Salirem
Sienna
Orell
Riewa
Zatra
Frühlings Königreich
Herbst Königreich
Lobelien See
Oria
Meah
Cyrene
Felione
Feuerebene
Sheva
Amarath
Ierava
Sturm Wüste
Terris
Sommer Königreich
Mauer
Lager

WREADERS

PROLOG

Meine Albträume haben zwei Gesichter.

Ich stehe vor dem Porträt einer Frau mit roten Locken, goldenen Augen und einer rubinbesetzten Krone. Ein Blick darauf gleicht einem Blick in einen Spiegel. Ich bin nach dem Ebenbild der Frau geformt. Letztendlich war es ihr Untergang, mir mein Leben zu schenken. Zuerst verbrennt ihr Gesicht zu einem klaffend weißen Loch, das Haar fängt im Feuerrot unkenntliche Flammen, die an der goldenen Haut lecken, bis die Rubine wie Blutstropfen auf mich hinab regnen. Ich wurde als Mörderin geboren.

Mein zweiter Albtraum ist die Strafe. Zuerst schauen mich Augen aus zerbrochenem Glas an, dann werde ich vom Inneren der Hütte verschluckt, auf der Suche nach meiner Todesfalle, die ich als Fremdkörper am Absatz der Kellertreppe finde. Ich stolpere und kann nicht fliegen, weil ich kein Vogel bin, sondern ein sechsjähriges Mädchen, das von seinem Bruder ins Verderben geschickt wurde, damit die Verantwortliche für den Tod seiner Mutter bestraft wird. Ich falle, bis keine Treppenstufe mehr da ist, in den von nichts als Schatten bewohnten Schlund. Splittern hallt wie ein Glockenschlag durch das seelenlose Haus, um meinen Tod offiziell zu verkünden. Gerechtigkeit bekommt mein Bruder genauso wenig wie ich den erlösenden Tod, denn eine aus weißem Licht geschaffene Gestalt bringt mich aus der Dunkelheit zurück.

Meine Erinnerungen haben ein Gesicht, das jede Maske in Asche verwandelt, wenn man es dahinter zu verstecken versucht. Denn im Schachspiel, welches im Sonnenpalast seit Jahrhunderten gespielt wird, bin ich ein Bauer, welcher einen Schritt gehen darf und vom König geschlagen wird.

EINS - EWIGE NACHT

Glasige Augen. Leerer Blick. Finger zum Gebet gefaltet, das stumm bleibt. Ein Serum vernebelt der Frau die Sinne, sonst wären wir alle tot. Sie zittert am ganzen Leib, das Serum lässt den Körper weiterhin Schmerz fühlen. Vater hat uns das erklärt. Schließlich müssen Magier hart bestraft werden. Was diese Frau und ihr Sohn, der reglos in einer Blutlache zu ihren Füßen liegt, verbrochen haben, weiß ich nicht. Sie sind Magier, und Magier sind gefährlich, diese Informationen müssen reichen, um Folter zu rechtfertigen.

Im Kellerraum herrscht ewige Nacht, während draußen roter Tag ist. Einzelne Kerzen zeichnen Schatten an die Wände, um zu überwachen, wie gründlich wir vorgehen. Wände so dick, dass kein Hilfeschrei nach außen dringen kann. Die Dunkelheit soll ein Gefängnis für Magier sein, dennoch legen sich die Schatten um meine Glieder wie schwarze Fesseln.

Soleils Blick ist glasig wie der unserer Gefangenen. Tränen trüben das sonst strahlende Gold der Augen meiner Schwester. Ihr Körper bebt, als sie die Hand nach der Frau ausstreckt, nur um sie daraufhin kopfschüttelnd sinken zu lassen. Tonlos bewegen sich ihre Lippen. Das erdbeerblonde Haar klebt am schweißnassen Gesicht.

»Worauf wartest du?« Julius' Stimme klingt wie herannahender Donner, der an Lautstärke gewinnt.

Soleil wischt sich die Tränen aus dem Gesicht, holt ein zweites Mal aus und stolpert gleich darauf einige Meter rückwärts.

»Brich ihr die Finger! Die Hinrichtung beginnt gleich und bis dahin müssen beide Gefangenen im entsprechenden Zustand sein.« Julius deutet auf den Jungen am Boden. »Ich habe dir vorgemacht, wie es geht. Folge meinem Beispiel.«

Julius' Haare sind rot auflodernde Flammen im dunklen Kellerraum, seine Augen schwarze Abgründe und seine Gesichtszüge aus hartem Stein gemeißelt. Ohne auf Soleils Reaktion zu warten, packt er sie bei den schmalen Schultern und schubst sie in Richtung der Gefangenen. »Mach schon.«

Soleil gibt ein leises Wimmern von sich, letztlich ist es dieses Geräusch, das meine Schattenfesseln löst. Ehe Julius noch einmal zupacken kann, stelle ich mich zwischen meine Geschwister. »Genug! Siehst du nicht, wie sehr ihr das wehtut?«

Julius' Blick in meine Richtung fühlt sich an wie ein sauberer Stich mit dem Schwert, das er am Gürtel trägt. Dann schaut er Soleil an. »Es ist mir egal, ob ihr das wehtut.« Seine Stimme ist schneidend wie sein Blick. »Vater hat ihr eine Aufgabe gegeben und die hat Soleil auszuführen.«

Meine kleine Schwester kommt näher zu mir, bis sich unsere Schultern berühren. »Tut mir leid«, nuschelt sie.

Ich lege Soleil einen Arm um die Schultern und drücke sie an mich. »Dir muss nichts leidtun«, flüstere ich.

Julius öffnet den Mund, zum Sprechen kommt er nicht, denn die Tür des Kellerraumes schwingt auf. Vaters Silhouette im Türrahmen absorbiert das vom Gang aus einfallende Licht. Der Knall der zuschlagenden Tür hallt durch den Raum. Mit zusammengekniffenen Augen mustert Vater die Szene, welche sich ihm bietet. »Nutzlose Kinder. Habe ich mich nicht klar ausgedrückt?« Erst als er mit lauterer Stimme »Habe ich oder habe ich nicht?« fragt, weiß ich, dass er eine Antwort erwartet.

»Doch, Vater«, antwortet Julius.

»Wieso hat diese Frau«, voller Abscheu blickt er die zusammengekauerte Gestalt an, »dann noch Augen und Finger?«

Julius verschränkt die Arme vor der Brust. »Soleil hat sich der Aufgabe widersetzt und Robin verteidigt sie.«

Vaters schwarze Augen sehen im spärlichen Kerzenlicht rot wie das Feuer aus, in dem die Gefangenen gleich ihr Ende finden werden. Er richtet seinen Blick auf meine kleine Schwester. »Ist das wahr, Soleil?«

Sie senkt den Kopf. »J-Ja.«

»Vater«, werfe ich mit ruhiger Stimme ein, bevor mir jemand zuvorkommen kann. »Soleil ist zu jung hierfür, zu rein und zu unschuldig. Sie versteht das nicht.«

Vater macht einen Schritt auf Soleil zu. Ich ziehe sie zu mir und drücke sie so eng an mich, dass ich ihren hämmernden Herzschlag durch den Stoff unserer Kleider spüre. »Was gibt es daran nicht zu verstehen, dass Magier gefährlich sind?«

»Sie sehen nicht gefährlich aus«, haucht Soleil.

Nicht einmal ich verstehe Soleils Reaktion auf unsere Aufgabe, Magier vor den öffentlichen Hinrichtungen unschädlich zu machen. Magie ist gefährlich, jegliche Magie muss aus der Blutlinie des Sommerkönigreichs ausgerottet werden, sagt Vater. Seit sechs Jahren muss ich die Gefangenen mit ihm und Julius zusammen vor ihrer Hinrichtung foltern. Für meine vierzehnjährige Schwester ist die Aufgabe neu und trotz ihres Respekts vor Vater hat sie ein zu weiches Herz, um Menschen wehzutun, egal welche Verbrechen sie einst begangen haben.

Ich bin im Gegensatz zu meiner Schwester als Mörderin geboren worden. Der Anblick der Gefangenen lässt mich nicht kalt, doch ich sehe keinen anderen Ausweg.

»Es wird alles gut, Soleil«, flüstere ich, lasse sie los und stelle mich vor die Gefangene. Meine Augen fallen zu, wollen sich nicht mehr öffnen. Das Bild der Frau hat sich in meine Netzhaut eingebrannt. Auf der Suche nach Kraft, um das hier zu überstehen, greife ich nach dem einzigen Erinnerungsstück an meine Mutter, die schlichte goldene Kette mit einem Rubin als Anhänger, der wie eine frische blutrote Wunde in der Dunkelheit aufglimmt. Nie habe ich sie abgenommen, sie ist mein fünftes Gliedmaß, mein Zeichen, dass Mutter über mich wacht und mir in diesem Augenblick hilft, meine Schwester zu beschützen.

Nicht in die Augen blicken, ermahne ich mich, senke den Kopf und taste mich blinzelnd in die Dunkelheit zurück. Starr blicke ich die Hände der Frau an. Meine eigenen Finger zittern, als ich ihren Daumen in die Hand nehme. Beim ersten Versuch rutsche ich ab, beim zweiten schaffe ich es, ihn so weit nach hinten zu biegen, dass der Knochen hörbar bricht. Ein Stück Knochen sticht durch die Haut. Blut tropft auf den dunklen Marmorboden. Die Gefangene schreit vor Schmerzen auf, ehe sie in leises Schluchzen zerfällt. Zeige keine Emotionen. Schau sie nicht an. Bring es hinter dich.

»Nimm dir ein Beispiel an deiner Schwester.« Vaters Stimme klingt kein bisschen stolz.

»Sogar ohne Aufforderung, Robin, du beeindruckst mich«, fügt Julius ohne Begeisterung hinzu.

Soleils leises Schluchzen dicht hinter mir übertönt das Knacken der Knochen, die ich einen nach dem anderen nach hinten biege. Beim dritten Finger schreit die Frau nicht mehr, sie schluchzt bloß noch, bis ich nicht mehr weiß, ob ich meine kleine Schwester oder die Fremde weinen höre. Meine goldenen Schuhe sind voller Blutflecken, als es vollbracht ist. Das, was einst zwei gesunde Hände – Nein, Hände des Bösen, Hände einer Verbrecherin – waren, gleicht einem Schlachtfeld aus von Sonnenbrand gerötetem Fleisch, weißem Knochenstaub und dunklem Blut.

»Gute Arbeit, Robin.« Vater legt mir eine große mit goldenen Ringen besetzte Hand auf die Schulter. »Du kannst Soleil einiges beibringen.«

Julius tritt an meine andere Seite. »Wenn Robin so gut im Foltern von Gefangenen ist, wieso kann sie dann nicht auch die Aufgabe übernehmen, die sonst mir zusteht?« Aus dem Augenwinkel sehe ich das gehässige Grinsen in seinem Gesicht. »Sie hat gezeigt, dass sie bereit dafür ist, meinst du nicht?«

»Ein hervorragender Einfall.« Vater deutet auf den neben dem reglosen Jungen liegenden Dolch, eine silberne Warnung inmitten von rotem Blut. »Du weißt was das bedeutet, Robin.«

Meine Hände sind zu taub für einen zweiten Griff nach dem Rubin. Mechanisch greife ich stattdessen nach dem Dolch mit blutverklebtem, angenehm kaltem Griff. Ich muss das tun, für Soleil. Tue ich es nicht, wird Vater sie an meiner Stelle für meine Verweigerung schlagen, nachdem der letzte blauviolette Fleck auf ihrer Wange frisch verheilt ist. Anschließend wird er sie zwingen der Gefangenen an meiner Stelle die Augen herauszuschneiden.

Ich hebe den Kopf und sehe in die Augen der Frau, welche durch mich hindurchschaut, als sei ich ein Fenster, hinter dem in weiter Ferne die Erlösung aus Dunkelheit auf sie wartet. Unter ihren Lidern glitzern die letzten Tränen, welche sie jemals vergießen wird. Meine rechte Hand lege ich auf die von Tränen und Schweiß befeuchtete Wange der Gefangenen, dann hole ich mit dem Dolch in meiner dominanten linken Hand aus. Die Klinge durchtrennt den Sehnerv wie ein Brotmesser weiche Butter. Ein sauberer Schnitt. Ein Auge weniger, in das ich blicken muss. Mir wird schwindelig, als die Überreste des Auges auf meine Kleidung tropfen. Mein Blut rauscht mir in den Ohren wie ein heranziehendes Unwetter, das den Schrei der Gefan-

genen verschluckt. Wie eine Marionette, über deren Bewegungen ein anderer bestimmt, hole ich zum zweiten Schnitt aus. Dieses Mal schaue ich nicht hin, sondern kneife die Augen fest zusammen. Das Reißen des Sehnervs dröhnt in meinen Ohren. Hat die Frau erneut geschrien? Ich höre nichts, sicher fehlt ihr die Kraft. Frisches Blut läuft meine Hände hinab, irgendwann werde ich es nicht mehr abbekommen. Dröhnende Worte erklingen und Schritte entfernen sich irgendwo in einer anderen Welt. Eine Hand greift nach meiner und zieht mich fort von dem Massaker, das ich angerichtet habe.

In den letzten sechs Jahren habe ich Vater und Julius den Magiern vor jeder Hinrichtung die Augen herausschneiden sehen, denn ohne Augen, so heißt es, können sie sich nicht auf ihr Ziel konzentrieren, ohne Finger Energie für ihre Magie nicht spüren. Es ist keine Folter, sondern eine Maßnahme vor der Hinrichtung, um die Sicherheit der Schaulustigen zu gewährleisten.

Für eine Frau, die ihre Mutter ermordet hat, müsste das Verstümmeln von Magiern ein Leichtes sein. Weil ich die Bilder nicht loswerde und sich mein Mund mit Gift füllt, entreiße ich meine Hand Soleils sanftem Griff. Ich mache auf dem Treppenabsatz kehrt und renne ins Bad am Treppenfuß. Die Frau im Spiegel mit blassgoldener Haut, zerzausten roten Locken, einem goldenen Auge, über dem ein Schatten wie Rost liegt, und einem goldenen Auge mit einem rötlichen Mal darin, dessen Leuchtkraft eine Hinrichtung nicht auszulöschen vermag, schaue ich erst an, als ich meinen Mageninhalt los bin.

Sobald ich nicht mehr zittere, nicht mehr würgen muss, öffne ich die Tür. Soleil steht nur wenige Schritte von mir entfernt mit einem Bündel in der Hand. Dieses identifiziere ich als eines meiner Kleider. Als ich an mir herunterblicke, sehe ich Blut an meiner Kleidung kleben wie die Schuld an meinen Händen. Ich sollte Soleil und Julius zuschauen, nicht selbst Hand anlegen und mein Kleid für die Hinrichtung verschmutzen. Um Soleil zu beschützen, war es mir das allemal wert, obwohl sich, weil ich mich umziehen muss, der Anfang der Hinrichtung verzögert. Ich blicke auf. Soleils goldene Augen sehen größer aus als sonst und jegliche Farbe ist aus ihrem herzförmigen Gesicht gewichen.

»Soleil.« Meine Stimme ist brüchig wie die Knochen der Gefangenen. »Du musst niemandem wehtun, das lasse ich nicht zu.«

Zitternd reicht sie mir das Kleid. »Ich weiß.«

14

»Wieso hast du dann solche Angst?« Trotz des wütenden Vulkans, der in meinem Innern lodert und am liebsten Vater und Julius mit Lava übergießen würde, bemühe ich mich um einen sanften Tonfall. »Vater und Julius werden dich nicht mehr zwingen, Gefangene zu verletzen. Beim nächsten Mal tue ich es sofort an deiner Stelle.« Ich werde nicht zulassen, dass sie Soleil weiter quälen.

»Das ist es ja.« Soleil stellt sich aufrechter hin, um mit mir auf einer Augenhöhe zu sein. »Du musstest dieser Frau wegen mir die Augen ausstechen. Ihr Leid ist im Raum pulsiert, ich konnte es nicht nur sehen und hören, sondern auch spüren.« Schmerz und Entschlossenheit wechseln sich in ihren Augen ab. »Ich hätte das an deiner Stelle tun müssen.«

Vorsichtig nähere ich mich ihr, um meine Hand auf ihre Wange zu legen, der zarte Hauch der Finger einer Mörderin auf ihrer goldenen Haut. »Nein, ich bin von Geburt an dazu bestimmt Menschen wehzutun. Du hast ein gutes Herz und ich lasse nicht zu, dass es in Dunkelheit versinkt.«

Meine Schwester legt ihre Hand auf meine, sodass aus dem Hauch eine Berührung wird. »Du hast keine Schuld am Tod von Königin Juliette.«

Im Inneren des Palastes herrscht Hitze, dennoch überkommt mich ein Frösteln. »Meine Geburt war der Auslöser für ihren Tod«, Meine Stimme wird dünn, »damit ich – ein Monster – leben kann, musste sie sterben.« Mit der freien Hand deute ich auf mein linkes Auge, dessen Iris von einer verschnörkelten rötlichen Narbe geziert wird. »Ich habe die davongetragen, als es bei der Geburt zu Komplikationen kam.« Ich lasse die Hand sinken, um eine rote Locke aus meinem Gesicht zu streichen. »Wenn ich Mutter töten konnte, sollte das Foltern von Gefangenen mir im Blut liegen.«

Soleil drückt meine Hand sanft mit ihrer und hält meinen Blick fest. »Lass dich bitte nicht von Vater und Julius zu einer Person machen, die du nicht bist.«

Ich senke die Schultern. Dieses Thema liegt schwer auf ihnen. »Ich sollte mich für die öffentliche Hinrichtung umziehen«, sage ich, um auf die erstbeste Art das Gespräch zu beenden.

Soleils Stirn legt sich in Falten. »Du hast recht«, seufzt sie. »Als ich ohne dich nach oben in den Flur kam, wäre Noire beinahe heruntergerannt, um zu sehen, ob alles in Ordnung ist. Penelope musste sie daran erinnern, dass der Zutritt zum Keller ausschließlich Vater und uns Königskindern gebührt.«

Beim Gedanken an Noire möchte ich so schnell wie möglich nach oben. »Ach, Noire«, flüstere ich. »Noire hat es nicht verdient, mit den Gefangenen und der Prozedur vor den Hinrichtungen konfrontiert zu werden, sie hat dieselbe Empathie wie du und würde, wenn Vater nicht wäre, sicher versuchen, etwas gegen die Folter zu unternehmen.« Ich presse die Lippen zusammen. »Trotzdem hätte sie, wenn es darum geht, mich zu beschützen, ohne zu zögern den Dolch an meiner Stelle geführt.« Noire würde alles für mich tun. Als meine Getreue hat sie mir das geschworen, vom Einkleiden am Morgen bis hin zum Schutz als persönliche Wache übernimmt ein Getreuer der Königsfamilie jede Aufgabe, die sein Meister von ihm verlangt. Im Gegenzug ist den Getreuen der Schutz durch die Königsfamilie, Essen auf den Tellern, ein Dach über dem Kopf und hohes Ansehen beim Volk des Sommerkönigreichs gewährleistet. Sie dürfen bei jedem Festtag und jeder Hinrichtung hautnah dabei sein. Jedoch habe ich Angst um Noire. Das Pflichtgefühl, mich zu beschützen, könnte sie eines Tages ihr Leben kosten. Ihre Treue hat sie mir vor vierzehn Jahren geschworen, nachdem sie mir das Leben gerettet hat. Noire ist meine beste Freundin, ohne sie würde ich nicht überleben.

»Etwas anderes würde ich nicht von ihr erwarten. Aber es ist besser, Noire nicht mit so etwas zu konfrontieren.« Soleil seufzt. »Genauso wie meine Mutter. Wieso Vater sie dort unten nicht haben möchte und die Folter vor ihr und allen Bediensteten als Verhör bezeichnet, verstehe ich.«

Ich wünschte, er würde es vor Soleil auch als Verhör bezeichnen und sie nicht daran teilhaben lassen. Um meine kleine Schwester nicht zu kränken, bleiben diese Worte ein Gedanke. »Zumal Königin Anthea versuchen würde, Vater umzustimmen und Gnade walten zu lassen. Sie findet seine Verfahren mit Verbrechern nicht gut«, ergänze ich.

Soleil stellt sich auf die Zehenspitzen. »Gut finde ich sie auch nicht.«

»Da schließe ich mich an.« Ich fahre mir durch die zerzausten Haare, um meine Finger zu beschäftigen. »Sicher müssen Magier bestraft werden –«

Sie ballt ihre feingliedrigen Hände zu Fäusten. »Weil Vater das sagt.«

»Du weißt, wie die drei anderen Jahreszeitenkönigreiche zu Grunde gegangen sind und warum nur das Sommerkönigreich übrig ist.«

Langsam lässt sie die Hände sinken. »Weil sich Magier vor über hundert Jahren gegen die Jahreszeitenkönigreiche aufgelehnt haben, um sie mit ihrer

Magie zu zerstören.«

Einzig das Sommerkönigreich hat den Angriff abgewehrt, weil es auf die Fertigung von Waffen spezialisiert gewesen ist und eine starke Armee gehabt hat. Nachdem die drei übrigen Jahreszeitenkönigreiche von der Magie unterworfen worden sind, hat es die Magier in einen Hinterhalt gelockt. Da nur das Sommerkönigreich dem Angriff standgehalten hat, ist der Kontinent in einen ewigen Sommer verfallen, der uns täglich wie ein Raubtier auflauert und immer dann, wenn wir uns in Sicherheit wiegen, zuschnappt.

»Die drei Jahreszeitenkönigreiche jenseits des Waldes sind Ruinen«, schließt Soleil mit hängenden Schultern.

»So ist es. Magie ist ein Verbrechen, Hochverrat, dennoch wünschte ich, man könnte die Magie mit einem Serum austreiben, statt Menschen zu töten, weil sie mit Magie im Blut geboren wurden.« Niemand sucht sich aus, Magie zu beherrschen, beim Anblick der wehrlosen Menschen im Keller überkommt mich der Gedanke jedes Mal. Wären sie nicht außer Gefecht gesetzt, hätte dies für uns fatale Folgen. Magier müssen als solche sterben, weil es keinen anderen Ausweg gibt. Im selben Atemzug fällt mir die bevorstehende Hinrichtung ein. »Lass uns nicht darüber mutmaßen. Wir müssen Vaters Entscheidungen hinnehmen, ob wir sie gutheißen oder nicht, und uns vor Augen halten was passieren würde, wenn die Magier unkontrolliert ihre Magie wirken dürften.« Ich richte mich zu voller Größe auf, trete einen Schritt zurück und betrachte das Gewand. »Da Noire nicht in den Palastkeller darf, würdest du mir helfen, mich umzuziehen? Wir müssen zu einer Hinrichtung.«

Meine hohen Schuhe treffen auf morsches Holz. Die unterste Stufe der Kellertreppe knurrt wie ein hungriger Wolf, dessen Augen die bedrohlich flackernden Kerzen in den Halterungen an der gräulichen Steinwand sind. Wie ein Korsett schnürt mir die Dunkelheit die Luft ab und gewährt Schatten statt Luft Eintritt in meine Lungen. Mit einem Absatz trete ich auf eine Erhöhung im Boden, die es nicht gibt und werde von Soleils Hand am Fallen gehindert und in die Wirklichkeit zurückgebracht. Gierig füllen sich meine Lungen mit Luft, die das Korsett aus Schatten vertreibt. Der Aufstieg aus dem Palastkeller, hinein ins Licht, ist geschafft.

Vor mir liegt die Eingangshalle des Sonnenpalasts mit einem Kronleuchter

aus massivem Gold unter der Decke und rotgoldener Wandverzierung. Palastwachen öffnen uns die schwere Tür und im Freien füllen sich meine Lungen mit sengend heißer Luft. Dennoch durchströmt sie meinen Körper wie frisches Wasser die Kehle einer Verdurstenden. Wie Wild, das dem Wolf entkommt, verlassen Soleil und ich den Schlund des Sonnenpalasts und setzen uns einem neuen Feind aus. Dem ewigen Sommer, der die Welt um uns herum vor Hitze flimmern lässt. Ich muss mich nicht umdrehen, um zu wissen, dass mich mein goldener Käfig beobachtet. Wie Messerklingen ragen die goldenen Türme in den roten Himmel, die gläsernen Fensteraugen sind mit braunorangenem Straßenstaub bedeckt. Das rötliche Baumaterial mit goldenen Verzierungen ist längst in der sengenden Hitze ausgeblichen. Hinter der weißgoldenen Bogenbrücke, die über den schmalen Schlossgraben führt, erstreckt sich der von kahlen Bäumen gesäumte Feuerplatz. Bis auf den Scheiterhaufen und die Tribüne für die Königsfamilie ist er leer. In wenigen Augenblicken werden Palastwachen das goldene Tor öffnen.

Am Fuß der Tribüne angekommen, stürzt meine Retterin, die mich aus der Dunkelheit ins Licht gebracht hat, auf mich zu. Mit ihrem Erscheinen finde ich mein inneres Licht wieder, dunkle Erinnerungen werden vom staubigen Wind fortgeweht. Alles an ihr strahlt Licht aus, über das hellblonde Haar, die helle Haut mit feinem Sonnenbrand bis hin zu ihrem einzelnen blauen Auge. An jenem Tag ist dort, wo ihr linkes Auge hätte sein sollen, eine aus frischem Blut geformte Wunde gewesen. Heute trägt sie eine Augenklappe. Wie sie ihr Auge verloren hat, was mit ihrer Familie passiert ist, und wie ihr richtiger Name ist, weiß sie nicht. Ich habe dem Mädchen ohne Vergangenheit einen Namen und ein Zuhause gegeben.

Beim Rennen kommt Noire nicht sehr weit und stolpert über ihre eigenen Füße. Ich beschleunige meine Schritte, knie mich neben sie und erkundige mich, ob alles in Ordnung ist.

»Nicht das wunderschöne Gewand i-im Staub sch-schmutzig m-machen«, stammelt Noire und rappelt sich so schnell auf, wie sie hingefallen ist. Ich nehme ihre Worte als Befehl und richte mich ebenfalls auf. »I-Ist alles i-in Ordnung? Du bist g-ganz blass.«

Ich lächle ihr so aufrichtig wie möglich zu. »Es ist alles gut, ein Verhör ist ziemlich anstrengend«, reflexartig blicke ich auf meine Hände. Da ist kein Blut mehr, nachdem ich sie wundgewaschen habe. »Danach musste ich etwas

mit Soleil besprechen, deshalb die Verzögerung.«

Noire legt den Kopf schief. »U-Und d-das neue Kleid?«

»Kellerstaub an meinem Kleid?« Ich schnaube. »Niemals.«

Ihre Miene hellt sich auf. »Dann i-ist alles g-gut?«

»Selbstverständlich.« Davon, dass ich mich beim Gedanken an die Ereignisse im Keller am liebsten erneut übergeben möchte, abgesehen.

Noire lächelt mir zu. Der Moment der Zufriedenheit ihrerseits hält nicht lange. Lucius legt Noire von hinten eine Hand auf die Schulter, woraufhin sie heftig zusammenzuckt. »Oh, habe ich dich erschreckt?«, haucht er.

»Lass sie in Frieden«, knurre ich mit zusammengebissenen Zähnen.

»Wieso? Weil sie vorhin in Sorge um Euch war und genug gelitten hat?« Immerhin lässt er Noire los, die sich sogleich hinter mir versteckt, um außerhalb seiner Reichweite zu sein. »Ich soll Euch und Noire, von Lord Julius, daran erinnern, Eure Plätze für die Hinrichtung einzunehmen.« Lucius, der Sohn eines von Vaters besten Soldaten, ist der Getreue meines Bruders, seit ich mich erinnere. Als Julius mich vor vierzehn Jahren in eine Hütte in den Wald geschickt hat, um eine Brosche zurückzuholen, ist Lucius sein Komplize gewesen. Ich bin eine Figur in ihrem Spiegel gewesen, mit dem Schicksal, die Kellertreppe herunter, in einen dunklen Abgrund zu fallen. Noire hat mir an jedem Tag das Leben gerettet – statt ewiger Finsternis, haben mir mein Bruder und sein Getreuer unwissend ein Licht geschenkt.

Ohne ein weiteres Wort schiebe ich mich an Lucius vorbei der Tribüne entgegen. Vor dem Scheiterhaufen, auf den kargen Ländereien und mit Blick zum goldenen Eingangstor, steht diese mit den fünf Thronen darauf. Schmucklos wie der Scheiterhaufen selbst, damit das rubinverzierte Gold der Throne beim Hinsehen in den Augen der Untertanen brennt – eine weitere Machtdemonstration.

Ich betrete die Tribüne und lasse mich auf meinem Thron neben Königin Anthea nieder. Soleils Mutter ist mit ihrem erdbeerblonden Haar, die sie ihrer Tochter vererbt hat, eine Seltenheit im Sommerkönigreich, dessen Einwohner sich durch Haare in Rotnuancen auszeichnen. Ihre dunkelbraunen Augen strahlen, als sie Noire und mir aufmunternd zulächelt. Bemüht um einen authentischen Gesichtsausdruck ohne Künstlichkeit lächle ich zurück.

Vater blickt in die Runde, ehe er seinen Soldaten das Zeichen gibt, die Tore zu öffnen, um die Schaulustigen auf den Feuerplatz zu lassen. Ungeordnet

stürmen sie in der Hoffnung auf einen guten Platz herbei. Leere Augen in Nuancen von Gold bis Braun, spröde Haare in Rottönen, Staub auf goldener Haut, eingefallene Gesichter und zerlumpte Kleidung. Das Volk, das überlebt hat, zahlt mit jedem Tag im ewigen Sommer einen hohen Preis. Wer für die Königsfamilie arbeitet, wird mit Nahrungsmitteln belohnt, das einfache Volk muss Abgaben an das Königshaus leisten und kann sich selbst kaum ernähren. Die unterirdischen Wasserquellen trocknen aus, die Ernten werden knapper und die Menschen krank. Nicht nur Magie, auch einfache Verbrechen werden mit öffentlichen Hinrichtungen bestraft. Mit der knapp werdenden Versorgung häufen sie sich. Unsere Zeit rennt davon, denn unser Feind ruht nicht. Wie lange es dauert, bis das letzte Korn in der Sanduhr fällt und der letzte Wasservorrat ausgetrocknet ist, weiß niemand.

Auf ein weiteres Handzeichen des Königs, führen Soldaten die Gefangenen auf den Feuerplatz. Wo einst ihre Augen waren, bevor ich geholfen habe, sie auszustechen, befinden sich leinene Augenbinden. Die Soldaten fesseln die Gefangenen an den zur rot brennenden Sonne aufragenden Scheiterhaufen vor der Tribüne.

Sommerkönigreich. Sonnenpalast. Feuerplatz. Verbrennen auf dem Scheiterhaufen unter dem purpurroten Himmel – perfekt. Der Platz vor dem Sonnenpalast hieß Feuerplatz, bevor diese Form der Hinrichtung eingeführt wurde. Somit wurde das Feuer als Todbringer gewählt, um dem Namen des Ortes der Ausführung gerecht zu werden. Wenn es sich bei den Verbrechern um Sommermagier handelt, die ihre Magie unter anderem aus dem Feuer ziehen, macht es das noch passender. Sommermagie, die Form der Magie aus der Blutlinie des Sommerkönigreichs, ist die häufigste. Herbstmagier und Frühlingsmagier werden nur hierhergebracht, wenn sie aus dem nahen Wald versuchen, ins Sommerkönigreich einzudringen. Vermischt haben sich die Blutlinien vor und nach dem Fall der Königreiche nie. Könnten sich Sommermagier nicht mithilfe ihrer Magie aus dem Scheiterhaufen befreien? Kann man als Sommermagier durchs Feuer gehen? Mit gebrochenen Händen und ohne Augen sicher nicht. Woher kommt die Kontrolle über das heiße Element?

Während ich mir diese Fragen stelle, beginnt und beendet Vater seine immergleiche Rede darüber, dass wir aus der Asche auferstanden sind und uns den Magiern weiterhin widersetzen müssen. Denn das Ende jeglicher

Magie wird der Anfang eines neuen glorreichen Zeitalters für das Sommer-königreich sein. Ein Ende des ewigen Sommers verspricht er dem Volk nie. Gegen einen körperlosen Feind vermag niemand in den Kampf zu ziehen – dennoch versucht er, dem leidenden Volk einen Funken Hoffnung zu schenken. Erst die Hitze des Scheiterhaufens, dann die Schreie der Gefan-genen und das Jubeln des Volkes, reißen mich aus meiner Trance. Hoffentlich bemerkt niemand, wie falsch das Lächeln auf meinen Lippen ist, als ich mich vom Thron erhebe. Es gehört immer dazu, den von Freude erfüllten Unter-tanen mit meiner Familie zuzuwinken. Jeder Freudenschrei ist für mich eine Erinnerung an das Geräusch, welches der Sehnerv der Gefangenen bei der Durchtrennung gemacht hat.

 21 

Zwei - Augenblicke zwischen Albträumen

Ich stehe inmitten eines Feuers. Meine Hand hält den Dolch fest umklammert, Flammen spiegeln sich in der blutverschmierten Klinge. Dieses ist kein einfaches Feuer. Ich bin an den Scheiterhaufen gekettet, auf dem die Gefangenen verbrannt werden. Mein Mund lächelt, ich habe es nicht anders verdient. Ich bin eine Mörderin, ein Folterungsinstrument. Mein Herz lodert auf wie die Flammen und trotz des Feuers ist mir kalt, da ich weiß was jetzt kommt. Immer wieder schüttelt der Frost meinen Körper, lässt meine Glieder kribbeln und betäubt meine Sinne ganz. Ich hole mit einer schnellen Armbewegung aus, die ein Puppenspieler aus der Ferne steuert. Mein Sehnerv reißt entzwei und die Welt explodiert in einem Meer aus Flammen.

Ein markerschütternder Schrei erklingt und bringt meine Sinne zurück. Meine Kehle fühlt sich ausgetrocknet an, als hätte ich seit Tagen keinen Tropfen Wasser zu mir genommen. Habe ich geschrien?

Etwas berührt meine Schulter. Die Flammen lecken an meinem Körper und wollen mich holen. Ich sehe nichts, meine Augen sind nicht mehr in ihren Höhlen. Das Verlangen nach einem zweiten Schrei erstickt im Keim, meine Kehle ist zu trocken und mein Körper zu schwach.

Die Berührung an meiner Schulter wird fester, doch sie schafft es nicht, mich aus den Flammen zu retten. Ich bin verloren, ich brenne auf dem Scheiterhaufen, bis ich ein Bündel aus Knochen und Asche bin.

»Robin.« Aus weiter Ferne dringt der Klang meines Namens zu mir durch. »Robin, w-wach auf, b-bitte.«

Erst jetzt bemerke ich, wie kalt sich die Berührung anfühlt. Nicht wie Feuer, Feuer ist heiß und trocken und die Berührung auf meiner nackten Haut eiskalt.

»Bitte schrei n-nicht wieder.« Meine Sinne kehren zurück, ich erkenne die Stimme. »Du m-machst m-mir Angst.«

Ich habe auch Angst. Davor, die Augen zu öffnen und festzustellen, dass ich es nicht kann, weil meine Augenhöhlen schwarze Abgründe ins Nichts sind.

»Bitte – «

Ich schlucke schwer, dann blinzle ich und sehe die in Kerzenschein gehüllten Umrisse meines Schlafgemachs. Meine Augen sind unversehrt, es war ein Traum. Immerhin hat mein Schrei nicht den Palast aufgeweckt, andernfalls stünden die auf den Gängen patrouillierenden Wachen in meinem Schlafzimmer.

Jemand nimmt meine Hand. Statt zusammenzuzucken, blicke ich auf und sehe Noires blasses Gesicht mit weit aufgerissenem Auge und leicht geöffneten Lippen dicht über meinem. »Endlich.« Sie stößt einen Schwall Luft aus. »Ich d-dachte, d-du wachst niemals a-auf.«

»Tut mir leid«, krächze ich.

»Soll i-ich dir e-ein Glas W-Wasser holen?«

»Nein.«

Dennoch ist mein Krächzen Antwort genug. Noire drückt meine Hand, dann verschwindet sie im Badezimmer, um in Windeseile zurückzukehren und mir ein Glas Wasser zu geben.

Gierig leere ich dessen Inhalt, woraufhin sich die Rauheit meiner Kehle auflöst. »Viel besser.« Meine Stimme scheint das genauso zu sehen, denn sie hört sich fester und weniger krächzend an.

Nachdem ich das Glas auf meinem Nachttisch abgestellt habe, schaue ich in Noires vom Sonnenbrand gerötetes Gesicht. Niemand im Sommerkönigreich verträgt die Hitze gut, blasse Haut wie Noires ist besonders anfällig. Ihr blondes Haar ist zerzaust, ihre Augenklappe verrutscht und ihr Auge glitzert feucht.

»Entschuldigung, dass ich dir schon wieder solche Sorgen bereitet habe«, wispere ich. »Als ich geschrien habe, musst du gedacht haben, ich werde angegriffen.«

Noire nickt. »I-Ich hätte es m-mit jedem Angreifer aufgenommen.« Es dauert einige Versuche, bis sie es schafft, ihre Augenklappe wieder gerade auf der Narbe, die ihre linke Gesichtshälfte ziert. »Gegen d-den Albtraum w-war ich j-jedoch viele Minuten lang aufgeschmissen. Habe ich d-damit als

Getreue versagt?«

»Rede keinen Unsinn.«

»I-in Ordnung.« Noires Bemühung um ein Lächeln scheitert.

Ich senke die Schultern. »Mir tut es leid, dass ich ständig Albträume habe, die dich glauben lassen, ich sei in Gefahr.«

»So sch-schlimm wie jetzt s-sind sie s-sonst nicht«, stammelt sie. »Normalerweise wachst d-du schneller a-auf.«

Mit jedem Blinzeln kehrt der Albtraum in mein Bewusstsein zurück. Heiße Blitze lassen meine Glieder kribbeln. »Vielleicht hatte ich trotz des Albtraums einen tiefen Schlaf«, murmle ich und verstecke mein Gesicht im Schatten meiner Haare, damit mich meine fest zusammengepressten Lippen nicht verraten.

»Möglicherweise«, flüstert Noire und fügt mit etwas festerer Stimme hinzu: »Möchtest du noch einmal versuchen zu schlafen?«

Ich schüttle hastig den Kopf, in verzweifelter Hoffnung, zukünftige Albträume in Luft aufzulösen.

Sie zieht die Augenbraue hoch, schluckt herunter, was sie fragen möchte und erkundigt sich stattdessen, ob sie etwas für mich tun kann.

»Brauchst du noch Schlaf?«, stelle ich die Gegenfrage, woraufhin sie verneint. »Dann würde ich mich über ein kühles Bad freuen.«

»N-Natürlich.« Auf halbem Weg zum Badezimmer wirbelt sie herum. »M-Moment ... hast d-du v-von einem k-kühlen Bad gesprochen?«

»Ja.«

Noire fährt sich durchs Haar, dann wendet sie sich zum Gehen ab. »W-Wie du wünschst.«

Ein heißes Bad könnte ich nach der Hitze in meinem Albtraum nicht ertragen. Kombiniert mit der täglich vom Himmel brennenden Sonne, die mich in wenigen Stunden erwartet, möchte ich ein wenig Kälte genießen.

Die Kälte hält nicht lange. Mag mein Albtraum vorbei sein, das Feuer in meinem Inneren hat das kalte Bad nicht gelöscht. Im Wachzustand haben meine Albträume ein drittes Gesicht – die Augenblicke zwischen ihnen. Neben ihm werden die Fratzen auf dem Antlitz meiner Albträume zu strahlend lächelnden Masken.

»Weil es früh am Morgen ist, haben wir Zeit bis zum Frühstück«, stelle

ich fest, nachdem Noire mein Haar gebürstet hat, das sich aufgrund der stark gelockten Struktur zu keiner Frisur hochstecken lässt. »Ich würde gerne Donna einen Besuch abstatten.«

»W-Wirklich?« Noire hält sich die Hand vor den Mund und ihr Auge weitet sich. »I-Ich meine, s-sehr gerne.«

»Du musst keine Angst vor Donna haben«, bemerke ich, als wir uns auf den Weg aus dem Palast zu den Stallungen machen. »Sie würde dir niemals etwas tun.«

Noire beißt sich stumm auf die Unterlippe. In ihrer rotgoldenen Uniform, einer Bluse mit einem langen Rock, und mit gebürstetem Haar sieht sie frischer aus. Der glasige Blick in ihrem hellblauen Auge ist Grund genug zur Annahme, mein Albtraum hat bei ihr stärkere Spuren hinterlassen als bei mir.

Hinter den Häusern Feliones geht die Sonne auf, als wir über die von gelbbraunem Wildwuchs gezierten Ländereien gehen und die Stallungen erreichen. Die Sonne tränkt den schwarzen Nachthimmel in das rote Farbkleid des Morgengrauens. In weiter Ferne glitzern die Baumkronen des Waldes, deren Anblick mich erschaudern lässt. Unsichtbare Äste wie knorrige Finger greifen nach mir, kalter Wind streift meinen Nacken und ich höre stilles Rascheln vertrockneter Blätter, das sich anhört wie mein Name. Julius' Stimme ertönt in meinem Kopf und erzählt Geschichten über verschleppte Kinder, die im Wald von Magiern verspeist wurden, und Monster, die aus dem Schutz der Baumkronen springen und ihre schmale Kehle zerfetzen, bevor der Schrei ihre Lippen verlässt. Jeder Einwohner des Sommerkönigreichs weiß um die Grausamkeit von Magie, die drei Königreiche zerstört hat, und zieht das staubige Gefängnis mit dem rotgoldenen Sonnenpalast als Wächter einem qualvollen Tod inmitten der Bäume vor.

Vergessen kann ich den Anblick des Waldes und die Erinnerungen an meinen Albtraum erst, als mich ein freudiges Wiehern in den Stallungen begrüßt. Donna spitzt die Ohren. Sie ist überrascht, mich um diese Zeit zu sehen. Ich streichle das schwarz glänzende Fell an ihrem Hals und sie pustet mir durch die geblähten Nüstern Luft zu. Eine Weile genieße ich die Nähe der Stute, die Vater mir zum zehnten Geburtstag geschenkt hat. Nachdem meine Reitkünste für ihn ausreichend waren. Erst wollte ich sie Donner nennen, als Anlehnung an meine Liebe zu Gewittern, aber Julius war der festen Überzeugung, Namen die auf -er enden seien Männernamen, was mich die Schreib-

weise ändern ließ. Donnas schwarzes Fell saugt die mich umfangenden Schatten in sich auf. Gern hätte ich mich auf ihren Rücken geschwungen, um über die Ländereien des Sonnenpalasts aus verdorrten, gelbbraunen Gräsern zu galoppieren. Im Morgengrauen, wenn die Sonne noch nicht mit voller Kraft vom Himmel brennt, hätte Donna das sicher gefallen. Leider sieht Vater mich nicht gerne verschwitzt am Frühstückstisch.

Rascher als sonst schreckt Donna vor meinen Berührungen zurück. Ihre schwarzen Ohren zucken, mit einem Hinterbein tritt sie nach ihrem Bauch. Kaum berührt ihr Huf den Boxenboden, scharrt sie mit den Hufen. Anklagend schauen mich die warmen braunen Augen an, ihr Blick hinterlässt Narben auf meiner Haut. Bevor ich ihren Wassertrog leer und ihren Futtereimer umgeworfen in einer Boxecke vorfinde, weiß ich, was Sache ist.

Meine Hände ballen sich zu Fäusten, ich atme tief durch. »Es tut mir leid«, hauche ich. »Er will mich verletzen, indem er dir das antut.«

Donna tritt ein zweites Mal mit einem Hinterbein nach ihrem Bauch.

Eilig hebe ich den Futter- und den Wassereimer auf, um beides Noire zu bringen, die wie erstarrt im Türrahmen der Stallungen steht. Weiter würde sie diesen Raum niemals betreten.

Wortlos nimmt sie beide Eimer entgegen.

»Donna braucht ein ausgiebiges Frühstück«, erkläre ich.

Noires Stirn legt sich in Falten. »N-Natürlich«, antwortet sie nach einem Zögern, woraufhin sie in der Sattelkammer verschwindet. Donnas wiederholtes Scharren mit den Hufen entfacht Flammen in meiner Brust. Als Noire mir die gefüllten Eimer bringt, stelle ich sie in Donnas Box und die Stute macht sich ausgehungert über deren Inhalt her.

Als sie ihr Frühstück gefressen und den Wassereimer leer getrunken hat, stupst sie mich dankend mit der Schnauze an. Beim Blick in ihre glänzenden Augen wird mir angenehm warm.

Noire beobachtet uns aus sicherer Entfernung und kaut auf ihrer Unterlippe. Sie kann Donna nicht nahekommen, ihr nicht in die Augen sehen. Was entdeckt sie dort, das sie abschreckt?

Gerne wäre ich den ganzen Tag bei Donna gewesen, mit ihr an meiner Seite bleiben dunkle Gedanken verschwunden. Als die Stallburschen pünktlich zu Beginn ihrer Schicht in die Stallungen kommen, fallen mir meine täglichen

Pflichten wieder ein.

Obwohl ich befürchte, zu spät zu kommen, gehören wir zu den Ersten im Speisesaal. Soleil und ihre Getreue Penelope sitzen allein an der mit rotem Samt überzogenen Tafel aus Vogelaugenahorn und den dazugehörigen Stühlen. Darüber schimmert ein goldener Kronleuchter im einfallenden Sonnenlicht, das durch die Bogenfenster scheint.

Noire und ich wünschen den beiden einen guten Morgen. Für ein Lächeln sitzt mir die Nacht zu tief in den Knochen, von Donnas Wirkung auf mich ist nichts übrig.

»Ist alles in Ordnung, Milady?«, erkundigt sich Penelope, woraufhin ich nicke.

Meine kleine Schwester betrachtet mich mit hochgezogenen erdbeerblonden Augenbrauen, bleibt aber still.

»Möchtest d-du etwas t-trinken, Robin?«, fragt Noire.

Ich nicke stumm, rühre meine kurz darauf mit Kaffee gefüllte Tasse aber nicht an. Stattdessen beobachte ich, wie Penelope und Soleil zögerlich ihre Teller füllen. Zum Frühstück stellen unsere Diener alles bereit, damit wir uns selbst bedienen können. Aufgrund der Hitze und des Wassermangels sind die Lebensmittel knapp, die Auswahl hält sich in Grenzen. Darüber sollte ich mich nicht beschweren, die Menschen in Felione und den umliegenden Städten besitzen weniger Nahrung, falls sie nicht vollkommen verhungern. Dennoch kann ich trockenes Brot, zähes Fleisch und Grießbrei nicht mehr sehen. Wenn wir Obst oder Gemüse aufgetischt bekommen, bin ich stets dankbar. Ausgerechnet heute ist dies nicht der Fall. Ein paar Beeren in meinem morgendlichen Grießbrei hätten, obwohl ich keinen Appetit habe, meine Laune gesteigert.

Auch Noires Teller bleibt leer. Als ich sie darum bitten möchte, nicht meinetwegen aufs Frühstück zu verzichten, nähern sich vom Gang her Schritte. Jeder Kontakt zwischen den hohen Absätzen und dem Marmorboden des Flures ist ein Stich in mein Trommelfell, kurz darauf schreitet Sarina in den Speisesaal. Widerwillig wünsche ich ihr einen guten Morgen, genau wie der Rest am Tisch.

»Wo sind die anderen?« Penelopes Stirn legt sich in Falten. »Es ist reichlich spät.«

Sarina fährt sich durchs kupferrote Haar. »Bei irgendeiner Besprechung im

Konferenzzimmer.«

Penelope runzelt die Stirn. »Warum wissen wir davon nichts?«

»Sie wurden kurzfristig einberufen.« Sarina verzieht das Gesicht. »Wieso ich nicht an der Besprechung teilnehmen darf, versteht Ihr sicher genauso wenig wie ich.«

Ich trinke einen kräftigen Schluck Kaffee und nehme in Kauf, dass meine Zunge Feuer fängt, um mir jeglichen Kommentar zu verkneifen. Kommt der Moment, in dem Sarina und Julius Herrscher des Sommerkönigreichs werden, muss ich den Palast dringend verlassen. Tue ich es nicht, lassen sie sich sicher auf keine Diskussion ein, verheiraten mich oder Julius kommt seinem alten Wunsch nach und tötet mich in einem Hinterhalt. Er mag in die korrupten Fußstapfen der Könige vor ihm treten wollen, doch Sarina versteht nichts von den Pflichten als Königin. Vater hat mir vor vier Jahren, als sie in den Palast eingezogen ist, die Aufgabe erteilt, sie ins Leben einer Prinzessin einzuweisen und bin kläglich gescheitert, weil sie an keinem einzigen Aspekt Interesse gezeigt hat. Kein Wunder, dass sie zu Besprechungen im Normalfall nicht zugelassen und Vater mittlerweile ein Dorn im Auge ist.

»Sie werden ihre Gründe haben«, antwortet Penelope auf Sarinas Aussage.

Sie kneift die Augen zusammen. »Als zukünftige Königin sollte ich dabei sein dürfen.«

»Wieso willst du zu einer Besprechung?« Soleil schluckt trocken. »Du interessierst dich nicht für deine königlichen Pflichten.«

»Du hast keine Ahnung, wovon du sprichst«, fällt Sarina ihr ins Wort.

»Rede nicht so mit meiner Schwester.« Als ich die Worte ausspreche, brodelt etwas in meiner Brust. »Wir drei Prinzessinnen haben denselben Rang und sind nicht zu Besprechungen zugelassen.« Ich hebe eine Augenbraue. »Erkennst du das Muster?«

Sarinas Augen verengen sich. »Du bist heute mit dem falschen Fuß aufgestanden, Liebes, habe ich recht?« Sie blickt von mir zu Noire, die sich eng an ihre Stuhllehne presst. »Kein Wunder, schließlich hat deine Getreue Angst vor ihrem eigenen Schatten und kann bestimmt nicht ausreichend für dich sorgen.«

Wie eine kaputte Puppe sackt Noire in sich zusammen.

Bevor ich erwidern kann, dass Noire die bestmögliche Getreue ist, die ich mir an meiner Seite vorstellen kann, lässt der heftige Knall der Tür zum Spei-

sesaal an der gegenüberliegenden Wand unser Gespräch verstummen. Vater betritt den Raum, dicht gefolgt von Königin Anthea, Julius und Lucius. Sind alle Augenpaare auf mich gerichtet, weil sie beim Hereinkommen der Unterhaltung gelauscht haben, oder bilde ich mir das nur ein?

»Robin«, beginnt Vater und mustert mich mit ausdrucksloser Miene. »Ich würde gerne etwas mit dir besprechen. Wenn du mir folgen würdest.«

Der Kloß in meiner Kehle brennt wie Säure, als ich ihn quälend langsam herunterschlucke. Mit weichen Knien stehe ich auf und bringe ein »Ja, Vater« heraus.

Als Noire es mir gleichtut, bedeutet Vater ihr, sich wieder hinzusetzen. »Ich weiß deine Hingabe zu Robin zu schätzen, aber das wird ein Gespräch unter vier Augen.«

Noire macht einen ungelenken Knicks. »Natürlich, Eure Majestät.« Mit hängenden Schultern setzt sie sich an ihren Platz. Hektisch blickt sie zu Sarina, dann zu meinem Bruder, und schließlich mit feuchtem Glanz wie Morgentau im Auge zu mir.

Mein Blick wird von dem meiner Schwester angezogen wie eine Motte vom Licht.

Soleil lächelt erst mir und dann Noire zu. »Noire kann Penelope und mir bei meiner Kleiderprobe zur Hand gehen.«

»Mach schon, wir haben nicht den ganzen Morgen Zeit«, drängt Vater. Jetzt, wo ich weiß, dass Soleil ein Auge auf Noire hat, kann ich ihm bereitwillig folgen.

Auf dem Weg zum Thronsaal habe ich Mühe, mit Vater mitzuhalten. Jedes Auftreffen meiner hohen Absätze auf dem Marmorboden lässt mich zusammenzucken. Die rote Tapete mit goldener Musterung sieht aus wie ein Fluss aus abgestandenem Blut. Die Wände scheinen immer näher zu kommen, was mir das Atmen erschwert.

Ein Bogenfenster hinter dem Thron taucht diesen in weißliches Licht, sodass Vater wie eine Lichtgestalt aus meinen Albträumen aussieht, als er sich dort niederlässt. Der Marmorboden ist rotweiß gekachelt wie ein Schachbrett. Schleichend mache ich meinen letzten Zug, während der König unschlagbar vor mir aufragt und mir mit seinem leuchtenden Anblick Tränen in die Augen treibt. Mein Blick möchte zum Porträt meiner Mutter zucken, das die linke Wand ziert. Meine Hand möchte nach meinem Rubin

greifen. Die Augen starr nach vorn gerichtet und die Hände an den Körper gepresst, komme ich vor dem in rotem Samt verkleideten Podest mit dem Thron darauf zum Stehen.

»Ich nehme an, du weißt, wieso ich dich hierhergebeten habe.« Vaters Stimme ist so laut, dass sie durch den Thronsaal hallt, ihn einnimmt und ausfüllt, als hätte sie nichts Menschliches an sich.

Ich halte den Atem an. »Nein, Vater.«

Sein Blick trifft mich wie ein kalter Blitz. »Vor vier Jahren haben Julius und Sarina geheiratet. Da sie aus einer Familie von Waffenschmieden kommt, die seitdem für unsere Waffen verantwortlich ist, habe ich den Wunsch meines einzigen Sohnes respektiert und der Ehe der beiden zugestimmt. Du kannst dich glücklich schätzen, dass dein Bruder Mitspracherecht hatte, andernfalls wärst du seit vier Jahren verheiratet, wie er. Du hattest dein Mitspracherecht und keins der Bündnisse durch eine Heirat zwischen dir und einem jungen Mann aus einer Adelsfamilie ist aufgegangen. Wieso bist du mit deinen zwanzig Jahren zwei Jahre älter als der Großteil adliger Frauen bei ihrer Hochzeit, Robin?«

Mein Magen zieht sich zusammen, ein bitterer Geschmack sammelt sich in meinem Mund und am liebsten würde ich mich übergeben. Zahlreiche Männer hat mir Vater vorgestellt, in meinem Kopf verschmelzen sie zu einem einzelnen Gemälde. Sie haben alle gleich ausgesehen und keiner von ihnen hat den Wunsch in mir entfacht, ihn kennenlernen zu wollen. Von einer Heirat ganz zu schweigen. Beim Gedanken, dass mir einer von ihnen zu nah kommt, fröstle ich. Ich möchte nicht an jemanden gebunden und von ihm abhängig sein. Ich möchte nicht, dass jemand über meine Handlungen bestimmt, wie Vater und Julius es mit ihren Frauen machen. Im Sommerkönigreich heiratet niemand aus Liebe, alle Ehen sind arrangiert und dienen der Versorgung der Familie. Dennoch möchte ich, wenn überhaupt, jemanden an meiner Seite, dem ich vertraue und der mich nicht wie seine Sklavin behandelt.

In gespielter Tapferkeit recke ich das Kinn, obwohl mein Herz wie ein gefangener Vogel flattert. Ich muss nicht die Sklavin eines Fremden sein, weil ich bereits jemandes Sklavin bin. »Sarina ist nicht bereit, ihre Aufgaben als Kronprinzessin zu erfüllen. Soleil ist zu jung, es an ihrer Stelle zu tun. Ich muss Julius aus dem Hintergrund unterstützen. Als Prinzessin und als seine Schwester ist das meine oberste Pflicht.« Streng genommen soll die Kron-

prinzessin die Königin bei der Haushaltsleitung des Palastes, ihren Ehemann als Beraterin unterstützen und als Verbindung zwischen dem Volk und dem Adel zu dienen. Laut der Verfassung des Sommerkönigreichs hat sie bei Gesetzesentwürfen, Urkunden und Bekanntgaben das Recht der Intervention. In Wirklichkeit nehme ich Julius seine administrativen Aufgaben ab, die er nicht selbst ausführen möchte, und weder Königin Anthea noch mir ist es erlaubt, uns mehr als nötig mit dem Volk in Verbindung zu setzen.

»Es ist seit vier Jahren dieselbe Ausrede.« Vaters Stimme durchdringt mich, als würde er mir jeden Knochen einzeln brechen. »Sarina muss im Zweifelsfall bereit sein, ihren Pflichten nachzugehen und wenn du Soleil nicht ihre Aufgaben abnehmen würdest, hätten wir dieses Problem nicht.«

Meine Kehle schnürt sich zu. »Von jetzt an lasse ich meine Schwester ihre eigenen Entscheidungen treffen.«

»Das wirst du«, bestätigt Vater mit einem Blick, der meinen gesamten Körper einschließt und zu Eis erstarren lässt. Ein Klopfen ertönt, Flammen schmelzen das Eis. Nachdem Vater die Wachen an der Tür gebeten hat, diese zu öffnen, treten seine fünf Berater ein und erinnern ihn an eine Besprechung bezüglich des heutigen Tages der Abgaben. Mit einem Blick, der mich wie eine Axt durchtrennt, entlässt Vater mich.

31

DREI - KRÄFTIGE FLÜGEL

Mein erster Impuls nach diesem Gespräch ist es, zurück zu den Stallungen zu laufen, um Donnas Pferdegeruch einzuatmen und auf andere Gedanken zu kommen. Leider rufen meine Pflichten als Prinzessin, ohne mich nach meinem Befinden zu erkundigen und ohne Wenn und Aber, wenn ich nicht bereit bin, ihnen die Türen zu öffnen. Heute steht Verwaltungsarbeit auf dem Tagesplan, etwas, das Frauen normalerweise nicht erledigen, sondern Julius' Aufgabe als Kronprinz. Wenn ich sie nicht für ihn erledige, wird mich Donna bei meinem nächsten Besuch erneut mit Augen wie verglühte, kalte Sterne ansehen.

Mit gesenktem Kopf mache ich mich auf den Weg fort von Vater und vom Thronsaal.

Auf halbem Weg stoße ich mit jemandem zusammen. Ich mache einen Satz nach hinten, dann blicke ich in Königin Antheas weit aufgerissene Augen. »Verzeiht«, flüstere ich.

»Das macht nichts.« Ihre Stimme versucht, sich wie ein Verband über meine Wunden zu legen. Ich reiße ihn ab, bevor er sich gänzlich auf ihnen niedergelassen hat. »Du bist ganz blass. Geht es dir nicht gut?«

»Es ist alles in Ordnung«, antworte ich mit kraftloser Stimme.

Ihre Augenbrauen ziehen sich zusammen. »Bist du dir sicher?« Langsam geht sie einen Schritt auf mich zu, um ihre Hand auf meine Schulter zu legen. Meine Muskeln spannen sich an, die Kraft, mich ihr zu entziehen, habe ich nicht. »Ich weiß, welchen Anlass das Gespräch mit deinem Vater hatte. Denselben wie unsere morgendliche Besprechung.«

»Einen Moment.« Ich atme tief ein und aus, um sicher zu sein, dass kein Schrei aus mir herausbricht. »Ihr habt euch am frühen Morgen versammelt, um über meinen Unwillen, mir eine arrangierte Ehe aufzwingen lassen, zu sprechen?«

Königin Anthea nickt langsam. »Sei nicht verärgert, mein Kind. König Ignatius macht sich Sorgen um die Zukunft seiner ältesten Tochter.«

»Diese Sorgen sind nicht angebracht.« Ich verschränke meine Arme vor der Brust. »Heute sowie in Zukunft komme ich sehr gut allein klar.«

»Wovor hast du Angst, Liebes?« Sie lächelt aufmunternd. »Davor, deine Position als Prinzessin zu verlieren? Das wirst du nicht. Selbst wenn du die Thronfolgerin des Sommerkönigreichs wärst, stünde dein Ehemann in der Hierarchie niemals über dir. Du wärst Königin und er dein Prinzgemahl. Er dürfte nichts von dir verlangen, mit dem du nicht einverstanden bist.«

Ich beiße mir auf die Innenseite der Wange. »Kann ich mir da sicher sein?«

»Dein Vater würde niemals Anwärter für dich aussuchen, die keine reinen Absichten mit dir haben.«

»Das mag sein«, murmle ich, ohne meinen eigenen Worten zu glauben. Klamm taste ich nach meinem Rubinanhänger, ein Andenken, geschmiedet aus rotem Stein wie Mutters Blut. Nachdem ich seine erste Ehefrau umgebracht habe, welche Absichten hat Vater mit mir? »Leider fühlt sich eine Heirat allein beim Gedanken daran falsch an. Ich weiß, wie egoistisch das klingt, aber ich möchte jemanden heiraten, mit dem ich schöne und traurige Momente gleichermaßen durchstehe, ernste und weniger ernste. Jemanden, den ich liebe und dem ich vertraue.« Meine Handflächen werden schwitzig, der Rubin rutscht mir aus den Fingern. Zitternd hebt und senkt sich meine Brust.

»Deinen Worten nach zu urteilen, bist du trotz deines heiratsfähigen Alters nicht bereit, dich dein Leben lang zu binden.« Sie blickt über meinen Kopf hinweg, auf einen Punkt in weiter Ferne. »Ich weiß, als Prinzessin ist das nahezu unmöglich, weil für eine Heirat letztendlich der Stand entscheidend ist, aber ich würde mir wünschen, dass du diesen Menschen kennenlernst. Dein Gegenstück, das du aus vollem Herzen heiraten möchtest.«

»Danke für die lieben Worte.« Meine Hände ballen sich zu Fäusten wie sich bei Nacht schließende Blüten. Ich bohre meine Fingernägel in die Handflächen, ein Mut schenkendes Blutrinnsal wie tiefroter Nektar benetzt meine Finger. »Bevor ich mich meinen Pflichten widmen muss, darf ich Euch etwas fragen?«

Sie macht einen Schritt zurück, ihre Hand rutscht von meiner Schulter.

»Du weißt, dass du mich duzen kannst.«

Ich ringe die Hände. »Darf ich *dich* etwas fragen?«

Ein Lächeln, vergänglich wie die rosafarbene Morgenröte vor jedem tiefroten Tageseinbruch, zeichnet sich auf ihren Lippen ab. »Natürlich.«

»Ihr habt ... *Du hast* jung geheiratet.« Bei ihrer Heirat war Königin Anthea kaum älter als Soleil jetzt, fünfzehn. Vater ist dreißig Jahre älter als sie. Die Verbindung im Blut mit ihrer Familie war notwendig, um dem Sommerkönigreich neue Rohstoffe aus dem Westen, wo die Wasserquellen zahlreicher als in Felione sind, zu generieren. Liebe war nie das Motiv für diese Heirat, aber kann aus einer arrangierten Ehe Liebe werden? Demütig senke ich den Blick. »Hast du das jemals bereut?«

»Nein. Ich kann meinen Untertanen als Königin helfen und hoffe auf mehr Interaktion mit ihnen, um das Sommerkönigreich zum Guten zu verändern.« Ihre Augen glimmen wie brauner Stahl. »Dein Bruder tut sich schwer mit mir, was verständlich ist, mit elf wollte er keine fünfzehnjährige Stiefmutter. Aber ich habe eine wunderbare Stieftochter und eine wunderbare Tochter, die dem Sommerkönigreich eines Tages die Sonne spenden wird, nach der sie benannt ist.« Wie ein Windhauch streifen ihre Finger meine Schulter. »Ich weiß nicht, was dein Vater im Sinn hatte, als er dich Robin genannt hat. Es gibt in den westlichen Provinzen des Sommerkönigreichs Vögel mit demselben Namen. Dass du kräftige Flügel hast, weiß ich. Sei bereit, sie zu nutzen, wenn du dich deinem Schicksal – egal wie es aussieht – fügen musst.« Mit diesen Worten wendet sie sich von mir ab und lässt mich mit neuen Fragen im Kopf zurück.

Gold und Rot färben meine Gemächer. So wie der Reichtum der Königsfamilie gebaut auf dem Blut unserer Untertanen. Selbst die Fenster sind aus vergoldetem Kristallglas, durch das der Himmel die Ländereien dahinter in Gold statt Blut tränkt.

Dass meine Namensschwester ein Vogel ist, wusste ich nicht. Jetzt fügt sich dieses Puzzleteil nahtlos ein. Meine Gemächer sind mein Käfig mit der Maske eines prunkvollen, goldenen Zuhauses auf seinem blutroten Gesicht. Kräftige Flügel hat Königin Anthea gesagt. Seit zwanzig Jahren benutze ich sie, um Noire, Soleil und Donna vor Gefahren abzuschirmen. Zum Fliegen kann ich sie nicht nutzen, weil der von ihnen entfachte Wind nicht heiß genug ist,

meinen stählernen Käfig zu schmelzen. Könnte ich meinen Käfig in Flammen aufgehen lassen, würde eine starke Windböe als Auftrieb fehlen, um mich fortzutragen, bevor mir jemand die Flügel stutzt.

Schweißperlen tropfen mir von der Stirn. Seufzend wende ich mich dem Pergamentstapel auf meinem Schreibtisch zu. Einfallendes rotgoldenes Sonnenlicht verwandelt die schwarzen Tintenbuchstaben in Gold. Eine schöne Lüge als Maske für hässliche Wahrheiten.

Die Trinkwasserversorgung Feliones wird knapper, Menschen verdursten und Missernten häufen sich.

Weil mein Korsett enger wird und meinen Atem verkürzt, berührt mich der Gedanke nicht. Bilder meines Albtraums und Gedanken an eine Heirat lachen mich inmitten der Buchstaben aus wie Monster aus Julius' Gruselgeschichten.

Ein Teil von mir sehnt sich nach Noires Hilfe beim Ordnen meiner Gedanken, während ein anderer froh ist, dass sie Unterricht im Bogenschießen hat. Frauen steht es nicht zu, den Umgang mit Waffen zu erlernen. Als meine Getreue ist Noire eine Ausnahme. Seit nunmehr zehn Sonnenjahren übt sie sich im Umgang mit der selbstgewählten Fernwaffe. Zusehen darf ich selten, aber ich weiß, wenn es um mein Leben geht, wird ihr Pfeil sein Ziel treffen.

Schritte reißen mich aus meinen Gedanken, die sich meinem Empfangszimmer nähern, welches sich eine Tür weiter befindet. Nicht Noires Schweben über den Boden, sondern schweres Trampeln.

Ich rutsche auf die Stuhlkante, presse meinen Rücken gegen die Stuhllehne aus Ebenholz und betrachte das Pergament.

»Wie weit bist du mit den Statistiken?« Julius' Stimme schnürt mein Korsett so fest zu, dass ich nach Luft ringe. »Heute ist Neulicht, der Tag der Abgaben. Ich habe nicht ewig Zeit, darauf zu warten, dass du deine Arbeit zu Ende bringst.«

Jeder Bürger des Sommerkönigreichs, der nicht für die Königsfamilie arbeitet, muss in der Neulichtnacht eines jeden Mondes Abgaben ans Königshaus leisten. Menschen aus der Unterschicht müssen den Großteil ihrer kargen Ernte oder ihres Handwerks den anderen überlassen und können sich kaum selbst ernähren.

Mit stählerner Miene blicke ich auf. »Das Einzige was diese Statistiken mit dem Tag der Abgaben zu tun haben, ist der Beweis, dass in diesem Mond

mehr Menschen ihr Eigentum und womöglich ihr Leben verlieren werden.«

Kann jemand seine Abgaben, die Rohstoffe, Nahrungsmittel, Dienste und Arbeiter umfassen, nicht vollständig leisten, wird das Haus desjenigen von der königlichen Armee durchsucht. In neun von zehn Fällen wird etwas gefunden, für das man denjenigen anklagen kann, was zum Verlust des Eigentums und oft auch zur öffentlichen Hinrichtung führt, um ein Zeichen zu setzen.

Julius mahlt mit dem Kiefer. »Nach dem Tag der Abgaben soll schnellstmöglich über den Bau eines neuen Brunnens auf dem Marktplatz abgestimmt werden.«

»Die Antwort ist ja.« Ich presse die Lippen zusammen. »Wir brauchen diesen Brunnen, wenn sich darunter die letzten Grundwasservorräte Feliones befinden und solange der Brunnen auf den Ländereien des Sonnenpalasts steht.« Was die Probleme der Unterschicht nicht lösen würde, denn den von der königlichen Armee bewachten Marktplatz dürfen sie aufgrund ihres geringen Einkommens nicht betreten. »Immerhin wird das Thema der morgendlichen Besprechung nicht mein Unwillen sein, nicht heiraten zu wollen«, füge ich leiser hinzu.

Wie ein Kater mit ausgefahrenen Krallen nähert sich Julius mir. In seinen Augen spiegeln sich braune Treppenstufen, die in einen schwarzen Schlund führen.

Morsch, wie die sie beherbergende Hütte selbst, knarren sie unter meinen Füßen. Dunkelheit legt sich über mich wie Wasser, gegen dessen Strömung ich machtlos bin, weil ich nie gelernt habe zu schwimmen. Es nimmt mir die Fähigkeit, abgestandene, staubige Luft einzuatmen. Ich zittere bis auf die Knochen. Ein Schritt. Noch einer. Wenn ich Julius seine Brosche nicht zurückbringe, lässt er mich dann hier? Muss ich beim Versuch sterben? Mein nächster Schritt geht ins Leere, wie ein Vogel mit gebrochenen Flügeln stürze ich die Treppe hinab. Das Geräusch von splitterndem Glas ertönt.

Ein dumpfer Aufschlag in der Ferne bringt mich aus dem Haus im Wald in mein Arbeitszimmer zurück. Meine Knöchel treten weiß hervor, als ich die Tischkante umklammere. Kein morsches Holz, sondern stabiles Ebenholz. Ich atme aus.

Julius hebt seine zur Faust geballte Hand vom Tisch. »Was hat Vater bei eurem Gespräch vorhin gesagt?«

»Dass er meine Gründe, wieso ich nicht heiraten möchte, versteht.« Zitternd deute ich auf die Pergamentblätter. »Als deine Schwester muss ich dich unterstützen, bis Sarina bereit ist, es an meiner Stelle zu tun.«

»Du willst mich nicht unterstützen, das wolltest du nie.« Seine Stimme klingt wie angespannt knisternde Luft, bevor der erste Blitz die Nacht durchschneidet. Klauen legen sich um meinen linken, dominanten Arm und drücken zu. Mein Herz bleibt stehen und ich beiße die Zähne zusammen, um keinen Laut von mir zu geben. »Du wirst die Konsequenzen für dein Handeln bald tragen, Robin, und damit meine ich nicht deinen Unwillen zu heiraten.« Ein feines Rinnsal rote Tränen befleckt das weiße Pergament. »Ich hoffe, jeder Blick in den Spiegel ist eine Qual für dich, wenn du hineinschaust und das Antlitz der Frau erblickst, die du ermordet hast.« Mit der freien Hand umfasst er meinen Rubinanhänger. »Du hast es nicht verdient, ein Andenken an sie zu besitzen.« Unter seinem Griff färbt sich mein Arm blauviolett. »Wieso Vater dich am Leben gelassen hat, weiß ich nicht. Sobald ich König bin, wirst du dir wünschen, an Mutters Stelle gestorben zu sein.« Julius lässt mich und meinen Rubinanhänger los, das Blut schießt in meinen Arm zurück. »Wenn die Statistiken, bevor die ersten Bürger zum Tag der Abgaben eintreffen, nicht durchgearbeitet sind, frisst dein Gaul garantiert nie wieder.«

Sobald er sich abwendet, kneife ich die Augen zusammen und halte den Atem an. Als die Tür zu meinem Arbeitszimmer hinter Julius ins Schloss fällt, nehme ich einen tiefen Atemzug. Mein Arm verschwimmt vor meinen Augen. Angeschwollen, blauviolett verfärbt und von Kratzspuren überzogen.

Spätestens morgen sind die sichtbaren Spuren Julius' Handelns verschwunden wie Sandkörner im Wind. Dass ich ungewöhnlich schnell heile, darf er niemals erfahren. Andernfalls wird er testen, welche Verletzungen er dem Mädchen zufügen kann, das einen Sturz die Treppe hinab überlebt hat, der bei anderen mit einem Genickbruch geendet hätte. Meine Haut wird heilen, Narben seiner Worte bleiben unsichtbar zurück.

Die Statistiken bringt eine Dienstmagd pünktlich vor Einbruch des Abends in Julius' Gemächer. Beim Abendessen ist meine Haut makellos, als hätte mich sein Zorn nie berührt.

Es ist das entspannteste Abendessen seit langem, weil außer Soleil, Penelope,

Noire und mir alle anderweitig beschäftigt sind. Sarina schläft vermutlich, während Vater, Königin Anthea und Julius den Tag der Abgaben einleiten. Penelope verkündet vor dem Essen, dass wir morgen Abend Besuch einer Adelsfamilie aus Terris erhalten werden. Das schiebe ich allerdings in die unterste Schublade meines Gedächtnisses.

Vor allem, weil Soleil Noire und mich nach dem Abendessen auf ihr Zimmer bittet, um uns das neue Lied vorzuspielen, das sie auf dem Klavier gelernt hat.

Jetzt versinke ich in der Musik. Warme Sonnenstrahlen durchbrechen die mein Herz umgebende Wolkendecke. Durch die Adern meiner kleinen Schwester fließt Musik. Königin Anthea hat ihr das Klavierspielen beigebracht, als sie gerade laufen konnte. Daraus ist ihre Gabe gewachsen, sich Melodien anzueignen und mit ihnen wortlose Geschichten zu erzählen.

Soleils Finger gleiten über die Tasten. Ich schließe die Augen. Die Töne malen Farben in die Schwärze. Bunte Farben, die ich im kargen Sommerkönigreich niemals gesehen habe und keinem Gegenstand der Natur zuordnen kann. Nuancen von Grün wie farbige Zeichnungen von Bäumen, die ich allein aus Büchern kenne. Tiefes Azurblau wie das dem ewigen Sommer zum Opfer gefallene Eismeer, dessen Abbild heute nur noch auf Landkarten existiert. Die Melodie erzählt von einem Kontinent ohne einen ewigen Sommer. Vom Gleichgewicht und dem Handel mit Rohstoffen, damit kein Königreich hungern muss. Meine Gedanken breiten ihre Flügel aus, färben den roten Horizont bunt, fliegen über die gefallenen Königreiche und heilen ihre Wunden. Für einen Augenblick zerbrechlich wie Glas gibt es den Tag der Abgaben und die Wasserknappheit nicht. Es gibt den ewigen Sommer nicht, sondern nur Soleils Melodie, die ein Teil von uns allen ist. Ein Lächeln schleicht sich auf meine Lippen, um das Licht in meinem Herzen nach außen zu tragen. Wärme durchströmt meine Adern, näht meine unsichtbaren Wunden zu und verspricht mir Aufwind für meine neugierig und unsicher gleichermaßen ausgebreiteten Flügel.

Mit dem Ende des Liedes sinken meine Flügel kraftlos herab. Ich bin mir der goldenen Gitterstäbe und ihrer Schärfe, die mir meine Federn zu stutzen vermag, allzu bewusst.

Ich öffne die Augen, kurzzeitig verschwimmt meine Sicht, ich kann mich kaum orientieren, dann werden die Umrisse von Soleils Schlafzimmer klar. Es gleicht meinem wie ein Spiegelbild bis auf das ebenhölzerne Klavier.

»Das war wunderschön.« Mein Lächeln kehrt flüchtig wie ein einziger Flügelschlag zurück. »Ich hoffe, in der nächsten Weißen Nacht lässt dich Vater auf dem Feuerplatz spielen. Dann schenkt dein Klavierspiel ganz Felione ein Hoffnungslicht.«

Feuchtes Glitzern ist in Noires Auge zu erkennen. »J-Ja, d-das war es.«

Soleils Wangen färben sich rosa. »Danke.« Sie strahlt wie ihre Namensgeberin, ohne die sengende Hitze, sondern sanfte Wärme wie eine Umarmung spendend. Dann knackt sie mit den Knöcheln. »Möchtet ihr ein weiteres Lied hören?«

»Wenn du so lieb bist, ein weiteres zu spielen, dann gerne«, antworte ich.

»Milady, ich muss Euch auf die Uhrzeit hinweisen«, bemerkt Penelope. »Es ist reichlich spät und morgen muss einiges für unseren Besuch vorbereitet werden.«

Die unterste Schublade meines Gedächtnisses öffnet sich mit einem kalten Windstoß, der meine Wirbelsäule hinab zuckt.

»W-Was die Menschen aus T-Terris wohl von uns möchten?«, spricht Noire meine Gedanken aus.

Soleil schlägt die Beine übereinander. »Wenn sie den Weg von der anderen Seite des Sommerkönigreichs bis hierher auf sich nehmen, muss es ein wichtiges Anliegen geben«, überlegt sie.

»Zerbrecht euch nicht den Kopf«, meint Penelope. »Morgen Abend werden wir es erfahren.«

»Die in den Städten lebenden Adligen brauchen manchmal keinen Grund zum weiten Reisen.« Ich werfe einen Blick aus dem Fenster. Hinter dem goldschimmernden Glas ist die Welt ins Kleid der sternenlosen Neulichtnacht gehüllt. »Sich mit dem Königshaus zu verbünden, hat sicherlich Vorteile für ihre Heimatstädte.« Mir fallen die Statistiken ein. »Zumal Felione von mehr Import profitieren würde.«

Soleil neigt den Kopf. »Wie meinst du das?«

»Die Lebensmittel sind knapper als in den Jahren zuvor.« Ich fahre mir durchs Haar. »Genauso wie das Wasser. Die zuständigen Arbeiter müssen immer tiefer nach unterirdischen Quellen graben. Vater überlegt, einen neuen Brunnen auf dem Marktplatz in Auftrag zu geben, für diejenigen, die sich das Wasser leisten können.«

Penelope wischt sich Schweißperlen von der faltigen Stirn. »Es ist kein

Wunder, dass die Lebensmittel der Hitze des ewigen Sommers zum Opfer fallen.«

»Ich sorge mich um die Menschen in Felione«, gebe ich zu. »Darum, dass sie das Schicksal der Lebensmittel teilen und im ewigen Sommer zugrunde gehen. Wenn ich sie zu Gesicht bekomme, wie bei der Hinrichtung gestern, tun sie mir wahnsinnig leid. Die Bürger aus der Unterschicht sind furchtbar abgemagert.«

»Ich bin mir sicher, Euer Vater wird sein Möglichstes tun, um ihre Situation zu verbessern«, versichert mir Penelope.

»Darauf müssen wir hoffen.« Ich seufze. »Das morgendliche Bankett findet sicher statt, weil Terris über bessere Versorgungsmöglichkeiten verfügt.«

Soleils Stirn legt sich in Falten. »Ist es denn nicht im gesamten Sommerkönigreich und auch fernab des Waldes so heiß, dass alle Pflanzen verdorren?«

»Doch«, antworte ich. »Allerdings liegt Terris am Fuße eines Vulkans. Vulkanasche ist fruchtbar, deshalb gedeihen Pflanzen dort besser.« Zumindest haben mich das meine Unterrichtsstunden in Geografie gelehrt. Mit eigenen Augen habe ich nie einen Vulkan gesehen.

»I-Ich wünschte, m-man könnte die S-Sonne abstellen«, flüstert Noire, den Blick auf ihre von Sonnenbrand gezierte sich stetig pellende Haut gerichtet. »Diese Hitze b-bekommt n-nicht nur den Pflanzen n-nicht.«

»Ich weiß, was du meinst«, seufzt Soleil. »Zwar kennen wir es nicht anders und es steht nicht in unserer Macht, das Wetter zu ändern, doch die Hitze bleibt unerträglich.«

»Den Überlieferungen zufolge war es nicht immer unerträglich heiß.« Penelope verlagert ihr Gewicht auf einen Fuß. »Im Sommerkönigreich hat Hitze dominiert, natürlich, aber nicht in der quälenden Form wie jetzt. Es heißt, vor dem Fall der Königreiche haben sich Wetterphänomene abgespielt, die heute nahezu in Vergessenheit geraten sind. Natürlich sind das Mythen, aber ich habe einmal von Wasser gehört, das vom Himmel tropft. Zudem soll der Himmel damals blau gewesen sein.«

»Blauer Himmel, wie seltsam«, murmle ich.

»Nicht wahr?« Penelope schmunzelt. »Außerdem soll dieses Wasser im heute zerstörten Winterkönigreich fest gewesen sein.«

Noire runzelt die Stirn. »F-Fest?«

»Fest und kalt.«

»Kalt.« Noires Gesichtszüge entspannen sich. »Das klingt g-gut. Sicher h-hätte ich dort nicht diese furchtbaren Hautprobleme.«

Penelope lächelt ihr zu. »Natürlich gibt es außer alten Aufzeichnungen und Gemälden keine Beweise. Doch auf meinen Reisen durchs Sommerkönigreich sind mir viele Geschichten zu Ohren gekommen.«

Kribbelnde Anspannung wie das Knistern in der Luft, bevor Blitze über den Himmel zucken, erfasst mich. »Die gefallenen Königreiche hast du nie besucht, oder?«

Ich kenne sie von Karten in Geschichtsbüchern. Auf jeder Karte springt mir zuerst der Ozean ins Auge. Das Eismeer im fernen Norden des Kontinents, dem einstigen Winterkönigreich. Dieselbe Neugierde packt mich, wenn ich das Gebirge im Osten, im ehemaligen Herbstkönigreich, und den See im Westen, wo das Frühlingskönigreich war, sehe. Unerreichbare Orte, die von Magiern heimgesucht werden und heute ein Zerrbild meiner traumhaften Vorstellung sind.

»Dort gibt es nichts zu besuchen.« Penelope senkt die Schultern. »Fernab des Sommerkönigreichs sind Ruinen.«

Meine Hände ballen sich zu Fäusten, die kribbelnde Anspannung macht einem neuen Gefühl Platz. Feuer lodert in meinem Inneren auf wie der Scheiterhaufen bei einer Hinrichtung. »Ich wünschte, es gäbe keine Magie«, spreche ich meinen Gedanken aus. »Dann hätten wir im Sommerkönigreich keine Wasserknappheit, sondern Wasser, das uns vom Wetter selbst beschert wird.«

»Vielleicht hast du recht.« Penelope streicht sich eine weiße Haarsträhne aus dem Gesicht. »Vielleicht sind das nur Mythen.« Sie wirft einen Blick in die Ferne, ehe sie auf die große Standuhr schaut. »Mit Sicherheit kann ich sagen, dass es Zeit ist, schlafen zu gehen. Morgen wird ein wichtiger Tag, das habe ich im Gefühl.«

Später, als ich in meinem Himmelbett liege, lodert ein Feuer in mir, das der Todbringer aller Magier sein möchte. Wenn sie die anderen Königreiche nicht zerstört hätten, wären uns einige Versorgungsprobleme erspart geblieben. Magier sind Monster, es war dumm von mir, gestern kurzzeitig etwas anderes gedacht zu haben.

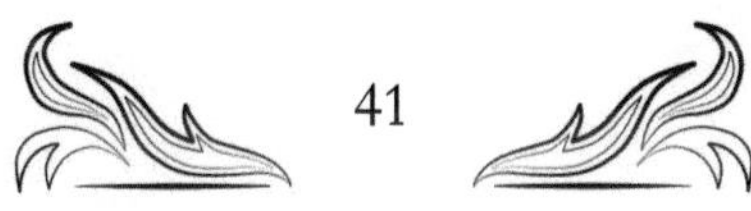

VIER - DAS FEST VOR DEM STURM

»Lass gut sein, Noire.«

»A-Aber –«

»Du kennst meine Haare lange genug.« So fest, dass Flammen an meiner Kopfhaut lecken, ziehe ich an einer roten Locke, die mir protestierend entgleitet. »Sie sind zu widerspenstig für Hochsteckfrisuren.«

Noire beißt sich auf die Unterlippe. »N-Nein, ich bekomme d-das hin.« Zitternd nimmt sie erneut meine Locken zwischen die Fingerspitzen, versucht, diese mit Haarnadeln nahe meiner Kopfhaut zu fixieren und scheitert zum wiederholten Mal.

»Es ist in Ordnung. Meine Haare müssen offen bleiben«, sage ich. »Kümmere du dich lieber um deine Kleidung für den heutigen Abend.«

Missmutig betrachtet Noire die nutzlosen Haarnadeln in ihrer Hand. »Wenn d-du meinst.« Ihre Schultern sinken herab wie meine sich aus jeder Hochsteckfrisur lösenden Locken. »Den K-Kampf gegen d-deine Haare verliere i-ich jedes M-Mal.«

Nachdenklich lasse ich meinen Blick durch den Raum schweifen, auf der Suche nach einem Funken in der Dunkelheit, die Noire einhüllt. Letztlich bleibt mein Blick an einer Vase mit Seidenblumen auf meinem Nachttisch hängen. »Wie wäre es, wenn du mir ein paar davon in die Haare flechtest?« Ich deute auf die Vase. »Sicher halten sie in meinen dicken Locken besser als Haarnadeln.«

»Zu d-deinen Augen p-passen die B-Blüten perfekt«, meint Noire. Sogleich macht sie sich auf den Weg zu meinem Nachttisch, um die Seidenblumen zu begutachten. »Ich h-habe das jedoch noch n-nie g-gemacht.« Schnellen Schrittes kommt sie zu mir zurück. »Was, w-wenn e-es furchtbar aussieht?«

Ein Lächeln legt sich auf meine Lippen. »Das wird es nicht.«

»N-Na gut.« Mit diesen Worten beginnt sie, die Blumen in mein Haar einzuflechten. Nahtlos fügen sie sich in die roten Locken ein wie verlorene Puzzleteile. Ein Lächeln zupft an ihren Lippen. »Es klappt.«

Mein Gesichtsausdruck spiegelt ihren. »Ich wusste, uns fällt etwas ein.« Ich schlage die Beine übereinander. »Wann immer meine Haare sich gegen eine Hochsteckfrisur wehren, beneide ich dich um deine.«

»W-Was?« Eine der Seidenblumen fällt zu Boden. »T-Tut mir l-leid.«

»Deine Haare haben die perfekte Struktur für eine Hochsteckfrisur.«

Noire hat die Seidenblume gerade aufgehoben, da fällt sie ihr wieder herunter. »Nein, b-bestimmt nicht.« Sie kneift ihr Auge angestrengt zusammen. »Glaubst du, beim Bankett mit den Adligen aus Terris geht es wirklich um einen Handel?«, wechselt sie das Thema, statt mein Kompliment anzunehmen.

»Ich denke schon.« Eine Gänsehaut, kaltem Wasser gleich auf meiner Haut dränge ich mit aller Gedankenkraft zurück. »Das terrische Volk bekommt im Gegenzug Unterstützung vom Königshaus. Vermutlich was die Verteidigung angeht. Vater wird mehr Truppen dort stationieren, um den Schutz des Westens unseres Königreichs gegen Angriffe von Magiern zu festigen.«

»D-Du hast s-sicher recht.« Noire tritt einen Schritt zurück, um meine Frisur aus einer anderen Perspektive begutachten zu können. »I-Ich bin f-fertig.«

Ich erhebe mich von meinem Hocker und stelle mich neben Noire. Zwischen meinen roten Locken glitzern die Blumen wie goldener Schmuck. Rot und Gold, die Farben des Sommerkönigreichs, in denen auch mein bodenlanges Kleid gehalten ist. Abgerundet wird meine Kleidung mit dem Erbstück meiner Mutter. Abnehmen würde ich den Rubinanhänger niemals. Anderen Schmuck trage ich nie, obwohl ich mehr als genug Juwelen und Perlen besitze. »Das hast du perfekt gemacht.« Meine Augen glitzern wie die Blumen. »Tausend Dank.«

Ein zögerliches Lächeln umspielt Noires Lippen. »Nichts zu d-danken.« Der Ausdruck auf ihrem Gesicht verschwindet, Schatten gleiten über ihre Miene.

»Was ist los?«

Zitternd rollt sie die Schultern nach hinten. »Du –« Ihre Stimme klingt

wie über Scherben fließender Honig. »Du hast mir nicht gesagt, was König Ignatius gestern mit dir besprochen hat.«

Ich knirsche mit den Zähnen.

Ein Vorhang aus feinem blondem Haar fällt Noire ins Gesicht. »Dachte ich mir«, wispert sie in derselben Stimmlage, darauf bedacht, dass die Scherben unter der Last ihrer Worte nicht zerbrechen. »Sei vorsichtig, Robin. Es sind jetzt sechs Jahre, irgendwann lässt er dich nicht mehr davonkommen und –« Zerbrochene Scherben werden wie Kristalle vom Honig fortgespült. »V-Vielleicht i-ist eine Heirat n-nicht so schlimm w-wie d-du denkst.« Mit angespannten Schultern schaut sie auf. »In d-den Romanen, d-die Soleil u-und ich lesen, r-rettet d-der Prinz i-immer die Prinzessin und sie haben e-ein glückliches Leben.«

Die goldenen Gitterstäbe, hinter denen ich eingesperrt bin, kommen näher, bis sie meine Flügel berühren. Einzelne Federn fallen zu Boden wie verdorrte Blätter im Wind. »Diese Prinzessin braucht keinen Prinzen.« Ich schlucke trocken. »Du solltest dich jetzt umziehen. Die terrischen Adligen können jeden Moment ankommen.«

Noire kommt meiner Aufforderung nach, ohne mich ein weiteres Mal auf das Thema anzusprechen.

Jetzt trägt sie ein langärmeliges, goldenes Seidenkleid, das ihr bis zur Mitte der Waden fällt und ich habe ihr Haar mit Haarnadeln in derselben Farbe zu einer kunstvollen Frisur hochgesteckt. Beim Anblick einer kahlen Stelle und zwei blauvioletter Flecken auf Noires Kopfhaut beiße ich mir stumm auf die Innenseite meiner Wange. Wenn die Heirat mein wunder Punkt ist, der eine Grube zwischen uns aushebt, sind die kahlen Stellen und blauen Flecken Noires. Woher sie stammen, verrät sie mir nicht. Bekomme ich die schuldige Person zu fassen, werde ich neben meinen kräftigen Flügeln auch meinen spitzen Schnabel zeigen.

Auf dem Weg in den Flur dröhnen Gespräche vom Fuße der Treppe zu uns hinauf, immer wieder unterbrochen von Sarinas Gelächter, das mich wie Schläge in die Magengrube trifft. Als Julius, Sarina und Lucius Noire und mich bemerken, verstummen sie augenblicklich.

Hinter Sarinas Schmunzeln braut sich ein Unwetter zusammen. »Wenn man von der Prinzessin spricht.«

Ich presse die Lippen zusammen. »Ich wünsche dir auch einen guten Abend.« Meine Kehle schnürt sich beim Blick in drei wie neu geschmiedete Dolche funkelnde Augenpaare zu. »Habe ich irgendetwas verpasst?«

Julius packt meine Schulter und vergräbt seine Fingernägel, durch den Stoff meines Kleides, in meiner Haut. »Du wirst sehen.«

Ich entziehe mich seinem Griff und widerstehe mit zusammengebissenen Zähnen dem Drang, meine pochende Schulter zu massieren. »Könnt ihr es nicht ein einziges Mal gut sein lassen?« Wie eine schützende Rüstung schlinge ich meine Arme um den Körper. »Ihr könnt mir nicht bei jedem Bankett starken Alkohol vom Schwarzmarkt oder eine Mixtur, die mich während einer Unterhaltung einschlafen lässt, in den Wein mischen.«

Sarina grinst. »Die Flüssigkeit in der letzten schwarzen Nacht, von der du Ausschlag bekommen hast, nicht zu vergessen.«

Mit klammen Fingern taste ich nach meinen Wangen. Ebenmäßig gepuderte Haut ohne Krater. Puderreste zerbröseln zwischen meinen Fingern wie Sand, als ich die Hände senke.

»Dein Wein wird heute keine Überraschungen beherbergen.« In Julius' Stimme knistert ein Feuer, das darauf lauert, zu einer Stichflamme heranzuwachsen und mich zu verbrennen. »Nicht, solange du dich an die Spielregeln hältst.«

Mir läuft es eiskalt den Rücken herunter.

»Lasst sie in Ruhe!«, ruft eine hohe Stimme vom Treppenabsatz hinab. Schnellen Schrittes eilt Soleil die Treppe herunter. »Robin hat euch nichts getan.«

Sarina zieht die Nase kraus. »*Du* mischst dich ein?«

»Dazu hast du kein Recht.« Julius verschränkt die Arme vor der Brust. »Wer Vaters Befehle nicht ausführen kann, sollte sich nicht in die Unterhaltungen Erwachsener einmischen.«

»Weil es sehr erwachsen ist, jemandem etwas in den Wein zu mischen.« Ich verdrehe die Augen. »Außerdem hat Soleil sich nicht widersetzt. Ich bin ihr zuvorgekommen, ehe sie die Entscheidung treffen konnte, Vater zu gehorchen.«

»Ihr diese Entscheidung abzunehmen, war nicht deine Aufgabe«, knurrt er. »Nichts als Ärger hast du dieser Familie bereitet und bezahlen wirst du früh genug.«

Soleil schiebt sich mit gerecktem Kinn neben mich. »Dafür müsst ihr erst an mir vorbei.«

»U-Und an m-mir.« Zitternd stellt sich Noire auf meine andere Seite.

»Wie süß«, haucht Sarina. Langsam pirscht sie sich an Noire heran. »Ach und Noire, Schätzchen, wozu hast du dich heute so hübsch gemacht? Du glaubst nicht wirklich, die terrische Adelsfamilie bringt ihren Sohn mit und er wird sich in dich verlieben.« Noires Körper ist eine Statue, als Sarina mit dem Zeigefinger den Stoff ihrer Augenklappe nachzieht. »Nicht, solange du dieses Ding im Gesicht hast.«

»Halt den Mund!« Ich mache einen Schritt nach vorne in Sarinas Richtung, woraufhin sie Noire loslässt und ins Stolpern gerät. Julius packt sie am Arm, sonst wäre sie rücklings zu Boden gegangen.

Schwere Schritte auf dem Gang hindern Sarina an einer Antwort. »Warum schreit ihr den gesamten Palast zusammen?« Vaters schwarze, allumfassende Augen halten uns gefangen wie eine sternenlose Nacht. »Nein, schweigt, ich möchte es nicht wissen. Königin Anthea empfängt gemeinsam mit Penelope gerade unsere Gäste.« Er macht eine ausladende Handbewegung. »Wenn ihr still sein und mir folgen würdet.«

Julius beschuldigt mich nicht, das Feuer eines Streites entfacht zu haben, sondern schließt sich Vater an. Ein folgsamer Soldat fügt sich seinem General. Sarina und Lucius sind direkt hinter ihm. Soleil, Noire und ich wechseln einen verwirrten Blick, ehe wir uns anschließen.

Vater führt uns in den Speisesaal. Unsere Bediensteten haben ganze Arbeit geleistet und ihn für das Bankett hergerichtet. Alles ist in den Farben des Sommerkönigreichs, Rot und Gold, gehalten, von der Tischdecke bis hin zum Besteck und den zahlreichen Schüsseln auf der Tafel. Wäre dieses Bankett schon länger in Planung, würde die große Auswahl an Beeren, Fleisch, gedünstetem Gemüse und Obstkuchen erklären, warum unsere Mahlzeiten in den letzten Wochen so eintönig ausgefallen sind. Ob ein Vertrag bezüglich Exports aus Terris gedeihen wird, wenn das Bankett den Anschein erweckt, es würde uns an nichts mangeln? Andererseits sollte die Königsfamilie nicht der Maßstab für das gemeine Volk sein und ich bin ausgehungert. Mir läuft das Wasser im Mund zusammen, dann trifft mich die Erinnerung an die Lebensmittelknappheit im Sommerkönigreich wie eine Ohrfeige.

Nachdem ich den hergerichteten Speisesaal in Augenschein genommen

habe, fällt mein Blick auf die am Tisch sitzenden Personen. Zwei unserer Gäste sind links und rechts neben dem Kopfende des Tisches platziert, um von dort aus mit Vater und Königin Anthea verhandeln zu können. Ein Mann in seinen späten Dreißigern ist einer von ihnen, seine goldene Uniform spiegelt perfekt die Atmosphäre des Saales wider. Neben ihm vermutlich seine Ehefrau. Ihr goldgelbes Kleid hebt sich von ihrer Haut mit goldbraunem Unterton ab und ihr kupferrotes Haar schimmert im Kerzenlicht. Ich schlucke trocken und wende mich ab, als sie den Kopf hebt und meinen Blick bemerkt.

Meine Aufmerksamkeit fällt auf zwei junge Männer, die auf Stühlen in der Mitte des Tisches Platz genommen haben. Zwischen den Plätzen, auf denen Soleil und ich sonst sitzen. Soll das eine kommunikative Sitzordnung sein, oder warum müssen meine kleine Schwester und ich uns heute Abend trennen?

Vater stellt uns die Adelsfamilie als Lord und Lady Tremaine mit ihren Söhnen Nathan und Jasper vor. Nachdem Soleil, Sarina, Julius und ich vorgestellt wurden – unsere Getreuen bleiben wie unsere Schatten von Vaters Worten unberührt – dürfen wir uns setzen. Überraschenderweise steht einer der Brüder auf. Wenn ich mich recht erinnere, ist sein Name Jasper. Er und sein Bruder sehen aus wie gewöhnliche Männer aus dem Sommerkönigreich, rote Haare und braune Augen, und so identisch, dass ich sie kaum unterscheiden kann. »Eure Hoheit.«

»Vielen Dank, Mylord«, sage ich perplex.

»Es ist mir eine Ehre.«

Aus dem Augenwinkel sehe ich, wie Nathan dasselbe für Soleil tut. Sie wirft einen hilfesuchenden Blick in meine Richtung, den ich mit einem Schulterzucken quittiere.

Normalerweise ist es bei einem Bankett Noires Aufgabe, meinen Stuhl zurückzuschieben, jetzt steht sie verloren neben mir. »Setz dich«, raune ich ihr zu. Wortlos lässt sie sich auf dem freien Stuhl neben mir nieder.

»Als Euer König ist es mir eine Freude, dieses Bankett zu eröffnen.« Vaters Stimme erfüllt den Speisesaal wie ein in tiefem Moll spielendes Blasorchester. »Auf eine gute Zusammenarbeit zwischen Felione und Terris und auf unsere Partnerschaft!«

In Gedanken bin ich an einem vollkommen anderen Ort. Ist der Vertrag

bereits abgeschlossen und die Tremaines sind zum Feiern hier? Wie in Trance greife ich nach meinem Weinglas, um mit den anderen anzustoßen. Trinken werde ich keinen Schluck.

»Möchtet Ihr terrisches Brot probieren, Eure Hoheit?« Ich nicke und bekomme kaum mit, wie Jasper mir ein Stück gelbliches, süß riechendes Brot auf den Teller legt.

»Dankeschön«, murmle ich.

»In Terris ist das eine Spezialität«, sagt Jasper.

»Genau wie der Obstkuchen, den wir als Nachtisch mitgebracht haben«, ergänzt sein Bruder.

Brot ist nicht mein liebstes Gesprächsthema. Um nichts erwidern zu müssen, breche ich eine Ecke des terrischen Brotes ab und probiere. Es schmeckt anders als unser fades Weizenbrot. Genauso süß, wie es riecht, beinahe fruchtig. »Was ist darin, dass das Brot so süß schmeckt?«

»Bananen.«

»Brot mit Bananen?« Soleil betrachtet das Brot auf ihrem Teller mit zusammengezogenen Augenbrauen. »Das soll schmecken?«

»Ehrlich gesagt schmeckt es wie Kuchen, nicht wie Brot.« Ich zucke die Schultern. »Aber keinesfalls schlecht.«

Soleil probiert einen Krümel. »Ihr habt recht.« Sie nimmt einen größeren Bissen. »Dann stimmt es also, dass das Land in Terris fruchtbarer ist als in Felione?«, erkundigt sie sich anschließend.

»Ja«, antwortet Nathan.

»Ich wünschte, hier würden Bananen angebaut.« Soleil seufzt. »Das ist erst das dritte Mal, dass ich welche esse, egal in welcher Form.«

»Wenn der Export aus –«, beginne ich.

Sarina schneidet mir das Wort ab: »Möchtest du an einem solch feierlichen Abend wirklich über die Gegebenheiten im Königreich sprechen, Robin?« Sie nimmt sich eine Handvoll Weintrauben aus der Obstschale. »Heute ist ein Tag zum Feiern, ruiniere das nicht mit deinem Gerede über Politik.«

Meine Antwort ist ein Kopfschütteln. Damit ich nicht mehr reden muss, belade ich meinen Teller mit Beeren, verschiedenen Sorten Brot und einem weißen krümeligen Käse, der mir unbekannt ist. Seelenruhig stopfe ich all das in mich hinein, obwohl ich keinen Hunger habe, solange meine Untertanen langsam verhungern und solange mir die Hände gebunden sind, ihnen

zu helfen.

»Ist a-alles gut?« Noires Wispern ist ein Windhauch, der meine Ohren streift.

»Dieses Bankett ist merkwürdig«, flüstere ich, ohne sie anzusehen. Starr fokussiere ich mich auf Vater und Lord Tremaine, die ihre Köpfe zusammenstecken, als würden sie geheime Pläne schmieden. Mir wird kalt. »Etwas stimmt nicht.«

»Robin«, zischt Julius. »Zeige dich ein wenig gastfreundlicher.«

»Genau«, ergänzt Sarina. »Warum verschwendest du deine Zeit damit, dich mit deiner nutzlosen Getreuen zu unterhalten, die du sowieso jeden Tag siehst?«

»Dieses Bankett ist geschäftlich.« Ich blicke beiden nacheinander in die Augen. »Deshalb sehe ich keinen Grund, nicht mit Noire reden zu dürfen.«

»Ihr seid Prinzessin Robins Getreue, Milady?«

Noire blickt sich hektisch um, ehe sie merkt, dass Jasper sie gemeint hat. »N-Nur Noire«, stammelt sie. »Aber ja, d-die b-bin ich.«

»Seit unserer Kindheit«, ergänze ich.

»Das ist eine lange Zeit.« Jaspers Blick bleibt an Noires Augenklappe hängen. »Ich nehme an, dies ist in einem Kampf passiert, in dem ihr die Prinzessin beschützt habt?«

Noires Finger verkrampfen sich um den Stiel ihres Weinglases. Die rote Flüssigkeit darin bewegt sich wie Wasser während eines Sturms. »N-Nein.«

»Sie hat nur noch ein Auge, seit wir sie kennen«, wirft Julius ein. »Vielleicht ist sie mit einem Auge auf die Welt gekommen.«

Jasper betrachtet Noire, als wäre sie nicht mehr wert als der Straßenstaub unter seinen Stiefelsohlen.

Feine blonde Haarsträhnen fallen ihr ins Gesicht, sie senkt den Kopf und gleicht, als sie auf ihrem Stuhl zusammensackt einer Marionette mit durchgeschnittenen Fäden.

Vorsichtig lege ich meine Hand auf ihre. »Ist schon gut«, hauche ich.

Sarina stützt sich mit den Ellenbogen auf der Tafel ab. »Warum erzählt Ihr uns nicht vom Leben in Terris?«

»In Terris ist es nicht sonderlich interessant«, sagt Nathan. »Die meiste Zeit verbringen wir mit Buchhaltung und der Verwaltung der Stadt.« Seine Mundwinkel zucken nach oben. »Glücklicherweise gibt es genug Wege, sich

vor Buchhaltung zu drücken.«

Ich rümpfe die Nase. »Wieso drückt Ihr euch vor Eurer Arbeit?«

Soleil zwirbelt eine wellige Haarsträhne, die sich aus ihrem Fischgrätenzopf gelöst hat, um den Zeigefinger. Unruhig rutscht sie auf ihrem Stuhl hin und her, bis Julius ihr einen messerscharfen Blick zuwirft, der sie erstarren lässt. »Was könnte wichtiger sein, als mit der Erfüllung Eurer Pflichten für das Wohlergehen der Menschen in Terris zu sorgen?«, bringt sie dennoch mit klarer Stimme heraus.

»Terris hat viel zu bieten«, antwortet Jasper. »Zu viel, um ständig seinen Pflichten nachgehen zu wollen. Aber ein Abend in der Bar bedeutet nicht das Vernachlässigen meiner Pflichten.«

»Ich nehme an, ein Abend in der Kneipe ist damit gleichzusetzen, den Damen in der Stadt falsche Hoffnungen zu machen –« Ich beiße mir auf die Zunge, wohlwissend, dass ich meine Worte nicht zurücknehmen kann. In Felione in eine Kneipe zu gehen, sich das nächstbeste naive Mädchen auszusuchen und erst am Morgen zurückzukehren, ist die allabendliche Beschäftigung von Julius und Lucius. Ob Sarina, die sich ihnen meines Wissens nie angeschlossen hat, davon weiß und was sie darüber denkt, würde ich gerne erfahren.

»Gewiss,« antwortet Nathan anstelle seines Bruders.

»Allerdings sind die Damen in Terris nicht so bildschön wie Ihr«, ergänzt Jasper.

Zu meiner rechten spüre ich eine Berührung an meinem Bein. Für einen Augenblick bin ich erstarrt, zittere bis auf die Knochen und Gift durchströmt meine Adern. Noire verschränkt ihre Finger mit meinen, was meine Starre löst. Der Kloß in meinem Hals brennt wie Säure, als ich ihn herunterschlucke. Ich entziehe mich Jaspers Berührung und rücke mit meinem Stuhl so nah an Noires, dass ich beinahe auf ihrem Schoß sitze. In Augenblicken wie diesen wünschte ich, meine Flügel auszubreiten, dem fehlenden Aufwind zu trotzen und eine Welt hinter mir zu lassen, in der mich mein Status als Prinzessin angreifbar macht.

Julius' Lachen bringt denselben kalten Wind mit sich wie Jaspers Berührung. »Bei meiner prüden Schwester müsst Ihr andere Geschütze auffahren.«

Das Knarren der Eingangstür zum Speisesaal setzt unserer Unterhaltung ein Ende. Bedienstete kommen herein, räumen rasch alle Speisen vom Tisch,

lediglich die verschiedenen Obstkuchen lassen sie stehen. Dazu kommt eine frisch gefüllte Obstschale, zusammen mit den Cremes in unterschiedlich bunten Farbtönen.

»Lasst uns ein weiteres Mal anstoßen, ehe wir uns dem Dessert widmen«, verkündet Vater. »Lasst uns anstoßen, auf die Verlobung meiner beiden Töchter mit den Lords aus dem Hause Tremaine!«

Fünf - Hände einer Mörderin

Wie Glockenschläge dröhnen Vaters Worte durch meine Gedanken, meine letzte Stunde hat geschlagen. Gestern hat er mir Verständnis vorgespielt, um mir in einem unvorbereiteten Moment ein Messer in den Rücken zu rammen, gemeinsam mit meinem Bruder und seinen beiden Anhängseln. Dass die drei von allem wussten, erklärt ihre ekelhaft gute Laune. In meinem Inneren braut sich ein Unwetter zusammen, darauf lauernd, das Bankett in Flammen aufgehen zu lassen. Blitze zucken vor meinen Augen bis rotgoldene Farbwirbel alles sind, das für mich zu sehen bleibt. In weiter Ferne klirren Weingläser. Mit diesen Verrätern werde ich nicht anstoßen.

Donnerschläge und dumpfe Glocken verstummen, Blitze verglühen, meine geschärften Sinne finden ihre Ziele automatisch. Noire sitzt in sich zusammengesunken neben mir, als hätten ihr Vaters Worte das Rückgrat zertrümmert. Aus Soleils Gesicht ist alle Farbe gewichen, als hätte man sie einen Mond lang weit weg von der roten Sonne eingesperrt.

»Beide Töchter?« Königin Antheas Blässe spiegelt die ihrer Tochter, von der sie ihre Augen nicht lassen kann. Ihre Worte gelten Vater. »So war das nicht abgesprochen. Außerdem dachte ich, nachdem Robin gestern mit dir gesprochen hat, wäre das Thema vorbei.«

»Da hast du dich geirrt.« Vaters Stimme ist hart wie Beton. »Weil es bei Robin so lange gedauert hat, sollten wir, was Soleil angeht, frühzeitig Vorkehrungen treffen.«

Mit jedem gesprochenen Wort verschlingen Schatten das Licht in Soleils Augen, bis nichts mehr davon übrig ist. Der Anblick des gerostetem, glanzlosen Goldes löst meine Starre. »Soleil ist noch ein Kind!«, platzt es aus mir heraus. »Das kannst du ihr nicht antun, Vater!«

»Es ist nur eine Verlobung.« Seine Augen sind eine Nacht ohne Sterne, in der ich auf mich allein gestellt, und den in der Dunkelheit lauernden Monstern schutzlos ausgeliefert bin. »Sie ist nur noch ein Kind, weil du ihr ihre Verantwortung nimmst. Ohne dich ist sie alt genug und eine verlobte erwachsene Frau widersetzt sich keinen Befehlen.«

»Aber ich –« Soleils Augen füllen sich mit Tränen wie Goldstaub, der versucht, die Schatten zu durchbrechen. Gern wäre ich aufgesprungen, um sie in den Arm zu nehmen, da kommt mir ihre Mutter zuvor. Königin Anthea legt schützend die Hände auf die bebenden Schultern ihrer Tochter. »Ich wollte nicht, dass –«

»Sie hat sich nicht widersetzt, Vater«, schneide ich ihr das Wort ab, bevor sie in einen Abgrund fällt, aus dem ich sie nicht hinaufziehen kann. »Ich habe deinen Befehl an ihrer Stelle ausgeführt, bevor sie entschieden hat, eigenhändig zu handeln. Das wird in Zukunft nicht mehr vorkommen. Ab jetzt lasse ich Soleil ihre eigenen Entscheidungen treffen.«

»Das wirst du«, knurrt Vater. »Soleil wird heiraten, wenn sie sechzehn ist. Sie ist Lord Nathan fest versprochen, um das Bündnis zwischen Felione und Terris zu festigen.« Die Augen einer Bestie wie aus den Geistergeschichten über den Wald, welche mir Julius früher erzählt hat, schauen Soleil und Königin Anthea an. »Deine Zeit hingegen ist abgelaufen, Robin. Egal, welche Ausreden dir einfallen. Du bist eine erwachsene Frau, es ist deine Pflicht, als Prinzessin, zu heiraten.«

»Warum?« Erst als die Weingläser in meiner Nähe ins Wanken geraten, wird mir bewusst, dass ich aufgesprungen bin. »Ich bin nicht die Thronfolgerin. Demnach muss ich weder jemanden an meiner Seite haben, mit dem ich eines Tages regieren kann«, Ich vergrabe meine Fingernägel in den Handflächen, um nicht zu zittern und schlucke ätzende Spucke herunter, »noch Enkel auf die Welt bringen.«

Vater schaut in die Runde. »Entschuldigt die Unannehmlichkeiten. Meine Tochter ist stur wie ein ungezähmtes Pferd. Ich bin mir sicher, wenn sie verheiratet ist, kommt sie zur Vernunft.« Danach wendet er sich wieder an mich. »So hast du nicht mit dem König zu sprechen! Du wirst in zehn Tagen heiraten, Robin, und wenn ich dich persönlich zum Altar tragen muss. Danach reist du an Jaspers Seite nach Terris und bleibst auf unbestimmte Zeit dort.« Er schaut zu Soleil. »So kannst du deiner Schwester nicht mehr

ihre Aufgaben abnehmen und sie kann als Prinzessin wachsen.«

Kälte legt sich um mich wie ein Käfig, aus dem kein Feuer auf dem Kontinent mich zu befreien vermag. Mein Herz schlägt kraftlos, verwelkt wie eine in der Sonne verdorrende Blume. Mit weit aufgerissenen Augen und offenem Mund starre ich Vater an. »Ich soll nicht nur einen Mann heiraten, den ich gar nicht kenne, sondern auch von meiner Schwester getrennt werden?«

»Vater«, stammelt Soleil unter Tränen. »Du kannst mir meine Schwester nicht wegnehmen.«

»Dein verweichlichter Tonfall ist Beweis genug dafür, dass dies der richtige Weg ist.« Sein Mund verzieht sich zu einer monströsen Fratze. »Sowohl als euer Vater und König möchte ich das Beste für meine beiden Töchter. Das wird euch guttun, vertraut mir.«

»Außerdem« meldet sich Jasper zu Wort, den ich nur über meine Leiche als meinen Verlobten bezeichnen werde, »wirst du allein nach Terris reisen, so kannst du die Menschen dort kennenlernen, ihre Bedürfnisse verstehen und darauf basierend Buchhaltungsarbeit erledigen.«

Ich presse die Lippen zusammen. »Ich soll Euch Eure Arbeit abnehmen?«

»Gerade sagtest du, deine Pflichten seien wichtiger als alles andere.« Ein Schmunzeln umspielt Julius' Mundwinkel. »Dass du bis jetzt nicht heiraten wolltest, weil du es als deine Aufgabe ansiehst, mir meine Pflichten abzunehmen, hast du auch mehrmals gesagt.«

Bevor das Gewitter in meiner Brust eine neue Antwort aus mir herausschnellen lässt, beginnt mein Herz panisch zu flattern. Aus dem Augenwinkel linse ich zu Noire. Sie scheint die Tischplatte so interessant zu finden, dass sie es nicht für nötig hält, aufzuschauen. »Ihr sagtet, ich würde allein nach Terris reisen«, presse ich hervor.

»Gewiss.«

Mein Herz setzt einen Schlag aus. »Das schließt sicher meine Getreue mit ein.«

»Natürlich nicht«, entgegnet Jasper. »Eure Getreue wird weder Euch noch jemand anderem in Terris von Nutzen sein. Eine einäugige Getreue, ich bitte Euch.«

»Wir haben dieses Trauerspiel lange genug mitansehen müssen«, sagt Julius. »Es ist Zeit, dir eine richtige Getreue an die Seite zu stellen.«

»Wenn Buchhaltung meine einzige Funktion ist, brauche ich keine

Getreuen, die mich beschützen. Selbst wenn, ich will nur Noire.« Meine Stimme ist Stahl. Innerlich droht mein Herz, den lodernden Flammen zu erlegen. Das Blut dröhnt in meinen Ohren. Schweiß läuft mir in den Mund. Mir ist so heiß, dass ich am liebsten erneut ein kaltes Bad nehmen möchte. »Niemand kann mir Noire wegnehmen und niemand kann mich davon abhalten, Soleil zur Seite zu stehen!«

»Da muss ich dich leider enttäuschen«, entgegnet Vater. »In zehn Tagen ist deine Hochzeit. Sie wird vor dem versammelten Volk Feliones auf dem Feuerplatz stattfinden. Am selben Abend wirst du mit deinem Ehemann nach Terris aufbrechen und dort vorerst verweilen.«

»Ich weiß, dass ich schon immer abgeschoben werden sollte, weil ich schuld an Mutters Tod bin!« In einer reflexartigen Bewegung stoße ich mein Weinglas um, dessen Inhalt eine blutende Wunde auf dem goldenen Tischtuch hinterlässt. »Aber so lasse ich nicht mit mir umgehen. Gute Nacht.« Soleil und Noire allein an dieser Tafel sitzen zu lassen, tut mir weh, dennoch trete ich meinen Stuhl mit dem Fuß zur Seite und renne aus dem Speisesaal, bevor mich jemand aufhalten kann.

»Nein, Soleil, lass sie«, sagt Königin Anthea.

»Komm sofort zurück, das ist ein Befehl!«, brüllt Vater.

»Gebt ihr ein wenig Zeit zum Nachdenken, Eure Majestät«, schlägt Penelope vor. »Das ist sehr viel auf einmal für sie.«

Mehr höre ich nicht.

Einen Augenblick verweile ich auf dem Flur, an die Wand gepresst, um sicherzugehen, dass mir niemand folgt. Als nach einer Vielzahl rasselnder Atemzüge niemand auf dem Gang steht, bin ich mir sicher, dass sie es vorerst aufgeben, mit mir zu sprechen.

Dennoch ziehe ich meine hohen Schuhe aus, um schneller fliehen zu können. Mir ist so schwindelig, dass ich nicht sicher bin, ob ich den Weg schaffe. Zitternd greife ich nach Mutters Erbstück, drücke es an mich und renne in dem Glauben, dass sie mir die nötige Kraft für den Weg gibt. Es gibt nur einen Ort, an dem ich meinen angestauten Tränen freien Lauf lassen kann. Den Triumph, mich weinen zu sehen, wollte ich den Anwesenden beim Bankett nicht gönnen. Denn obwohl ich weiter so tun kann, als würde ich nicht in zehn Tagen heiraten, weiß ich, dass es kein Entkommen gibt.

Das Gesicht in Donnas schwarzer Mähne vergraben, fließen die Tränen unaufhaltsam meine Wangen hinab. Die Stute ist das einzige matte Licht in meiner ewigen Dunkelheit. Ihr weiches warmes Fell unter meiner Stirn und ihr Pferdegeruch sind die einzigen Konstanten in meinem heute zu Scherben zersprungenem Leben.

Wie lange hat Vater geplant, mich nach Terris zu schicken? Ist es kurzfristig geschehen, weil ich die Gefangene zum wiederholten Mal an Soleils Stelle gefoltert habe? Warum muss Vater seiner zweiten Tochter dieselben Fesseln anlegen? Weil sie es zugelassen hat oder, weil ihr Herz zu rein ist, Menschen wehzutun?

Der Gedanke, mich auf Donnas Rücken zu schwingen, und davon zu galoppieren, ist verlockend, doch keine Option. Wohin könnte ich fliehen? Vater würde mich im gesamten Sommerkönigreich suchen lassen. Als Prinzessin kann man sich nirgends verstecken, selbst dann nicht, wenn man nie nach draußen in die Stadt geht.

»Ob ich wenigstens dich mitnehmen darf, Donna?«, stammle ich mit tränenerstickter Stimme. »Wenn Vater mir alles wegnimmt, das mir lieb und teuer ist«, Ich ziehe die Nase hoch, »musst du wohl hierbleiben, nicht wahr?«

Ihre einzige Antwort ist ein genügsames Zucken mit den Ohren.

Ich hebe den Kopf und streiche mit den Fingerspitzen ihren Hals. »Dein Fell ist furchtbar nass.« Ich schluchze auf. »Entschuldige, Donna.« Wieder klammere ich mich an ihr fest wie an meinem einzigen Anker, der mich vor dem Ertrinken bewahrt. »Entschuldige, dass ich dein wunderschönes Fell verunstalte. Entschuldige, dass ich dich bald nicht mehr beschützen kann, wenn Julius dir nichts zu fressen gibt.«

Sie nimmt meine Entschuldigung leise schnaubend an.

»Bald kann ich niemanden mehr beschützen. Soll Vater mich nach Terris schicken, meinem lieben Ehemann werde ich das Leben zum Albtraum machen. Der wird sich wünschen, mich nie geheiratet zu haben.« Ich hebe den Kopf, um in ihre braunen Augen zu blicken. Da lediglich eine Öllampe die Stallung beleuchten, während draußen Schwärze herrscht, kann ich den Ausdruck in ihnen nicht erkennen. »Wenn ich nicht mehr im Sonnenpalast lebe, wird sich Soleil um dich kümmern. Vielleicht wird Noire –«

Mein Hoffnungsfunke erlischt beim Gedanken an sie und ich beginne

hemmungslos zu weinen, bis meine Sicht verschwimmt. »Donna, was macht Vater mit Noire, wenn ich nicht mehr hier bin?« Es kommt mir vor, als hätte ich das Mädchen aus der Hütte im Wald erst gestern mit hierhergebracht. Vater war sie stets ein Dorn im Auge, von Julius und Lucius ganz zu schweigen. Schließlich hatte sie mich vor dem Tod bewahrt. »Ich muss sie davon überzeugen, wegzulaufen. Nach ihr wird niemand suchen, für Vater wäre sie kein Verlust«, überlege ich laut, unterbrochen von rasselnden Atemzügen. »Im Ernstfall weiß sie, sich mit ihrem Bogen zu verteidigen. Wenn sie es bis nach Terris schafft, bin ich nicht lange von ihr getrennt.« Benommen streichle ich Donnas glimmerndes Fell, es glänzt im Schein der Öllampe wie Sternenlicht. »Ich wünschte, Noire hätte keine Angst vor dir, dann könntet ihr gemeinsam fliehen.«

»Wie überaus rührend.«

Aufgrund meines Schluchzens habe ich Lucius nicht hereinkommen hören. Ich atme tief durch, bis ich sicher bin, dass keine Tränen mehr fallen werden. »Schickt mein Bruder dich?« Mit dem Ärmel meines Kleides wische ich mir das Gesicht ab.

»Gewiss.« Im matten Licht sieht sein Gesicht wie eine dämonische Fratze aus, die mir das Blut in den Adern gefriert.

Ich presse meine Schulter Halt suchend gegen Donnas. »Du kannst Julius sagen, dass ich unter keinen Umständen zurück zum Bankett gehe.«

»Das Bankett war dank Eurer Schauspielnummer schnell beendet, nachdem Ihr fort wart«, antwortet er. »Ihr solltet Euch glücklich schätzen, dass der Vertrag zwischen den Tremaines und der Königsfamilie durch Euer Verhalten nicht nichtig wurde. Was habt Ihr Euch dabei gedacht, so einen Aufstand zu veranstalten?«

Mit verkrampften Fingern ziehe ich Kreise auf Donnas Fell. »Wie würdest du reagieren, wenn dir einfach so alles weggenommen werden würde?«

»Einfach so alles weggenommen.« Lucius lacht. »Das klingt, als wollte Euer Vater Euch wehtun.«

Für einen Moment möchte ich Lucius meine für Vater bestimmten Vorwürfe an den Kopf werfen. Einerseits würde mich das in noch größere Schwierigkeiten bringen, andererseits habe ich nichts mehr zu verlieren. »Dass mir weh getan wird, ist bedeutungslos. Dass Soleil und Noire verletzt werden, kann ich nicht zulassen.«

»Prinzessin Soleil ist ein verweichlichtes Mädchen, Eure Abwesenheit wird das Beste für sie sein«, meint Lucius. »Noire könnt Ihr unbesorgt Sarina überlassen.« Mit einem Grinsen auf dem Gesicht kommt er auf mich zu.

Donnas Körper versteift sich, ebenso wie meiner.

»Julius bat mich, noch einmal nachzufragen, was für Euch so abstoßend am Gedanken ist, zu heiraten? Wie Ihr schon sagtet, hier lebt Ihr ein von Verachtung geprägtes Leben.« Weitere Schritte in meine Richtung, bis er vor mir steht. »Müsste die Vorstellung, mit Eurem Ehemann ein neues Leben in Terris zu beginnen, demnach nicht verlockend sein?«

»Nein«, zische ich. »Was ist daran verlockend, einen Mann zu heiraten, den ich nicht nur nicht liebe, sondern vollkommen abstoßend finde? Er ist zu faul, seine Arbeit zu tun, ich soll sie ihm abnehmen. Außerdem hat er seine Hände während des Banketts kaum bei sich behalten können.«

Sein Grinsen wird breiter. »Julius hatte recht, Ihr habt Angst vor Männern.«

In meiner Brust versucht ein eingesperrter Vogel panisch flatternd, seine Flügel auszubreiten. »Das stimmt nicht.«

Je näher er kommt, desto mehr Rotweingeruch atme ich ein.

Wie lähmendes Gift entzieht der Geruch meinem Körper Donnas Wärme. Ich umklammere meinen Rubinanhänger. Flehe im Stillen meine Mutter an, mir ein zweites Mal Noire als Licht in der Dunkelheit zu schicken. Würde Mutter meine Bitten hören, hätte sie die Ereignisse des heutigen Tages verhindert; oder sie verachtet ihre Mörderin. Mutters Erbstück wird heiß wie ein Kaminfeuer, von dem meine Finger zurückzucken. Wie ein Brandzeichen bleibt ein blauvioletter Abdruck des Rubins auf meiner Handfläche zurück.

Ich stolpere nach hinten, bis ich mit dem Rücken gegen die Holzwand der Pferdebox pralle, an der ich mich festhalten muss, um nicht umzufallen. Aus meinen Albträumen geborene Schatten umzingeln mich wie eine feindliche Armee. Es gibt kein Entkommen.

»Keine Sorge, Vernunft kann man Euch sicher einprügeln.« Lucius packt mein Kleid und zerreißt es oberhalb der Brust. Rotgoldene Stofffetzen rieseln zu Boden wie verdorrte Blütenblätter, bis das Kleid so weit aufgerissen ist, dass es mir herunterrutscht.

Reflexartig hebe ich die Hände, um meinen nur noch von einem Korsett

und Unterwäsche geschützten Körper zu verbergen. Dabei verheddere ich mich im Stoff des Kleides. Ich verliere ich den Halt, meine Beine knicken weg wie morsche Zweige, das Kleid liegt zu meinen Füßen.

Vergangene Berührungen packen meinen Oberschenkel wie die Spitze eines Dolchs und Übelkeit steigt in mir auf. Obwohl im fahlen Licht nur Silhouetten und einzelne kräftige Farben erkennbar sind, kneife ich die Augen zusammen. Wohlwissend, dass mich fehlende Sicht nicht davor beschützen kann, mit anderen Sinnen zu erfahren, was jetzt kommt.

Lucius reißt meine Arme nach hinten. Mein Kopf zerspringt in eine Millionen Scherben und meine Wange fängt Feuer, als mich seine Faust ohne Vorwarnung trifft. »Als Getreuer Eures Bruders erhielt ich die Erlaubnis –« Ein spitzer Schrei beendet seinen Satz. »Der verdammte Gaul hat mich gebissen!«

Blinzelnd öffne ich die Augen. Verschwommene Schatten verformen sich zu Lucius' Gestalt, deren Gewand sich an der Schulter dunkelrot färbt.

Donnas Nüstern sind zu schmalen Schlitzen verengt, ihre Mundwinkel angespannt und ihre Ohren liegen eng am Kopf. Sie macht einen Schritt auf Lucius zu.

Diesmal ist er vorbereitet, holt aus und schlägt ihr auf den Hals. Donna verliert die Balance. Lucius nutzt den Moment. Bevor meine Retterin ein zweites Mal nach ihm schnappen kann, packen Lucius' Klauen mich und schleifen mich aus der Box. Die Tür fällt hinter uns zu. Donna tritt mit angelegten Ohren erfolglos gegen das dunkle Holz.

»Jetzt kann der Gaul sich nicht mehr einmischen und es ist Zeit, dass Ihr nicht nur für Euer Verhalten bezahlt, sondern auch für das Eures Pferdes. Euer Vater wollte das Tier behalten, weil es noch nützlich sein könnte.« Er wirft einen Seitenblick zu Donna, die in dumpfer Trauermelodie gegen die Boxtür tritt. »Jetzt hat sich das wohl geändert.«

Lucius wirft mich zu Boden. Dabei löst sich das Korsett und meine nackten Schultern prallen auf den Steinboden. Die Haut reißt wie vergilbtes Pergament, kaltes Blut läuft meinen Rücken hinab und tränkt meine Unterwäsche in tiefem Rot. Ich kann meine Arme diesmal nicht bewegen, um meine Blöße zu bedecken. Blutgeruch raubt mir den Atem. Mir wird schlecht. Tränen steigen mir in die Augen.

Julius zwingt seinen Getreuen, mir wehzutun. Das ist nichts Neues. Lucius

hat Freude daran, die Aufträge auszuführen und mich zu quälen. Aber als das Blut meine Locken verklebt, weiß ich, dass er dieses Mal zu weit gegangen ist. »Das lässt Vater niemals zu.«

»Euch wird er gewiss nicht glauben, wenn Ihr ihm davon erzählt.« Lucius drückt ein Knie auf meinen Bauch, sein Gewicht hält mich auf dem Stallboden gefangen. Er beugt sich über mich, Rotweingeruch brennt in meiner Nase.

Ich nutze die Gelegenheit, um ihm ins Gesicht zu spucken und kassiere eine weitere Ohrfeige. Meine Sinne schwinden. Nichts zu spüren ist besser, als Schmerzen zu empfinden. »Schlag mich ruhig bewusstlos«, presse ich hervor.

»Das hättet Ihr wohl gerne«, flüstert Lucius. »Euer Bruder bat mich, das nicht zu tun, sonst würde diese Lektion ihre Wirkung verfehlen.«

Gleißendes Licht blendet nicht nur mich, sondern auch Lucius, der sein Gewicht so verlagert, dass mir ein Durchatmen vergönnt ist. »Wer wagt es?«

»G-Geh weg v-von ihr.« Das Licht kommt von einer Laterne in Noires Hand. Für mich wird es vom Körper der Frau ausgestrahlt, die nach vierzehn Jahren zum zweiten Mal meine Retterin ist. Die mich ins Licht zurückbringen wird, während blutrote Dunkelheit meine Haut hinab rinnt. »I-Ich kämpfe gegen dich. N-Niemand tut Robin w-weh.« In der anderen Hand hält sie ihren Bogen.

»Ich wusste, du lässt mich nicht allein«, röchle ich.

Noire reckt den Hals. »Niemals.«

Lucius lässt mich los. Bevor ich mich in eine sitzende Position gebracht habe, steht er vor Noire. Klirrend fällt die Laterne zu Boden und zerbricht, ohne dass Noires Strahlen erlischt. »Trotz all ihrer Ängste, setzt sie sich für Euch ein.« Er streicht Noire über die Wange. »Jetzt kann ich Eurer Getreuen auch eine Lektion erteilen, wobei ich was das angeht nicht schnell genug bin. Sarina hat das bereits mehrfach übernommen, nicht wahr?«

Noire kneift ihr Auge zusammen. Selbst aus dieser Entfernung sehe ich sie kräftig schlucken. Nach einem zittrigen Atemzug öffnet sie ihr Auge. »W-Wenn d-du Robin verschonst, i-ist d-das i-in Ordnung.«

»Oh, wie rührend.« Lucius' Hand schnellt nach vorne, um Noire zu packen.

Der Schmerz in meiner Schulter fühlt sich an, wie ich mir einen Knochen

und Muskeln durchtrennenden Schnitt mit einer Axt vorstelle. Dennoch rapple ich mich vom Boden auf. Obwohl die Stallung um mich herum verschwimmt, sprinte ich nach vorne und packe ihn am Arm, bevor Lucius seine Bewegung zu Ende führen kann. »Niemand krümmt Noire ein Haar!«

»N-Nein«, stammelt Noire. »I-Ich nehme d-das auf mich.«

»Wie schade, dass ihr bald getrennt sein werdet«, haucht Lucius. »Für keine von euch gibt es ein Entkommen. Wenn Ihr weg seid, wird Noire Sarinas Getreue sein, sie hat Euren Vater höchstpersönlich darum gebeten. Euch kann niemand beschützen, nicht jetzt und nicht, wenn Ihr in Terris seid.« Er wirft einen Blick über die Schulter auf Noire. »Weder Eure lächerliche Getreue noch Euer ungezogener Gaul«, Mit dem freien Arm, der nicht in meinem Klammergriff gefangen ist, reißt er mir Mutters Erbstück vom Hals, »noch Eure Mutter, die Ihr umgebracht habt. Schämt Ihr euch nicht dafür, was Ihr Eurem Bruder mit dem Verlust von Königin Juliette angetan habt? Menschen wie Ihr bekommen, was sie verdienen.«

Meine vorher schwindenden Sinne werden scharf, als würde ich die Stallungen zum ersten Mal wahrnehmen. Wärme hüllt mich ein wie ein schützender Mantel, den ich wie einen lange vermissten Freund empfange. Gierig füllen sich meine Lungen mit vor heißer Anspannung knisternder Luft, die sich auf Lucius' Arm unter meinem Griff überträgt. Rote Funken steigen unter meiner Handfläche in die Dunkelheit auf. Mein Herz schlägt langsamer. Klirrend fällt meine Kette zu Boden. Der schützend warme Mantel löst sich auf, Wärme weicht aus meinem Körper wie herunterbrennende Holzscheite in einem Kamin. Eine Stichflamme lodert auf, ohne mich zu berühren. Kalter Wind schließt mich ein. Mit angehaltenem Atem löse ich meinen Griff von Lucius' Arm, starre meine unversehrte Hand wie in Trance an und bin einen Atemzug später geblendet von Flammen, die sich von seinem Arm über seinen gesamten Körper ausbreiten.

»Was habt Ihr getan?« Seine Stimme ist schrill. »Ihr seid ein Monster!« Dann ersetzen Schreie die Worte. In Windeseile fressen sich die Flammen durch Lucius' Gewand und sein Fleisch, bis dort, wo er gestanden hat, eine große rotgoldene Stichflamme lodert.

Wie in Trance hebe ich die Hände, halte sie mir vors Gesicht und erkenne nicht eine Spur der Zerstörung, die ich angerichtet habe. Die Hände einer Mörderin und doch sind sie unbefleckt.

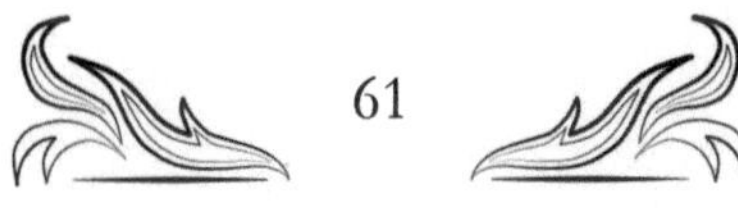

Auf einen Schlag werden meine Glieder schwer, mein Atem kurz. Schweiß tritt aus all meinen Poren hervor. Mit der sich in glühende Funken auflösenden Flamme erlischt alles Feuer, das in meinem Inneren übriggeblieben ist. Das Letzte, was ich spüre, ist der Schmerz, als ich auf die Wunden an meinen Schultern falle.

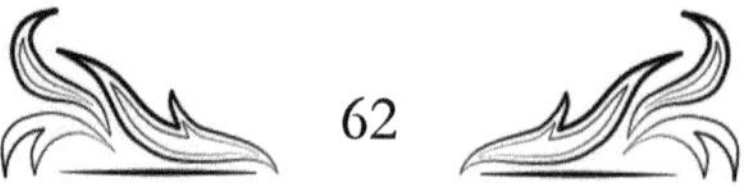

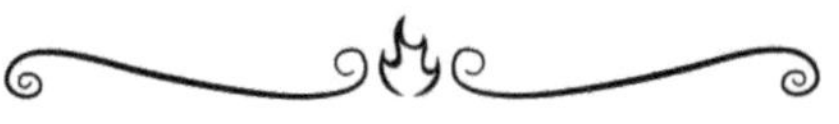

Sechs - Rubinroter Käfig

»W-Wach auf.«

Zaghaft flattern meine Lider. Für den Bruchteil einer Sekunde weiß ich nicht, wo ich bin, ehe ich die Silhouette der Stallung im matten Licht erkenne.

Noire hockt neben mir auf dem Boden. »E-Ein Glück.« Ihre kühlen Finger streichen mir über die Wange. »I-Ich dachte i-ich hätte dich v-verloren.«

»Verloren?«, stammle ich.

»D-Du brauchtest eine Quelle f-für ... d-du weißt schon.« Sie schluckt. »Geleitet von deinem Z-Zorn und in deiner U-Unwissenheit hast d-du deine eigene Körperwärme genommen. D-Du hättest sterben können.«

Meine Erinnerungen an die Momente vor der Ohnmacht sind hinter dichtem Nebel verborgen. »Meine Körperwärme? Was? Wovon redest du?«

Noires Wangen werden blass. »D-Du weißt n-nichts mehr?«

»Nein.« Ich beiße mir auf die Innenseite der Wange. »Bitte sag mir, was passiert ist.«

Sie senkt den Kopf. Ihre Hände zittern wie die wenigen verdorrten Blätter der Bäume Feliones im Wind.

Wenn sie es mir nicht sagen möchte, muss ich es selbst herausfinden. Ich bringe mich in eine aufrechte Position. Mein Kopf dröhnt, erst nach einigen Atemzügen bemerke ich, wie abgestanden die Luft ist. Dick. Sauerstoffarm. Der Geruch von verbranntem Fleisch liegt in der Luft, wie nach einer Hinrichtung auf dem Scheiterhaufen.

Statt mich im Raum umzusehen, fällt mein Blick auf meine makellosen Hände. Kein Blut, kein Kratzer. Die abgestandene Luft wird leichter. Mein flüchtiger Gedanke war Einbildung. Natürlich. Ich bin zu Donna gelaufen, gestolpert und ohnmächtig geworden ... vielleicht bin ich auch vom Weinen ohnmächtig geworden. Eins von beidem. Um sicher zu gehen, greife ich nach

meinem Rubin, der am Goldband um meinen Hals hängt.

Erleichtert atme ich auf, dann sehe ich mich im Raum um. Wenige Meter von mir entfernt liegt ein Haufen Knochen, an dem verkohlte Fleischfetzen hängen. Wie Gift atme ich den Geruch von Asche und Rotwein ein. Aus Dunkelheit geborene Klauen reißen mein Kleid entzwei, das Echo eines längst vergangenen Schlags pulsiert auf meiner Wange. Erneut schaue ich auf meine Hände ... unbefleckte Hände einer Mörderin. Die Erinnerungen brechen auf mich ein wie ein während eines Gewitters zum Einsturz verdammtes Haus, begraben mich und nehmen mir den Atem. Ich öffne den Mund, kein Ton kommt heraus. Ruckartig springe ich auf und gehe einige Schritte zurück, um Abstand zwischen mich und Lucius' Überreste zu bringen, bis mein Rücken mit der Tür zu Donnas Box zusammenstößt.

»Robin –« Noire macht behutsame Schritte auf mich zu.

Ich hebe abwehrend die Hände. »Fass mich nicht an!«

»Bitte.« Mit feucht glitzerndem Auge sieht sie mich an. »Wir müssen verschwinden, bevor uns jemand findet.«

»Nein, *du* musst verschwinden! Bring dich in Sicherheit, bevor –« Meine Beine knicken weg und ich sinke der Länge nach an der Boxtür entlang zu Boden. »Bitte, ich will dir nicht wehtun.« Tränen sammeln sich in meinen Augen, ehe ich es verhindern kann, rinnen sie meine Wangen hinab. »Ich bin ein Monster, Noire.«

Ungeachtet meiner Warnungen hockt sich Noire neben mich. »Du bist kein Monster«, entgegnet sie mit klarer Stimme.

»Hör auf, das zu sagen«, schluchze ich. »Ich bin eine Mörderin.« Mein Blick schnellt zu meinen Händen, wie in Trance fahre ich die Linien auf meinen Handflächen entlang. Hände, die zum Töten geschaffen sind. Nicht mit Dolchen wie vor den Hinrichtungen. Mein Herz setzt einen Schlag aus, beim Blinzeln bilde ich mir ein, Feuer entflamme auf meinem Handballen. »Seit ich auf der Welt bin, war ich nie etwas anderes als das!«

Sie schüttelt den Kopf. »Du bist kein Monster. Das war Notwehr.« Sie weicht meinem Blick aus. »E-Er h-hat dir Wunden zugefügt, d-die n-niemand zu h-heilen vermag, aber w-wenn d-du ihn n-nicht getötet h-hättest –«

Das Ende ihres Satzes verbrennt in ihrem Mund wie Lucius' Körper und der Nachklang ihrer Worte fließt wie abgestandener Wein durch meine Adern. Aus dem Augenwinkel linse ich zu Lucius' Überresten. Das Bewusst-

sein, dass er mir nicht mehr wehtun kann, mischt sich mit metallischem Geschmack auf meiner Zunge.

Noire fährt sich durchs Haar, Abgründe schimmern in ihrem Auge und ihre Brust hebt sich hektisch. »Dass er dir den Rubinanhänger vom Hals gerissen hat, war Glück. So konntest du dich gegen ihn wehren, obwohl – oder weil – du deine Magie nicht kontrollieren kannst.«

Ich umschließe den Rubin mit meiner Hand, seine scharfen Kanten bohren sich in meine Haut. »Mein Anhänger? Was hat es damit zu tun, du deutest doch wohl nicht an ... er ist kein Erbstück?«

Schmerz gleitet über Noires Gesichtszüge. »Nein«, antwortet sie leise. »D-Das hat dir d-dein Vater e-eingeredet, d-damit d-du ihn nicht abnimmst. D-Der Anhänger muss eine Art Siegel, sein, d-das die Verbindung zwischen d-dir u-und deiner M-Magie trennt. «

Ihre Worte sind Schatten, die jegliches Licht in meinem Inneren auslöschen. Mein Zittern überträgt sich wie ein Beben auf meinen ganzen Körper. Ich packe den Rubin fester und lasse ihn, mein Vorhaben begreifend, los, als hätte ich mich an ihm verbrannt. »Meine Mutter, sie –« Ein schweres Gewicht drückt auf meine Brust. »Ich habe ihr dasselbe angetan wie ... wie ihm –« Ich lasse meinen Kopf in die Hände sinken und schluchze unkontrolliert, während die Scherben meiner Welt auf mich herabfallen und mich unter sich begraben.

»D-Du warst e-ein Baby.« Noires Hand tastet nach meiner und ich habe nicht die Kraft, mich ihrem sanften Griff zu entziehen. Mit der anderen Hand hebt sie behutsam mein Kinn an. Durch einen verschwommenen Schleier sehe ich sie an. »Genau w-wie jetzt konntest d-du d-deine Magie nicht k-kontrollieren und es muss e-etwas vorgefallen sein, d-das s-sie ausgelöst hat.«

»Wieso hat Vater mich nicht direkt nach meiner Geburt getötet? Er hätte mich töten müssen«, schluchze ich. »Wieso hat er mir den Rubinanhänger gegeben, um meine Magie zu bannen?«

»I-Ich w-weiß es nicht.« Sie betrachtet ihre Hände. »Das k-kann nur er d-dir beantworten.«

Ich nehme einen scharfen Atemzug, der in einem kehligen Husten endet. Ich schmecke Asche. »Er wird einen Plan gehabt haben. Ich bin eine Spielfigur auf seinem Schachbrett, die ihre Position nie gekannt hat.« Meine

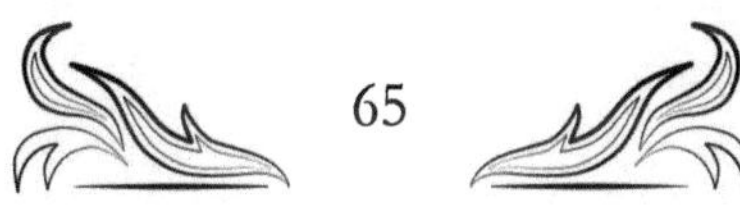

Tränen sind trockengelegt wie die Wasserquellen Feliones. »Was immer sein Plan ist, er kann von Glück reden, dass ich die Kette nie abgenommen habe.« Meine Stimme verliert mit jedem Satz an Feuer. »Oder *hat* er darauf gewartet, dass ich sie abnehme?« Ich schlinge meine Arme um die Knie. »Wenn sein zweiter Plan aufgegangen wäre, wenn ich zwangsverheiratet worden wäre, hätte sie mir früher oder später –« Ich kneife die Augen zusammen, Klauen packen die weiche Haut meines Oberschenkels und verfaulter Geschmack sammelt sich in meinem Mund. »... jemand vom Hals gerissen«, beende ich den Satz mit bebender Stimme.

»So weit wird es jetzt nicht mehr kommen.« Noires Worte sind ein papierdünner Verband auf meinen frischen Wunden, ein Windhauch genügt, ihn abzureißen. »Egal worauf König Ignatius gewartet hat und was sein Plan war, es genügt nicht, die Kette abzunehmen, ob freiwillig oder unfreiwillig«, fährt sie fort. »Wenn du deine Magie benutzt, brauchst du eine Quelle. Normalerweise eine harmlose, nicht deine Körperwärme, und natürlich ein Ziel, auf das du deine Magie lenken möchtest«

Ich lege den Kopf schief. »Woher weißt du das?«

Sie beißt sich auf die Unterlippe. »V-Von Penelope. Sie h-hat es mir erzählt, vor einer der Hinrichtungen.«

»Das heißt ... ich kann dir nicht wehtun?«

»Nein«, sagt sie mit einer Sicherheit, als würde sie mir erklären, der Tageshimmel sei rot. »Du kannst mir nicht wehtun, weil du mir nicht wehtun willst. Deshalb habe ich keine Angst vor deiner Magie.«

»Gut, das ist sehr gut«, stammle ich, während mich die nächste Welle der Angst überkommt. »Aber anderen Menschen kann ich wehtun. Ich *werde* ihnen wehtun. Magie ist die Wurzel allen Übels, die für die Zerstörung dreier Königreiche verantwortlich ist.«

»Weil du Magie beherrschst, sehe ich dich nicht auf andere Weise.« Noire presst die Lippen zusammen, um nicht in ihr Stottern zurückzufallen. »Dass du eine Sommermagierin bist, ändert nicht, was du für mich getan hast.« Ihre Stirn legt sich in Falten, ein von Schmerz entfachter Glanz flackert in ihrem Auge auf. Noire betrachtet ihre Fingerspitzen. Als sie den Kopf hebt, ist der Glanz verschwunden. »Hätte ich vor vierzehn Jahren von deiner Magie gewusst, wärst du meine Retterin geblieben. Alle Menschen in den Jahreszeitenkönigreichen oder dem, was davon übrig ist, sind ein Teil der

Natur. Magier sind es ein Bisschen mehr. Einige von ihnen sind Monster, die Königreiche in Ruinen verwandelt haben. Das haben sie getan, weil sie sich dafür entschieden, diesen Weg zu gehen. Du kannst selbst entscheiden, welchen du einschlägst. Weder musst du in die Fußstapfen anderer Magier treten noch der von König Ignatius gezeichneten Karte, folgen.«

»Solange ich den Anhänger habe, ist das Monster in seinem rubinroten Käfig gefangen.« Ich drehe das Juwel in meiner Handfläche. »Niemandem wird etwas passieren.«

»Wenn dies dein Wunsch ist«, seufzt sie.

Gerade als ich neue Hoffnung geschöpft habe, fällt mir das größte Problem ein. »Sie werden Lucius' Überreste finden.« Meine Stimme wird schrill. »Vater wird wissen, dass ich das war. Egal was sein Plan ist, er muss mich hinrichten lassen, weil sich in Windeseile im Sonnenpalast verbreiten wird, dass seine älteste Tochter eine Sommermagierin ist.«

»Das lasse ich nicht zu.« In Noires Auge flackert ein hellblauer Blitz auf. Ich komme mir vor wie in einem Zerrbild der Wirklichkeit, in dem Noire die Selbstbewusste ist und ich die Zweiflerin.

Instinktiv blicke ich zur Box hinter mir. Donna lauscht unserer Unterhaltung mit gespitzten Ohren. Es gibt eine Möglichkeit zu entkommen. Sie zu nutzen ist gefährlich, es nicht zu tun unser sicherer Tod.

Ich rapple mich vom Boden auf. »Vater wird mich nicht töten.« Endlich ist meine Stimme nicht mehr brüchig. »Lieber sterbe ich auf der Flucht vor seinen Soldaten.«

Noire steht ebenfalls auf, ein Lächeln zeichnet sich auf ihren dünnen Lippen ab. »*Das* ist meine beste Freundin.« Ihr Lächeln verblasst schlagartig. »M-Mit Flucht meinst du n-nicht etwa –«

»Fällt dir etwas Besseres ein?«, erkundige ich mich, ihre Antwort ist ein Kopfschütteln. »Na siehst du.«

Ich öffne Donnas Boxtür. Die dunklen Augen der Stute schauen mich prüfend an und sie pustet mir mit ihren Nüstern Luft zu. »Alles ist gut, Donna«, flüstere ich. Vorsichtig streichle ich ihren Hals. »Danke für deine Hilfe.«

Noire starrt Donna aus sicherem Abstand an. »Hilfe?«

In den dunklen Augen der Stute spiegelt sich Lucius' Gesicht, schützend schlinge ich mir die Arme um den Körper. Nach mehrmaligem Blinzeln ist

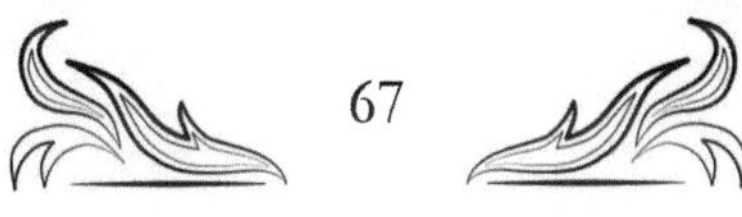

die Erinnerung fort. »Sie hat Lucius gebissen.«

»D-Danke, Donna.« Noires Knie zittern, als sie sich in die Richtung der Stute bewegt. »I-Ich wäre f-früher gekommen, a-aber Sarina h-hat m-mich abgefangen.« Sie schaut über die Schulter. »G-Glaubst du«, Zunächst denke ich, sie flieht vor Donna, als sie sich auf dem Absatz umdreht. Im Türrahmen bleibt sie stehen, hebt Köcher und Bogen vom Stallboden auf und streckt mir beides entgegen, »w-wir brauchen meine Waffe?«

Ein kalter Schauder läuft meine Wirbelsäule hinab, beinahe wären wir unbewaffnet in den Wald geritten. »Auf jeden Fall«, antworte ich, was Noire mit einem Nicken quittiert. Ihre Waffe angelegt, geht sie zitternden Schrittes zurück zu mir.

Das ist verrückt. Als ich hierher gerannt bin, habe ich an Flucht gedacht und die Idee verworfen, weil mir kein Ort einfiel, an den ich gehen könnte. Ich habe gedacht, meinem Verlobten das Leben zum Albtraum zu machen, würde genügen, um bald hierher zurückzukehren. Nun bleibt mir keine andere Wahl. Beim Gedanken an meinen vermeintlichen Verlobten, den ich hoffentlich nie mehr zu Gesicht bekommen werde, fällt mir jemand Wichtiges ein. »Soleil«, hauche ich. »Wir können sie nicht mitnehmen, aber meinst du, sie ist in Sicherheit?«

»Königin Anthea lässt nicht zu, dass ihrer Tochter ein Leid geschieht«, antwortet Noire. »Penelope genauso wenig.« Ihre Stimme wird dünn. »Zu gerne w-würde ich sie m-mitnehmen, aber d-dann müssten wir i-in d-den Sonnenpalast«

»und dort können wir uns vorerst nicht blicken lassen«, beende ich ihren Satz.

Sie blinzelt. »V-Vorerst?«

»Ja«, bestätige ich. »Wir werden für Soleil zurückkommen, sobald wir einen Plan haben.« Noire betrachtet mich mit weit aufgerissenem Auge. Meine Stimme muss schneidend wie ein Messer klingen. »Sollte ihr irgendjemand in meiner Abwesenheit wehtun, nehme ich meinen Rubinanhänger gerne ab, um dieser Person zu zeigen, was dann passiert.« Ich drehe mich zu Donna um. »Ich weiß, das wird dir nicht gefallen, aber du musst hierhin kommen. Ich helfe dir auf Donnas Rücken.«

Noire stolpert über ihre eigenen Füße, kann ihr Gleichgewicht gerade rechtzeitig wiederherstellen, ehe sie zu Boden fällt und geht bedächtig auf

Donna zu. »D-Du bist e-ein braves Pferd«, haucht sie. »Du h-hast Robin geholfen. Robin l-liebt dich. D-Du wirst mir n-nicht wehtun.«

Die Stute spitzt die Ohren, als Noire näherkommt. Sie wiehert freudig, woraufhin sich Noires Körper verkrampft.

»Donna freut sich, dich endlich in ihrer Nähe zu haben und kennenzulernen«, erkläre ich.

»W-Wenn du m-meinst.« Endlich ist Noire neben Donna angekommen. Behutsam greife ich nach ihrer zitternden Hand, die ich auf Donnas Hals lege. »L-Liebes Pferd.«

»Unser Ritt wird nicht angenehm für dich werden«, bemerke ich. »Halt dich gut an mir fest, dann geschieht dir nichts.«

Donna stimmt mir mit einem gutmütigen Schnauben zu.

»I-Ich vertraue d-dir ... ich meine e-euch.«

»Das wollte ich hören. Geh bitte einen Schritt zur Seite.« Noire tut, was ich ihr gesagt habe. Zum Satteln bleibt keine Zeit, also nehme ich Anlauf, halte mich am Widerrist fest und ziehe mich auf Donnas Rücken. »Gut, dann komm her, Noire.« Ich halte ihr die Hand hin, welche sie sogleich ergreift. Noires Handflächen sind verschwitzt und so kalt, dass ich meine Hand beinahe zurückziehe. »Halt dich mit der anderen Hand an Donna fest.« Mit zitternden Fingern bekommt Noire Donnas Rücken zu fassen. Ihr Blick ist konzentriert, ihr Atem flach. Glücklicherweise ist Noire klein und schmächtig, weshalb ich sie mit ein bisschen Hilfe ihrerseits auf Donnas Rücken hinaufziehen kann.

»I-Ist d-das hoch«, stammelt sie mit erstickter Stimme.

»Schau nach vorne, nicht nach unten«, sage ich, »und halt dich gut an mir fest.« Sogleich schlingt sie die Arme um meine Körpermitte. »Ist alles in Ordnung?«

»J-Ja.« Ich spüre ihren zittrigen Atem am Hinterkopf. »Wohin r-reiten w-wir eigentlich?«

»Im Sommerkönigreich können wir nicht bleiben.« Beim Gedanken an mein Vorhaben, läuft es mir kalt den Rücken herunter. »Es gibt einzig einen Ort, an dem uns niemand suchen wird.«

»D-Der Wald?«, stottert Noire. »A-Aber –«

»Uns bleibt keine Wahl«, erwidere ich. »Wenn wir im Wald sind, überlegen wir uns einen Plan. Wir dürfen nicht noch mehr Zeit verlieren, jede

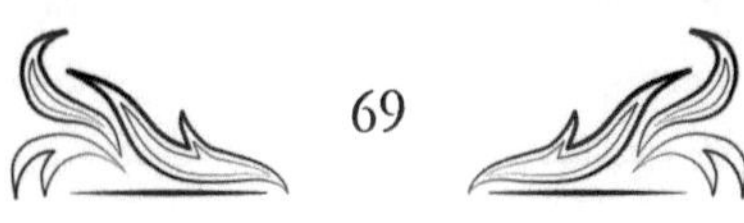

Sekunde könnte jemand hierherkommen. Bist du bereit?«

»J-Ja.«

»Bitte nicht schreien.«

»I-Ist gut.«

Ohne ein weiteres Wort zu sagen, drücke ich meine Beine gegen Donnas Bauch. Die Stute gehorcht und setzt sich in einem zügigen Schritt in Bewegung. Noires Keuchen blende ich aus. Für Nachsicht fehlt die Zeit. Nicht nach unten schauen. Mein Grund dafür ist ein anderer als Noires: Der Beweis aus Asche und Knochen für meine Magie, der Schatten seiner Klauen und seines Atems.

Auf dem Pflastersteinweg vor den Stallungen treibe ich Donna zum Galopp an. Noire erstickt ihr Wimmern, indem sie ihr Gesicht gegen meinen Rücken presst.

Meine Muskeln spannen sich an. Nie bin ich ohne Sattel und Zaumzeug auf Donna geritten. Bleibt zu hoffen, dass sie meinen Befehlen dennoch Folge leisten wird.

Schon bald liegen die Stallungen hinter uns. Auch die übrigen Schemen der zum Palast gehörenden Gebäude lassen wir zurück.

Vor dem Schlossgraben angekommen, treibe ich Donna zu rasendem Galopp an. Früher eine Wasserquelle, ist er heute bis auf eine Stelle ausgetrocknet. Aus dem Boden, der wie bröckelige Narben aufgerissen ist, ragen gläserne Pfähle empor, scharfkantig wie Scherben. Vor dem Tor, südlich von hier, sind immer Wachen positioniert, eine andere Chance haben wir nicht. Noire klammert sich an mir fest und quetscht jegliche Luft aus meinen Lungen. Mir wäre auch ohne Noires Umklammerung der Atem gestockt, denn ich weiß nicht, ob Donna den Sprung schafft. Keine Zeit, darüber nachzudenken. Sie ist ohnehin zu schnell, um sie jetzt noch zu bremsen. Ich halte meine Hände und Schenkel ruhig und kneife die Augen zusammen. Donna verliert den Boden unter den Füßen, scheint wie ein Vogel mit ausgebreiteten Flügeln zu fliegen. Noire presst ihren Kopf gegen meine Schulter, die Wunden dort sind längst verheilt, einzige Erinnerung an sie sind Blutspuren im Staub der Stallungen. Ich wage einen Blick nach unten, wie ein Spiegel des von silbernen Sternen geschmückten Firmaments erstreckt sich der Schlossgraben unter uns. Aus dieser Perspektive reiten wir geradewegs durch den tintenschwarzen, mit Diamanten verzierten Nachthimmel. Dem

Drang, meine Arme auszubreiten, gemeinsam mit Donna abzuheben, widerstehe ich. Instinktiv wende ich meine Aufmerksamkeit nach vorne. Mein Herz flattert, als Donnas Hufe auf der gegenüberliegenden Seite Halt finden. Sie strauchelt, rutscht ein Stück, dann galoppiert sie weiter geradeaus. Noire und ich atmen gleichzeitig aus.

Wie ein Wirbelsturm prescht Donna durch die verlassenen Straßen Feliones. Niemand wird uns zwischen den Schatten erkennen, ihrer Fellfarbe und ihrer Geschwindigkeit sei Dank.

Der Mantel des Schweigens liegt über der Silhouette der Stadt. Kaum ein Fenster strahlt in fahlem Öllampenschein. Ich bin nicht oft in der Stadt gewesen, jetzt frage ich mich, was das Volk sieht, wenn es bei Nacht aus den Fenstern schaut. In ihr schwarzes Kleid gehüllt, sind die verfallenen Häuser und die Risse im Boden unsichtbar – bei Nacht ist Felione beinahe schön, die Schatten vertreiben den Schrecken und die Armut des Tages. Das Wissen, dass diese Menschen, sobald die rote Sonne aufgeht, dem ewigen Sommer an einem weiteren Morgen ausgeliefert sind, flutet meine Adern mit Kälte. Stets waren mir die Hände gebunden, still habe ich hingenommen, auf ihre Kosten im Luxus zu leben. Mein altes Leben ist nur noch Staub, der sich im Nachtwind verliert, und die Frage, ob ich meinem Volk hätte helfen können, ein verhallendes, leises Echo.

Schon bald liegt Felione hinter uns und der Gedanke, ob ich etwas hätte ausrichten können, stirbt. Gern hätte ich mich umgedreht, um zu sehen, wie die Stadt und ihr rotgoldener Wächter mit ihr von den Nachtschatten verschluckt werden. Weil ich damit Noire erschreckt hätte, bleibt mein Blick nach vorne gerichtet.

Im Westen und im Osten ziehen ferne Erinnerungen an zwei Dörfer vorbei, bis die Bäume des Waldes keine Schatten in der Ferne mehr sind, sondern lebensgroße Gewächse direkt vor uns. Mein Magen zieht sich zusammen. Seit dem Tag, an dem ich Noire kennengelernt habe, habe ich den Wald nicht mehr betreten. Damals war helllichter Tag, nur in der Hütte war es dunkel gewesen. Schatten schleichen sich an wie Wölfe in der Nacht. Mein Herz pocht wie ein Hilferuf nach Licht und Wärme. Was lauert zwischen den Nachtschatten im Wald? Egal was es sein mag, schlimmer als die von mir im Sonnenpalast zurückgelassene Trümmer kann es nicht sein ... oder?

Ich lasse Donna mit sanftem Ziehen an der Mähne in einem zügigen

Schritt durchparieren. Schweißperlen glitzern in ihrem Fell wie Kristalle, sie keucht zwischendurch und ich weiß nicht, wie lange sie noch durchhält. Dennoch kann ich ihr keine Verschnaufpause gönnen, dafür sind wir zu nah am Waldrand. Weil ich Julius oft belauscht habe, wenn er unsere Untertanen bestochen hat, um Verbrecher an die Königsfamilie auszuliefern, weiß ich, wie viele Meter vom Grenzposten entfernt sich eine Lücke in der Mauer, verborgen hinter dornigem Gestrüpp befindet. Niemand kümmert sich um das Loch in der Sicherheit des Sommerkönigreichs, die Flucht in den Wald ist ein rascher, von niemandem herbeigesehnter Tod. Am Dornbusch angekommen, lasse ich Donnas Mähe los, bemüht, den Dornen zu entkommen, feine rote Bäche auf meiner Haut vermag ich nicht zu verhindern.

Im Wald angekommen lassen die Schatten zwischen den Bäumen mein Herz stehen bleiben, während ich Donnas Mähne packe und sie zum Trab antreibe. Hölzerne Finger greifen nach mir, wollen mich von Donnas Rücken reißen. Zwischendurch muss ich mich ducken, um den im Nachtwind peitschenden Zweigen zu entkommen. Im ziellosen Zickzack trabt Donna um die Bäume herum.

Blaues Funkeln wie Saphire glimmert zwischen den schwarzgrünen Schatten. Meine Finger, die Donnas Mähne umklammern, verkrampfen sich, sie reißt den Kopf hoch. Dunkelblau schillernde Schmetterlinge, so groß wie mein Kopf schweben aufgeschreckt von Donnas Eindringen zum silbernen Horizont. Blauer Staub, der zu Boden rieselt, ist alles, was von ihren Flügelschlägen zurückbleibt. Die gefährliche Schönheit des nächtlichen Waldes raubt mir den Atem.

Ein Ast packt meinen Arm, seine Klauen hinterlassen rote Spuren auf meiner Haut, die mich daran erinnern, dass die Schönheit des Waldes trügerischer Natur ist.

Nach einer Weile wage ich einen Blick über die Schulter. Noire dreht sich mit mir um. Hinter uns sind dichte Bäume, soweit das Auge reicht, vom Sommerkönigreich fehlt jede Spur.

Wie lange sind wir durch den Wald getrabt? In welche Richtung? Wo sind wir?

Sanft ziehe ich an Donnas Mähne, woraufhin sie erleichtert schnaubend stehenbleibt. »Wir sollten weit genug vom Sommerkönigreich weg sein«, flüstere ich.

Noire keucht ebenso laut wie Donna. »Was m-machen w-wir jetzt?«

»Ein Nachtlager suchen.«

»H-Hier?«

»Wir sind nicht so weit geritten, um wieder umzudrehen.«

Noire wimmert. »I-Ich kann h-hier nicht schlafen.«

»Zumindest verschnaufen und unsere Kräfte sammeln können wir.« Ich streichle über Donnas nasses Fell. »Das sind wir Donna schuldig.« Meine Lippen formen sich zu einem Lächeln, falsch wie die Schönheit des nächtlichen Waldes. »Wie fandest du deinen ersten Ritt auf einem Pferd?«

»Schnell« keucht sie.

»Halt dich an Donnas Rücken fest. Ich steige ab, dann helfe ich dir herunter.« Noire lässt meine Körpermitte los. Mit weichen Knien lasse ich mich von Donnas Rücken auf den unebenen erdigen Waldboden nieder. Danach greife ich Noire bei den Hüften, »Lass Donna los, ich habe dich«, und ziehe sie herunter. Vorsichtshalber halte ich sie weiter fest, damit sie nicht umfällt.

»W-Wie stellst d-du dir unser Ausruhen vor?« Noire wird stetig von ihren rasselnden Atemzügen unterbrochen.

Jegliche Energie verlässt meinen Körper. Mir versagen die Beine. Ich sinke in die Hocke. »Ich weiß nicht. Ich bin müde, Noire.«

»Schlaf d-du ruhig.« Sie hockt sich neben mich und legt eine Hand auf meine Schulter. »I-Ich h-halte Wache.«

Eigentlich sträubt sich alles in mir dagegen, im Wald die Augen zu schließen. Meine Lider sind unendlich schwer, mein Körper ausgebrannt. Ich gebe dem Drang, die Augen zu schließen, nach. Noire und Donna passen auf mich auf, das genügt.

Sieben - Einladung ins Ungewisse

Grünlich schimmerndes Licht dringt durch meine geschlossenen Lider. Unbekannte Gerüche schließen mich ein. Der Boden unter mir fühlt sich weich, aber uneben an. Leichter Wind kitzelt meine Wangen. Die Eindrücke sind anders als alles, was ich gewohnt bin. Ich bin nicht in meinen Gemächern. Mein Atem geht langsam, bedächtig. Riechen so die Pflanzen des Waldes? Die Augen weiterhin fest geschlossen, greife ich an meinen Hals. Mein Rubin ist noch da, kein Grund zur Angst. Ich tue niemandem etwas, solange er meine Magie verbirgt. Zögerlich blinzle ich der Sonne entgegen, die durchs Blätterdach fällt, kein Wunder, dass ihre Strahlen grün aussehen, wenn sie bei mir ankommen.

Benommen setze ich mich auf, um meinen Körper in Augenschein zu nehmen. Mein Blick klebt an meiner Unterwäsche wie die auf dem weißen Stoff eingetrockneten Blutflecken. Ich schlinge meine Arme um die Knie, ein trockenes Schluchzen dringt aus meiner Kehle.

Eine Hand legt sich auf meine Schulter, federleicht und verletzend wie tausend Nadeln. Ich rieche Rotwein, Schwärze tränkt das Sonnenlicht. Mit einem Ruck entreiße ich meine Schulter der Berührung, springe auf die Füße und der Wald verschwimmt vor meinen Augen, als würde ich ihn durch eine verschmutzte Fensterscheibe sehen.

»Robin –«

Noires Stimme bringt mich in die Wirklichkeit zurück und schiebt die Erinnerungen an den gestrigen Abend an den Rand meiner Wahrnehmung. Ich schließe die Augen, atme die Waldluft ein und lasse mich von einer seichten warmen Brise in den Arm nehmen. »Entschuldige«, hauche ich.

»I-Ich m-muss mich e-entschuldigen«, entgegnet Noire. »Ich hätte dich n-nicht berühren s-sollen, o-ohne, dass du s-siehst, dass i-ich es b-bin.« Sie stockt. »N-Nicht nachdem –«

»Er ist tot«, sage ich im Versuch, die Worte einzuatmen wie Luft. »Er wird mir nicht mehr wehtun.«

Vorsichtig nähert sich Noire mir. Ihre Hand verharrt neben meiner, ohne sie zu berühren. »D-Darf ich?«

Auf mein Nicken hin, verschränkt sie ihre Finger mit meinen, mein Stand wird fester und ich atme durch. »Hast du geschlafen, Noire?«

Sie schüttelt den Kopf. »W-Wie könnte ich?«

»Du hättest mich wecken können«, unterbreche ich sie. »Weil ich einfach eingeschlafen bin, musstest du die ganze Nacht wach bleiben und auf mich aufpassen.«

»D-Das macht nichts.« Noire fährt sich durch das, was von ihrer Hochsteckfrisur übriggeblieben ist. »H-Hier kann ich ohnehin n-nicht schlafen.«

Früher oder später wird sie schlafen müssen, die Aussage schwebt unausgesprochen in der Luft. Wäre ich nicht ausgebrannt gewesen, hätte ich sicherlich auch keinen Schlaf gefunden. Dennoch halte ich es für klüger, das Thema zu wechseln. »Wo ist Donna?«

Noire deutet nach Westen. Ich stehe vom Waldboden auf und erblicke die Stute wenige Schritte von uns entfernt. »Selbst D-Donna hat geschlafen«, berichtet Noire. »K-Kein Wunder, s-so schnell wie s-sie gestern galoppiert i-ist.«

»Falls du dir Gedanken darüber machst,«, setze ich an. »wir werden heute vorerst nicht reiten.« Ich gehe zu Donna, die mich mit einem freudigen Wiehern begrüßt. Noch immer schimmern Kristalle aus Schweiß in ihrem Fell. »Der gestrige Tag war sehr anstrengend für sie.«

Sie tritt von einem Fuß auf den anderen. »Was m-machen wir d-dann?«

Wenn ich das wüsste. Noire denkt, ich hätte einen Plan. Ich trage eine Maske aus Arroganz und Selbstbewusstsein. Ich bin die Prinzessin und Noires Beschützerin. Ich muss wissen, was zu tun ist. In meinem Kopf herrscht Leere. Mein Herz hämmert in meiner Brust, auf die in meinem Inneren lauernden Flammen wartend. Ich taste nach meinem Rubinanhänger, um mich wiederholt daran zu erinnern, dass er Noire, Donna und mich vor mir selbst beschützt.

Mein Magen sehnt sich knurrend nach dem trockenen Brot und dem faden Grießbrei aus der Palastküche. Beim Schlucken ist Staub in meiner

Kehle, als hätte ich ihn von den Straßen Feliones in den Wald mitgebracht. »Wir müssen uns eine Wasserquelle und Nahrung suchen«, schlage ich vor. »Sobald wir bei Kräften sind, überlegen wir weiter.«

»Klingt gut.« Noires Blick sagt etwas anderes. Sie dreht sich auf der Suche nach Gefahr zu allen Seiten um. Dabei löst sich der letzte Rest ihrer Hochsteckfrisur und das blonde Haar fällt ihr zerzaust ins Gesicht.

»Hier ist niemand«, sage ich selbstbewusster, als ich mich fühle. »Wenn jemand kommt, hören wir es und auf Donnas Rücken entkommen wir, trotz ihrer Erschöpfung, jeder Gefahr. Falls nicht, hast du deinen Bogen.«

Noires Blick bleibt skeptisch, während sie ihren Bogen fest umklammert. Dennoch macht sie einen Schritt in meine Richtung. Zu Donna hält sie immer noch Sicherheitsabstand. Die Stute spitzt ihre schwarzen Ohren, als Noire näher kommt und wiehert zur Begrüßung. Noire hebt den Kopf, ohne eine Miene zu verziehen.

»Wollen wir aufbrechen?« Die Frage ist vollkommen überflüssig und doch weiß ich, dass Noire von sich aus keinen Schritt weiter in den Wald gehen wird.

Sie zwirbelt eine Haarsträhne um ihren Zeigefinger. »Von mir a-aus.«

Zunächst sind wir von verdorrten Bäumen umringt, wie gestern Nacht. Langsam weichen sie großen, stabilen Stämmen, die erst wenige Blätter und wenig später dichtere Baumkronen zieren. Einzelne abgestorbene Bäume stehen dazwischen, ihre morschen Zweige und Wurzeln knacken unter meinen Füßen. Mit jedem brechenden Zweig zuckt Noire zusammen, noch immer blickt sie sich hektisch um. Donna trottet neben uns her. Ihr Fell hat seinen Glanz verloren, allein um ihretwillen müssen wir dringend eine Wasserquelle finden. Meine Kehle wird trocken. In Felione herrscht Wasserknappheit ... wie steht es um den Wald?

Ich streiche mir über die trockene Stirn. Stünde ich draußen auf den Ländereien des Sonnenpalasts, würde sie ein Schweißfilm zieren. Jetzt ist kein Tropfen dort und ich widerstehe dem Impuls, ein zweites Mal über meine Haut zu streichen, um einen zu suchen.

Wie in den Himmel aufragende Wächter verwehren die Bäume und ihre grünen Kronen den roten Sonnenstrahlen, je tiefer wir in den Wahld vordringen, ihr Eindringen auf den Waldboden. Hinter den Baumkronen ist der rote Himmel kaum auszumachen, abgelöst von Grün, das sich wie

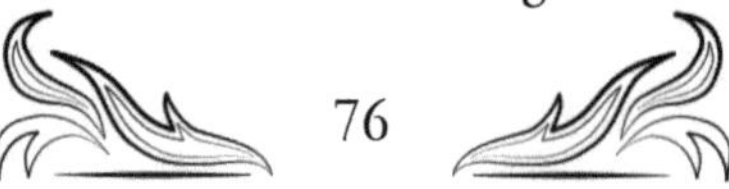

eine schützende Rüstung um mich legt. Der Geruch von starkem Tee aus Wurzeln und Kräutern, gemischt mit blumigem Parfüm liegt in der Luft. Klar durchstömt sie meine Lungen, nicht staubig wie in Felione. Wenn es im Wald nicht von Gefahren wimmeln würde, hätten sich die Menschen sicher kurz nach dem Einbruch des ewigen Sommers dort ein Zuhause aufgebaut. Bei Tageslicht sind die Bäume meine Leibwächter, keine Monster, die ihre morschen Klauen nach mir ausstrecken, um mich zu Fall zu bringen. »Ich habe mir den Wald immer anders vorgestellt«, murmle ich.

Noire runzelt die Stirn. »Anders?«

»Nicht so friedlich«, erwidere ich. »Bei Nacht sah er aus, wie ich ihn mir vorgestellt habe, gefährlich und ausladend, aber jetzt fühle ich mich willkommen.«

»D-Du machst Witze.« Noire starrt die umstehenden Bäume mit zitternd angespannten Muskeln an. »I-Ich kann n-nichts sehen, weil alles v-voller Bäume ist. W-Woher s-soll ich wissen, ob w-wir in Gefahr s-sind, w-wenn ich d-die Gefahr nicht s-sehe?«

»Wir hören jede Gefahr, bevor wir sie sehen«, entgegne ich, während ich die Seidenblumen aus meinem Haar pflücke. Die Nacht auf wilder Erde hat sie zu Unkraut verkommen lassen. Sie gehören nicht in den Wald, nichts Königliches gehört hierher. Falls wir Magiern begegnen, dürfen sie auf keinen Fall wissen, wen sie vor sich haben.

»M-Magst du die Frisur n-nicht?«

»Doch, natürlich.« Die letzte Seidenblume fällt zu Boden. »Aber sie lässt mich aussehen wie eine Prinzessin.« Meine Fingernägel in die Handflächen gebohrt, schaue ich an mir herunter. Er ist tot. Ich habe ihn getötet. Dennoch packt das Phantom seiner Finger mich bei den Schultern und ich muss meine bleischwere Maske mit letzter Kraft umklammern, um nicht in der Dunkelheit zu versinken. »Solange ich kein prunkvolles Gewand trage, erkennt mich sicher niemand als solche.«

»Möchtest d-du mein Kleid haben?«

Abgesehen davon, dass mir ihr Kleid nicht passt, weil sie einen Kopf kleiner und viel zierlicher ist als ich … »Dein Kleid bleibt dort, wo es ist.«

»Als deine Getreue und als deine beste Freundin ist es meine Pflicht, dafür zu sorgen, dass du eingekleidet bist«, meint Noire mit fester Stimme.

Solange niemand in der Nähe ist, kann ich von meinem Status Gebrauch

machen. »Als Prinzessin von Felione befehle ich dir, dein Kleid anzubehalten.«

Noire seufzt. »I-In Ordnung.«

»Notfalls bastle ich mir ein Gewand aus Blättern.« Das bringt uns beide zum Grinsen.

In diesem Moment gibt es Wichtigeres als das Beschaffen von Kleidung. Mein Magenknurren schwillt zu einer dumpfen Tonfolge an. Wie lange dauert es, bis sich der Magen eines Menschen selbst verdaut? Beim Gedanken daran, wird mir unwohl zu Mute. *Reiß dich zusammen, Robin. Deine letzte Mahlzeit ist zwölf Stunden her. Deine Untertanen haben oft tagelang keinen Bissen zu essen.* Ich kaue in gleichmäßigen Bewegungen auf der Innenseite meiner Wange, bis ich Blut schmecke. Leider wird der Hunger von dessen metallischem Geschmack nicht weniger. Welch ein Luxusleben ich bis gestern hatte. Immer etwas zu essen, sobald ich es eingeforderte habe und zu welchem Preis? Eine Woge aus Schwindel überkommt mich. Meine Glieder werden mit jeder Bewegung schwerer, meine Schritte zunehmend langsamer.

»D-Donna, geht es d-dir g-gut?«

Noires Stammeln reißt mich sanft aus meinem Selbstmitleid. Darin versunken habe ich nicht bemerkt, wie Donna mit den Hufen scharrt. Ihre Ohren sind gespitzt, ihre Nüstern aufgebläht.

»Was möchtest du uns sagen?«, erkundige ich mich. Statt mir einen Hinweis zu geben, trabt die Stute an und lässt uns stehen. »Komm zurück!« Sie reagiert nicht.

Noire zeigt in die Richtung, in der Donna hinter den Bäumen verschwindet. Mit zitternder Unterlippe schaut sie zu mir herauf.

»Donna möchte uns etwas zeigen«, beantworte ich ihre stille Frage und beschleunige meine Schritte, obwohl sich meine Waden anfühlen, als könnten sie jede Sekunde auseinanderbrechen. »Los, komm!«

Noire folgt mir, ohne mit der Wimper zu zucken.

Der Pfad, den Donna eingeschlagen hat, ist schmaler als der vorherige. Kurzzeitig müssen Noire und ich hintereinander gehen, um nicht gegen Baumstämme zu laufen und Zweige greifen nach meiner Haut wie dürre Finger. Das Licht ist spärlich, dafür umso grüner als auf dem breiteren Weg. Plötzlich dringt ein leises Rauschen an meine Ohren. Ich halte inne. Höre intensiver hin, um zu überprüfen, ob ich mir die schönste Melodie des

heutigen Tages nicht einbilde.

»Hörst du das auch?«, flüstere ich.

Sie nickt. »Ist das W-Wasser?«

Immerhin weiß ich jetzt, dass ich trotz des Nahrungsmangels keine Halluzinationen habe. So schnell mich meine müden Beine tragen, gehe ich dem Rauschen entgegen. Langsam lichtet sich der Wald, der Pfad wird breit genug, um nebeneinander zu gehen.

Vor uns erstreckt sich eine kleine Lichtung. So grünes Gras habe ich noch nie gesehen. Penelope hat uns oft davon erzählt, dass alle Pflanzen früher diese Farben hatten, bis jetzt habe ich dies für ein Märchen gehalten. Die Pflanzen in Felione sind alle von gelbbrauner Farbe. Auf der Lichtung wachsen prachtvolle bunte Blumen, die ich nicht zuordnen kann, ihr süßlicher Geruch steigt mir in die Nase. Ich atme tief ein. Die Luft ist unnatürlich klar, am liebsten würde ich sie in Flaschen abfüllen und den Menschen in Felione mitbringen. Jedoch wird diesem Anblick von etwas anderem die Krone aufgesetzt; zwischen den Blumen fließt ein schmaler Fluss entlang. Meinen Durst zu stillen, wird mir einen klaren Kopf beschaffen. Zudem kann Nahrung dort, wo Wasser ist, nicht mehr weit sein.

Am Flussufer steht Donna, die Ausreißerin. Als Noire und ich uns nähern, hebt sie den Kopf, zuckt mit den Ohren, ehe sie ihn wieder senkt, um das klare Flusswasser in kräftigen Schlucken zu trinken. »Du hättest nicht auf uns warten können, oder?« In meiner Stimme ist keinerlei Vorwurf.

Ich gehe neben Donna in die Hocke. Das Wasser ist klar wie ein Spiegel. Rasch beiße ich mir auf die Unterlippe, um einen Schrei zu unterdrücken. Mein Spiegelbild hat zerzaustes rotes Haar, violette Augenringe unter den goldenen Augen und ein blasses Gesicht. Blut klebt an der weißen Unterwäsche wie der Schatten von Berührungen, die kein Wasser auf dem Kontinent abzuwaschen vermag. Ich kneife die Augen zusammen, blinzle und schaue erneut hin. Die Frau verschwindet nicht. Von der Prinzessin Feliones ist nichts übrig. Aus alter Gewohnheit nehme ich den Rubin in meine Hände, in der Hoffnung, er möge mir Kraft geben. Mir fällt seine wahre Bedeutung ein und ich lasse ihn los.

Ich fülle meine Lungen mit der frischen, nach Blumen duftenden Luft, dann halte ich meine Hände in den Flusslauf. Das Wasser ist so kalt, dass ich sie sofort wieder herausziehe. Meine Finger sind taub. Mein Durst überwiegt,

also starte ich einen zweiten Versuch. Es dauert eine Weile, bis sich meine Haut an die Wassertemperatur gewöhnt und das Wasser schmeckt anders als jenes aus den unterirdischen Quellen, das wir im Palast trinken. Seinen Nachgeschmack kann ich nicht einordnen. Für meine trockene Kehle ist es das Beste, was ich jemals getrunken habe. Nachdem mein Durst gestillt ist, spritze ich mir zwei Hände voll Wasser ins Gesicht. Die Kälte lässt mir das Blut in den Adern gefrieren. Immerhin sieht die Frau im Wasser gesünder aus. Trotzdem fühle ich mich ekelhaft und verschwitzt. Was hätte ich nicht für mein tägliches Bad gegeben.

»Ist alles in Ordnung?« Ich wende den Blick von meinem Spiegelbild ab. Noire steht vor mir, mitten im Fluss.

»Ja.« Noch einmal spritze ich mir Wasser ins Gesicht, dann stehe ich auf. Mein Blick wandert flussabwärts. »Glaubst du, wir finden etwas zu essen, wenn wir dem Fluss folgen?«

»D-Du meinst, wenn wir k-keine B-Blumen essen wollen, so wie Donna«, entgegnet Noire schwach lächelnd.

Ein Lächeln zupft an meinen Mundwinkeln. Ich schaue über die Schulter und entdecke Donna zwischen den bunten Blumen. Mittlerweile hat sich deren Anzahl verringert. »Genau.« Ich trete an die Stute heran. Sie hebt den Kopf. »Bereit, aufzubrechen?«, frage ich. »Noire und ich mögen Blumen und Gras nicht so gerne. Ich hoffe, du verstehst das.« Scheinbar tut Donna das, denn sie folgt mir zurück ans Flussufer. »Jetzt, nachdem wir vollzählig sind, lasst uns weitergehen.«

Auf dem schlammigen Flussufer ist das Ausrutschen unvermeidbar. Meine Füße sind vor lauter Schmutz nach wenigen Schritten nicht wiederzuerkennen.

»Wieso läufst d-du nicht im Wasser?«, erkundigt sich Noire. »Das i-ist angenehmer.«

»Angenehmer?« Ich fröstle. »Das Wasser ist bitterkalt.«

Sie zuckt die Schultern. »Nach d-der Hitze in Felione, o-ohne den Sch-Schutz der Bäume, kann e-es nicht kalt genug sein.«

»Jeder hat seine Schmerzgrenze«, seufze ich, Noires Unempfindlichkeit gegenüber Kälte beneidend.

Auch Donna scheint die Wassertemperatur nichts auszumachen, sie folgt Noire mit ein paar Metern Sicherheitsabstand durch den Fluss. Zwischen-

zeitlich blickt sich meine beste Freundin nach der Stute um, während Donna Noire wohl sehr mag, hat diese ihre Angst vor Pferden nicht überwunden.

Je weiter wir flussabwärts gehen, desto breiter wird der Flusslauf. Irgendwann klettert Noire aus dem ihr nunmehr bis zum Bauch stehenden Wasser. Donna hingegen denkt nicht daran, das kühle Nass vorzeitig zu verlassen.

Mein Magen knurrt nicht mehr, in seiner Verzweiflung hat er die Hoffnung auf Nahrung aufgegeben. Ob Gras und Blumen Menschen genauso gut bekommen wie Pferden? Aus dem Augenwinkel betrachte ich das saftige Grün, will danach greifen, das letzte bisschen königlicher Stolz hält mich davon ab.

»Sind d-das Büsche m-mit Beeren?«

Ich reiße den Kopf hoch, woraufhin mein Nacken knackend protestiert. Wenige hundert Meter vor uns stehen symmetrisch angeordnete Reihen von Büschen, zwischen deren grünen Blättern rote und blaue Juwelen schimmern. »Sieht ganz danach aus.« Von neuer Hoffnung angetrieben, werden meine Schritte schneller. Leider mache ich die Rechnung ohne das rutschige Flussufer. In letzter Sekunde kann ich mich an Noires Schultern festhalten, bevor ich in den Strom falle.

Ihr stockt der Atem. »W-Was?«

»Entschuldigung.« Dennoch werde ich nicht langsamer. »Hunger treibt Menschen zum Leichtsinn.«

Die letzten Schritte bis zu den Büschen kommen mir quälend lang vor. Als ich vor ihnen stehe, kann ich mich nicht länger zurückhalten und stopfe alle Blaubeeren in mich hinein, die am erstbesten Busch wachsen. Ich halte inne. Was, wenn sich die Beeren hinter der Fassade von Blaubeeren verstecken und in Wahrheit giftig sind? Der Hunger ist größer als mein Verstand. Ich mache mich auf zum nächsten Busch, an dem Himbeeren wachsen und esse unbeirrt weiter.

»Robin.« Noire hält mir ihre Hand entgegen. Darin befindet sich etwas, das auf den ersten Blick wie verdorrte braune Beeren aussieht. »W-Was sind d-das für Früchte?«

Ich nehme eine von ihnen in die Hand und lasse sie beinahe im selben Augenblick fallen. Ihre Oberfläche ist hart wie Stein. »Keine Ahnung.«

»Donna frisst s-sie«, Noire deutet zu einem kleinen Baum, vor dessen Stamm die schwarze Stute grast, »und sie k-knacken, wenn sie darauf beißt.«

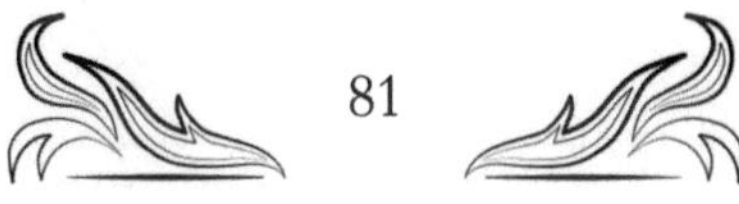

»Ich hoffe, Donna weiß, was sie tut. Iss du diese Früchte lieber nicht.«

»Hatte i-ich nicht vor.« Noire fährt sich durchs Haar.

Bevor ich mir den Himbeersaft vom Mund wischen und nachfragen kann, was, abgesehen von den harten Früchten, nicht stimmt, ertönt ein leises Wimmern.

Noire dreht den Kopf in die Richtung, aus der das Geräusch kommt, tritt einen Schritt zurück, um nach meinem Arm zu greifen und schaut auf die Weise zu mir hinauf, auf die sie und Soleil mich anschauen, wenn sie nicht mehr weiterwissen. Als sei ich diejenige, die jedes Problem lösen kann. In Momenten wie diesem fühle ich mich durch ihren hilfesuchenden Blick unsicherer als vorher.

»S-Sind das m-menschliche Laute?«, haucht sie.

Ich nicke. »Das klingt nach einem weinenden Mädchen.«

»Ist d-das eine F-Falle?« Noire greift nach einem Pfeil in ihrem Köcher, hält in der Bewegung inne und lässt die Hand sinken. »Locken M-Magier so i-ihre Opfer a-an?«

Wenn ich das wüsste. Auf der Suche nach einer Antwort sehe ich Donna an, die dem Wimmern mit geblähten Nüstern und aufgestellten Ohren lauscht. Als sie meinen Blick bemerkt, richtet sie die warmen braunen Augen auf mich. Still gibt sie mir zu verstehen, dass Nachsehen unsere einzige Option ist. »Halten wir uns zwischen den Bäumen versteckt, sehen wir, was Sache ist, hoffentlich, ohne in eine Falle zu laufen«, spreche ich Donnas stille Gedanken aus.

Noire beißt sich auf die Unterlippe, ehe sie mich loslässt, um sich ein zweites Mal durchs Haar zu fahren. Ihr Auge hält meine weiter fest. Die ihren Bogen umklammernden Finger färben sich violett und ihre Füße bleiben mit dem Waldboden verwurzelt wie Büsche.

»Lass uns nachschauen«, sage ich. Noire und Donna nähern sich gemeinsam mit mir dem Dickicht. Dahinter ist das grünliche Licht düster, die Schatten greifen weiter nach mir, ob ich im Sommerkönigreich bin oder im Wald, sie strecken ihre hölzernen Finger nach mir aus, verfangen sich in meinem Haar. Schien der Wald vorhin friedlich, ist er jetzt die dunkle Bedrohung, welche mich mein Leben lang aus der Ferne beobachtet hat, bereit, mich zu verschlingen. Versteckt hinter den Bäumen überzieht eine Gänsehaut meine Arme, was mich frösteln lässt. Dann schaue ich aus den

Schatten der dunklen Bäume ins Licht, das auf einen kleinen Nadelbaum in einer Senke fällt. Neben ihm sitzt ein Mädchen, das Bein in verdrehter Position, das Gesicht hinter den in derselben Farbe wie die Baumstämme schimmernden Haaren verborgen.

Noire und ich wechseln einen Blick. Ein kleines Mädchen lassen wir nicht allein, nachdem wir tagtäglich mit den Straßenkindern Feliones konfrontiert gewesen sind, deren Eltern hingerichtet wurden oder an Hunger gestorben sind und die sich allein durchschlagen müssen. Zudem ist auch Noire bei unserer ersten Begegnung ein kleines Mädchen in Not gewesen, obwohl sie sich nicht daran erinnert, wie sie in diese Lage hineingeraten ist.

Mit einem raschen Handzeichen bedeute ich Donna, zwischen den Bäumen stehenzubleiben. Während mich die Nähe von Pferden beruhigt, seit ich denken kann, verstehe ich, wenn sich ein kleines Mädchen vor einer schwarzen Stute, die aus dem Nichts kommt, erschreckt.

Auf leisen Sohlen treten Noire und ich aus dem Schutz der Bäume, um uns dem wimmernden Mädchen vorsichtig zu nähern. Ich bin unsicher, ob sie uns hört. Da richten sich hellbraune verquollene Augen auf mich, was mich in der Bewegung erstarren lässt, als hätte mir das Mädchen befohlen stehenzubleiben.

»W-Wer?«, stammelt sie, hebt eine Hand, welche im Lichteinfall aufzuglühen scheint wie eine Kerze kurz vor dem Verglimmen und lässt sie in einer ruckartigen Bewegung sinken, ihr Lichtglanz versiegt.

»Wir sind gekommen, um dir zu helfen«, wispere ich, einen weiteren bedächtigen Schritt in Richtung des Mädchens gehend.

Sie zieht die Nase hoch. »Ich habe euch nie zuvor gesehen. Seid ihr Soldatinnen aus dem Sommerkönigreich? Soldatinnen aus dem Sommerkönigreich kommen nicht hierher, sagt meine Mutter.«

»Wir sind keine Soldatinnen«, verspreche ich. »Wir wollen dir helfen und dich zurück zu deiner Mutter bringen.« Eine eiserne Faust legt sich um meinen Magen, Himbeergeschmack sammelt sich in meinem Mund. Zurück nach Hause bedeutet ins Sommerkönigreich, wo soll das Mädchen sonst leben?

Skeptisch ziehen sich die Augenbrauen des Mädchens zusammen. »Eine Soldatin aus dem Sommerkönigreich würde das auch sagen.«

Meinen Worten müssen Taten folgen, weshalb ich die Lücke schließe und

mich neben das Mädchen ins Gras hocke. Ihr Knöchel ist unter einer Baumwurzel eingeklemmt und verdreht. Bei dem Anblick kommen die Wände des Palastkellers auf mich zu, um mich im Gegenzug einzuklemmen. In meinem Mund sollte Himbeergeschmack sein als ich aufstoße, für mich schmeckt die Flüssigkeit nach Metall und Staub, und meine Hand ist diejenige gewesen, die den Knöchel verdreht hat.

»W-Wie ist d-das passiert?«, erkundigt sich Noire an meiner Stelle.

Das Mädchen wischt mit dem Handrücken einige Tränen fort. »Zwei Jungen aus meiner Klasse machen sich immer über mich lustig, weil ich im Training wenige Fortschritte mache«, beginnt sie mit dünner Stimme. »Ich habe mitbekommen, dass sie heimlich im Wald trainieren. Dorthin bin ich ihnen gefolgt. Ich dachte, wenn ich ihnen meinen Mut beweise, darf ich mit ihnen trainieren.« Sie atmet zittrig aus. »Sie haben mich gesehen und sind vor mir weggerannt, tiefer in den Wald. Ich bin über eine Baumwurzel gestolpert, statt mir zu helfen, haben sie mich zurückgelassen. Ich weiß nicht, ob sie nach Hause gelaufen sind –« Sie ballt ihre kleinen Hände zu Fäusten zusammen. »Ich habe versucht, mir selbst zu helfen.« Wie der Schatten einer Kerzenflamme auf einer Wand schimmern die Hände des Mädchens, als sie die Baumwurzel berührt. Licht leckt am Holz, ohne es zu zerstören. »Es klappt nicht, ich bin nicht stark genug, genau wie sie gesagt haben.«

Ihr letzter Satz wirbelt davon wie ein Blatt im Wind. Mechanisch starre ich die Stelle an, wo die Flamme längst erloschen ist. Bilde mir ein, dass ihr Schatten nicht verglüht ist und seine Finger nach mir ausstreckt. Ein schweres Gewicht drückt auf meine Brust, krampfhaft atme ich dagegen an. »Über was für ein Training sprichst du?« Die Frage wird mit meiner Stimme gesprochen, die weit weg klingt.

»Training für meine Magie«, antwortet das Mädchen, ohne zu zögern.

Alles in mir schreit nach Flucht. Der Wald vor meinen Augen verschwimmt zu grünbraunen Schlieren. Wie eine Schablone legen sich Bilder des Scheiterhaufens und der Flammen, die Lucius' Körper auffressen, über das tiefe Grünbraun. Aschegeruch vertreibt die klare Waldluft aus meinen Lungen. Ich weiche einen Schritt zurück. Noire stoppt meine Bewegung, indem sie ihre Finger wie einen Anker, der mich von den dunklen Erinnerungen fernhält, mit meinen verschränkt. »Du beherrschst Sommermagie. Du bist wie ich –« Die Worte brennen wie Säure, als ich sie ausspreche.

84

»Du bist auch eine Sommermagierin?«

Ich beiße mir auf die Innenseite der Wange. Ein Nicken ist meine Antwort, das Goldband um meinen Hals wird mit jedem Atemzug enger.

»Dann seid ihr keine Soldatinnen aus dem Sommerkönigreich«, schlussfolgert das Mädchen, »und du kannst mir helfen.«

Einen Atemzug lang bin ich zurück im Keller des Sonnenpalasts. Mit jedem Blinzeln schält sich das Fleisch des Mädchens von seinen Knochen, weil ich versuche, ihr zu helfen. Das Funkeln in den braunen Augen und der am Rande meines Blickfelds blitzende verdrehte Knöchel halten mich davon ab, zu verneinen, zu sagen, dass ich niemandem helfen kann, weil ich eine Zerstörerin bin.

Ich schlucke schwer. »Es ist nicht nötig, dir zu helfen«, setze ich an, entziehe meine Hand Noires Griff und nähere mich dem Mädchen. Zitternd strecke ich meine Hand nach ihrer aus. Meine Haut verbrennt nicht, als sich unsere Finger auf federleichte Weise berühren. »Weil du allein stark genug bist, dich zu befreien.«

Das Mädchen sucht in meinen Augen nach etwas, findet, was sie braucht und wendet ihre Aufmerksamkeit auf die Baumwurzel, ohne meine Hand loszulassen. Licht glimmt an den Fingern der freien Kinderhand auf, nimmt mir mein Augenlicht und jede Fähigkeit der Bewegung. Meine freie Hand umfasst den Rubinanhänger, der mich daran erinnert, dass keine Flammen aus mir herausbrechen werden und mir die Angst nimmt, das Mädchen könnte mir mit ihrer Magie wehtun. Als die Lichtstrahlen verglühen, sind verbrannt riechender Wind und Dreck am verdrehten Knöchel des Mädchens die einzige Erinnerung an die Baumwurzel.

Obwohl ich etwas gegessen und getrunken habe, ist meine Kehle schlagartig ausgedörrt, mein Magen leer. Das Mädchen hat ihre Magie eingesetzt, um sich selbst zu helfen, nicht, um jemanden zu verletzen. Meine linke Hand lässt den Rubin los, damit ich die Fingernägel in mein Fleisch bohren kann.

»Du h-hast e-es geschafft«, sagt Noire an meiner Stelle.

Das Mädchen schenkt erst meiner besten Freundin, dann mir ein strahlendes Lächeln. »Danke.«

Ich nicke ihr anerkennend zu. »Das warst du ganz allein.«

»J-Jetzt bringen w-wir d-dich zurück«, Noire schluckt, »nach H-Hause.« Beim zweiten Teil des Satzes hebt sie die Stimme wie bei einer Frage.

›Wo ist dein Zuhause?‹, möchte ich mich erkundigen, die Frage »Kannst du aufstehen?« kommt stattdessen aus meinem Mund.

Gemeinsam helfen Noire und ich dem Mädchen auf die Beine.

Halt suchend klammert sie sich an uns fest, den verletzten Fuß erhoben, ehe sie ihn belastet. »Gebrochen ist nichts«, versichert sie und macht einen humpelnden Schritt nach vorne.

»Trotzdem sollte sich jemand die Verletzung ansehen«, meine ich, während Noire und ich das Mädchen auf dem Weg durch die Bäume hindurch stützen.

Im Schutz der Bäume angekommen begrüßt uns ein Wiehern, das Noire augenblicklich zusammenzucken lässt. Dabei entgleitet die Hand des Mädchens ihrem Griff, woraufhin sie einen Satz nach vorne macht. Erschrocken packe ich sie fester und kann gerade noch verhindern, dass sie zu Boden stürzt.

Noire senkt den Kopf. »E-Entschuldige.«

»Das macht nichts.« Das Mädchen sieht von Noire zu Donna. »Ist das euer Pferd?«

»Ja«, antworte ich. »Auf Donnas Rücken sind wir hierher gekommen.«

»Darf ich sie streicheln?« Nach meinem bestätigenden Nicken streckt das Mädchen eine Hand nach Donnas Schnauze aus. Daraufhin blähen sich die Nüstern der Stute auf und sie spitzt die Ohren. »Hallo, Donna, ich bin Malin und deine Besitzerinnen haben mir aus der Klemme geholfen. Du scheinst es gut bei ihnen zu haben, denn da, wo ich herkomme, haben Pferde keine Namen, obwohl alle von klein auf Reiten lernen.«

Malin. Unsere neue Bekanntschaft hat einen Namen. Zeitgleich kommt mir eine Idee: »Möchtest du sie reiten? So kommen wir schneller ans Ziel und wir passen auf dich auf, während du auf ihrem Rücken sitzt.«

Malin strahlt. »Gerne.« Nachdem sie ein zweites Mal Donnas Hals gestreichelt hat, helfe ich ihr auf den Rücken der Stute.

Während wir durch die Bäume hindurch auf die Lichtung mit den Büschen zugehen, ist das Rascheln der Blätter im Wind das einzige Geräusch.

Noire geht in einigen Metern Sicherheitsabstand vor Donna her. Auf der Lichtung angekommen schaut sie sich hektisch nach allen Seiten um, fährt sich durchs Haar und beschleunigt ihre Schritte, als ihr das eigene Verhalten bewusst wird.

Nachdem ich einen Seitenblick zu Malin geworfen habe, beschließe ich,

Noire in diesem Augenblick nicht darauf anzusprechen.

Sollte jetzt nicht der richtige Zeitpunkt sein, mich bei Malin zu erkundigen, wo sie lebt? In Penelopes Geschichten war die Rede von Magiern, die im Wald leben, sich gegenseitig Schaden zufügen und Kinder aus den Dörfern für ihre Experimente entführen. Malin ist eine Magierin, die nicht ins Bild passt, dass mich Vater von klein auf gelehrt hat. Sie ist nur ein Mädchen, kein Monster. Auch unter dem Blätterdach des Waldes fühle ich mich vor dem roten Feind beschützt, der hinter den Baumkronen verborgen bleibt.

Dennoch stolpert mein Herz. Was erwartet mich in Mailns Zuhause, für das ich inmitten des Grüns keinen Platz sehe?

Wie der Vorhang auf einer Bühne lichten sich zuerst die Bäume, um den Brombeersträuchern dahinter Raum zu geben und schließlich einer Grünfläche Platz zu machen. Dahinter ragt ein hölzerner Zaun auf, doppelt so hoch wie die Silhouetten von Menschen sind davor.

»Gleich sind wir da«, spricht Malin meine Gedanken aus.

Bevor sich die Gedanken in meinem Kopf zu einer Frage verknüpfen, ertönt ein Signal, zwischen einem Trommeln und einem Glockenschlag.

Noire bleibt wie eine erstarrte Säule stehen.

Donna kann nicht so schnell bremsen wie sie, tippt meine beste Freundin an der Schulter an und Noire zuckt heftig zusammen.

»W-Wurden w-wir entdeckt?«, stammelt sie. Reflexartig zieht sie ihren Bogen hervor, einen Pfeil spannt sie nicht ein.

»Ja«, antwortet Malin mit ruhiger Stimme. »Die Wachen haben uns gesehen.«

»Was bedeutet das?« Ich verlagere mein Gewicht auf einen Fuß. Blut rauscht mir in den Ohren wie der Fluss. Wir sind zu dritt, mit einem Pferd, sieht das von weitem wie ein Angriff aus?

Das hölzerne Tor öffnet sich, eine stille Einladung ins Ungewisse, die alle Luft aus meinen Lungen presst und mein Herz zum Stillstand bringt. Zuerst sehe ich bläulichen Schimmer wie die Schmetterlinge in der Nacht. Ein Kontrast zum Waldgrün und dem dahinter liegenden roten Horizont.

Ich bohre meine Fingernägel in die Handflächen. Lähmende Kälte flutet meine Adern. Noires Bogen ist unsere einzige Waffe gegen eine Gefahr, die ich noch nicht erfasst habe. Wir können uns einen Kampf nicht leisten.

Malin gibt einen erstickten Laut von sich. »Oh nein –«

Der Rest ihrer Worte geht in einem Zischen unter, das die Luft durch-trennt wie ein Messerschnitt. Links von mir macht Donna einen Satz zur Seite, Malin springt ab und bleibt, wegen des verletzten Knöchels nur auf wackeligen Beinen, neben der Stute stehen. Das Zischen wird lauter wie ein sich näherndes Donnergrollen und leitet meinen Kopf in Richtung der Geräuschquelle. Wie aus dem Nichts streift ein Dolch Noires Oberschenkel, sie verliert das Gleichgewicht und fällt neben der unheilvoll glitzernden Klinge zu Boden.

ACHT - RUBY

Wie in Trance starre ich den Blutfluss auf Noires heller Haut an. Die Farbkombination aus rotem Blut nahe des Kleidsaumes und dessen zerrissenem goldenen Stoff erinnert mich schmerzlich an das, was ich bis gestern mein Zuhause genannt habe. »Noire!« Meine beste Freundin ist einziger Bestandteil meiner Realität, ich bin an ihrer Seite, so schnell wie mich meine mit Dreck und Schlamm übersäten Füße tragen. Beim Anblick der Wunde, ein rötlicher Riss auf weißem Pergament, sammelt sich Magensäure in meiner Mundhöhle. Gebrochene Finger und herausgestochene Augen lösen den Blutfluss ab. »I-Ist schon g-gut.« Ihr Auge weitet sich, sie starrt an mir vorbei. »P-Pass auf, hinter d-dir!«

Ihre Worte treffen mich wie ein Schlag ins Gesicht. Wir werden angegriffen, Noire und Malin sind verletzt. Mein Rubinanhänger wird schwer, zieht mich dem Boden nahe. Zittrig drehe ich mich in die Richtung um, aus der die silbern glitzernde Warnung gekommen ist.

Eine junge Frau, schätzungsweise in meinem Alter, kommt auf uns zu. Ihr Haar ist mir von weitem aufgefallen, es ist von einer Nuance Schwarz, die ich nie zuvor gesehen habe. Im Sonnenlicht schimmert es dunkelblau wie die Schmetterlinge im nächtlichen Wald, fällt ihr glatt bis zur Mitte des Rückens und einzelne, seidene Strähnen werden ihr vom warmen Mittagswind ins Gesicht geweht. Für einen Moment kann ich meinen Blick nicht davon abwenden. Ihre dunkelgrüne Bluse und gelbbraune Hose heben sich kaum von der olivfarbenen Haut ab, darüber trägt sie trotz der Hitze eine schwarze Lederjacke, die verglichen mit ihrem im Licht glimmenden Haar matt ist. Diese gewöhnliche Kleidung trägt sie mit hoch erhobenem Kopf – an diesem Ort bin nicht ich die Prinzessin, sondern sie. Augen, die an den Wald erinnern, blitzen mir entgegen. Mein Gegenüber erinnert mich nicht

nur aufgrund ihrer Haarfarbe an den nächtlichen Wald – schön anzusehen aus sicherer Entfernung, gefährlich, wenn ich mich nähere. »Wer seid ihr und was sucht ihr hier?« Die grünen Augen verengen sich beim Blick auf Malin, die unschlüssig neben Noire steht. »Habt ihr sie entführt?« Sie hält inne und schüttelt den Kopf. »Ihr könnt sie nicht entführt haben, weil niemand Unbefugtes die Grenze unseres Lagers überqueren kann, dort sind immer Soldaten positioniert. Außer die Kleine ist weggelaufen und ihr habt sie aus dem Wald mitgenommen.« Beim Näherkommen hebt sie Noires Bogen auf, den sie im Fallen wie nutzlosen Ballast abgeworfen hat. Ehe ich reagiere, steht sie vor mir. »Habt ihr euch an unserer Ernte bedient?«

Aus dem Augenwinkel betrachte ich meine mit Himbeersaft verklebten Finger, die mir anklagend vor Augen führen, was ich beim Betreten der Lichtung verworfen habe. Beeren sprießen nicht symmetrisch aus dem Boden.

Ich rolle die Schultern nach hinten und halte den Blick meines Gegenübers tapfer fest. »Selbst wenn wir uns an eurer Ernte bedient haben, gibt dir das nicht das Recht, uns anzugreifen.«

Sie wirft Noire einen Seitenblick zu und streicht mit den Fingerspitzen über das Holz des Bogens in ihren Händen. »Ich habe nicht das Recht, euch anzugreifen, aber deine Freundin darf ihre Waffe dabei haben? Für mich sehen die Spielregeln anders aus, wenn ich zwei Diebinnen vor mir habe und Entführerinnen noch dazu.«

»Die beiden haben mich nicht entführt«, unterbricht Malins dünne Stimme mein Gegenüber. »Sie haben mir geholfen.«

Verengt zu schmalen Schlitzen wie bei einer Katze in der Nacht nehmen die grünen Augen Malin gefangen. »Selbst wenn das stimmt, bleiben sie Diebinnen, die du nicht hierher hättest mitnehmen dürfen.« Sicher, dass Malin nichts erwidern wird, wendet sich die junge Frau mir zu. Schatten legen sich über ihre Miene, als sie mich zum ersten Mal richtig ansieht, von Kopf bis Fuß. Diesmal ist ihr Blick nicht scharf wie die Dolchklinge, sondern fragend.

Ich weiche zurück und schlinge mir meine Arme so fest um die Körpermitte, dass mir die Luft wegbleibt. Klauen packen mich, wollen mich in die Dunkelheit ziehen. Kälte durchströmt meine Adern wie das Flusswasser. Ich bohre meine Fingernägel in meine Haut, um mich in der Wirklichkeit zu verankern, wo sie halbmondförmige Abdrücke hinterlassen.

»Ist das Blut?« Ihre Stimme klingt weit weg, als wäre sie unter Wasser und ich an der Oberfläche. »Wieso –«

Bevor sie an der Wahrheit kratzt, kämpfe ich mich aus den Fluten meiner Erinnerungen nach oben und schnappe nach Luft. »Das geht dich nichts an!« In meiner Brust brodelt es, Lava durchströmt meine Glieder und verbrennt jegliche Kälte. »Ich bin eine Diebin, schon vergessen?« Klamm taste ich nach einem roten Fleck auf weißem Seidenstoff. »Ob das Blut oder Himbeersaft ist, hat dich nicht zu interessieren.« Als ich mit dem Kiefer knacke, knirschen meine Knochen auf schmerzhafte Weise. »Vielleicht wollte ich ein Bad im Fluss nehmen, bevor ich mich entschieden habe, euch zu beklauen« Wie der erloschene Vulkan in Terris versagt meine Stimme.

Sie schluckt trocken. »Von mir aus, sag es mir nicht.«

»Beatrice!«, ruft eine Stimme aus der Richtung des offenstehenden Holztors. »Was ist passiert?«

Beatrice fährt herum, als ihr Name erklingt.

Hörbar aufatmend, weil sie vorerst keine weiteren Fragen stellt, folge ich ihrem Blick.

Ein Junge rennt auf uns zu und ich spüre einen Stich in der Brust. Er muss in Soleils Alter sein. Dunkelbraune zerzauste Locken umrahmen seine weichen Gesichtszüge, seine Augen sind ebenso dunkel und seine Haut goldbraun. Seine Kleidung gleicht Beatrice' vom dunkelgrünen Hemd über die gelbbraune Hose bis hin zu schwarzen schwer besohlten Stiefeln.

Als er die am Boden liegende Noire bemerkt, bleibt der Junge wie angewurzelt stehen. »Was hast du getan?« Seine Haut färbt sich äschern.

»Eine Frau außer Gefecht gesetzt, die bewaffnet war.« Beatrice klopft in gleichmäßigem Rhythmus auf den Mittelteil von Noires Bogen. »Diese Frauen haben sich an unserer Ernte bedient und was sie mit dem kleinen Mädchen gemacht haben, weiß ich nicht.«

Malin macht einen Schritt auf die beiden zu, Beatrice' zusammengekniffene Augen stoppen ihre Bewegung. »Sie haben mir geholfen«, sagt sie mit ruhiger Stimme und nickt in Richtung des Tors. »Mich nach Hause gebracht, um sicherzugehen, dass ich heil ankomme.«

»Siehst du«, setzt der Junge an, »kein Grund zur –«

»Sie hätte die beiden nicht hierher bringen dürfen und sie haben uns beklaut.« Beatrice richtet ihre Aufmerksamkeit auf Donna, die das

Geschehen mit zuckenden Ohren beobachtet. »Ihr Pferd haben sie auch mitgebracht. Dass das keine gute Idee war, wird sich zeigen, sobald jemand nach der Ernte sieht.«

»Donna hat mich hierher getragen«, protestiert Malin.

Beim Klang von Donnas Namen hebt Beatrice eine Augenbraue.

Der Junge ist inzwischen näher an uns herangekommen. Als Beatrice das bemerkt, schiebt sie ihn mit all ihrer Kraft zur Seite. »Was tust du da?«

Er deutet auf Noire. »Ich möchte sie fragen, wie ich ihr helfen kann.«

Beatrice verschränkt die Arme vor der Brust. »Das spielt keine Rolle«, zischt sie. »Wir müssen uns einfallen lassen, was wir mit ihnen machen.«

Während die beiden in ihre Diskussion vertieft sind und Malin unschlüssig daneben steht, hocke ich mich neben Noire.

»Keine Sorge«, flüstere ich. »Wir bekommen das hin.«

Ein Wimmern dringt über ihre zitternden Lippen. Ihr Atem ist flach und sie verschränkt ihre Finger klamm mit meinen. Ein Knoten in meiner Brust löst sich, weil der Kratzer an ihrem Bein nicht mehr blutet.

Mit der freien Hand streiche ich ihr durchs Haar. »Malin wird die beiden davon überzeugen, dass wir ihr geholfen haben«, schließe ich. Was unsere Strafe für den Diebstahl abmildert. Ich wische mir Himbeersaft vom Mund, der an meinen Finger kleben bleibt wie die Schuld.

Beatrice tritt an unsere Seite. »Was habt ihr zu bereden?« In einer flinken Bewegung hebt sie ihren Dolch auf und befestigt ihn in einer Halterung am Gürtel.

Plötzlich hallt eine Frauenstimme über die Lichtung. »Was hat das zu bedeuten?«

Ich springe ungelenk auf sie Füße und drehe mich in die Richtung um, aus der die Worte gekommen sind.

Beatrice' Mundwinkel zucken, als sie meinem Blick folgt. »Erika«, begrüßt sie die Frau, ehe ihr Blick zu Malin zuckt. »Das Mädchen hat zwei Diebinnen hierher gebracht, die sich an unserer Ernte vergriffen haben. Sie waren bewaffnet«, Beatrice hält den Bogen hoch, »und wer weiß, was sie mit ihrer Waffe vorhatten.«

Erika ist einen halben Kopf kleiner als Beatrice mit dunkelbraunen, kurz geschnittenen Haaren und goldbrauner Haut. Dunkle unergründliche Augen bilden einen Kontrast zu den kindlichen Gesichtszügen. Vermutlich ist sie so

alt wie Königin Anthea, in ihren späten Zwanzigern oder frühen Dreißigern. »Als deine Ausbilderin entscheide ich, was du zu tun hast«, unterbricht sie Beatrice' Redefluss. »Ich habe dich geschickt, um nachzusehen, wieso die Wachen das Signal gegeben haben. Ich verlasse mich darauf, dass du weißt, wie du dich in einer Ausnahmesituation zu verhalten hast. Erst die Lage überblicken, verstehen, was Sache ist und angreifen, wenn es der einzige Weg ist, die Situation zu klären.« Erikas Stimme ist sanft, aber bestimmt. »Deine impulsiven Handlungen müssen aufhören, wenn du meine Sekundantin bleiben möchtest, Beatrice.«

Sie beißt sich auf die Unterlippe. »Ist gut.«

»Ilias«, fährt Erika an den Jungen gewandt fort, »ich habe dich Beatrice hinterhergeschickt, um nachzusehen, was los ist. Auch du hast kein Recht, Entscheidungen zu treffen, die nicht mit mir abgeklärt sind. Einer von euch hätte mich holen sollen, damit ich die Situation löse. Und ihr zwei sollt euch nicht streiten. Unsere Gemeinschaft ist alles, was wir haben. In Ordnung?«

Er nickt.

Erika schenkt ihm ein warmes Lächeln. »Das wollte ich von meinem Bruder hören.« Sie hält inne und schaut zwischen der am Boden liegenden Noire und Ilias hin und her. »Hilf der jungen Dame auf.«

Ilias tut, wie ihm befohlen.

Noire reißt sich sofort, als sie festen Stand hat, von ihm los und versteckt sich hinter mir.

»Nun ist das geklärt.« Erika richtet ihre Aufmerksamkeit auf mich. »Angenommen ich sehe nach der Ernte, wird sich die Anschuldigung, dass ihr uns beklaut habt, bestätigen?«

Meine von Himbeersaft befleckten Finger verkrampfen sich. »Ja.«

Zwischen ihren Augenbrauen bildet sich eine Falte. »Wusstet ihr, dass es sich bei den Beeren um fremdes Eigentum handelt?«

»Nein«, antworte ich. »Unser Hunger trieb uns vom Fluss zu den Beerenfeldern. Beim genauen Hinsehen haben wir erkannt, dass Beeren in der Natur unmöglich in Reih und Glied wachsen. Bevor wir darüber nachdenken konnten, was das bedeutet, haben wir Malin weinen gehört und nachgesehen, was passiert ist.«

Erika wendet sich an Malin: »Haben sie dir wehgetan?«

Sie atmet tief aus, als falle ein schweres Gewicht von ihrer Brust ab. »Nein

und das versuche ich die ganze Zeit zu sagen. Ich bin den Jungen aus meiner Klasse in den Wald gefolgt, dabei über eine Baumwurzel gestolpert, und sie haben mich dort liegen lassen«, antwortet sie mit gerecktem Kinn. »Wenn die beiden nicht gewesen wären, wäre mein Knöchel immer noch unter der Baumwurzel eingeklemmt. Sie haben mich gerettet.«

»Ehrenwort?«, fragt Erika mit Nachdruck in der Stimme, was Malin mit einem Nicken beantwortet. »Ihr Kinder sollt nicht unbeaufsichtigt in den Wald laufen, merk dir das. Ich werde die Jungen fragen, was es mit der Geschichte auf sich hat.«

»Wieso hast du die beiden hierher gebracht?«

Malin zuckt beim Klang von Beatrice' Stimme zusammen und verliert beinahe die Balance. »Sie haben mich nach Hause gebracht«, antwortet sie. »Und sie sind auf der Flucht.«

Ich beiße mir auf die Innenseite der Wange. Malin ist also von allein darauf gekommen. Wie Donna, wenn sie mit den Hufen scharrt, trete ich von einem Fuß auf den anderen.

»Ich weiß, von wo sie fliehen«, zischt Beatrice. »Aus einem anderen Lager kommen sie nicht, sonst hätten sie gewusst, dass es sich bei den Beeren um unser Eigentum handelt und die Beerenfelder nicht ohne Erlaubnis betreten.« Mit einem Fingernagel zupft sie an der Sehne von Noires Bogen. »Was immer das sein mag, Pflanzenfaser ist es nicht und der Mittelteil ist aus geschliffenem Ahornholz. Das Pferd ist wohlgenährt und die Eindringlinge sehen nicht aus, als wären sie am Verhungern. Blondies Kleid ist zerrissen und verschmutzt, aber aus hochwertigem Stoff.« Ihr Blick trifft mich wie ein Schlag in die Magengrube. »Sie muss man sich keinen Atemzug lang anschauen, um ihre Herkunft zu erraten. Die beiden kommen aus dem Sommerkönigreich und haben in der Nähe unseres Lagers nichts verloren.« Einen Sturm ankündigende Wolken werfen Schatten über ihre Gesichtszüge. Gehe ich einen falschen Schritt, sage ich ein unüberlegtes Wort, wird mich der Sturm mit sich reißen und vernichten.

»Zuerst möchte ich wissen, mit wem wir es zu tun haben«, beginnt Erika. »Wie heißt ihr?«

»I-Ich heiße Noire«, antwortet Noire. »D-Das ist –«

Ich trete ihr vorsichtig auf den Fuß, damit sie verstummt. Ihr Auge weitet sich, dann presst sie die Lippen zusammen, als begreife sie dasselbe wie ich. Die

Abneigung dieser Menschen auf das Sommerkönigreich pulsiert als Nachhall von Beatrice' Worten in der Luft. Wenn jemand erfährt, wer ich bin, steckt ein Dolch in meiner Brust. Leider muss ich irgendeinen Namen nennen und zwar schnell. Beim Gedanken an mein Leben als von der eigenen Familie verachtete Prinzessin, die obendrein ein Monster ist, fällt mir ein passender Name ein. »Ruby«, beende ich den Satz, die Finger fest um meinen Rubinanhänger geschlossen.

Beatrice runzelt die Stirn, dann schüttelt sie den Kopf, als hätte sie die Lüge in meinen Worten sofort gesehen.

Erika bringt sie mit einem strengen Blick dazu, still zu bleiben. »Kommt ihr aus dem Sommerkönigreich?«

»Aus Felione«, stottere ich.

»Wie ist es in Felione?« Ilias stellt sich auf die Zehenspitzen. »Gibt es dort wirklich einen riesigen Palast? Leben die Menschen dort im Luxus?«

Erika bringt ihn mit einer Handbewegung zum Verstummen und sieht ihn eindringlich an. »Dafür ist nicht der richtige Zeitpunkt.«

Ilias verschränkt die Arme vor der Brust.

»Seid ihr auf der Flucht?«, erkundigt sich Erika bei mir.

Benommen nicke ich.

»Dann ist es an der Zeit, eure Geschichte zu erfahren.«

Blutgeschmack in meinem Mund, Schattenklauen auf meiner Haut, der Geruch von verbranntem Fleisch in der Luft und Dunkelheit, die meine Lungen füllt. »Wir kommen aus einem kleinen Dorf abseits von Felione«, beginne ich, ohne das Ende der Geschichte zu kennen, die ich mir ausdenke. »Meine Eltern waren Kaufleute, Noire haben wir bei uns aufgenommen, als sie ein Kind war.« Mein Blick zuckt zu Noires Bogen in Beatrice' Hand. Geschliffenes Ahornholz hat sie gesagt. Etwas, dessen Besitz dem gemeinen Volk nicht vergönnt ist. »Der Bogen ist ein Familienerbstück, weil meine Familie einmal Land besessen und dieses verloren hat. Als einer der wenigen Gegenstände wurde er nicht verkauft, sondern von Generation zu Generation weitergegeben, damit sich die Trägerin des Bogens im Notfall verteidigen kann. Weil ich die Kunst des Bogenschießens nicht erlernen wollte, ließ ich Noire den Vortritt.« Meine nächsten Worte sind keine Lüge. Ich erzähle von der schlechten Versorgung in Felione. Davon, dass wir weder genug zu essen noch genug zu trinken haben, weil der ewige Sommer uns heimsucht.

Vor seinem brennenden Licht schützende Bäume wie im Wald gibt es nicht, unsere Ernte ist zum Verdorren verdammt. Ich erzähle von der Politik des Königs, die nichts daran ändert, weil sie die Reichen bevorzugt und die Armen ihrem Schicksal überlässt. Von den harmlosen Verbrechen, die sich häufen. Gestohlene Güter, aus fremden Wasserquellen geklautes Wasser, verwüstetes und verbranntes Land. Dass der König Verbrecher und Magier gleichermaßen hinrichtet, füge ich hinzu. »Über das von meinen Eltern begangene Verbrechen möchte ich nicht sprechen«, fahre ich mit meiner Geschichte fort. »Sie wurden hingerichtet.« Jedes Wort ist ein neuer Stein, der als schweres Gewicht auf meine Schultern drückt. Meine Stimme klingt so erschöpft wie ich mich fühle. »Seitdem leben Noire und ich allein, von Donna abgesehen, in unserem kleinen Haus. Da wir keine Arbeit fanden und unsere Vorräte knapp wurden, brachen wir in ein Anwesen Adliger ein, um Lebensmittel zu stehlen. Dabei wurden wir übermütig, als wir ein Zimmer voll prunkvoller Kleider entdeckten. Noire hatte sich gerade eins davon ange-zogen.« Ich spanne all meine Muskeln an, als ich Beatrice' Blick suche. »Ich stand in Unterwäsche vor dem Kleiderschrank, da wurden wir von einem Soldaten entdeckt. Um Adlige zu schützen, mit denen er Handel treibt, stellt der König sie ihnen zur Verfügung.« Instinktiv verschränke ich die Arme vor meinem Körper. Zeitgleich versagt meine Stimme. Lucius' Gesicht erscheint vor meinem inneren Auge. Nicht der Lucius, den ich mein Leben lang gekannt habe. Einer mit leeren Augenhöhlen, verkohlten Haaren und Fleisch, das von den Knochen fällt. In mir ist Feuer, während kalte Schauder meine Wirbelsäule hinab zucken. Jeder Fingernagel bohrt sich einzeln in das Fleisch meiner Handflächen.

»Ruby ist wie ich.« In der Stille klingt Malins Stimme wie ein Donner-schlag. »Eine Sommermagierin. Magier werden in Felione auf dem Scheiter-haufen verbrannt.«

»Stimmt das?«, fragt Erika mit sanfter Stimme.

Magier sind Abschaum. Das Porträt meiner Mutter im Sonnenpalast. *Magier sind schuld an unserem Elend.* Feuer frisst sich durch ihr Gesicht, lässt ihre roten Locken wie Flammen auflodern und verschlingt sie. *Magie hat uns den ewigen Sommer gebracht.* Ich falle eine Kellertreppe hinunter, die kein Ende nimmt. *Magie muss mit dem Tod bestraft werden.* Lucius' Arm fängt unter meiner Berührung Feuer. Zittrig halte ich mir die Hände vors Gesicht.

Ein Wasserfall aus dem Blut der Menschen, die ich gequält und getötet habe, ob mit meiner Magie oder mit meinen mörderischen Händen. Finger brechen, Augen werden ausgestochen, Blut tropft ins Gras.

Letztendlich sind es grüne Augen, die mich durchbohren wie ein Dolch und daran erinnern, dass ich weitersprechen muss. »Es war ein Mann, er packte Noire, da ging ich auf ihn los. Dabei riss er mir meine Kette vom Hals. Ihr müsst wissen, ich habe diese Kette vorher niemals abgenommen. Sie ist neben dem Bogen unser zweites wertvolles Familienerbstück. Mein Vater hat es mir verboten, aus Angst, sie könnte gestohlen werden wie zahlreiche Wertsachen im Sommerkönigreich. Plötzlich ging der Soldat in Flammen auf. Durch meine Berührung. Dann wurde ich ohnmächtig, als ich aufwachte, drängte Noire mich zur Flucht, weil sie sicher war, dass uns jemand gehört hatte, der weitere Soldaten rufen würde. Die Grenze zum Wald wird nicht stark bewacht, weil wir Einwohner des Sommerkönigreichs von klein auf lernen, ihn zu fürchten. Für uns war der Wald der einzige Ort, an den wir fliehen konnten. Im Sommerkönigreich zu bleiben wäre unser sicherer Tod gewesen.« Ich betrachte meine von Schlamm und Schmutz übersäten Füße. Dabei spüre ich Beatrice' Blick, stechend wie das Sonnenlicht in den Straßen Feliones, in aller Deutlichkeit.

»Du hast deine Magie gestern zum ersten Mal eingesetzt, richtig?«, erkundigt sich Erika. »Rubin schließt Sommermagie ein, das sagt die Überlieferung.«

Ich hebe meinen von einer aus Blut geschmiedeten Krone geschmückten Kopf. »J-Ja«, stammle ich. »Ich habe den Rubin von meinem Vater bekommen, um vor der Hinrichtung sicher zu sein, ohne dass ich selbst davon wusste.«

»Es kommt nicht darauf an, was Magier in der Vergangenheit getan haben. Menschen mit dem Tod für die Fehler ihrer Vorfahren bezahlen lassen ist falsch und grausam«, entgegnet Erika. »Du entscheidest, wofür du deine Magie einsetzt.« Zu ihren Füßen sprießt eine weiße Blume aus dem Boden, deren Anblick mich nach hinten stolpern und beinahe Noire mit der Schulter auf den Waldboden rammen lässt. Keuchend starre ich das wie aus dem Nichts gesprossene Gewächs an. In Felione würde diese weiße Blume ausreichen, um Erika eines Verbrechens anzuklagen. »Ich beherrsche eine Art der Magie, die als Frühlingsmagie bezeichnet wird. Bei mir ist sie schwach ausgebildet.

Dennoch gebe ich mein Bestes, um dem Lager, neben meiner Aufgabe als stellvertretende Anführerin, als Sprachrohr für die Natur zu dienen.«

Malin wippt auf den Fußballen und reckt das Kinn. »Meine Magie hat mich vorhin gerettet.«

»Da siehst du es, Ruby. Magie ist in der Lage, verheerenden Schaden anzurichten, aber mit entsprechendem Training von Kindesbeinen an wird dem in unserem Lager entgegengewirkt«, schließt Erika. »Ins Sommerkönigreich können du und deine Freundin nicht zurück, das wäre euer sicheres Ende.« Ohne es zu wissen, spricht sie die Wahrheit aus, obwohl diese für sie einen anderen Grund hat. Sie neigt den Kopf. »Ich nehme an, ihr wollt uns um Zuflucht bitten?«

»Nicht für immer, aber –«, setze ich an, während Erikas Worte in meinem Kopf widerhallen und mich Beatrice mit zusammengekniffenen Augen betrachtet. Wir sind Diebinnen, die sich an der Ernte anderer vergriffen haben. Magie scheint an diesem Ort akzeptiert zu werden, dennoch sehe ich beim Gedanken, den Rubin abzunehmen, einen Flammensturm den Wald verschlucken. Zudem ist meine Geschichte gelogen, das Fundament unserer Zuflucht wäre eine Lüge.

»Sie haben uns beklaut«, spricht Beatrice meine Gedanken aus. »Und sie haben nichts in unserem Lager verloren.« Ihre Hände ballen sich zu Fäusten. »Wir können nicht jede hilflose junge Frau aufnehmen, die wir im Wald finden. Das macht unsere Versorgungssituation nicht besser.« Schwer schluckend betrachtet sie Donna. »Von einem weiteren Pferd ganz zu schweigen«, schließt sie mit belegter Stimme.

»Beatrice«, Erikas Stimme ist sanft, »ich weiß, du möchtest das Beste für unser Lager. Doch wie oft kommt es vor, dass sich jemand aus dem Sommerkönigreich hierher verirrt? Wenn sich Noire und Ruby daran beteiligen, die Versorgung des Lagers sicherzustellen und für den angerichteten Schaden aufkommen, sollte ihr Bleiben kein Problem sein.« Schmerz flackert in ihren Augen auf. »Sie ins Sommerkönigreich zurückzuschicken, wäre unverantwortlich. Du weißt, was dort mit Verbrechern passiert.«

Ich erwarte eine Aussage wie ›Das, was zwei Diebinnen verdient haben‹, stattdessen wird Beatrice blass um die Nase. Sie starrt Erika mit großen Augen an, als hätte sie ihr eine Ohrfeige verpasst.

»Ich habe trotz alldem nicht darüber zu entscheiden, ob euch Zuflucht

gewährt wird«, fährt Erika fort. »Die Person, in deren Händen diese Entscheidung ruht, hat das Lager im Morgengrauen verlassen. Bei ihrer morgigen Rückkehr werde ich ein gutes Wort für euch einlegen.« Als sie Beatrice einen Seitenblick zuwirft, schaut diese zu einem fernen Punkt am Horizont, der mir verborgen bleibt. »Für die zerstörte Ernte müsst ihr aufkommen, indem ihr euch im Lager nützlich macht. Fällt euch etwas ein, das ihr als Entschädigung tun könntet?«

»Beatrice«, setze ich an, ohne lange überlegen zu müssen. »Würdest du Noire ihren Bogen zurückgeben?«

Beatrice erwacht aus ihrer Starre. Sie macht einen Schritt auf uns zu. Noire drückt sich enger an mich und nimmt den Bogen von Beatrice mit klammen Fingern entgegen.

Erika legt den Kopf schief. »Kannst du deinen Bogen nutzen, um für den Schaden aufzukommen?«

»I-Ich werde es v-versuchen.« Ihr Haar fällt ihr ins Gesicht. »A-Aber ich b-bin nicht –«

»Sie ist ausgezeichnet, sie verkauft sich nur gerne unterm Wert«, beende ich ihren Satz.

»Noire wird ihr Können als Bogenschützin schnellstmöglich unter Beweis stellen dürfen, damit ich mir ein Bild machen und eine Aufgabe für sie finden kann. Für dich und deine Magie überlege ich mir auch etwas, Ruby. Zunächst schlage ich allerdings vor, dass ihr etwas zu essen bekommt. Und jemand sollte Noires Wunde ansehen.« Erikas Blick fällt auf Beatrice. »Hat Cania heute viel zu tun?«

Sie presst die Lippen zusammen und schüttelt den Kopf.

»Dann ist es deine Aufgabe, Ruby und Noire zu ihr zu bringen. Sie blickt ihren Bruder an. »Ilias, du bleibst hier und in Kürze schicke ich eine Patrouille zu dir, die mit dir nach der Ernte sehen wird. Die Stute bleibt bei dir. Wir werden sicher einen guten Platz für sie finden.«

Ich beiße mir auf die Zunge und ersticke meinen Protest. Donna darf noch nicht mitkommen. Meine Glieder verkrampfen sich, Kälte flutet meine Adern.

»Gibt es irgendwelche Fragen?«, erkundigt sich Erika mit einem Blick in die Runde und trifft auf angespanntes Schweigen. »Dann lasst uns keine Zeit verlieren.« Nach ihrer Verabschiedung von Ilias, geht sie in Richtung

des Tores.

Noires Finger mit meinen verschränkt, möchte ich ihr folgen, da legt sich eine bleischwere Decke auf meine Schultern. Als ich zusammenzucke, entgleitet mir Noires Hand. Ich will den Fremdkörper abschütteln, da erkenne ich ihn als schwarze Jacke aus weichem Leder, an der neben ihrem ledrigen Geruch der Duft von Wildblumen haftet.

»Nimm sie schon.« Während die Jacke, die ich mir ungeschickt überziehe, eine schützende Rüstung ist, klingt Beatrice' Stimme stählern. Erst als sich ihr Blick in meine Haut bohrt wie stechend gleißendes Sonnenlicht und sie an mir vorbei schreitet, wird mir bewusst, dass ich mich hätte bedanken sollen.

Neun - Fremde Welt

Erika hat uns angedeutet, vor dem Tor zu warten, bis sie den Wachen unsere Situation erklärt hat. Als sie uns zu sich winkt, fühle ich mich wie auf dem Weg zum Scheiterhaufen, zu meiner Hinrichtung, obwohl mich die Hilfe dieser Menschen womöglich vor einem Tod durch Flammen bewahrt.

Welche fremde Welt mich hinter dem Tor erwartet, vermag ich nicht in Gedanken zu fassen. Zum zweiten Mal an diesem Tag vermisse ich den Sonnenpalast mitsamt meinem warmen Bett und der Badewanne, die zu langen Bädern einlädt. Hoffentlich merkt man mir, wenn wir im Lager angekommen sind, diese Gedanken nicht an. Allüren einer Prinzessin darf ich mir nicht erlauben, wenn ich mich als einfache Frau aus Felione ausgebe. Jedoch weiß ich nichts über das Leben einer solchen. Eine fantastische Prinzessin bin ich, wenn ich meine Untertanen so schlecht kenne. Ich drücke den Rubin fest in die Lücke zwischen meinen Schlüsselbeinen. Diese Geste kann ich mir nicht abgewöhnen, obwohl ich weiß, was das Juwel verkörpert.

Mein Herz schlägt schneller, als sich die grünbraune Silhouette hinter dem Tor zu einem kleinen Dorf formen. Bäume bilden eine schützende Mauer um die Anlage. Einige Holzhütten befinden sich auf dem Waldboden, andere sind auf den oberen, kräftigen Ästen der Bäume platziert. Hier ein Feuer anzuzünden, wäre fatal. Mein Griff um den Rubin wird fester und ich grabe mir mit der freien Hand die Fingernägel in die Handflächen. Ich sollte nicht hier sein, ich kann meine Magie nicht kontrollieren. Erika weiß das, wieso hat sie mich hierher gebracht? Ein falscher Schritt ohne den Rubin um meinen Hals und das Lager ist zum Brennen verdammt. Um mich abzulenken, schaue ich mich weiter um, in der Hoffnung, das Holz ignorieren zu können, so gut es möglich ist.

Zwischen den Hütten tummeln sich Menschen, hauptsächlich Kinder, junge Erwachsene und vereinzelt Erwachsene mittleren Alters. Alte Menschen sehe ich, wie in Felione, nur vereinzelt. Die Menschen leben unter quälender Hitze und mit nagendem Hunger kein langes Leben. Jeder im Lager scheint in eine Aufgabe vertieft zu sein, niemand würdigt uns eines Blickes. Bäume versperren mir die Sicht, weshalb ich die Funktionen der einzelnen Gebäude, das Ausmaß des Lagers im Gesamten und die Tätigkeiten der Leute nicht erahnen kann.

»Eine Führung bekommt ihr, wenn es so weit ist«, verspricht uns Erika. »Sicher ist das Lager für euch, die aus Felione kommen, vollkommen neu. Seid versichert, dass wir gut versorgt sind. Beispielsweise haben wir einige passable Heiler«, fährt Erika fort. »Eine davon werdet ihr in wenigen Augenblicken kennenlernen.« Sie wendet sich an Beatrice. »Sei so gut und bring die beiden zu Cania, damit sie Noires Wunde behandelt. Ich bin mir sicher, es macht ihr keine Umstände, wenn unsere Gäste mit euch zu Mittag essen.«

Beatrice knirscht mit den Zähnen. »Wenn es unbedingt sein muss.«

Erika legt Malin eine Hand auf die Schulter. »Ich werde Malin zu ihrer Familie bringen und danach ein Wort mit den Jungen reden, denen sie in den Wald gefolgt ist, deshalb verabschiede ich mich.« Sie nickt erst Noire zum Abschied zu und dann mir.

Malin schenkt uns ein Lächeln. »Danke für eure Hilfe.«

»Du hast dir selbst geholfen«, entgegne ich.

»Bis b-bald, Malin«, sagt Noire.

»Ihr seht einander bald wieder«, verspricht uns Erika. »Jetzt seid ihr bei Beatrice und ihrer Familie in besten Händen. Nach dem Mittagessen, wenn ihr versorgt und ausgeruht seid, hole ich euch ab. Dann werden wir sehen, was Noire als Bogenschützin tun kann, um für die zerstörte Ernte aufzukommen.« Mit diesen Worten macht sie auf dem Absatz kehrt. Malin hebt die Hand zum Abschied, ehe sie Erika folgt. Schon bald hat das Grünbraun des Dorfes ihre Silhouetten verschluckt.

Beatrice starrt ihnen hinterher, als wäre sie diejenige, die das Lager mit Magie in Flammen aufgehen lassen kann. Nachdem sie Noire und mir einen Seitenblick zugeworfen hat, zischt sie »Mir nach« und geht Richtung Osten.

Noire fährt sich durchs Haar. »H-Hat Erika gesagt, w-wir gehen zu Beatrice' Familie?«

»Ja«, antworte ich. »Hoffentlich sind nicht alle in ihrer Familie so –« Ich breche ab, weil ich beinahe ›unfreundlich‹ gesagt hätte. Beatrice' Lederjacke drückt mich an den Schultern zu Boden als Zeichen meiner Schuld, weil ich mich weder bei ihr noch bei Erika bedankt habe. »Unnahbar« schließe ich. »Komm, bevor Beatrice merkt, dass wir ihr nicht gefolgt sind.«

Ich nehme Noires Hand und ziehe sie mit mir, Beatrice hinterher, die mit ihrem blauschwarzen Haar zwischen dem Grün und Braun des Lagers wie der Mond bei Nacht leuchtet. Die Gebäude und Bäume sind Portraits, von der selben Schablone angefertigt, die Heimat und Schutz bieten.

Vor einem hohen Baum, auf dessen Ästen sich eine zweistöckige Holzhütte befindet, macht Beatrice schließlich Halt. »Da sind wir«, verkündet sie mit gelangweiltem Unterton.

Noire saugt scharf die Luft ein. Ihr Griff um meine Hand verstärkt sich.

»Entschuldige, wenn ich das sage«, setze ich an. »Noire kann mit ihrem verletzten Oberschenkel unmöglich diese Leiter hinaufklettern.«

»M-Mir geht es g-gut«, wirft Noire ein. Als sie die Leiter hinaufblickt, wird ihre helle Haut blass wie Milch. »Lasst m-mich ruhig h-hier unten.«

Beatrice fährt sich durchs Haar. »Erika hat mir aufgetragen, euch zu meiner Mutter zu bringen, damit sie Noires Wunde behandelt.« Sie seufzt tief. »Deshalb bleibt mir nichts Anderes übrig, als dafür zu sorgen, dass sie heil in unserer Hütte ankommt.«

Meine Augenbrauen ziehen sich zusammen. »Zu deiner Mutter?«

»Natürlich.« Für ein Blinzeln werden Beatrice' Gesichtszüge weich. »Sie ist die beste Heilerin unseres Lagers.« Sie macht einen Schritt auf die Leiter zu. »Wenn ihr mich kurz entschuldigt.«

»Gerade sagtest du, du würdest Noire die Leiter hinaufbringen«, erinnere ich sie.

»Das habe ich vor«, erwidert sie. »Dafür brauche ich Hilfe. Diese finde ich in der Hütte.« Schon ist sie die Leiter hinauf verschwunden.

»G-Glaubst du, d-das stimmt?«, fragt Noire. »S-Sie wird u-uns helfen?«

Ich zucke die Schultern. »Wenn ich das wüsste.«

Sie blickt zur Hütte hinauf. »D-Der Baum i-ist ganz schön hoch.« Ihre Muskeln spannen sich unter dem goldenen Stoff ihres Kleides deutlich an. »W-Wieso b-baut man eine H-Hütte dorthin?«

Ich sehe mich im Lager um. »Zwischen den Bäumen ist nur bedingt Platz

für Menschen, die dauerhaft dort leben wollen«, erkläre ich. »Statt Bäume zu fällen, um das Lager in seinem Radius zu erweitern, baut man in die Höhe.«

Noire presst die Lippen zusammen. »Eine g-ganz schlechte Idee.«

Ich finde die Idee bemerkenswert. Darauf, in die Höhe zu bauen, muss man erst einmal kommen. Obwohl ich nicht hierher gehöre, werde ich zunehmend neugieriger auf das Leben im Lager.

»S-Sie kommt z-zurück.«

Ich wirble herum. Zwei Silhouetten menschlicher Körper bewegen sich nach unten, auf uns zu. »Sie hat jemanden mitgebracht«, murmle ich. »Vielleicht hat ihre Mutter entschieden, uns nicht in die Hütte zu lassen.«

Noires Auge leuchtet. »I-Ich muss nicht da h-hinauf?«

Die Silhouetten kommen näher, nehmen Form an. »Ich fürchte, du musst da hinauf«, sage ich. »Die zweite Person ist sicherlich nicht Beatrice' Mutter.«

Noire senkt den Kopf, während ich die zweite Person betrachte. Je näher die Silhouette kommt, desto sicherer bin ich mir, dass es sich um einen jungen Mann handelt.

Vor uns zum Stehen gekommen, betrachtet Beatrice uns mit zusammengekniffenen Augen, während ihre Begleitung uns keines Blickes würdigt. Einen Moment herrscht Stille, bis Beatrice das Wort ergreift: »Gideon, das sind die beiden Eindringlinge, von denen ich dir erzählt habe.« Sie schnaubt. »Ruby, Noire«, aus ihrem Mund klingen unsere Namen wie Beleidigungen, »das ist mein Bruder, Gideon.«

Eine Haarfarbe teilen die Geschwister nicht, Gideons sind karamellfarben, und seine Haut ist wenige Nuancen heller als die seiner Schwester, mit einem bronzenem statt olivfarbenen Untertons. Dennoch machen die harten Gesichtszüge, die gerade Nase und die grünen Augen die Ähnlichkeit unübersehbar. Als Gideon uns weder begrüßt, noch anschaut, weiß ich, dass er seiner Schwester in nichts nachsteht, wenn es um Offenheit geht.

»Das wird dir nicht gefallen, Gideon, du musst das schmächtige, verschreckte Ding mit dem verwundeten Bein in die Hütte tragen«, bemerkt Beatrice.

Gideons Hände ballen sich zu Fäusten. Er wirft seiner Schwester einen schneidenden Blick zu. Die zwei führen eine stille Unterhaltung, deren Inhalt mir verborgen bleibt, bis sich Gideon kopfschüttelnd abwendet.

Er macht einen zögerlichen Schritt auf Noire zu und sieht sie zum ersten Mal an. Dabei bleibt sein Blick an der Augenklappe hängen und seine Augen weiten sich.

Noire ist seinem durchdringenden Blick nicht gewachsen. Sie geht einen Schritt zurück, lässt meine Hand los, ihr verwundetes Bein knickt weg und sie fällt über eine Baumwurzel rücklings auf den Waldboden.

Ich mache einen Ausfallschritt nach vorne, Gideon kommt mir zuvor, greift nach ihrem Arm und zieht sie auf die Beine. Kaum kommt sie zum Stehen, lässt er sie los, Noire gerät ein zweites Mal ins Stolpern und wimmert wie ein Tier, das in die Falle gegangen ist. Dieses Mal hält Gideon sie einen Atemzug länger fest, bis sie festen Stand gefunden hat.

Ich lege einen Arm um Noires Taille. Sie lehnt sich an mich und ich spüre ihren hektischen Atem auf meiner Haut. »Sei nicht so grob zu ihr«, zische ich. »Noire ist sehr zerbrechlich.«

Gideon betrachtet seine Schuhspitzen. »Das habe ich schon bemerkt.«

Dennoch willigt er ein, sie auf seinem Rücken die Leiter hinauf zu tragen, als ihn seine Schwester darum bittet. Noire wagt nicht mehr, ihm in die Augen zu sehen und wirft mir über die Schulter hinweg einen Blick zu, der sich wie kaltes Wasser auf meiner Haut anfühlt. Dann sind sie die Leiter hinauf verschwunden und ich folge ihnen.

Die Höhe macht mir nichts aus, solange ich nach oben schaue, Noire und Gideon fest im Blick. Mit Beeren als einzigem Mageninhalt habe ich, als ich vor der Hütte angekommen bin, jedoch kaum noch Kraft. Ich stütze meine wunden Hände auf den Knien ab und atme keuchend, ehe ich die Hütte in dem Bewusstsein betrete, dass Beatrice direkt hinter mir ist.

Mich erwartet ein Flur, kleiner als die Abstellkammern des Sonnenpalastes. Eine Tür führt nach links, eine Treppe nach oben. Im Flur stehen keine Möbel oder sonstige Anzeichen, dass jemand in der Hütte lebt, dennoch lassen die Holzwände den Raum warm wirken.

Noire sitzt, mit den Schatten verschmolzen, im hintersten Teil des Flurs. »Ist alles in Ordnung?«, wispere ich und gehe neben ihr in die Knie. »Gab es Probleme beim Weg in die Hütte?«

Noire blinzelt mich durch einen Tränenschleier an. »Das i-ist s-so hoch.«

»Ich habe ihr gesagt, sie soll nicht nach unten sehen«, murmelt Gideon.

Beatrice schüttelt missbilligend den Kopf. »Ist sie immer so schreckhaft?«

»Lasst sie in Ruhe.« Mein eigener Ausruf trifft mich wie eine Ohrfeige. »Ich meine«, Das Aussprechen der nächsten Worte zehrt mich mehr aus als der Aufstieg in die Hütte, »Noire hat einen harten Tag hinter sich.« Behutsam lege ich meine Hand auf das Knie ihres unverletzten Beins. »Sie war noch nie im Wald, ebenfalls hat sie nie eine so hohe Leiter hinaufklettern müssen.« Mit Funken sprühenden Augen schaue ich zu Beatrice. »Verletzt ist sie auch. Gönnt ihr ein wenig Ruhe, die hat sie sich verdient.«

Sie verschränkt die Arme vor der Brust. »Ich habe mir keine Ruhe verdient, nachdem ich Aufpasserin und Helferin für euch spielen muss?«

Ich beiße die Zähne zusammen. »Du hast deine Ruhe, sobald wir wissen, wo wir bleiben können.«

»Was ist das für ein Lärm?« Eine Frau, die bis auf die Haarfarbe, welche sie mit Gideon teilt, wie eine ältere Version von Beatrice aussieht, tritt durch die kleine Tür in den Flur. »Ach, ihr zwei seid unsere Gäste aus Felione, nicht wahr?« Schnellen Schrittes kommt sie neben Noire und mir zum Stehen. »Beatrice hat mir von euch erzählt, als sie Gideon holen kam.«

Ich stehe vom Holzboden auf und ziehe Noire mit mir auf die Füße. »Freut mich, Euch kennenzulernen«, sage ich. »Das ist Noire und ich bin Ruby.«

»F-Freut mich a-auch«, stammelt Noire.

»Mein Name ist Cania.« Sie schenkt uns ein warmes Lächeln, dann wendet sie sich an Noire. »Lass mich zuerst deine Wunde verarzten. Danach bekommt ihr etwas zu essen, einverstanden?«

Noire wirft mir einen hilfesuchenden Blick zu.

»Du musst keine Angst haben.« Ich streichle ihr mit dem Daumen über den Handrücken. »An deinem Bein ist nur ein Kratzer. Es wird rasch vorbei sein und danach sind deine Schmerzen fort.«

Zitternd formen sich ihre Lippen zu einem Lächeln. »Einverstanden« wispert sie an Cania gewandt.

Cania wendet sich an ihren Sohn. »Gideon, du kannst mir zur Hand gehen und alles Nötige bereitstellen, damit ich Noires Wunde verarzten kann.«

Ohne seine Mutter anzusehen oder ein Wort zu sagen, schiebt er sich an ihr vorbei durch die Tür.

Cania seufzt tief. Sie tastet nach einem Ring mit orangerotem Stein. Er gleicht einem Sonnenuntergang, den sie mit nur einer Hand umfangen kann.

Als würde sie spüren, was mit ihr los ist, steht Beatrice sofort neben ihr und lehnt ihre Schulter gegen die ihrer Mutter.

Blinzelnd lässt Cania ihren Ring los. Ihr Blick hält den ihrer Tochter fest, sie streicht ihr eine Haarsträhne hinters Ohr. »Ich weiß, dir wird das nicht gefallen, Liebes«, beginnt sie nach einer Atempause. Sogleich spannen sich Beatrice' Muskeln an, als hätten Canias Worte die Kontrolle über sie. »Du hast Ruby deine Jacke geliehen, deine restliche Kleidung passt ihr sicher auch. Nimm unseren Gast mit in dein Zimmer und gib ihr etwas Sauberes zum Anziehen.«

Beatrice atmet tief durch. »In Ordnung.« Sie wendet sich von ihrer Mutter ab und der Treppe zu, ohne mich eines Blickes zu würdigen.

Schweißperlen sammeln sich auf meinen Handflächen wie feiner Morgentau. »Kommst du ohne mich klar?«, flüstere ich Noire zu. Ich möchte am liebsten sagen, dass ich ohne sie nicht klarkomme.

Noire drückt meine Hand. »I-Ich denke schon.«

Ich atme tief in den Bauch ein. »Bis gleich.«

»B-Bis gleich, mach d-dir keine Sorgen.«

»Ich bringe dir Noire wohlbehalten und gut versorgt zurück«, verspricht Cania. »Beatrice wird dir Ruby ebenso wohlbehalten zurückbringen, Noire.«

»Komm endlich«, drängelt Beatrice, die schon mit einem Fuß auf der untersten Treppenstufe steht.

Nach einem letzten ermutigenden Lächeln in Noires Richtung bleibt mir nichts Anderes übrig, als hinter ihr die Treppe hinaufzugehen.

Oben angekommen, stehe ich in einem zweiten kleinen Flur, dieses Mal gibt es drei Türen. Wortlos öffnet Beatrice die mittlere und gibt einen Raum frei, in dem nur zwei Personen nebeneinander Platz haben, mit einer Waschschüssel, einem Spiegel, einer kleinen hölzernen Kommode und einer Toilette. Ich verstehe die stille Aufforderung und wasche tief über die Waschschüssel gebeugt Spuren der geklauten Himbeeren und den Schlamm, der auf meinen Füßen getrocknet ist, fort. Dabei vermeide ich es, mein Spiegelbild anzusehen und nach einer Badewanne Ausschau zu halten, die sich unmöglich in den Ecken des Raumes versteckt.

Zurück im Flur öffnet Beatrice die Tür links neben dem kleinen Bad. Das Zimmer dahinter ist etwa dreimal so groß wie der Flur. An der hinteren Wand steht ein schmales Bett aus hellem Holz, links neben der Tür ein Schrank

aus demselben Material. Speere, leere Wasserflaschen und Kleidung sind wild auf dem Boden verstreut, der Fußboden ist darunter nicht erkennbar. Im Sonnenpalast sorgen Dienstmägde dafür, dass in meinen Gemächern kein Staubkrümel zu finden ist. Kleider, die ich in Eile auf den Boden werfe, werden von ihnen in die Wäscherei gebracht und anschließend in den Schrank eingeräumt. Das gemeine Volk hat keine Diener, so viel weiß ich, doch diesen Anblick habe ich nicht erwartet.

»Mach nicht so ein Gesicht.« Beatrice beißt die Zähne knirschend zusammen. »Du schaust, als ob du in etwas Saures gebissen hättest. Nicht nur jetzt, seit wir uns begegnet sind und vor allem seit du unser Lager betreten hast, verschwindet dieser Gesichtsausdruck nicht.« Sie zieht die Nase kraus. »Du könntest dankbar sein, dass ich dir meine Jacke gegeben habe, obwohl du eine Diebin aus dem Sommerkönigreich bist und genauso gut eine Spionin von dort sein könntest.« Grüne Blitze zucken in ihren Augen. »Dass ich meinen freien Nachmittag, den ich mit meinem Pferd verbringen wollte, für dich opfere, weil Erika es mir aufgetragen hat.« Sie ringt die Hände. »Deine weinerliche Freundin spricht wenigstens nicht viel, dafür sagt dein Gesichts- ausdruck mehr als tausend Worte. Vielleicht ist unser Lager nicht so luxuriös wie das, was du in Felione dein Heim nanntest und unsere Lebensweise ist unter deiner Würde, aber wir sind glücklich damit. Wenn du dich nicht anpassen kannst, zwingt dich niemand zum Bleiben.«

Hitze schießt mir in die Wangen, mein Gesicht glüht wie heiße Kohlen und mein Atem geht stoßweise. Waren meine Blicke so offensichtlich? Ich ziehe Beatrice' Lederjacke schützend um mich. Schweiß klebt mir meine ungewa- schenen Locken an die Stirn. »Ich –« Meine Entschuldigung schlucke ich herunter, den roten Kratzer auf Noires milchig weißer Haut vor Augen. »Ich kann verstehen, dass der heutige Tag nicht der schönste deines Lebens ist«, versuche ich es erneut. »Noire und ich sind Eindringlinge, Diebinnen, die sich an eurer Ernte vergriffen haben und sich jetzt eurer Rohstoffe bedienen, von denen ihr nur wenige besitzt. Nun ist es deine Aufgabe, auf uns aufzu- passen, bis Erika etwas anderes sagt. Ich verspreche dir, dass du mich nicht mehr sehen wirst, wenn du nicht möchtest, sobald alles geklärt ist.«

»Natürlich möchte ich das nicht.« Beatrice dreht sich zum Schrank um. »Nimm meine Kleidung und geh mir aus den Augen.« Das Innere des Schranks ist ebenso unordentlich wie der Zimmerboden. Wahllos zieht

Beatrice eine rötlich braune Hose, eine dunkelgrüne Bluse und braune Stiefel aus dem Kleiderhaufen. Ohne mich anzusehen, wirft sie mir die Kleidung zu, so unvorbereitet fange ich natürlich nichts davon. Ihre Augenbrauen ziehen sich zusammen, sie nimmt einen abgehackten Atemzug, dann zieht sie zwei kleinere Stücke Stoff aus dem Kleiderhaufen. Dieses Mal bin ich vorbereitet genug, diese zu fangen und erkenne sie vage als Unterwäsche, weil sie meiner unähnlich ist wie Beatrice' Zimmer meinen Gemächern im Sonnenpalast.

Wie tief ich innerhalb eines Tages gesunken bin, erschüttert mich. Gestern wurde ich von meiner Getreuen für ein Bankett eingekleidet, heute muss ich die Unterwäsche einer anderen Frau anziehen. Tränen steigen mir in die Augen. Eilig senke ich den Kopf, diesen Anblick gönne ich Beatrice nicht. »Wo kann ich mich umziehen?«

»Hier«, antwortet sie und dreht sich um – der einzige Freiraum, den sie mir gewährt. »Ich lasse dich nicht in meinem Zimmer herumschnüffeln.«

Tränen verschleiern mir die Sicht wie aus Kristallen gewobener Stoff. Ich wische sie mir aus den Augen, dann ziehe ich mich so rasch um wie ich kann. Beatrice' Kleidung passt wie eine zweite Haut, dennoch bin ich in einem Körper gefangen, der mir nicht gehört. Die Unterwäsche ist aus weichem, schwarzem Stoff, der sich an meine Haut schmiegt. Zum ersten Mal seit Kindertagen trage ich am Oberkörper kein Korsett, sondern nur einen Bandeau mit dünnen Trägern, der mir knapp unter die Brüste reicht. Ich könnte endlich frei atmen, würde kein Sand meine Kehle füllen. Nie zuvor habe ich eine Hose getragen, im Königshaus sind diese Männern vorbehalten. Beim Anblick meiner Beine, die vom rötlich braunen Stoff der Hose in Form gehalten werden, möchte ich schreien, bis ich aus diesem Albtraum aufwache. Reiß dich zusammen. Veranstalte kein Drama. Hier bist du Ruby und Ruby ist keine verweichlichte ängstliche Prinzessin, die weint, weil sie eine Hose tragen muss. Was immer Ruby sonst auszeichnet, ich kann sie nicht ausstehen.

»Bist du fertig?«, möchte Beatrice, die noch immer mit dem Rücken zu mir steht, wissen.

»Mhm«, mache ich.

Sie dreht sich zu mir um. »Da ist er wieder. Der Mitleid erregende und gleichzeitig angeekelte Gesichtsausdruck.« Ohne mich noch eines Blickes zu würdigen, geht sie zur Tür. »Lass uns nachsehen, wie es deiner Freundin ergeht. Vielleicht ist sie wenigstens dankbar für unsere Hilfe.«

Ich trete von einem Fuß auf den anderen. »Ich bin dir dankbar, es ist nur – «

»Dafür ist es zu spät.« Sie stolziert aus dem Zimmer und die Treppe herunter.

Ich kann mir ein Aufatmen nicht verkneifen. Es war falsch, mich nicht zu bedanken, aber richtig, mich nicht zu entschuldigen oder meine Reaktion auf Beatrice' Kleidung zu rechtfertigen. Diese hätte ich ihr niemals erklären können, ohne dass sie errät, wen sie wirklich vor sich hat.

Als ich ihr die Treppe hinunter folge, fühlen sich meine Beine wie zwei Fremdkörper an. Verdammte Hose!

Noire liegt auf einem kleinen Sofa im einzigen Raum neben dem Flur im Erdgeschoss, der als Küche und Wohnbereich zu dienen scheint. Wie im Flur ist die Einrichtung spärlich, neben dem Sofa gibt es im Wohnbereich einen Beistelltisch, einen Esstisch, einen hölzernen Schrank, ein Regal mit Schriften darin und eins mit gläsernen Fläschchen und Dosen, deren Inhalte meiner Vermutung nach Heilkräutern, Seren, Elixiere und Salben sind. Alle Möbel sind aus demselben Holz wie die Hütte.

So schnell mich meine in zwei Käfigen gefangenen Beine tragen, eile ich an Noires Seite. Ein Verband ist um ihren Oberschenkel gewickelt und ihr Gesicht ist tränennass. »Geht es dir besser?«

»Ja.« Ein zögerliches Lächeln zupft an ihren Mundwinkeln. »Cania hat s-sich gut u-um mein Bein gekümmert.«

»Mach dir keine Sorgen, deine Freundin wird keine bleibenden Schäden davontragen«, bestätigt Cania. »Der Dolch hat ihre Haut nur gestreift. Eine starke Kräutersalbe beschleunigt den Heilungsprozess.«

Ich verlagere mein Gewicht auf einen Fuß. »Ich weiß nicht, wie ich Euch danken kann.«

»Mich zu duzen wäre ein Anfang.«, Cania lächelt. »Das tun hier alle untereinander.«

Mir klappt der Mund auf. »Gibt es im Lager keine Titel? Keine sozialen Schichten?«, stammle ich. »Nichts dergleichen?«

»Nein«, erwidert Cania. »Nuria, die du morgen kennenlernen wirst, ist unsere Anführerin, Erika ihre Stellvertreterin, darunter stehen unsere besten Soldaten. Jeder mit einem hohen Rang darf außerdem Sekundanten

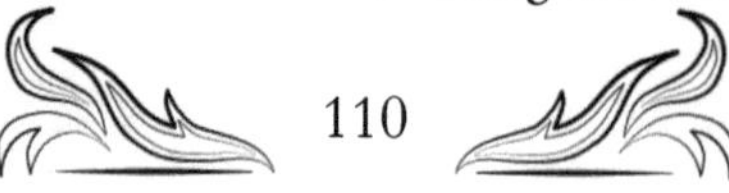

ausbilden. Wir einfachen Arbeitskräfte wie Heiler oder Handwerker sind nicht benachteiligt. Bei Abstimmungen mögen Nuria und Erika das letzte Wort haben, aber unsere Wünsche werden immer berücksichtigt und sie behandeln uns wie ihresgleichen.«

Ich fasse mir an den Kopf. Zwei Frauen als Anführerinnen, keine sozialen Schichten, keine Titel. Zwei Wörter haben besonderen Anklang bei mir gefunden. »Hier werden Soldaten ausgebildet?«

»Ganz recht.«

»Mutter«, unterbricht Beatrice Cania. »Glaubst du wirklich, dass es sinnvoll ist, zwei Eindringlingen Fragen zu beantworten? Sicher würde Erika es nicht gut finden, wenn zwei Frauen aus dem Sommerkönigreich unsere Geheimnisse kennen.«

Ich hebe beschwichtigend die Hände. »Es war eine einfache Frage.«

Cania setzt ein Lächeln auf und versucht die Situation zu retten. »Möchtet ihr etwas essen?«

Beatrice geht einen Schritt zurück. »Nachdem sie sich an unserer Ernte vergriffen haben, lädst du sie dazu ein, sich weiterhin an unseren Lebensmitteln zu bedienen?«

»Beatrice hat ausnahmsweise recht«, sagt Gideon, der abseits steht und seine Hände betrachtet, die interessanter als das Geschehen scheinen.

»Sie müssen zu Kräften kommen, wenn Noire ihre Fähigkeiten als Bogenschützin unter Beweis stellen soll.« Cania presst die Lippen zusammen. »Mir wäre es lieber, wenn Erika wartet, bis die Wunde verheilt ist, obwohl es nur ein Kratzer ist. Leider liegt das nicht in meiner Hand. Genug davon. Lasst uns essen, es ist weit nach Mittag.«

Der Zutritt zur Palastküche ist allen bis auf Vater und dem Küchenpersonal untersagt. Jetzt stehe ich zum ersten Mal vor einer kleinen Küchenzeile mit einer Arbeitsplatte und einer Vielzahl von Schränken aus Holz. Über einem der Schränke ist ein Kasten aus weißem, mir unbekannten Material angebracht. Ich traue mich nicht, nachzufragen, was es mit ihm auf sich hat.

Zunächst möchte ich mich setzen und die anderen für mich schuften lassen. Dann fällt mir ein, dass ich nicht mehr die Prinzessin, zweite in der Thronfolge bin, sondern Ruby, ein Mädchen auf der Flucht. Ich schlucke trocken, dann erkundige ich mich bei Cania, ob ich bei der Zubereitung des

Mittagessens helfen kann.

Sie holt eine Pfanne, einen Topf und einige Messer aus einem der Schränke. »Das ist nicht nötig, schließlich bist du unser Gast«, antwortet sie. »Als Heilerin des Lagers ist es meine Pflicht, Verwundeten und Menschen in Not zu helfen.« Sie wirft ihrer Tochter einen Seitenblick zu. »Egal, ob sie aus unseren Reihen stammen oder nicht.«

»I-Ich habe mich d-dafür g-gar nicht bedankt.« Noire nimmt einen kräftigen Atemzug. »Danke für die Behandlung meiner Wunde«, sagt sie mit einem Lächeln auf den Lippen an Cania gewandt, dann dreht sie sich zu Gideon um und die Unsicherheit kehrt in ihre Stimme zurück. »D-Danke, dass d-du mich h-hier herauf getragen h-hast und d-dass d-du deiner Mutter geholfen h-hast, d-damit sie meine Wunde behandeln k-kann.«

Gideons Körper versteift sich. »Nichts zu danken.«

»Spar dir dein an mich gerichtetes Dankeschön.« Beatrice zwirbelt eine Haarsträhne um ihren Zeigefinger. »Wir helfen euch, weil Erika es uns aufgetragen hat. Dass uns das nicht zu Freunden macht, hat mir Ruby bewiesen.«

Ich seufze gedehnt. »Nur weil ich nicht –«

Ein lautes Klirren lässt mich verstummen. Verwirrt blicke ich mich um, bis ich eine Schüssel auf der Arbeitsplatte bemerke, welche zuvor nicht da war. Cania wischt sich die Hände an ihrem Rock ab. »Genug davon.« Ihre Stimme ist ruhig, während ihre Augen Pfeile in Richtung ihrer Tochter schießen. »Für den Augenblick sind Ruby und Noire unsere Gäste.« Sie deutet auf die Schüssel. »Wenn du helfen möchtest, kannst du das Fleisch schneiden, Ruby.«

»Es ist mir eine Ehre«, sage ich mit einem falschen Lächeln, während mir die Beeren vom Morgen langsam die Speiseröhre hochkriechen. Ein bitterer Geschmack sammelt sich in meinem Mund, ich muss mich zusammenreißen, um nicht zu würgen. Sobald ich vor der Schüssel stehe und deren Inhalt sehe, wird mir schummrig. Zwei Stücke Fleisch, die etwa so lang sind wie mein Unterarm, schwimmen in einer milchigen Flüssigkeit. Dennoch reiße ich mich zusammen, greife nach einem der Stücke und lasse es aus meinen Fingern auf die Arbeitsplatte rutschen. Die Oberfläche ist glitschig, die Flüssigkeit lässt meine Finger brennen und am Fleischstück kleben Blutreste. Im Palast haben wir manchmal Fleisch gegessen, mageres Wild, Geflügel, zwischendurch Rind. Nie zuvor musste ich mein Essen selbst zubereiten.

Mir war nicht klar, wie widerlich Fleisch aussieht. Der Appetit vergeht mir schlagartig. Meine Finger zittern, das Messer droht, sie zu treffen. Mit zusammengebissenen Zähnen schneide ich weiter. Ich habe zwei Menschen getötet und etliche gefoltert, ein totes Kaninchen, dem ich nicht mehr helfen kann, sollte mich nicht aus dem Konzept bringen. Die Klinge durchtrennt übrig gebliebene Sehnen und vor meinem inneren Auge sehe ich das Kaninchen mit jedem Schnitt sterben. In meinen Ohren hallt das Geräusch, welches ein Sehnerv beim Durchtrennen macht, wann immer ich den Arm zum Schnitt hebe.

»S-Soll ich d-das übernehmen?«, möchte Noire, die von Cania zum Beerenwaschen beauftragt wurde, wissen.

Den Vorschlag weiß ich zu schätzen, dennoch schüttle ich den Kopf, während das Messer, wie von einer fremden Hand geführt, weiter durch das gleitet, was einst der Körper eines Tieres war. Das möchte ich Noire auf keinen Fall antun, ich schaffe das.

»Du bist ganz blass, Ruby«, murmelt Cania. »Setz dich lieber hin und lass mich den Rest erledigen.« Sanft nimmt sie das Messer aus meinen verkrampften Fingern. »Du hast noch nie rohes Fleisch gesehen, habe ich recht?«

Ich bohre meine Fingernägel in die Handflächen, um ein Würgen zu unterdrücken. »Möglicherweise.«

Eine Falte bildet sich zwischen Beatrice' Augenbrauen. »Wovon habt ihr euch in Felione dann ernährt?«

»Hauptsächlich von Getreide, Kartoffeln, Gemüse und Obst«, antworte ich, ohne lange zu überlegen. »Tiere überleben in der drückenden Hitze Feliones nicht lange und im Wald zu jagen ist dem Volk nicht gestattet.« Hoffentlich isst die Bevölkerung Feliones wenig Fleisch. Andererseits bin ich nicht mehr im Lager, bis Beatrice die Richtigkeit meiner Worte überprüft hat.

Sie beißt die Zähne zusammen.

Bevor ihr eine Erwiderung einfällt oder ich Canias Angebot annehme und mich setze, lodert am Rand meines Blickfelds eine Stichflamme auf. Der Boden wird uneben und Rauch füllt meine Lungen. Ich stolpere rückwärts, klammere mich mit einer Hand an der Arbeitsfläche fest, mit der anderen taste ich nach meinem Rubinanhänger, der noch immer da ist und meine Magie sicher einschließt. »Was –«, ich wende mich der Stichflamme zu.

Mit einem Mal trage ich ein Korsett, keinen einfachen Bandeau, meine Brust
schnürt sich zu. Die Flamme schießt aus dem metallenen Kasten, der mir
vorhin aufgefallen und fremd gewesen ist, in die Höhe. Lichtreflexe glimmen
auf meinen Händen, als stünden sie in Flammen, was meinem Herzen seinen
Rhythmus nimmt. »Was ist das?«

»Das ist ein Gasherd«, antwortet Beatrice in nüchternem Tonfall.

»Ein was?« Schwer schluckend fange ich mich. »Ich dachte, einen Herd
betreibt man mit Feuer ... ich meine, im Sommerkönigreich betreiben wir
unseren Herd mit Feuerholz, in einem Brennraum.«

Beatrice' Lippen öffnen sich, ein Laut zwischen Lachen und Seufzen dringt
zwischen ihnen hervor. »Herde, die man mit Feuer bedient, wirst du hier
kaum vorfinden. Gas ist praktischer. Mir war nicht klar, wie zurückgeblieben
die Menschen im Sommerkönigreich sind, wenn es um technischen Fort-
schritt geht.«

Vielleicht betreiben die Menschen im Sommerkönigreich ihre Herde gar
nicht mit Feuer. Unsicher kaue ich auf meiner Unterlippe herum und linse
zum Gasherd. Ich frage nicht, ob das eine Art Magie ist, obwohl der Wunsch
nach einer Antwort in meiner Brust flackert wie die Flamme.

»Möchtet ihr euch nicht hinsetzen?«, erkundigt sich Cania bei Noire und
mir. »Es dauert nicht mehr lange, bis das Essen fertig ist.«

Nichts lieber als das. Ich packe Noire, in deren Auge sich die orangerote,
leicht durchsichtige Stichflamme spiegelt, am Arm und ziehe sie mit mir zum
Esstisch.

Gern hätte ich, dort angekommen, ein vertrautes Gespräch unter vier
Augen gesucht. Leider befinden sich Beatrice, Cania und Gideon in unserer
Hörweite, unser Gespräch muss warten. Hoffentlich nicht zu lange, denn es
gibt viel zu sagen. So viel, dass mein Kopf zu zerbrechen droht.

Noire wirft mir stetig Seitenblicke zu. Zwischendurch öffnet sie den Mund,
als wolle sie etwas sagen, um ihn gleich wieder zu schließen. Ihre Fragen kann
ich mir denken, Antworten nicht versprechen.

Immer wieder blickt Noire sich um, schaut in Richtung der Küche und
schließlich schnell wieder zu mir oder auf die Tischplatte. Sie weiß ebenso
wenig wie ich, was sie von unseren Gastgebern halten soll. Cania ist freundlich und zuvorkommend, Gideon kann ich nicht einschätzen. Beatrice kann
mich, nach dem fantastischen ersten Eindruck, den ich hinterlassen habe,

berechtigt nicht leiden. Ich kann nur hoffen, dass sie meine Lügen nicht entlarvt. Eine vorbildliche Prinzessin, wie sie im Buche steht, war ich nie. Warum tritt das Verlangen nach dem Palast mit seinem Luxus und ohne bürgerliche Pflichten jetzt ein? Jetzt, wo ich mein altes Leben nicht zurückbekommen kann?

Der süßliche Geruch des fertigen Essens reißt mich aus meinen Gedanken. Ein Glück, lange hätte ich all den Stimmen in meinem Kopf nicht mehr standgehalten. Speichel sammelt sich in meinem Mund, mein Magen rumort vor zurückkehrendem Hunger. Als Cania mir einen Teller gefüllt mit einem Stück Kaninchen sowie Beeren und Früchten, die ich nicht zuordnen kann, hinstellt, wird mir übel. In meinen Fingern verspüre ich das Gefühl, welches ich beim Schneiden des Kaninchenfleischs hatte. Ich warte bis sich die anderen gesetzt haben und esse vorsichtig eine Blaubeere.

Gideon und Cania essen wortlos ihr Essen, während Noire mit gesenktem Kopf die Tischplatte anstarrt.

Beatrice, die mir gegenübersitzt, schaut zwischen mir und ihrem Teller hin und her. Es dauert eine Weile, dann verstehe ich die Anklage. Noire und ich nehmen ihr das wertvolle, knappe Essen weg. Mir wird kalt. Nachdem ich die Statistiken über Feliones Versorgung gesehen habe, kann ich mir denken, wie sie sich fühlen muss, obwohl ich selbst nie in einer solchen Situation gewesen bin.

Zaghaft esse ich noch eine Blaubeere und lasse sie langsam in meinem Mund zerplatzen. Dann wage ich mich an eine der Früchte heran, die ich nicht kenne. »Was ist das?«, erkundige ich mich und deute auf die Frucht, irgendjemand muss dem Schweigen ein Ende setzen.

»Das ist eine Nuss«, erklärt Cania. »Eine Schalenfrucht, deren Schale an allen Seiten verholzt ist. Wenn man sie aufknackt, erhält man die eigentlichen Nüsse, welche du auf dem Teller hast.«

Ich führe die Nuss in meinen Mund, in der Erwartung, sie wird zerplatzen wie die Blaubeere. Stattdessen bleibt sie hart. Als ich darauf beiße, knackt es. Der Geschmack ist fremd, holzig und herb, keinesfalls schlecht.

»Donna h-hat heute M-Morgen auch Nüsse gefressen, erinnerst d-du dich?« Da bemerkt Noire ihren Fehler und senkt den Kopf. »S-Sie hat d-die N-Nüsse im W-Wald gefunden«, fügt sie kleinlaut hinzu.

»Aber natürlich«, zischt Beatrice.

Ein dumpfes Klopfen ertönt vom Flur her. Beatrice springt auf, um die Tür zu öffnen und den Besuch in Empfang zu nehmen. Keine Minute später steht Erika vor uns im Raum. Nach einer kurzen Begrüßung erkundigt sie sich, ob wir fertig mit dem Mittagessen sind. Als Antwort beginnt Cania, den Tisch abzuräumen.

Ich atme tief durch, weil ich keinen Bissen des Kaninchens essen musste. Beim Gedanken daran, was auf meinem Teller gelegen hat, sammelt sich Galle in meinem Mund. Ich beiße mir auf die Innenseite der Wange. Wenn ich im Lager Zuflucht möchte, muss ich mich früher oder später daran gewöhnen, Fleisch zuzubereiten. Lieber später.

Erika wendet sich an Noire: »Wie geht es deiner Wunde?«

»Besser« antwortet sie. »T-Tut fast nicht mehr weh, ich k-kann s-sicher stehen und f-fast laufen, ohne z-zu stolpern.« Ein unsicheres Lächeln umspielt ihre Lippen. »Cania h-hat gute Arbeit geleistet u-und Gideon hat geholfen.«

Gideon klammert sich an der Tischkante fest, seine Knöchel verfärben sich blauviolett.

Erika neigt den Kopf. »Fühlst du dich in der Lage, dein Können als Bogenschützin unter Beweis zu stellen?«

»S-Sicher.«, Noire rutscht auf dem Stuhl hin und her. »Aber i-ich b-bin nicht –«

»sie ist ausgezeichnet«, beende ich den Satz, woraufhin Noire mich mit weit aufgerissenem Auge anstarrt und den Kopf schüttelt. »Nur sehr bescheiden.«

»Gut.« Erika blickt in die Runde. »Der Trainingsplatz ist für Noire hergerichtet. Beatrice, als meine Sekundantin wirst du mich sicher begleiten, oder?«

»Das lasse ich mir nicht entgehen.« Ihre Augen funkeln, wie ihr Dolch, kurz bevor er Noires Haut durchbohrt hat. »Gideon kommt auch mit.«

Gideons Hände verkrampfen sich. Er schaut seine Schwester erst an, als sie nach seiner Schulter tastet. Statt des tödlichen Funkelns huscht etwas über Beatrice' Miene, das an die Gesichter der Magier erinnert, kurz bevor sie das Serum verabreicht bekommen. Nach einem tiefen Seufzen nickt Gideon »In Ordnung« und die Miene seiner Schwester wird zur stählernen Maske, die ich gewöhnt bin.

Zehn - In Freiheit gefangen

Auf dem Weg durchs Lager verfolgen uns neugierige Blicke. Vor allem die umherlaufenden Kinder, welche mich schmerzlich an die ausgemergelten Gestalten in Felione denken lassen, können ihre Augen kaum von uns lassen. Es ist Nachmittag, der Unterricht scheint vorbei zu sein. Vereinzelt halten Kinder Holzschwerter in den Händen, sicher zur Übung. Erwachsene tragen Körbe durchs Lager, die mit mehr Obst und Gemüse gefüllt sind, als ich am Tag der Abgaben im Normalfall zu sehen bekomme.

»Wir haben nicht oft Gäste«, erzählt Erika und bringt meine Gedanken zum Stillstand. »Alle Lager bleiben für sich.«

Meine Stirn legt sich in Falten. »Es gibt weitere Lager?«

»Was hast du erwartet?« Beatrice verdreht die Augen. »Dass es in einem so großen Wald ein einzelnes Lager gibt? Lebt ihr im Sommerkönigreich hinterm Mond?«

»In Felione bleiben wir unter uns, innerhalb des Sommerkönigreichs zu reisen, kann sich das gemeine Volk nicht leisten.« Ich senke die Schultern und betrachte die Spitzen von Beatrice' Stiefeln. »Deshalb habe ich nie einen anderen Ort gesehen.«

»Kein Wunder, dass du weltfremd bist.« Beatrice' Miene hellt sich auf. »Stell dir vor, Erika, sie wusste nicht, was ein Gasherd ist.«

»Dass Felione und das Sommerkönigreich so weit in ihrer Entwicklung zurückgeblieben sind, wusste ich nicht.« Erika schaut nachdenklich in die Ferne. »Wir müssen uns unbedingt zusammensetzen und du erzählst mir vom Leben in Felione, einverstanden?«

»Von mir aus«, antworte ich zögerlich, während sich mein Magen zusammenzieht. Ich weiß, dass die Nahrungsmittel knapp sind und dass die Menschen in Armut und Angst, auf dem Scheiterhaufen zu enden, ihr

Eigentum zu verlieren oder Opfer eines Verbrechens zu werden leben. Dass sie dafür kämpfen, alles zu tun was der Adel von ihnen verlangt, wenn es ihnen nicht gelingt, für Adlige oder gar die Königsfamilie zu arbeiten. Mehr nicht.

»Wie sieht es auf unseren Beerenfeldern aus?«, erkundigt sich Beatrice bei Erika.

Sie lächelt. »Die Büsche und Sträucher werden bald wieder Früchte tragen, ein bisschen Hilfe haben sie von mir und einer Gruppe Frühlingsmagier bekommen.«

Meine Finger umfassen den Rubin, drücken ihn in die weiche Haut der Lücke zwischen meinen Schlüsselbeinen, bis der Schmerz meinem Griff ein Ende setzt. Wenn Noire ihr Können unter Beweis gestellt hat und eine Aufgabe im Lager bekommt, was hat Erika mit mir und meiner Magie vor? In der Sonne wird der Rubin heiß wie die in ihm eingeschlossene Magie, jetzt friert er meine Glieder ein.

Wir gehen den schnellstmöglichen Weg zum Trainingsplatz, ohne uns mit einer Führung durchs Lager aufzuhalten, obwohl ich inständig hoffe, bald mehr über das für mich befremdliche Leben zu erfahren.

Als Erika verkündet, dass wir angekommen sind, stehe ich nicht in einer Trainingsarena, wie wir sie auf den Ländereien des Sonnenpalasts haben, sondern auf einer einfachen Lichtung. Das Gras ist offensichtlich gestutzt worden, es wuchert nicht und an die grüne Farbe, welche mir in den Augen brennt, muss ich mich gewöhnen. Einzig und allein die hölzernen Zielscheiben mit weißen Ringen darauf, welche nördlich von mir aufgebaut sind, unterscheidet die Lichtung von ihresgleichen. Am Rand der Lichtung, nicht weit von mir, steht ein kleiner Holzschuppen.

Ich nehme Noire, die ihren Bogen fest umklammert hält, einen Moment zur Seite. »Du schaffst das«, flüstere ich.

Sie verlagert ihr Gewicht auf ihr unverletztes Bein. »Aber –«

»Kein Aber.« Ich lege ihr eine Hand auf die Schulter. »Wenn es darum ginge, mich zu verteidigen, würdest du dein Ziel nicht verfehlen. In gewisser Weise geht es auch jetzt darum. Wenn du deine Sache gut machst – und ich weiß, dass du das wirst – können wir für den Schaden aufkommen, den ich angerichtet habe.«

»I-Ich gebe m-mein Bestes.« Noire streicht sich ihr blondes Haar aus dem Gesicht. »S-Sei nicht wütend, wenn ich n-nicht treffe.«

»Ich könnte niemals wütend auf dich sein.« Ich lächle ihr aufmunternd zu. »Außerdem weiß ich, dass du das schaffst. Ich glaube an dich und egal was passiert, lass dich nicht von Gideon und Beatrice verunsichern. Zeig ihnen, was du kannst.«

Scheinbar erzielt mein letztes Argument die gewünschte Wirkung. Noire hebt den Kopf und mit einem letzten, mir gewidmeten Lächeln geht sie in Richtung der Zielscheibe.

»Die Vorführung beginnt«, murmelt Beatrice.

»Du erlebst gleich ein Wunder«, raune ich ihr zu und ernte einen verächtlichen Blick.

Noire lässt sich von unserer Unterhaltung nicht beirren. Ohne sich umzudrehen, begibt sie sich in Position. Mein Herz klopft bis zum Hals. Wie soll Noire die Zielscheiben treffen, wenn sie sich genauso fühlt wie ich?

Auf dem Boden vor den Zielscheiben befinden sich jeweils Linien, von denen aus der Pfeil abgeschossen werden muss. Einschätzen kann ich die Entfernungen nicht, allerdings unterscheiden sich die kleinste und die größte Entfernung augenscheinlich um das Fünffache. Ich halte den Atem an, als Noire an der ersten Linie stehen bleibt. Achtlos lässt sie den Köcher fallen, nachdem sie einen Pfeil herausgezogen hat. Sie spannt den Bogen.

Ich kann nicht hinsehen. Stattdessen blicke ich nach links, zu Beatrice und Gideon. Beatrice' triumphierendes Lächeln weicht einem Ausdruck des Entsetzens. Gideons reißt die Augen auf und ein Funkeln aus Sternen an einem grünen Horizont spiegelt sich darin.

Ihre Mienen ermutigen mich, den Kopf zu heben. Warum kann mein klopfendes Herz nicht still sein? Noire ist zur nächsten Linie gegangen. In der ersten Zielscheibe steckt ein Pfeil in einem Ring nahe der Mitte. Mein Herzschlag beruhigt sich ein wenig. Als Noire den zweiten Pfeil schießt, bleibt mir erneut die Luft weg. Immerhin wende ich den Blick nicht ab und sehe, wie der Pfeil die Mitte streift.

»Was sagt ihr jetzt?«, frage ich in die Runde.

Gideon verschränkt die Arme vor der Brust. »Zufall.«

»Sie hat immerhin nicht die –« Beatrice bricht abrupt ab, als Noires Pfeil in der Mitte der dritten Zielscheibe stecken bleibt. »Ach, vergesst es.«

Auch die weiteren Pfeile treffen die Mitte.

Als Noire, aufgrund der Wunde holprig auf den Beinen, aber mit erho-

benem Kopf, zurück in unsere Richtung geht, laufe ich ihr entgegen, um sie in die Arme zu schließen. »Ich wusste, dass du das kannst«, flüstere ich. »Du warst unglaublich.«

Sie schluchzt auf. »H-Habe ich Beatrice und Gideon gezeigt, w-was i-ich kann?«

Ich ziehe mich ein Stück aus der Umarmung zurück, suche ihren Blick und schmunzle. »Du hast sie sprachlos gemacht.«

Diese Worte zaubern ihr ein Lächeln auf die schmalen Lippen.

Ich löse mich aus der Umarmung und gemeinsam gehen wir zu den anderen zurück.

Erika nickt uns anerkennend zu, während Gideon Noire mit großen Augen anstarrt, als hätte er sie noch nie zuvor gesehen und Beatrice dreinblickt, als sei ihr Geburtstag dieses Jahr ausgefallen.

»Das war ausgezeichnet«, sagt Erika. »Du bist eine passable Bogenschützin, Ruby hat nicht eine Sekunde lang übertrieben.«

Mit einem Grinsen auf dem Gesicht wende ich mich an Beatrice und Gideon: »Ihr seht das genauso, nicht wahr?«

»Es war in Ordnung«, antwortet Gideon. Sein Blick in Noires Richtung spricht eine andere Sprache. Um seine Mundwinkel zuckt es und seine Augen strahlen.

Noire scheint das nicht zu bemerken. Sie seufzt leise und wendet den Blick von ihm ab.

»Deine Fähigkeiten als Bogenschützin werden dafür sorgen, dass ihr für den Schaden aufkommt«, sagt Erika an meine beste Freundin gewandt, dann schaut sie zu Gideon, »Noire kommt morgen früh mit auf die Jagd, du wirst sie einweisen.«

Noire öffnet den Mund. Ein Kopfschütteln meinerseits bringt sie dazu, ihn wieder zu schließen.

»Wenn es sein muss.« Gideon seufzt. »Mach morgen nichts, was dafür sorgt, dass wir mit leeren Händen zurückkehren. Verstehen wir uns?«

Ihre Wangen werden rosa. »Ja«, wispert sie.

»Da das geklärt ist«, Beatrice' Stimme ist die tödliche Ruhe vor einem Gewitter, »gibt es jetzt etwas, das mich interessiert. Noire hat bewiesen, dass sie mit dem Bogen umgehen und für den Schaden aufkommen kann.« Mir gefriert das Blut in den Adern, als sie ihre Aufmerksamkeit auf mich richtet.

»Was machen wir mit ihr? Etwas Sinnvolles habe ich Ruby, seit ich sie kenne, nicht machen sehen und ihre Magie kann sie laut eigener Aussage nicht kontrollieren.«

Ich blinzle und schaue nicht in grüne Augen, sondern in einen Spiegel wie ich ihn aus meinen Träumen kenne. Goldene Augen glimmen mir entgegen, zunächst halte ich sie für die meinen. Im linken Auge fehlt der Geburtsfehler, die dazugehörigen Haare sind rotblond. Krallen pressen sich ins Fleisch meiner Kehle, während ich meine kleine Schwester töte.

»Bist du bereit das zu ändern, Ruby?«, fragt Erikas Stimme von weit weg.

›Nein!‹, möchte ich schreien, da fügt sich Soleils Gesicht zu ihrer unschuldigen Schönheit zusammen. Ich bin es meiner kleinen Schwester schuldig, dass ich nicht aufgebe und mich meiner Angst stelle. »Ja«, hauche ich mit dünner Stimme, zu gern würde ich ›Wenn ich lerne, wie ich sie nie wieder einsetze und vergesse, dass es sie gibt‹ hinzufügen.

»Dann wirst du ab morgen entsprechendes Training bekommen«, antwortet Erika an meiner Stelle, dann sieht sie mich an. »Die Absicht deiner Familie, dich zu schützen, um nicht dem König ausgeliefert zu werden, war ehrenhaft. Dennoch bedeutete sie den Verlust wertvoller Jahre des Trainings.« Sie hält inne. »Wie alt bist du?«

»Zwanzig.«

»In Beatrice’ Alter.« Erika seufzt. »Zwei Dekaden sind dahin, es wird nicht einfach, deine Magie zu kontrollieren. Versprich mir, dass du das Training ernst nimmst.« Ihre Stimme bekommt einen dumpfen Nachklang, in Erinnerung an Vaters Befehle, denen ich mich niemals widersetzen durfte.

»Ich verspreche es«, lüge ich.

»Behalte den Rubin immer an deinem Körper. Zur Vorsicht«, fährt sie fort, woraufhin ich eifrig nicke.

»Sind wir endlich fertig?« Beatrice tritt von einem Fuß auf den anderen. »Oder müssen Gideon und ich weiter Aufpasser spielen?«

»Eigentlich hatte ich gehofft, ihr könntet ihnen das Lager zeigen.« Erika fährt sich durchs Haar. »Eine vorläufige Unterkunft brauchen sie auch, bis sie eine feste Bleibe haben.«

Beatrice knirscht mit den Zähnen. »Wo in unserer Hütte sollen sie schlafen? Wir haben zwei Betten und ein Sofa.«

»Cania macht es sicher nichts aus, in deinem Zimmer zu schlafen. Ruby

und Noire können sich das Wohnzimmer teilen«, antwortet Erika mit einer beschwichtigenden Handbewegung. »Es ist vorübergehend, bis Nuria zurückkehrt.« Sie klopft sich Staub von der Hose. »Wenn ihr mich jetzt entschuldigen würdet, ich habe einiges zu erledigen.«

Nachdem sie sich verabschiedet und uns einen schönen Abend gewünscht hat, herrscht erdrückende Stille.

»Mir macht das genauso wenig Spaß wie euch«, traue ich mich, diese zu durchbrechen.

»Immerhin sind wir einer Meinung.« Beatrice nimmt einen tiefen Atemzug. »Bringen wir die Führung durchs Lager hinter uns.« Ohne ein Wort abzuwarten, setzt sie sich in Bewegung.

Gideon, Noire und ich schließen uns ihr wortlos an.

Die Führung verläuft ohne viele Worte.

Gideon ist damit beschäftigt, Noire anzuschauen wie ein Puzzle, das er nicht zusammensetzen kann. Um seinem Blick auszuweichen, versteckt sie sich die meiste Zeit der Führung hinter mir.

Beatrice deutet zwischendurch auf Gebäude, sagt in einem gelangweilten Tonfall, was es mit diesen auf sich hat und geht weiter, bevor ich eine Frage stellen kann.

Wie ich mich zurechtfinden soll, weiß ich nicht, weil die Gebäude aussehen wie Skizzen eines Gemäldes, die mehrmals abgemalt worden sind. Hütten, die aus dem starken Holz der Waldbäume gebaut sind auf dem Boden und in den Baumkronen, mehr gibt es nicht zu sehen, nichts, was meinem Orientierungssinn auf die Sprünge helfen könnte. Bis auf Laternen an den Wegesrändern, die, wie Beatrice erklärt, mit demselben Gas betrieben werden wie der Herd. Vereinzelt sind erloschene Lichtkugeln in den Baumkronen und um die Stämme herum wiederzufinden – Elektrizität, sagt Beatrice. Ein Wort, das ich nie zuvor gehört habe, dennoch hake ich nicht nach.

Den groben Aufbau des Lagers kann ich mir für die Dauer der Führung merken. Außen befinden sich der Trainingsplatz, einige Felder sowie die Schuppen mit Waffen, die Schmiede, eine Krankenstation und – verteilt ums Lager herum – einige Wachposten. In der Mitte sind hauptsächlich Wohnhäuser sowie Schulgebäude. Was die Kinder in der provisorischen Schule wohl lernen? Als Prinzessin des Sommerkönigreichs musste ich nie zur öffentlichen Schule in Felione gehen, deren Besuch sich das gemeine Volk

nicht leisten kann, was Bildung hauptsächlich für Adlige zugänglich macht. Privatlehrer brachten mir im Sonnenpalast Fertigkeiten in Lesen, Schreiben und Rechnen bei, um Julius Aufgaben abzunehmen. Mein Geschichtsunterricht hätte den Namen ›Warum Magier Abschaum sind‹ tragen können, darüber hinaus wurde ich in Grundlagen der Geografie, Politik und Wirtschaft des Sommerkönigreichs unterrichtet. Reiten habe ich kurz nach dem Laufen gelernt, Unterricht in klassischen Tänzen aus dem Sommerkönigreich sowie in Gesellschaftsspielen und grundlegende Lektionen was Gehorsamkeit angeht, kamen dazu. Etwas sagt mir, dass mir im Lager allein das Reiten nützlich sein wird.

Beatrice sagt, in einem der Schulgebäude werde ich morgen mit dem Training meiner Magie beginnen. Auf meine Frage, ob es sinnvoll ist, Magier in einer kleinen Hütte zu trainieren, schnaubt sie und ist um die nächste Ecke verschwunden, ehe ich nachhaken kann.

In der Mitte des Lagers befindet sich ein Versammlungsplatz. Hier essen einige Bewohner morgens, mittags oder abends zusammen, es steht jedoch jedem frei, stattdessen mit der Familie zu speisen.

Ein Markt bildet einen Ring um den Platz herum. Dort kann man Speisen, Wasser, Kleidung, Möbel aus der Schreinerei oder andere Utensilien, die man zum Leben benötigt, erwerben. Weil Beatrice schon zuvor kurz angebunden reagiert hat, frage ich nicht nach, ob mit Gold-, Silber- und Kupfermünzen bezahlt werden muss wie im Sommerkönigreich. Spätestens wenn ich verhungere oder, wenn Beatrice' Kleidung verschmutzt ist, werde ich es herausfinden.

Während der Führung kommen uns Menschen entgegen, vor allem Kinder, die am frühen Abend zusammen durchs Lager streifen. Ihre Augen leuchten und die meisten von ihnen grüßen uns mit einer raschen Handbewegung und einem Lächeln. Zwar war ich nicht oft außerhalb des Palastes, doch die Einwohner Feliones hatten meist die Köpfe gesenkt, wenn ich sie gesehen habe. Beim Aufblicken, um der Königsfamilie zuzuwinken, haben Schatten ihre eingefallenen Gesichter heimgesucht. Wie können Menschen, die im Wald leben müssen, so viel glücklicher sein?

Einerseits fühle ich mich wie in eine fremde, spannende Welt hineingeworfen, andererseits möchte ich zurück nach Felione, um meinen Untertanen ein besseres Leben zu ermöglichen. Im Wald hausen Monster, Vater hatte recht. Monster, die seinen fügsamen Untertanen offenbaren könnten,

dass sie in einem Gefängnis leben.

Beim Abendessen klebt mein Blick an Beatrice wie Leim. Diesmal starrt sie nicht zurück, sondern wirft einen grün lodernden Speer nach dem anderen in Richtung ihrer Mutter. Als Cania gesagt hat, Noire und ich können so lange bleiben, wie wir wollen, dass sie in unserer Abwesenheit Kleidung für Noire besorgt hat, und dass das Abendessen für fünf Personen fast fertig ist, hat Beatrice ausgesehen wie eine Fremde in ihren eigenen vier Wänden. Ich bin in ihr Leben eingedrungen wie ein Schmutzfleck auf ihrer dunkelgrünen Bluse, den sie nicht fort waschen kann.

Seit Beatrice Cania gefragt hat, wieso es heute ausgerechnet Früchtetee gibt, der im Lager rar ist und Canias Antwort gewesen ist, dass Gäste da sind, traue ich mich nicht mehr, am Tee zu nippen. Beatrice zerrupft derweil ein Stück Brot in kleine Teile, ohne davon zu essen. Noire und Gideon scheinen sich einig zu sein, dass es am einfachsten ist, die Tischplatte anzustarren und so zu tun, als sei man unsichtbar.

Die Luft ist schwül wie am Mittag. Ich ersticke, wenn die Sonne nicht bald durch die rubinrote Wolkendecke bricht.

Cania schluckt, dann zerschneidet ihre Stimme die Luft: »Hattet ihr eine Führung durchs Lager?«

»Ja«, antworte ich. »Beatrice und Gideon haben uns alles Wichtige gezeigt. Weil das Lager sich in vielerlei Hinsicht von Felione unterscheidet, bleibt es mir fremd.« Gern möchte ich mich nach der Entstehung der Lager erkundigen. Ich trinke einen Schluck heißen Tee, unterdrücke ein Husten und bleibe still.

»Das wird sich bald ändern«, verspricht Cania mir. Aus dem Augenwinkel linst sie zu ihrer Tochter, woraufhin Beatrice heftig den Kopf schüttelt. Die beiden führen eine stille Unterhaltung, die ich nicht verstehe. »Sicher fragt ihr euch, wie die Lager nach dem Fall der Königreiche entstanden sind«, setzt Cania an, nachdem Beatrice als Verliererin aus der Diskussion hervorgegangen ist, was ich den wüst auf ihren Teller fallenden Brotkrümeln entnehme.

Ich halte Canias Blick fest. »Ihr müsst uns keine Geheimnisse des Lagers erzählen.«

»Wenn ihr im Lager bleibt – vorübergehend oder für längere Zeit – solltet

ihr unsere Geschichte kennen«, entgegnet sie und beginnt.

Drei Königreiche haben sich nicht über Nacht zerstört, der Hinterhalt, der zum Fall der Königreiche geführte hat, ist ein langer Prozess gewesen, über den im Untergrund in allen vier Königreichen gesprochen wurde. Beim Angriff aufs Winterkönigreich haben Gruppen aus dem Herbst-, Frühlings- und Sommerkönigreich die Flucht ergriffen, in dem Wissen, dass ihnen andernfalls dasselbe bevorgestanden hätte. Der einzig sichere Ort sind verlassene Minen im Wald gewesen, nahe der Grenze zum Sommerkönigreich und nahe dem Gebirge, das ans Herbstkönigreich gegrenzt hat. Wer nicht schnell genug gewesen ist, ist der Armee zum Opfer gefallen. Einzig ihr Hunger hat die Geflohenen aus den jeweiligen Verstecken getrieben. Als sie eines Morgens Wasserquellen aufsuchen wollten, ist der Himmel rot gewesen und die Hitze hat nach den Magiern ihre eigenen Opfer gefordert. Während sich der Großteil der Gruppe weiter versteckt gehalten hat, haben Kundschafter herausgefunden, dass lediglich das Sommerkönigreich den Angriff überlebt hat. Magier haben die Schuld daran getragen, ihretwegen wurde Magie von nun an im Sommerkönigreich mit dem Tode bestraft. Inmitten der Gruppen sind Magier gewesen, die vom Aufstand ihresgleichen nichts gewusst haben. Eine Flucht ins Sommerkönigreich ist für sie keine Option gewesen. Zunächst sind die Gruppen in den Minen verharrt, zwölf Kundschafter, welche die Geflohenen zu ihren Oberhäuptern ernannt haben, ausgenommen. Nach ihrer Reise ins Winterkönigreich, das laut ihrer Aussage vollkommen zerstört gewesen ist, haben die Zwölf den Wald als unser neues Zuhause ernannt. Die zwölf Kundschafter haben zwölf Lager gegründet, verstreut im Wald, weit genug weg von den gefallenen Königreichen.

Cania nippt an ihrem Tee. »Unser Lager wurde mit dem Gedanken nahe der Grenze des Sommerkönigreichs gebaut, mit den Einwohnern in Verbindung zu treten. In hundert Jahren ist kein Trupp erfolgreich aus dem Sommerkönigreich zurückgekehrt.« Einen Augenblick starrt Cania ins Leere. Beatrice tastet nach der Hand ihrer Mutter und nimmt sie in ihre, bis die Spiegelbilder der grünen Augen einander finden und sich Canias Miene entspannt. »Von den zwölf ursprünglichen Lagern gibt es heute weitere kleine Abspaltungen. Die Lager bleiben für sich und das Königshaus weiß von unserer Existenz. Wieso wir nicht angegriffen werden, kann ich euch nicht beantworten.«

»Ich schon«, rutscht es mir heraus. Mit gestrafften Schultern und fester

Stimme schmücke ich meinen Gedanken weiter aus, der hoffentlich nicht der Strick für mein Genick wird. »Im Sommerkönigreich wird uns von Kindesbein an erzählt, dass im Wald Monster hausen, die jeden, der sich ihnen nähert bei lebendigem Leib verspeisen.« Ich sehe auf meine Teetasse herab, in dessen rötlichem Inhalt sich keine Antworten spiegeln. »Kontakt zwischen den Einwohnern der Lager und denen des Sommerkönigreichs soll verhindert werden. Die Lager sind keine Bedrohung, nichts für ungut, ich weiß, wie die Waffen der königlichen Soldaten aussehen und habe die euren ebenfalls gesehen. Trotzdem könnten die Lager und die unterdrückten Untertanen gemeinsam womöglich etwas verändern. Also sollen sie um jeden Preis nichts voneinander erfahren und eine Armee, die das Sommerkönigreich verlässt, um die Einwohner der Lager zu töten, würde auffallen und Misstrauen sähen. Sperre Vögel in einen Käfig, sag ihnen die Gitterstäbe seien aus Stacheldraht. Öffnest du das Tor so werden sie nicht wegfliegen, aus Angst sich die Flügel zu brechen.« Wohin mein Flug aus dem goldenen Käfig gehen wird, vermag ich nicht zu sagen. Ich weiß nur, er ist von Wolken aus Stacheldraht und einem Sturz in schwarze Tiefe gesäumt.

Elf - Lehrstunden

Grelles Sonnenlicht bohrt sich in meine Augen wie Pfeilspitzen und reißt mich aus den Fängen meiner Albträume. Schwer atmend möchte ich mich aufsetzen, doch ich bin nicht in der Lage dazu. Meine Glieder sind wie gelähmt, der Untergrund hart. Was ist mit meinem Himmelbett passiert? Brauche ich eine neue Matratze? Mein Magen zieht sich vor Hunger zusammen und knurrt anklagend.

Ich öffne die Augen, reibe sie mir mit den Handballen und gewöhne mich an das gleißend rote, durch die Fenster einfallende Licht. Statt Prunk umgeben mich Holzmöbel. Das Wohnzimmer, welches Cania Noire und mir überlassen hat.

Mit einer Maske der Freundlichkeit auf dem Gesicht, drehe ich mich zu Noire um. Zum Schlafen nimmt sie ihre Augenklappe immer ab. Nach vierzehn Jahren tut es mir noch immer im Herzen weh, die verunstaltete, von dicken Narben gezierte Stelle zu sehen, an der sich einst ihr linkes Auge befunden hat. »Guten Morgen, Robin«, flüstert sie. »I-Ich meine Ruby.«

»Guten Morgen«, erwidere ich. Hoffentlich lernt sie schnell, mich beim falschen Namen zu nennen. »Hast du gut geschlafen?«

»Zu meinem E-Erstaunen j-ja. W-Was ist m-mit dir?«

Ich weiß nicht, wer Ruby ist. Klauen, die mich aus dem Nichts packen, lauern in den Schatten meiner Albträume, umgeben von Flammen, die ich eigenhändig entzündet habe. Meine Magie wird heute real, ich werde ein Monster, wenn ich sie anwende. Gehe ich einen falschen Schritt, falle ich in den Abgrund und werde ans Sommerkönigreich ausgeliefert. Was Vater mit mir und meiner Magie vorhatte, werde ich nie erfahren. Vermutungen stürzen sich auf mich wie Straßenhunde auf weggeworfene Lebensmittel. Meine kleine Schwester ist allein in einem goldenen Käfig aus Stacheldraht gefangen. »Die Kissen sind verdammt hart«, antworte ich, ohne die stechenden Gedanken der Nacht zu erwähnen.

Noire kommt nicht dazu, nachzufragen, denn Cania betritt den Raum. »Guten Morgen ihr zwei.« Sie lächelt uns zu. »Habt ihr gut geschlafen?« Noire und ich bejahen die Frage wie aus einem Mund. »Sehr schön. Während ich unser Frühstück vorbereite, solltet ihr euch anziehen.«

»Gibt es die Möglichkeit, zu baden?« Die Frage rutscht mir heraus und klingt fordernder als gewollt.

»Baden?« Cania blinzelt. »Ich fürchte, dafür ist am Morgen keine Zeit, so leid es mir tut.«

Obwohl ich gestern ein kurzes Bad im Fluss genießen durfte, klebt unsichtbarer Schlamm an meiner Haut. »In Ordnung«, aus meiner Stimme könnte jeder heraushören, dass es das nicht ist.

»Ich verspreche, dass du heute Abend Zeit dafür haben wirst.«

Beim Gedanken an den Fluss und mein vermeintliches Bad fällt mir jemand ein. Dass ich keinen Gedanken für sie übrig gehabt habe, ist ein Schlag ins Gesicht. »Weißt du, was aus meinem Pferd geworden ist?«, frage ich mit belegter Stimme.

Cania schüttelt den Kopf.

Mehr als ein Seufzen kommt mir nicht über die Lippen. Um mich abzulenken, stehe ich auf und nehme Beatrice' Kleidung von dem Stuhl, auf dem ich sie am Abend abgelegt habe.

Cania nickt mir ein letztes Mal entschuldigend zu, dann verschwindet sie in Richtung Küchenzeile. Im Palast fand ich es selbstverständlich, nicht bei banalen Arbeiten wie der Vorbereitung des Frühstücks zu helfen. Jetzt komme ich mir nicht mehr nur wegen des fernen Bades schmutzig vor.

»Donna g-geht es s-sicher gut«, flüstert Noire mir zu, als Cania außer Hörweite ist.

Ich schlucke trocken. »Das aus deinem Mund zu hören, bedeutet mir viel.«

»So ü-übel ist s-sie nicht.« Noire fährt sich durchs Haar. »Nur v-viel zu s-schnell.«

»Ich muss später nach Ilias suchen und ihn nach ihrem Verbleib fragen«, sage ich. »Jetzt sollten wir uns anziehen, ehe Beatrice oder Gideon hereinkommen.«

Mit klammen Fingern ziehe ich Beatrice' Hose unter meinem Nachthemd

an. Obwohl ich sie gestern einige Stunden getragen habe, bleibt sie ein meine Beine einengender Fremdkörper. Die Person, die Hosen erfunden hat gehört augenblicklich auf dem Scheiterhaufen verbrannt. Sie erinnert mich an die Arbeiter auf den Straßen Feliones mit durchlöcherter Kleidung und von Asche geschwärzten Gesichtern. Jene Menschen, deren Anblick mir das Herz zerrissen hat und mit denen ich Mitleid gehabt habe, weil sie nichts besitzen. Wie viel ich als Prinzessin besessen habe, ist mir nicht klar gewesen. Jetzt trage ich die Hose einer anderen Frau, schlafe in einem fremden Haus und esse Essen, das sich andere erarbeitet haben. Ich bin an einem Ort gefangen, an dem ich ein Fremdkörper bin, der sich nicht als solcher zu erkennen geben darf.

Noire knöpft die von Cania mitgebrachte, dunkelgrüne Bluse, die bei einer Jagd durch umstehende Bäume fast unsichtbar scheinen wird, mehrmals falsch zu.

Fertig angezogen lege ich ihr einen Arm um die angespannten Schultern. »Du musst nicht nervös sein«, flüstere ich ihr ins Ohr. »Beim ersten Mal wirst du die Kunst des Jagens nicht perfekt meistern, das weiß Gideon und ich verspreche, dass dir niemand wehtun wird.«

Sie schüttelt stumm den Kopf.

Ihre zitternden Finger und ihre hektisch umher huschende Pupille machen mir das Herz schwer. Sie ist es gewohnt, bestraft zu werden, wenn sie nicht gehorcht, solange ich nicht da bin, was sich in ihrer Anspannung und dem feucht schimmernden Auge spiegelt.

Darunter mischt sich ein anderes Bild. Gideon ist von unserer Anwesenheit genauso begeistert wie seine Schwester, aber solange wir ihn nicht ansprechen oder anderweitig beachten, scheinen wir ihn nicht weiter zu stören. Da ist etwas Wichtigeres. Seine Augen haben gefunkelt, als er Noire beim Bogenschießen gesehen hat. Es macht sie nicht zu Freunden, keine Frage, aber Noire beeindruckt ihn und er hat sie danach immer wieder angesehen, als erwarte er eine weitere Überraschung.

»Zeig ihm, wie du mit dem Bogen umgehen kannst«, spreche ich meine Gedanken aus. »Das hat ihn gestern beeindruckt.«

Sie blinzelt. »W-Wirklich?«

»Wirklich.« Als ich nach ihrer Hand greife, entzieht sie sich meinem Griff. »Lass uns frühstücken. Heute wird ein anstrengender Tag.«

Mit Noire dicht hinter mir gehe ich in Richtung des Esstischs. Cania ist bereits in der Küche, wenige Atemzüge später taucht Gideon auf wie ein Schatten, der weder mein noch Noires »Guten Morgen« erwidert.

Schweigend setzen wir uns an den Esstisch, während Cania jedem von uns eine dampfende Schüssel hinstellt.

Gideon beginnt, stumm zu essen, ohne sich zu bedanken.

Noire zwingt sich zu einem Lächeln. »V-Vielen Dank.«

»Keine Ursache«, sagt Cania.

»Dennoch muss auch ich mich bedanken.« Ich stocke. Mit angehaltenem Atem sehe ich mich in der Küche um. Vier Schüsseln ... für vier Leute? »Wo ist Beatrice?«

»Sie ist schon vor Sonnenaufgang auf Patrouille aufgebrochen«, antwortet Cania.

Ich atme auf und probiere den Getreidebrei.

»Habt ihr in Felione auch Getreidebrei gefrühstückt?«

Ich beantworte Canias Frage mit einem Nicken.

»Aus selbst angebautem Getreide?«

Hoffentlich stellt sie keine Fragen, die ich mit ausgeschmückten Antworten beantworten muss. Erneut nicke ich.

Gideon setzt unserer Unterhaltung ein Ende. »Hast du aufgegessen, Noire?«, fragt er, ohne von seiner leeren Schüssel aufzublicken.

Ihre Schüssel ist zur Hälfte gefüllt. »J-Ja.«

Er steht auf, ohne ihre Aussage auf ihren Wahrheitsgehalt zu überprüfen. »Dann lass uns keine Zeit verlieren.«

Noire rutscht mit ihrem Stuhl näher in meine Richtung und verschränkt ihre Finger mit meinen.

Meine Muskeln verkrampfen sich, Noires Finger verfärben sich unter meinem Griff bläulich. Getreidebrei tropft von meinem Löffel auf die Tischplatte.

Gideon bedeutet Noire mit einem Seitenblick, ebenfalls aufzustehen, sofort entzieht sie ihre Hand meinem Klammergriff und steht wie eine folgsame Soldatin auf.

»Wegen dir möchte ich nicht mit leeren Händen zurückkehren«, sagt Gideon in nüchternem Tonfall.

»Gideon.« Cania greift nach seiner Hand. Er macht einen Schritt zurück,

als hätte sie ihm wehtun wollen. »Gib ihr Zeit, sich einzugewöhnen.«

Seine Körperhaltung spannt sich weiter an. »Wenn es um die Versorgung des Lagers geht, kann man sich keine Eingewöhnung leisten.«

Ich wende mich vom Gespräch der beiden ab und finde Noires Blick. »Viel Erfolg, Noire«, flüstere ich ihr zu. »Lass dich nicht verunsichern. Ich weiß, dass du das schaffst.«

»D-Dir viel E-Erfolg beim Training.« Ihre Lippen zittern zu sehr, um sich zu einem Lächeln zu formen. Mit gesenktem Kopf folgt sie Gideon aus dem Raum.

»Hoffentlich geht das gut.« Zu spät merke ich, dass ich die Worte laut ausgesprochen habe und senke den Blick. »Entschuldigung.«

»Eher muss ich mich für meinen Sohn entschuldigen«, entgegnet Cania. Als ich aufblicke, sieht sie mir nicht in die Augen, sondern dreht ihren Ring, bis sich die Haut darunter rötlich färbt. Seufzend hebt sie den Kopf. »Er wehrt jeden Menschen ab.«

Gideon und ich haben wenige Worte miteinander gewechselt. Es erscheint, als würde er nur sprechen, wenn ihn etwas direkt betrifft. Anders als seine Schwester hält er sich am liebsten in den Ecken eines Raumes auf, die Mitte vermeidend. Als wolle er beobachten, aber nicht beobachtet werden. »Das habe ich gemerkt.« Nach dem Grund für sein Verhalten zu fragen, erscheint mir unklug. »Wenn er zu jedem abweisend ist, meint er das sicher nicht böse. Aber Noire nimmt solch ein Verhalten schnell persönlich und sie ist sehr zerbrechlich.«

»Du wirst mir meine Worte sicherlich nicht glauben.« Cania atmet scharf ein. »Nicht nur deine Freundin ist zerbrechlich, sondern auch mein Sohn.«

Ich habe diesen Raum vor einem Atemzug betreten und möchte ihn sofort verlassen. Ich bin eine erwachsene Frau. Was habe ich in einem Raum mit dreizehn Kindern verloren? Ihre Augenpaare starren mich an, ebenso verwirrt wie ich mich fühle. Ein Raunen geht durch den Raum. Ist es so in einer gewöhnlichen Schule? Die Neue kommt hinzu und alles dreht sich nur noch um sie? Ich bin im Sonnenpalast unterrichtet worden, von handverlesenen Lehrern. Mit Noire an meiner Seite, die als meine Getreue lesen, schreiben, rechnen und das Wichtigste über Politik, Geografie und Geschichte zu lernen hatte. Meine Handflächen sind feucht und ich starre die Kinder mit geweiteten

Augen an, als seien sie Monster. Hilfesuchend drehe ich mich zu Cania um.

»Erika hat dich dieser Klasse zugeteilt, weil du keine Erfahrung im Umgang mit deiner Magie hast«, beantwortet sie die stumme Frage. »Wenn du dich gut schlägst, kannst du bald mit den Älteren trainieren.«

Ich senke den Kopf, um mir meine Demütigung nicht an der Miene ablesen zu lassen. »Wenn Erika das sagt –« Vorsichtig blicke ich durch den Vorhang aus widerspenstigen roten Locken, Kinderaugen durchbohren mich wie Pfeilstiche. *Robin, das sind Kinder, du musst einen erwachsenen Eindruck auf sie machen. Versteck dich nicht vor ihnen.*

»Ruby!«

Ich fahre herum, um in die einzigen Kinderaugen zu blicken, die ich sehen möchte. »Malin«, begrüße ich sie mit einem ehrlichen Lächeln, »wie geht es deinem Knöchel?«

»Besser.« Sie legt den Kopf schief. »Hast du dich eingelebt?«

»Nein«, antworte ich ehrlich. »Nach einem Tag in einer fremden Welt ist das unmöglich.«

»Ich wollte gestern schauen, wie es dir geht, aber meine Eltern haben mich nach dem Vorfall im Wald nicht mehr vor die Tür gelassen.« Sie stellt sich auf die Zehenspitzen und ihre Zähne formen sich zu einem Grinsen. »Dafür sehen wir uns jetzt wieder und alle werden neidisch sein, dass du meine Freundin bist.«

Ich kann nicht anders, als ihr Grinsen zu erwidern.

Hinter mir erklingende Schritte hindern mich an einer Antwort. »Hallo, Cania.« Ein Mann mittleren Alters mit goldenen Augen und grauen Strähnen im dunkelroten Haar betritt den Raum. »Ist das hier die Nachzüglerin, von der Erika mir gestern Abend erzählte?«

»Guten Morgen, Octavian.« Cania geht einen Schritt zur Seite, um ihm einen besseren Blick auf mich zu ermöglichen. »Das ist Ruby.«

»Es freut mich, Euch kennenzulernen«, sage ich.

Octavian schüttelt meine Hand. »Es reicht, Octavian zu sagen, hier duzen sich alle. Durch Erika bin ich mit deiner Herkunft vertraut. Sie sagte mir, du hättest keine Kontrolle über deine Magie. Dann bist du in dieser Trainings-gruppe vorerst gut aufgehoben. Wenn du beherzigst, was ich sage, wirst du schnell Fortschritte machen.« Sein Blick schweift zu Malin. »Jemanden, neben dem du sitzen kannst, kennst du wohl schon.«

»Ja«, bestätige ich. Dann wende ich mich an Cania. »Vielen Dank, dass du mich hergebracht hast.«

»Keine Ursache.« Sie lächelt. »Viel Erfolg bei deinem ersten Trainingstag.« Ehe sie den Raum verlässt, fügt sie »Zum Mittagessen wird dich jemand abholen« hinzu.

Als Octavian ohne ein weiteres Wort zum Pult geht, ist es an der Zeit für Malin und mich, uns auf den zwei freien Sitzplätzen in der ersten Reihe einzufinden.

»Guten Morgen«, begrüßt er die Klasse, als wir uns hinsetzen. »Wie ihr seht haben wir einen Neuzugang. Das neben Malin ist Ruby. Da sie aus Felione kommt, hatte sie keine Möglichkeit, ihre Sommermagie zu trainieren. Deshalb wird sie ihre Magie mit euch gemeinsam kennenlernen. Ich bin mir sicher, dass sie sich trotz des Altersunterschieds gut einfinden wird.«

Alle Köpfe drehen sich zu mir. Einige Kinder winken mir zu, andere starren mich an, als sei ich einer anderen Welt entsprungen, womit sie nicht Unrecht haben.

Nachdem Octavian sie ermahnt hat, dass sie das nach dem Training tun können, fordert er eins der Mädchen auf, mir von der gestrigen Unterrichtsstunde zu erzählen.

Das Mädchen sieht mich an, ich fange ihren Blick auf. Rasch wendet sie sich ab und rutscht unruhig auf ihrem Stuhl hin und her. »Gestern haben wir über Quellen gesprochen«, beginnt sie. »Menschen mit magischem Blut benötigen sie, um ihre Magie anzuwenden. Jede Art der Magie reagiert mit anderen Bestandteilen der Natur, die wir zu unserem Vorteil verformen können. Ist die Energie der Quelle ausgeschöpft, geschieht dasselbe mit der Magie. Egal wie dominant das magische Blut ist, wir brauchen einen Anker und können nur nutzen, was die Quelle hergibt.«

Wir. Das Echo des Wortes hallt hinter meinen pochenden Schläfen nach. Ich umschließe den Rubin mit einer Hand. Seine scharfen Kanten schneiden sich in mein Fleisch. Solange ich ihn um den Hals trage, bin ich kein Teil dieses Wirs.

»Sehr gut«, lobt Octavian, ehe ein ernster Zug über seine Miene gleitet. »Seid vorsichtig, welche Quellen ihr nutzt. Starke Quellen mit großen Energiereserven sind schon den fähigsten Magiern und Magierinnen zum Verhängnis geworden.«

Mein Magen zieht sich zusammen. Deine eigene Körperwärme. Rotgoldene Schliere aus Flammen verschleiern meine Sicht. Ich bohre meine Fingernägel in die Handflächen, um mich im Jetzt zu verankern. Meine Sicht klärt sich. Der Gedanke, dass ich gestern haarscharf dem Tod entronnen bin, bleibt ein stählernes Korsett um meine Brust.

Ich spüre Malins fragenden Blick auf mir. Rasch rutsche ich auf die Stuhlkante, drücke den Rücken durch und bemühe mich, die Unterrichtslektion zu verfolgen.

»Weil Ruby zum ersten Mal hier ist, sollten wir von vorne anfangen«, fährt Octavian fort. »Euer Wissen über Quellen aufzufrischen, kann ebenfalls nicht schaden.« Er schreibt ›Frühling‹, ›Sommer‹, ›Herbst‹ und ›Winter‹ an die Tafel, die Namen der gefallenen Königreiche und des übrigen Königreichs. Daran sind Magier schuld. Jemand sollte uns beibringen, wie man seine Magie unterdrückt. Als ich nicht atmen kann, merke ich, dass ich den Rubin fest gegen meine Kehle drücke. Es kommt darauf an, wie man Magie nutzt, das haben Noire und Erika gesagt. Wenn sie es zu einer Person gesagt hätten, die nicht als Mörderin auf die Welt gekommen ist, hätte ich ihnen geglaubt. Jetzt kralle ich mich mit den Fingernägeln am Holztisch fest und widerstehe dem Impuls, sie erneut in mein Fleisch zu bohren.

»Sommermagie ist die häufigste Art«, erklärt Octavian. »Dies resultierte womöglich daraus, dass ihr Zuhause, das Sommerkönigreich, als einziges den Fall der Königreiche standhalten konnte. Frühlingsmagie und Herbstmagie kommen dort normalerweise nicht vor, die Blutlinien haben sich außerhalb der Lager nicht vermischt.«

Der Getreidebrei kommt mir hoch, als ich an die wenigen Menschen mit Frühlings- oder Herbstmagie im Blut denke, denen ich die Finger gebrochen habe. Der Wind, der durch die Ritzen in den hölzernen Wänden dringt, klingt wie das Knacken ihrer Knochen.

»Wintermagie gibt es seit dem Fall der Königreiche nicht mehr. Der Vollständigkeit halber ist es ratsam, über ihre Quellen und ihre Funktionen Bescheid zu wissen.« Octavian klammert das Wort ›Winter‹ ein und unterstreicht die drei übrigen. Danach schweift sein Blick durch die Runde. »Was sind die Quellen für die verschiedenen Arten der Magie?«

Neben mir schnellt Malins Hand in die Höhe.

»Ja, Malin?«

Sie strafft die Schultern. Während sie spricht, ruht ein Lächeln auf ihren Lippen. »Quellen für Frühlingsmagie sind Mineralien aus der Erde und Energie aus Pflanzen oder der Natur. Diese nehmen Frühlingsmagier in sich auf und erweitern sie.«

Mein Atem wird ruhiger. Das klingt nicht gefährlich.

Octavian nickt Malins Worte ab, ehe sie weiterspricht. »Über Wintermagie ist nicht viel bekannt. Nur, dass sie Lebensenergie aus Pflanzen und Tieren zieht. Sie galt als tödlichste Magie, da sie Quellen für andere Arten der Magie zu ihrem Vorteil zerstören konnte.«

Ich schlucke trocken. Gut, dass es keine Wintermagie mehr gibt. Wenn doch, hätten Wintermagier längst das Sommerkönigreich und womöglich alles Leben auf dem Kontinent zerstört.

»Sommermagie kann ähnlich grausam sein.«

Ich nehme einen scharfen Atemzug. Mein Blick zuckt zu meinen Händen, an denen Blut klebt, das nur ich zu sehen vermag. Ich sollte nicht überrascht sein.

»Sommermagier nutzen Wärme und Licht als Quellen, die Energie aus Metallen und Wasser funktioniert ebenfalls.« Angst huscht über Malins Gesichtszüge. »Nach der Körperwärme anderer Lebewesen als Quelle greifen, ist gefährlich, die eigene nutzen tödlich.«

Magensäure sammelt sich in meinem Mund. Entgegen meinem Vorhaben, hinterlassen meine Fingernägel blutige Halbmonde auf meiner Haut. Ich hatte nicht bemerkt, dass ich die Tischplatte losgelassen habe. Wäre ich ein paar Atemzüge später ohnmächtig geworden, säße ich nicht mehr hier.

»Herbstmagie zieht ihre Energie aus Wasser, Wind, belebter Materie oder Gasen, was ebenso verheerend wie die eigene Körperwärme sein kann«, schließt Malin.

Kälte flutet meine Adern, als entzüge mir jemand meine Körperwärme. Wieso lernen wir, Magie anzuwenden, wenn sie gefährlich ist?

Ich habe erwartet, Cania oder Noire und Gideon würden mich zum Mittagessen abholen. Überraschenderweise ist es Ilias, der nach meinem Abschied von Malin vor der Hütte auf mich wartet.

»Hallo Ruby.« Er lächelt mir zu. »Hast du dich gut eingelebt?«

Ich zucke die Schultern. »Wie man es nimmt«, antworte ich. »Sicher

schickt Erika dich.«

»Genau, allerdings soll ich dich nicht sofort zum Mittagessen bringen.«

»Donna.« Ich seufze erleichtert. »Du hast dich um sie gekümmert und jetzt wirst du mich zu ihr bringen?«

»Richtig.« Er setzt sich in Bewegung und ich habe Mühe, mit seinem zügigen Gang Schritt zu halten.

Während Ilias und ich uns den Weg durch die unregelmäßig angeordneten hölzernen Gebäude bahnen, laufen eine Vielzahl Kinder an uns vorbei und überholen uns. In ihren aufrecht laufenden Körpern und den leuchtenden Augen ist eine Herzlichkeit, die den ausgemergelten Gestalten Feliones fehlt. Erwachsene sind ebenfalls auf den Weg zu ihren Wohnhäusern oder in die entgegengesetzte Richtung, zum Versammlungsplatz. Einige tragen Kleidung oder Lebensmittelvorräte bei sich, andere kommen ihren Kindern entgegen, und die meisten grüßen einander im Vorbeigehen. Etwas, das in Felione, wo jeder mit den Schatten verschmelzen möchte, undenkbar wäre.

»Wir besitzen nur wenige Pferde für Aufträge, weil die Nahrung zu knapp für die Versorgung von zu vielen Tieren ist.«

Ich stocke nicht nur, weil Ilias mich aus meinen Gedanken gerissen hat. »Was heißt das für Donna?«

»Sie darf bleiben, solange sie keine Probleme macht und du für sie sorgst. Du gibst ihr von deinen Rationen etwas ab und hilfst tatkräftig im Lager.«

Ein schweres Gewicht, das auf meine Brust gedrückt hat, fällt von mir ab. Ich atme klare süße Waldluft ein. »Solange Donna bleiben darf, ist mir alles recht.«

Ilias schmunzelt. »Das hat Erika schon vermutet.«

Mittlerweile befinden wir uns am Rand des Lagers, die Bäume haben sich gelichtet und die Wohnhäuser liegen hinter uns. Als ich den Geruch von Asche einatme, halte ich inne, starre auf meine Hände und schlucke trocken. Mein Kopf dreht sich in Richtung der Geruchsquelle und ich atme aus. Eine Schmiede. Keine Magier, kein Scheiterhaufen. Daneben befindet sich ein zweites Gebäude, das sich als Waffenlager herausstellt, aus dem ein Mann mittleren Alters eine Handvoll Dolche holt.

Ilias biegt an einer kleinen Weggabelung links ab und nimmt mir die Sicht auf die Schmiede. Ein schmaler Weg führt an einer Weide mit Schafen und Ziegen sowie einem Unterstand für Hühner vorbei.

Der Weg endet vor einer eingezäunten Lichtung, auf der zwischen Gras und bunten Wildblumen ein Unterstand aus Holz steht. Aus diesem heraus vernehme ich ein freudiges Wiehern, bevor ich Donna erblicke. Aufgeregt trabt sie in unsere Richtung und wirft den Kopf in die Höhe. Abgesehen von ihr steht ein zweites Pferd, ein Palomino, abseits auf der Lichtung und würdigt uns keines Blickes.

Ich schiebe mich an Ilias vorbei, an den Rand des Zaunes. Als meine Finger die Nüstern der schwarzen Stute berühren, fühle ich mich wie zuhause. »Na, mein Mädchen«, wispere ich. »Haben sie sich gut um dich gekümmert?« Daraufhin schnaubt Donna leise. »Es tut mir leid, dass ich gestern nicht nach dir gesehen habe. Zu viel ist passiert. Davon erzähle ich dir, wenn wir mehr Zeit haben.«

Ich gehe einen Schritt zur Seite, ohne meine Hand von Donnas Nüstern zu nehmen, damit Ilias sie streicheln kann.

»Zu den Pferden dürfen wir nicht ohne Erlaubnis«, erklärt er, während er meiner stummen Aufforderung nachkommt.

»Ist es dann in Ordnung, dass wir hier sind?«, erkundige ich mich. »Und wo sind die anderen Pferde?«

»Donna ist dein Pferd, gegen deine Anwesenheit spricht nichts, und ich habe Erikas Erlaubnis«, antwortet er. »Die anderen Pferde sind entweder zusammen mit Nuria und ihrer Truppe auf dem derzeitigen Auftrag oder werden von Patrouillen im Wald genutzt, wie mein Wallach.« Er deutet an den Rand der Weide. »Der Wallach dort hinten gehört Beatrice.« Ilias legt den Kopf schief und dreht sich verstohlen zu dem Palomino um. »Erika hat mir davon erzählt, wie sie einander gefunden haben. Seine Mutter wollte ihn als Fohlen nicht haben, er hat sich geweigert, aus der Flasche zu trinken und ist von der Weide verschwunden.« Mit jedem von Ilias' Worten wird der Kloß in meinem Hals größer. »Beatrice war damals acht und er ist ihr in die Arme gelaufen, als hätte er sie sich ausgesucht. So haben Erika und Beatrice einander besser kennengelernt.« Ilias nickt dem Palomino zu. »Beatrice war diejenige, die ihn damals zum Trinken ermutigt hat. Ohne sie wäre er nicht mehr am Leben. Die meisten unserer Pferde haben keine festen Besitzer, aber seitdem gehört der Wallach ihr. Als er alt genug war, durfte Beatrice helfen, ihn einzureiten, und sie würde genauso wenig jemand anderen auf ihm reiten lassen, wie er einen Fremden auf seinem Rücken zulassen würde.«

Mit Beinen aus Blei gehe ich einen Schritt zurück. Meine Augenbrauen ziehen sich zusammen, ich lege den Kopf schief und betrachte den Wallach, dessen goldenes Fell Sonnenstrahlen bricht wie ein Prisma. Ilias' Erzählung passt nicht in mein Bild von Beatrice. Es muss einiges passiert sein, um das kleine Mädchen, das sich mit einem mutterlosen Fohlen angefreundet hat, zu der unnahbaren Frau zu machen, die ich gestern kennengelernt habe. Ich erinnere mich daran, wie Beatrice ihre Mutter ansieht und mit ihr umgeht. Ob der Wallach eine Beatrice kennt, die mir verborgen geblieben ist?

»Donna wird sich über mehr Gesellschaft freuen, sobald die anderen Pferde zurück sind«, sage ich und blinzle die aufkommenden Bilder weg. Ich wende mich der Stute zu und streichle ihre weichen Nüstern. »Lass dich von ihnen nicht unterkriegen.« Donna schnaubt bestätigend.

»Du wolltest mir über das Leben in Felione erzählen.« Ilias tritt von einem Fuß auf den anderen. »Wir müssen ohnehin zum Mittagessen. Heute essen wir in der Mitte des Lagers, das ist mit Cania und Erika abgemacht. So lernen Noire und du alle besser kennen.«

Ich möchte nicht noch mehr Menschen kennenlernen, die meine Lügen entlarven und herausfinden könnten, wer ich bin. »In Ordnung«, sage ich, ehe ich Donna zum Abschied den Hals klopfe. »Heute Abend komme ich wieder.«

Auf dem Versammlungsplatz herrscht Hochbetrieb, Menschengruppen sitzen um auf Bänken um eine kleine offene Kochhütte herum und ein Geruch von warmem Brot liegt in der Luft. Eine Note von Gemüse kitzelt meine Nase, zum Glück kein Fleisch.

Ilias tippt mir auf die Schulter. »Da drüben sind Erika, Cania und Beatrice. Lass uns unser Mittagessen holen und zu ihnen gehen.«

Die Schlange vor der Kochhütte, in der eine Frau Suppe aus einem großen Kessel schöpft, ist lang. Trotzdem gibt es kein Gedränge, alles geht gesittet voran. Ich bedanke mich ausgiebig für die Gemüsesuppe und das Stück warmen Brotes, als ich an der Reihe bin. Wer für das Kochen zuständig ist oder woher die Köche wissen, wie viel sie zubereiten müssen, traue ich mich nicht zu fragen. Beatrice hat mir gestern erklärt, dass es am Mittag allen freisteht, auf dem Versammlungsplatz oder im Kreis der Familie zu speisen.

Ilias merkt mir die Verwirrung an. »Man muss sich am Abend vorher

anmelden, wenn man hier speisen möchte«, erklärt er. »Man kann aber unangemeldet dazu kommen, wenn spontan nicht mit der Familie gegessen werden kann, auch wenn die Suppe knapp werden könnte.«

Ich nicke ihm dankend zu. Das beantwortet immerhin eine der zahlreichen Fragen, die durch meinen Kopf schwirren.

Mittlerweile sind wir bei den drei Frauen angekommen, die uns Plätze freigehalten haben. Ich lasse mich neben Cania sinken und bemerke zu spät, dass ich gegenüber von Beatrice sitze. Mein Magen zieht sich zusammen und der Hunger vergeht mir. Anklagende Blicke, wie gestern, lauern auf mich.

Nachdem Begrüßungen ausgetauscht sind, erkundigt sich Erika, ob ich den gestrigen Tag und die Nacht gut überstanden habe.

»Sicher, Cania ist viel zu gastfreundlich für Noire und mich«, antworte ich.

Cania macht eine ausladende Handbewegung. »Ihr verdient unsere Gastfreundschaft.«

»Selbstverständlich, nach allem, was sie für uns getan haben«, zischt Beatrice. »Beispielsweise Ernte zerstören.«

Es ist an der Zeit, das Thema zu wechseln. Alte Wunden möchte ich nicht aufreißen. Außerdem vermisse ich jemanden an meiner Seite. Mit jeder Sekunde zieht sich mein Magen mehr zusammen. »Wo sind Noire und Gideon?«, frage ich. »Sollten sie nicht vor dem Mittagessen von der Jagd zurück sein?«

»Gideon muss Noire viel erklären. Es ist immerhin ihre erste Jagd.« Erikas Stimme legt sich schützend über die pochende Wunde in meiner Brust.

Ich atme tief durch und probiere die Gemüsesuppe. Sie schmeckt frisch, einige der Aromen und Kräuter sind mir bekannt, andere verursachen eine neue Geschmacksexplosion in meinem Mund.

Beatrice deutet über meinen Kopf hinweg. »Da vorne sind die beiden.« Daraufhin drehe ich mich um und atme auf, als ich Noires hellblonden Haarschopf in der Menge erkenne. Genau wie in Felione sticht sie mit dem hellen Haar, dem hellen Auge und der hellen, vom Sonnenbrand gezeichneten Haut heraus. »Jetzt kannst du aufhören, dir Sorgen um Noire zu machen.«

Ich mache mir immer Sorgen um Noire und sie macht sich immer Sorgen um mich. Dennoch drehe ich mich zu Beatrice um und nicke wortlos.

»Genau« sagt Ilias. »Wenn Noire bei uns angekommen ist, könnt ihr uns

von eurem Leben in Felione erzählen. Darauf warte ich schon den ganzen Tag.«

Ehe ich mir eine Ausrede einfallen lassen kann, klappt Beatrice der Mund auf. »Was ist denn mit dir los?«

Erneut drehe ich mich um. Gideon steht hinter mir, die Miene versteinerter als sonst, die Hände zu Fäusten geballt. In seinem Schatten versteckt sich Noire mit gesenktem Kopf, das helle Haar fällt ihr ins Gesicht. Ich muss ihre Miene nicht sehen, um zu wissen, dass etwas vorgefallen ist. Auf Beatrice' Frage antwortet Gideon mit einem Schnauben, während er sich an Canias anderer Seite niederlässt.

Beatrice rutscht an die Kante der Bank und richtet sich gerade auf. »Jetzt sag schon, was passiert ist.«

»Das braucht keine Erklärung«, antwortet Gideon trocken.

»Ich würde es auch gern wissen«, meint Erika.

»Frag die Frau, die keinem Tier einen Pfeil ins Auge schießen möchte, weil es dann stirbt. Sie verhungert lieber als zu töten, das hat sie selbst gesagt.« Sein Blick ist auf die Suppenschüssel gerichtet, als wolle er sie mit Augenkontakt zerspringen lassen.

Beatrice' Lippen kräuseln sich verdächtig. »War es so furchtbar?«

»Lach nicht.« Gideon beginnt, sein Stück Weizenbrot zu zerreißen, ohne davon zu essen. »Du musstest dich nicht den ganzen Vormittag mit ihr herumschlagen.«

Beatrice hält sich die Hand vor den Mund, um nicht loszuprusten. Als das nicht hilft, steckt sie sich den Rest ihres Brotes in den Mund, um das Geräusch zu ersticken.

Ich drehe mich zu Noire um, die sich nicht bewegt hat. »Komm her.«

Sie gehorcht sofort und lässt sich neben mir nieder. Ihr schmaler Körper zittert und aus der Nähe erkenne ich, dass ihr Auge vom Weinen gerötet ist. »Ich kann k-keine Tiere umbringen«, flüstert sie. »Nicht, wenn i-ich ihnen dabei i-in die A-Augen schaue.«

»Dann schaust du nicht hin«, kommt mir Gideon mit einer Erwiderung zuvor. »Das habe ich dir zehn Mal gesagt.«

Ich nehme Noire sachte in den Arm. »Mach dir nichts daraus«, flüstere ich. »Ich verstehe das.«

Sie kuschelt sich zitternd an mich. »T-Tust d-du?«

»Ja.« Meine Stimme ist gesenkt, sodass Noire mir die Worte von den Lippen ablesen muss. »Ich mag mir eine Jagd gar nicht vorstellen. Es war schlimm genug, gestern Kaninchenfleisch zu schneiden.«

Sie zieht schniefend die Nase hoch. »D-Die Jagd i-ist leider m-meine A-Aufgabe, um für d-den Sch-Schaden aufzukommen.«

»Deshalb wirst du morgen ein zweites Mal jagen gehen.« Ich streiche ihr eine tränennasse Haarsträhne aus dem Gesicht. »Bis du Gideon dein Können bewiesen hast. Der Moment, in dem er dankbar ist, dich an seiner Seite zu haben, wird kommen.«

Trommelschläge übertönen Noires Erwiderung. Der Versammlungsplatz hält inne wie ein einzelner Körper.

Erika springt auf.

»Nuria!«, ruft Ilias über die Trommeln hinweg. »Sie und ihr Trupp sind zurück!«

Muss ich mich hinknien? Wenn die Königsfamilie durch Felione reitet, fallen die Einwohner auf den Straßen augenblicklich auf die Knie. Ungehorsamkeit wird nicht mit dem Scheiterhaufen, aber mit einer höheren Menge Abgaben bestraft. Ich knacke mit dem Kiefer. Obwohl Ruby keine Prinzessin ist, wird mir beim Gedanken, vor jemand anderem das Knie zu beugen schlecht. Ich schaue hilfesuchend zu Noire, die enger zu mir rückt und Falten im Stoff ihrer Bluse glatt streicht, die es nicht gibt.

Ich sehe mich um. Gideon schaut nicht von seiner Suppe auf, die er missmutig in sich hinein schaufelt. Erika sieht aus, als wolle sie los sprinten, ebenso wie Ilias. Cania und Beatrice recken die Hälse, um besser sehen zu können.

Also bleibe ich sitzen und blicke erwartungsvoll in die Richtung, aus der die Trommelschläge ertönen. Nuria. Wie sie wohl sein wird?

Plötzlich verstummen die Trommeln. Nun springt auch Cania von der Bank auf, ich weiche gerade rechtzeitig ihrem Ellenbogen aus.

»Was ist dort hinten los?«, möchte Beatrice wissen. Niemand antwortet ihr.

Erika wippt aufgeregt mit dem Fuß.

Schließlich tauchen zwei Gestalten auf dem Versammlungsplatz auf. Vorne geht ein Mann mit schwarzer Kleidung, dunklem Haar und dunklem Teint, den ich auf Canias Alter schätze. Hinter ihm taucht eine Frau auf, die ebenfalls dunkel gekleidet ist. Das dunkelblonde Haar ist zu einem hohen Pferde-

schwanz zusammengebunden, den Blick richtet sie starr geradeaus. Nuria ist in Erikas Alter. Diese junge Frau hat im Lager das Sagen? Vater würde herzlich darüber lachen.

Erika hält es nicht mehr an unserem Tisch aus. Sie gibt Beatrice und Cania mit einem Handzeichen zu verstehen, ihr zu folgen. Als Ilias aufspringt, schiebt sie ihn sanft auf seinen Sitzplatz zurück. Der Junge öffnet den Mund, um zu protestieren, da ist Erika in Richtung Nuria verschwunden. Ohne zu zögern, nimmt sie die Anführerin des Lagers in die Arme und küsst sie. Auf den Mund, vor dem versammelten Lager. Mir bleibt die Luft weg.

»Da muss etwas passiert sein«, murmelt Ilias. »Nuria war mit einer Truppe von elf Kundschaftern unterwegs, zwei sind zurückgekehrt.«

Ich kann meinen Blick nicht von Nuria und Erika abwenden. Blitze zucken bis in meine Fingerspitzen, Halt suchend klammere ich mich an der Tischplatte fest. »Was zum –« Mehr bringe ich nicht über die Lippen.

»Hör auf, die beiden anzustarren.« Gideons Stimme ist ein Windstoß in der Ferne, der mich nicht zu entwurzeln vermag.

»Wieso ... in aller Öffentlichkeit.« Mein Herz stolpert bei jedem Wort. »Sie können nicht –«

»Nuria ist Erikas Ehefrau«, sagt Ilias. »Erikas und meine Eltern sind gestorben, als ich ein Jahr alt war und Erika sechzehn. Sie hat mich gemeinsam mit Nuria großgezogen.« Seine Stimme klingt wie durch das grüne Blätterdach glimmernde Sonnenstrahlen. »Geheiratet haben sie, als sie achtzehn waren und für mich sind sie meine Mütter.«

Mir klappt der Mund auf. »Ernsthaft?« Der Anblick von Nuria und Erika zieht mich auf eine Weise an, die mir fremd ist. Meine Handflächen und meine Stirn sind schweißnass, einzelne Tropfen laufen mir in den Mund. Obwohl mir siedend heiß ist, zittere ich, als sei ich in den Fluss gefallen.

Sanft tastet Noire nach meiner Hand, löst sie aus dem Klammergriff um die Tischplatte, und ich drehe mich um.

Ich spanne meine Muskeln an, starr wie die Bäume, um sicherzugehen, dass ich mich kein zweites Mal umdrehe.

Gideon betrachtet mich kopfschüttelnd. »Beatrice hat recht, ihr in Felione – im ganzen Sommerkönigreich – lebt hinterm Mond.« Seine Stimme wird schneidend wie eine Glasscherbe. »Tu dir selbst einen Gefallen und sprich Erika und Nuria nicht darauf an. Wen man liebt und heiratet, ist doch voll-

kommen egal.«

Ich beiße mir auf die Zunge. Spreche nicht aus, dass gleichgeschlechtliche Beziehungen im Sommerkönigreich ein Verbrechen sind, das wie Magie mit dem Tod auf dem Scheiterhaufen bestraft wird. Dass *nicht* egal ist, wen man heiratet, wenn man gefangen in einem goldenen Käfig das Licht der Welt erblickt hat und dass eine Eheschließung im Sommerkönigreich nicht mit Liebe einhergeht.

»Du hast recht, Gideon.« Ilias beißt sich auf die Unterlippe. »Aber das ist gerade nicht wichtig. Neun unserer Soldaten sind gestorben.« Er sinkt tiefer auf die Bank. »Es hätte Nuria treffen können.«

»Unsere Soldaten wissen, worauf sie sich einlassen.« Ein Schatten legt sich über das Grün von Gideons Augen, bis es dem Moosteppich unter uns gleicht. »Bei jedem Auftrag, den sie annehmen, ist eine Rückkehr ins Lager für sie unwahrscheinlich.«

»Was ist ihnen denn passiert?«, erkundige ich mich, noch immer hektisch atmend wie nach einem langen Rennen. »Und wo ist der Trupp gewesen?«

»In Felione«, antwortet Ilias.

Bevor ich meine Gedanken geordnet habe, lässt sich Beatrice auf den Sitzplatz neben Ilias fallen. Obwohl sie gerannt ist, zeigt ihre olivfarbene Haut keinerlei Rötungen. Ich rutsche auf der Bank hin und her, unsicher, was jetzt kommt. »Nuria möchte sich zurückziehen.« Beatrice faltet ihre Hände auf der Tischplatte ineinander. »In Felione herrscht Chaos, viel mehr Soldaten als sonst sind auf Patrouille. Stellen an der Grenze, die sonst unbewacht sind, werden aus dem Nichts von zahlreichen Soldaten bewacht. Unser Trupp hatte keine Chance.«

»Chaos in Felione?« Ilias setzt sich gerade hin. »Weiß jemand, was dort vorgefallen ist?«

Beatrice rollt die Schultern knackend nach hinten. »Jemand aus der Königsfamilie ist ermordet worden. Deshalb wurden die Sicherheitsvorkehrungen verschärft, sie wollen den Mörder nicht ungestraft davonkommen lassen.«

Noire tastet nach meiner Hand als fürchte sie, ich wolle aufspringen. *Ermordet.* Hat Vater seinen Zorn über mein Verschwinden an Soleil ausgelassen? Lassen sie mein Verschwinden wie meinen Tod aussehen? Nach Felione zurückzukehren, um es herauszufinden, ist keine Option. Meine Glieder sind kalt und unbeweglich, mein Herz hämmert in meiner Brust

gegen die Starre an.

»Geschieht dem Abschaum recht.« Zorn zuckt über Gideons Miene. »Ich wünschte, der Mörder hätte den Rest der Königsfamilie mitgenommen.«

»Ich wünschte, ich wäre die Mörderin gewesen.« Beatrice zwirbelt eine blauschwarze Strähne um den Zeigefinger, während der heiße Mittagswind versucht, sie ihr zu entreißen. »Würden uns nicht die Mittel fehlen, wäre ich die Erste, die sich auf den Weg nach Felione macht.«

Ilias seufzt. »Stattdessen müssen wir uns damit zufriedengeben, die Einwohner Feliones zu beklauen.«

Die Menschen aus dem Lager schicken ernsthaft Trupps los, um meine Untertanen zu beklauen, die selbst nichts besitzen? Ich beiße mir auf die Zunge. Nicht verdächtig wirken.

Dennoch finden Beatrice' Augen meine. »Bevor wir weitersprechen, sollten wir nicht vergessen, wer mit uns am Tisch sitzt.«

»Macht euch darum keine Sorgen. Ich möchte dasselbe wie ihr, ein Ende der Schreckensherrschaft«, sage ich mit fester Stimme. »Ich musste aus Felione fliehen, weil ich aufgrund meiner Magie auf dem Scheiterhaufen mein Ende gefunden hätte und das ist nur die Spitze des Eisbergs.«

Ein flüchtiges Lächeln huscht über Beatrice' Lippen. »Du überraschst mich.«

Gideon blickt zu Noire. »Was ist mit dir?«

Sie blinzelt. »Die Machenschaften der Königsfamilie müssen ein Ende finden. *Dafür* würde ich meinen Bogen einsetzen, ohne zu zögern.«

»Ich habe nichts anderes erwartet.« In Gideons Augen brechen Sonnenstrahlen und seine Lippen formen sich zu einem Lächeln. Daraufhin entspannt sich Noires Körper neben meinem, ohne dass sie mit dem verwirrten Blinzeln aufhört.

Beatrice betrachtet ihren Bruder mit gerunzelter Stirn, dann sieht sie in die Runde. »Es ist schön zu wissen, dass wir derselben Meinung sind und dasselbe Ziel haben. Obwohl uns die Mittel fehlen, es zu erreichen.«

Ich schlage die Beine übereinander. »Aber wir dürfen träumen, dass wir es eines Tages erreichen.«

»Ausnahmsweise hast du recht.«

Zwölf - Feuerstürme

Am selben Abend bricht Nuria mit einem weiteren Trupp auf. Cania erklärt mir später, dass sie beim Aufsuchen eines anderen Lagers auf Verbündete hofft. Wenn nicht mehr aus Felione und den angrenzenden Städten des Sommerkönigreichs geklaut werden kann, werden die Ressourcen des Lagers knapper. Gern würde ich herausschreien, dass die Ressourcen in Felione ebenfalls knapp sind und der ewige Sommer daran schuld ist, nicht die Einwohner Feliones. Ich zügle meine Zunge, Loyalität gegenüber Felione und dem Sommerkönigreich darf ich nicht zeigen, wenn Noire und ich im Lager bleiben möchten.

Allerdings bedeutet Nurias Abwesenheit, dass ich mich an einem Ort einleben könnte, an dem ich vielleicht nicht bleiben darf. Es liegt in ihrer Hand, was mit Noire und mir geschieht. Erika und Cania behaupten, Nuria würde uns niemals wegschicken. Weil ich ihnen nicht glauben kann, bleibt mir nichts anderes übrig, als abzuwarten.

Die Woche vergeht, ich lerne das Leben im Lager besser kennen. Auf die Bekanntschaft mit einem Bad im Fluss hätte ich verzichten können. Ich habe gehofft, irgendwo gäbe es eine Badewanne, die mit erhitztem Flusswasser gefüllt wird. Stattdessen hat Cania Noire und mich an unserem zweiten Abend im Lager zu einer abgelegenen Stelle am Fluss geführt. Sie hat mir ein Stück Kräuterseife in die Hand gedrückt und gesagt, wir können uns unbeobachtet waschen. Salzwasser hat sich mit dem Süßwasser des Flusses vermischt, weil ich um mein tägliches Bad in erhitztem Wasser mit duftenden Seifen geweint habe. An jedem zweiten Abend habe ich im Fluss gebadet, jedes Mal habe ich mich danach schmutziger als vorher gefühlt. Das schlammige Ufer und der an meinen Füßen klebende Flussboden lassen mich seine Sauberkeit anzweifeln. Meine Haare sind widerspenstiger denn je. Seit mir bewusst ist, dass ich

dasselbe Wasser, in dem ich zu baden gezwungen bin, trinke, schmeckt jedes Glas abgestanden. Gefangen im goldenen Käfig habe ich mich nach Freiheit gesehnt. Bekommen habe ich einen neuen Käfig ohne Gold. Werde ich jemals wieder den Geruch parfümierter Seife in mich aufsaugen? Muss ich nach dem Baden von nun an immer eine einengende Hose anziehen oder warten in der Zukunft prunkvolle Kleider voll Schönheit und Beinfreiheit auf mich?

Ebenso ungewiss wie die Antworten auf meine Fragen nach Luxus ist der Verbleib meiner Schwester. Nächtlich plagen mich Albträume, die mich in den schlimmsten Farben durchleben lassen, was ich Soleil antun könnte. Jedes Mal quäle und töte ich sie eigenhändig. Danach wasche ich mir die Hände in der Waschschüssel bis sie bluten. Noire sagt, Königin Anthea und Penelope lassen nicht zu, dass Soleil etwas geschieht. Ich möchte ihr glauben. Allerdings kann Vater Soleil jederzeit gegen ihren Willen verheiraten oder Gefangene foltern lassen. Wer sagt, dass er sie nicht für immer ruhigstellen kann? Als Strafe für meine Flucht. Es *muss* Soleil gut gehen, sie ist der Hauptgrund, aus dem ich nicht aufgeben werde, wenngleich mir die Form meines Kampfes unbekannt ist. Meine kleine Schwester wartet am Ende meines Weges auf mich, wohlbehalten und mit offenen Armen, an etwas anderes darf ich während der Augenblicke zwischen meinen Albträumen nicht denken.

Da Nuria noch nicht zurückgekehrt ist, um Noire und mir eine andere Bleibe zu vermitteln, leben wir weiterhin bei Beatrice, Cania und Gideon. Weil Cania meine Hilfe, weder in der Küche noch in anderen Bereichen, nach dem Desaster am Tag unserer Ankunft, nicht mehr möchte, kann ich mich nicht für ihre Gastfreundschaft revanchieren.

Beatrice sehe ich kaum. Sie verlässt die Hütte, bevor ich aufwache, lässt das Mittagessen ausfallen und kommt nach Hause, wenn das Lager im silbernen Mondlicht badet.

Gideon wartet jeden Abend auf sie. Falls man im Flur auf und ab gehen, die Hände zu Fäusten geballt, um seinem Zittern Einhalt zu gebieten, so bezeichnen kann. Hört er, dass Beatrice die Leiter hinaufkommt, verschwindet er in seinem Zimmer. Cania hat ihn am ersten Abend zur Seite genommen, um ihm ins Gewissen zu reden, genützt hat es nichts. Seitdem quittiert sie das Verhalten ihres Sohnes mit einem Seufzen und einem Händeringen.

Heute Abend ist der Feuersturm, der eine Woche lang in den Ecken der Hütte gelauert hat, über uns hereingebrochen. Der Vollmond steht hoch am

146

nächtlichen Himmel, Nebel liegt über dem Lager wie eine weiße Daunendecke. Cania, Noire und ich schlafen, Gideon wartet auf seine Schwester. Ein nächtlicher Besucher weckt uns: Ein Mann in Erikas Alter, der Canias Arbeit als Heilerin braucht, weil seine Ehefrau in den Wehen liegt. Cania ist fort, ich bin kurz davor einzuschlafen. In dem Glauben, das Letzte, was ich hören werde, ist das Knarren der Eingangstür. Mein müder Körper hat sich zu früh gefreut. Wahrscheinlich hat Gideon auf den Moment gewartet, in dem Cania nicht zu Hause ist, um das Gespräch mit seiner Schwester zu suchen. Kaum betritt Beatrice die Hütte, entfacht ihr Bruder die erste, zu einem Sturm gedeihende Flamme.

»Du musst aufhören, bis spät in die Nacht herumzuschleichen«, begrüßt er seine Schwester.

»Seit wann interessiert dich, was ich mache?«

Auf Zehenspitzen verlasse ich mein Nachtlager und schleiche zur angelehnten Wohnzimmertür, darauf bedacht, nicht gegen die schemenhaften Möbel zu stoßen. In der Hoffnung, Beatrice und Gideon bleiben zu sehr in ihre Diskussion vertieft, um meine Anwesenheit wahrzunehmen, werfe ich einen Blick durch den Türspalt. Aus der offenstehenden Eingangstür einfallendes Mondlicht erhellt den Flur und gibt ihren Gesichtszügen etwas Schauriges.

»Was bleibt mir anderes übrig?« Beatrice verschränkt die Arme vor der Brust. »Fang nicht an wie Mutter. Sag mir nicht, Freundinnen in meinem Alter zu haben, würde mir guttun.«

Gideon unterbricht den Redefluss seiner Schwester mit einem Geräusch, das ich von ihm noch nie gehört habe: Einem leisen Lachen.

»Das ist nicht witzig«, zischt sie. »Das darf ich mir jedes Mal anhören, wenn Mutter mit mir spricht.« Seufzend löst sie ihre verschränkten Arme und betrachtet ihre linke Hand.

Auf leisen Sohlen wie ein Wolf, der sich einem verletzten Rudelmitglied nähert, geht Gideon auf seine Schwester zu. Er tastet nach ihrer linken Hand, sie zieht diese weg und sieht ihn mit verengten Augen an. »Beatrice –« Aus Gideons Mund ist ihr Name der letzte verzweifelte Windhauch vor Einbruch der Mittagshitze. »Was ist das?«

»Eine Prellung vom Training«, antwortet sie mit zitternder Stimme. »Falls Mutter mich jetzt, mit zwei zusätzlichen Töchtern, nicht vergessen

hat, wird sie sich meine Hand morgen ansehen.«

Gideon senkt die Schultern. »Du bist der einzige Mensch, der für Mutter zählt, das solltest du wissen.« Ein letztes Mal starrt er wie hypnotisiert Beatrice' Verletzung, die im fahlen Licht für mich unsichtbar ist, an. Nach einem schweren Schlucken schaut er zurück in ihre Miene, die hart wie Diamant ist. »Ich möchte auch nicht, dass Ruby und Noire bei uns wohnen, aber das ist kein Grund –«

»Du hast leicht Reden«, unterbricht Beatrice ihn. Sie knirscht mit den Zähnen. »Wenigstens trägt niemand deine Kleidung oder benutzt deine Haarbürste, ohne die Haare daraus zu entfernen.« Sie fährt sich mit der unverletzten Hand so rasch durchs Haar, dass die blauschwarzen Strähnen an der berührten Stelle in alle Richtungen abstehen. »Wieso gibt ihr niemand Kleidung, die sie möchte? Ruby starrt meine Hosen an wie einen Fremdkörper. Ich besitze zwei Paar Stiefel, habe ihr das neuere gegeben und gut genug für sie ist es nicht.« Ihre Hände ballen sich zu Fäusten. »Nicht nur meine Kleidung, auch mich sieht sie an, als wäre ich unter ihrer Würde. Wir wissen alle, dass sie aus reichem Hause kommt und nie einen Finger rühren musste. Weil sie die einfachsten Dinge nicht weiß, habe ich manchmal das Gefühl, sie ist in Isolation aufgewachsen.«

Ich beiße mir auf die Zunge. Meine Handflächen sind schweißnass und mein Herz hämmert in meiner Brust.

»Sie ist schön anzusehen, solange sie nicht den Mund öffnet, ansonsten ist Ruby nutzlos. Kochen oder Hausarbeit kennt sie nicht und ihre Magie trainiert sie in einer Klasse zehnjähriger Kinder.«

»Du hast recht«, stimmt Gideon ihr zu. »Dass sie sich unserer Rohstoffe bedienen darf, obwohl sie sich in keinster Weise im Lager nützlich macht, von einem Danke ganz zu schweigen, ist ungerecht.« Seine Stimme wird sanft. »Die Chancen, dass Nuria sie fortschickt, wenn sie sich nicht anpasst, stehen gut. Dann hörst du hoffentlich auf, dich selbst zu bestrafen.« Er seufzt. »Noire könnte, im Gegensatz zu Ruby, etwas fürs Wohl des Lagers tun. Wir haben gesehen, wie sie mit dem Bogen umgehen kann. Aber kannst du dir vorstellen, was sie gemacht hat, nachdem sie heute ihr erstes Kaninchen geschossen hat?« Beatrice hebt eine Augenbraue, Gideon fährt fort. »Sich bei ihm entschuldigt.« Er presst die Lippen zusammen. »Ich werde Erika darum bitten, ihr eine andere Aufgabe zu geben, bei der sie nicht von

ihren Ängsten beherrscht wird. Falls Noire es selbst nicht tut. Obwohl sie mit ihrer Treffsicherheit eine großartige Jägerin sein könnte, nutzt sie ihr Talent nicht.«

Beatrice verdreht die Augen. »Da kenne ich noch jemanden. Jemanden, der seine Zeit mit der Jagd verschwendet, statt sich sein Talent im Schwertkampf zunutze zu machen und ein Soldat zu werden.«

Gideons Gesicht wird milchig blass wie das Mondlicht. Seine Muskeln spannen sich zittrig an. »Du weißt, wieso ich kein Soldat sein möchte.« Er atmet tief durch und blickt auf. »Und wieso es für dich das Beste wäre, diesem Pfad auch nicht zu folgen.«

Ein Knurren, ähnlich dem der herrenlosen Hunde auf Feliones Straßen, dringt über Beatrice' Lippen. »Lenk nicht von dir selbst ab«, zischt sie. »Außerdem muss sich um mich niemand sorgen. Du weißt, dass Erika auf Mutter hört und mich niemals zu einem Auftrag ins Sommerkönigreich lassen wird. Ich sitze fest. Das ist eine Verschwendung.« Sie fährt sich durchs Haar, einzelne blauschwarze Strähnen flattern davon, Richtung Mondlicht. »Weil ich mich gegenüber unseren neuen besten Freundinnen in Erikas Augen unhöflich verhalten habe, durfte ich nicht mit Nurias Trupp zu Jaxons Lager reiten. Wenn ich eine Woche länger Grenzpatrouillen an einer Grenze, die niemand überquert, machen und Kindern zuschauen muss, die ihre Holzschwerter nicht halten können, kann ich für nichts garantieren.« Ihr Blick gleitet von ihrem Bruder fort, zur Decke der Hütte, als könne sie dort Antworten finden. »Erika hat mir nie wirklich eine Chance gegeben.«

»Wenn Ruby und Noire bleiben dürfen, bekommen sie ihre eigene Unterkunft«, sagt Gideon. »Du wirst keine Berührungspunkte mehr mit ihnen haben und bisher hat Erika immer nachgegeben, wenn du deine Lektion gelernt hast.«

»Ich möchte nicht, dass sie nachgibt. Nicht, wenn danach alles ist wie vorher«, entgegnet Beatrice, ohne ihn anzusehen. »Ich möchte einen großen Auftrag.« Sie schiebt die Unterlippe vor. »Dafür müsste Mutter nachgeben, nicht Erika, und das wird niemals passieren.« Ohne ihrem Bruder eine gute Nacht zu wünschen, schiebt sie sich an ihm vorbei die Treppe hinauf.

Gideon sieht ihr einen angehaltenen Atemzug lang nach, dann folgt er ihr.

Meine Muskeln entspannen sich. Als ich mich vom Türspalt fort drehe, presse ich mir erschrocken eine Hand vor den Mund. Ein großes, mondlicht-

blaues Auge nimmt mich gefangen. Es dauert einen Moment, bis sich mein hämmernder Herzschlag beruhigt.

Noire streicht sich das zerzauste Haar hinter die Ohren. »S-Sie sind genauso u-unglücklich mit d-der Situation wie w-wir.«

Ich nicke und ringe mir ein Lächeln ab. »Du bist treffsicher, wenn es ums Bogenschießen geht, haben sie gesagt.« Ich seufze. »Ich bin schön anzusehen und nutzlos.« Noire erwidert mein Lächeln nicht. »Erika sagt, Nuria ist in den nächsten zwei Tagen zurück. Wenn sie uns bleiben lässt, werde ich alles daransetzen, dass Beatrice und Gideon uns loswerden.« Mein Blick zuckt meinen Körper hinab, zu Beatrice' Nachthemd. »Nach dem Training morgen frage ich Cania nach eigener Kleidung.«

Beim heutigen Training verschwende ich wenige Gedanken an das Monster in mir. Wir durften unsere Magie bisher nicht anwenden. Vielleicht schlummern keine Funken in mir, wenn es so weit ist. Beatrice' Hose fühlt sich enger an. Ihre Haarbürste ist schneidend kalt in meiner Hand gewesen. Ich muss weg von ihr. Sie beginnt, an der vergrabenen Wahrheit zu kratzen. Wegen mir geht es ihr schlecht und sie fühlt sich aus ihrem Zuhause vertrieben. Das habe ich nie gewollt.

Die Worte »Ihr seid bereit für eure erste praktische Übung« reißen mich aus meinen Gedanken. Ich richte mich kerzengerade auf meinem Sitzplatz auf.

»Was ist los?«, erkundigt sich Malin. »Bist du aufgeregt?«

Ich schüttle den Kopf. »Das ist keine Aufregung, sondern Freude.« Mit jedem Sprung, den mein Herz macht, frisst sich eine Flamme durch den hölzern eingerichteten Raum. Malins Gesicht weicht einer Fratze aus Asche, Fleischfetzen und Knochenstaub. Der kalte Rubin in meiner Hand, das einzige, was den Feuersturm in mir gefangen hält, verwandelt sie in ein Mädchen mit besorgt glänzenden braunen Augen und den Klassenraum in seine ursprüngliche Gestalt. Solange ich ihn um den Hals trage, wird nichts passieren.

»Bist du dir sicher, dass du nicht aufgeregt bist?«

Benommen nicke ich.

»Was gibt es bei euch zu flüstern?«, erkundigt sich Octavian mit lauter Stimme.

Malin rückt auf die Stuhlkante. »Wir freuen uns darauf, unsere Magie anwenden zu dürfen.«

»Wenn du dich so sehr freust, bist du die Erste bei unserer praktischen Übung.« Octavian macht eine ausladende Handbewegung. »Steh bitte auf und komm nach vorne.«

Ihre Augen weiten sich. »Wirklich?«

Er nickt. »Na los, worauf wartest du?«

Malin steht von ihrem Platz auf, wirft mir einen hilflosen Blick zu, woraufhin ich die Worte »Du schaffst das« mit den Lippen forme, dann stellt sie sich neben Octavian.

Ein Raunen der Anspannung geht durch den Raum, als Octavian eine Schüssel unter dem Pult hervorholt und sie auf dessen Oberfläche abstellt. Er deutet auf deren Inneres. »Darin ist gewöhnliches Flusswasser.« Seine Augen richten sich auf Malin, die verloren die Schüssel anstarrt. »Heute lernt ihr, Quellen zu nutzen, nachdem ihr viel Theoretisches über sie erfahren habt. Zu eurer eigenen Sicherheit habe ich euch begrenzte, schwache Quellen mitgebracht.« Er deutet auf Malin. »Eine Sommermagierin wie Malin könnte den ganzen Fluss im Wald nutzen, was gefährlich wäre und schlimmstenfalls bleibende Schäden bei Malin hinterlässt. Deswegen gibt es heute nur eine kleine Schüssel Wasser.«

»Was soll ich machen?«, möchte Malin nach einem Augenblick der Stille wissen.

»Stell dich dorthin, wo ich jetzt stehe, und konzentriere dich auf das Wasser«, antwortet Octavian. »Spüre seine Energie, seine Kraft, und sauge sie in dich auf. Wenn du das schaffst, wenn deine Magie sich das Wasser zu Nutzen macht, wirst du es selbst sehen und spüren.«

Malins Hand zittert, als sie diese ausgestreckt über die Schüssel hält. Sie kneift fest die Augen zusammen, Falten bilden sich auf ihrer Stirn. Als ein erneutes Wispern durch den Raum geht, reißt sie die Augen wieder auf. Octavian bringt die anderen mit einem strengen Blick zum Verstummen. Daraufhin schließt Malin die Augen erneut. Minutenlang passiert nichts, bis aus dem Nichts Dampf aus der Schüssel aufsteigt. Zunächst wenig, dann eine riesige Wolke, untermalt vom Gurgeln des Wassers. Ruckartig zieht Malin die Hand zurück, als hätte sie sich am Wasser verbrannt.

»Du hast dir die Energie des Wassers zu Nutze gemacht.« Octavian

lächelt. »Ein Teil davon ist verdunstet, weil er mit deiner Sommermagie in Berührung kam. Hättest du die Verbindung nicht frühzeitig unterbrochen, wäre kein Wasser mehr in der Schüssel.«

Malins Miene hellt sich auf. »Das heißt, ich habe es geschafft?«

Octavian nickt zustimmend. »So wollte ich das sehen. Es wäre schön gewesen, wenn du das ganze Wasser genutzt hättest. Insgesamt hast du das, trotz des kleinen Makels, sehr gut gemacht.«

Malin reckt den Hals. Mit einem triumphierenden Grinsen blickt sie in die Runde. Ich kann nicht anders, als es zu erwidern. Sie bleibt einen Augenblick so stehen, bis Octavian sie zurück auf ihren Sitzplatz schickt. Malin stolziert zu unserem Tisch und setzt sich in einer dramatischen Bewegung hin.

»Das hast du sehr gut gemacht«, flüstere ich.

Ihre Antwort ist ein strahlendes Lächeln.

Nach ihr sind die anderen beiden Sommermagier an der Reihe, die Jungen, denen Malin damals in den Wald gefolgt ist. Während der erste genauso wenig Probleme wie Malin hat, schafft der zweite es nicht, Dampf aufsteigen zu lassen, obwohl beide laut Malins Aussage heimlich trainieren.

»Zeit, die letzte im Bunde der Sommermagier vor ihre Aufgabe zu stellen«, verkündet Octavian. »Ruby, komm bitte nach vorne.«

In mir zieht sich alles zusammen, mein Herz droht, auf den Holzboden zu fallen. Kalter Schweiß sammelt sich auf meiner Stirn und läuft mir wie ein Tränenstrom die Wangen hinab. Ich komme wacklig auf die Beine, wische mir den Schweiß aus dem Gesicht und atme kräftig durch. Den Rubin fest in meiner Hand, schaffe ich es zu Octavian. In meinem Unterbewusstsein höre ich Malin die Worte »Viel Erfolg« sagen. Ich erwidere nichts.

»Du weißt, was du zu tun hast«, sagt Octavian, als ich neben ihm angekommen bin. Er hat eine zweite, bis zum Rand gefüllte Schüssel unter dem Pult hervorgeholt und gegen die vorherige ausgetauscht.

Ich umklammere den Rubin mit schweißnassen Fingern. »Meine Magie ist darin eingeschlossen«, erkläre ich mit dünner Stimme. »Ist es sicher, wenn ich ihn abnehme?«

Er mustert mich kritisch. »Ich wusste nicht, dass deine Magie eingeschlossen werden muss«, murmelt er. »Ohne konzentriert eine Quelle zu nutzen, konnten meine anderen Lehrlinge bisher nie etwas bewirken.«

»Ich trage den Anhänger von Kindesbeinen an«, erkläre ich mit erstickter

Stimme, als hätte ich einen Mundvoll Asche verschluckt. »Deshalb habe ich meine Magie erst mit zwanzig entdeckt.«

»Das erklärt einiges.« Octavian runzelt die Stirn. »Dennoch besteht keine Gefahr, das ist nur Wasser.«

»In Ordnung.« Mit zitternden Fingern greife ich nach dem Verschluss der Kette und öffne ihn. Sofort steigt Hitze in mir auf, das Zeichen, dass ich mir den Vulkan in meinem Inneren nicht eingebildet habe. Der Rubin fällt wie ein abgetrenntes Körperteil zu Boden. Fremdgeführt von der Magie in meinem Blut schaue ich die Schüssel an, ein Blick und das Bild von Dampf im Kopf genügen. Meine Glieder kribbeln, Energie breitet sich bis auf die Knochen in mir aus. Das Wasser blubbert, Dampfschwaden steigen auf und legen sich wie ein Schleier über meine Augen. Ich brauche sie nicht mehr. Denn meine Welt wird heißer, intensiver, als hätte ich sie in zwanzig Jahren nie richtig wahrgenommen. Die neuen Eindrücke sauge ich gierig auf wie die Energie um mich herum.

Meine Gedanken sind gefangen im Rauch, bis sich ein Schrei einer Waffe gleich hindurchschneidet und mich aus meiner Trance zurückholt.

Klauen legen sich um meine Arme, reißen mich nach hinten. Mein rasender Herzschlag ist das einzig Lebendige in der erstarrten Hülle meines Körpers. »Lass mich los!« Meine Kehle fängt Feuer, ich habe geschrien. Etwas Kaltes drückt gegen meinen Hals und hindert einen zweiten Schrei daran, aus mir hervorzubrechen. Schwarze Punkte tanzen vor meinen Augen. Obwohl die Klauenfinger mich loslassen, saugt eine fremde Macht die Energie aus meinem Körper, der Wachsrest einer heruntergebrannten Kerze bleibt von mir zurück.

Mir versagen die Beine, ich falle auf die Knie und ringe nach Luft. Mit dem Aufprall lichtet sich der Dampf in meinem Kopf und ein aus dunklen Erinnerungen gewobener Vorhang lichtet sich. Zahlreiche Augenpaare stechen sich wie die Mittagshitze in meine Haut. Klagen mich an, *was* getan zu haben?

Letzte zur Holzdecke aufsteigende Rauchschwaden geben meinen Blick auf Octavians Pult frei, das aussieht wie von einem Feuersturm zerfressen. In seiner Mitte klafft ein Loch, das mein ausgebranntes Inneres spiegelt und der Boden ist von Asche, schwarzgrauen Blütenblättern gleich, übersät.

Schwer atmend halte ich mir die Hände vors Gesicht. Kinder sind mit mir im Raum und ich hätte sie alle töten können, weil Octavian das Monster in

mir aus seinem rubinroten Käfig freigelassen hat.

Tränen schnüren mir die Kehle zu. »Darf ich –«, beginne ich, ohne Octavian anzusehen. Scham klebt wie Schmutz unter meinen Fingernägeln. Seine Berührung hat mich in die Dunkelheit katapultiert, obwohl er bloß die Kinder vor dem Feuersturm retten wollte.

»Ja«, beantwortet er meine unausgesprochene Frage. »Du darfst gehen und dir für den Rest des Tages freinehmen.«

Natürlich haben mich meine Beine zu Donna getragen. Obwohl ich nicht weiß, ob das erlaubt ist, bin ich über den Zaun auf die Pferdekoppel geklettert. Ich weine nicht, dafür fühlt sich mein Inneres zu dumpf an. Meine freie Hand, welche nicht Donnas Fell streichelt, hält meinen Rubin fest umschlossen. Abnehmen werde ich ihn nicht mehr. Eine starke Quelle in meiner Nähe und ich brenne das Lager nieder. Während ich mein Leben lang Monster im Wald gefürchtet habe, war das wahre Monster in mir gefangen. Dort muss es bleiben. Meine Unterlippe zittert. Trotz Bemühungen um gleichmäßige Atemzüge geht mein Atem immer wieder in ein Keuchen über. Darf eine Gefahr fürs Lager bleiben? Ich könnte mich auf andere Art nützlich machen. Sobald ich ihn sehe, werde ich Gideon bitten, morgen zur Jagd mitzukommen. Noire und Gideon können mir den Umgang mit Waffen beibringen oder ich frage Cania nach einer Ausbildung als Heilerin. Alles, nur keine Magie.

»Ich wusste, wo ich dich finde.«

Ich reiße den Kopf hoch, als ich die bekannte Stimme höre. »Lass mich in Ruhe.«

Ein leises Wiehern erklingt vom anderen Ende der Lichtung. Im Licht der Mittagssonne schimmert das Fell von Beatrice' Wallach wie flüssiges Gold. In raschem Trab kommt er am Zaun an, wiehert erneut und pustet Beatrice mit seinen Nüstern Luft zu. Ihre Gesichtszüge werden weich und sie streichelt das Fell ihres Wallachs mit einer Sanftheit, die ich nur im Umgang mit ihrer Mutter von ihr kenne.

Jetzt, im Sonnenlicht, erkenne ich die Prellung an ihrer linken Hand in anklagender Deutlichkeit. Die Haut ist gerötet und angeschwollen, als hätte sich das Blut an einem Punkt angestaut. Violette Flecken ziehen sich von ihren drei mittleren Fingern bis zum Handgelenk. Die Prellung sieht aus, als hätte jemand Beatrice' Hand in einer Tür eingeklemmt. Unbewusst balle ich die Finger meiner dominanten linken Hand zusammen. Wie ein Blitz flackert Julius' Gesicht vor mir auf. Ich habe selbst mehrfach solche Verletzungen gehabt.

Mein Herz schrumpft auf einen Punkt zusammen. Zittrig schnappe ich nach Luft. »Hat sich jemand deine Hand angesehen?« Meine Stimme hat die Frage gestellt, bevor ich sie herunterschlucken kann.

Beatrice wirbelt herum, den Koppelzaun fest umklammernd. Ein Keuchen entfährt ihr, als sie ihre geprellte Hand belastet. Blinzelnd und mit leicht geöffneten Lippen starrt sie mich an. »Was interessiert es dich?«

»Ich weiß, wie schmerzhaft solche Prellungen sind.« Meine Stimme wird brüchig wie in der Hitze verdorrte Pflanzen. »Wie ist das passiert?«

Schatten verdunkeln das sonst strahlende Grün ihrer Augen. Für einen Moment hält sie intensiv meinen Blick fest, dann schüttelt sie den Kopf. »Das ist vollkommen egal.« Die Härte ihrer Stimme hält mich davon ab, nachzuhaken – ich bin gegen eine stählerne Wand geprallt, die Beatrice zwischen uns hochgezogen hat.

»Wenn du das sagst.« Ich trete von einem Fuß auf den anderen. »Warum hast du mich gesucht?«

Sie atmet aus, die Schatten über ihrer Miene lichten sich. »Nuria ist aus Jaxons Lager zurückgekehrt und würde jetzt gerne mit Noire und dir sprechen. Sie hat mich geschickt, dich vom Training abzuholen, als du nicht dort warst, habe ich dich bei Donna vermutet.«

Überreste eines heruntergebrannten Feuers füllen meinen Mund, schnüren mir die Kehle zu und machen meinen Atem kurz. Hilfesuchend schaue ich zu Donna, in deren Augen sich mein blasses Gesicht mit schweißnasser Stirn spiegelt. »Nuria ist zurück?« Wie Asche im Wind wird meine Stimme davongetragen, was sie zu einem dünnen, dumpfen Hauch macht. »Jetzt?« Die nächsten Worte dringen über meine Lippen, bevor ich ihnen ihr panisch flackerndes Feuer entziehen kann. »Ich muss ihr erzählen, was beim Training vorgefallen ist. Dass ich Octavians Pult in Brand gesteckt habe. Die Kinder aus meiner Trainingsgruppe hätten verletzt werden können –« Ich erlange die Kontrolle über meine Worte zurück und starre Beatrice mit großen Augen an, wie ein hektisch flatternder Vogel, dem sich Katzenkrallen nähern. Meine Fingernägel hinterlassen Halbmonde auf meinen Handflächen.

155

Beatrice' Lippen öffnen sich, mit den Fingern zieht sie Kreise auf dem Fell ihres Wallachs. »Welche Konsequenzen dein Handeln hat, kann dir nur Nuria beantworten, niemand sonst«, meint sie. »Warten lassen solltest du sie in jedem Fall nicht. Kommst du?«

Mehr als ein Nicken bringe ich nicht zustande. Die Flügelschläge des Vogels in meiner Brust werden gleichmäßiger, weil Beatrice nicht nachhakt, obwohl ich in die Falle getappt bin.

Sie verabschiedet sich flüchtig von ihrem Wallach und ich mich von Donna, ehe wir ins Lager zurückgehen. Heute kann ich kaum mit ihrem zügigen Tempo mithalten, Eisenkugeln sind an meinen Knöcheln befestigt und zwingen mich zu schleppenden Schritten. Beatrice führt mich zu einer Eiche nahe dem Versammlungsplatz, in dessen Krone sich eine dreistöckige Holzhütte befindet, auf der Plattform davor stehen drei Gestalten.

»Sieht aus, als wären Gideon, Noire und Erika schon da.« Beatrice deutet auf die Leiter. »Beeil dich.«

Ich greife nach den Leitersprossen. »Kommst du nicht mit?«

Sie schüttelt den Kopf. »Leider darf ich nicht zuhören. Gideon ist dort oben, weil Noire es allein nicht die Leiter hinauf schafft.«

Bevor ich mich der Leiter zuwende, sehe ich ihr fest in die Augen. »Sag deiner Mutter, dass sie sich die Prellung ansehen soll, Beatrice.«

Ohne eine Reaktion abzuwarten, erklimme ich die Leiter, die mir viel höher vorkommt als alles, was ich gewohnt bin. Mit meinen schweren Gliedern komme ich langsam voran und Schwindel legt sich über meinen Verstand wie Nebel. Auf der Plattform angekommen, nehme ich japsende Atemzüge.

Sofort steht Noire neben mir und greift nach meiner Hand. Ich drücke ihre stumm. Weiß sie vom Vorfall beim Training? Nein, woher sollte sie.

»Wieso hat das so lange gedauert?«, fragt Erika.

Ich betrachte die vom Leben im Wald gezeichneten Spitzen meiner Stiefel. »Ich war bei Donna.«

»Warum? Du solltest beim Training sein, wenn ich mich nicht irre.«

»Das ist eine Geschichte, die auch Nuria hören sollte«, erwidere ich mit einem Blick auf die Tür.

Erika betrachtet mich einen Augenblick mit besorgtem Glanz in den dunklen Augen, dann wendet sie sich an Gideon: »Danke für deine Hilfe.«

Seine Antwort ist ein Schulterzucken. »Ich muss wohl draußen warten.«

»Entschuldige«, murmelt Erika, was er mit einem zweiten Schulterzucken quittiert. »Seid ihr so weit?«, erkundigt sie sich bei Noire und mir. Als ich nicke, fühlt sich mein Kopf so schwer an, dass ich nicht sicher bin, wie lange mein Hals ihn noch tragen kann. »Sehr schön.« Erika öffnet die Tür, verabschiedet sich von Gideon und tritt hindurch.

Mit Noires Hand in meiner, folge ich ihr in die Hütte. Die Wände sind mit Gemälden gepflastert, auf denen verschiedene, mir unbekannte Pflanzen abgebildet sind. Gern hätte ich Erika gefragt, ob sie oder Nuria die Gemälde selbst gemalt hat.

Erika führt uns bis zur Tür am Ende des Flures und tritt, ohne anzuklopfen ein. Noire und ich schlüpfen hinter ihr durch die Tür. Nuria sitzt an einem großen Holzschreibtisch, vor ihr liegen Papierstapel. Ihre Kleidung ist schmutzig und das dunkelblonde Haar zerzaust. Als sie unsere Schritte hört, blickt sie auf. Ihre klaren dunkelblauen Augen durchbohren mich schlagartig.

»Nuria, das sind Ruby und Noire.«

Weiter kommt Erika nicht. Wie ferngesteuert springt Nuria von ihrem Schreibtisch auf, in großen Schritten kommt sie auf mich zu, ihre Augen starr auf meine gerichtet. Sie streckt eine Hand nach mir aus.

Ihre feingliedrigen Finger formen sich zu aus Schatten geborenen Klauen, dunkle Erinnerungen flackern am Rande meines Blickfeldes auf. Ich weiche zurück, um der Berührung und den Erinnerungen zu entgehen.

»Ist das möglich?«, murmelt Nuria.

Dreizehn - Pfad des Schicksals

Ich senke den Kopf, um meine Miene hinter einem Vorhang roter Locken zu verbergen. Was hat das zu bedeuten? Weiß Nuria, wer ich wirklich bin? Wird sie mich nach Felione ausliefern, damit ihr Lager dort wieder ungestört Unruhe stiften kann? Möchte sie versuchen, mein Leben gegen die Krone einzutauschen? Im Holzboden tut sich ein Loch auf, durch das ich falle, ohne auf dem Waldboden aufzukommen. Die Zuflucht zerrinnt wie Staub zwischen meinen Fingern.

Vorsichtig blinzle ich hinter dem Haarvorhang hervor.

Noire schaut mich mit ängstlichem Glanz in ihrem Auge an, ihre Augenbraue hebt sich. Ich schüttle den Kopf, jetzt ist nicht der richtige Augenblick für sie, mich zu verteidigen.

»Habe ich dich erschreckt?«, erkundigt sich Nuria bei mir. Ihre Stimme ist nah, ginge ich einen Schritt nach vorne, würde ich ihren Atem auf meiner Haut spüren.

»Nein.« Meine Stimme klingt gepresst. Ich bohre meine Fingernägel in die Handflächen, um nicht zu zittern.

»Ich möchte dich nicht erschrecken oder verwirren.«

»Nuria«, Erikas Stimme ist angespannter als ich sie jemals erlebt habe, »was hat das zu bedeuten?«

Sie hebt beschwichtigend die Hände. »Ich werde euch alles erklären.«

Erika seufzt. »Worauf wartest du?«

»Jetzt ist nicht der richtige Zeitpunkt für Antworten«, entgegnet Nuria. »Nicht, wenn Ruby die ganze Geschichte nicht kennt.«

Erika verlagert ihr Gewicht auf einen Fuß. »Wieso erzählst du sie ihr nicht?«

»Das liegt nicht in meiner Hand«, entgegnet Nuria.

»In wessen Hand liegt es dann?«

Nuria überhört die Frage. »Erika, tust du mir einen Gefallen?«

»Alles, was du willst.« Ihrem Tonfall nach zu urteilen, hätte sie lieber ›Nein, du hast vollkommen den Verstand verloren‹ gesagt.

»Treffe Vorkehrungen für einen Auftrag, einen langen Marsch, so schnell wie möglich. Wir brechen gleich auf.«

Erika schnappt nach Luft. »Du bist erst heute zurückgekehrt.«

»Das spielt keine Rolle«, entgegnet Nuria harsch. »Das ist unsere Chance, die Ordnung wiederherzustellen.«

»Was für eine Ordnung?« Erika macht einige Schritte auf Nuria zu und streckt die Hand nach ihr aus, ihre Ehefrau schüttelt diese ab. »Ich wollte dir unsere Neuzugänge vorstellen und fragen, ob du ihnen vorübergehend Zuflucht gewährst.«

»Natürlich gewähre ich ihnen Zuflucht.« Um Nurias Mundwinkel zuckt es. »Wenn du jetzt bitte alles für unseren Auftrag vorbereiten würdest.«

»Die Pferde sind erschöpft.« Erika fährt sich durchs Haar. »Außerdem haben wir zurzeit nicht genug Soldaten, die für einen großen Auftrag bereit sind.«

»Die Pferde bekommen eine Extraportion Getreide und eine stärkende Mixtur bevor wir aufbrechen.« Nuria wirft einen Blick zur Holzdecke. »Schicke Beatrice, der Auftrag ist wie geschaffen für sie. Wir reiten in die entgegengesetzte Richtung des Sommerkönigreichs, Cania wird keine Einwände haben. Um sicherzugehen, schicken wir Gideon mit, er wird auf seine Schwester aufpassen. Dass die beiden Noire und Ruby kennen, ist ein weiterer Vorteil.«

Erika reißt die Augen auf. »Du lässt mich nicht nur mit dem Lager allein, sondern nimmst mir obendrein meine Sekundantin?«

Nuria hebt beschwichtigend die Hände. »Dass sie einen großen Auftrag bekommt, ist längst überfällig.« Sie wendet sich an mich. »Du hast ein eigenes Pferd, richtig?«

Mehr als nicken kann ich nicht. Nurias Worte sind das ferne Rauschen eines Flusslaufs, den ich erst bemerke, als er mich in die Tiefe seiner Fluten zieht. Ich beiße die Zähne zusammen, gebe keinen Laut von mir, weil ich nicht weiß, welche Stichflamme Nuria treffen wird sobald sich meine wirren Gedanken zu Worten formen. Sie hat mich nicht gefragt, ob ich auf den

Auftrag mitkommen möchte. Ich sehe an mir herunter, Beatrice' dunkelgrüne Hose weicht einem goldenen Kleid. Nach zwanzig Jahren in einem goldenen Käfig bin ich daran gewöhnt, dass andere meine Fäden in den Händen halten, dennoch fröstle ich. Wenn ich im Lager bleiben möchte – *falls* ich im Lager bleiben *darf*, sollte Nuria vom Vorfall beim Training erfahren – muss ich mich dem Auftrag anschließen.

Nurias Augenbrauen ziehen sich zusammen, sie wirft Noire einen flüchtigen Blick zu. »Wird sich deine Freundin unserem Auftrag anschließen?«

Noire rollt die Schultern nach hinten und stellt sich auf die Zehenspitzen. »Ich lasse Ruby nicht allein«, Ihre Stimme wird dünn, »w-wenn ich ... mit i-ihr auf D-Donna reiten d-darf.« Am Ende des Satzes hebt sie die Stimme.

»Das ist kein Problem, solange euer Pferd es schafft, euch und einen Teil unseres Proviants zu tragen.« Nuria nickt meiner besten Freundin zu, ehe sie sich an Erika wendet: »Sag Ilias, er soll nachsehen, welches Zaumzeug der Stute passt. Beatrice nimmt ihren Wallach, somit bleiben zwei Pferde, die müde vom letzten Auftrag sind. Sag Ilias auch, dass wir Proviant benötigen. Unterwegs können wir ihn bei der Jagd oder indem wir Beeren und Nüsse sammeln aufstocken, wir werden eineinhalb bis zwei Monde unterwegs sein.«

»Eineinhalb bis zwei Monde, das heißt mindestens drei Monde insgesamt.« Erika fährt sich mit klammen Fingern durchs Haar. »Wohin wollt ihr reiten?«

Nuria schüttelt den Kopf. »Dafür, alles zu erklären, ist nicht der richtige Zeitpunkt.« Sie strafft die Schultern. »Bitte«, sagt sie mit Nachdruck in der Stimme.

Erika senkt den Kopf. »Ich werde alles vorbereiten, so schnell ich kann.«

Nuria macht einen Schritt auf Erika zu. Ihre Ehefrau weicht ihr aus und verschwindet ohne ein weiteres Wort durch die Tür. »Niemand außer denjenigen, die mitkommen, darf davon erfahren«, ruft sie Erika hinterher, als die Tür längst ins Schloss gefallen ist.

Nuria wendet sich mir zu.

Ich verlagere mein Gewicht auf einen Fuß und halte ihrem Blick stand. »Ich möchte wissen, was vor sich geht.«

»Das wird seine Zeit brauchen.« Ihre Körperhaltung ist entspannt und sie hält meinen Blick fest. »Es liegt nicht in meiner Macht, dir Rede und

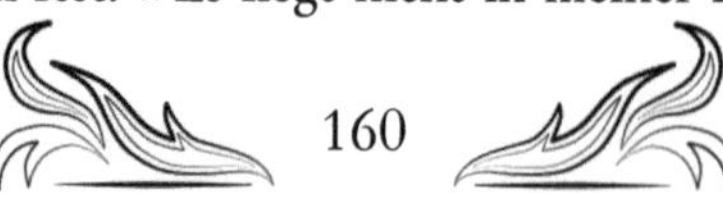

Antwort zu stehen. Die Antworten sind einen langen Marsch entfernt. Würde ich dir sagen, was los ist, würdest du mir kein Wort glauben.« Dies sind die ersten Worte aus ihrem Mund, denen ich Glauben schenke. Ihr kein Wort zu glauben, klingt wie ein perfekter Plan. »Hast du dich gut im Lager eingelebt?«

Ich knirsche mit den Zähnen. Zum ersten Mal dankbar, eine Hose zu tragen, schiebe ich meine Hände in die Hosentaschen. Dort balle ich sie, unsichtbar für Nuria, zu Fäusten. »Ja«, antworte ich. »Die Einwohner haben Noire und mich mit offenen Armen empfangen, aber einiges bleibt fremd für uns.«

»Es tut mir leid, dass ich euch aus eurem neuen Umfeld reißen muss.« Nuria fährt sich durchs Haar. »Das ist vorübergehend, ich verspreche es.« Statt auf eine Antwort zu warten, erkundigt sie sich nach meinem Training.

Mein Blick zuckt zu meinen Händen, ich starre beinahe ein Loch hinein bis ich mir sicher bin, kein Anzeichen von Flammen der Zerstörung zu erkennen. »Ich möchte meine Magie nie mehr anwenden.«

Sie nimmt einen scharfen Atemzug. »Wieso?«

»Ich kann das Monster in mir nicht kontrollieren.« Jedes Wort aus meinem Mund ist eine Flamme, die an meiner Haut leckt, ohne sie zu verbrennen. »Wenn es keine Möglichkeit gibt, es mir auszutreiben, ist es in meinem Rubinanhänger gut aufgehoben.« Meine Hände verkrampfen sich. »Ich möchte Fähigkeiten entwickeln, um dem Lager zu helfen. Lernen, mit Pfeil und Bogen umzugehen wie Noire, oder Cania bitten, mich zur Heilerin auszubilden.«

Nuria fixiert meinen Rubinanhänger wie etwas Kostbares, das sie nie zuvor gesehen hat. Ein Schmunzeln zeichnet sich auf ihren schmalen Lippen ab und das Funkeln kehrt in die klaren Augen zurück. »Ich bin mir sicher, dass du Meisterin deiner Magie wirst.«

»Nein.« Ich weiche einen Schritt zurück, fort von Nuria, während ich mich aus meiner Haut, meinen Knochen, schälen möchte, weg von meinem Körper und der Magie in meinen Adern. »Meine Magie ist zu gefährlich.« Zitternd ziehe ich meine Hände aus den Hosentaschen und halte sie mir schützend vor den Körper, als könnte ich mich vor meiner eigenen Magie abschirmen. »Eine falsche Bewegung, eine starke Quelle in meiner Nähe und das Lager steht in Flammen.«

Ihr Schmunzeln wird zu einem breiten Lächeln, das mich wie ein Schlag

in die Magengrube trifft. »Es ist nicht unmöglich, Magie zu kontrollieren.«

»Ich habe vorhin Octavians Pult angezündet.« Ich presse mir eine Hand auf den Mund.

»W-Was?«, stammelt Noire.

»Früher oder später wird es Haut sein, kein Holz, die meine Magie zu spüren bekommt. Hätte Octavian das Feuer nicht unter Kontrolle gebracht, wären womöglich«, Meine Stimme bricht, »Kinder aus meiner Trainingsgruppe verletzt worden.« Ich halte mir die Hände vors Gesicht. Staub, der von Mutter übrig ist, und Lucius' Blut sind längst nicht mehr unter meinen Fingernägeln. Dennoch klebt mir Schweiß Beatrice' Bluse an den Rücken. Die Worte, dass ich zwei Menschen getötet habe, liegen mir auf der Zunge. Begreift Nuria, was sie in ihr Lager gelassen hat, wenn ich sie laut ausspreche?

Noire tritt an meine Seite. Ich schließe die Lücke zwischen uns, lehne meine Schulter gegen ihre und ein Teil der Spannung fällt von mir ab. Schwer atmend senke ich die Hände.

Nuria macht einen Schritt auf mich zu, woraufhin ich mich Noires schützender Schulter entziehe und zurückweiche bis mein Rücken unsanft gegen die Holzwand prallt. »Deine Magie ist ein Teil von dir. Sie kann zerstören, sicher, aber aus ihr kann genauso etwas wachsen«, sagt sie, unberührt von meiner Reaktion. »Am Ziel unserer Reise wirst du verstehen, was ich meine.«

»Keine Magie ist unkontrollierbar.« Wie schafft Noire es, ausgerechnet jetzt, Fassung zu wahren? »Du schaffst das.«

Anerkennend nickt Nuria ihr zu. »Deine Freundin glaubt an dich und ich auch.«

Das Knarren der Tür hindert mich daran, etwas zu erwidern. Erika steckt den Kopf durch den Türspalt. »Sollen die anderen draußen warten?«

Nuria schüttelt den Kopf. »Nein, sie können reinkommen.«

Beatrice schiebt sich hinter Erika durch die Tür, sofort haftet ihre Aufmerksamkeit auf mir. Sie legt den Kopf schief. »Das heißt, wir sollen Ruby nach Felione zurückbringen, wegen des Vorfalls beim Training?« Ihre Stimme ist angespannt wie eine Bogensehne, als glaube sie ihren eigenen Worten nicht.

»Nein«, erwidert Nuria mit ruhiger Stimme und lächelt ihr zu. »Erika hat euch sicher gesagt, dass wir auf einen langen Marsch aufbrechen werden. Du bekommst den großen Auftrag, den du dir gewünscht hast, Beatrice. Wir werden, wenn man den Hinweg und den Rückweg zusammenrechnet,

mindestens drei Monde unterwegs sein, Ruby und Noire werden uns begleiten. Danach dürfen sie im Lager bleiben, solange sie wollen.«

Beatrice erstarrt für einen Atemzug. Nachdem sie blinzelnd aus ihrer Starre erwacht ist, schließt mich ihr Blick ein wie mein Rubinanhänger meine Magie. »Erst tust du so, als wolltest du nett zu mir sein und jetzt –« Hilfesuchend schaut sie zu Erika. »Mindestens drei Monde? Und was hat eine Magierin, die ihre Magie nicht kontrollieren kann, bei einem großen Auftrag verloren?« Nach Luft ringend bricht sie ab.

»Beatrice.« Erika bringt sie mit ihrem ruhigen, aber bestimmten Tonfall zum Verstummen. »Du liegst mir seit beinahe vier Jahren in den Ohren, dass du einen großen Auftrag haben möchtest. Jetzt willst du ihn nicht annehmen, weil du nicht mehr Zeit mit Ruby verbringen möchtest als nötig? Doch du hast in unserem Lager nicht das Sagen. Noch nicht, wenn es nach mir geht.« Sie nähert sich Beatrice mit ausgestreckter Hand. Als sich deren Körper verkrampft, hält sie inne. »Es ist nicht deine Aufgabe, darüber zu entscheiden, ob du mitkommst oder nicht und Nuria möchte das Beste für uns alle, das solltest du wissen.«

Beatrice senkt den Kopf. »Sicher weiß ich das«, murmelt sie. »Es ist nur.«, Sie bricht abrupt ab. »Ach, egal.«

»Mir ist das nicht egal, Beatrice«, entgegnet Erika.

Sie tritt von einem Fuß auf den anderen. »Seit *die beiden* aufgetaucht sind, dreht sich alles um sie.«

Ihre Worte entfachen Wut in meinen Adern. Ich kann sie nicht rechtzeitig ersticken. Sie lodert, meiner Magie gleich, auf und bricht aus mir heraus. Ich habe es satt, mir alles gefallen zu lassen, wie in zwanzig Jahren im Sonnenpalast. »Das habe ich mir nicht ausgesucht.«

Ihr Gesicht ist eine stählerne Maske, als sie mich ansieht. »Das glaubst du selbst nicht.«

»Wollen wir tauschen?« Ich verschränke die Arme vor der Brust. »Du kannst meine Magie haben, ich schenke sie dir.« Meine Stimme bebt. »Mal sehen, wie lange du das durchhältst.«

»Nein danke, ich will deine Magie nicht.« Im Vergleich zu Beatrice' Stimme, die einem Sturmgewitter ähnelt, ist meine ein Windhauch gewesen. »Ich will wissen, was Sache ist, wohin wir reiten und warum. Auf der Stelle.«

Gideon, den ich, weil er im Türrahmen gestanden hat, nicht bemerkt habe,

macht einen Schritt auf seine Schwester zu. Ehe seine Hand ihre Schulter berührt, hält er inne, als hätte er sich an ihr verbrannt. Daraufhin spannen sich ihre Muskeln weiter an und ihre Nasenflügel beben.

Erika legt, an Gideons Stelle, eine Hand auf Beatrice' bebende Schulter. »Diese Fragen wird Nuria niemandem beantworten«, sagt sie. »Sie möchte den Ort eurer Reise geheim halten.«

Beatrice wirft mir einen schneidenden Blick zu. Mein Kopfschütteln, das bedeuten soll, dass ich genauso wenig weiß, wohin wir reiten, lässt sie schwer schlucken. Mit vorgeschobener Unterlippe sieht sie Nuria an. »Darf ich mich wenigstens von meiner Mutter verabschieden?« Ihre Stimme ist dünn.

»Ich sage Cania, dass sie kommen soll, um euch zu verabschieden.« Mit diesen Worten verschwindet Erika durch die Tür. Beatrice schaut ihr aufatmend hinterher.

Nuria blickt in die Runde. »Entschuldigt, dass ich euch nicht sagen kann, wohin wir reiten. Ihr werdet alles verstehen, wenn wir angekommen sind. Lasst uns keine Zeit verlieren. Wenn ihr mir bitte folgen würdet.« Sie verlässt den Raum, ohne sich nach uns umzudrehen.

Gideon wirft seiner Schwester einen flüchtigen Blick zu, sie schiebt sich an ihm vorbei, folgt Nuria, und er schließt sich ihr seufzend an.

Noire packt mich am Arm, bevor ich es ihnen gleichtue. Ihre Pupille springt hin und her. »Was g-geht hier v-vor sich?«

»Ich weiß es nicht«, Kalte Blitze zucken meine Wirbelsäule hinab, »und wenn wir uns dem Auftrag nicht anschließen, werden wir es nie erfahren. Uns bleibt nichts anderes übrig.«

»Nuria m-möchte d-dir nichts t-tun, oder?« Noire blickt zur Tür. »D-Das lasse ich n-nicht z-zu.«

»Solange ich dich an meiner Seite habe, tut mir niemand etwas.« Ich rolle die Schultern nach hinten. »Nuria gehört ohnehin nicht dazu. Ihrer Reaktion auf mich und meine Worte bezüglich der Magie zu Folge, wird sie mir nichts tun.« Mein Herz setzt einen Schlag aus ... *hoffe ich.* »Warten lassen sollten wir sie dennoch nicht.«

Donna begrüßt mich mit einem enthusiastischen Wiehern. Wie eine warme Nachtbrise schließt ihre Begrüßung mich ein, ich überbrücke die Distanz zwischen uns und streichle ihr im Sonnenlicht schimmerndes Fell.

Noire macht einen bedächtigen Schritt auf uns zu. Donnas Ohren stellen sich auf, als sie meine beste Freundin bemerkt, woraufhin diese zusammenzuckt. Hektisch blickt sie über die Schulter, bemerkt, dass Gideon sie beobachtet und strafft krampfhaft die Schultern. In wenigen, zielsicheren Schritten steht sie neben Donna und mir.

Ich helfe ihr auf den Rücken der Stute, auf dem ein spezieller Sattel aus abgewetztem, braunem Leder liegt, auf dem zwei Reiterinnen Platz haben. »Gut festhalten«, raune ich ihr zu. »Besser als beim letzten Mal.«

»I-In Ordnung.« Ihre Stimme ist dünn und ihre Muskeln angespannt.

Sanft drücke ich ihre Hand, anschließend schwinge ich mich vor Noire auf den Pferderücken.

Ilias verabschiedet sich von Gideon, der mit düsterer Miene im Sattel seines Braunen sitzt, dann wendet er sich Noire und mir zu. »Ich wünschte, ich dürfte mitkommen«, seufzt er. »Endlich meinen ersten großen Auftrag haben.«

Seine Worte entlocken mir ein Lächeln. »Deine Zeit wird kommen«, verspreche ich ihm.

»W-Wir sehen e-einander bald wieder«, fügt Noire hinzu.

Nach Ilias tritt Cania an unsere Seite. Ihre Augen sind glasig und mit ihren zittrig angespannten Muskeln, jeden Augenblick drohend, sich zu entladen, sieht sie ihrer Tochter noch ähnlicher. »Werdet ihr«, Mit jedem Wort verliert ihre Stimme an Stärke, »auf die beiden aufpassen?«

Meine Finger um Donnas Zügel verkrampfen sich.

»W-Werden w-wir«, antwortet Noire an meiner Stelle.

Ich schlucke schwer. »Danke«, wispere ich. »Für deine Hilfe und dafür, dass du uns aufgenommen hast.«

»Das war selbstverständlich«, erwidert sie, wendet sich von uns ab und sieht sich um. Ihre Augen bleiben an Beatrice haften, die sich von Ilias verabschiedet. Cania strafft die Schultern, tastet nach dem Ring mit rotorangenem Stein an ihrer Hand und nähert sich ihrem Sohn. Bei ihm angekommen, greift sie nach Gideons Hand. Er zieht seine weg, nimmt die Zügel seines Braunen und weicht dem Blick seiner Mutter aus.

Cania presst die Lippen zusammen. »Pass auf dich und deine Schwester auf.«

»Wir reiten nicht ins Sommerkönigreich.« Gideons Augen weiten sich,

er wird blass um die Nase und wendet sich seiner Mutter zu, ohne ihr in die Augen zu sehen. »Andernfalls hättest du uns verboten, mitzukommen.«

Cania hält seinen Blick fest, was Antwort genug zu sein scheint. »Aber wer weiß, was dort draußen lauert.«

Gideon beißt sich auf die Unterlippe. »Beatrice lässt mich nicht auf sie aufpassen.«

»Versuch es.« Cania wendet sich von ihm ab, um zu ihrer Tochter zu gehen und diese in die Arme zu schließen. Um die Prellung an deren Hand hat sie sich gekümmert, ein gräulich weißer Verband verbirgt sie. Beatrice lehnt sich in die Umarmung, Canias Augen schimmern feucht und die beiden halten einander fest, als würden sie andernfalls den Boden unter den Füßen verlieren.

Ilias lässt Nuria erst los, als Erika ihm sagt, dass auch sie sich von ihr verabschieden möchte. Ich weiß, dass Nuria und Erika sich küssen, dennoch schaue ich diesmal nicht hin, starre Donnas Hals an und blicke erst auf, als Nuria Beatrice' Namen sagt.

Das bringt Beatrice dazu, Cania loszulassen und auf dem Rücken ihres Wallachs aufzusitzen.

Nuria blickt in die Runde. »Das wird kein Spaziergang.«

Donna ist so froh darüber, laufen zu dürfen, dass sie beinahe Nurias Schimmelstute überholt. Ich kann sie gerade noch zurückhalten, um sie zu einem zügigen Trab zu verlangsamen. Beatrice und Gideon bilden die Nachhut.

Ich atme tief ein, klare Waldluft füllt meine Lungen. Die Mittagssonne steht hoch am roten Himmel, die Baumkronen schützen uns vor der sengenden Hitze und Staub, den die Hufe der Pferde aufwirbeln, glitzert im Sonnenlicht, ehe er auf die Erde hinab rieselt. Nachdem wir den Weg vom Lager zu weiteren Feldern verlassen haben, geraten wir auf einen schmalen Pfad. Hier ist es nicht möglich, nebeneinander zu reiten, es sei denn man möchte mit den Baumstämmen Bekanntschaft machen. Der Pfad ist nicht für Reiter oder Fußgänger geebnet, sondern voller großer Steine. Donna ist solches Gelände nicht gewohnt, ich kann nur hoffen, dass sie nicht umknickt. Wohin reiten wir? Diesen Pfad hat seit Jahren kein Mensch und kein großes Tier betreten, Unkraut macht ihn beinahe unkenntlich. Warum sagt uns Nuria nichts? Warum folge ich ihr? Ich kenne diese Frau nicht.

Ich hatte gehofft, im Wald Antworten zu finden, gefunden habe ich weitere

Fragen. Statt zu schrumpfen, ist die Angst vor meiner Magie ins Unermessliche gewachsen. Beim Blinzeln flackert das brennende Pult im Grünbraun des Waldes auf, nicht einmal entschuldigen konnte ich mich. Meine Spur der Zerstörung zieht sich vom Sonnenpalast, über die Felder, bis ins Lager. Wo ich wohl als nächstes zuschlage? Nie mehr, denn ich wende keine Magie mehr an. Passe ich nicht auf, steht der Wald in Flammen. Niemand wäre in der Lage, ein solches Feuer zu löschen.

Die Waldluft schmeckt verbrannt. Wenn ich das Monster in mir einsperre, kann ich meine Schwester nicht retten. Bis dahin muss sie durchhalten. Soleil ist folgsam, sie macht, was Vater und Julius ihr sagen. Ihre Mutter und Penelope beschützen sie. Daran hat mein Verschwinden nichts geändert, zumindest rede ich mir das ein. Sie lässt sich nichts zu Schulden kommen, deshalb tut ihr niemand etwas. Zwar wühlt mich der Gedanke an meine Schwester auf, gleichzeitig macht er mich stärker.

Es muss einen Ausweg geben. Ist ein solcher Ausweg der Grund, wieso wir diesen immer schmaler werdenden Pfad entlang reiten? Obwohl Mittag ist, dringt kaum noch Licht zu uns auf den Waldboden, so eng stehen die Bäume.

Zwischendurch geht es so steil bergab, dass Noire sich an mich klammert und mir die Luft abschnürt. Sie gibt keinen Laut von sich, darum bemüht, ruhig zu atmen. Entweder unsere Flucht hat sie abgehärtet oder sie möchte vor Gideon und Beatrice keine Schwäche zeigen.

Nach einem weiteren kleinen Berg ringe ich nach Luft. Mein Magen gibt ein lautes Knurren von sich. Zunächst denke ich, es wäre wegen des Sauerstoffmangels. Letztlich habe ich Hunger. Kein Wunder, seit dem Frühstück habe ich nichts mehr gegessen. Nuria scheint nicht daran zu denken, eine Pause zu machen, wenngleich wir das Tempo nach einer Weile drosseln. Während die Bäume in einem braungrünen Wirbel an mir vorbei rauschen, schwindet meine Kraft, meine Augen können ihre Ziele kaum mehr fokussieren, die Zügel weichen Drahtseilen. Ich zwinge mich, durchzuhalten, erinnere mich, dass ich von unserer Flucht an Schlimmeres gewöhnt bin. In meinem Inneren bin ich Prinzessin Robin Juliette von Felione, nicht Ruby das Flüchtlingsmädchen, und Prinzessin Robin Juliette von Felione speist dann, wenn sie Hunger hat, nicht dann, wenn andere es für nötig halten, eine Pause einzulegen. Noire scheint es ähnlich zu gehen, ihre Arme umschlingen meinen Rumpf weniger fest und auch Donna atmet schwerer, obwohl sie nicht mehr

schnell traben muss. Als Pferd aus den königlichen Stallungen ist sie einen langen Ritt nicht gewöhnt, ihr Leben lang musste sie schön aussehen und mich über den Reitplatz tragen, mehr nicht. Wir sind uns nicht unähnlich. Wir beide haben unser Leben in einem Gefängnis gelebt. Ich presse meine Beine fester in Donnas schwarzes Fell, treibe sie an, schneller zu traben. Wir müssen unsere königliche Herkunft mit all ihren Allüren ablegen, wenn wir den großen Auftrag meistern wollen.

Zwischen die Bäume hindurch ist es schwer zu erkennen, wie der rote Himmel rosa wird, dann orange und schließlich ins Schwarz der Nacht getaucht wird. Ich sehe Umrisse, kann die Bäume kaum von Nurias Stute vor mir unterscheiden. Mittlerweile bin ich so ausgelaugt, dass mir zwischenzeitlich die Augen zufallen. Einen Unterschied macht es nicht, wenn ohnehin nur die Silhouette des Waldes um mich herum ist. Meine Stirn ist ebenso schweißnass wie Donnas Fell und mein Rücken, an den Noires Körper sich seit Stunden presst. Mein Magen hat aufgehört zu knurren, um einer Leere Platz zu machen, die ich in meinem Leben selten spüren musste. Meine Kehle brennt, ich bin nicht mehr sicher, ob ich sprechen könnte, wenn ich müsste. Wollen wir die ganze Nacht reiten?

Nurias Stute bleibt mitten auf einem der schmalen Pfade stehen. Ich kann Donna gerade durchparieren lassen, ehe sie ins Vorderpferd rennt. Noire stößt einen spitzen Schrei aus, als wir zum Stehen kommen. Mein Griff um die Zügel lockert sich ein wenig. Ganz loslassen kann ich nicht, aus Angst keinen Halt mehr zu haben.

»Wieso halten wir an?«, ruft Beatrice hinter mir. Ich höre den rasselnden Atem aus ihrer Stimme heraus, auch sie ist vom langen Ritt ohne Pause oder Essen erschöpft. Scheinbar hat mich das Prinzessinnenleben nicht so verweichlicht wie ich befürchtet habe.

»Es ist Zeit, unser Nachtlager aufzuschlagen.« Nuria sitzt von ihrer Stute ab, ihre Silhouette bewegt sich um das weiße Tier herum. Ein Licht erhellt den Weg.

Ich erschaudere. Eine Fackel? Hier im Wald? Ich atme aus – es handelt sich um künstlich erzeugtes Licht, eingefangen in einem Glaskasten, den Nuria in der Hand hält. Zum Glück kann Beatrice mein Gesicht nicht sehen.

»Wir sollten jetzt essen und uns anschließend ausruhen«, fährt Nuria fort.

»Wir wollen hier unser Nachtlager aufschlagen?« Beatrice' Stimme klingt näher, sie ist wohl vom Rücken ihres Pferdes abgesessen und zu Nuria und mir herangetreten. »Auf diesem schmalen Pfad?«

»Nein.« Nuria deutet nach links. »Eine kleine Lichtung wird vom Dickicht versteckt.«

»Woher weißt du das?«, fragt Beatrice. »Warst du schon einmal hier?«

»Dass ich von der Lichtung weiß, ist Antwort genug.« Nuria macht eine ausladende Handbewegung. »Noire, Ruby, Gideon, ihr solltet absitzen.«

Unsicher, ob ich ohne Donnas verschwitzten Rücken unter mir stehen kann, sitze ich ab. Waldboden und Himmel tauschen Plätze, die Bäume ziehen als dunkelgrüne Schliere an mir vorbei, ehe sich meine Sicht klärt.

Als der Schwindel nachgelassen hat, helfe ich Noire von Donnas Rücken und Nuria bedeutet uns, ihr durch die Bäume hinweg zu folgen. Das künstliche Licht zeigt uns den Weg wie ein Vogel, der zielsicher zu seinem Nest fliegt.

Noire und ich quetschen uns hinter Nuria und ihrer Stute ins Dickicht. Die Ellenbogen zu den Seiten ausgestreckt, damit sich die Zweige nicht in meinen Körper bohren, gehe ich durchs Gebüsch. Dennoch spüre ich, wie mir warmes Blut die Oberarme an den Stellen hinunter tropft, an denen mich die Zweige entgegen meiner Vorsicht finden. Vom Palast ins Lager ins Gebüsch, wie tief bin ich gesunken?

Eine zitternde Hand legt sich auf meine Schulter. Ich folge dem Lichtkegel, welchen Nurias Laterne auf das Gebüsch wirft, bis sich meine Sicht schließlich bessert, eine neue Art von Licht erhellt die Dunkelheit.

Als ich sicher bin, nicht von spitzen Zweigen überrascht zu werden, blicke ich nach oben. Der silberne Vollmond steht am Himmel, umgeben von Millionen Sternen. Sein Licht taucht den Wald in einen milchigen Glanz, der ihm etwas gespenstisch Schönes gibt. Ich bin so vertieft in die im Mondlicht ertrunkenen Bäume, dass ich über einen Stein stolpere. Noires Hand packt den Stoff meiner Bluse, um mich auf die Beine zu ziehen. Die Versuchung, wieder den Himmel anzustarren, ist groß. Wehmütig richte ich den Blick starr geradeaus, auf den Lichtkegel.

Langsam lichtet sich der Wald um mich herum weiter, bis keine Bäume mehr vor mir zu sehen sind, als wären zur Seite gewichen. Im Mondlicht sehen die Lichtung und die umherstehenden Bäume blauschwarz aus.

Unwillkürlich drehe ich mich um, woraufhin ich denselben Glanz in Beat-

rice' Haaren entdecke. Sie sieht aus wie ein Teil des Waldes. Ihr Haar weht in der warmen Brise und ihre Haut glitzert im Mondlicht. Beatrice ist schön, aber im Mondlicht ist sie atemberaubend.

»Was?«

Ihre Stimme reißt mich aus meinen Gedanken. Ich schlucke. Sie ist schön, sicher, aber gefährlich schön wie der nächtliche Wald, der uns umgibt. »Ich wollte nachsehen, ob ihr hinter uns seid«, antworte ich ein wenig zu schnell.

Beatrice zieht die Augenbrauen hoch. »Lasst uns die Pferde am Rand der Lichtung anbinden«, schlägt sie vor.

Ich atme auf, weil sie keine Rechtfertigung von mir verlangt und rede mir ein, dass ich sie angestarrt habe, weil ich niemanden sonst mit blauschwarzen Haaren kenne. Das macht sie interessant und hat nichts zu bedeuten.

Froh über diese Erkenntnis, kümmere ich mich um Donna, entferne ihren Sattel und ihr Zaumzeug. Anschließend versorge ich sie mit einer großen Portion Getreide und schöpfe ihr Wasser aus einem kleinen Bach neben der Lichtung. »Entschuldigung, dass du dich nicht frei bewegen darfst«, flüstere ich anschließend, sie an einem Baum anzubinden, fühlt sich falsch an. Donnas Fell hat einen bläulichen Schimmer und in ihren dunklen Augen spiegeln sich die Sterne. »Aber du hast Gras, das du fressen kannst.« Ich streichle ihr Fell, lehne meinen Kopf an ihren Hals und atme ihren Geruch ein, der sich wie eine warme Decke um meine Schultern legt.

»Bist du fertig?«, ruft Beatrice. »Wir müssen unsere Zelte aufbauen.«

Noch einmal presse ich mein Gesicht an Donnas Hals, dann verabschiede ich mich von ihr und eile zu den anderen. »Wie kann ich helfen?«

»Lass mich raten.«, Beatrice verschränkt die Arme vor der Brust. »Du hast noch nie ein Zelt aufgebaut.«

Ich betrachte meine Stiefelspitzen, um nicht ihre Haare anzustarren. »Woher willst du das wissen?«

»Soll das ein Ja sein?« Sie hält mir eine große Plane und metallene Nägel entgegen. »Viel Erfolg.«

Ich breite das, was einmal das Zelt werden soll, vor mir auf der Lichtung aus. Wohin müssen die Nägel? Wo ist der Eingang? Wie soll aus diesem Fetzen etwas werden, worin Noire und ich schlafen sollen? Ich raufe mir die Haare. Rote Strähnen bleiben an meinen Nägeln hängen und flattern mit der Nachtbrise davon. Noire hockt sich neben mich und betrachtet die Bauteile

für unser Zelt mit zusammengekniffenem Auge.

Bevor wir uns weiter den Kopf zerbrechen müssen oder ich meinen Stolz einbüße und Beatrice aufsuche, kommt uns Nuria zur Hilfe. Nach wenigen Handgriffen ist das Zelt aufgebaut.

»Möchtet ihr etwas essen oder lieber schlafen?«, fragt Nuria in die Runde, nachdem wir unseren Schlafplatz errichtet haben.

Mein knurrender Magen beantwortet die Frage und meine Kehle beginnt augenblicklich zu brennen. »Nahrung wäre gut.«

Wenig später sitzen wir vor den beiden Zelten, eine Schale mit Nüssen vor uns und Brot in den Händen. Mein Magen ist ein bodenloses Loch. Tapfer zügle ich meinen Appetit. Nichts Auffälliges tun, damit jemand falsche Schlüsse ziehen könnte, deshalb kaue ich das Brot langsam, sauge jeden Krümel in mich auf und konzentriere mich vollkommen auf den Geschmack des Getreides. Nach der kurzen Zeit im Lager habe ich mich nicht an trockenes Brot gewöhnt, aber für meinen ausgehungerten Körper schmeckt es in diesem Moment süß wie Honig.

»Falls ihr frisches Fleisch haben möchtet, könntet ihr morgen früh jagen gehen«, schlägt Nuria an Gideon gewandt vor.

»Ohne Unterstützung wird eine Jagd mühsam«, entgegnet er, den Blick auf seine Hände gerichtet.

Sie runzelt die Stirn. »Ich dachte, du hättest Noire zur Jagd mitgenommen.«

»Noire ist ein hoffnungsloser Fall.« Gideon fährt sich durch die Haare. »Sie hätte nicht mitkommen sollen. Eine junge Frau, die von ihren Ängsten beherrscht wird, nicht reiten kann und vor dem Schuss zögern könnte, wenn sie ihre Waffe einsetzen soll, hat auf einem großen Auftrag nichts verloren.«

Funken lodern in meiner Brust zu einer Stichflamme auf. Drohen, einen Feuersturm über Gideon zu entfachen. Ich ersticke sie im Keim. Drei Monde lang auf engem Raum können wir uns einen Streit nicht leisten, wenn wir zusammenarbeiten müssen.

»Ich bin mitgekommen, weil ich meine beste Freundin für nichts auf der Welt allein lasse.« Noires Stimme ist schneidend wie eine Windböe auf einer freien Lichtung, ohne schützende Bäume. »Darauf, mit dir jagen zu gehen, verzichte ich gerne.«

»Wenn es unbedingt sein muss, gehe ich mit Gideon jagen«, mischt sich

Beatrice ein. Sie zwirbelt eine blauschwarze, Sternenlicht brechende Haarsträhne um den Zeigefinger. Der Anblick löst in meinem jetzt gefüllten Magen Schwindel aus. »Um zum wichtigen Thema zu kommen, wohin sind wir unterwegs, Nuria?«

Eine Frage, die ich aus ihrem Mund in abgewandelter Form während unseres Abendessens so oft hören muss, dass mir der Kopf schwirrt. Antworten bekommt Beatrice nicht. Schließlich springt sie wie vom Blitz getroffen auf, sieht Nuria mit zusammengekniffenen Augen an und zieht sich zu ihrem Wallach zurück.

Kurz nachdem seine Schwester fort ist, sieht Gideon nach ihr und verschwindet anschließend ins Zelt, das er sich mit ihr teilt.

Ehe ich mich ebenfalls schlafen legen kann, fragt Nuria: »Noire, kann ich mit Ruby allein sprechen?«

Noire zieht das Auge zusammen, mustert Nuria eindringlich, dann nickt sie. »S-Sicher.« Ihr Auge schweift von Nuria zu mir. »Kommst du klar?« Ich nicke, woraufhin Noire meine Hand vorsichtig drückt und schließlich in unserem gemeinsamen Zelt verschwindet.

Ich fahre mir durchs Haar, um meinen zitternden Händen etwas zu tun zu geben. »Worüber möchtest du mit mir sprechen?«

Statt mir eine Antwort zu geben, nimmt Nuria einen auf der Lichtung liegenden, handgroßen Stein und hält ihn ins Mondlicht. »Was passiert, wenn du den Stein in die Luft wirfst?«

Meine Stirn zieht sich zusammen. »Er fällt zu Boden.«

»Nicht, wenn ich das nicht möchte«, entgegnet Nuria und reicht mir den Stein. »Probiere es aus.«

Mit klammen Fingern nehme ich den Stein entgegen, er wird feucht in meiner Hand, als hätte ich ihn aus einem See geholt. Nurias zuvor gesprochene Worte hallen wie warnende Glockenschläge durch meinen Kopf, dennoch werfe ich den Stein in die Luft. Reglos verharrt er dort, wie auf festem Boden. Klirrend kalte Schauder laufen meinen Rücken hinab, ich starre den schwebenden Stein an wie zuvor Beatrice' Haare.

»Wie ich sehe, hat Erika dir nicht verraten, dass ich eine Herbstmagierin bin«, murmelt Nuria. »Möchtest du, dass der Stein langsam zu Boden sinkt?«

Ich zucke die Schultern. Wie ein Blatt im Wind, sinkt er zu Boden und

bleibt sanft auf der Lichtung liegen, als wiege er nichts.

»Das könntest du mit deiner Magie nicht tun, nur Herbstmagier können Gase in der Luft und ihre Beschaffenheit als Quelle nutzen«, meint Nuria. »Um den Stein zu bewegen, habe ich ein Kissen aus Nachtluft unter ihm geschaffen, ohne uns dabei die Atemluft zu rauben. Es ist nicht unmöglich, die eigene Magie unter Kontrolle zu halten.« Sie wendet mir ihren Oberkörper zu. »Ich erwarte nicht von dir, dass du mich als Mentorin akzeptierst, vor allem, weil wir nicht dieselbe Magie teilen, aber bitte denk darüber nach, dass ich dich unterstützen kann, bis du eine Sommermagierin an deiner Seite hast.« Ich öffne den Mund. Nuria legt sogleich einen Finger an ihre eigenen Lippen. »Geh schlafen und denk darüber nach, was du bewirken könntest, wenn du deine Magie wie einen Freund empfängst, statt sie wie einen Feind zu bekämpfen.«

Vierzehn - Asche eines Königreichs

Während der vergehenden Monde gewöhnt sich die Gruppe an den Nahrungsentzug. Ich werde langsamer müde, Donna schwitzt weniger und niemand beschwert sich über das täglich fehlende Mittagessen. Meine Muskeln fangen nach den Tagen zu Pferd kein Feuer mehr, sondern tun auf dumpfe Weise weh wie überspannte Seile. Dafür sehnt sich mein verschwitzter Körper nach einem richtigen Bad. Im Wald müssen wir mit den schmalen Flussläufen und kleinen Teichen Vorlieb nehmen. Ich weiß, dass kein Schmutzfilm meinen Körper überzieht, dennoch bilde ich mir ein, der natürliche goldene Schimmer meiner Haut würde verblassen. Meine Haare danken mir die fehlende Hygiene nicht, die Locken werden widerspenstiger, meine Finger bleiben inmitten der roten Strähnen hängen, wenn ich hindurchfahre. Sehe ich Noires feine Strähnen oder Beatrice' volumenreiches glattes Haar, nach Wochen im Wald ohne sichtbare Knoten, blicke ich drein wie bei meiner ersten Bekanntschaft mit einer Hose.

Meine Albträume sind rar, die körperliche Anspannung lässt mich oft in tiefen traumlosen Schlaf fallen. Wenn sie über mich hereinbrechen, zeigen sie meine Magie in ihrer zerstörerischen Pracht. Das Lager steht in Flammen, Soleil und Noire zerfallen zu Asche, sobald ich meine Fingerspitzen nach ihnen ausstrecke. Berührungen gleich lähmendem Gift auf meiner Haut. Lucius' schwarze Augen, Knochen, die von ihm übrig sind. Mein Spiegelbild – oder meine Mutter – lichterloh brennend. Schrecke ich auf und verscheuche die Zerrbilder, muss Noire mich lange beruhigen bis ich mich traue, weiterzuschlafen. Damit Nuria, Beatrice und Gideon nichts von meinen Albträumen erfahren, bauen Noire und ich unser Zelt abseits der zwei anderen auf.

Da wir die täglichen Sonnenstunden auf den Rücken unserer Pferde verbringen, müssen wir glücklicherweise nicht mehr als nötig miteinander reden. Denn dunkle Wolken sind über uns aufgezogen, einen Sonnenstrahl lassen sie nicht hindurch.

Beatrice spricht kaum. Das einzige Lebewesen, dem sie nicht die kalte Schulter zeigt, ist ihr Wallach. Dass er Beatrice liebt, ist nicht zu übersehen. Er folgt ihr kommandolos, wiehert, wenn sie auf ihn zukommt und spitzt bei ihren Worten die Ohren. Im Gegenzug wird Beatrice' Mimik entspannter, wenn sie bei ihm ist, manchmal lächelt sie sogar. Wenn sie denkt niemand schaut hin, lehnt sie ihren Kopf an seinen Hals wie ich es bei Donna mache, wenn es mir schlecht geht. Jedes Mal zieht sich bei diesem Anblick mein Magen zusammen.

Gideon hat aus sicherer Entfernung ein Auge auf Beatrice, wenn sie sich zurückzieht. Er geht in der Morgendämmerung jagen, widerwillig begleitet ihn seine Schwester, wenn er sie darum bittet. Mit dem toten Kaninchen in meinen Gedanken, lehne ich jedes Stück Fleisch, das Gideon und Beatrice mitbringen, dankend ab.

Nuria drängt Gideon kein zweites Mal, Noire auf die Jagd mitzunehmen. Darüber ist diese mehr als froh, wie sie mir erzählt hat, weil endlich niemand mehr von ihr verlangt, einem Lebewesen Leid zuzufügen. Sie hofft, wenn wir zurück im Lager sind eine andere Aufgabe zu bekommen. Zum Beispiel Kindern Bogenschießen beibringen. Vorausgesetzt, wir bleiben nach unserer Rückkehr dort – von einem Plan, wie es weitergeht, fehlt uns jegliche Skizze.

Noire und ich versuchen, uns während der Rasten so nützlich wie möglich zu machen. Seit uns das Brot ausgegangen ist, ist es unsere Aufgabe, Früchte und Nüsse zu sammeln. Mit einer Liste essbarer Pflanzen von Nuria in der Hand pflücken wir handgroße violette Beeren, Kaktusfeigen in Farben, die ich nie zuvor in der Natur gesehen habe, Zitrusfrüchten, Datteln und Nüsse.

Anders als am Standort des Lagers ist die Vegetation im Wald bunter, nicht mehr von Grün und Braun beherrscht. Bunte Blumen reichen als Gestrüpp bis zu Donnas Bauch. An den Ästen hängen Früchte in satten Farbtönen, die an Sonnenuntergänge erinnern. Farne statt Nadelbäumen versperren uns den Weg. In Felione gibt es kaum Fauna, hier werden wir von Vogelgezwitscher begleitet. Säugetiere halten sich von uns fern, weil ihnen die Pferde Angst machen, sagt Nuria. Lediglich ihre Rufe und Schreie vernehmen wir, wenn wir im Galopp in ihren Lebensraum eindringen. In der Nacht erhellen bläulich schimmernde Schmetterlinge die Dunkelheit zusätzlich zum Sternenzelt.

Das macht die Nacht nicht zu meiner liebsten Zeit. Nuria zeigt mir, sobald das Abendessen gegessen ist, was sie mit ihrer Herbstmagie bewirken kann. Gegenstände schweben lassen, Wind entfachen oder die Geräusche des Waldes in unsere Nähe tragen. Nicht, dass ich mich davon täuschen oder beeindrucken ließe. Ich wünschte, sie ließe mich in Ruhe, denn ich möchte mit Magie nichts zu tun haben.

Der Wald lichtet sich wie ein Vorhang, der vor Beginn eines Schauspiels mit einer Kurbel nach oben gezogen wird. Der Pfad wird breiter. Wenn ich wollte, könnte ich Donna neben Nurias Stute treiben. Ohne schützende Baumkronen bricht sengende Hitze über uns herein, als hätte sie lauernd auf den perfekten Moment zum Angriff gewartet. Ein Blick nach oben zeigt mir den roten Himmel mit seinem grellen, rubinroten Auge, dessen Stand mich vermuten lässt, dass wir Mittagszeit haben. Hitze schnellt durch die Baumkronen, je weiter ich nach vorn schauen möchte, desto mehr flimmert sie auf dem Pfad. Mit jedem von Donnas Schritten drückt mich schwere Luft tiefer in den Sattel, Schweißperlen sammeln sich auf meiner Stirn, mein Haar klebt mir an den Wangen. Noch sehe ich vor mir nichts als Braun und Grün, dennoch weiß ich, dass wir uns dem Waldrand nähern.

Aus dem Augenwinkel schiebt sich etwas Goldenes wie eine über dem Wald liegende Decke aus gleißenden Flammen in mein Sichtfeld. Ich wende mich von Nuria auf ihrer Schimmelstute und dem sich lichtenden Wald ab. Beatrice hat ihren Palomino mit Sicherheitsabstand neben Donna gelenkt. Die Rappstute wiehert leise, was der Wallach erwidert.

Als Beatrice meinen Blick bemerkt, rollt sie die Schultern nach hinten, richtet sich im Sattel auf und sieht mir direkt in die Augen. Inmitten des Grüns glitzert etwas, das ich nicht deuten kann, wie Schatten über einem Teich im Wald. »Ich wollte nachsehen, ob es stimmt.« Es ist das erste Mal seit Wochen, dass sie mit mir spricht. »Ob sich der Wald lichtet.«

»Vor uns siehst du die Antwort.« Ich deute auf die Bäume, deren Anzahl schrumpft so weit mein Sichtfeld reicht.

Beatrice' Stirn legt sich in Falten. »Wieso sind wir bis zum Waldrand geritten und wo auf dem Kontinent sind wir?«

»Nuria hat mir genau so viel darüber verraten wie dir«, erwidere ich. »Wo wir sind, weiß ich nicht, zumal sich jenseits des Waldes nur Ruinen befinden

176

sollen.«

»Dasselbe hat mir Mutter beigebracht.« Sie zieht die Nase kraus. »Was könnte so besonders sein, dass –« Ihren Satz spricht sie nicht zu Ende, ihre Augen weiten sich und ihre Finger um die Zügel ihres Wallachs verkrampfen sich.

Wir sind zu sehr in unsere Unterhaltung vertieft gewesen. Wir sind nicht mehr im Wald. Der Ort dahinter ist ein Abbild meiner Albträume. Nuria pariert ihre Stute nahe dem Waldrand durch. Wie in Trance tun Beatrice und ich es ihr gleich, Gideon schließt mit seinem Braunen, der neben Beatrice' Palomino stehen bleibt, zu uns auf.

Asche verdeckt die Sonne hinter einem dichten Vorhang. Das Feuer, welches hier gewütet hat, ist so zerstörerisch gewesen, dass seine Spuren unauslöschlich sind. Weit am Horizont erkenne ich zwischen all der grauen Asche einen großen Streifen Rot, wie eine Ansammlung des Blutes, das aus den Wunden dieses Ortes austritt. Daraus sticht etwas Weißes hervor, das von der Sonne mit einem silbernen Glanz geschmückt wird. Dahinter ist ein dunkleres, bedrohlicheres Rot, das ich nicht zuordnen kann, wie ein Spiegel des Himmels über uns.

Zu beiden Seiten erstrecken sich Trümmer, so weit das Auge reicht. Steine, die einst weiß waren und nun von Asche befleckt sind, Häuser, die man kaum mehr erahnen kann. Vereinzelte Gebäude scheinen auf diesem Schlachtfeld ganz geblieben zu sein, doch sie sind krumm und schief, als hätte sie jemand schnellstmöglich wieder aufgebaut. Die Fenster der einzeln zwischen den Trümmern stehenden Häuser sind tote dunkle Augen. Zwischen dem Schutt sind vereinzelte Überreste von Möbelstücken zu erkennen. Was für Überreste sonst dort verborgen sind, möchte ich mir nicht vorstellen. Umgefallene Bäume, große Äste und mehr Schutt zieren das, was man als Wege bezeichnen könnte, hätte die Zeit sie nicht mit braunem Gras überwuchert. In der Ferne kann ich einen zertrümmerten Turm erkennen, der auf den Weg gestürzt ist. Egal wohin ich blicke, alles, vom Waldrand an, ist ein Feld der puren Zerstörung.

Noire findet ihre Sprache als erste wieder. »W-Was i-ist das?« In dieser Situation hätte jeder gestottert. »W-Wo sind w-wir?«

Nuria sitzt von ihrer Stute ab, dann blickt sie in unsere blassen Gesichter. »Man nannte diesen Ort einst das Winterkönigreich.«

Eins der gefallenen Königreiche. Ich dachte nicht, dass von ihnen etwas übrig ist. Nun merke ich, wie dumm dieser Irrglaube war, denn ein gesamtes Königreich kann sich nicht in Luft auflösen, selbst durch Magie nicht. Der Kloß in meinem Hals brennt wie Feuer, als ich ihn herunterwürge. Ich bin auch zu einer solchen Zerstörung fähig. All die Asche, das müssen Sommermagier gewesen sein.

Noires Weinen dringt von hinten an mein Ohr, ein leises gleichmäßiges Geräusch. Zusammen mit dem Bild der Trümmer, bricht es mein Herz endgültig entzwei.

»W-Womit h-hatten die M-Menschen, d-die h-hier lebten, das verdient?« Noire hat ihr Gesicht in meine Bluse gepresst, weshalb ich zunächst nicht sicher bin, ob die anderen ihre Frage hören.

Schließlich antwortet Gideon: »Nicht jeder bekommt das, was er verdient. Diesen Menschen wurde Unrecht getan. Doch es gibt zu viel Unrecht, als dass wir um diese Trümmer trauern müssten.« Er hält die Zügel seines Braunen so fest umklammert, dass seine Knöchel eine blauviolette Farbe annehmen.

»D-Da s-sind M-Millionen Menschen g-gestorben«, protestiert Noire. »E-Einfach so.«

»Jeden Tag sterben Menschen einfach so.« Gideons Blick ist starr geradeaus gerichtet, als könnte er auf diese Weise über das zerstörte Winterkönigreich hinwegsehen. »An Hunger. Im Kampf. An Altersschwäche. An Krankheiten. Die Welt ist nicht gerecht, Noire.«

»Ich –« Sie stockt. »Ich k-kann n-nicht glauben, dass Menschen w-wie wir dazu in der L-Lage waren.«

»Menschen sind zu allem fähig«, Gideons Stimme gleicht einem bedrohlichen Knurren, »vor allem zu solchen Missetaten.«

»A-Aber es steckt d-doch in jedem etwas G-Gutes?«

»Du kannst dein Leben von mir aus damit verbringen, das zu glauben. Bleib naiv.« Er lässt die Zügel los und verschränkt die Arme vor der Brust. »Am Ende bekommt niemand das, was er verdient. Die junge Frau mit dem einen Auge sollte das wissen.«

Darauf hat Noire ein ersticktes Schluchzen als Antwort. Ihre Tränen tränken den Stoff meiner schweißnassen Bluse. Flüssigkeit läuft meinen Körper hinab, doch ich kann meine beste Freundin nicht von mir stoßen, wenn sie jeden Halt braucht, den sie bekommen kann. Das Leid anderer mitansehen, egal ob

Mensch oder Tier, Magier oder gewöhnlicher Bauer, Adliger oder in Armut lebender Händler, ist für meine beste Freundin unerträglich.

Beatrice wirft ihrem Bruder einen missbilligenden Blick zu. »Das war herzlos, selbst für deine Verhältnisse.«

»Die Wahrheit ist herzlos.« Seine Gesichtszüge sind starr wie die einer Marmorstatue. »Wenn Noire das nicht einsieht, soll sie meinetwegen Rubys Bluse nass weinen. Ändern wird es nichts. Das Winterkönigreich ist untergegangen.«

Seit ich die Trümmer erblickt habe, brodelt der Vulkan in meinem Inneren. Jetzt bricht er aus. »Magier haben das getan«, presse ich zwischen zusammengebissenen Zähnen hervor. »Falls jemand einen Beweis braucht, wie gefährlich Magie ist, hier ist er.« Ich blicke zu Nuria hinab. »Meine Antwort lautet nein. Ich möchte nichts über Magie wissen. Meine Magie ist dort, wo sie ist«, Ich löse eine Hand von Donnas Zügeln und schließe sie als Faust um meinen Rubinanhänger, »gut aufgehoben.«

»Ich weiß, warum du das denkst.« Nurias sanfter Tonfall verstärkt das Brodeln in meiner Brust. »Ich verstehe deinen Ärger. Schließlich glaubst du, Magier seien für diese Zerstörung verantwortlich.«

Ich kneife die Augen zusammen. »Ich glaube das nicht, es ist so. Das lernt jedes Kind von klein auf.«

»Sie hat recht«, wirft Beatrice ein, ohne Nuria oder mich anzusehen. »Magie bedeutet Macht, sicher. Doch wenn diese Art von Macht in den falschen Händen zu Zerstörung in diesem Ausmaß führt, ist es besser, keine Magie anzuwenden.«

Ihre Worte reißen Donnas Sattel unter mir fort, ich starre sie mit offenem Mund an. Erst verteidigt sie Noire und jetzt mich?

»Liegt die Betonung auf *in den falschen Händen*, gebe ich dir recht«, meint Nuria. »Dies ist das Werk von Macht, nicht von Magie, in den falschen Händen. Magie hat ihren Teil dazu beigetragen, ja, und doch ist sie nur das Fundament des Turms, nicht seine Spitze.«

Ich kneife die Augen zusammen. »Was?«

Nuria deutet uns an, abzusitzen. »Die Antworten auf eure Fragen warten in Nivret.« Sie zeigt in Richtung des Horizonts. »Für heute machen wir Rast.«

Ich atme aus, wenigstens muss ich vorerst nicht tiefer in die Trümmer des Winterkönigreichs hinein. Die Bestürzung und der Unglaube, dass ein

gesamtes Königreich in Schutt und Asche liegt, ist mit etwas Anderem vermischt. Mein altes Leben war kein Zuckerschlecken, doch es war voller Prunk, großen Gemächern, schönen Kleidern, Mahlzeiten, die ich essen konnte, wann immer ich wollte. Als Prinzessin kann man sich prinzipiell alles erlauben und bekommt alles. Falls es im Winterkönigreich Überlebende gegeben hat, ist ihnen nichts geblieben. Nicht einmal der Königsfamilie, die, wenn ich meinen Geschichtslektionen glaube, beim Angriff der Magier als erste den Tod gefunden hat. Einerseits ist es nicht auszudenken, wenn das Sommerkönigreich vor den Augen seiner Untertanen in Trümmer und Asche zerfallen würde. Andererseits, wenn Noire und ich jemals einen Plan schmieden, es mit Vater und Julius aufzunehmen, welchen Preis müssten die Einwohner des Sommerkönigreichs zahlen? Ich atme durch und huste leise, als ich Asche in der Luft schmecke. Bin ich bereit, einen solchen Preis, geschrieben in roter Tinte, zu bezahlen, um mich zu rächen? Ist es Rache wert, das Leben meiner Untertanen aufs Spiel zu setzen, wenn der eigentliche, nicht menschliche Feind uns unbesiegbar mit seinem roten Antlitz zuschaut, während wir uns bekriegen?

Während unserer Rast überträgt sich die das Winterkönigreich einhüllende Grabesstille auf unsere Gruppe. In stummem Einverständnis bauen wir die Zelte auf, etwas essen möchte niemand.

Noire und ich sitzen vor unserem Zelteingang. Sie ist nach wenigen Atemzügen, erschöpft vom Weinen, mit dem Kopf auf meiner Schulter eingeschlafen. Von Albträumen geplagt zuckt sie zusammen. Sanft drücke ich sie an mich, streiche ihr durchs Haar und leiste ihr stillen Beistand in Kämpfen, an denen ich nicht teilhaben kann.

Meine Aufmerksamkeit gilt den Trümmern. Ich könnte zurückschauen, den Wald anstarren, doch die Schaulust, wie bei den öffentlichen Hinrichtungen im Sommerkönigreich, überwiegt. Diese Bilder zeichnen ein Gemälde in meinem Kopf, dass ich niemals abnehmen kann. Neue Albträume warten inmitten der seelenlosen Ruinen des Winterkönigreichs auf mich. Asche aufwirbelnder Wind flüstert mir zu, in der Nacht werden mich meine Albträume holen kommen, um mich ins Gewand der Zerstörerin von vier Königreichen zu kleiden.

Tief durchatmend wende ich den Blick ab, Noire fest im Arm, und betrachte

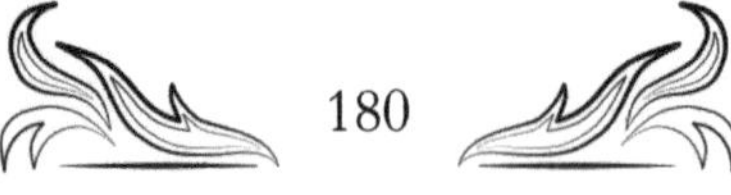

unsere kleine Gruppe.

Gideon ist der einzige, dessen Angst größer als die Schaulust ist. Beim Aufbau der Zelten hat er nicht geholfen, sondern den angespannten Körper Richtung Wald gedreht und sein Schwert mit einem spitzen Stein geschärft, wobei seine Hände gezittert haben wie Baumkronen im Wind. Irgendwann hat er die Handvoll Dolche, die wir eingepackt haben, aus den Satteltaschen geholt. Den Baum, den er sich als Zielscheibe ausgesucht hat, verfehlt er jedes Mal. Würde ich nicht sehen, wie es ihm geht, hätte ich ihn längst daran erinnert, dass er eine kleine Schwester hat, für die er verantwortlich ist.

Denn Beatrice sieht ihren Bruder mit feucht schimmernden Augen und vorgeschobener Unterlippe an, auf dieselbe Art wie Noire mich, bevor die Erschöpfung sie überwältigt hat. Mit der rechten Hand umklammert sie die silberne Spitze ihres Speers. Dass Blut ihre Hand hinab rinnt, wie die Tränen, welche sie nicht zu weinen wagt, bemerkt sie nicht. Als spüre sie, dass ich sie ansehe, geht ein Ruck durch ihren Körper und sie fängt meinen Blick auf. Ihre Augen sind von denselben aus Dunkelheit geborenen Erinnerungen heimgesucht wie die Trümmer.

Bevor ich überlegen kann, ob ich etwas zu ihr sagen soll, wendet sich Beatrice ab, legt den Speer weg, zieht ihre Beine an den Körper und schlingt ihre Arme um die Knie. Eine Umarmung, die ihr Gideon geben sollte. Ihr Anblick, ein Mädchen aus Glas hinter einer Maske, die eine Kriegerin aus Stahl zeigt, füllt meine Kehle mit Asche.

Nuria setzt sich neben sie.

Diesmal ist Beatrice' Frage, wieso wir hier sind, ein kraftloser Hauch, keine wütende Forderung.

Nuria legt ihr eine Hand auf die Schulter. »Du bist hier, weil ich weiß, dass in dir das Potential einer Anführerin schlummert. Dieser Auftrag wird dich dahingehend formen. Es geht nicht nur um Ruby, wie du fälschlicherweise denkst. Sie ist der Auslöser für unseren Auftrag, aber das macht dich bei allem, was danach kommen wird, nicht weniger wichtig.« Ihre Mundwinkel zucken nach oben. »Geduld ist auch eine Fähigkeit, die eine Anführerin haben sollte. Morgen wirst du mehr verstehen. Ruby hatte recht, du musst alles aus erster Hand erfahren.«

Zum ersten Mal während unseres Ritts nimmt Beatrice eine Antwort, die weitere Fragen aufwirft, seufzend hin.

Fünfzehn - Zeilen der Wahrheit

Unsere Herzen sind erschüttert, dennoch dankt mir mein Körper die Rast, als ich mich vor Noire in Donnas Sattel schwinge. Wir werden alles verstehen, hat Nuria gesagt und, dass wir in Nivret Antworten finden.

Sagte Nuria nicht, wir wären wegen mir an diesem Ort? Was habe ich mit dessen Zerstörung zu tun? Der Fall der Königreiche ist hunderte von Jahren her, damals war ich nicht auf der Welt, ich kenne bloß die Geschichten, welche man mir von Kindesbeinen an erzählt hat. Jene Geschichten haben mich gelehrt, Magier zu hassen, mich selbst eingeschlossen.

Aufgrund der herumliegenden Trümmer müssen wir weiterhin hintereinander reiten und kommen schleppend voran, als wollten die Schatten des Winterkönigreichs uns an der Schaulust hindern. Schleichend nähern wir uns dem unergründlichen Rot, wie frisches Blut. Leichter Wind spielt mit meinen Haaren und weht sie mir ins Gesicht. Ich atme die heran gewehte Luft ein und schmecke Salz auf der Zunge.

Ich durchbreche die eiserne Stille, um Nuria zu fragen, ob die blutrote Weite vor uns das Eismeer ist. Sie bejaht und der Vulkan in meinem Inneren wird vom Ozeanwasser ausgelöscht. Nie habe ich das Eismeer mit eigenen Augen erblickt. Nur aus Geschichten kenne ich den schier unendlichen Ozean, der eine natürliche Grenze um unseren Kontinent bildet. Meine Haut prickelt. Was auch passiert, diese Reise ist es wert, wenn ich den Ozean aus nächster Nähe betrachten darf.

Je näher wir den Ruinen Nivrets kommen, desto stärker werden die Brise und der Salzgeruch. Beatrice gibt stetig genervte Laute von sich, wenn der Wind mit ihren Haaren spielt und ihr die Sicht nimmt. Ich bin, obwohl es mir ähnlich geht und ich kaum etwas sehe, froh über kühlere Luft, welche die erdrückende Hitze durchbricht.

Zunächst habe ich gehofft, Nivret sei nicht so zerstört wie die Stadt, an der wir vorbeigeritten sind. Doch die Hauptstadt des Winterkönigreichs hat es schlimmer getroffen. Von den meisten Häusern ist ein riesiger Haufen Asche übrig. Überwuchert von gräulichen Ranken, mehr kann nicht aus dem mit Narben gleichenden Rissen durchzogenen Boden wachsen. Mit der Brise haften sich Ascheflocken an mich, beschmutzen meine Kleidung und verstopfen meine Kehle. Mir wäre die Luft ohnehin weggeblieben.

Mittlerweile kann ich den Ozean klar und deutlich in all seiner Pracht erkennen. Schaumkronen glitzern auf den Wellen und egal, wohin ich blicke, am Horizont ist nichts als Rot. Ich versuche, mich auf diesen Anblick zu konzentrieren und die Trümmer zu vergessen so gut es geht.

Noires Weinen schneidet sich durch mein Trugbild, kaum haben wir Nivret betreten, sind die ersten Tränen geflossen. Dieser Ritt muss eine Tortur für ihr weiches Herz sein.

Unweit des Eismeers, an einem riesigen See, lassen wir die Pferde durchparieren. Zuerst dachte ich, der See gehöre zum Ozean, dabei mündet er nicht darin. Weiße Steinklippen trennen uns wie eine Mauer vom Horizont. Was ich fürs Eismeer hielt, ist ein Abklatsch von ihm, ein Spiegelbild, das dem Original nicht nahekommt. Dennoch erscheint mir der See von nahem unumrundbar. Er erstreckt sich so weit das Auge reicht und mein Wunsch, das Eismeer zu erreichen, stirbt mit dieser Erkenntnis. Es gibt im Winterkönigreich keine Seen, nie habe ich sie auf einer alten Landkarte gesehen.

Was ist das dort hinten? Ich kneife die Augen zusammen. Bei unserer Ankunft im Winterkönigreich habe ich etwas Graues gesehen, das aus der roten Weite herausragt. Es ist ein Turm, der aufrecht im See steht und im Sonnenlicht glänzt wie silberne Kristalle.

Am Ufer des Sees, nicht weit von uns, stehen vereinzelte Holzhütten, die unversehrt sind und somit sicher nach dem Fall des Winterkönigreichs gebaut wurden. Mein Magen zieht sich zusammen. Es lebt jemand hier, inmitten von Schutt.

»Was ist das für ein See?«

Erst als Nuria antwortet, wird mir bewusst, dass ich laut gedacht habe. »Das ist Nivret.«

Ich ziehe an Donnas Zügeln, ehe ich mich zurückhalten kann, woraufhin

die Stute den Kopf hochreißt und schnaubt. »Was?«, presse ich hervor.

»Das, wodurch wir geritten sind, waren angrenzende Dörfer.« Nuria schluckt. »Als das Winterkönigreich fiel, versank seine Hauptstadt in diesem See.«

»Die Turmspitze, ist das –«

»Ja«, antwortet Nuria, »das ist alles, was man vom Schneepalast erahnen kann.«

»Die Einwohner v-von Nivret, w-waren s-sie hier als –«

Nuria senkt den Kopf. »Ob alle ertranken, weiß niemand.«

Noire presst ihr Gesicht zum wiederholten Mal in meine Bluse und lässt ihren Tränen freien Lauf.

»Woher weißt du das, Nuria?«, fragt Beatrice.

»Mein Großvater, der ehemalige Anführer des Lagers, brachte mich hierher, zu den Archiven. Ihr Zutritt steht, außer in Sonderfällen, Unbefugten nicht zu und das dort aufbewahrte Wissen ist gefährlich«, antwortet Nuria. »Dort werden wir die Antworten auf die Fragen finden, welche ihr euch stellt.«

»Dann lasst uns keine Zeit verlieren.« Beatrice richtet sich im Sattel auf und treibt ihren Palomino an, weiterzugehen. »Wo befinden sich diese Archive?«

Nuria zeigt auf eine der Hütten am Seeufer.

Ihre Pupillen springen hin und her, ehe Beatrice Nuria mit zusammengekniffenen Augen anschaut. »Das ist ein Witz, nicht wahr?«

Nuria hält Beatrice' Blick fest. »Ganz und gar nicht.« Sie treibt ihre Stute zu einem zügigen Schritt an. »Du wirst sehen.«

In einem Archiv habe ich Bücherregale erwartet. Im Inneren der Hütte, hinter der Frau, welche mindestens dreimal so alt ist wie ich und uns die Tür öffnet, befindet sich kein einziges. »Wer seid ihr?«, fragt sie. »Nicht jeder Reisende darf um Zugang bitten. Wenn ihr euch nicht ausweisen könnt, verschwindet.«

»Mein Name ist Nuria und ich war vor zwölf Jahren mit meinem Großvater hier, damit ich anschließend in seine Fußstapfen treten kann.« Sie holt einen Anhänger unter ihrer Bluse hervor, welcher aus orangefarbenem Stein geschliffen und von einer mir unbekannten Rune geziert ist.

Die dunkelblauen Augen der Frau verengen sich. »Also möchtest du

abdanken und deiner Nachfolgerin die Archive zeigen?« Nuria schüttelt den Kopf, woraufhin unsere Gastgeberin Anstalten macht, die Tür zu schließen. »Wenn es nicht darum geht, habt ihr hier nichts verloren. Schlimm genug, dass du deiner Patrouille von den Archiven erzählt und sie hergebracht hast. Damals, nach dem Fall der Königreiche, wurde vereinbart, dass der Anführer eines Lagers allein über das Wissen verfügen und es an seinen Nachfolger weitergeben darf.«

»Warten Sie.« Nuria stellt ihren schwarzen Lederstiefel auf die Türschwelle, sodass die Tür einen Spalt geöffnet bleibt. »Ich habe jemand Besonderen mitgebracht. Ich dachte nicht, dass dieser Moment einmal kommt, doch er ist da, das hier ist eine Ausnahmesituation.« Nuria seufzt leise. »Unser Schicksal könnte sich ändern und die Ordnung wiederhergestellt werden. Sie sind nicht verschwunden, es gibt sie noch –«

Wie vom Blitz getroffen, reißt die Frau die Tür auf. »Warum hast du das nicht gleich gesagt?«

»Seien Sie vorsichtig.« Nuria hebt eine Hand. »Sie weiß nicht, was sie ist und wozu sie in der Lage ist. Sie soll es hier in den Archiven erfahren.«

Jetzt reicht es. Ich schiebe mich aus dem Schatten an Nuria vorbei ins Sichtfeld der Frau. »Hör auf, über mich zu reden, als wäre ich nicht hier, Nuria.« Meine Finger ballen sich zu verkrampften Fäusten zusammen. »Du bist die Anführerin des Lagers und du hast mir Zuflucht gewährt, also befolge ich deine Befehle, aber das ist zu viel. Was möchtest du mir sagen?«

Nuria kommt nicht zu einer Rechtfertigung, da die alte Frau langsam auf mich zukommt. Sie legt eine Hand auf meine Wange und ihr Blick durchbohrt mich. Ich erstarre, wage es nicht zu blinzeln. Mein gelähmter Körper ist unfähig zurückzuweichen. Schließlich lächelt die Frau, ehe sie mich wieder loslässt und einen Schritt zurücktritt. »Es ist wirklich wahr«, murmelt sie mit sanfter Stimme. »Wie lautet dein Name?«

Ich beiße mir auf die Innenseite der Wange. »Ruby.«

Es zuckt um ihre Mundwinkel. »Ein passender Name, als ob deine Eltern es bei deiner Geburt gewusst hätten.«

Ich kneife die Augen zusammen. »Was gewusst?«

»Das wirst du gleich erfahren.« Beatrice stellt sich neben mich in den Türrahmen, gerade so nah, dass unsere Schultern sich nicht streifen. »Wir sollten keine Fragen mehr stellen, sie werden ohnehin nicht beantwortet.«

Die Frau runzelt die Stirn. »Du bist?«

»Mein Name ist Beatrice.« Sie reckt das Kinn und schaut zu Nuria. »Egal was irgendjemand über Unbefugte sagt, ich habe Antworten verdient, nachdem ich den langen Weg hierher auf mich nehmen musste.«

Nuria legt ihr eine Hand auf die Schulter. »Lasst sie mitkommen. Beatrice wird von meiner Stellvertreterin ausgebildet. Sie könnte eines Tages selbst Anführerin unseres Lagers werden und dieser Auftrag ist ihrer.« Mit jedem Wort entspannen sich Beatrice' Muskeln wie Wasser, das in der Mittagssonne verdunstet.

»Wenn es unbedingt sein muss.« Die Frau stemmt ihre Hände in die Hüften. Ihre Augen richten sich auf Gideon und Noire, die stumm in großem Sicherheitsabstand hinter uns stehen. »Was ist mit den beiden?«

Zunächst nehme ich an, Noire würde mich niemals allein lassen. Überraschenderweise schüttelt sie als Antwort auf die Frage heftig den Kopf. »D-Da drin erfährt m-man m-mehr über all das L-Leid.« Ihr Atem geht stoßweise. »Das ertrage i-ich n-nicht.« Sie schaut über die Schulter zu den Pferden, die wir am Zaun vor der Hütte angebunden haben. »Jemand m-muss a-auf die Pf-Pferde aufpassen.«

Gideon verschränkt die Arme vor der Brust. »Dafür bist du, mit deiner Angst vor Pferden, natürlich bestens geeignet.«

»Danke, dass du dich bereiterklärt hast, mit Noire draußen zu warten«, sagt Beatrice.

Gideon wirbelt herum, blinzelnd starrt er seine Schwester an, die ihn eindringlich anschaut. Seine Miene entspannt sich und er atmet aus. »Wenn es sein muss.«

Noire schaut Gideon mit gerunzelter Stirn an, dann macht sie einen zittrigen Schritt in meine Richtung. »Kommst d-du klar?«

Ich nicke. »Mach dir keine Sorgen.«

Beatrice betrachtet ihren Bruder, dessen Blick auf seine Stiefelspitzen gerichtet ist. Sie wirft Noire einen Seitenblick zu, ihre Lippen öffnen sich, dann überlegt sie es sich anders und schluckt ihre Worte herunter.

Wir verabschieden uns von Noire und Gideon und folgen der alten Frau in die Hütte. Drinnen angekommen stellt sie sich als Aegira vor. Wo sich in der Hütte ein Archiv befinden soll, kann ich mir nicht erklären bis Aegira das schmale Bett in einer Ecke des Raumes zur Seite schiebt. Mit dem Teppich darunter tut sie dasselbe und eine Luke kommt zum Vorschein.

»Auf dem Weg hinab ist es dunkel, seid vorsichtig«, warnt sie uns, ehe sie durch die Luke verschwindet.

Nuria folgt ihr sofort, während Beatrice und ich einen skeptischen Blick wechseln.

Mein Atem ist ein Windstoß in morschen Zweigen. Meine Hände zittern, als ich entscheide, vor Beatrice die Stufen hinabzugehen. Lieber habe ich jemanden hinter mir. Doch vor meinen Erinnerungen, die sich mit ausgefahrenen Krallen auf mich stürzen, vermag mich niemand zu beschützen.

Ein Knacken ertönt. Das Brechen von Knochen. Mein Herz schlägt schneller, ehe ich merke, dass ich mir das Geräusch einbilde. Bedächtig steige ich die Treppe hinab, die Hand fest am Geländer. Meine Finger sind schweißverklebt. Ich beiße mir auf die Unterlippe, bis ich Blut schmecke. Die Dunkelheit verschlingt mich wie ein alles erstickender Mantel, den ich nicht ausziehen kann. Schwach flackert ein Licht am Ende der Treppe auf. Durchhalten, Robin. Mein wahrer Name erinnert mich ebenfalls an meine Herkunft. Ich muss keine Unschuldigen foltern. Ich bin nicht auf dem Weg in den Palastkeller, der mich bis in meine Albträume verfolgt, und Prinzessinnen haben keine Angst im Dunkeln. Kälte flutet meine Adern. Sommermagierinnen schon gar nicht. Bedächtig, um nicht abzurutschen, steige ich die letzten Stufen hinab.

Auf ebenem Boden angekommen, stürme ich auf das Licht zu und halte abrupt inne. Ich reibe mir die Augen. Was ich sehe, verschwindet nicht, egal wie oft ich die Bewegung wiederhole. Ich stehe in einer riesigen unterirdischen Bibliothek, die jener im Sonnenpalast auf den ersten Blick in nichts nachsteht. Regale voll mit verstaubten Büchern reichen bis an die niedrige Decke und die Bibliothek erstreckt sich vor uns wie ein langer Tunnel. Einige kleine Lampen beleuchten die Regale, somit sind die Menschen im Lager nicht die einzigen, die Elektrizität entdeckt haben. Zwischen den Regalen stehen vereinzelt alte Plüschsessel und kleine Tische.

»Das Sommerkönigreich würde unmöglich ein so riesiges Archiv andernorts zulassen.« Ich presse mir eine Hand vor den Mund, damit mir nicht mehr herausrutscht.

»Du stammst aus dem Sommerkönigreich?«, erkundigt sich Aegira mit geneigtem Kopf. »Deine Herkunft erklärt, obwohl sich die Blutlinien

vermischt haben, die Sommermagie in deinem Blut.«

Drückend heißer Wind lässt meine Glieder verwelken wie die Pflanzen in Felione. Ich fahre mir unruhig mit der Zunge über die wie der Asphalt in meiner Heimatstadt aufgesprungenen Lippen. Mein Mund ist eine ausgetrocknete Grundwasserquelle. »Woher wissen sie von meiner Magie?«

»Es ist offensichtlich, dass du eine Sommermagierin bist. Warum, wirst du gleich verstehen.« Aegira streicht sich eine graue Strähne von der Stirn. »Um deine Frage zu beantworten, bevor die Welle der Zerstörung über das Winterkönigreich hereinbrach, konnte das Wissen in den Archiven versiegelt werden. Die Truppe aus Anführern der zwölf Lager fand sie auf ihrem Streifzug über den Kontinent. Einstimmig beschloss die Gruppe, dass nur die Anführer eines Lagers das Wissen in sich tragen sollte. Eine Ausnahme bildeten von den Zwölf ausgewählte Hüter der Archive, die sie unbemerkt für die anderen Überlebenden hierher schickten. Von diesen Menschen stammen wir, die im Winterkönigreich leben, ab. Winterblut fließt nicht durch unsere Adern und es gibt wenige von uns, eine Handvoll. Gemeinsam mit den Zwölf halfen sie den Lagern zu florieren.«

»Warum sind die Bücher an diesem Ort?« Beatrice' Blick haftet an den Regalen. »Ich dachte, beim Fall der Königreiche sei alles verloren gegangen.«

Aegira seufzt. »Königin Enya, die letzte Herrscherin des Winterkönigreichs, wusste, dass der Untergang nahte«, erklärt sie. »Ihr letzter Wille war es, die Bücher an einem sicheren Ort zu wissen und ihren Inhalt für die Überlebenden festzuhalten.« Als sie zum Gehen ansetzt, folgen wir ihr die Regale entlang. »In den Händen des Sommerkönigreichs befindet sich ebenfalls das Wissen um die Wahrheit. Der regierende König erfährt stets von seinem Vater, wie der ewige Sommer über uns hereingebrochen ist.«

Wir bleiben vor einem Regal stehen, das ein Drittel des Platzes einnimmt, welchen die anderen Regale beanspruchen. Aegira zieht ein dünnes Buch mit hellblauem Einband heraus, auf dem ein Wappen prangt, das wie ein achtzackiger fein geschwungener Stern aussieht. Ohne nachzufragen, weiß ich, dass dies einst das Wappen des Winterkönigreichs gewesen sein muss. Aegira reicht mir das Buch. Staub wirbelt auf und tanzt vor mir durch die Luft. Ich möchte den Einband so vorsichtig wie möglich aufklappen. Die alte Frau kommt mir zur Hilfe und schlägt eine mit einem Zettel markierte Seite auf. »Ich hoffe, du kannst lesen«, murmelt sie, worauf ich mit einem empörten

Gesichtsausdruck antworte. »Sehr schön. Das ist das Tagebuch von Königin Enya, in welches sie täglich schrieb, bis sie es in Sicherheit brachte, um gemeinsam mit dem Schneepalast unterzugehen. Sie wollte ihre Heimat und ihre Untertanen nicht verlassen, obwohl sie wusste, was auf sie zukam.« Ich starre Aegira entsetzt an. »Worauf wartest du? Es ist an der Zeit, dass du die Wahrheit herausfindest.«

Ich atme tief durch, puste die letzten Staubkörner von den vergilbten Seiten und beginne zu lesen.

5. Tag des 12. Mondes

Vor zwei Monden hat König Berrin mich um Hilfe gebeten. Gehofft, dass ich ihm meine königliche Garde zur Verfügung stelle, um ihn zu unterstützen, wenn er gegen die Aufständischen in den Kampf zieht. Ihrerseits hat mich Prinzessin Oriana gebeten, sie mit meinen Wintermagiern zu unterstützen. Gemeinsam mit den Herrschern des Frühlingskönigreichs und des Herbstkönigreichs habe ich mich dagegen entschieden. Wir wollten uns auf keine Seite stellen. Nicht wählen, ob wir Magier unterstützen wollen oder Menschen, die mit geschmiedeten Waffen kämpfen – etwas, das König Berrin und zahlreichen seiner Vorgänger nicht gereicht hat.

Jetzt ist der Aufstand vorbei – aber um welchen Preis? Prinzessin Oriana ist tot, die Familie von König Berrin ebenso. Zahlreiche Magier und Soldaten mussten ihr Leben lassen, in einem ewigen Kampf.

Heute ist Neva aufgebrochen, um dem geschwächten Sommerkönigreich zu neuem Glanz zu verhelfen. Ebenfalls etwas, das wir abgesprochen haben. Vorher haben wir unsere Hilfe verweigert, jetzt braucht das Sommerkönigreich uns umso mehr. Nicht auszudenken, was der Kummer andernfalls mit einem Mann anstellen wird, der vorher bereits am Rande des Wahnsinns stand, ...

17. Tag des 3. Mondes

Neva sollte längst im Sommerkönigreich angekommen sein. Stattdessen herrscht Schweigen. Keine Schneeeule taucht über dem Schneepalast auf. König Berrin antwortet nicht auf meine Briefe.

Obwohl das Winterkönigreich mir bemerkbar machen würde, wenn seine Wächterin stirbt, sehe ich mir jedes neugeborene Kind persönlich, auf der Suche nach einem Mal an. Bisher sind ihre Augen klar wie ein frisch zugefrorener See

gewesen. Neva lebt, das Winterkönigreich ist in Sicherheit.

1. Tag des 4. Mondes

Von Neva weiß ich nichts, außer, dass sie lebt. Eine Gruppe meiner Soldaten ist auf dem Weg ins Sommerkönigreich, um nach dem Rechten zu sehen.

Aus dem Frühlingskönigreich habe ich seit einem halben Mond keine Neuigkeiten gehört. König Javor hat seinen Sohn Alon aus dem Herbstkönigreich hierhergeschickt, er sollte auf dem Weg sein. Gemeinsam können wir womöglich einen Plan schmieden und das Schlimmste verhindern.

19. Tag des 4. Mondes

Gleißende Hitze hat mich am Morgen aus dem Schlaf gerissen. Der Himmel ist rot, als würde er bluten. König Berrin hat uns verraten. Er muss das Jahreszeitensiegel zerstört haben.

Neva ist tot. Am Morgen ist ein Mädchen mit einem Mal im Auge geboren worden. Ihre Eltern haben ihr den Namen Chiara gegeben, ein alter Name aus dem Sommerkönigreich. Die Strahlende. Ein Name, der Hoffnung geben soll.

26. Tag des 4. Mondes

Auf neuen Schnee warten wir vergeblich, seit sich der Himmel rot verfärbt hat. Seit drückende Hitze uns den Atem nimmt. Meine Haut ist ebenso rot. Verzweifelte Untertanen kommen zu mir, da sie fürchten gemeinsam mit dem Land erkrankt zu sein.

Alon ist nie in Nivret angekommen, sein Vater hat den Briefwechsel zu mir unterbrochen. Es gibt niemanden, an den ich mich wenden kann.

Wassermassen fluten Keller und Erdgeschoss des Schneepalasts. Nicht mehr lange, bis er ihnen gänzlich zum Opfer fällt. Er wird versinken und Nivret mit sich reißen. Vielleicht schon bevor die Armee aus dem Sommerkönigreich hier ist, unsere Botschafter haben sie gesichtet. Wie lange hat König Berrin die Sache geplant? Wie sehr muss er Magier hassen? Uns hassen, weil wir ihm nicht zur Hilfe gekommen sind, als er uns am meisten gebraucht hat?

7. Tag des 5. Mondes

Draußen tobt die Schlacht. Ich werde nicht kämpfen. Es lohnt sich nicht, für etwas zu kämpfen, das vorbei ist. Dies ist mein letzter Eintrag, denn schon bald

gehen der Schneepalast und ich gemeinsam in jenem See unter, der einst die prächtige Hauptstadt des Winterkönigreichs war. Ich werde im Schneepalast bleiben, gemeinsam mit ihm versinken, doch meine Tochter habe ich fortgeschickt. Hoffentlich stirbt sie draußen einen schnelleren Tod als zu ertrinken Wie Chiara, die uns kein strahlendes Hoffnungslicht sein konnte und ihre Bestimmung nie erfüllen wird, und ich.

Die Tore sind verschlossen und das Eis schmilzt. Das Unmögliche wurde erreicht, die Ordnung ist zerstört, Sommer bleibt, alles andere vergeht. In Vergessenheit geraten werden die schon bald gefallenen drei Königreiche nicht. Dafür werde ich sorgen. Dies ist mein Vermächtnis. Bis auf dieses Tagebuch sind all meine Schriften und Bücher an einem sicheren Ort. Jemand mit reinen Absichten wird sie finden und die vier Wächterinnen, die trotz des Chaos wiedergeboren werden, auf den rechten Schicksalspfad führen.

Königin Enya ist ertrunken. Als ich das Tagebuch zuklappe, füllt Wasser meine Lungen, meine Bewegungen sind unkoordiniert. Ich verstehe nichts von dem, was ich gelesen habe. Magie ist das Fundament, etwas ähnliches hat Nuria gesagt. Macht das meine Vorfahren zur Spitze? Wenn Vater weiß, was wirklich geschehen ist und dass der ewige Sommer nicht nur das Werk von Magierin ist, wieso folgt er den Spuren seiner, *unserer*, Vorfahren und lässt das Leid der Einwohner des Sommerkönigreichs zu?

Ich schlucke vergeblich. Meine Kehle ist mit der Asche der Jahreszeitenkönigreiche gefüllt. Vaters Reden auf dem Feuerplatz und Königin Enyas geschriebene Worte vermischen sich zu einem dröhnenden Echo in meinem Kopf. Drohen, ihn zu zersplittern. Tränen pochen hinter meinen Augen, sind schneidend kalt auf meinen Wangen und nehmen mir die Sicht. Dennoch sehe ich klar, was ein schweres Gewicht auf meine Brust legt.

Statt das Wappen des Winterkönigreichs ziert ein Spiegel das Tagebuch. Ich sehe mich selbst, eine Spielfigur auf dem Brett der Machtspiele des Sommerkönigreichs. Ich schneide einer gefangenen Magierin die Augen heraus. Blut spritzt auf mein goldenes Kleid, färbt es in den Farben des Sonnenuntergangs, während die Luft im Palastkeller nach Abschied schmeckt. Galle steigt meine Speiseröhre hinauf wie Gift. Als ich mir die Hand vor den Mund halte, um das Schlimmste zu verhindern, fällt das Tagebuch in einer Staubwolke zu Boden.

191

»Entschuldigung.« Ich schlucke Blut hinunter und kämpfe gegen die Tränen, die meine Worte tränken. »Das wollte ich nicht, schließlich ist das Buch furchtbar wertvoll.«

Beatrice hebt das Tagebuch auf. »Das, was darinsteht, muss dich geschockt haben.«

»Was du nicht sagst.« Ich hebe abwehrend die zitternden Hände, damit sie nicht auf die Idee kommt, es mir zurückzugeben. »Lies es selbst.«

»Das ist nicht nötig.« Sie fährt sich durchs Haar, ihre Haut wird blass, wie von einer Schicht Asche bedeckt. »Du kannst mir sagen, was drinsteht.«

Die Beatrice, die Nuria mit mehr Fragen gelöchert hat, als ich zählen kann, würde auf eigene Faust erfahren wollen, welche Gedanken Königin Enya niedergeschrieben hat. »Du kannst nicht lesen«, spreche ich meine Erkenntnis aus.

Beatrice starrt den Boden an, um die Blässe ihrer Wangen zu verbergen. »Nicht können würde ich es nicht nennen –« Sie beißt sich auf die Unterlippe.

»Verstehst du mehr, Ruby?«, erkundigt sich Nuria und rettet Beatrice aus der Situation.

»Jedenfalls nicht alles«, stammle ich. Ich taste nach meinem Rubinanhänger, um etwas zu haben, woran ich mich festhalten kann. »Was ist damals passiert?« Kalte Finger folgen der Kontur meiner Wirbelsäule, ich fröstle und die dunkelrote Bluse klebt nassgeschwitzt an meiner Haut. »Was ist das Jahreszeitensiegel? Was ist eine Wächterin? So viele von Königin Enyas Worten ergeben für mich keinen Sinn.«

»Ich fasse die Geschichte gerne für euch zusammen, damit sie nicht alle nachlesen müssen.« Beatrice zuckt unter der Last von Aegiras Worten zusammen. Während die alte Frau spricht, starrt sie mit stählernem Blick den Boden an. Ich spiele mit meinem Rubinanhänger, um meinen Fingern etwas zu tun zu geben.

»Vor unserer Zeit gab es auf diesem Kontinent vier Jahreszeitenkönigreiche«, beginnt Aegira. »Das Sommerkönigreich im Süden mit seiner Hitze, Gewittern, Perioden der vollkommenen Trockenheit und dem größten Gefälle zwischen arm und reich. Das Herbstkönigreich im östlichen Gebirge, seine Landschaft war die Brücke zwischen bunten, vor Leben strotzenden Blättern, und dem Ende ihres Lebenszyklus, Gesetze waren rar, Wind und

Regen tägliche Gäste. Das Winterkönigreich im Norden mit seinem prächtigen Schneepalast, das von Fischerei lebte und auf den Export angewiesen war. Schließlich das vor Fruchtbarkeit strotzende Frühlingskönigreich im Westen, für das der Frieden an erster Stelle stand. Die Jahreszeitenkönigreiche kamen nach Auseinandersetzungen nie aus dem Gleichgewicht, weil ihre Einwohner wussten, dass der Kontinent nur gedeihen kann, wenn alle vier Jahreszeitenkönigreiche und ihre Magie ihn gemeinsam gedeihen ließen. Denn die durch die vier Blutlinien fließende Jahreszeitenmagie ist das Herz des Kontinents und materialisiert sich in einem Gegenstand, dem Jahreszeitensiegel, das damals jedes Sonnenjahr in einem anderen der vier Paläste aufbewahrt wurde. Vier Juwelen darin symbolisierten die für das jeweilige Königreich charakteristische Magie: Der Citrin die Herbstmagie, die Jade die Frühlingsmagie, der Cordierit die Wintermagie und«

»der Rubin die Sommermagie.« Im selben Atemzug, als ich meinen Satz beende, rutscht mir das Juwel aus den schweißnassen Fingern.

Aegira nickt. »Im ewigen Sommer gelten die vier Göttinnen der Jahreszeiten, welche die Namen der Königreiche tragen, als tot. Vor dem Fall der Königreiche sind es vier Wächterinnen, Reinkarnationen der Jahreszeitengöttinnen, gewesen, die dafür sorgten, dass die Jahreszeitenmagie als Blut des Kontinents zu seinem Herzen, dem Jahreszeitensiegel, gepumpt wurde. Jeder Mensch, durch dessen Adern Magie fließt, hat eine besondere Verbindung zur Natur, für die Wächterinnen ist diese größer. Einen Teil ihrer Magie mussten sie im Jahreszeitensiegel speichern, das nur mit dem Blut einer Wächterin reagiert, und ihr keine Kraft entzieht, sondern sie zu ihrem inneren Gleichgewicht führt und bei der Kontrolle ihrer Magie hilft. Zu identifizieren waren die Wächterinnen durch ein Mal im linken Auge. Starb eine von ihnen, hauchten die Göttinnen ihren letzten Atemzug einem neugeborenen Mädchen in derselben Blutlinie ein. Umgehend nach ihrer Geburt, musste sie zum Jahreszeitensiegel gebracht werden, um die darin gespeicherte Magie ihrer Blutlinie zu erneuern.

Der Flügelschlag eines Schmetterlings vermag, einen Sturm auszulösen. Ein Streit zweier Geschwister brachte den Stein ins Rollen, der die Geburtsstunde des ewigen Sommers bedeutete. König Berrin, der Sommerkönig, war ohne Magie im Blut geboren worden. Aufgrund der männlichen Thronfolge stand die Herrschaft ihm, nicht seiner älteren Schwester, Prinzessin Oriana, zu.

Weil sie beim Volk mehr Anklang fand als er, begann er, mit Magie zu experimentieren, in der Hoffnung, sie sich zunutze machen und an Stärke gewinnen zu können. Magier, die seit jeher im Dienst des Königshauses standen, ließen sich nicht von ihm in die Knie zwingen. Gemeinsam mit Oriana schmiedeten sie einen Plan, König Berrin das Handwerk zu legen. Während des Aufstands kamen Oriana, einige Aufständische, sowie die zwei Töchter und die Frau von König Berrin ums Leben. Zerrissen von Kummer und nach Rache gegenüber Magiern dürstend, lockte König Berrin die Wächterinnen in einen Hinterhalt. Tat so, als wollte er sie um Hilfe für sein nach dem Aufstand geschwächtes Königreich bitten. Stattdessen hoffte er, dem Kontinent seine Magie entziehen zu können, indem er dessen Herz entzwei riss.

Nur eine Wächterin ist in der Lage, die Macht des Jahreszeitensiegels zu kontrollieren und eines der Juwelen herauszunehmen. Indem König Berrin sie dazu zwang, schuf er unseren Feind, den ewigen Sommer und stürzte die heute als gefallene Königreiche bekannten Orte ins Chaos, weil der Rubin als letztes Juwel entfernt wurde, um die Macht in seinem Königreich zu festigen. Aus Rache, weil ihm die Herrscher der drei anderen Jahreszeitenkönigreiche ihre Unterstützung während der Aufstände verweigert hatten. Kaum war der ewige Sommer über den Kontinent gezogen, stand die Armee des Sommerkönigreichs vor ihren Toren.

Magie hatte König Berrin nicht aus den Blutlinien, sondern nur aus den Adern des Kontinents vertrieben, dessen Herz, gefangen im ewigen Sommer, aufhörte zu schlagen. Dennoch sah er im ewigen Sommer seinen Triumph. Den Magiern die alleinige Schuld zu geben, obwohl sie gemeinsam mit ihm den Flügelschlag ausgelöst hatten, der das Gleichgewicht zum Kippen brachte, war einfach. Nach dem Aufstand fürchteten sich zahlreiche Einwohner des Sommerkönigreichs ohne Magie im Blut vor ihnen und sahen mit Freuden zu, als König Berrin begann, sie zu töten, in der Hoffnung, die Magie und somit die Wächterinnen aus den Blutlinien zu verbannen. Unwissend, dass, lange nach seinem Ableben, mit dem Sterben der Magier der ewige Sommer zum Verhängnis für den Kontinent werden würde.

Denn die Jahreszeitenkönigreiche brauchen Magie, um zu gedeihen. Was die nach König Berrin regierenden Sommerkönige, welche die Wahrheit kennen, antreibt, dessen Werk fortzuführen, vermag ich nicht zu sagen. Doch weil Magier die Königsfamilie genauso verachten wie die Königsfamilie

Magier, glaube ich, dass sich der Kreis stetig weiterdreht, ohne eine Möglichkeit, ihn zu durchbrechen. Auseinandersetzungen zwischen ihnen stehen an der Tagesordnung, seit König Berrin begann, mit ihrer Magie zu experimentieren. Für den drohenden Ernstfall hat die Königsfamilie sicher Pläne geschmiedet, ohne magische Hilfe in den aussichtslosen Kampf gegen den ewigen Sommer zu ziehen.« Aegiras Augen finden meine. »Lange hielt ich diesen Kampf ebenso für aussichtslos, jetzt habe ich einen Funken Hoffnung. Wintermagie ist seit dem Fall der Königreiche ausgestorben, ob es überhaupt möglich ist, den Kontinent ins Gleichgewicht zu bringen und den ewigen Sommer mit seinen eigenen Waffen zu schlagen, weiß ich nicht. Doch die drei übrigen Arten der Jahreszeitenmagie existieren und über ein Mädchen mit einem Mal im Auge hörte man Geschichten. Lediglich der Anführer eines Lagers oder wir im Winterkönigreich hätten einem solchen Mädchen ihr Schicksal offenbaren können. Ohne handfesten Beweis darf niemand nach den Wächterinnen suchen. Ich wollte das Munkeln kaum glauben, jetzt tue ich es. Vor uns steht der lebende Beweis dafür, dass es noch Hoffnung für die Jahreszeitenkönigreiche gibt.«

SECHZEHN - WIE STERNE IN DER DUNKELHEIT

Am liebsten möchte ich wegrennen und weder Aegira noch der verstorbenen Königin ein Wort glauben. Das Sommerkönigreich – meine Heimat – soll die Wurzel allen Übels sein? Meine Vorfahren *und* die Magier. Mir wird schlecht und mein Atem geht stoßweise. Ich senke den Blick, um Aegira nicht zu zeigen, was in mir vorgeht. Was erwartet sie? Dass ich mich freue, ein Korsett zu tragen, das droht, meinen Brustkorb zu zerquetschen?

Ich spüre Beatrice' Blick auf mir, der mich durchbohrt wie tausend Pfeile. Als sie sich von mir abwendet, atme ich auf, da trifft mich ihre Stimme wie ein zweiter Pfeilregen. »Du hast gesagt, wir wären nicht nur wegen Ruby hierher geritten, Nuria.« Wie ein Dolch zerschneidet ihre Stimme die Stille. »Dass ich genauso wichtig bin und meine Fähigkeiten als Anführerin trainieren soll.«

»Beatrice.« Nurias Tonfall ist ebenso schneidend. »Reiß dich zusammen.« Ihre Stimme wird sanfter, als hoffe sie das, was soeben zerbrochen ist, wieder zusammenzusetzen. »Ruby braucht alle Unterstützung, die sie bekommen kann.«

Beatrice rümpft die Nase. »Wenn überhaupt braucht sie Unterstützung, weil sie nicht mit ihrer Magie umgehen kann.«

Aegira wendet sich an mich: »Ist das wahr?«

Ich fixiere den Rubinanhänger an meinem Hals, damit ich nicht in die wie grüne Flammen glühenden Augen schauen muss.

»Bis vor einigen Wochen wusste Ruby nicht, dass sie eine Magierin ist«, sagt Beatrice. »Bei uns im Lager wurde sie angelernt, geendet hat dies mit einem verbrannten Pult. Alle weiteren Versuche, trainiert zu werden, verweigert sie.«

»Hör auf!« Meine Stimme zittert, obwohl ich die Worte herausschreie. Blut rauscht mir in den Ohren. Ich fühle mich zum Abendessen zurückversetzt, mit dem sich mein Leben geändert hat. Wäre es besser gewesen, nicht wegzulaufen? »Das ist mir zu viel!« Ich mache einen Schritt nach vorn. Nuria packt mich am Ärmel, ich entreiße mich ihr mit einem Ruck. »Lass mich!«

Mehr höre ich nicht. Mit Stiefeln kann ich deutlich schneller rennen als mit hohen Schuhen. Dieses Mal beachte ich die Treppe nicht weiter. Mir das Genick zu brechen, wäre eine Befreiung, dann würde die Hoffnung vierer Königreiche nicht mehr auf meinen Schultern lasten.

Unglücklicherweise komme ich heil oben an, sauge Luft in meine leeren Lungen und blicke mich um. Ich bin allein, aber sicherlich nicht lange.

Plötzlich werde ich von etwas wie auf magische Weise angezogen, das mich meine Flucht vergessen lässt. Wie in Trance gehe ich auf die beiden Porträts zu, welche an einer Wand des Raumes aufgehängt sind. Das erste zeigt eine Frau mit weißem Haar, hellblauen Augen und so heller Haut wie ich sie nie zuvor gesehen habe. Sie trägt ein silberblaues Kleid mit silbernen Ornamenten aus Samt. In der Hand hält sie ein Zepter mit dem Wappen des Winterkönigreichs an der Spitze. Auf den weißen Locken sitzt ein silbernes Diadem, welches mit dunkelblauen Juwelen verziert ist. Auf dem Porträt daneben ist dieselbe Frau zu sehen, diesmal in Weiß mit silbernen Stickereien bekleidet. Sie hält ein Kind in den Armen, welches ihr von den körperlichen Merkmalen bis zum silberweißen Kleid gleicht. Wie gebannt betrachte ich die Porträts, als würde ich in einen Spiegel blicken. Ich schaue mir jeden Gesichtszug der verstorbenen Königin und ihrer Tochter an, als wolle ich sie mir einprägen. Ein warmes Gefühl der Vertrautheit flackert wie die Flamme einer Kerze in meiner Brust auf. Für einen Augenblick fühle ich mich in Sicherheit. Mit ihren hellblauen Augen, den weichen Gesichtszügen und dem Lächeln auf den schmalen Lippen möchte mir Königin Enya versichern, dass sie ihre schützende Hand über mich hält. Im selben Moment, in dem ich mich in ihrer Anwesenheit in Sicherheit wiegen möchte, fällt mir ein, was mir Königin Enya in ihrem Tagebuch offenbart hat. Die Kerze in meiner Brust erlischt. Von den Porträts geht ein kalter Wind aus, der mich aus der Hütte treibt.

Mittagshitze umhüllt mich. Rotes Licht trifft mich wie ein Pfeilstich und

ich kneife die Augen zusammen. Mir gegenüber sind die Pferde an einem Zaun aus weißem Holz angebunden. Dahinter erstreckt sich die Ebene, die zur versunkenen Stadt führt, wie eine Drohung, was auf uns zukommt, wenn ich nicht handle.

Neben den Pferden sitzen Gideon und Noire, die meine Anwesenheit bemerken, woraufhin ihre Unterhaltung stoppt. Noire betrachtet mich und mein eigener Schmerz spiegelt sich in ihren Gesichtszügen. Sie springt auf, was mein Herz zu panischem Flattern antreibt. Noire weiß nicht, welche Bürde mir Aegira auf die Schultern gelegt hat und sie ist nicht in der Lage, mir einen Teil davon abzunehmen. Ich hebe abwehrend die Hände, drehe mich auf dem Absatz um und renne blind los. Aus dem Augenwinkel sehe ich, wie Gideon Noire vorsichtig am Arm festhält, um sie davon abzuhalten, mir zu folgen.

Die Ruinen nehme ich mit neuen Augen wahr. Meine Vorfahren sind das gewesen. Ich habe das Blut einer Wächterin und das einer Zerstörerin in mir.

Vor dem, was ich einst für das Eismeer gehalten habe, bleibe ich stehen. Nivret. Mein Atem geht stoßweise. Meine Knie werden weich. Ich unterdrücke den Wunsch, mich auf den staubigen Boden fallenzulassen, fixiere die Spitze des Schneepalasts und frage mich, wie er ausgesehen hat. Ähnlich wie der Sonnenpalast? Nein, sicher war er filigran gebaut. Silbern, weiß oder blau. Ich wünschte, ich könnte seine Pracht, statt dieses traurigen Überrestes, sehen. Ich wünschte, ich könnte den Kontinent in Ordnung bringen, damit Gebäude wie der Schneepalast ihre alte Pracht zurückerlangen. Vielleicht würden Menschen hierher reisen, um sich ein neues Leben aus den Trümmern aufzubauen. Mit dem Ende des ewigen Sommers würden Fische ins Eismeer zurückkehren. In den anderen Königreichen würde es mehr Wasser geben, die Anbaubedingungen wären besser und ein Handelsabkommen müsste abgeschlossen werden. Zwischen den Ruinen flackern die dürren, in Lumpen gehüllten Schatten meiner Untertanen auf. Gäbe es mehr Rohstoffe auf dem Kontinent und wären diese gerecht aufgeteilt, wäre ihr Hungern vorbei. Die Hinrichtungen, die meine Untertanen fast täglich besuchen, wären es auch. Magier würden nicht mehr gejagt werden und könnten in Frieden leben.

Ich atme scharf ein und taste nach meinem linken Auge. Vater wusste in der Sekunde, in der ich geboren wurde, dass das Mal kein Geburtsfehler ist. Er hat sofort gesehen, was er vor sich hat. Mit einer Hand umschließe ich

den Rubin, der sich in meiner Hand schwerer als sonst anfühlt. Stammt er aus dem Jahreszeitensiegel? Wieso hat Vater ihn mir gegeben und mich angewiesen, ihn niemals abzunehmen, statt mich zu töten? Ich wünschte, er hätte mich getötet, bevor ich den Feuersturm der Zerstörung entfessle. Alles, was ich anfasse, zerfällt nun zu Asche.

Ich könnte meinen Feuersturm zu meinem Vorteil nutzen und gegen den wahren, tödlich roten Feind in den Kampf ziehen. Dafür fehlt mir jahrelanges Training als Wächterin. Sind zwanzig Jahre aufzuholen? Meine Finger zittern, ich umklammere den Rubin fester. Bisher habe ich immer jemanden verletzt oder etwas zerstört, sobald ich ihn abgenommen habe. Kann mir jemand zeigen, wie ich lerne, mich zu konzentrieren und Quellen präzise zu nutzen? Mein Herz setzt einen Schlag aus. Möchte ich, dass mir jemand hilft, meine Magie zu trainieren? Eine zweite Wächterin könnte mir eine Stütze sein. Irgendwo da draußen sind sie. In den Weiten eines Kontinents, über den ich nichts weiß.

Ich lasse die Hand sinken und beginne, meine Handflächen mit den Fingernägeln aufzukratzen. Blut tropft auf den staubigen Boden wie die letzten Reste der Manipulation, die meine Gedanken verlassen. Den Schmerz spüre ich kaum, ohne diese Gedanken bin ich nur eine leere Hülle. Rot wie mein Rubin schimmert das Blut, als wolle es die Angst vor meiner Magie fortspülen. Was bleibt in mir zurück, wenn die Angst fort ist?

Der Boden unter meinen Füßen verschwindet. Mit ausgestreckten Händen lande ich auf allen vieren. Staub vermischt sich mit meinem Blut. Den lang ersehnten Schmerz empfange ich mit offenen Armen, als er auf die Wunden an meinen Handflächen trifft. Meine Sinne werden taub. Wie soll ich einem Kontinent Hoffnung schenken, wenn ich nicht weiß, wie ich es schaffen soll, einen Anhänger abzunehmen, ohne alle um mich herum in Lebensgefahr zu bringen?

Die Mittagshitze, der Atem unseres Feindes, lässt nach. Die rote Sonne wandert tiefer, als wolle sie sich anschleichen, um mich zu verschlingen. Meine Hände brennen nicht mehr, sie sind betäubt vor lauter Schmerz. Staub klebt in meinen Wunden wie die Schuld, weil ich nicht bereit bin, die Lasten meines Schicksals zu tragen. Weil ich vor den Menschen, die mir helfen wollen, weggelaufen bin.

Das Geräusch von Schritten schwer besohlter Stiefel lässt die Blase, in der

ich mich befinde, platzen. Jemand nähert sich mir und es ist nicht Noire in ihrem leichtfüßigen Gang. Abrupt ebben die Schritte nicht weit von mir entfernt ab. Ich spüre einen Blick auf mir, der gleißendem Sonnenlicht gleicht. Mein Magen zieht sich zusammen. Ich schließe die Augen und atme tief durch, um nicht zu weinen. Früher habe ich meine Tränen brav heruntergeschluckt, wie es sich für eine Prinzessin gehört. Nur bei Donna habe ich mich ausgeweint. Jetzt hocke ich zitternd, mit blutigen Händen auf dem Boden und bin nicht allein. Mein Atem geht stoßweise. Hektisch blicke ich mich um und finde keinen Ausweg. Wegrennen kann ich nicht, obwohl mein Instinkt mich auf die Beine treiben will. Ich kratze die Asche meiner Würde zusammen, bringe mich in eine sitzende Position und streiche mir die Tränen aus den Augenwinkeln. Zu spät bemerke ich, dass ich mir dabei mein eigenes Blut ins Gesicht schmiere. Ich wische es mit dem Handrücken fort, dann blicke ich über die Schulter. Mir bleibt die Luft weg.

Beatrice fängt meinen Blick auf. Eine stählerne Maske umgibt ihre Gesichtszüge, nur in ihren grünen Augen liegt ein Ausdruck zwischen Wut und Enttäuschung. Ihre Muskeln sind angespannt und der Unterton ihrer olivfarbenen Haut äschern.

Ich atme tief durch. »Wie lange hast du mich beobachtet?« Meine Stimme ist brüchig.

Sie geht die letzten Schritte in meine Richtung und lässt sich neben mir nieder. »Eine Weile.« Ein dunkler Unterton schwingt in ihren Worten mit wie ein drohendes Gewitter in der Ferne.

Ich beiße mir auf die Unterlippe. »Wieso?«

»Wir haben dir einen Augenblick für dich gegeben und dann darüber diskutiert, wer nach dir sehen soll.« Beatrice fährt sich durchs Haar. »Noire hat gesagt, wenn dich jemand zur Vernunft bringen kann, dann ich.«

Staub hat sich in meiner Kehle gesammelt und macht das Schlucken quälend langsam. »Dann lass mal hören, was du mir zu sagen hast.«

Sie presst die Lippen zusammen. »Hast du eine Ahnung, wie wütend du mich seit unserer ersten Begegnung machst?« Ich öffne den Mund, sogleich schnellt Beatrice' Hand nach oben und ich zucke zusammen. »Jetzt spreche ich, nicht du.« Sie ballt die Hände zu Fäusten, ihre Muskeln vibrieren vor Anspannung. »Versetz dich in meine Lage. Am Tor unseres Lagers erklingt das Signal, dass wir Besuch haben. Schönen Besuch hatten wir, zwei Diebinnen,

die von einem kleinen Mädchen vor unserer Türschwelle abgesetzt wurden. Mein Verhalten bei unserer ersten Begegnung hat nicht nur Erikas Zorn auf mich gezogen, ich musste euch in meinen eigenen vier Wänden aufnehmen und deine Undankbarkeit über mich ergehen lassen. Nichts war gut genug für dich, weder unsere Kleidung noch unser Essen oder unsere Lebensweise ohne Prunk. Du bist eine richtige Prinzessin, weißt du das?« Ich habe Mühe, beim Wort Prinzessin nicht zusammenzuzucken. »Obwohl du aus einer Stadt kommst, in der es statt Elektrizität menschenverachtende Gesetze gibt. Du bist genauso weltfremd, wie du eitel bist, weil du die einfachsten Dinge nicht weißt, als hättest du dein Leben in einer Festung ohne Zugang zur Außenwelt verbracht.« Beatrice nimmt einen tiefen Atemzug. »Weil das nicht schlimm genug ist, stellt sich heraus, dass du Magie besitzt, die du nicht kontrollieren willst, weil du dich vor dir selbst fürchtest. Wolltest du deine Magie kontrollieren, könntest du es mit dem entsprechenden Training, davon bin ich überzeugt.« Ihre Stimme klingt wie zersprungenes Spiegelglas, schneidend und verletzt. »Ich dachte, schlimmer kann es nicht werden. Überraschung, das wurde es. Was wir heute über die Zeit vor dem Fall der Königreiche erfahren haben, ergibt Sinn. Ich hätte mir denken können, wer unseren Feind erschaffen hat, wieso sonst wäre es ewiger Sommer. Ich hatte Hoffnung, dass wir unser Schicksal ändern können, wenn wir die anderen Wächterinnen finden und das Jahreszeitensiegel mitsamt der Juwelen aus dem Sonnenpalast stehlen, nachdem ich erfahren habe, dass es eine Möglichkeit gibt, gegen den nicht menschlichen Feind in die Schlacht zu ziehen.« Glitzern dort Tränen in ihren Augen? »Die Hoffnung ist zerbrochen, als mir klar wurde, auf wen ich sie setze. Auf die Frau, die Angst vor ihrer eigenen Sommermagie hat.«

Beatrice' Worte hallen in meinem Kopf wider, treffen mich in regelmäßigen Abständen wie harte Schläge. »Du hast recht«, beginne ich. »Mit allem, was du gesagt hast. In eurem Lager und mit meiner Magie habe ich mich gefühlt wie in einer neuen, fremden Welt. Dass ich undankbar war, tut mir leid.« Kalte Tränen stauen sich in meinen Augen an. »Ich wollte dir nicht das Gefühl geben, dass deine Kleidung, euer Essen, das Leben in eurem Lager und«, Ich atme durch, »du als Person nicht gut genug für mich seid. Dich aus deinem Zuhause vertreiben und dir Unrecht tun, wollte ich nie.«

Ihre Lippen öffnen sich und sie blinzelt. »Entschuldigung angenommen, zumal ich dir genauso Unrecht getan habe, statt dein Verhalten verstehen zu

lernen.« Sie wendet mir ihren Oberkörper zu. »Weil ich dich verstehen und dir helfen möchte, hoffe ich, du verrätst mir, wieso du dich gegen deine Magie wehrst. Wenn ich an deiner Stelle wäre, würde ich alles tun, um sie kontrollieren zu lernen. Aber du läufst vor dir selbst davon und versinkst in deinem Sumpf aus Selbstmitleid. Wovor hast du solche Angst, dass dir das Schicksal der Jahreszeitenkönigreiche egal ist?«

Nun laufen die Tränen unaufhaltsam, brennen sich in meine Haut. Ich schmecke Salz auf der Zunge. »Du weißt nicht, wovon du sprichst.«

»Dann klär mich auf.« Das drohende Unwetter ist aus ihrer Stimme verschwunden. »So kann ich mir ein besseres Bild machen und dir helfen.«

»Du weißt, ich habe erzählt, meine Eltern wurden hingerichtet«, setze ich an.

Sie nickt stumm.

»Das war die halbe Wahrheit, mein Vater und meine Stiefmutter wurden aufgrund eines Verbrechens hingerichtet«, schmiede ich meine Maske aus Lügen, die ich mit meiner Ankunft im Lager aufgesetzt habe, weiter. »Meine leibliche Mutter starb kurz nach meiner Geburt durch meine Magie.«

Feuchter Glanz wie Tau auf den Baumkronen des Waldes schimmert in Beatrice' Augen. »Ich hatte keine Ahnung.«

»Natürlich nicht, dennoch hast du sofort über mich geurteilt.« Ich nehme den Rubin in die Hand. »Mein Vater gab mir den Rubinanhänger, damit ich nie wieder jemandem wehtue.«

»An ihrem Tod hast du keine Schuld. Als Baby konntest du deine Magie nicht kontrollieren.« Sie atmet tief durch. »Falls es dir nicht aufgefallen ist, mir ist auch nur ein Elternteil geblieben.«

Natürlich ist es das. Nachfragen wollte ich nie, dennoch treffen mich die Worte wie ein Schwall kaltes Wasser. »Wie?«

»Wie mein Vater gestorben ist?« Sie wendet sich von mir ab und blickt starr auf die Turmspitze. »Während eines Auftrags in Felione vor meiner Geburt. Deshalb hassen Gideon und ich das Sommerkönigreich und dafür, dass ich diesen Hass auf dich übertragen habe, entschuldige ich mich.«

»Dafür musst du dich nicht entschuldigen.« Ich unterdrücke den Impuls, ihr meine Hand auf die Schulter zu legen. »Das tut mir leid, Beatrice.«

»Muss es nicht«, wispert sie. »Da mein Vater auf grauenvolle Art starb, will ich mehr als meine Rache, ich will etwas verändern. Ich hasse das Sommer-

königreich dafür, was es meiner Familie angetan hat, und würde lügen, wenn ich sage, dass ich mir gerne eine Gelegenheit entgehen lassen würde, den König für Vaters Tod büßen zu lassen. Aber es ist der ewige Sommer, gegen den wir in den Kampf ziehen müssen.« Sie streicht sich im warmen Wind wehende Haarsträhnen hinter die Ohren. »Ich werde alles in meiner Macht Stehende tun, um meinen Beitrag zu leisten.« Sie blickt mit ihren von Tränen glitzernden Augen direkt in die meinen. »Als ich erfahren habe, was du bist, dachte ich, du könntest dabei helfen.«

Ihre Worte legen sich wie ein Korsett um meinen Brustkorb. »Ich weiß«, hauche ich. »Ich wünschte, ich könnte meine Magie nutzen, um den Kampf an eurer Seite zu kämpfen. Sag mir wie, wenn meine Magie eine Waffe der Zerstörung ist. Keine, die Ordnung bringt.« Asche füllt meine Kehle, hindert mich am Schlucken. »Meine Mutter ist nicht der einzige Mensch, den ich unwissentlich in den Tod gerissen habe. Auf meiner Flucht aus Felione habe ich einen Soldaten getötet, der Noire und mich entdeckt hat. Was denkst du, wieso ich bei meiner ersten Begegnung mit dir nur Unterwäsche getragen habe?« Ein Ruck geht durch meinen Körper. Salziger, vom fernen Ozean her wehender Wind wird zu Rotwein. »Wenn er mir nicht den Rubinanhänger vom Hals gerissen hätte, hätte er«, Ich starre auf meine Hände, beim ersten Blinzeln glimmen Flammen dort auf, beim zweiten sind sie verschwunden, »mir«, Ich stocke, »wehgetan.«

»Ihn zu töten war Notwehr.« Feuer lodert in jedem von Beatrice' Worten. »Niemand hat das Recht, einer Person mutwillig wehzutun oder sie«, Sie schluckt, »gegen ihren Willen anzufassen.«

»Dazu ist er nicht gekommen.« Das Feuer in meiner Stimme ist, im Gegensatz zu ihrem, erloschen. Dennoch sprühen Worte, die ich nie ausgesprochen habe, wie Funken aus meinem Inneren. »Ich bin nie gegen meinen Willen geküsst oder an«, Ich stocke, »intimen Stellen angefasst worden. Nicht von ihm und nicht von irgendjemandem sonst. Aber es sind zahlreiche Hände auf meinem Oberschenkel gewesen, die dort nichts zu suchen hatten.« Ich schlinge meine Arme um die Knie, um mich vor den Schatten der Berührungen zu schützen, die an meinen Oberschenkeln kratzen.

In Beatrice' Augen zucken grüne Blitze, die nicht mir gelten, ein elektrisierender Kontrast zu ihren weichen Gesichtszügen. »Wieso erzählst du mir das?«

»Weil du mich nicht so ansiehst wie Noire – als wäre ich deine unzerstörbare Beschützerin. Du hältst mich für eine hilflose«, Ich beiße mir auf die Innenseite der Wange, »Prinzessin und kannst mich nicht leiden. In deinen Augen kann ich nicht schwächer werden.« Meine Stimme ist dünn. »Wenn ich mich nicht gegen jemanden wehren kann, der mich gegen meinen Willen anfasst, wie soll ich meine Magie bändigen und gegen den ewigen Sommer in den Kampf ziehen?«

»Ich habe nie gesagt, dass ich dich nicht leiden kann. Du hast mich wütend gemacht und ich habe dich nicht verstanden. Ich schätze, genauso ging es dir in Bezug auf mich.« Vorsichtig lächelt sie mir zu. »Was jetzt passiert, nachdem wir ehrlich zueinander waren, wird sich zeigen.« Sie betrachtet mich nicht, als wolle sie in mich hineinsehen, sondern als könne sie längst in mir lesen wie in einem offenen Buch. »Wenn dich eine Person gegen deinen Willen anfasst, wenn dich jemand bedrängt, hast du das Recht, Nein zu sagen und dich zu verteidigen. Wie nah dir jemand kommt und wer dich berühren darf, ist deine Entscheidung. Wer das nicht akzeptiert, hat dich nicht verdient. Wenn du die richtige Person findest, sagt ihr beide aus vollem Herzen Ja.« Ihre Worte sind intensiv wie ihr Blick und fluten meine Adern mit einem warmen, sicheren Gefühl. »Genauso ist es deine Entscheidung, ob du deine Magie trainieren möchtest. Ich wünsche mir, dass du dein Schicksal als Wächterin annimmst. Dazu zwingen werde ich dich, nachdem ich deine Geschichte kenne, nicht. Aber lass nicht zu, dass deine Ängste diese Entscheidung für dich treffen. In der Dunkelheit leuchten Sterne am hellsten, genauso sind deine Ängste dazu da, Stärke aus ihnen zu ziehen, indem du dich ihnen in den Weg stellst, nicht umgekehrt.«

Ihre Worte gehen mir durch Mark und Bein, wie ein Sturm, der mir nicht den Boden unter den Füßen fortreißt, sondern mich meine papierdünnen Flügel zum ersten Mal spüren lässt. In zwanzig Jahren habe ich eins nie gehabt – eine Wahl. Nicht im Sonnenpalast und nicht, seit ich in Nurias Lager Zuflucht gefunden oder die Wahrheit über den Fall der Königreiche erfahren habe. Beatrice hat mir ein kostbareres Geschenk gemacht als sie ahnt.

Getrieben vom Aufwind, den ihre Worte entfacht haben, richte ich meine Aufmerksamkeit aufs Wasser, das sich vor uns am Horizont erstreckt. Darin spiegeln sich neben Ruinen einer vergessenen Stadt die staubigen Straßen Feliones. Dürre Körper ausgehungerter Kinder, leere Augenhöhlen Erwach-

sener, denen am Tag der Abgaben alles genommen wird. Bilder, die mich sonst wie Stiche ins Herz getroffen haben, entfachen, gemeinsam mit der widerklingenden Melodie von Beatrice' Worten, neue Funken in mir. Wenn aus ihnen ein Feuer gedeiht, bin ich womöglich in der Lage, meinen Untertanen zu helfen. Und dem Rest des Kontinents mit ihnen. Warmer, vom Wasser herüberziehender Wind flüstert mir zu, Soleil und Königin Anthea werden bei diesem Vorhaben an meiner Seite stehen.

Ich treffe meine Entscheidung, rapple mich vom Boden auf und ziehe Beatrice vorsichtig, am Ärmel ihrer Bluse, mit mir hoch.

Sie schaut mich mit zusammengezogenen Augenbrauen an.

»Ich muss meine Angst überwinden«, Ich deute auf die Turmspitze des Schneepalasts, »nicht nur, weil ich es diesen Menschen schuldig bin, die nicht umsonst gestorben sein dürfen. Ich bin es mir selbst schuldig und werde versuchen, meine Magie kennenzulernen, sie zu kontrollieren und als Waffe im Kampf gegen den ewigen Sommer einzusetzen.« Ich klopfe mir den Staub von der Hose. »Du hast mir wirklich geholfen. Danke, Beatrice.« Vergänglich wie die letzten abendlichen Sonnenstrahlen zupft ein Lächeln an meinen Lippen, als wolle es fragen, ob das in Ordnung ist.

Beatrice' Lippen spiegeln mein Lächeln. »Nichts zu danken.« Diesmal funkeln ihre Augen nicht vor Tränen. »Wenn du mich lässt, unterstütze ich dich auf deinem Weg und ich werde alles in meiner Macht Stehende tun, um den Kampf gegen den ewigen Sommer für uns zu entscheiden.«

Mein Lächeln verschwindet nicht. Die Mauer zwischen Beatrice und mir bleibt standfest wie jene, die mich von meiner Magie trennt. Doch aus beiden sind erste Steine herausgebrochen.

Siebzehn - Meine Entscheidung

Beatrice und ich legen den Weg zu Aegiras Hütte schweigend zurück, ohne dass es mir unangenehm ist. In drückender Abendhitze flimmern die umherliegenden Trümmer wie Überreste des Feuers, das sie geschaffen hat. Dennoch atme ich zum ersten Mal am heutigen Tag frei, als stünde ich umgeben von klarer Luft im Wald.

Vor der verschlossenen Holztür angekommen, sucht Beatrice meinen Blick. »Denk daran, dass es deine Entscheidung ist, egal was Nuria und Aegira sagen.«

Ich straffe die Schultern. »Das werde ich.«

Sie lächelt mir aufmunternd zu, dann drückt sie die Türklinke herunter. Der Duft warmer Gemüsesuppe und frisch gebackenen Brotes steigt mir in die Nase. Noire, Gideon, Nuria und Aegira sitzen unbeweglich um einen Tisch aus hellem Holz versammelt.

Das Goldband um meinen Hals wird enger. Beatrice' Präsenz neben mir gibt mir Kraft, nicht in Schnappatmung zu verfallen.

Noires Starre löst sich. Sie springt auf, macht einen Schritt auf mich zu und hält in der nächsten Bewegung inne. »G-Geht es d-dir g-gut?« Nebelschwaden trüben ihr Auge und ihre Haare stehen in alle Richtungen ab, als wäre sie minutenlang mit den Fingern durch sie hindurchgefahren

Mein Magen zieht sich zusammen. Ich habe sie allein gelassen und sie hat die Wahrheit über den Fall der Königreiche nicht von mir erfahren hat. »Nein, aber besser«, beantworte ich ihre Frage ehrlich, meine Entschuldigung muss warten.

Sie atmet zittrig auf. »W-Wollt ihr e-euch n-nicht setzen?«

»Gleich.« Ich streiche mir eine schweißverklebte Locke aus dem Gesicht, recke das Kinn und richte meine Sinne auf Beatrice. Sie lässt mir genügend

Sicherheitsabstand und steht gerade so nah neben mir, dass ich ihren Duft einatmen kann, wenn ich mich konzentriere. Bei meiner Ankunft im Lager hat ihre Lederjacke meinen nackten Körper vor bohrenden Blicken geschützt, jetzt stärkt Beatrice mir den Rücken. Noire wird dasselbe tun, wenn es darauf ankommt.

In diesem Bewusstsein fange ich Nurias suchenden Blick auf. Sie hat die feingliedrigen Finger ineinander verschränkt, ihre Stirn zeigt schmale Furchen und sie wippt mit dem linken Fuß.

»Es war richtig von dir, mir mein Schicksal zu offenbaren und mir vor Augen zu führen, welche Verluste der ewige Sommer mit sich gebracht hat«, beginne ich mit ruhiger Stimme. »Ich habe mir nicht ausgesucht, als Wächterin geboren zu werden und für Fehler geradezustehen, die von Menschen begangen wurden, die längst Asche und Knochen sind.« Kalte Flammen lecken an meiner Wirbelsäule. Ich drücke den Rücken durch, damit sie mich nicht um meine gerade Haltung bringen. »Ob ich dieses Schicksal annehme, ist nicht deine Entscheidung, Nuria, nicht Aegiras und nicht Königin Enyas. Sondern meine.«

Nuria nimmt einen scharfen Atemzug und ihr Fuß erstarrt in der Luft, ohne die wippende Bewegung zu Ende zu bringen. »Aber –«

»Ich habe nicht vor, ein zweites Mal wegzulaufen«, schneide ich ihr das Wort ab. Meinen in die Höhe schießenden Puls ignoriere ich. Nuria braucht mich, sie muss meine Entscheidung respektieren. »Meiner Aufgabe als Wächterin werde ich nachgehen. Nicht nur für die Menschen, die nicht umsonst gestorben sein dürfen und für kommende Generationen, sondern vor allem, um mir selbst zu beweisen, dass ich das Monster in mir zähmen kann.« Ich taste nach meinem Rubinanhänger. »Wann und unter welchen Bedingungen ich bereit bin, meine Magie kennenzulernen, liegt bei mir. Ist es so weit, lasse ich es dich wissen.«

Nurias Augenbrauen ziehen sich zusammen und ihre Lippen öffnen sich, ohne dass ein Wort sie verlässt. »Wenn das dein Wunsch ist, muss ich ihn respektieren«, sagt sie, als sie ihre Fassung wieder erlangt hat.

Ein Korsett, das mir die Brust zugeschnürt hat, zerfällt zu Staub, warmer Wind trägt ihn davon. »Ich hatte gehofft, dass du das sagst«, erwidere ich. »Lasst uns einen Plan schmieden, wie wir bei der Suche nach den übrigen Wächterinnen vorgehen und anschließend das Jahreszeitensiegel in unseren

Besitz bringen. Außerdem müssen wir uns überlegen, wie wir mit den Einwohnern des Sommerkönigreichs und«, Soleils blasses Gesicht und ihre von Tränen gefluteten Augen an jenem letzten Abend tauchen vor mir auf; ich blinzle die Erinnerung weg, ehe sie mir den Boden unter den Füßen fortreißt, »der Königsfamilie verfahren. Ohne weiteres können wir Magie nicht als Lösung aller Probleme offenbaren. Dort ist sie die Wurzel allen Übels.«

»Ich hatte meine Zweifel«, murmelt Aegira. »Jetzt bin ich überzeugt, dass das Schicksal eine gute Wahl getroffen hat, als es dich zur Wächterin gemacht hat.« Mit einer einladenden Handbewegung deutet sie auf den Tisch. »Beim Abendessen sammeln wir alle Informationen, die wir haben und zeichnen erste Skizzen für die Karte unseres Weges.«

Bevor Beatrice Aegiras Aufforderung nachkommt und sich am Tisch niederlässt, zwinkert sie mir zu. Gideon starrt sie mit zusammengezogenen Augenbrauen und offenem Mund an, was sie ignoriert. Wie die Ruhe selbst greift sie nach der größten Scheibe im Brotkorb und beginnt, diese zu essen.

Ihre Geste, vergänglich wie ein Wimpernschlag, das Echo von Aegiras Worten und Noires Hand, die sich mit meiner verschränkt und mich Richtung Tisch zieht, durchströmen meine Adern mit neuer Kraft.

Meinen goldenen Käfig habe ich am Tag meiner Flucht hinter mir gelassen. Unwissend, dass ein gläserner, für mich unsichtbarer Käfig ihn wie ein Gerüst umgeben hat. Jetzt liegt er in Scherben und ich habe meine starken Flügel, von denen Königin Anthea gesprochen hat, ausgebreitet. Den Trümmern, die an meinen Federn kratzen, trotzend. Erste Windböen werden von den kleinen Funken, deren Energie in mir aufglimmt, entfacht. Es ist an mir, meinen Aufwind zu finden, zu fliegen, und zum ersten Mal glaube ich beinahe daran, dass ich es schaffen werde.

In der Dunkelheit glitzert die Spitze des Schneepalasts silberblau. Wir haben unsere Zelte unweit des Ufers aufgeschlagen, da wir Aegira nicht in ihrer Hütte zur Last fallen wollen.

Die Erkenntnisse des zu Staub zerrinnenden gestrigen Tages sitzen mir in den Knochen. Ich finde keinen Schlaf und betrachte die Ruinen. Die Nacht nimmt ihnen den Schrecken und macht sie zu Silhouetten, die im nebeligen Glanz des Vollmondes eine furchterregende Schönheit an sich haben. Dennoch löst sich ein Seil um meine Kehle und ich atme ruhiger, beim

Gedanken daran, das einstige Winterkönigreich morgen zu verlassen.

Unsere Besprechung hat nicht lange gedauert, weil es ein Ziel ohne genaue Vorgehensweise gibt. Wir müssen die übrigen Wächterinnen finden. In den Lagern können sie nicht leben, andernfalls wäre einer der Anführer vor Nuria im Winterkönigreich gewesen. Das Sommerkönigreich können wir weitestgehend ausschließen, weil sich seine Blutlinie nach dem Fall der Königreiche und der Abschottung nicht mit den zwei anderen vermischt hat. Bei den Hinrichtungen sind Frühlingsmagier und Herbstmagier rar, meistens Eindringlinge von jenseits der Mauern.

Zunächst werden wir in Nurias Lager zurückreiten und uns einen größeren Trupp zusammenstellen. Nuria würde sich liebend gern Verbündete aus einem anderen Lager suchen, schließlich kennen die elf Anführer die Wahrheit über den Fall der Königreiche. Jedoch ist es risikoreich, das Territorium anderer ungefragt zu betreten, weil alle wenig besitzen und die Angst um die eigenen Vorräte groß ist. Dennoch schlägt sie vor, auf der Reise über den Kontinent Lager aufzusuchen, in der Hoffnung auf Unterstützung.

Ist unser Trupp größer, werden wir uns auf die Suche nach den zwei übrigen Wächterinnen machen. Die zwei gefallenen Königreiche aufsuchen, welche ich bisher nicht betreten habe. Das Frühlingskönigreich im Westen, unsere erste Anlaufstelle nach dem Zwischenhalt im Lager, soll von einer Mauer umgeben sein. Das Herbstkönigreich im östlichen Gebirge ist mühsam zu erreichen. Was hinter der Mauer und dem Gebirge lauert, ob dort Menschen leben und, ob sich die Wächterin des jeweiligen Königreichs unwissend dort befindet, gilt es herauszufinden.

Zur Unterstützung für mein Training als Wächterin, sobald ich bereit bin, meine Magie kennenzulernen, und als Weg, die Menschen in den gefallenen Königreichen von unserem Vorhaben zu überzeugen, hat mir Aegira Königin Enyas Tagebuch in die Hand gedrückt. Zuerst hat mich der blaue Einband wie eine Fessel zu Boden gezogen, bis ich es mit einem zittrigen Gefühl in der Brust angenommen habe.

Das größte Problem ist die Wächterin des Winterkönigreichs. Die Ruinen sind der Beweis für das Ende der Winterblutlinie. Aegira sagt, wir sollen uns Gedanken über die fehlende Wächterin machen, wenn wir die zwei anderen Wächterinnen gefunden haben. Steckt ein Juwel zu wenig darin, richtet das Jahreszeitensiegel womöglich Schaden an, statt die Jahreszeitenkönigreiche

zu heilen. Schlimmer als der ewige Sommer kann es nicht werden, sagt Noire und ich stimme ihr zu.

Darüber, wie wir vorgehen, wenn wir als Wächterinnen beinahe komplett sind, möchte sich niemand Gedanken machen. Uns ist klar, wo sich das Jahreszeitensiegel befindet. In Felione einmarschieren ist der einzige Weg. Bisher haben allen Lagern die Mittel gefehlt. Vereint und mit den Wächterinnen an ihrer Seite könnte es funktionieren.

»D-Du solltest schlafen«, flüstert Noires Stimme auf einmal neben meinem Ohr. »M-Morgen reiten w-wir zurück. Du brauchst deine K-Kräfte.«

Ich schmunzle im Schutz der Dunkelheit. »Du sagst mir, ich soll schlafen und tust es selbst nicht.«

»D-Die Ruinen machen m-mir zu v-viel Angst«, sagt sie. »Ich kann e-es nicht glauben. S-So viele Menschen, einfach t-tot.« Tränen tränken ihre Worte.

»Die Menschenleben bekommen wir nicht zurück, doch wir können das Fundament einer besseren Zukunft bauen«, meine ich. »Eine mit vier Königreichen statt einem. Ihr Wiederaufbau wird ein steiniger Weg, aber es ist nicht unmöglich, alle Steine wegzuräumen und unser Ziel zu erreichen.« *Das glaubst du selbst nicht, Robin.* Nein, tue ich nicht, doch ich muss meiner besten Freundin Mut machen. Nach allem, was ihr weiches Herz ertragen musste, verdient sie Hoffnung. Die Frage »Wieso hast du mir Beatrice hinterhergeschickt, als ich weggelaufen bin?« kommt mir über die Lippen, bevor ich sie herunterschlucken kann.

Noire rollt die Schultern nach hinten. »Damit du dir ihre Geschichte anhörst«, antwortet sie mit fester Stimme.

Ich neige den Kopf. »Woher wusstest du, dass sie mir einen Blick auf deren Seiten gewährt und dass mir ihre Geschichte den ersten Schritt auf unserem Weg zeigen wird?«

»Ich habe es gehofft.« Ihr Auge richtet sie starr auf den Horizont, Silberlichtstrahlen brechen darin. »Zu wissen, dass Beatrice für ihre Ziele brennt, hat mir genügt, diese Entscheidung zu treffen.«

»Es war richtig«, erwidere ich. »Beatrice hat mir erzählt, wofür sie kämpft und mir gleichzeitig eine Wahl gelassen, selbst zu entscheiden, wofür ich kämpfen möchte.« Warmer Nachtwind streichelt meine Haut, ein Lächeln liegt auf meinen Lippen und Wärme flutet meine Adern. »Wir haben uns

ausgesprochen, was immer das bedeutet.« *Was jetzt passiert, nachdem wir ehrlich zueinander waren, wird sich zeigen.* Fernes Ozeanrauschen spült den Nachklang ihrer Worte an meine Ohren. Möchte ich sie besser kennenlernen? Statt Salz und Asche rieche ich Wildblumen und Leder in der klaren Nachtluft. Mein Magen zieht sich zusammen. Sie hasst die Königsfamilie. Ich sollte sie nicht besser kennenlernen als nötig.

Noire wendet mir ihren Oberkörper zu und bringt meine wirbelnden Gedanken zum Stillstand. »Das bedeutet, dass wir fünf, Beatrice, Gideon, Nuria, du und ich, zu einer richtigen Gruppe zusammenwachsen, wenn wir daran arbeiten. Nicht nur, weil wir ein gemeinsames Ziel haben.«

Ich lege den Kopf schief.

»Gideon und ich haben uns ausgesprochen, als Nuria, Beatrice und du in den Archiven wart«, fährt sie fort. Ihre Stimme ist angespannt, ihre Worte gepresst, dennoch verfällt sie nicht in ihr Stottern. »Er hat sich bei mir entschuldigt. Nicht nur für seine Worte gestern, sondern dafür, dass er meinen Unwillen, den Bogen gegen wehrlose Tiere zu erheben, nicht verstanden hat. Dafür, dass ich diesen«, Ihre Muskeln spannen sich zittrig an, »Ort sehen muss.« Sie spielt an ihrer Augenklappe herum. »Sagen, dass ihm dieser Anblick genauso wehtut wie mir, musste er nicht. Das habe ich gespürt. Er schaut immer fort, statt der Zerstörung ins Auge zu sehen.« Sie lässt die Schultern hängen. »Seine Geschichte kenne ich nicht vollständig. Aber ich glaube, es gibt Menschen, die zu früh in ihrem Leben zu viel gesehen haben.«

»Beatrice hat mich einen Teil ihrer Geschichte lesen lassen, Gideon wird dir mehr Seiten zu lesen geben, wenn du ihm Zeit gibst.« Ich verschränke meine Finger mit ihren. Beinahe ziehe ich sie sogleich zurück, Noires Haut ist klirrend kalt wie nach einem Bad im Fluss, fernab der Ruinen im Wald.

Nach einem prüfenden Blick über die Schulter, der mir bewusst macht, dass wir außer Hörweite der zwei anderen Zelte sind, fasse ich meine zum zweiten Mal aufwallenden Gedanken in Worte. »Selbst wenn wir zu einer Einheit zusammenwachsen, muss ich Beatrice, Gideon und Nuria die Wahrheit sagen.« In den silbernen Sternen am Firmament spiegeln sich Beatrice' Funken sprühende Augen, als sie beim Abendessen davon gesprochen hat, dass die Königsfamilie für ihre Taten büßen soll. Schneidend kalter Wind streift meinen Nacken, ich zucke zusammen. Damit hat sie nicht den ewigen Sommer, das Werk meiner Vorfahren, gemeint, sondern ein Verbrechen, das

mein Vater befohlen hat. »Nicht jetzt. Vorher muss ich ihnen zeigen, dass ich auf ihrer Seite stehe, nicht auf Vaters«, Ich umschließe meinen Rubin mit der freien Hand, »wobei ich nicht weiß, wie sein Plan mit mir als Wächterin aussah und welche Seite seine ist. Ob er einen anderen Weg sucht, gegen den ewigen Sommer in die Schlacht zu ziehen und sich uns in den Weg stellt. Mit seiner Magie verabscheuenden Untertanen.« Meine Stimme wird dünn wie zwischen meinen Fingern zerrinnender Staub. »Die Königsfamilie ist nicht der wahre Feind der Jahreszeitenkönigreiche«, dass sie berechtigt Beatrice' und Gideons Feind ist, spreche ich nicht aus; Gideon muss es Noire selbst erzählen, »sondern genauso die Spielfigur der Taten ihrer«, ich stocke, »*meiner* Vorfahren wie wir alle. Aber wenn es zu einem Aufeinandertreffen kommt …«

Noire zieht die Kontur meines Handrückens mit dem Daumen nach. »… wird niemand Soleil ein Leid zufügen«, beendet sie meinen Satz.

Mein Blick schweift zum blauschwarzen Himmel, der von einem Band fein geschliffener Diamanten aus silbernen Sternen geschmückt ist. Sieht Soleils Himmel beim Blick aus ihrem Schlafzimmerfenster, verborgen hinter einer vergoldeten Fensterscheibe, genauso aus? »Sie hatte recht«, murmle ich. »Weil sie hinterfragt hat, ob alle Magier den Tod verdienen oder, ob Vorurteile unser Handeln bestimmen.«

Noires Schulter sinkt federleicht gegen meine. »Deshalb kannst du sicher sein, dass sie unser Vorhaben unterstützen und darüber hinaus helfen wird, Magier und Menschen ohne magisches Blut zu vereinen.«

»Soleil hätte diejenige mit Magie im Blut sein sollen.« Ich ziehe meine Knie an den Körper. »Die Wächterin des Sommerkönigreichs.«

»Es hat sicher einen Grund, dass du es bist«, erwidert Noire mit angespannter Stimme, um nicht zu stottern und klare Worte zu formen. »Damit meine ich nicht nur, dass sie dir vererbt wurde.«

Ich nehme einen scharfen Atemzug. »Was?«

Sie atmet scharf ein. Ihre Stimme bricht. »D-Du h-hast deine M-Magie v-von einem V-Verwandten a-aus d-deiner B-Blutlinie geerbt. Ich dachte, das w-wüsstest d-du.«

»Nein.« Mein Brustkorb krampft sich zusammen. »Das wusste ich nicht.« Beim Aussprechen der Worte unterdrücke ich den Impuls, mir eine Hand vor die Stirn zu schlagen. Hatte ich geglaubt, meine Magie käme aus

dem Nichts? »Wie?«

»Aegira h-hat erzählt, d-die Schwester v-von König Berrin ist e-eine M-Magierin gewesen.« Noire lehnt sich fester an mich, um mich vor dem Fall in den Abgrund, der sich unter mir auftut, zu schützen. »A-Aber o-ob die V-Veranlagung für S-Sommermagie Generationen in d-der Blutlinie der K-Königsfamilie übersprungen h-hat, kann i-ich dir nicht b-beantworten.«

Nachdem sie minutenlang erfolglos versucht, mich zu beruhigen, legen wir uns schlafen. Ruhelos, mit hämmerndem Herzen wälze ich mich auf dem Zeltboden hin und her. In dieser Nacht tue ich kein Auge zu. Der Rubin hinterlässt einen Abdruck einem Brandzeichen gleich in meiner Handfläche, so fest umklammere ich ihn. Stammt meine Sommermagie von Vorfahren, die längst namenlose, zu Asche verfallene Knochen sind oder gibt es eine Wahrheit, die nur Vater mir erzählen kann? Eine, die erklärt, wieso er mir meine Magie zwanzig Jahre lang unzugänglich gemacht hat, statt mich zu töten.

ACHTZEHN - NUR IHRE ZERSTÖRERISCHE SEITE

Wie der Ritt ins Winterkönigreich, ist der Rückweg bisher ohne Zwischenfälle verlaufen.

Die Gewitterwolken über unserer Gruppe haben sich verzogen und wir sind in unsere alte Routine verfallen. Wir reiten, bis der Himmel schwarz wird. Anschließend gehen Gideon und Beatrice jagen, Noire und ich sammeln Beeren und Nüsse, Nuria baut die Zelte auf. Ist unser Nachtlager hergerichtet, nehmen wir eine schnelle Mahlzeit ein, während der wir kurze angenehme Gespräche führen, bis wir uns mit ausgelaugten Gliedern dem Schlaf hingeben. Dafür, tiefe Unterhaltungen zu führen und einander wirklich kennenzulernen, ist das Band zwischen uns zu frisch und die Momente beim Abendessen sind zu kurz. Insofern ich das überhaupt möchte.

In einem Zelt schlafen macht mir nichts mehr aus. Meine Gemächer im Sonnenpalast, prunkvolle Kleider und von ausgebildeten Köchen zubereitetes Essen sind ein verblassender Traum, der mir mit jedem Tag im Wald mehr entgleitet. Noch bin ich nicht bereit, loszulassen. Ich habe mich von einer Vielzahl verfilzter Locken, übersät mit Knoten, getrennt. Beatrice, die seit Kindertagen das Haar ihrer Mutter schneidet, hat mir meines bis auf die Schultern abgeschnitten und ich habe ihm keine Träne nachgeweint. Dennoch bleiben die Knoten und der Wunsch, die widerspenstigen Locken zu bändigen.

Mittlerweile sehe ich mich kaum mehr als Prinzessin. Die junge Frau von damals ist gestorben, als sie ihre Magie entdeckt hat. Lediglich meine kleine Schwester bindet mich an mein altes Leben. Bis wir in Felione einmarschieren können, ist es ein langer steiniger Weg. Vorher muss ich den anderen die Wahrheit sagen, sonst tun sie Soleil womöglich weh, falls Vater das nicht bereits getan hat. Nicht die Angst vor meiner Magie, sondern dieser Gedanke zeichnet meine lebhaftesten Albträume.

Auch zwischen meinen Albträumen lauern Schatten, die in mein Herz einzudringen drohen. Meine Magie und die Frage, woher sie stammt, lauern während des Reitens zwischen den Bäumen. Mit meiner Magie habe ich mich nicht beschäftigt und Nuria nimmt es hin. Nur als ich etwas über die Vererbung von Magie wissen wollte, habe ich meinen Mut zusammengenommen und sie aufgesucht. Beantworten konnte Nuria meine Fragen nicht.

Ein zweiter Schatten trübt mein Herz. Noire ist stiller als sonst. Während Beatrice und Gideon mir gegenüber freundlicher sind, geht sie uns aus dem Weg. Ich bin nie lange genug mit ihr allein, um sie darauf anzusprechen. Hat ihr der Anblick des zerstörten Winterkönigreichs mehr zugesetzt als ich dachte? Nachts liegt sie oft wach. Wenn ich mich zur Seite drehe, um sie anzuschauen, kneift sie ihr Auge fest zusammen. Als ich sie darauf anspreche, behauptet sie, dass sie sich vor im Wald lauernden Tieren fürchtet.

Ich bin nicht die einzige, die sich Sorgen um Noire macht. Wenn sie abends behauptet, keinen Hunger zu haben und sich abseits von der Gruppe niederlässt, bleibt Gideon in ihrer Nähe. Sie sprechen nie miteinander, doch er hat ein Auge auf sie. Immerhin kenne ich jetzt den wahren Grund, wieso er nicht wollte, dass sie mitkommt. Nachdem er sie bei der Jagd erlebt hat, konnte er sich denken, wie sie auf unbekannte Gefahren reagiert. Dass er Noire nicht versteht, heißt nicht, dass er sie Situationen aussetzen möchte, die ihre Ängste auslösen.

Während mich der wochenlange Ritt und die Zeit im Lager nach anfänglicher Verunsicherung gestärkt haben, scheint Noire gebrochener. Sie auf meine Flucht mitzunehmen, war die einzige Möglichkeit, andernfalls wäre sie jetzt tot. Ich hoffe, dass sie, insofern wir siegreich aus dem Kampf gegen den ewigen Sommer hervorgehen, eine lange Zeit zur Erholung in einem sicheren Umfeld bekommt.

»Steh auf!«

Mein traumloser Schlaf zerfällt zu Staub.

»Was?« Ich blinzle mir den Schlaf aus den Augen und sehe Beatrice' Gesicht schemenhaft im schwachen Mondlichtschein. In der Hand hält sie ihren silbernen Speer. »Ich war schon dran mit der Nachtwache.«

Sie schüttelt den Kopf. »Das ist es nicht.«

Unser Gespräch weckt Noire, die neben mir in die Höhe schießt.

Beatrice öffnet den Mund, um etwas zu sagen, als ein lautes Wiehern die Stille zerschneidet. »Das ist der Grund, wieso ich euch wecke.«

»W-Werden w-wir angegriffen?«, fragt Noire.

Beatrice zuckt die Schultern. »Die Pferde sind unruhig, deshalb vermute ich, dass jemand oder etwas näherkommt und droht, uns zu überraschen. Gideon und Nuria warten vor dem Zelt. Wir sollten keine Zeit verlieren und nachsehen.« Sie deutet zur Ecke des Zeltes, in der Noires Bogen sowie ihr Köcher voller unbenutzter Pfeile liegen. »Nimm deine Waffen mit. Die wirst du vielleicht brauchen.« Noire tut was ihr gesagt wird, ohne mit der Wimper zu zucken.

Langsam rapple ich mich auf. Mir wird schwarz vor Augen und alles dreht sich. Noire stützt mich und bewahrt mich davor, umzufallen. Auch als ich wieder gerade stehen kann und wir Beatrice aus dem Zelt folgen, lässt sie meine Hand nicht los.

Vor dem Zelteingang warten Nuria und Gideon, dessen Schwertklinge im Mondlicht bedrohlich aussehen würde, hielte er sie nicht mit klammen, zitternden Fingern fest. »Wehe, du hast uns für nichts geweckt, Beatrice.« Seine Stimme ist dünn.

»Die Pferde sind unruhig und ich vertraue auf ihre scharfen Sinne.« Sie verschränkt die Arme vor der Brust. »Wenn sie etwas oder jemanden hören, ist das keine Einbildung.«

Seine Unterlippe zittert, rasch beißt er darauf, um der Bewegung Einhalt zu gebieten. Als er sich von seiner Schwester abwendet, fällt sein Blick auf Noire und sein Gesicht wird aschfahl. »Wieso ist sie hier?«

Beatrice scheint die Angespanntheit in seiner Stimme nicht zu bemerken. »Weil sie bewaffnet ist«, antwortet sie. »Und treffsicher. Das hast du selbst gesagt.«

Gideon und Noire liefern sich ein stummes Blickduell. Letztlich lässt er die Schultern hängen. »Nicht vor dem Schuss zögern.«

Noire lässt meine Hand los und nimmt eine gereckte Haltung ein, um größer zu wirken als sie ist. Gideon reicht sie knapp bis zum Kinn. »Niemals.«

Kaum hat sie das Wort ausgesprochen, wiehern die vier Pferde ohrenbetäubend. Als hätten sie auf dieses Kommando gewartet, preschen sieben bewaffnete Reiter auf die Lichtung. Im Dämmerlicht des hereinbrechenden

Morgens sehen sie mit ihren schwarzen Uniformen wie Bruchstücke der Nacht selbst aus.

Als die Klingen ihrer Schwerter silbern aufblitzen, wird mir bewusst, dass nicht Noire diejenige ist, die nicht hier sein sollte, sondern ich. Ich habe meine Magie, ich wurde als Waffe geboren. Das ist das Problem, denn ich kann nicht einschätzen was passiert, wenn ich sie einsetze. Wut auf mich selbst lodert in meinen Adern. Meine Kehle steht in Flammen, als ich den Kloß darin quälend langsam herunterschlucke. Egal, was ich mir mein Leben lang eingeredet habe, ich bin eine hilflose Prinzessin, die allein nichts ausrichten kann.

Beatrice stellt sich schützend vor mich, um mich vor den Reitern abzuschirmen. Dann hebt sie ihren Speer, und wirft Nuria einen raschen Blick zu.

»Verletzen, aber nicht töten«, ruft Nuria, ihre Augen zucken zu Noire und Gideon. »Das gilt für euch alle.«

»Damit wir sie befragen können, erfahren woher sie kommen und nicht Gefahr laufen, ein zweites Mal angegriffen zu werden«, schließt Beatrice und richtet sich unter Nurias anerkennendem Lächeln zu voller Größe auf. Ihre Muskeln spannen sich an, als die Reiter auf uns zu galoppieren.

Mit einer einfachen Handbewegung entfacht Nuria eine Windböe. Die Pferde scheuen. Drei Reiter fallen aus dem Sattel, vier können sich oben halten. Letztere stürmen weiter auf uns zu. Die übrigen müssen ausweichen, um nicht von ihren Pferden überrannt zu werden. Die Tiere ergreifen die Flucht. Sie sind hindert den Bäumen verschwunden, bevor einer der Angreifer brüllen kann, dass sie zurückkommen sollen. Ein Reiter nähert sich mir. Ein Pfeil durchdringt seine Hand und er verliert das Gleichgewicht. Sein Nachfolger bekommt Beatrice' Speer in die Schulter gerammt und fällt von seinem Rappen. Ich fühle mich an Tanzschritte erinnert, als Beatrice leichtfüßig wieder ihre Position einnimmt.

Gideon gibt einen erstickten Laut von sich. Ich wende mich ihm zu. Denke zunächst, er schaut seine Schwester an. Doch sein Blick bleibt dorthin gerichtet, von wo sie längst auf ihre Position verschwunden ist. Er starrt die verwundete Schulter des Soldaten an, aus der Blut quillt wie ein im Sternenlicht rötlich glimmender Fluss. Gideons Finger verkrampfen sich um den Schwertgriff und nehmen eine bläuliche Farbe an. Die Erkenntnis trifft mich wie ein Schwerthieb: Er kann kein Blut sehen und seine Schwester bemerkt

es nicht.

Gideon kann gerade rechtzeitig sein Schwert heben, als der verbliebene Angreifer auf ihn zu rennt. Klirrend treffen ihre Schwerter aufeinander. Mit Schwertkampf kenne ich mich nicht aus, dennoch sehe ich an Gideons blasser Gesichtsfarbe und seinem zitternden Schwertarm, wer als Sieger aus diesem Kampf hervorgehen wird. Beatrice wirft mir einen Seitenblick zu. Ich antworte mit einem Nicken, wiege mich in Sicherheit, und sie macht einen Ausfallschritt in Gideons Richtung. Noires Pfeile sind schneller. Der erste trifft den Angreifer in die Schulter, der zweite in die rechte Wade und er geht zu Boden.

Plötzlich presst sich eine kalte Klinge gegen meine Kehle, die ein erstickter Laut verlässt. Der letzte Angreifer muss vom Pferd abgesprungen sein. Zuerst rieche ich Blut und Schweiß, dann verschwimmt die Grenze zwischen Wirklichkeit und Erinnerung – ich schmecke Asche auf der Zunge und atme Rotwein ein, der meine Lungen flutet. Mein Puls schießt in die Höhe. Wassermassen meiner Erinnerungen drohen, mich auf einen Flussgrund fernab der Sonne zu drücken. *Er ist tot. Ich habe ihn getötet.* Das ist er nicht. Ich kämpfe mich an die Oberfläche und spüre die Wirklichkeit mit aller Macht, als der Druck des Schwertes an meiner Kehle fester wird. Warme Blutstropfen rinnen meinen Hals hinab. Vorher war der Rubin an meinem Hals mein Beschützer, in den zwischen den Schatten lauernden Erinnerungen ist meine Magie meine Retterin gewesen. Mein Zittern hallt in meinen Knochen wider. In hämmernden Schlägen flutet mein Herz meine Adern mit Kälte. Denn jetzt ist der Rubin der Grund, wieso ich mich nicht wehren kann. Nutzlos und hilflos wie eh und je.

Aus dem Augenwinkel sehe ich, dass Beatrice wenige Schritte von uns entfernt steht. Ihre olivfarbene Haut ist äschern, die ihren Speer umklammernde Hand verkrampft. Kommt sie einen Schritt näher, befindet sich mein Kopf nicht mehr auf meinem Rumpf.

Noire versteht das nicht und möchte ihr Glück versuchen, mir zur Hilfe zu eilen. Gideon hält sie mit schmerzverzerrtem Gesicht fest. Egal, wie sehr sie sich windet, sie kann sich nicht befreien.

Nuria steht neben den beiden, die Hände erhoben, hin und hergerissen, ob sie ihre Magie einsetzen soll.

»Ihr seid unbefugt in unser Territorium eingedrungen.« Jedes Wort schneidet sich, der Klinge gleich, in meine Haut. »In Zeiten wie diesen, wo die Nahrungsmittel knapper sind als jemals zuvor, dürft ihr euch einen solchen Fehler nicht erlauben.«

»Das ist nicht euer Territorium.« Sie rollt die Schultern nach hinten. »Diese Lichtung gehört zu keinem Lager.«

»Wir haben unser Territorium erweitert.«

»Das dürft ihr nicht.«

»Wer sagt das?«, entgegnet er und packt mich fester. Mir schlottern die Knie. Der stählerne Griff des Mannes ist alles, was mich aufrecht hält. »Du wirst unsere Verhandlungen und ihren Grund nicht vergessen haben, oder, Nuria? Wir können nicht mehr nach Felione, um uns dort der Ressourcen zu bedienen. Unser Territorium zu vergrößern ist die einzige Wahl, um zu überleben.«

»I-Ihr zwei k-kennt euch?«, fragt Noire.

Nuria ignoriert sie. »Da irrst du dich gewaltig, Jaxon«, entgegnet sie. »Es gibt einen anderen Weg. Einen steinigen, das ist wahr. Ich bin mir sicher, du möchtest ihn dennoch wählen. Ich bin mir außerdem sicher, dass du einen Blick auf die junge Frau werfen möchtest, deren Kehle gerade Bekanntschaft mit deinem Schwert macht.«

»Wieso? Damit sie mich angreifen kann?«

»Ruby ist unbewaffnet.«

»Keine faulen Tricks, Nuria«, zischt Jaxon. »Ich kenne dich und deine Herbstmagie zur genüge.«

Sie hält seinen Blick fest. »Versprochen.«

»Nachdem ich sie mir angesehen habe, darf ich die Kleine sicher töten.«

Trotz meiner brennend schmerzenden Kehle dringt ein gurgelnder Laut, einem Schluchzen gleich, über meine Lippen. Ich widerstehe dem Impuls, mich zu winden, als sich das Schwert tiefer in meine Haut bohrt. Tränen steigen mir in die Augen, ich traue mich nicht, sie fortzublinzeln. Mein Weg darf nicht zu Ende sein, bevor er begonnen hat.

»Na gut, Kleine«, murmelt Jaxon und verstärkt seinen Griff um meinen Körper. Ich beiße mir auf die Innenseite der Wange, Blut füllt meinen Mund und erstickt einen Schrei. »Lass dich ansehen.« Er dreht mich so herum, dass wir auf Augenhöhe sind. Im Morgengrauen glitzert sein Haar bronzefarben. Seine Augen sind nicht warm wie Bronze, sondern kalt wie der Schlamm

eines Flussufers. »Sie ist nur eine junge Frau. Was an ihr soll mich –« Er blinzelt und ihm klappt der Mund auf. »Bei den gefallenen Königreichen. Ich bin bereit für neue Verhandlungen, Nuria.« Er nimmt eine Hand vom Griff des Schwerts, um mir eine Haarsträhne aus dem Gesicht zu streichen.

Aus den letzten Funken in mir wächst eine Stichflamme, ich reiße mich los. Schwarze Punkte tanzen vor meinen Augen, warmes Blut fließt meine Kehle hinab und meine Beine drohen, weg zu knicken.

Warm und schützend liegt eine Hand auf meinem unteren Rücken, bevor ich falle. Sie stützt mich, bis ich aus eigener Kraft Stand finde und die meine Sicht erschwerenden Schatten verschwunden sind. Mein Atem geht stoßweise, jedes Luftholen jagt eine Flutwelle aus Schmerzen durch meine Glieder. Zuerst rauscht mir das Blut zu laut in den Ohren, um zu verstehen, was Beatrice sagt. Dann vernehme ich ihr Wispern »Es ist unverzeihlich, dass ich ihn nicht aufhalten konnte, aber ich verspreche dir, dass du jetzt in Sicherheit bist« und halte mich daran fest wie an einem Rettungsseil, das meine aufsteigenden Tränen in den ersten morgendlichen Sonnenstrahlen verdunsten lässt.

Nachdem wir unsere Zelte auf der Lichtung abgebaut haben, hat uns Jaxon in sein Lager gebracht. Einer größeren Version von Nurias. Mit einem Abstecher bei der Koppel, wo wir unsere Pferde untergebracht haben. Die frühen Morgenstunden sind auf Jaxons Seite gewesen, wir sind auf dem Weg zu seiner Hütte niemandem begegnet. Die verletzten Soldaten hat er auf dem Weg in ein Lazarett geschickt. Ich habe mich geweigert, mitzukommen. Jaxon hat mir einen seiner schneidenden Klinge gleichenden Blick zugeworfen, der mir durch Mark und Bein gegangen ist. Kaum haben wir seine die Hütte betreten, hat er seine Bediensteten gebeten, jemanden zu rufen, der sich meine Wunde ansieht, sich um ein Frühstück für uns zu kümmern und ihnen ausdrücklich verboten, Fragen zu stellen.

Jetzt ist er mit Nuria in seinem Arbeitszimmer verschwunden. Gideon und Noire, der ich mehrmals versichert habe, dass sie nicht an meiner Seite bleiben muss, warten in einem kleinen Esszimmer auf Beatrice und mich. Sie hat sich geweigert, mich mit dem soeben eingetroffenen Heiler im spärlich möblierten Wohnzimmer allein zu lassen. Seit dem Angriff zittern ihre Muskeln vor Anspannung, ihre Haut ist äschern und ihre Unterlippe blutig

gekaut. Mich direkt anzusehen, wagt sie nicht.

Bis jetzt habe ich sie nicht darauf angesprochen, weil ich kaum einen klaren Gedanken fassen kann. Mein Kopf fühlt sich an, als würde er in wenigen Augenblicken abfallen. Nie habe ich vergleichbare Schmerzen empfunden. Das Atmen fällt mir schwer. Stoße ich die Luft rasch aus, ertönt ein gepresstes Röcheln. Senken oder schnell zur Seite drehen kann ich den Kopf nicht. Der Schnitt pocht, als schlage darunter ein zweites kleines Herz, das sich aus meiner Haut schälen möchte. Meine Finger muss ich zu Fäusten ballen, um nicht nach dem Schnitt zu tasten. Eine Berührung würde die Haut reizen und brennen wie Feuer. Ich weiß, dass die Wunde, wie jede meiner Verletzungen, ungewöhnlich schnell heilen wird und mich nicht beeinträchtigt wie andere Menschen. Doch ich weiß nicht, unter welchen Bedingungen meine Wunden entscheiden, unsichtbare Verbände zu weben. Es passiert einfach. Meistens während ich schlafe. Jetzt wünsche ich mir, diese Eigenart kontrollieren zu können.

Der Heiler, ein Mann mittleren Alters, nähert sich dem Sofa, auf dem Beatrice und ich sitzen. Er geht vor mir in die Hocke, der Geruch bitterer Heilkräuter beißt sich in meine Atemwege. »Dann lass mal sehen«, sagt er mit ruhiger Stimme. Vorsichtig tastet er nach der unversehrten Haut nah der Schnittwunde. Die Berührung brennt wie Säure, ich zucke zurück. Flammen lecken an meiner Kehle und jagen mir einen erstickten Laut über die Lippen.

Beatrice rutscht näher zu mir, eine Beinlänge trennt uns voneinander. Wie vorhin, nach dem Angriff, atme ich tief ihren Duft ein. Ein Teil ihrer Stärke überträgt sich mit jedem ruhigeren Atemzug auf mich. Diesmal lasse ich die Berührung des Heilers über mich ergehen und halte den brennenden Schmerz tapfer aus.

»Du hast Glück gehabt«, erklärt er, nachdem er meine Haut losgelassen hat. »Die Wunde ist nicht tief. Ein Kratzer, der sich für dich schmerzhafter anfühlt, weil du unter Schock stehst. Zur Sicherheit werde ich sie säubern, damit sie sich nicht entzündet, und eine Salbe darauf geben, die den Heilungsprozess beschleunigt. Wenn die Schmerzen schlimmer werden, kannst du Kräuter kauen.«

Beatrice atmet tief durch. »Das ist nicht nötig«, sagt sie mit einer Schärfe in der Stimme, die keinen Widerspruch duldet. »Meine Mutter arbeitet als Heilerin. Ich habe ihr oft genug assistiert und weiß, wie ich eine Wunde zu

säubern und Salbe aufzutragen habe.«

Ihre Worte verschlagen mir den Atem. Ich wende ihr meinen Oberkörper zu, meinen Blick fängt sie nicht auf.

Der Heiler betrachtet sie mit schief gelegtem Kopf. »Auf deine Verantwortung.« Er deutet auf den hölzernen Beistelltisch. »Dort liegt alles, was du brauchst. Sagt Jaxon, er soll mich rufen lassen, wenn etwas passiert.«

»Einverstanden«, erwidert Beatrice.

Erst, als die Holztür hinter dem Heiler ins Schloss gefallen ist, geht ein Ruck durch ihren Körper und sie wendet sich mir zu. Ihre Muskeln zeichnen sich unter ihrer Bluse ab und sie zupft an deren tiefrotem Saum. »Entschuldige«, sagt sie leise. »Ich habe versagt, dich zu beschützen.« Sie beißt sich auf die Unterlippe. »Ich hätte Gideon nicht zur Hilfe eilen müssen. Noire hatte die Situation unter Kontrolle. Wenn ich schützend vor dir stehengeblieben wäre, hätte ich all das verhindern können –«

Dass sie sich wegen mir Vorwürfe macht, ist ein Pfeil in meinem Herzen. Meine Finger zucken, ich widerstehe dem Impuls, ihr eine Hand auf die Schulter zu legen. »Dir muss nichts leidtun«, beginne ich. Mit jedem Wort zucken Blitze über die Haut meiner Kehle. Ich spanne all meine Muskeln an, um nicht zusammenzuzucken, trotze den Schmerzen und fahre fort. »Du hast mir geholfen, als du mich vor dem Fallen bewahrt hast, schon vergessen? Dafür muss ich mich bei dir bedanken.« Beim Sprechen atme ich flach, um die Schmerzen besser aushalten zu können. Hoffentlich nimmt es meinen Worten nicht die Überzeugungskraft. »Meine Kehle wird wieder.« Ein Lächeln zupft an meinen Lippen. »Und du wirst mir ein weiteres Mal helfen, indem du die Wunde versorgst.«

Sie blinzelt ungläubig. »Beim nächsten Mal mache ich es besser«, murmelt sie zu sich selbst, ehe sich ihre Körperhaltung entspannt. Um ihre Mundwinkel zuckt es. »Jetzt sehe ich mir deine Wunde an ... wenn in Ordnung für dich ist, dass ich es mache –«

»Ja«, antworte ich, ohne zu zögern.

Das Lächeln verlässt ihre Lippen nicht, als sie sich der Wunde zuwendet. Ihre Berührung ist ein federleichter Hauch, den ich kaum spüren sollte. Dennoch spannen sich meine Muskeln an und ein kalter Hauch durchzuckt mich. Mit jeder von Beatrice' behutsamen Berührungen flutet mehr Wärme meine Adern. Ich konzentriere mich auf ihre Finger, die meine Haut streifen

und den Schmerz in meiner Kehle erträglicher machen.

Während sie die Wunde säubert, ist Beatrice entspannt und konzentriert bei der Sache. Ich spüre, dass ich ihr eine Last von den Schultern genommen habe.

Anschließend greift sie nach dem kleinen Glas mit weißer, dickflüssiger Salbe, die einen bitteren Geruch verströmt. »Die Salbe wird brennen.« Zögerlich streckt sie mir ihren linken Arm entgegen und weicht meinem Blick aus. »Du kannst dich an mir festhalten, das macht den Schmerz vielleicht erträglicher –«

Mit klammen Fingern komme ich der Aufforderung nach. Federleicht verharren sie auf dem Stoff ihrer Bluse, ich wage nicht, zuzupacken.

»Bereit?«

»Ja«, wispere ich.

Beatrice verteilt die Salbe sanft, mit geschickten Fingern auf der Wunde. Dennoch gleicht die Berührung Messerstichen. Wie eine in Säure getränkte Dolchklinge frisst sich die Salbe in meine Kehle. Schwarzes Flimmern umhüllt mein Sichtfeld. Ich kneife die Augen zusammen und umklammere Beatrice' linken Arm mit zitternden Muskeln. Als die Berührung an meiner Kehle stoppt, dauert es einige abgehackte Atemzüge, Lavaströmen in meinem Hals gleichend, bis der brennende Schmerz einzelnen Funken weicht.

Blinzelnd öffne ich die Augen. Das Schwarz über meinem Sichtfeld lichtet sich und macht strahlendem Grün Platz. »Du hast es geschafft«, sagt Beatrice mit einem aufmunternden Lächeln auf den Lippen. Für einen angehaltenen Atemzug berührt sie meine Wange mit den Fingerspitzen.

Ich erstarre. Mir wird allzu bewusst, dass ich mich immer noch an ihrem Arm festhalte. Mit einem flauen Gefühl im Magen löse ich meinen Klammergriff.

Beatrice schluckt trocken und zieht ihre Finger rasch von meiner Wange zurück. »Zumindest bis ich mir die Wunde heute Abend ein zweites Mal ansehe«, schließt sie und rappelt sich vom Sofa auf.

Bevor ich ihr ins Esszimmer folge, gibt sie mir eine Handvoll Kräuter, die das Brennen in meiner Kehle betäuben werden. Ich nehme sie dankend an, wenngleich jede Kaubewegung Schmerzen von meinem Kiefer in meine Kehle jagt und die Salbe ihre Wirkung entfaltet. Der Schmerz ist längst einem dumpfen Pochen gewichen. Das flaue Gefühl in meinem Magen bleibt.

Noire und Gideon blicken von ihren mit Haferbrei gefüllten Schüsseln auf, als Beatrice und ich das Esszimmer betreten.

Meine beste Freundin hält meinen Blick fest. Sie legt den Kopf schief. »Geht es dir besser?«

»Ja«, antworte ich ehrlich. Ich lasse mich auf dem Stuhl neben ihrem nieder und drücke ihre Hand. »Beatrice hat die Wunde gut versorgt.«

Noire sucht Beatrice' Blick. »Danke.«

»Ich muss mich bei dir bedanken«, entgegnet Beatrice, nachdem sie einen großen Löffel Haferbrei gegessen hat. »Du hast Gideon gerettet.«

Unglaube spiegelt sich in Noires Auge. »D-Du lobst m-mich –«

»Zu recht«, sagt Gideon. Auf dem Weg in Jaxons Lager hatte er am ganzen Körper gezittert, jetzt hat sich seine Anspannung gelöst. »Du zögerst nicht vor dem Schuss, wenn es darauf ankommt.«

Noire erstarrt in der Bewegung, als sie einen Löffel Haferbrei essen möchte. Sie schluckt, fasst sich und antwortet mit fester Stimme: »Das habe ich dir vor dem Kampf versprochen.« Ihr Blick hält Gideons einen Atemzug lang fest, ehe sie sich an mich wendet. Sie deutet auf meine unberührte Schüssel. »Möchtest du nichts essen?«

Die Kräuter zu kauen, ist eine Qual gewesen. Beim Gedanken daran zieht sich meine Kehle vor Protest brennend zusammen. »Später« antworte ich, atme tief durch, so gut die Wunde es zulässt, und traue mich, es auszusprechen: »Ich für meinen Teil muss lernen, selbst zu kämpfen. Dann müsst ihr nicht mehr auf mich achtgeben.« Der Rubin drückt sich wie ein schweres Gewicht in die Lücke zwischen meinen Schlüsselbeinen. Weil das Goldband die Wunde nicht berührt, habe ich ihn zum Glück nicht abnehmen müssen. »Ich brauche Hilfe, meine Magie kontrollieren zu lernen.« Mit jedem Wort fällt mir das Sprechen leichter. Die Kräuter entfalten ihre betäubende Wirkung. »Eine Sommermagierin, die mit denselben Quellen vertraut ist, die ich nutzen kann, wäre ein Anfang. Eine Wächterin wäre besser.«

Ein Lächeln legt sich auf Beatrice' Lippen und ihre Augen strahlen. »Dir eine Sommermagierin zur Seite stellen, sollte nicht schwierig sein«, murmelt sie. »Bis wir auf eine weitere Wächterin treffen, wird es hingegen dauern.«

»Ob die zwei anderen Wächterinnen ihrer Magie mächtig sind, wissen wir nicht«, fügt Gideon hinzu. »Haben wir Pech, geht es ihnen wie Ruby.«

»Wie das Training einer Wächterin aussah, wissen wir ebenfalls nicht«,

bemerkt Beatrice. Sie sieht mich mit erhobenen Augenbrauen an. »In Königin Enyas Tagebuch steht nichts darüber?«

Ich weiche ihrem Blick aus. »In den Monden zu Pferd konnte ich nicht darin lesen«, erwidere ich mit dünner Stimme. »Bevor ihr etwas sagt, ich weiß, dass ich mir meine Zeit besser einteilen und mit dem Lesen beginnen muss.« Meine randvolle Schüssel umklammernd schaue ich auf. »Womöglich finde ich Hinweise auf das Training einer Wächterin. Wobei ich nicht weiß, inwieweit die Monarchen darin involviert waren.«

»Ich nehme dich beim Wort.« Beatrice stützt ihr Kinn auf den Händen ab. »Ich frage mich, ob es vorkam, dass Wächterinnen königliches Blut hatten. Zur bestehenden Königsfamilie, im Sommerkönigreich, kann keine von ihnen gehören, denn die Wächterin des Sommerkönigreichs sitzt bei uns.«

»Aber möglich wäre es.« Gideon beißt die Zähne zusammen. »Sicher töten sie in der Königsfamilie ein Kind mit einem Mal im Auge, sobald es die Augen öffnet.« Seine Worte legen sich wie Fesseln um meine Handgelenke und drücken zu, bis rubinrote Tränen aus meiner Haut quellen. »Die Königsfamilie wird für das bezahlen, was sie Magiern«, Er stockt, »und anderen Menschen angetan hat.«

Meine Glieder sind betäubt als hätte ich das Serum genommen, das Magiern vor der Folter verabreicht wird. Gideons und Beatrice' Worte brechen meine Finger. Wie beim Blick durch einen verschmutzten Spiegel trübt sich meine Sicht. Schatten nähern sich mir, in meiner Starre bin ich ihnen schutzlos ausgeliefert.

Sicher töten sie ein Kind mit einem Mal im Auge, sobald es die Augen öffnet. Ein Flüstern in dem im Wind raschelnden Baumkronen, seitdem ich aus meinem goldenen Käfig geflohen bin. Er weiß, was ich bin. Wieso hat er mich nicht getötet?

Noire drückt meine Hand. Die Flutwelle der Erinnerungen gibt mich frei, ich kehre ins Jetzt zurück.

Kein Augenblick zu früh. Die Tür zu Jaxons Arbeitszimmer knarrt. Mit angespannten Mienen betritt er, mit Nuria an seiner Seite, das Esszimmer.

»Wir haben eine Übereinkunft getroffen«, verkündet Nuria. »Jaxon hat der Allianz zugestimmt. Unser Lager steht von nun an im Handel mit dem Seinen, außerdem werden uns vier seiner Soldaten auf der Suche nach den

Wächterinnen begleiten.« Sie betrachtet ihre Hände. »Mehr Unterstützung wäre schön gewesen. Ich verstehe dennoch, dass Jaxon, ebenso wie ich, nicht jedem diese Information anvertrauen kann. Aus meinem Lager werden sich drei Soldaten unserer Gruppe anschließen.« Ihre Aufmerksamkeit richtet sich auf mich. »Jaxon stellt dir eine Sommermagierin als Mentorin zur Verfügung.«

Ich presse meinen Rücken gegen die Stuhlkante. Noires Finger, die schützend mit meinen verschränkt sind, hindern meine Hände am Zittern. Mehr als ein »Danke« kommt mir nicht über die Lippen.

»Nichts zu danken.« Er macht eine wegwerfende Handbewegung. »Meine Soldaten benötigen Zeit, um sich vorzubereiten«, fügt Jaxon hinzu. »Deshalb werdet ihr vier in meiner Hütte bleiben. Ich möchte nicht, dass jemand unangenehme Fragen stellt. Nuria und ich müssen Vorbereitungen treffen. Seid versichert, dass bestens für euch und eure Pferde gesorgt ist, bis ihr in der Morgendämmerung aufbrecht.«

Nachdem Nuria sich erkundigt hat, ob wir etwas brauchen, verschwindet sie gemeinsam mit Jaxon aus der Hütte.

»Es ist nicht einmal Mittag.« Beatrice sieht sich hektisch um, wie in der Erwartung, dass sich ihr die hölzernen Wände nähern. »Was sollen wir bis zur Morgendämmerung tun?«

Beim Schlucken pulsiert meine Kehle, trotz Kräuter und Salbe. »Ich werde in Königin Enyas Tagebuch lesen«, beschließe ich.

Beatrice sinkt tiefer in ihren Stuhl und schaut von Noire zu Gideon. »Demnach sind wir drei übrig und ich hoffe, ihr habt eine Idee, wie wir einen halben Tag überstehen.«

Die Mittagszeit und den Nachmittag verbringen wir in Jaxons spärlich möblierten Wohnzimmer. Beatrice, Gideon und Noire haben von Nuria eine Auswahl an Kartenspielen und Brettspielen bekommen, mit denen sie die Zeit überbrücken.

Ich sitze auf dem schwarzen heruntergekommenen Sofa, in Königin Enyas Tagebuch versunken. Im verzweifelten Versuch, zu ignorieren wie Beatrice und Gideon sich während jedes Spiels, das sie beginnen lautstark streiten. Noire, die über den derzeitigen Streit, ob die Spielkarte in Beatrice' Hand eine Sechs oder eine Neun zeigt, leise lacht, hat ihren Spaß. Beim Klang der

wohlklingenden Melodie wird mir leichter ums Herz.

Weil ich nichts über die Bräuche des Winterkönigreichs erfahren möchte, überspringe ich zahlreiche Seiten, auf der Suche nach dem Wort *Wächterin*. Aus Königin Enyas Aufzeichnungen erfahre ich, dass die Magie einer Wächterin nach ihrer Geburt in einem Juwel eingeschlossen wurde. Ihr Training begann im Kleinkindalter. Das Juwel wurde mit jedem Trainingstag für längere Zeit abgenommen, bis sie ohne auskam. Bis zu ihrem zehnten Lebensjahr beschränkte sich ihr Training auf Kontrollübungen, danach folgten praktische Lehrstunden. Mit jedem Wort kaue ich fester auf der Innenseite meiner Wange herum und der Schnitt an meinem Hals zieht sich zusammen wie eine rubinrote Fessel. Wie soll ich zehn Jahre Kontrollübungen und zehn weitere, erfüllt von praktischen Lehrstunden, aufholen? Wollte ich mir selbst Mut machen, meine Mentorin, die ich morgen kennenlerne, um eine erste Trainingsstunde zu bitten und einen vorbereiteten Eindruck auf sie machen, brennt der Rubinanhänger nun ein Flammenmal unter den Schnitt an meiner Kehle.

Mit klammen Fingern blättere ich die nächste Seite um. Lese das Wort *Krankenlager*, möchte das Buch zuklappen, um auf andere Gedanken zu kommen, und halte inne. Die Worte *Wächterin* und *heilen* stehen im selben Satz. Meine Finger zittern, als ich den Schnitt an meiner Kehle nachziehe und lese, dass Wächterinnen, als einzige Magier, des Heilens fähig sind. Den Tod vermochten sie nicht aufzuhalten, dennoch konnten sie verheerende Verletzungen binnen eines Wimpernschlags in Rauch auflösen.

»Vorhin sahst du aus, als wolltest du das Tagebuch mit deinem Blick verbrennen.« Beim Klang von Beatrice' Stimme schaue ich auf. In der rechten Hand zerknüllt sie ein Stück Pergament, das entfernt an eine Spielkarte erinnert, während sie mich mit schiefgelegtem Kopf betrachtet. »Jetzt strahlst du.«

Ich rücke auf die Sofakante. »Bezüglich meines Trainings habe ich keine guten Neuigkeiten«, antworte ich. Dumpfer Schmerz pocht beim Sprechen in meiner Kehle. Mit der linken Hand umschließe ich meinen Rubinanhänger. »Dafür habe ich etwas Besseres herausgefunden. Schenke ich Königin Enyas Tagebuch Glauben, sind Wächterinnen des Heilens fähig und alles ergibt Sinn.« Wie von einem Schwall Feuerfunken getroffen, springe ich auf. »Seit ich mich erinnere, bin ich nie krank gewesen und Verletzungen

227

verschwinden auf meiner Haut schneller als bei anderen Menschen. Mein Rubinanhänger schließt nicht meine gesamte Magie ein, sondern nur ihre zerstörerische Seite.«

Beatrice hebt eine Augenbraue. »Wenn du Heilkräfte besitzt, wieso musste die Wunde an deiner Kehle versorgt werden?« Sie fährt sich durchs Haar. »Ich sollte sie mir bald noch einmal ansehen, außer sie schließt sich bis dahin von selbst –« Am Satzende hebt sie die Stimme wie bei einer Frage.

»Gleich, womöglich zum letzten Mal.« Ich stelle mich auf die Zehenspitzen. »Ich weiß nicht, wie die Heilkräfte funktionieren, meine Wunden verschwinden einfach. Aber ich verspreche dir, dass der Schnitt morgen früh verschwunden ist.« Mein Blick schweift von Beatrice zu Noire, die mich mit offenem Mund ansieht, und Gideon, dessen Gesichtsausdruck den seiner Schwester spiegelt. »Das sind die ersten guten Neuigkeiten, seit ich herausgefunden habe, dass ich eine Magierin bin.«

Noire räuspert sich leise. »Du weißt nicht, wie du die Heilkräfte auf andere Menschen überträgst, um ihnen zu helfen.« Sie fährt sich durchs Haar. »Oder, wie deine Selbstheilung funktioniert.«

Die Feuerfunken in meiner Brust erlöschen. »Was ist los?«

Sie kaut auf ihrer Unterlippe, ihr Auge zuckt vom Schnitt an meiner Kehle zu ihren Händen, für ein Bruchteil einer Sekunde zu Beatrice und Gideon und findet meinen Blick. »S-Sei v-vorsichtig.« Sie sieht mit großen Augen zu mir hinauf. »Egal, o-ob es u-um die H-Heilkräfte oder d-dein Training g-geht.« Mit jedem Wort wird ihre Stimme dünner wie drehender, sich von mir fortbewegender Wind. »Sprich m-mit d-deiner Mentorin, bevor du d-dich an d-den Heilkräften versuchst, v-versprich mir das.«

Meine Kehle schnürt sich zu, der Schnitt jagt eine frostige Stichflamme bis in meine Brust. Ich hocke mich neben sie. »Ich verspreche es dir. Wenn ich eins gelernt habe, dann, dass ich im Umgang mit meiner Magie vorsichtig sein muss.«

Gideon lächelt Noire zögerlich zu. »Sie wird ihr Versprechen halten«, sagt er. »Wir helfen Ruby, hinter das Geheimnis der Heilkräfte zu kommen.«

Beatrice verbirgt ihr Lächeln hinter vorgehaltener Hand.

Noires Körperhaltung entspannt sich, sie erwidert Gideons Lächeln. »Wenn du das sagst.« Sie lehnt ihre Schulter gegen meine. »Ich nehme euch beim Wort und vertraue euch.«

Aufatmend betrachte ich die auf dem Fußboden verteilten Spielkarten. »Möchte mir jemand das Kartenspiel erklären?«

Gideon sieht seine Schwester mit verengten Augen an. »Wenn sich diesmal alle an die Regeln halten.«

Beatrice wirft die zerknüllte Spielkarte nach ihm.

Neunzehn - Ihr grosser Auftrag

Aus Jaxons Lager sind wir vor drei Tagen aufgebrochen, bevor die Sonne den Himmel im Blut des Mondes getränkt hat. Meine Kehle ist nach dem Aufwachen makellos gewesen, was Beatrice, Gideon und Noire die Sprache verschlagen hat.

Wie versprochen hat uns Jaxon zwei Soldatinnen und zwei Soldaten aus seinem Lager zur Seite gestellt. Sven und Rafael, ausgebildete Schwertkämpfer, Zwillinge, die einander aufs Haar gleichen, und Thalia, Svens Frau, eine Frühlingsmagierin. Als letzte eine Sommermagierin mit honigfarbenen Augen und kupferroten Locken in ihren späten Dreißigern namens Iris.

Auf Konversation mit uns sind die Soldaten aus Jaxons Lager nicht aus, dennoch sollte ich zumindest mit Iris sprechen. Bisher habe ich mich nicht getraut, sie nach einer Trainingsstunde zu fragen. Denn sie hat eine Mauer aus Flammen um sich errichtet, ich weiß nicht, wie ich sie durchschreiten soll. Sie sitzt immer abseits von den anderen aus ihrem Lager, als würde sie nicht dazugehören. Ihre dunklen Augen schauen nachts suchend den Horizont an, als hoffe sie, ihre Hand nach etwas auszustrecken, das hinter den Sternwolken verborgen ist. Als suche nicht nur Iris am Horizont nach etwas, warte ich auf ein Zeichen, mit ihr zu sprechen, das ich nicht greifen kann.

Vor dem Morgengrauen erreichen wir das Lager mit müden Gliedern. Eine Verschnaufpause ist uns nicht vergönnt. Kaum lassen die dort positionierten Wachen uns mit tausend Fragen im Gesicht durchs Tor, bringen wir die Pferde zu ihrer wohlverdienten Ruhe auf die Koppel.

Jetzt stehen wir auf der Plattform vor Erikas und Nurias Hütte. Nuria geht ihre Ehefrau allein wecken, wir warten stumm, zu müde für viele Worte.

Violette Ringe zeichnen sich unter Erikas warmen braunen Augen ab und

ihr dunkles kurzes Haar ist zerzaust, als sie ihren Kopf durch die Eingangstür steckt. »Nuria hat mich vorgewarnt, ich glaube das trotzdem erst, wenn ich es sehe«, murmelt sie schlaftrunken. »Kommt rein.«

Meine Starre löst sich als erste und ich betrete mit Noire an meiner Seite die Hütte. Fort aus der Dunkelheit, hinein ins künstliche orangegelbe Licht.

Beatrice stürzt an Erikas Seite. »Du wirst dich freuen, die Neuigkeiten und unseren Plan zu hören«, sagt sie mit einem breiten Lächeln.

»Von den Neuigkeiten hat mir Nuria erzählt, als sie mich aus dem Schlaf gerissen hat.« Erika atmet hörbar auf, ihre Augen schimmern besorgt. »Dass sie mich erneut allein im Lager zurücklassen möchte, erschüttert mich. Vor allem, weil euer Plan voller Löcher ist.«

»Du hast ihn nicht komplett gehört.« Beatrice rollt die Schultern nach hinten. »Freust du dich nicht, dass wir eine Waffe im Kampf gegen den ewigen Sommer besitzen?«

»Sicher freue ich mich«, seufzt Erika. »Allerdings muss euer Plan dafür nicht nur gut durchdacht sein, an der Ausführung darf er genauso wenig scheitern.«

Wir sind im Raum, welcher an den Flur anschließt, angekommen. Ein kleines Wohnzimmer mit drei Sofas, welche um einen Tisch verteilt in der Mitte des Raumes stehen. Somit haben wir alle Platz und niemand muss mit dem Boden Vorlieb nehmen. Ich finde mich zwischen Beatrice und Noire auf dem größten Sofa wieder, Gideon sitzt zur rechten seiner Schwester. Nuria und Erika nehmen auf dem Sofa gegenüber unserem Platz, Jaxons vier Soldaten auf dem dritten.

Erika rauft sich die Haare, was ihre Frisur endgültig zerstört. Danach ruht ihre Aufmerksamkeit lange auf mir, bevor sie ihre Sprache wiederfindet. »Stimmt, was Nuria mir erzählt hat?«

Ich nicke zögerlich, während ich Königin Enyas Tagebuch aus der Innentasche meiner Jacke hervorhole. »Darin ist alles nachzulesen«, sage ich. »Die Geschichte vom Fall der Königreiche, wie wir sie erzählt bekommen, ist ein Bruchstück des großen Ganzen.« Eine Fessel legt sich um meinen Hals und nimmt mir den Atem.

Mein Unbehagen bemerkend ergreift Noire das Wort. Leise, aber ohne ein Stottern, erzählt sie Erika von den Wächterinnen, die es vor dem Fall der Königreiche auf dem Kontinent gegeben hat. Davon, wie das Jahreszeiten-

siegel einen Teil ihrer Magie gespeichert und dem Gleichgewicht auf dem Kontinent die Waage gehalten hat. Vom Konflikt zwischen König Berrin und den Magiern, seinen Experimenten, den Aufständen und seinem Entschluss, Rache an Magiern und den drei Königreichen, die ihm nicht geholfen haben, zu nehmen. Schließlich vom ewigen Sommer, dessen Wurzeln sich aus dem Fundament der Rache erhoben haben, ohne dass König Berrin geahnt hat, welches Monster er erschaffen hat.

Während Noires Erzählung sitzt Erika wie eine Statue neben Nuria. Unbeweglich und starr, ohne, dass sich ihre Brust zu einem sichtbaren Atemzug hebt. Alle Augen im Raum sind auf sie gerichtet, die Stille spannt sich zum Zerreißen, während wir eine Reaktion erwarten.

Nurias Finger beginnen, einen unruhigen Rhythmus auf der Sofalehne zu klopfen, der sich in der Geräuschlosigkeit anhört wie Donnerschläge. Als sie es nicht mehr aushält, tastet sie nach Erikas Hand. »Ich durfte es dir nicht sagen«, wispert sie. »Ich habe es meinem Großvater und denjenigen, die das Wissen im Winterkönigreich bewachen geschworen.«

Erika drückt die Hand ihrer Ehefrau, ihre erste Regung. »Du durftest es mir nicht sagen«, setzt sie mit angehaltenem Atem an. Langsam dreht sie den Kopf und schaut Nuria fest in die Augen, als wolle sie dort Antworten lesen. »Das respektiere ich.« Sie atmet scharf ein. »Wieso ausgerechnet jetzt?« Mit zunehmend blasser werdendem Gesicht sieht sie in die Runde, ihre Augen schnellen zu mir und bleiben so lange dort hängen, dass mein Herz zu hämmern beginnt. Erika beißt sich auf die Unterlippe, ihr Blick gibt mich frei und sie schaut Nuria mit geweiteten Augen an. »Haben wir«, Sie stockt, »eine Chance, etwas zu verändern?«

Nuria zieht die Kontur von Erikas Hand mit dem Daumen nach. »Ja.«

»Eine sehr gute«, sagt Beatrice mit ruhiger Stimme, unsicher, ob sie sich einmischen darf. »Wir wären die einzigen auf der Suche nach den Wächterinnen.« Sie knirscht mit den Zähnen. »Der regierende Sommerkönig kann es sich nicht leisten, Hoffnung aus Magie wachsen zu lassen.«

»Wintermagie ist längst ausgestorben«, füge ich mit heiserer Stimme hinzu. In der Ferne brechen Finger, ich atme Rauch ein, während Magier auf dem Scheiterhaufen verbrennen. »Wir müssen schnell handeln, wenn wir die Wächterinnen finden wollen, bevor dasselbe mit einer zweiten Blutlinie geschieht.«

Noire drückt meine Hand. Ich erwidere den Druck, in dem Bewusstsein, dass wir dieselben mit Dunkelheit gezeichneten Bilder des zerstörten Winterkönigreichs sehen.

Nuria rutscht tiefer ins Sofa. »Wir wissen nicht, ob das Jahreszeitensiegel funktioniert, wenn drei Wächterinnen einen Teil ihrer Magie in den Juwelen speichern«, murmelt sie. »Womöglich stürzen wir den Kontinent in tieferes Chaos, wenn nicht alle vier Arten der Jahreszeitenmagie darin vereint sind.« Sie rollt die Schultern nach hinten. »Dennoch müssen wir es versuchen, andernfalls schaufelt der ewige Sommer unser Grab.«

»Ich fürchte, ich kann dich nicht aufhalten.« Erika seufzt. »Wo wollt ihr mit eurer Suche beginnen?«

»Das haben wir vor unserem Aufbruch aus dem Winterkönigreich geklärt«, antwortet Beatrice. »In einem der Lager kann keine weitere Wächterin leben, weil die jeweiligen Anführer von der Existenz der Wächterinnen wissen. Die Blutlinie des Sommerkönigreichs ist seit dem Fall der Königreiche, soweit wir wissen, unberührt geblieben, die dortige Grenze zu überqueren, wäre unser sicherer Tod, und das Herbstkönigreich ist von unserem jetzigen Standort aus am weitesten entfernt. Uns bleibt das Frühlingskönigreich als erstes Ziel.«

»Unseren Kundschaftern zufolge wird es stark bewacht und ist von einer hohen Mauer umgeben«, berichtet Sven.

Mir klappt der Mund auf. Meine Gedanken wirbeln in alle Richtungen. Zu wenige Bruchstücke, um sie zu einem Bild zusammenzusetzen. Hat ein weiteres Königreich dem ewigen Sommer bis jetzt die Stirn geboten?

»D-Das Frühlingskönigreich g-gibt es noch?«, spricht Noire meine Gedanken aus. Sie starrt Sven ungläubig an. »Es l-liegt nicht i-in Schutt und Asche?«

Er nickt. »Niemand weiß, was sich hinter der Mauer verbirgt. Wir haben nie versucht, dort einzudringen.«

Das Bild der Mauer, die das Sommerkönigreich, umgibt, brennt sich in meine Gedanken. Sollen die Sicherheitsvorkehrungen jemanden im Frühlingskönigreich einsperren oder Gefahren davon abhalten, dort einzudringen? Ein kalter Schauder durchzuckt mich und meine Finger kribbeln unangenehm.

Nurias Körperhaltung entspannt sich. »Dann ist es an der Zeit, das zu

versuchen.«

»Ich hoffe, dass ihr euch nicht in etwas verrennt.« Erikas Körperhaltung spiegelt Nurias. »In der Zeit eurer Suche werde ich für das Lager sorgen, das ist meine Pflicht als stellvertretende Anführerin.« Sie beißt sich auf die Unterlippe. »Obwohl ich meine Ehefrau gerne begleiten würde.« Mit einem Lächeln auf den Lippen, das sich in ihren Augen spiegelt, sieht sie Beatrice an. »Und ich würde gerne sehen, wie meine Sekundantin ihren großen Auftrag weiterführt.« Beatrice strahlt beim Vernehmen von Erikas Worten heller als das durchs Fenster einfallende Sternenlicht. »Welche unserer Soldaten sind die glücklichen, die mit euch auf diese ungewisse Reise gehen sollen?«

Ein ohrenbetäubender Knall, Holz auf Holz, ertönt und lässt mich instinktiv zusammenfahren. Plötzlich steht Ilias im Raum, das Haar vom Schlaf zerzaust, mit einem zu großen Pyjama bekleidet. Er muss hierher geschlichen sein, um uns zu belauschen, sobald wir im Wohnzimmer waren. »Ich melde mich freiwillig!«

Erika springt vom Sofa auf. »Du hast uns belauscht?«

»Sicher.« Ilias grinst. »Ich will mitkommen, darf ich?«

Sie stemmt ihre Hände in die Hüften, ihre Augenbrauen ziehen sich zusammen. »Natürlich nicht.«

»Ich kann helfen.« Ilias verschränkt die Arme vor der Brust und hält Erikas Blick stand. »Ich weiß von eurem Plan und möchte endlich ein Abenteuer erleben.«

Erika legt ihm eine Hand auf die Schulter. »Wir finden einen weniger risikoreichen Auftrag für dich.«

Er weicht zurück und presst die Lippen aufeinander. »Ich bin kein Kind mehr.«

»Du bist fünfzehn.« Erika ringt die Hände. »Seit dem Tod unserer Eltern bin ich für dich verantwortlich. Ich kann nicht zulassen, dass dir etwas passiert. Verstehst du das?«

Beatrice steht von ihrem Platz neben mir auf und stellt sich an Ilias' Seite. »Was ist, wenn ich verspreche, ihn mit meinem Leben zu beschützen?«

Erika fährt sich durchs Haar. Anspannung liegt über ihren Zügen. »Gerade du solltest wissen, wie gefährlich euer Auftrag sein wird.«

Beatrice reckt das Kinn und strafft die Schultern. »Sicher weiß ich das«, antwortet sie. »Allerdings weiß ich auch, wie er sich fühlt. Erinnerst du

dich nicht mehr an das kleine Mädchen, das unbedingt eine Soldatin sein wollte wie ihr Vater, um sich in der Hierarchie des Lagers hochzuarbeiten? Ihr wurde diese Chance gewährt, das ist zwölf Jahre her, damals war das Mädchen erst acht. Warum darf Ilias keine Chance bekommen?«

Ilias schiebt die Unterlippe vor. »Bitte.«

Erika wendet sich an Nuria. »Was sagst du dazu?«

Nuria betrachtet Ilias eingehend. »Du bist nicht allein für ihn verantwortlich, Erika«, bemerkt sie. »Ich möchte ebenso auf ihn aufpassen wie du und wir sind eine große Gruppe. Wenn alle ein Auge auf ihn haben, warum nicht? Lass seinen ersten Auftrag etwas Besonderes sein.«

Ilias schaut Erika mit großen Augen an.

Sie seufzt. »Wenn wir die fehlenden Wächterinnen gefunden haben und aufbrechen, um das Jahreszeitensiegel zu stehlen, kommst du nicht mit.« Seine Antwort ist ein eifriges Nicken. »Dann darfst du bei der Suche nach den Wächterinnen dabei sein. Ich stehe dir nicht im Weg, Nuria passt auf dich auf und der Rest der Gruppe ebenso.« Ihre Worte sind genug, um dafür zu sorgen, dass Ilias ihr um den Hals fällt.

Er löst sich von Erika, umarmt erst Beatrice und anschließend Nuria.

Ich verstehe Erikas Anspannung. Beim Gedanken, Soleil auf einen Auftrag ins Ungewisse mitzunehmen, durchströmt beißende Kälte meine Adern. Zu sehen, wie Beatrice für Ilias einsteht, erfüllt mich mit einem warmen Gefühl, das die Kälte vertreibt. »Wieso?«, flüstere ich.

»Für Beatrice hat sich damals Erika eingesetzt.« Als Gideon das sagt, betrachtet er seine kleine Schwester mit einem Glanz in den Augen, den ich dort nie zuvor gesehen habe. Als wäre Beatrice etwas Zerbrechliches, das man auf diesen Auftrag nicht mitnehmen sollte. »Jetzt sind sie quitt.«

Beatrice lässt sich zwischen uns aufs Sofa fallen, was unserer Unterhaltung ein Ende setzt.

»Ihr schickt ein Kind mit uns auf den Auftrag?«, meldet sich Rafael zu Wort. »Sind in diesem Lager alle des Wahnsinns?«

»Ilias kann hervorragend mit Dolchen umgehen«, entgegnet Erika. »Sei versichert, dass er niemandem im Weg stehen wird.« Sie klopft sich den Staub von der Pyjamahose. »Was die anderen Soldaten angeht, werden Nuria und ich uns beratschlagen.« Ihre Augen richten sich auf das Sofa, auf dem Noire, Beatrice, Gideon und ich sitzen. »Gideon, Beatrice, Cania wird sich freuen,

euch zu sehen. Auch wenn dieses Wiedersehen von kurzer Dauer ist und ihr euer neuer Auftrag nicht gefallen wird.«

Beatrice rückt, so gut es eingequetscht zwischen Gideon und mir möglich ist, nach vorne auf die Sofakante. »Heißt das, ich darf meine Mutter jetzt sehen?«

Erika nickt. »Ihr brecht morgen früh auf, alles andere würde euch schaden.«

Gideon, Noire und ich stehen auf der Plattform vor der Hütte, in der ich eine Woche meines Lebens verbracht habe. Beim Anblick des warmen braunen Holzes spüre ich ein Ziehen in der Brust. Jetzt kehre ich hierher zurück, für eine Nacht. Was geschieht danach? Werde ich das Lager jemals wiedersehen?

Beatrice betritt die Hütte allein, um ihre Mutter zu wecken. Sie war kurz davor gewesen, dorthin zu sprinten, nachdem wir uns von den anderen verabschiedeten und konnte in den Augenblicken, die sie vor der Holztür auf uns warten musste, nicht stillstehen. Ohne Noire und mich anzusehen, bittet Gideon uns darum, Beatrice und Cania diesen gemeinsamen Moment zu geben. Mit einem bitteren Geschmack im Mund willige ich ein. Nicht, weil ich Beatrice nicht gönne, ihre Mutter wiederzusehen, sondern weil ich mich frage, ob Soleil und ich jemals unser Wiedersehen feiern werden.

Die Begrüßung dauert lange, ich erwarte, den Mond über den Himmel wandern zu sehen, wie es die Sonne am Tag tut. Rote Streifen durchbrechen jenseits der Baumkronen sein Blauschwarz wie Raubtierkrallen. Nicht mehr lange, bis die angenehm laue Nacht einem neuen Tag in glühend roter Hitze weichen muss. Meine Finger umschließen den Rubinanhänger um meinen Hals. Vielleicht ist es nicht mehr lange, bis die drückende Hitze verschwindet. Vorausgesetzt unser Plan funktioniert und vor allem, vorausgesetzt meine Magie und ich nähern uns an.

Knarrend öffnet sich die Holztür, dahinter kommt Canias Gestalt zum Vorschein. Ihr Haar ist zerzaust, während ihre Augen leuchten wie Sterne in der Dunkelheit. Einzelne rote Adern ziehen sich durch das Grün und als Cania ihren Sohn ansieht, wird ihr Körper einen Augenblick lang starr. Mit zitternder Stimme wispert sie Gideons Namen. Gideons Körperhaltung ist angespannt, er schaut seiner Mutter nicht in die Augen und seine zusammengeballten Hände stehen Canias Stimme, was das Zittern angeht, in nichts

nach. Bedächtig geht Cania auf Gideon zu, er rührt sich nicht. Als sie ihn vorsichtig in die Arme schließt, rechne ich damit, dass er sich ihr entzieht. Stattdessen lässt Gideon die Umarmung einen Atemzug lang zu, ehe er sich schwer schluckend aus dieser befreit. »Ich habe so gut es geht auf Beatrice aufgepasst.«

»Auf dich selbst solltest du auch aufpassen.«

Als Antwort nimmt Gideon Canias Hand und lässt sie sogleich los, als hätte er sich verbrannt. Ohne sie ein zweites Mal anzusehen, geht er an seiner Mutter vorbei in die Hütte.

Cania seufzt schwer. Dennoch erreicht das Lächeln, welches sie Noire und mir schenkt, ihre grünen Augen. Flüchtig schließt sie erst mich und anschließend Noire in die Arme, ehe wir drei gemeinsam die Hütte betreten. Obwohl sich draußen die Morgenröte anschleicht, fühle ich mich umgeben von den braunen Holzwänden wie in Sonnenlicht gebadet. Als ich den Geruch von Brot einatme, knurrt mein Magen erwartungsvoll.

»Beatrice bereitet das Essen vor«, sagt Cania. »Ich lasse euch nicht mit leeren Mägen ins Bett gehen.« Sie betrachtet Noire und mich von Kopf bis Fuß. »Wenn ihr die ganze Nacht geritten seid, braucht ihr euren Schlaf. Was hat Nuria sich dabei gedacht, bei Nacht und Nebel ins Lager zurückzukehren?«

»Beatrice hat ihr noch nicht gesagt, dass unser Auftrag nicht zu Ende ist«, formen meine Lippen, worauf Noire einen besorgten Blick als Antwort hat.

Auf dem Wohnzimmertisch erwartet uns ein Brotkorb, aus dem ein Geruch von Nüssen und Mehl strömt. Daneben stehen Einmachgläser mit verschiedenen Sorten Fruchtmus und Honig, ein Stück Käse mit einem großen Messer daneben und fünf Tassen. Vier davon sind mit Tee gefüllt. In der fünften befindet sich ein dickflüssiges Getränk, das von dunklerer Farbe als Kaffee ist. Sein klebrig süßer Geruch lässt mich die Nase rümpfen.

Cania und Beatrice haben sich auf dem Sofa niedergelassen. Beatrice' Kopf liegt auf der Schulter ihrer Mutter und sie kuschelt sich eng an sie wie ein kleines Mädchen, obwohl die beiden gleich groß sind und Beatrice deutlich muskulöser ist als ihre Mutter. Cania hat einen Arm um ihre Tochter gelegt und streicht ihr in gleichmäßigen Bewegungen durchs Haar. Morgen müssen sie ein weiteres Mal auf unbestimmte Zeit Abschied nehmen. Das schwer auf meiner Brust wiegende Gewicht hat einen zweiten Grund: Ich habe keine

Mutter, die mich nach Wochen der Trennung zu Hause begrüßt und in den Arm nimmt, als sei ich wertvoller als alles Gold im Sommerkönigreich. Meine Kehle ist zugeschnürt. Mechanisch berühre ich meinen Rubinanhänger mit den Fingerspitzen. Für meine Mutter bin ich eine Sanduhr gewesen, in der ihre Zeit abgelaufen ist. Schwer schluckend wende ich mich von Beatrice und Cania ab. Das schwere Gewicht, einem Korsett aus Stahl gleichend, bleibt.

Gideon sitzt gegenüber vom Sofa auf Kissen, die er sich herangezogen hat. Seine Augen glänzen und er kann seine Hände, die eine der Teetassen umklammern, nicht stillhalten, während er seine Mutter und seine Schwester betrachtet. Neben mir nimmt Noire einen tiefen Atemzug und strafft die Schultern, dann lässt sie sich neben ihm auf den Kissen nieder und ihre Schulter streift seine. Mit ihrer Anwesenheit entspannt sich Gideons Körperhaltung.

Ich setze mich neben meine beste Freundin. Meine Hand schnellt in Richtung des Brotkorbs. Rasch ziehe ich sie zurück, als hätte mir jemand einen Klaps auf die Finger gegeben. Nur, dass ich den Klaps in einer vergangenen Nacht bekommen habe, als ich eine Unterhaltung belauscht habe, die nicht für meine Ohren bestimmt war. »Danke, dass du dir die Mühe gemacht hast, uns Frühstück herzurichten«, sage ich an Cania gewandt. »Das ist zu dieser frühen Stunde nicht selbstverständlich.«

»Für meine Kinder ist es das«, entgegnet sie mit einem warmen Lächeln. Ermutigend nickt sie mir zu. »Iss, Ruby. Unterwegs hattet ihr sicher kein frisches Brot.«

Ein zweites Mal lasse ich mich nicht auffordern. Mein erstes Stück Brot, in dessen Teig Nüsse eingebacken sind, bestreiche ich großzügig mit Honig.

Cania lässt uns einen Moment lang essen, ehe sie »Wohin hat euer Auftrag euch geführt?« fragt.

Nachdem Gideon seine Schwester eindringlich ansieht, beißt sie sich auf die Unterlippe. Mit ihrer süßlichen Duft verströmenden Tasse in den Händen, hebt sie den Kopf von Canias Schulter, richtet sich auf und ergreift das Wort. »Ins Winterkönigreich.«

Cania runzelt die Stirn. »Dort sind Ruinen und keine wertvollen Rohstoffe. Andernfalls hätte eins der Lager«, Ihre Stimme bricht, »oder das Sommerkönigreich versucht, es einzunehmen.«

Beatrice lehnt ihre Schulter gegen Canias. »Das Sommerkönigreich denkt,

dort sind Ruinen«, entgegnet sie. »Die Anführer der Lager wissen es besser. Sie nehmen das Winterkönigreich nicht ein, weil dort Wissen verborgen liegt. Außerdem wollen sie nicht die Aufmerksamkeit des Sommerkönigreichs auf sich ziehen. Wer weiß, ob Spione im Wald sind und ob das Umsiedeln der Lager unbemerkt bliebe.« Ihr Blick zuckt zu mir. »In den falschen Händen ist das dort verborgene Wissen gefährlich. In den richtigen kann es dazu führen, dass der ewige Sommer und die Schreckensherrschaft ihr Ende finden.«

Cania legt den Kopf schief und erwidert nichts. Somit bleibt Beatrice nichts anderes übrig, als ihrer Mutter die wahre Geschichte vom Fall der Königreiche, den Wächterinnen und unserer neuen Hoffnung zu erzählen. Nuria hat ihr dies gestern, nach langem Betteln, erlaubt. Mit jedem Wort aus dem Mund ihrer Tochter dreht Cania den Ring mit orangerotem Stein an ihrem Finger schneller. Darunter färbt sich die Haut blauviolett. Als ein einzelner Blutstropfen aus ihrer Haut quillt, nimmt Beatrice Canias Hand in ihre und stoppt die Bewegung. Das hält Cania nicht davon ab, tief ins Sofa zu sinken und letztlich, als Beatrice' Erzählung vorbei ist, zu erstarren. Ihr Blick huscht von Beatrice zu Gideon und zurück zu Beatrice, ihre Augen sind weit aufgerissen und ihr klappt der Mund auf. »Nein«, presst Cania hervor, obwohl Beatrice nur die Suche nach den Wächterinnen als nächsten Auftrag, nicht aber als ihren Auftrag erwähnt hat. »Das lasse ich nicht zu. Mir ist egal, was Erika und Nuria sagen.«

Beatrice stellt ihre Tasse ab und dreht den Kopf ihrer Mutter so, dass sie ihr in die Augen schauen muss. »Wir reiten nicht ins Sommerkönigreich, sondern in die andere Richtung, um nach den Wächterinnen zu suchen«, sagt sie um eine feste Stimme bemüht. »Ich werde dich nicht anlügen und sagen, dass es dort nicht gefährlich ist. Die Bedrohungen, die auf der anderen Seite des Kontinents lauern, kann niemand einschätzen. Wenn wir die Wächterinnen gefunden haben, müssen wir das Jahreszeitensiegel aus dem Sommerkönigreich stehlen, aber«, Sie beißt die Zähne zusammen, »wenn du Gideon und mich nicht dorthin schicken möchtest, respektieren wir das und bleiben an deiner Seite.« Sie richtet sich zu voller Größe auf. »Unser Auftrag ist die einzige Chance auf ein Ende des ewigen Sommers. Möchtest du nicht weniger stark rationierte Nahrung und eine größere Auswahl an Heilpflanzen haben? Möchtest du nicht, dass unser wahrer Feind verschwindet

und dies einer neuen Welt ermöglicht, aus seiner Asche zu wachsen? Einer, in der Gideon, du und ich keine Angst umeinander haben müssen?«

»Sicher möchte ich das«, erwidert Cania mit nass glänzenden Augen. »Meine Kinder dürfen den Weg zu einer besseren Zukunft nicht mit ihren Leben bezahlen.«

»Wir sind von ausgebildeten Magiern und Soldaten umgeben«, sagt Beatrice. »Ich bin nicht umsonst Erikas Sekundantin und verspreche, mich nicht unüberlegt in einen Kampf zu stürzen. Wie sie es mich gelehrt hat.«

Gideon schluckt sein letztes Stück Brot herunter. »Ich bin kein Soldat, aber ich passe auf Beatrice auf, so gut es geht.« Als Cania ihn mit besorgtem Blick ansieht, fügt er »Auf mich passe ich auch auf« hinzu. Gideon lehnt sich auf den Kissen zurück und wirft Noire einen Blick zu. »Noire ist eine lausige Jägerin, aber aus ihr könnte eine Soldatin werden.« Sie reißt den Kopf hoch und presst sich eine Hand vor den aufgeklappten Mund. Auf meinen Lippen zeichnet sich währenddessen ein Lächeln ab. Es ist höchste Zeit, dass jemand außer Soleil und mir Noire lobt. »Sie hat mir auf dem Weg zurück ins Lager das Leben gerettet. Wenn es drauf ankommt, zögert sie nicht vor dem Schuss.« Gideon wendet sich von Noire ab und sieht Cania fest in die Augen. Einzig seine zitternden Hände spiegeln sein Unbehagen wider. »Du musst dir keine Sorgen machen.«

Noires Wangen nehmen einen rosa Farbton an. Langsam lässt sie ihre Hand sinken. »Ich werde mein Bestes mit dem Bogen geben«, verspricht sie.

Stirnrunzelnd sieht Cania von Gideon zu Noire, ehe sie ihnen ein warmes Lächeln schenkt. »Ihr habt mich überzeugt.« Dann richtet sie ihre Aufmerksamkeit auf mich. »Auf deinen Schultern müssen sich schwere Lasten befinden. Jetzt, wo du weißt, was es mit deiner Magie auf sich hat.«

Ich nicke mit zusammengepressten Lippen. »Ich werde meine Magie trainieren.« Mit einer Hand fahre ich durch meine Locken, die, obwohl Beatrice sie abgeschnitten hat, neue Knoten aufweisen. »Jaxon hat mir eine Sommermagierin aus seinem Lager als Mentorin zur Seite gestellt. Morgen bitte ich sie um eine erste Trainingsstunde.«

Behutsam legt Noire ihre Hand auf mein Knie. »Du schaffst das«, flüstert sie und ich werfe ihr einen dankenden Blick zu.

Weil ich nicht die verweichlichte Prinzessin sein möchte, die sich nach Schlaf sehnt, beiße ich mir auf die Innenseite der Wange. Damit schaffe ich

es nicht, meine schweren Lider, die mich wie zwei an meinen Körper gekettete Steine auf den Grund ziehen, zu ignorieren. Ein Gähnen kann meine nach oben schnellende Hand nicht verbergen.

»Wenn du morgen mit dem Training anfangen möchtest, musst du ausgeruht sein«, spricht Cania aus, was mir meine müden Glieder zuflüstern. »Das gilt für euch alle.« Sie schaut ihre Kinder nacheinander an. »Derweil suche ich Kleidung für euren Auftrag aus, wasche die schmutzige und packe alles zusammen.«

Beatrice trinkt den letzten Schluck aus ihrer Tasse. »Ich bin nicht müde. Ich helfe dir.«

Cania betrachtet sie von Kopf bis Fuß. Beatrice' entschlossen funkelnde Augen werden von violetten Augenringen als Lügner enttarnt. »In Ordnung«, sagt Cania dennoch.

Ich schlucke trocken. »Ich würde mir gerne eigene Kleidung besorgen, bevor wir aufbrechen.«

»Nein«, entgegnet Beatrice.

Ich schnappe nach Luft. »Nein?«

»Zum Reiten benötigst du praktische Kleidung, ob du sie tragen möchtest oder nicht. Wenn wir von unserem Auftrag zurückkommen, wirst du sie nicht mehr wollen, habe ich recht?« Sie betrachtet mich eindringlich, bis ich nicke. »Wozu brauchst du eigene Kleidung, die du nicht möchtest? Wir teilen uns meine, solange wir unterwegs sind.«

Etwas, das sich wie eine Fessel um meine Lungen gelegt hat, löst sich und lässt mich freier atmen. »Danke.«

»Dafür musst du dich nicht bedanken.« Beatrice streicht sich eine Haarsträhne aus dem Gesicht. »Vielleicht finden wir genug Zeit, dir eine Mixtur mit auf den Weg zu geben, die dir hilft, deine Haare zu bändigen. Sie weiter abzuschneiden, wäre schade.«

Mehr, als sie mit offenem Mund anstarren, kann ich nicht. Als sie Noire und mir einen erholsamen Schlaf wünscht, bringe ich ein Danke heraus. Cania und Gideon wünschen uns ebenfalls eine gute Nacht, dann verschwinden sie gemeinsam mit Beatrice aus dem Wohnzimmer.

Noire und ich bauen uns ein Nachtlager aus den auf dem Boden liegenden Kissen.

»Was war das?«, frage ich mit erstickter Stimme, als wir uns zum Schlafen

hinlegen. »Ich dachte, sie möchte ihre Kleidung für sich haben ... dass ich ihr im Gegenzug einen Gefallen tue, indem ich nach eigener Kleidung frage ... nachdem sie mir in Nivret und nach dem Angriff von Jaxons Soldaten geholfen hat.«

Noire lächelt mir aufmunternd zu. »Sie hat dir geholfen, weil sie lernt, dich zu verstehen und weil sie es möchte.«

Zuerst zuckt es um meine Mundwinkel, dann presse ich meine Lippen zu einer schmalen Linie zusammen. »Sie sollte mir in keiner Hinsicht helfen wollen. Ich bin ihre Feindin. Du weißt, was sie über das Sommerkönigreich sagt.«

Noire verschränkt ihre Finger mit meinen. »Du bist aufgrund deiner Herkunft nicht ihre Feindin. Beatrice hat das verstanden und das solltest du auch.«

Mit dem Nachklang dieser Worte wünscht sie mir eine gute Nacht. Ich liege länger wach, als meinen ausgelaugten Gliedern lieb ist, den Rubinanhänger mit der linken Hand umschlossen. Durch die Ritzen in der Holzwand in die Hütte eindringender Wind wispert, dass jemand den Rest der Gruppe vor mir beschützen sollte. Weil ich ihre Feindin bin, anders, als Noire sagt. Auf unserem Auftrag muss ich den anderen und mir selbst das Gegenteil beweisen.

Zwanzig - Auch ein kleiner Funke

Der Mond steht tief am rosafarben leuchtenden Himmel, bald wird er der Sonne weichen. Gestern sind wir im Lager angekommen, haben die meiste Zeit unseres Aufenthalts mit Schlafen verbracht und brechen heute für unbestimmte Zeit auf. Bei meiner Ankunft sind mir die Holzhütten fremd gewesen, jetzt halte ich den Atem an, als mein Blick das letzte Mal über ihre Anordnung schweift. Mein Zuhause ist das Lager nie gewesen und tief im Herzen weiß ich, dass es das nie werden kann. Dennoch schmeckt meine Spucke beim Herunterschlucken bitter. Werde ich diesen Ort jemals wiedersehen?

Unsere Gruppe ist auf dem Weg zur Pferdekoppel, wo die Pferde gesattelt und aufbruchsbereit warten. Alle Abschiedsworte sind gesprochen. Cania und Erika haben Noire und mir jeweils das Versprechen abgenommen, auf ihre Familien aufzupassen. Ilias wollte Erika beim Abschied nicht loslassen, jetzt weicht er nicht von Nurias Seite. Beatrice hat gerötete Augen und ihre Unterlippe zittert. Ihre heiße Schokolade, das klebrig süß riechende Getränk, hat sie beim kurzen Frühstück kaum herunterbekommen. Gideon lässt den besorgten Blick nicht von seiner Schwester. Er schluckt schwer und abgehackt, als wolle er sie darum bitten, zurück zu Cania zu gehen und dort in Sicherheit zu bleiben.

Als ich bei Donna ankomme, löst sich der bittere Geschmack in meinem Mund auf und in meiner Brust ist es weniger eng. »Bist du bereit für unser nächstes Abenteuer?«, erkundige ich mich bei der Stute, während ich sie vom Weidenzaun losbinde. Ihre Augen funkeln erwartungsvoll wie die Morgenröte, was ich als Ja auffasse. Zärtlich streiche ich über ihr samtweiches Fell, bis ich innehalte. Noire tut dasselbe. »Ist die Angst vor Pferden überwunden?«

»A-Angst vor Pferden?« Noire starrt Donnas Hals an. »Die habe ich

i-immer noch, n-nur Donna macht m-mir n-nichts mehr aus.«

»Das ist ein sehr guter Anfang.« Ein Lächeln umspielt meine Lippen. »Du kannst stolz auf dich sein.«

»Seid ihr startklar?«, fragt Nuria mit erhobener Stimme. Bestätigende Laute ertönen. »Sehr schön. Noire, Ruby, ihr kennt unsere Verstärkung für die Gruppe noch nicht. Das hier sind Aidan und Kiana.« Zeit, mehr über die beiden zu erfahren, habe ich später. Das Lächeln auf ihren Mündern ist Zeichen genug, dass sie uns freundlicher gesinnt sind als Jaxons Soldaten. »Lasst uns nun keine Zeit mehr verlieren. Auf zum Frühlingskönigreich.«

Ich helfe Noire auf Donnas Rücken. Wenn sie keine Angst mehr vor der Stute hat, kann ich ihr bei Gelegenheit das Aufsteigen beibringen.

Danach schwinge ich mich in den Sattel und folge Nuria an zweiter Stelle aus dem Lager.

Langsam lichtet sich der Himmel, Rosa wird zu Rot, der Mond blutet. Die Sonne hat ihm einen Dolch in den Leib gestoßen. Ihr orange brennendes Licht fällt als schaurig schönes Spektakel durch die grünen Blätter.

Wir reiten an den Feldern vorbei und am Fluss entlang, der im morgendlichen Sonnenlicht in Wirbeln aus Gold und Grün glitzert. Wir folgen dem Flusslauf, ehe wir abbiegen und auf einem Pfad ankommen, der von großen Bäumen mit breiten Stämmen gesäumt wird. Üppige Baumkronen halten, anders als am schutzlosen Flussufer, die flimmernde Hitze fern. Wie lange wir dem Pfad folgen, kann ich nicht einschätzen. Hinter den Baumkronen bleibt mir der Sonnenstand, an dem ich die Zeit überprüfen könnte, verborgen. Ich versinke im Anblick der Natur, konzentriere mich auf Donnas gleichmäßige Bewegungen und atme klare Luft ein, die nach Harz und Blüten duftet.

»R-Robin.« Noires Wispern trifft mich wie eine Ohrfeige. Uns kann dank des Hufgetrappels niemand hören. »Mir kommt dieser Pfad b-bekannt v-vor.«

»Im Wald sieht alles gleich aus.« Dennoch schaue ich mich um, meinen eigenen Worten nicht glaubend. In der Luft liegt ein Unheil verkündendes Knistern.

»W-Wir s-sind hier schon e-einmal gewesen«, beharrt sie.

Sie weiß das und ich weiß es auch. Insgeheim möchte ich es mir nicht eingestehen. Schweiß rinnt meine Stirn herab wie das Wasser des nahen Flusses. Das kann nicht sein. Bitte nicht.

In einer großen Staubwolke prescht ein Fuchs, dessen Fell wie die rubinrote Sonne schimmert, an Donna vorbei, die protestierend ihre Ohren anlegt.

»Was soll das?«, ruft Beatrice, die ebenfalls überholt wurde, hinter mir.

An den kupferfarbenen Haaren erkenne ich Iris auf dem Rücken des Fuchses. »Das Frühlingskönigreich liegt in der anderen Richtung«, ruft sie Nuria zu.

Ich treibe Donna an, schneller zu traben, damit ich Nurias Antwort hören kann. »Der Fluss ist zu gefährlich. Um ins Frühlingskönigreich zu gelangen, ist es am sichersten, an der Grenze des Sommerkönigreichs entlangzureiten.«

Noire atmet scharf ein. Worte, um ihr Mut zuzusprechen, zerrinnen wie Staub zwischen meinen Fingern. Hoffentlich geht das gut, niemand darf Noire und mich sehen. Überhaupt darf niemand unseren Trupp sehen.

Iris denkt nicht daran, zurück nach hinten zu reiten. Sie bleibt hinter Nuria und kann sich glücklich schätzen, dass sie Beatrice' Flüche von ihrer Position aus nicht hört.

Nach einer Weile lichtet sich der Wald. Meine Glieder werden zu unbeweglichem Eisen, Donna folgt Nurias Stute ohne mein Zutun.

Noire zieht die Nase hoch, ihr Weinen ist tonlos. Ihr Griff um meinen Körper ist schlaff, ich habe Angst, sie könnte fallen. Es gibt nichts, was ich dagegen tun kann.

In der Nähe der Grenze lenken wir unsere Pferde gen Westen. Nicht weit genug, um dem Anblick des Sommerkönigreichs zu entkommen. Felione kann ich von hier aus als schemenhaften Schatten ausmachen, der mir näher ist als in meinen Albträumen und mich mit sich reißen möchte wie ein Unwetter. Im Sonnenlicht schimmern die Häuser bedrohlich. An diesen Bäumen bin ich während meiner Flucht vorbeigekommen. Aus der Ferne erkenne ich rotgolden glitzernde Soldatenuniformen an der Grenze. Ich richte meinen Blick zur anderen Seite, obwohl sie uns nicht sehen können.

Eine kalte Träne rinnt meine glühenden Wangen hinab. So nah war ich Soleil seit Monden nicht, ein kurzer Ritt und ich wäre bei ihr. Nur, dass mich dieser Ritt nicht nur das Leben kosten würde, er würde unsere Pläne zunichtemachen. Ich kaue auf der Innenseite meiner Wange herum. Schmecke Blut. Fühle dennoch diesen stechenden Schmerz in meiner Brust. Er legt sich erst, als wir ein Stück tiefer in den Wald reiten, das Sommerkönigreich verschwindet langsam aus unserer Sicht.

Im Wald wird der Pfad breiter, die Vegetation prachtvoller. Bunte Blumen und Baumstämme in allen Nuancen von Erdtönen lachen mich für mein niedergeschlagenes Gemüt aus.

Vor mir lenkt Iris ihren Fuchs neben Nurias Stute. Heißer Wind, ein Abschiedskuss des Sommerkönigreichs an unseren Trupp, trägt ihre Worte zu mir.

»Vor den Toren zum Sommerkönigreich standen mehr Soldaten in ihren rotgoldenen Uniformen als sonst«, beginnt sie.

»Erika hat mir erzählt, dass mehr von unseren Soldaten als jemals zuvor gar nicht oder schwer verletzt aus dem Sommerkönigreich zurückgekehrt sind.« Nuria stößt ein tiefes Seufzen aus. »Berichten zufolge wurden manche Truppen im Wald abgefangen, nicht an oder hinter der Grenze. Wir können es uns nicht mehr leisten, sie ins Sommerkönigreich zu schicken. Dafür haben wir weder genug Soldaten noch genug Heiler oder Ressourcen für Heilmixturen.«

»Das heißt, eure Versorgungssituation wird auf die Dauer ebenso schlecht wie unsere werden.« Iris' Stimme ist angespannt wie ein Drahtseil über einer breiten Schlucht.

»Ja«, antwortet Nuria. »Wir müssen unsere Ressourcen stärker rationieren.«

»Was um alles in der Welt ist im Sommerkönigreich vorgefallen, dass diese starken Sicherheitsmaßnahmen gefolgt sind?«

»Ich weiß es nicht.« Nurias Blick schweift zum Himmel, der größtenteils von Baumkronen verdeckt wird. »Unsere Suche nach den Wächterinnen muss schnell gehen. Andernfalls stehen wir vor einer Hungersnot.«

Mein Herz wird so schwer, dass es mich aus Donnas Sattel auf den Waldboden ziehen möchte. Dort würde ich so hart aufschlagen, dass ich mir verdienter Weise alle Knochen brechen würde.

Als ahne sie meine Gedanken, hält mich Noire fester umklammert. »Denk nicht daran«, haucht sie.

Ich erwidere nichts. Meine Gedanken schlagen mit einer Kraft, gegen die ich mich nicht zu wehren vermag, gegen meine Schädeldecke. Ich könnte Nuria und Iris sagen, was im Sommerkönigreich vorgefallen ist. Eine klamme Hand löse ich von Donnas Zügel und greife mir an die Kehle. Nur, dass mich diese Wahrheit den Kopf jetzt mehr denn je kosten würde.

Der Himmel färbt sich vom Tiefrot des Tages zum Orange des frühen Abends wie eine herunterbrennende Flamme. Durch die saftig grünen Baumkronen fallen vereinzelte Lichtstrahlen bis zur Moosschicht von dunklerem Grün, welche die Walderde bedeckt. Auf einer Lichtung unweit der Bäume haben wir unser Nachtlager aufgeschlagen, die anderen bauen unsere Zelte auf.

Offiziell sammeln Noire und ich Früchte und Nüsse fürs Abendessen wie auf dem Ritt ins Winterkönigreich. Inoffiziell zögere ich es hinaus, Iris nach einer Trainingsstunde zu fragen und versuche, meine schreienden Gedanken zu beruhigen. In diesem Teil des Waldes ist die Vegetation üppiger. Blumen in warmen Farbtönen wie Rot und Gelb bis hin zu Rosa, die ich nur von den Stoffen meiner Kleider kenne, reichen mir bis zu den Knien. Büsche mit Beeren größer als mein Kopf wachsen zwischen den Bäumen. Ihre blauviolette Farbe lässt mich eine Verwandtschaft mit Blaubeeren vermuten. Weil ich mich irren könnte und nicht weiß, ob die Beeren giftig sind, gehe ich kein Risiko ein. Stattdessen pflücke ich Zitrusfrüchte, handgroße Beeren und Nüsse in allen Brauntönen und Formen, die auf Nurias Liste als ungiftig verzeichnet sind. Beim Sammeln haben Noire und ich Gesellschaft von einer Vielzahl Vögel. Die Farbverläufe ihrer bunten Gefieder stellen die schönsten Kleider in meinem Schrank im Sonnenpalast in den Schatten. In den Baumkronen schimmern die blaugrünen Schuppen von Schlangen im Licht. Einmal erhasche ich beim Pflücken einer Orange den Blick auf zwei Graufüchse, die ich bis dahin nur aus Bildern in Büchern in der Bibliothek des Sonnenpalasts gekannt habe. Mit wachsamen dunklen Augen und aufgestellten Ohren starren sie mich an. Als ich die Orange vom Baum pflücke, erschreckt sie das Geräusch. Die Graufüchse flüchten zwischen die Bäume. Ich schaue ihnen mit einem mulmigen Gefühl im Magen hinterher.

»B-Bist d-du fertig?«, fragt Noire.

Ich nicke. »Ja, ich habe gesammelt, was ich finden konnte.«

Sie tritt an meine Seite und sieht mich erwartungsvoll an. »Ich a-auch. L-Lass uns zurück g-gehen.«

Ich beiße mir auf die Innenseite der Wange und lasse die Schultern hängen.

Noire stellt ihren Korb ab, um mir einen Arm um die Schultern legen zu können. »Robin, w-was ist los?«

Meine den Korb festhaltenden Finger verkrampfen sich. »Du hast Iris

und Nuria gehört.« Als meine Unterlippe zu zittern beginnt, grabe ich meine Schneidezähne hinein, um der Bewegung Einhalt zu gebieten. »Seit wir in Nurias Lager angekommen sind, ist alles, was ich über das Sommerkönigreich höre, dass es stärker bewacht wird. Mehr Soldaten aus Nurias Lager werden bei ihren Aufträgen verletzt oder sterben.« Diesmal kann ich das Zittern meiner Unterlippe nicht verhindern. »Vater muss seine Armee aufgerüstet und Sicherheitsmaßnahmen verstärkt haben, damit niemand aus dem Sommerkönigreich hinaus oder ins Sommerkönigreich hinein kann. Den Vögeln wurden die Flügel gestutzt und die Käfigtüren sind versperrt.«

»S-Sicherheitsmaßnahmen h-heißt a-auch«, Sie versteckt ihr Gesicht hinter ihren Haaren, »d-dass m-mehr unschuldige Menschen st-sterben.« Sie atmet tief ein. »V-Vor allem m-mehr Magier.«

Ich umklammere den Korb fester und trete von einem Fuß auf den anderen. »Wie soll ich glauben, dass es Soleil gutgeht?«

Noires Umarmung wird fester. »Soleil ist stärker als du glaubst, das hat sie sich vierzehn Jahre lang von dir abgeschaut, und Königin Anthea und Penelope lassen nicht zu, dass ihr ein Leid geschieht.«

»Sie können nicht verhindern, dass ihr ein Leid geschieht. Nicht wirklich.« Meine Stimme ist mehrere Oktaven höher, ich zwinge mich, tief durchzuatmen, um nicht zu schreien. »Weil sie keine Ahnung haben, was passiert, wenn sie Soleil aus den Augen lassen.« Das Vogelgezwitscher verstummt, ich bin gefangen in einem Palastkeller, der keinen Lichtstrahl und keinen Ton zu mir durchdringen lässt. »Vor den Hinrichtungen mussten Julius, Soleil und ich die Gefangenen foltern. Ihre Finger brechen und ihre Augen herausschneiden. Vater nannte es eine Vorsichtsmaßnahme, vor euch Außenstehenden bezeichnete er es als Verhör. Ich bin mir sicher, diese Tradition«, Das Wort spucke ich aus, »geht auf König Berrin oder sogar weiter zurück.« Die letzten Worte sind ein Schluchzen. »Soleil konnte das nicht. Wenn sie Menschen, die bestraft werden sollen, weil sie als Magier geboren wurden, nicht verletzen kann, wie soll sie ein Leben in einem Sommerkönigreich mit mehr Soldaten und Hinrichtungen überstehen?«

Noire erwidert nichts, weil es nichts gibt, was sie hätte sagen können. Stattdessen nimmt sie mir den Korb aus den Händen. Anschließend hält sie mich wieder fest und lässt mich um die Schwester weinen, die ich vielleicht nie wieder lebendig sehen werde.

Meine Gedanken kreisen in alle Richtungen bis sie ihren Weg finden. Ich löse mich aus der Umarmung, lasse Noire meine Tränen fort streichen und recke entschlossen das Kinn. »Wir müssen unseren Auftrag ausführen. Die Wächterinnen finden und allem, was der Konflikt zwischen den Magiern und König Berrin ausgelöst hat und was König Ignatius«, Ab heute nenne ich den Mann, der mich mein Leben lang belogen und verabscheut hat, nicht mehr Vater, »fortgeführt hat, ein Ende setzen. Alle Menschen, in allen Lagern und allen Königreichen, haben etwas Besseres verdient als den ewigen Sommer, der sie langsam, aber stetig in eine Hungersnot und von dort in den Tod treibt.« Meine linke Hand schnellt in Richtung des Rubins. »Ich wurde als Waffe geboren. König Ignatius hat mich geschliffen, wie er mich einsetzen wollte, weiß ich nicht. Jetzt werde ich die Waffe sein, die das Ende des ewigen Sommers und der Schreckensherrschaft einleitet.« An Feiertagen im Sommerkönigreich rufen sie ›Aus der Asche sind wir auferstanden!‹. Den goldenen Käfig und das Mädchen, das sich vor seiner Magie fürchtet, werde ich in Flammen aufgehen lassen, um aus meiner Asche als die Frau aufzuerstehen, die ich sein muss. Abrupt löse ich mich ganz aus der Umarmung, um den Korb vom Waldboden aufzuheben. »Ich habe mich lange genug vor meiner Magie versteckt. Jetzt ist Schluss. Ich muss mit Iris sprechen und anfangen, zu trainieren.«

Noire klappt der Mund auf. Dann formen sich ihre Lippen zu einem Lächeln und ihr Auge funkelt. »I-Ich bin m-mir sicher, dein T-Tatendrang w-wird Iris ü-überzeugen, sofort m-mit dem T-Training anzufangen.« Sie hebt ihren eigenen Korb auf und wir machen uns auf den Weg zur Lichtung.

Am Saum der Lichtung angekommen, bleibe ich abrupt stehen. »Sieht man, dass ich geweint habe?«

»Nein.«

Ich atme auf. Noire und ich stellen die Körbe in der Mitte der Lichtung ab, damit sich jeder an den Früchten und Nüssen bedienen kann. Anschließend schweift mein Blick über die Lichtung. Nuria bespricht etwas mit den Soldaten aus ihrem Lager, Ilias ist an ihrer Seite und hört aufmerksam zu. Beatrice und Gideon sitzen abseits, ohne sich miteinander zu unterhalten. Die Soldaten aus Jaxons Lager bilden ihre eigene Gruppe. Iris sitzt so weit weg von allen anderen, wie es die Lichtung möglich macht und starrt den in abendlichen Flammen stehenden Himmel an. Meine Handflächen sind

schwitzig, als ich sie aneinander reibe.

Noire legt mir eine Hand auf die Schulter. »Soll ich mitkommen?«

Ich suche ihren Blick, blinzle und eine Stichflamme tränkt das helle Blau ihres Auges in loderndem Rot bis schwarze Asche übrigbleibt. Mein Atem geht stoßweise. Beim zweiten Blinzeln ist sie verschwunden. So gerne ich bei meinem ersten Training mit Iris Beistand haben möchte, so sehr möchte ich Noire nicht in meiner Nähe haben, wenn ich Magie anwende. »Ich muss das allein schaffen«, erwidere ich. »Du hast damals deine erste Trainings-stunde im Bogenschießen allein geschafft, weil mir verboten war, dabei zu sein. Deine erste Jagd mit Gideon hast du allein geschafft. Jetzt bin ich an der Reihe, meine Magie allein kennenzulernen.«

Sie seufzt. »Na gut.« Ein letztes Mal nimmt sie mich fest in den Arm. »Du schaffst das«, sagt sie mit fester Stimme. Anschließend greift sie in den, ihr am nächsten stehenden Korb nimmt zwei hölzerne Schüsseln und füllt sie mit Essen. Sie nickt in Richtung von Beatrice und Gideon. »Glaubst d-du ich d-darf b-bei ihnen sitzen?«

»Das glaube ich nicht. Das weiß ich.« Mein Blick zuckt zu den Holzschüs-seln in ihren Händen, schmunzelnd schüttle ich den Kopf. »Du dürftest ohne Bestechung bei ihnen sitzen.«

Noire lächelt mir zu, strafft die Schultern, wünscht mir ein letztes Mal viel Erfolg und verschwindet zu Beatrice und Gideon. Kaum hat sie sich neben ihnen niedergelassen, sind zwei grüne Augenpaare auf mich gerichtet, die mich wie ein Windstoß treffen. Noire raunt Beatrice und Gideon etwas zu. Beatrice lässt ihre Augen, die sich zunehmend weiten, nicht von mir. Sie sieht aus, als wolle sie aufspringen und mein Training überwachen. Noires Kopf-schütteln sorgt dafür, dass sie sitzen bleibt.

Ich atme aus. Um eine aufrechte, einer Prinzessin würdige Körperhaltung bemüht, gehe ich in Iris' Richtung.

Im ersten Moment bemerkt sie mich nicht, ihre honigbraunen Augen sind in weite Ferne gerichtet. Leichter warmer Wind spielt mit ihrem kupferfar-benen Haar. Als sie eine Handbewegung macht, um sich die Strähnen aus den Augen zu streichen, entdeckt sie mich am Rande ihres Blickfeldes. Wie ein Schlag trifft mich ihr Blick. »Die Wächterin, die ihre Magie nicht kont-rollieren kann«, murmelt sie.

Zögerlich lasse ich mich neben ihr nieder, um beim Sprechen mit ihr

auf Augenhöhe zu sein. »Ruby hört sich in meinen Ohren besser an.« Ich bohre meine Fingernägel in die Handflächen. »Obwohl deine Bezeichnung genauso passt.« Mein vorsichtiges Lächeln muss falsch sein wie der Name, den ich ihr genannt habe. »Ich hatte gehofft, du könntest mich beim Training unterstützen.«

»Dafür bin ich mitgekommen.« Iris betrachtet ihre Hände, ehe sie zurück in meine Augen sieht und meinen Blick festhält. »Jaxon sagte, du brauchst eine Sommermagierin als Mentorin, um dich mit deiner Magie vertraut zu machen.« Sie runzelt die Stirn. »Nuria hat mir erzählt, dass du Angst vor deiner Magie und sie erst kürzlich entdeckt hast. Deshalb habe ich dir die Zeit gegeben, die du brauchst, um auf mich zuzukommen.« Ihre Mundwinkel zucken nach oben. »Schön, dass diese Einsicht nicht unseren gesamten Auftrag gedauert hat.« So flüchtig es gekommen ist, so schnell weicht ihr Lächeln einer nachdenklichen Miene. Sie fährt sich durchs Haar. »Wieso hast du deine Magie erst im jungen Erwachsenenalter entdeckt?«

Meine linke Hand umschließt den Rubinanhänger, welchen ich so ins Licht der tief stehenden Sonne drehe, dass Iris ihn erkennen kann. »Weil mein Vater mir diesen Anhänger gab und mir verboten hat, ihn abzunehmen.« Ich schlucke. »Der Rubin ist ein wertvolles Familienerbstück. Nichts, was man im Sommerkönigreich unbeaufsichtigt zuhause lassen sollte.«

Zwischen ihren Augenbrauen bildet sich eine Falte. Falls sie die Lüge in meinen Worten entdeckt, lässt sie sich dies nicht anmerken, entspannt ihre Miene und fragt, wie ich meine Magie entdeckt habe.

Meine Finger so fest in die Handflächen gebohrt, dass Blut ins Gras tropft wie ein roter Bach, erzähle ich ihr dieselbe Geschichte wie sie Erika bei unserer ersten Begegnung gehört hat. Zähneknirschend erwähne ich das kurze Training, welches ich während meiner Woche in Nurias Lager genießen durfte und das verbrannte Pult, mit dem es ein jähes Ende fand.

Aufmunternde Worte hat Iris nicht. Einen Atemzug lang betrachtet sie mich auf eine Weise, bei der ich mich entblößt fühle. Als wolle sie durch meine Augen in mich hineinsehen, um die dunkelsten Gedanken, tief in meinem Inneren vergraben, zu entdecken. »Du musst lernen, Quellen effektiv zu nutzen, damit deine Magie nicht unkontrolliert aus dir herausbricht«, sagt sie. »Dafür müssen wir mit schwachen Quellen und Konzentrationsübungen beginnen, damit du nicht übermütig wirst und deine Magie

keine Gelegenheit hat, Schaden anzurichten. Das wird ein langer steiniger Weg. Versprich mir, dass du unser Training ernst nimmst.«

»Ich verspreche es«, erwidere ich, darum bemüht, unter ihrem schwer auf mir lastenden Blick nicht zusammenzuzucken.

Sie setzt sich gerade hin. »Was weißt du über Quellen?«

Zuerst weiten sich meine Augen aufgrund des plötzlichen Beginns unserer ersten Unterrichtsstunde. Schnell fasse ich mich und berichte Iris, was Octavian uns im Lager darüber gelehrt hat. »Quellen reagieren mit der Magie in«, Ich stocke, das nächste Wort schmeckt bitter, »*unserem* Blut und ermöglichen es uns, sie zu wirken. Ist die Quelle aufgebraucht, geschieht dasselbe mit der Magie.« Ein schneidend kalter Schauder durchzuckt mich. »All das erfordert höchste Konzentration, andernfalls sind die Konsequenzen fatal.«

Sie nickt anerkennend. »Dann kennst du sicher die Quellen für Sommermagie.«

»Ja«, antworte ich. »Wärme und Lichtenergie.«

»Wo finden sich diese Quellen?«

»Pflanzen speichern Wärme. Flüssigkeiten und Metalle genauso.« Ich stocke und zwinge mich, Iris fest in die Augen zu schauen, damit ich nicht zurück in den Stallungen lande. Nicht sehe, wie Lucius' Hemd Feuer fängt, wie er zur menschlichen Fackel wird. Der in den Bäumen raschelnde Wind riecht nach Wein und verbranntem Fleisch. Meine zitternden Finger kralle ich statt in meine Handflächen fest ins Gras. Verankere mich im Jetzt, damit mich seine Schattenfinger nicht packen können. Wie in meinen mit der roten Tinte meiner Erinnerungen geschriebenen Albträumen.

»Möchtest du mir die Quelle nennen, die man unter keinen Umständen nutzen sollte?« Iris' Stimme ist weit weg.

»Körperwärme«, presse ich hervor, blinzle und kehre auf die Lichtung zurück. »Weder die eigene noch die anderer Lebewesen.«

Iris' Gesichtszüge werden härter. »Außer im Kampf.«

Nachdenklich betrachte ich meine Hände. Abendlicht spiegelt sich auf der goldenen Haut, formt sich zu Stichflammen. Es war Notwehr. Es war ein Kampf. Jetzt ist er tot und kann mir nicht mehr wehtun. »Außer im Kampf«, bestätige ich.

Sie klopft sich den Staub von der Hose und steht auf. »Für den Anfang brauchen wir eine schwache Quelle.« Ihr Blick schweift prüfend über die

Lichtung. »Warte hier. Ich habe eine Idee.«

»Sind wir weit genug von den anderen weg?«, stammle ich. Iris nickt, dann ist sie verschwunden. Mir bleibt nichts anderes übrig als ihren Worten Folge zu leisten, und zu warten. Blut und Schweiß haben sich auf meinen Händen vermischt, mein Herz möchte mir aus der Brust springen und – obwohl die Hitze am Abend drückend ist – ist mir schneidend kalt.

Iris taucht ebenso rasch wieder neben mir auf, wie sie verschwunden war. In der einen Hand hält sie eine leere Schüssel, in der anderen zwei große Wasserbeutel. »Weil wir in dem Teil des Waldes sind, in dem sich kleine Teiche häufen und unweit vom Fluss, ist es kein Problem, Wasser zu nehmen.« Ohne auf eine Reaktion meinerseits zu warten, füllt sie einen Teil des Inhalts der ersten Wasserbeutel in die auf dem Boden abgestellte Schüssel. »Das schaffst du.«

Ich starre das Wasser an, als handle es sich um tödliches Gift. Meine Finger sind kalt und unbeweglich. »Kannst du mir den Rubin abnehmen, Iris?«, wispere ich.

»Wenn das einfacher für dich ist.« Sie legt ihre Hände an den Verschluss des Goldbands. »Bist du bereit?«

Nein! Ich nicke zögerlich.

Das kalte Goldband löst sich von meinem Hals, dort, wo der Rubin gewesen ist, klafft ein Loch, mein zweites Herz wurde mir entrissen. Meine Augen finden die Schüssel, ich versuche, im Anblick des Wassers zu versinken, stelle mir vor, im Ozean zu schwimmen. Ein warmes Gefühl fährt durch meinen Körper, als sei mir nach viel zu langer Zeit neue Energie geschenkt worden. Gleichzeitig spüre ich einen Stich in der Magengrube, wittere verbranntes Fleisch, das die wohltuenden Gerüche des Waldes verpufft. Meine Muskeln verkrampfen sich, ich kneife die Augen zusammen, damit ich nicht sehe, was ich anrichte. Etwas pulsiert tief in meinem Magen. Erst als ich das Gras an meinen Knien spüre, wird mir bewusst, dass ich hingefallen sein muss. Hinter mir spüre ich eine Präsenz, das Goldband und der Rubin finden meinen Hals wieder, der letzte Energierest wird aus meinem unkontrolliert zitternden Körper gesaugt.

»Du hast es geschafft, Ruby«, flüstert Iris.

Ich traue mich nicht, die Augen zu öffnen. »Hm?«

Sie drückt meine Schulter sanft, aber bestimmt. »Du hast das Wasser

verdunsten lassen.«

Iris' Worte lassen meine Augen zu neuem Leben erwachen, ich reiße sie weit auf und starre auf eine leere Schüssel. Ratlos drehe ich mich zu Iris um. »Das hast du ausgekippt.« Mit zitternden Fingern taste ich das Gras ab, fühle mehrmals prüfend nach, um mich von seiner Trockenheit zu überzeugen. »Oder es selbst verdunsten lassen.«

Sie schüttelt den Kopf. »Habe mehr Selbstbewusstsein. Du und niemand sonst, hast das Wasser verdunsten lassen.«

Mein Herz pocht in meiner Brust wie Trommelschläge. »Ich habe nichts zerstört«, murmle ich zu mir selbst.

»Werde nicht übermütig, weil es einmal gut gegangen ist«, mahnt sie mit Nachdruck in der Stimme. »Der Fluss ist in der Nähe. Solange das der Fall ist, haben wir genügend Wasser, um es öfter zu versuchen.«

Ich rapple mich vom Boden auf. Im ersten Moment dreht sich die Lichtung zu meinen Füßen und ich kann kaum stehen. Zwar ist das Wasser meine Quelle gewesen, dennoch hat das Einsetzen meiner Magie auch aus meinem Körper Kraft gezogen. Ich atme mehrmals tief durch, konzentriere mich und gebe Iris das Zeichen, dass ich bereit für einen zweiten Versuch bin. Beim zweiten Mal sehe ich hin, als das Wasser in Dampfwolken gen Himmel schwebt. Mit jedem Mal sind meine Glieder ausgelaugter und meine Schläfen pochen. Dennoch breitet sich ein warmes Gefühl, kein zerstörerisches Feuer, eher eine wärmende Kerzenflamme, in meiner Brust aus.

»Das hast du für den Anfang gut gemacht«, sagt Iris mit einem anerkennenden Blick, als der letzte Wassertropfen, den wir entbehren konnten, verdunstet ist. »Morgen Abend trainieren wir weiter. Jetzt hast du dir eine Pause verdient.«

Das warme Gefühl, wie ein Kaminfeuer, in meiner Brust verstärkt sich. »Vor meiner Pause«, Ich verlagere mein Gewicht auf einen Fuß, »möchte ich dich etwas fragen.« Sie sieht mich abwartend an, ich fahre fort: »In Königin Enyas Tagebuch habe ich gelesen, dass die Wächterinnen Heilkräfte besessen haben.« Ich taste nach meinem Rubinanhänger. »Das ergibt Sinn, weil mein Leben lang keine Verletzung länger als einen Tag auf meiner Haut geblieben ist. Jedoch weiß ich nicht, wie man die Heilkräfte gezielt anwendet.«

»Von Heilkräften habe ich noch nie gehört.« Iris' Stirn legt sich in Falten. »Dein Rubin sollte deine Magie für dich unzugänglich machen.« Ihr Fokus

richtet sich auf das silberne Sternband über uns, dessen Licht meine Haut wie Schmetterlingsflügel kitzelt. »Dass du Zugang zu deinen Heilkräften hast, ist ein Rätsel wie die Heilkräfte selbst.« Sie fängt meinen Blick auf und der Hauch eines Lächelns zeichnet sich auf ihren Lippen ab. »Zeig mir bei Gelegenheit die Seiten im Tagebuch, die von ihnen berichten. Gemeinsam finden wir des Rätsels Lösung.«

Ich atme auf. »Danke.«

Meine aufrechte Körperhaltung ist echt, als Iris und ich in Richtung unserer Vorräte gehen.

Wir bleiben nicht unbemerkt, Beatrice ist sofort an unserer Seite. Erwartungsvoll schaut sie Iris an.

Iris liest die Frage auf ihrem Gesicht. »Für den Anfang hat Ruby ihre Sache gut gemacht.« Ihr Blick schnellt zwischen Beatrice und mir hin und her. »Ich lasse euch allein. Morgen trainieren wir, sobald die Zelte aufgebaut sind.«

»Das machen wir«, erwidere ich. »Danke für deine Hilfe, Iris.« Ich lasse sie davon gehen, dann wende ich mich strahlend Beatrice zu. »Ich habe Wasser verdunsten lassen und nichts zerstört.« Der Tonfall, in dem ich die Worte ausspreche, klingt, als hätte ich nie etwas Großartigeres geschafft.

Ein Schmunzeln stiehlt sich auf Beatrice' Lippen. »Ich bin stolz auf dich.« Beim Klang ihrer Worte rieselt ein warmer Schauder über meine Haut. Sie senkt die Stimme. »Du bist nicht die Einzige, die heute ein Erfolgserlebnis hatte.«

Ich runzle die Stirn. »Wie meinst du das?«

Mit dem Zeigefinger deutet sie hinter mich, ich folge der Geste. Abseits der Gruppe, wo die grünbraune Lichtung und der Wald einander die Hände reichen, stehen Noire und Gideon, mit Noires Bogen. Mir klappt der Mund auf. »Hat sie ihm gerade gezeigt, wie man schießt?«

»Ja«, antwortet Beatrice. »Noire, Gideon und ich haben zu Abend gegessen. Ilias kam dazu, um Gideon zu fragen, ob er ihm morgen zeigen kann, wie man jagt. Gideon hat zugestimmt, woraufhin ihn Ilias gefragt hat, wieso er immer mit dem Schwert und mit Dolchen unterwegs ist. Schließlich, meint Ilias, könnte man Beute mit einem Bogen effektiver und leiser erlegen.« Sie lacht leise. »Daraufhin hat Gideon Noire gefragt, ob sie zusammen üben wollen.«

Obwohl ich Noire und Gideon am liebsten weiter beobachten möchte, während das warme Gefühl in meiner Brust zunimmt, wende ich mich Beatrice zu. »Scheint, als hätte Noire Gideon ihr Können bewiesen.«

»Das hat sie, als er sie das erste Mal mit dem Bogen gesehen hat. Nur zugeben wollte Gideon das nicht.« Der Blick, welchen sie Noire und Gideon zuwirft, ist von Wärme erfüllt. »Zu sagen, er hat eine Freundin gefunden, ist zu früh. Aber es würde ihm guttun.«

»Noire würde das auch guttun.« Ein Teil der Sorge um Noire, die seit wir im Winterkönigreich waren unruhig und wenig geschlafen hat, fällt von mir ab wie eine Eisenfessel. Ich suche Beatrice' Blick und streiche meine Bluse mit klammen Fingern glatt. Noire hat mit dem, was sie gestern in der Hütte gesagt hat, recht. Aufgrund meiner Herkunft bin ich nicht Beatrice' Feindin und ich möchte sie besser kennenlernen. »Leistest du mir beim Abendessen Gesellschaft?«, frage ich ein wenig verlegen.

Ein Lächeln zupft an ihren Lippen und gleitet über ihre Züge, bis ihre Augen strahlen. »Sicher« antwortet sie.

Eine zweite Fessel löst sich. Meine Lippen spiegeln ihr Lächeln.

Wir lassen uns neben den Vorräten ins Gras fallen und ich greife zu meinem wohlverdienten Abendessen. Zunächst esse ich stumm, während Beatrice und ich Noire und Gideon beobachten. Sie verstauen Köcher und Bogen in Donnas Satteltasche. Anschließend bleiben Noire und Gideon dort, wo die Lichtung den Wald berührt, sitzen. Sie reden ununterbrochen. Beide Gesichter strahlen mit der untergehenden Sonne, die den Himmel in rotviolettes Licht taucht, um die Wette.

Ich lege den Kopf schief. »Worüber sie wohl reden?«

»Sicher über etwas furchtbar Kitschiges.« Zwar rümpft Beatrice die Nase, doch bei jedem Blick zu Noire und Gideon strahlt sie genauso sehr wie die beiden.

»Du meinst so etwas wie ihre Hoffnungen und Träume?«

Sie lacht – eine unbeschwerte, wohlklingende Melodie, die ich so schnell nicht vergessen möchte. »Genau.« Einen Moment blickt sie zum Himmel, an dem der Halbmond den Kampf gegen die Sonne gewonnen hat, dann zurück in mein Gesicht. Mit im Mondschein glänzendem Haar, einem Lächeln auf den Lippen und funkelnden Augen ist sie absurd schön. »Was sind deine?«

Meine Stirn legt sich in Falten. »Meine Hoffnungen und Träume?«

»Ja.« Ihr Haar und ihre Augen schimmern wie die bläulichen Schmetterlinge, die es sich auf den Baumstämmen am Waldrand bequem machen. »Sag nicht, deine Magie kontrollieren lernen.«

»Ich möchte im Ozean schwimmen.« Ein Gedanke an das Leben im goldenen Käfig, welches hinter mir liegt, lässt mich bis auf die Knochen frösteln. »Zwar kann ich nicht schwimmen, aber wo fühlt man sich freier und unbeschwerter als umgeben von Wassermassen? Ich möchte frei sein. Unaufhaltsam. Könnte ich es mir aussuchen, würde ich mir das für alle Menschen auf dem Kontinent wünschen. Etwas verändern, damit ihnen dieser Wunsch gewährt ist.«

»Etwas verändern möchte ich auch«, erwidert Beatrice. »Deshalb möchte ich eines Tages eine Soldatin sein wie mein Vater.«

Ich wende ihr meinen Oberkörper zu und halte ihren Blick fest. »Das bist du längst.«

Beatrice' Lächeln wird breiter, dann beginnen wir das lange Gespräch, das uns während unserer Rasten auf dem Rückweg ins Lager nicht vergönnt war. Mir ist leicht ums Herz, vor allem, weil wir zwischendurch zu Noire und Gideon, die in ihr Gespräch vertieft sind, blicken. Der Vormittag, die Vergangenheit, und eine hinter Nebel verborgene Zukunft sind vergessen, weil das Jetzt zählt.

Lange nachdem wir in verschiedenen Zelten verschwunden sind, bleibt das Gespräch mit Beatrice eine Melodie, die mir nicht mehr aus dem Kopf geht. Nie zuvor habe ich mich so unbefangen mit jemandem unterhalten und wollte immer mehr erfahren. Beatrice ist jünger als ich, gerade zwanzig geworden. Seit sie acht Jahre alt war, bildet Erika sie aus, mit sechzehn ist sie deren Sekundantin geworden. Obwohl ich nichts vom Soldatentum verstehe, habe ich gebannt zugehört, als sie mit funkelnden Augen von ihrem Training und davon, dass sie entweder Generalin ihrer eigenen Armee oder Anführerin ihres Lagers werden möchte, erzählt hat. Eine Weile haben wir über Pferde gesprochen, Beatrice hat im selben Alter wie ich, dreieinhalb, reiten gelernt. Diesmal fügt sich das Puzzleteil, wie sie ihren Wallach gefunden hat, nahtlos in mein Bild von ihr ein. Schwimmen hat sie mit zehn gelernt, an tiefen Stellen im Fluss. Sie versuchte, mir das Gefühl, Teil des Wassers zu sein, zu beschreiben und erzählte von versteckten Orten im Wald, die sie auf

Ausritten mit ihrem Wallach gefunden hat. Dass ich weniger preisgebe als sie, nimmt sie hin, ohne nachzuhaken.

Auch ein kleiner Funke wächst zu einem Feuer heran. Nicht zu einem zerstörerischen, sondern zu einem, das meine Adern mit warmem Glück flutet, als ich endlich die Augen schließe und in traumlosen Schlaf falle. Die Schale, in der Wasser verdunstet, Noires und Gideons strahlende Gesichter und grüne Augen sind das letzte, was ich sehe, bevor der Fluss des Schlafs mich fortspült.

Einundzwanzig - Bestien des Waldes

Während der nächsten vier Tage kehrt eine neue Routine in unserer Gruppe ein. Nach dem Ritt ins Winterkönigreich bin ich abgehärtet. Ich beklage mich weder über Rückenschmerzen nach dem Schlafen im Zelt noch über zu wenig Nahrung oder ein fehlendes Bad. Haben wir die Möglichkeit, in einem kleinen Teich oder im Fluss ein Bad zu nehmen, bin ich dennoch die Erste, die diese Möglichkeit nutzt. Da Cania mir auf Beatrice' Wunsch hin eine Mixtur mitgegeben hat, die ich vor dem Bürsten in meine Haare einmassieren soll, sind die Locken weniger widerspenstig, stehen nicht mehr zerzaust in alle Richtungen ab und sehen gesünder aus.

Jeder hat, sobald eine Lichtung für die Nachtruhe erreicht ist, seine Aufgabe. Noire und ich gehen Beeren und Nüsse sammeln wie auf unserem Ritt ins Winterkönigreich. Gideon hat es sich zur Aufgabe gemacht, Ilias in die Kunst des Jagens einzuweisen. Dabei gelingt ihm der Umgang mit dem Bogen nicht allzu gut. Trifft er ein Tier mit einem Pfeil, steckt dieser nie im Auge, wo er, laut Noire, hingehört. Daran, dass sie mehr miteinander sprechen, hat sich zum Glück nichts geändert und Noire schläft tiefer und ruhiger.

Die Soldaten aus Jaxons Lager bleiben unter sich. Nach der langen Geschichte des Misstrauens zwischen den beiden Lagern ist das kein Wunder. Dennoch wünsche ich mir größeren Gruppenzusammenhalt. Den Weg zu unserem Ziel müssen wir gemeinsam bestreiten. Immerhin macht niemand Nuria ihre Position als Anführerin der Gruppe streitig, obwohl ich mir unsicher bin, ob Jaxons Soldaten im Ernstfall ihre Befehle befolgen würden.

Meine freie Zeit verbringe ich mit Noire, Nuria, Ilias, Beatrice und Gideon. Wir sprechen über das Ziel unserer Reise, über das Leben im Lager, ich

erzähle widerwillig von Felione und, weil ich ihnen verboten habe, mir beim Training zuzusehen, werde ich täglich über meine Fortschritte ausgefragt.

Bisher habe ich beim Training mit Iris keine andere Quelle genutzt als Wasser, um meine Konzentration zu schulen, bevor ich mich an stärkere Quellen heranwage. Das Training inhaliere ich wie eine Verhungernde ein Stück Brot. Meine Magie hat keinen Schaden angerichtet, wenn man von Kopfschmerzen und Erschöpfung absieht. Zwei Dinge, die ich gerne in Kauf nehme, wenn sie bedeuten, dass ich auf einem guten Weg bin, niemandem wehzutun, der es nicht verdient hat.

Nach der Lektüre der Tagebuchseiten kann mir weder Iris noch Nuria mehr über die Heilkräfte verraten. Ob die Wächterinnen meine Kräfte zur Selbstheilung geteilt haben oder, wie ich Zugang zu den Heilkräften bekomme, steht dort nicht geschrieben. Die Energie der Quelle muss auf jene Person, die geheilt werden soll, übertragen werden. Das ist das Einzige, was wir wissen. Da ich die körperliche Gesundheit meiner Mitreisenden nicht aufs Spiel setzen möchte, probiere ich meine Heilkräfte nicht an einem aus. Hoffentlich kann mir die nächste Wächterin, auf die wir treffen werden, weiterhelfen.

Die Lichtung, auf der wir an diesem Abend Rast machen, unterscheidet sich auf den ersten Blick nicht von den vorherigen. Auf den zweiten Blick stehen an ihrem Rand Bäume in Reih und Glied wie von Menschenhand gepflanzt. Als wir anhalten, äußert Sven die Vermutung, dass es sich um feindliches Gebiet handeln könnte. Nuria deutet auf die überwucherten Felder und sagt, dass diese seit Langem nicht genutzt worden sind. Ihre Vermutung ist, dass es sich um einen alten Ernteplatz des Frühlingskönigreichs handelt. Daraufhin zieht sich Sven zu seinem Bruder und seiner Ehefrau zurück.

Wir bauen die Zelte auf, während sich Gideon und Ilias zur Jagd aufmachen. Nurias Soldaten schotten sich wie jeden Abend von uns ab, ebenso wie Jaxons Soldaten.

Abgesehen von Iris, die an meine Seite tritt. »Möchtest du vor dem Training zu Abend essen?«

»Ich möchte erst trainieren«, antworte ich. »Danach brauche ich eine Stärkung mehr als vorher.«

Nuria kommt einen Schritt auf uns zu. »Darf ich zuschauen? Ich würde

gern sehen, welche Fortschritte Ruby gemacht hat. Jetzt, da sie bereit ist, ihre Magie kennenzulernen.«

Hilfesuchend schaue ich zu Iris und versuche, ein Kopfschütteln anzudeuten, das Nuria nicht bemerkt. Mein Herz rast wie ein Pferd in vollem Galopp und scheint sich von innen gegen meine Brust zu drücken. Bin ich bereit für Publikum? Meine Konzentration hat sich während der bisherigen Trainingsstunden verbessert, Ablenkung kann ich nicht brauchen.

Bevor Iris reagieren kann, ist Beatrice mit Noire, die sie am Blusenärmel packt, an unserer Seite. Sie stellt sich auf die Zehenspitzen. »Dürfen wir auch zuschauen?«

Noire wirft mir einen entschuldigenden Blick zu. »W-Wenn d-du möchtest.«

Ich senke die Schultern und bemühe mich, ruhig und tief Luft zu holen. Iris wird jedes Feuer löschen, dennoch könnte ich jemandem mit meiner Magie wehtun, bevor sie es verhindern kann. Noire findet Magie unheimlich, dass sie zuschauen möchte, bedeutet mir viel, deshalb darf ich nichts falsch machen. Nuria möchte ich jetzt, nachdem ich entschieden habe, meine Magie kennenzulernen, nicht enttäuschen. Sie hat mir die Zeit gegeben, die ich brauche und soll sehen, dass meine Entscheidung, zu warten, bis ich bereit bin, richtig gewesen ist. Beatrice möchte ich meine Magie erst zeigen, wenn ich mehr zu bieten habe. Zuschauerinnen werden mich ablenken. Kaum habe ich einen tiefen Atemzug genommen, liegt Iris' Hand auf meiner Schulter. »Mach dich nicht kleiner als du bist«, sagt sie mit Nachdruck in der Stimme. »Du bist bereit zu zeigen, dass du gelernt hast, dich zu konzentrieren. Wenn du deine Sache heute gut machst, darfst du morgen eine neue Quelle nutzen.«

Ich reiße den Kopf hoch. »Eine neue Quelle?«

Iris nickt. »Eine, bei der du die Energie auf ein Ziel umlenken musst«, antwortet sie. »So lernst du, deine Konzentration zu verbessern und bist schnell bereit für stärkere Quellen, die dir mehr abverlangen.«

Unsicher blicke ich auf meine Hände. Bilde mir ein, Flammen aufflackern zu sehen, die sich durch meine Haut fressen, bis nur noch Asche und Knochen übrig sind. Eine Hand legt sich auf meine andere Schulter und vertreibt das Bild. Ich hebe den Kopf und schaue in Noires blaues Auge. »Du schaffst das«, haucht sie mir mit fester Stimme zu. »Ich glaube an dich. Iris glaubt an

dich. Nuria und Beatrice sicher auch.« Sie drückt meine Schulter sachte mit der Hand. »Bloß dein Glaube an dich selbst fehlt.«

»Wenn ich es schaffe, mich mit Publikum zu konzentrieren«, Ich bemühe mich um eine selbstbewusste Haltung, die meine schützende Maske sein soll, »ist das ein wichtiger Schritt, die Meisterin meiner Magie zu werden.«

Iris wirft mir einen anerkennenden Blick zu. »Das wollte ich hören.«

»Nuria!« Ilias' Schrei vom anderen Ende der Lichtung geht mir durch Mark und Bein. Ich zucke zusammen, meine aus Selbstbewusstsein geformte Maske zerfällt zu Asche. »Du musst das sehen! Ihr alle müsst mitkommen und das sehen!« Ilias taucht aus dem Wald auf. Er bleibt neben Nuria stehen, presst sich die Hände auf die Knie und atmet stoßweise. Gideon kommt kurz darauf angespannt neben ihm zum Stehen.

Beatrice betrachtet ihren Bruder mit besorgt glänzenden Augen. »Was ist passiert?«

»Ihr müsst mitkommen, um es euch anzusehen.« Ilias' Atemzüge gehen weiterhin rasselnd. »Am besten sollten alle mitkommen.«

»Hier ist es nicht sicher.« Gideons Hände zittern. »Seht selbst. Es ist nicht weit.«

Nuria legt die Stirn in Falten, während sie Ilias forschend anblickt. »Seid ihr euch sicher?«

Ilias nickt. »In der Nähe hat ein Kampf stattgefunden.« Er verlagert sein Gewicht auf einen Fuß. »Wir wissen nur nicht, was passiert ist und, ob für uns die Gefahr besteht, angegriffen zu werden.«

Nurias Miene wird düster, sie wendet sich an Iris. »Hol die anderen«, sagt sie in einem Tonfall, der keinen Widerspruch duldet. Iris befolgt Nurias Befehl, ohne zu zögern.

Gideon legt den Kopf in den Nacken und schaut zum Horizont, wo die Sonne tiefer sinkt. »Wir sollten fortreiten. Wieso etwas ansehen, das wir ohnehin nicht rückgängig machen können?«

»Ich hoffe, ihr unterbrecht unser Abendessen mit gutem Grund«, erklingt Rafaels Stimme hinter mir, sein Augenmerk richtet er auf Iris. »Iris sagte mir, Ilias und Gideon haben etwas gefunden.«

»Das ist richtig.« Nuria hält Rafaels kaltem Blick stand, ohne mit der Wimper zu zucken. »Sie glauben, es sei hier nicht sicher und wollen, dass wir die Situation gemeinsam überprüfen.«

»Alle gemeinsam?« Thalia hebt die dunklen Brauen. »Das ist Wahnsinn. Sven und ich bleiben hier, um die Vorräte zu bewachen.« Ihre Nasenflügel beben. Sie packt Sven am Arm und zieht ihn mit sich zum Zelt zurück.

»Das kannst du dir nicht gefallen lassen!« Beatrice schaut Nuria mit großen Augen an.

Nuria lässt die Schultern hängen und schüttelt den Kopf. »Es ist ihr gutes Recht, hierzubleiben.«

Iris betrachtet mich eindringlich. »Ich bin mir nicht sicher, ob du mitkommen solltest, falls etwas passiert. Du bist nicht dazu bereit, dich mit deiner Magie zu verteidigen.«

Ihre Worte treffen mich wie ein kalter Windstoß. Ich lasse mich nicht fortwehen, sondern verschränke die Arme vor der Brust. »Ich lasse euch nicht ins Messer laufen, während ich mich bei Sven und Thalia ausruhe.«

Iris schluckt trocken und nickt.

Nuria wirft einen Blick in die Runde. »Holt eure Waffen, damit wir aufbrechen können.« Alle leisten ihr Folge.

Gideon drückt Noire Bogen und Köcher in die Hand, welche er bei der Jagd mit sich getragen hat. Meine beste Freundin starrt die Waffe an, als ob sie eine Abscheulichkeit wäre. »W-Werde ich m-meine Waffe brauchen?«

Gideon zieht sein Schwert, dessen Griff er fest umklammert. »Ich hoffe nicht, aber zur Vorsicht solltest du sie bei dir haben.«

Noire richtet sich zur vollen Größe auf. »Wenn ich sie brauche, werde ich mein Ziel nicht verfehlen.«

Zwar erreicht das Lächeln Gideons Augen nicht, aber seine Mundwinkel zucken nach oben. »Ich habe nichts anderes erwartet.«

Als alle ihre Waffen haben und aufbruchsbereit sind, wendet sich Nuria an Ilias. »Wohin müssen wir gehen?«

Schatten huschen über seine Gesichtszüge. Er schluckt trocken, ehe er sich umdreht und auf eine Lücke zwischen den Bäumen am Saum der Lichtung deutet. »Dort zwischen den Bäumen ist ein Weg.« Er vergräbt seine zitternden Hände in den Hosentaschen. »Es ist nicht weit.«

»Lasst uns keine Zeit verlieren«, sagt Nuria und geht, mit Ilias dicht an ihrer Seite, in Richtung der Bäume.

In stillem Einverständnis folgen wir ihnen. Niemand spricht ein Wort, während wir den Wald betreten. Mein Herz schlägt so laut, dass ich Angst

habe, die anderen könnten es hören. Jegliches Vogelgezwitscher verstummt. Obwohl die Sonne noch nicht untergegangen ist, fällt kaum ein Lichtstrahl in den Wald. Wie schwarze knochige Hände ragen die Bäume nach oben. Zweige greifen nach mir, verfangen sich in meiner Bluse und meinem Haar, wollen mich in die Dunkelheit ziehen. Ich taste nach Noires Hand, um einen Anker zum Wesentlichen, zu unserer Mission, zu haben. Dennoch scheinen die Bäume sich von beiden Seiten zu nähern wie hungrige Raubtiere, jederzeit bereit zum Sprung. Die Bäume lichten sich wie auf einen Schlag. Zuerst möchte ich mich den funkelnden Lichtstrahlen, die auf meine Haut treffen, entgegen recken wie eine Pflanze kurz vor dem Verdorren.

Dann erstarrt unsere gesamte Gruppe, als wären wir ein einzelner Körper. Meine Glieder werden zu Stein und ich kann mich nicht bewegen. Noire vergräbt ihr Gesicht an meiner Schulter und beginnt zu weinen, bevor ich das Bild vollkommen in mir aufgenommen habe. Ich drücke sie an mich und streiche ihr durchs Haar, während ich versuche zu verarbeiten, was ich sehe.

Vor uns erstreckt sich der Leichnam eines kleinen Lagers. Fenster der Hütten sind eingeschlagen. Aus leeren Augenhöhlen starren sie uns an, anklagend, weil wir zu spät kommen. Der Boden ist von zerfetzter Kleidung übersät und Blutgeruch liegt in der Luft.

Neben mir hält Beatrice den Atem an und presst sich eine Hand auf den Mund. Ihre Pupillen springen hin und her, unsicher, ob sie das Lager ansehen und nach Gefahren absuchen soll oder, ob ihr Bruder sie braucht. Sie macht einen Schritt auf Gideon zu, dann hält sie inne, als sei eine unsichtbare Wand zwischen ihnen. Wie im Winterkönigreich, wirft Gideon keinen Blick auf die Zerstörung. Sein Blick ist starr geradeaus gerichtet. Würden seine Hände nicht zittern, würde ich denken, dass er blind für die Zerstörung ist.

Nurias Aufmerksamkeit gilt Ilias. »Möchtest du zurück zu den Zelten gehen?«

Er reckt das Kinn. »Nein, ich möchte euch zeigen, was wir gefunden haben.«

Nuria nickt und greift nach Ilias' Hand. Er schaut missmutig auf ihre verschränkten Finger herab, entzieht sich ihr jedoch nicht.

»Ihr müsst nicht alle mitkommen«, sagt Nuria.

»Doch«, entgegnet Beatrice mit einem Unterton in der Stimme, der keine Diskussion zulässt. Wehmütig zuckt ihr Blick zu Gideon. »Wir müssen zusammenbleiben.«

Als wir tiefer ins Lager gehen, finden wir abgetrennte Körperteile. Arme strecken sich aus dem Schutt nach oben, als wollten sie auf der Suche nach Hilfe nach unseren Händen greifen. Fliegen haben sich auf den undefinierbaren Fleischstücken niedergelassen. Es riecht nach Blut und Eiter. Speichel sammelt sich in meinem Mund, obwohl ich keinen Hunger habe. In meiner Speiseröhre entfacht sich ein ätzendes Feuer und Schweiß rinnt meine Stirn hinab. Ich schlucke schwer und zwinge mich, durch den Mund zu atmen.

Noires Stirn ist genauso schnell wieder an meiner Schulter, wie sie ihren Kopf beim Losgehen gehoben hat. Stumme Tränen durchnässen meine Bluse. Ich kann keine aufmunternden Worte flüstern, Noire nicht durchs Haar streichen. Immer wieder starre ich meine Hände an, ein Messer darin oder Blutflecken auf meiner Haut erwartend. Das ist nicht mein Werk und auch nicht das Werk von König Ignatius und seinen Soldaten. Stimmen diese Gedanken oder rede ich mir das bloß ein, um meinen stoßweise gehenden Atem zu beruhigen?

Iris' Augen verengen sich. »Was hat das zu bedeuten?«

»Das würde ich auch gern wissen.« Nuria sieht Ilias eindringlich an. »Sobald ihr uns gezeigt habt, was wir sehen sollen, verschwinden wir.«

»Das dort hinten sind die einzigen Leichname, die als Menschen identifizierbar sind.« Ilias deutet in Richtung der Stelle, wo ein trockener Brunnen und ein Kreis aus teilweise umgefallenen Bänken aus dunkelbraunem Holz einen Versammlungsplatz signalisieren. Dort liegen nebeneinander, wie von Menschenhand aufgereiht, fünf Gestalten. Ihre Kleidung liegt in Fetzen neben oder auf ihnen. Einigen von ihnen fehlen Körperteile, Hautfetzen stehen in alle Richtungen ab. Bei einem der Männer stechen die Rippen deutlich hervor.

»Sieh da nicht hin, Noire«, hauche ich, woraufhin sie in meine Schulter hinein nickt. Auf der Suche nach Halt taste ich nach meinem Rubin. »Wer tut so etwas?«

»Nicht wer, sondern was.« Iris' honigbraune Augen schweifen über das zerstörte Lager. »Menschen würden sich gern gegenseitig zerfetzen, doch sind sie dessen nicht mächtig. Das müssen Tiere gewesen sein.«

»Ich verstehe das nicht.« Beatrice' Stirn legt sich in Falten. »Seit wann sind die Tiere des Waldes den Menschen feindlich gesinnt? Normalerweise

gehen sie uns aus dem Weg –«

Nuria kniet sich neben den Mann, welcher zu unseren Füßen liegt. »Die Wunden sind wenige Stunden alt«, bemerkt sie »Egal, was für ein Tier das getan hat, es muss einen starken Kiefer haben, Fleisch fressen und es ist noch in der Nähe.«

Sofort schaut sich Beatrice suchend um, ihren Speer fest und angriffsbereit umklammernd. Über den Rest der Gruppe legt sich eine erstickende Decke aus Panik, die meinen Herzschlag langsam macht. Noires Zittern überträgt sich auf meinen Körper, ich drücke sie enger an mich und mein Atem geht stoßweise. Ilias ist näher an Nurias Seite herangetreten, auf der Suche nach mütterlichem Schutz.

»Wir müssen verschwinden, und zwar schnell.« Rafaels Stimme ist mehrere Oktaven höher. »Warum habt ihr uns hierhergeführt?«

»Weil wir nicht sicher waren, ob Verschwinden die richtige Entscheidung ist«, antwortet Gideon, dessen Blick gen Himmel gerichtet ist, als würden die Leichen der Lagerbewohner dadurch verschwinden. »Ilias und ich konnten nicht einschätzen, wie und wann sich die Zerstörung zugetragen hat.«

Plötzlich zerreißt ein Knurren die Abenddämmerung. Kein menschlicher Laut, ein dumpfes Grollen wie nahender Donner. Vom Waldrand her blitzen uns ein Dutzend gelbe Augenpaare entgegen, warnende elektrische Lichter, die Strafe für unser unerwünschtes Betreten dieses Ortes.

»Noire.« Meine Stimme bröckelt. »Wir brauchen dich und deinen Bogen.«

Sie blickt von meiner Schulter auf und erstarrt, als sie die Kreaturen sieht, welche langsam auf uns zu schleichen. Wölfe. Zwölf an der Zahl. Mit Mordlust in den Augen.

Zweiundzwanzig - Zur Natur zurückkehren

Die schwarzpelzigen Tiere schleichen sich in geschmeidigen Bewegungen näher an uns heran. Silberne Klingen blitzen um mich herum auf. Eine Hand zuckt zu meinem Rubin und umschließt die rote Hülle, welche meine Magie einschließt. Meine Beine werden starr, in den gelben und grünen Wolfsaugen scheine ich zu lesen, was mir durch den Kopf geht. Ich bin als Waffe geboren und gleichzeitig unbewaffnet, weil das Einsetzen meiner Magie ein Risiko birgt, das ich nicht eingehen darf.

Iris' Augen verengen sich. »Normalerweise greifen Wölfe keine Menschen an.«

Beatrice streicht über den Griff ihres Speers. »Dieses Rudel scheint eine Ausnahme zu sein. Wir müssen ihm ein Ende setzen, bevor es noch mehr Zerstörung bringt.«

Das Wolfsrudel schleicht von beiden Seiten auf uns zu, ehe alle Tiere innehalten. Als würden sie von einer unsichtbaren Macht kontrolliert, auf das Signal zum Angriff lauernd.

»Worauf warten wir?« Iris' Fingerspitzen glühen auf.

Beatrice tritt an Noires und meine Seite. »Pass auf meinen Bruder auf, Noire«, flüstert sie. Nach einem Blickwechsel mit Nuria schaut sie zu Ilias. »Du bleibst hinter mir.«

Ilias verschränkt die Arme vor der Brust. »Aber –«

»Deine Dolche sind Fernwaffen«, sagt Beatrice mit einem strengen Unterton in der Stimme, den sie von Erika aufgeschnappt haben muss. »Du hast keinen Grund, ein Risiko einzugehen.«

Ilias blickt mit großen Augen zu Nuria. Nachdem diese nickt, holt er den ersten Dolch aus der Innenseite seiner Jacke und stellt sich hinter Beatrice. »In Ordnung.«

Noire löst unsere Umarmung, um sich vor mich zu stellen. »Du bleibst hinter mir.«

Ehe ich ihr antworten kann, setzen alle Wölfe gleichzeitig zum Angriff an. Ich bleibe hinter Noire stehen. Sie spannt den Bogen, zischend durchschneidet der Pfeil die Abendluft und trifft einen Wolf ins Auge. Gideon steht mit seinem Schwert neben ihr und enthauptet einen weiteren Wolf. Das Geräusch von zerreißendem Fleisch geht mir durch Mark und Bein. Gideons Hände zittern weniger als beim Kampf mit den Soldaten aus Jaxons Lager und er hebt sein Schwert sogleich wieder, um es mit einem weiteren Wolf aufzunehmen. Ich sehe alles in einem Chaos aus Farben und Bewegungen. Sehnen und Muskeln reißen wie Papier, Knochen splittern. Das Heulen der Wölfe lädt die Luft auf wie vor einem Gewitter. Schweiß lässt mir die Kleidung am Körper kleben. Der Geruch von Schweiß, Blut und dem faulenden Fleisch der Lagerbewohner frisst sich durch meine Nasenschleimhäute. Ich schlucke ätzende Flüssigkeit herunter. Aus dem Augenwinkel sehe ich einen Wolf auf mich zulaufen. In seinen glühenden grünen Augen und den nach hinten verzogenen Lefzen lauert der Tod. Noire kann mich nicht von beiden Seiten beschützen. Ich bin wie gelähmt, doch dem Wolf scheint es ähnlich zu gehen. Er bleibt starr wie eine Skulptur vor mir stehen, die grünen Augen leer. Ehe ich mich fragen kann, was das bedeutet, zerteilt Gideon ihn in der Mitte. Eingeweide ergießen sich vor meinen Füßen, warmer Dampf steigt vom Blut empor. Für einen Moment bin ich im Palastkeller. Als ich beim Zurückweichen beinahe mit Noire zusammenstoße, die einen weiteren Wolf mit einem Pfeilschuss tötet, klären sich meine Sinne.

Beatrice und Ilias kämpfen Rücken an Rücken. In einer Blutlache vor ihnen auf dem Boden liegen tote Wölfe mit durchlöcherten Körpern.

Nuria steht nicht weit von ihnen. Mit einer einfachen Handbewegung schleudert sie einen Wolf von sich fort. Neben Kiana kommt er heulend auf. Sie wirbelt herum, doch zu spät. Mit einem gewaltigen Satz schnellt der Wolf vom Waldboden fort und gräbt seine Fänge tief in Kianas Kehle. Blut spritzt hervor, der erschrocken aufgerissene Mund quillt über von der roten Flüssigkeit. Eiseskälte packt mich, als ich den Körper der Soldatin erschlaffen sehe. Mit pochendem Herzen bleibe ich hinter Noire stehen, vertraue darauf, dass sie nicht nur mich, sondern auch sich selbst verteidigt und sehe mich hastig um. Iris steht neben Kianas Körper und lässt den Wolf, welcher ihrem Leben ein Ende gesetzt hat, mit ihrer Magie in Flammen aufgehen. Meine Finger kribbeln erwartungsvoll, auf der Suche nach Energie. Zu gern möchte ich mir das Goldband vom Hals reißen, nur für einen Augenblick. Ich möchte nicht die hilflose Prinzessin sein, die sich hinter ihrer besten Freundin verstecken muss.

Iris wirft uns einen kurzen Blick zu, dann versengt sie einem weiteren Wolf Fleisch und Fell. Diesmal kribbelt mein gesamter Körper.

Gleichzeitig wird der Blutgeruch unerträglicher. Beim bloßen Gedanken, dass der Boden in einem Fluss aus Blut und Eingeweiden getränkt ist, wird mir kalt.

Ein Wolf schleicht sich von hinten an Iris und erstarrt in der Bewegung wie jener, der mich angreifen wollte. Gideon rammt ihm sein Schwert in die Brust. Die Klinge ist blutgetränkt und rote Tropfen spritzen durch die Luft.

Aiden taucht in blutverklebter Kleidung neben Iris auf. Irgendwo hinter mir ruft Nuria: »Die hintere Flanke ist sicher, wir helfen euch vorne weiter!«

»In Ordnung, wir werden –« Ein wütendes Grollen erstickt Aidens Worte im Keim. Ein Wolf vergräbt seine Zähne in Aidens Bein. Sofort stürzen sich zwei neue Wölfe auf ihn. Aiden hat keine Zeit, sein Schwert zu ziehen. Der kleinste, wendigste Wolf, eine Gestalt aus Muskeln und Mordlust rammt ihn mit seinen Pranken, wirft ihn auf die Erde. Ich sehe, wie die Beine des Wolfes unnatürlich tief in die Brust Aidens einsinken, als habe er ihm die Rippen bei dem Aufprall gebrochen. Der Körper des Soldaten erschlafft, ehe der Wolf ihm die Kehle aufreißt.

Rafael eilt los, um die drei Wölfe zu töten. Der größere Wolf bemerkt Rafael, seine Ohren fahren in dessen Richtung, das blutverschmierte Haupt folgt ihnen. Grüne Augen fixieren den Mann. Mit seinen kräftigen Hinterläufen stößt sich das Tier vom Boden ab und katapultiert sich auf Rafael zu. Dieser schreit auf, reißt die Arme hoch, um die Bestie mit dem Schwert abzuwehren, doch das bloße Gewicht des Wolfes rammt ihn zu Boden. In einem Knäuel aus Fängen und Stahl stürzen sie zu Boden, ehe Rafael sich abschirmen kann, vergräbt der Wolf seinen mächtigen Kiefer im zarten Fleisch seiner Kehle. Als die drei Wölfe durch Iris' Magie in Flammen aufgehen, sind die Gesichtszüge der beiden Männer unkenntlich.

Noire, die einen weiteren Wolf erschießt, wimmert. Aus dem Augenwinkel sehe ich etwas Schwarzes. Wieso tut Noire nichts? Sie kann ihn nicht sehen.

Als mich die Erkenntnis trifft, reiße ich mir den Rubin, ohne nachzudenken, vom Hals. Energie durchströmt mich, als ich den Wolf ansehe. Welche Quelle ich nutze, registriere ich nicht, schon brennt der Waldboden lichterloh. Die Flammen umschließen den Wolf wie ein blutrotes Gefängnis, das letzte, was ich von ihm wahrnehme ist ein schmerzerfülltes Jaulen, das langsam dem rauschenden Knistern der Flammen weicht.

Feuer breitet sich im zerstörten Lager aus. Ich beiße die Zähne aufeinander und schlucke einen Schrei herunter. Ich darf niemanden verletzen. Ich will kein Monster wie die Wölfe sein. Mit schlotternden Knien hocke ich mich hin. Einige angehaltene Atemzüge vergehen. Ich wühle mich durch Blut und Eingeweide, bis ich den vertrauten roten Stein zu fassen bekomme. Die Energie verlässt meinen Körper schlagartig. Schwer atmend, mit zitternden Muskeln, fische ich den Rubin aus der Blutlache und lege ihn mir um den Hals. Das Feuer leckt an den Hütten, um Ruinen in Staub zu verwandeln.

Nur vier Wölfe sind übrig. Nuria und Iris rennen zu den Hütten. Beide schauen das Feuer mit konzentriertem Blick an. Es beginnt, herunterzubrennen. Ich möchte helfen. Als ich sehe, dass Ilias und Beatrice zwei der vier Wölfe im Griff haben, renne ich zu Iris und Nuria. Schweiß rinnt mir die Stirn runter und nimmt mir die Sicht. »Tut mir leid«, keuche ich.

»Später«, unterbricht mich Iris. »Du kannst hier nicht helfen.«

Nuria legt mir eine Hand auf die Schulter. »Du hast genug getan.« Dann wendet sie sich dem rotgoldenen Funkeln in der hereinbrechenden Dunkelheit zu.

»Ruby, hinter dir!«, ruft Beatrice.

Ich fahre herum. Schweiß nimmt mir die Sicht, dann sehe ich die beiden übrigen Wölfe, auf mich zulaufen. Schreckgelähmt verharren meine Beine. Ich sehe Noire. Sie starrt in ihren leeren Köcher. Ich sehe Gideon, mit erhobenem Schwert. Ilias und Beatrice sprinten auf mich zu. Ilias wirft einen Dolch in Richtung der Wölfe. Sie sind zu schnell. Er verfehlt beide Ziele knapp.

Ich bin erstarrt, als Nuria neben mir zum Stehen kommt. Mit einer Handbewegung entfacht sie einen Wind, der einen der Wölfe zur Seite schleudert. Beatrice rammt ihm ihren Speer in den Schädel, ehe er weiß, wie ihm geschieht.

Der andere Wolf setzt zum Sprung an. Nuria schubst mich zur Seite, der

Wolf presst seine Pranken gegen ihre Schultern.

Ich kneife die Augen zusammen. Irgendetwas spritzt in meine Richtung. Ein lauter Schrei, dann ein Jaulen.

Nurias Körper wird vom Wolfskörper verdeckt. Er hat durch einen Dolch im Genick sein Ende gefunden. Noire lässt sich neben ihr auf die Knie sinken und beginnt, stumm zu weinen.

Mit letzten Kräften hocke ich mich auf Nurias andere Seite und schiebe den Wolf von ihrem Körper. Dort, wo einmal ihre linke Gesichtshälfte war, klafft ein Loch und gibt den Blick auf Knochen und Zähne frei. Knochensplitter und Blut zieren ihren Körper. Eines ihrer Augen fehlt.

»Lass mich Nuria sehen!«, ruft Ilias, ehe seine Stimme von Tränen erstickt wird. Ich hebe den Kopf, um zu sehen, dass Beatrice ihn im Klammergriff festhält, eine Hand auf seine Augen gepresst. Sein Zittern sehe ich bis hierher. Gebrochenes Schluchzen dringt immer wieder über seine Lippen. Beatrice hält ihn fester, je mehr er sich windet. Ihre angespannten Muskeln zeichnen sich unter ihrer Bluse ab. Der warme dunkle Unterton ist aus ihrer Haut gewichen, sodass sie aussieht wie von Asche überzogen. Ihre Zähne sind fest zusammengebissen und in ihren feucht schimmernden Augen mischen sich Erschütterung und Angst.

Ich blicke erneut Nuria an. Mit zitternden Fingern streiche ich ihr vor Blut und Schweiß verklebte blonde Haarsträhnen aus der Stirn. »Es tut mir leid«, flüstere ich. Dann lasse ich den Kopf auf ihren geschundenen Körper sinken, auf dem sich Blut und Schweiß mit Tränen vermischen. In meinem Inneren klafft ein ebenso großes Loch wie in Nurias Gesicht.

Zuerst nehme ich ihre Anwesenheit nicht wahr, dann spüre ich Noire neben mir. Die Umarmung meiner besten Freundin fühlt sich bei der Kälte, die meinen Körper dominiert, warm an. Das ist falsch, nichts sollte warm sein. Nicht nach dem, was ich mitansehen musste. Dennoch stoße ich Noire nicht weg, sondern klammere mich an sie.

Nuria. Die Anführerin des Lagers. Erikas Ehefrau. Ilias' Ziehmutter. Ein Schluchzen entfährt meinen Lippen. Meine Brust zieht sich zusammen, als würden meine Lungen sich weigern zu atmen. Weil sie es nicht mehr kann.

Auch Noire weint, während meine Tränen heiß und schnell fallen, sind ihre kühl und langsam. Eine Weile verharren wir reglos neben Nurias Körper.

Ist dies ein Tod, welcher der Anführerin eines Lagers würdig ist? Sie ist für

uns andere gestorben. Zusammen mit zwei ihrer Soldaten. Nuria ist diejenige gewesen, die alles in Gang gesetzt hat. Nie wird sie erfahren, ob wir unseren großen Auftrag erfolgreich ausführen oder erfahren, was geschieht, wenn der ewige Sommer besiegt ist.

»Das ist meine Schuld«, schluchze ich in Noires Schulter.

»N-Nein.«

»Noire, ich bin schuld daran, dass Nuria nicht mehr atmet.« Einmal mit dem Sprechen angefangen, kann ich ungeachtet meines Schluchzens nicht aufhören. Die Worte sprudeln aus mir heraus wie meine Tränen. »Wegen mir sind wir hierhergekommen, wegen mir suchen wir die anderen Wächterinnen. Außerdem hat Nuria sich geopfert, damit ich leben kann, weil ich eine Wächterin bin, denn ich als Person habe dieses Leben nicht verdient!«

Noire schüttelt heftig den Kopf. »S-Sag das nicht.«

Ein ersticktes Schluchzen dringt aus meiner Kehle. »Ich kann meine Magie nicht kontrollieren, auch deswegen ist Nuria tot. Hätte ich nicht die Hütte in Brand gesteckt, hätte Nuria nicht hier gestanden.« Ich ziehe die Nase hoch. »Und ich habe Heilkräfte, wieso konnte ich Nuria nicht heilen?« Mich überwältigt mein Schluchzen

Noire hebt meinen Kopf sanft mit ihren klebrigen Händen, um mir ins Gesicht zu schauen. »Du hättest nichts tun können«, flüstert sie mit fester Stimme, während die Tränen weiter fließen. »Nuria war sofort tot, deine Heilkräfte hätten ihr nichts mehr genützt. Du hast heute getan, was du konntest. Wie wir alle.« Noire streicht mir die Tränen von den Wangen.

»Ich muss zu ihr.« Ilias' Schluchzen dringt an mein Ohr. »Ich muss sie sehen. Nuria würde das auch wollen. Beatrice, lass mich los!«

Ich hebe den Kopf, um zu sehen, wie er sich in ihren Armen windet.

Gideon legt seiner Schwester eine zitternde Hand auf die Schulter. »Lass ihn«, sagt er. »Ilias hat ein Recht, sich zu verabschieden.«

Beatrice schluckt, dann lässt sie Ilias los.

Dies ist das Zeichen für Noire und mich, uns von Nuria zurückzuziehen, um Ilias mit ihr allein zu lassen. Meine Knie fühlen sich an wie verdunstendes Wasser, Noire hält mich fest. Keinen Atemzug später sind Beatrice und Gideon an unserer Seite. Wir vier geben einander Halt, um den Anblick zu ertragen. Ilias sinkt neben Nuria auf die Knie. Seine dürren Finger streichen ihr sanft übers Gesicht und seine Lippen bewegen sich. Ich höre nicht, was er sagt. Am liebsten möchte ich ihn in den Arm nehmen. Ilias ist nur ein wenig älter als Soleil, fünfzehn. Mit einem Bein im Kindesalter und mit dem zweiten im Erwachsenenalter gefangen. Um den Schritt vollends zu gehen, braucht er seine Ziehmutter, jetzt wurde sie ihm genommen.

Eine Hand auf meiner Schulter lässt mich herumwirbeln. Mit angehaltenem Atem finde ich Iris' Blick. »Es ist nicht deine Schuld.« Sie schaut mir fest in die Augen. Zu einer Antwort bin ich nicht fähig, mein Körper scheint ausgebrannt, alle Funken in mir sind erloschen.

»Niemand von uns hat Schuld.« Beatrice' Stimme bricht im nächsten Satz, sie senkt den Kopf. »Wie soll ich das Erika beibringen?«

Der Blick, mit dem Gideon seine Schwester ansieht ist schmerzerfüllt. »Jetzt siehst du, was passiert, wenn man sich für das Leben als Soldat entscheidet.« Seine Stimme ist scharf wie ein Schnitt mit seinem Schwert. »Es ist ein kurzes Leben und ein schmerzhafter Tod«, Sein Blick zuckt für den Bruchteil einer Sekunde zu Ilias, »der für die Menschen, denen man etwas bedeutet kaum verkraftbar ist. Du hättest heute sterben können, Beatrice.«

Beatrice reißt den Kopf hoch. Ihre Augen verengen sich und ihre Nasenflügel beben. »Wie kannst du das sagen? Wenn ich heute gestorben wäre, dann für das Wohl des Kontinents, denn darauf kommt es an, wenn man sich dem Soldatentum verschreibt.«

Gideon ist ihren durchdringenden grünen Augen nicht gewachsen. Als er stattdessen auf seine Hände schaut, fällt sein Schwert zu Boden. Das scheint Gideon nicht zu bemerken, seine Brust erstarrt mitten im nächsten Atemzug und er bewegt sich nicht mehr. Blut klebt an seinen Händen und er hat eine Bisswunde am Arm. Im Kampfgetümmel hat er dies nicht bemerkt, jetzt starrt er seine Hände an wie zwei Fremdkörper, die nicht zu ihm gehören. Seine Unterlippe beginnt zu zittern, in seinem starren Blick ist eine Leere, der kein Abgrund nahkommt.

Aus dem Augenwinkel sehe ich eine Bewegung, die mich von Gideon ablenkt. Noire hat ihre schwarze Stoffjacke ausgezogen und macht einen Schritt auf Gideon zu. Bedächtig, als wäre er ein verletztes Tier, verdeckt sie seine Hände mit dem schwarzen Stoff. Gideon blickt nicht auf. »Du bist in Sicherheit«, wispert Noire. Sie beginnt, das Blut abzuwischen. »Da ist nichts mehr. Die Spuren sind weg.« Sie hebt die Jacke. Ich starre seine Hände

blinzelnd, mit einem mulmigen Gefühl im Magen an. Wie kann das sein? Die Blutflecke sind verschwunden, von einer Wunde fehlt jede Spur. »Siehst du?«

Einen angehaltenen Atemzug lang starrt Gideon seine Hände an, dann hebt er den Kopf und schaut in Noires Gesicht. Die Anspannung fällt von ihm ab.

Neben mir schaut Beatrice die beiden mit weit aufgerissenen Augen an. Sie hat begriffen, was mir beim Kampf gegen Jaxons Soldaten klar geworden ist. Ihr Bruder kann kein Menschenblut sehen und Wunden ebenso wenig.

Ich schließe die Distanz zwischen Beatrice und mir. Federleicht streift meine Schulter ihre. »Das ist nicht deine Schuld«, flüstere ich mit sanfter Stimme. In Bezug auf Beatrice meine ich die Worte ehrlich. »Du hast nichts geahnt.«

Sie schüttelt den Kopf. »Er sollte nicht hier sein.« Damit meint sie sicher nicht das zerstörte Lager.

»Er hat selbst entschieden, mitzukommen.«

Beatrice lehnt sich für den Bruchteil einer Sekunde an mich. Mein Herz stolpert, als ich ihre Wärme durch den Stoff unserer Kleidung spüre. Sie atmet tief durch und macht einen Schritt nach vorne. Nachdem sie ihre Fassung zurückerlangt hat, ist Iris die erste, an die sie sich wendet. »Du musst den Soldaten aus deinem Lager berichten, was passiert ist.« Iris' Antwort ist ein stummes Nicken, woraufhin Beatrice mit einem nassen Glimmen in den Augen Noire und Gideon ansieht. »Ihr begleitet Iris zurück zur Lichtung.« Sie schluckt schwer, als sie Ilias ansieht, der noch immer neben Nurias Körper hockt. »Ilias und ich werden Nuria beerdigen, und er wird seine Zeit bekommen, sich zu verabschieden. Kiana, Aiden und Rafael bekommen auch ein ordentliches Grab, dafür werde ich sorgen.« Als sie mich ansieht, schafft sie es nicht, meinem Blick standzuhalten. Ihre Unterlippe und ihre den Speer umklammernden Finger zittern, ihre Atemzüge sind abgehackt. »Wenn du möchtest, kannst du bei uns bleiben.« Ihre Stimme ist erschöpft. Lasten, die für jeden erkennbar sind, liegen auf Beatrice' Schultern. »Ich weiß nicht, was ihr im Sommerkönigreich mit euren Toten macht.« Sie beißt sich auf die Unterlippe. »Bei der Beerdigung helfen zu dürfen, ist eine große Ehre.« Wie ein kleines Mädchen auf der Suche nach jemandem, der sie festhält schaut Beatrice mich an. Am liebsten möchte ich ihr sagen, dass sie ihre Maske

fallenlassen darf. Diese Worte bleiben unausgesprochen, weil Ilias und Beatrice mich schmerzlich an Soleil und mich erinnern. Um meiner kleinen Schwester Stärke zu verleihen, habe ich mir nie erlaubt vor ihr Schwächen zu zeigen. Ilias braucht gerade alle Stärke, die Beatrice ihm geben kann.

»Es bedeutet mir viel, dabei zu sein.« Ich halte Beatrice' Blick fest und hoffe, dass sich in meinen Augen Ehrlichkeit widerspiegelt. »Ich helfe, wo ich kann, wenn ihr mich lasst.«

Beatrice blinzelt die angestauten Tränen fort. Ihr Lächeln erreicht ihre Augen nicht, aber es ist ein Anfang. »Danke.« Mit gestrafften Schultern und neu gewonnener Kraft fordert sie Iris, Noire und Gideon auf, sich von den gefallenen Soldaten zu verabschieden. Ilias gibt Nurias Körper frei und stellt sich neben Beatrice, die ihm einen Arm um die Schultern legt. Nachdem sie sicher ist, dass Gideon einen Augenblick ohne sie auskommt, hockt sich Noire neben Nurias Körper und flüstert Worte, die ich nicht verstehe. Iris verabschiedet sich von allen Soldaten, um ihnen die gebührende Ehre zu erweisen. Sie verbeugt sich vor ihnen und flüstert Worte, die ich nicht verstehe. Noire tut es ihr nach dem Abschied von Nuria gleich. Gideon bliebt stehen wo ihn Noire zurückgelassen hat. Seine Hände sind zu Fäusten geballt und sein Blick zum schwarzen Horizont gerichtet. Die Nacht ist über uns hereingebrochen, der Wald hat sich in sein sternloses Trauerkleid gehüllt, während wir gegen die Wölfe gekämpft haben.

Als sie sich von allen vier Soldaten verabschiedet hat, ist Noire an meiner Seite. »Bis gleich.« Sie schließt mich flüchtig in die Arme.

»Bis gleich«, erwidere ich. »Mach dir um mich keine Sorgen. Ich werde hier gebraucht.«

Noire löst sich aus der Umarmung, um mir ins Gesicht sehen zu können. Sie schluckt trocken. »Beatrice w-wusste n-nicht, dass Gideon k-kein Blut sehen k-kann, o-oder?«

»Nein.« Ich wende mein Gesicht weg. Abseits von uns reden Beatrice, Ilias und Gideon leise miteinander. »Sie soll sich mit den Lasten auf ihren Schultern jetzt nicht allein fühlen.«

»Habt ihr euch alle verabschiedet?«, fragt Beatrice in die Runde und trifft auf zustimmendes Nicken.

Nachdem sie Gideons Hand zum Abschied gedrückt hat, greift sie nach Noires Blusenärmel und sucht ihren Blick. »Egal, was er sagt, bitte lass ihn

nicht alleine.«

»Niemals, ich verspreche es dir«, erwidert Noire mit fester Stimme.

Beatrice atmet hörbar auf. Wir lassen Gideon, Noire und Iris, die meine Schulter im Vorbeigehen drückt, gehen.

Beatrice, Ilias und ich bleiben allein zurück, umgeben von einem Schlachtfeld des Todes. Selbst der Mond leistet uns verborgen hinter den Schatten der Bäume, keine Gesellschaft, als wolle er die Grausamkeit nicht sehen.

»Wie«, Ich nehme einen scharfen Atemzug, den ich bereue, als ich Asche und Blut auf der Zunge schmecke, »bestattet ihr eure Toten?«

»In den Lagern glauben wir, dass die Toten zur Natur zurückkehren.« Beatrice' Stimme ist leise, als wolle sie die Toten nicht aufwecken. »Damit sie ihrem Ursprung im Tode nahe sind werden sie beerdigt. Das Ritual zeigen wir dir.« Sie schaut in Ilias' blutunterlaufene braune Augen. »Du holst am Fluss ein wenig Wasser, mit dem wir die Körper der Toten waschen können. In der Zeit suche ich nach einer Schaufel.« Sie presst sich eine Hand vor den Mund, um ihr Aufstoßen zu verbergen. Ich sehe es dennoch, zu oft habe ich dasselbe getan, um vor Soleil Stärke zu zeigen. »Und schaufle vier Gräber.«

Ihr Anblick zerreißt mir das Herz. Gleichzeitig sammelt sich Galle in meiner Mundhöhle. Letztendlich gewinnt der Wunsch, Beatrice Beistand zu leisten gegen den Ekel. »Zwei.«

Beatrice schaut mich verblüfft an.

»Wir suchen zwei Schaufeln und«, Ich beiße mir auf die Innenseite der Wange, »jede von uns schaufelt zwei Gräber.«

Ihre Körperhaltung entspannt sich. »Ich bin froh, dass du geblieben bist«, sagt sie, ohne unseren Blickkontakt zu unterbrechen.

Schweiß rinnt meine Finger hinab, will mir die Schaufel aus der Hand reißen. Der Holzgriff splittert unter meiner Berührung, zerschneidet meine Haut und lässt sie bluten. Meine Bluse klebt mir durchnässt von warmem Blut und kaltem Schweiß am Körper. Mein linker Arm tut weh vom Graben, brennende Blitze zucken mit jedem Stich der Schaufel durch mich hindurch. Ich friere bis auf die Knochen, obwohl die Nachtluft glühend heiß ist. Hier, am Rand des zerstörten Lagers, scheint der Mond zwischen den Bäumen hervor. Silbernes Licht lacht mich aus, wie ich zitternd vor Kälte in einer warmen Nacht das zweite Grab schaufle.

Als ich endlich fertig bin, sehnt sich jede Faser meines Körpers nach einem Bad. Nach irgendetwas, um den Geruch von Blut, Schweiß und Erde loszuwerden. Ich will mir den Tod von der Haut schrubben. Schwer atmend lege ich die Schaufel auf den Rand des Grabes, stemme meine Hände auf die Knie und zwinge Luft in meinen Lungen, obwohl sie verrottet schmeckt.

Ruhiger atmend möchte ich mich aus dem Grab stemmen. Es ist nicht tief, doch ich fühle mich zu ausgelaugt, um den kleinen Vorsprung hinaufzusteigen. Das muss ich nicht, weil Beatrice mir ihren Arm hinhält. Ich lasse mir von ihr aus der Grube helfen. Meine Hand hält ihren Blusenärmel einen Augenblick zu lange umschlossen, ich ziehe Kraft aus ihrer Nähe und sie lässt es zu. Anschließend versuche ich, mir Erde und Schmutz von der Hose zu klopfen. Zwecklos, der dunkelgrüne Stoff ist ruiniert.

Beatrice' Blick zuckt zu Ilias, der neben Nurias Körper hockt. Seine Lippen bewegen sich tonlos, Tränen rinnen seine blassen Wangen hinab, und er streicht ihr durchs blonde Haar.

»Wir geben ihm noch ein wenig Zeit.« Beatrice' Stimme ist dünn. »Die drei Soldaten müssen in ihre Gräber.«

Seite an Seite gehen wir durch die Trümmer. Wäre Beatrice nicht hier, würde ich zusammenbrechen und schreien. Mit ihr an meiner Seite schaffe ich es, die Leichen von Rafael, Aiden und Kiana zu den Gräbern zu tragen. Wir haben beide nicht ausreichend Kraft, wagen jedoch nicht, sie in Splittern, Hautfetzen und Asche abzulegen. Die Zähne zusammenbeißend, schaffen wir es dreimal an unser Ziel. Meine Muskeln stehen in Flammen und jeder Schritt ist schleppender als der letzte.

Mein Herz wird schwer, als Beatrice und ich zurück zu Ilias gehen. Wie eine Statue kauert er neben Nurias Leiche, den Kopf an die vom Wolf zerfetzte Gesichtshälfte gepresst. Beatrice hockt sich neben ihn und legt ihm eine Hand auf die Schulter. Langsam hebt er den Kopf und blinzelt die Tränenreste in seinen Augen weg. »Es wird Zeit«, wispert Beatrice. Ilias streicht Nuria über die zerfetzte Wange, dann lässt er sich von Beatrice auf die Füße ziehen. Gemeinsam tragen die beiden Nurias Leiche zum letzten Grab. In mir zerbricht etwas und ich halte mir eine Hand vor den Mund, um ein Schluchzen zu unterdrücken.

Anschließend nimmt Beatrice einen der vier Wasserkrüge, die Ilias gefüllt hat, in die zitternden Hände. Einzelne Tropfen fallen zu Boden wie Tränen.

»Wir waschen unsere Toten bevor wir ihnen die letzte Ehre erweisen.«

Ilias lässt sich die für mich bestimmte Erklärung nicht zweimal sagen. Obwohl von Nurias Gesicht nicht viel übrig ist, wäscht er es so liebevoll, dass sich meine Lungen zusammenkrampfen, bis ich keine Luft mehr bekomme.

Beatrice und ich wenden uns von ihm ab, betrachten schweigend die anderen drei weniger übel zugerichteten Leichen. Sie sehen friedlich aus, beinahe, als würden sie schlafen. »Gemeinsam«, sage ich mit fester Stimme, obwohl mir zum Weinen zumute ist. »Wie bei den Gräbern.« Beatrice atmet auf. Gemeinsam gehen wir neben der Leiche von Kiana, die uns am nächsten liegt, in die Knie. Meine Hand zittert bei der ersten Berührung fahler, wächserner Haut, von der beißende Kälte ausgeht. Im silbernen Mondlicht glitzert sie wie von einer violetten Tauschicht überzogen. Bei der zweiten Berührung wird es nicht einfacher, doch ich beiße tapfer die Zähne zusammen und stehe Beatrice und Ilias in diesem Augenblick bei.

»Normalerweise bestatten wir unsere Toten umringt von Blütenblättern, die ihnen Kraft auf dem Weg zurück zur Natur geben sollen.« Sie beißt sich auf die Unterlippe. »Jetzt muss eine Rune reichen, die sie auf den richtigen Weg führen soll.« Beatrice ringt die Hände. »Ich habe das noch nie gemacht. Was ist, wenn ich eine falsche Rune zeichne?«

»Das wirst du nicht«, versichere ich ihr.

Beatrice strafft die Schultern. Mit einer Mischung aus Wasser und Erde zeichnet sie den Toten der Reihe nach einem Symbol auf die Stirn, das wie ein umgedrehtes abgerundetes Herz aussieht. Nuria ist die letzte, der sie die Rune auf die Stirn zeichnet. Dann ist der Moment gekommen, sich zu verabschieden. Beatrice lässt mir den Vortritt. Ich gehe neben Nurias Grab in die Hocke und neige den Kopf, als wolle ich mich vor ihr verbeugen. »Danke, dass du mir meinen Weg gezeigt und mir gleichzeitig eine Wahl gelassen hast.« Ich schlucke salzige Tränen herunter. »Es tut mir leid, dass du nie sehen durftest, wie ich die Meisterin meiner Magie werde oder wie der ewige Sommer sein Ende findet.« Sanft berühre ich ihre Wange. »Du musst dir keine Sorgen machen. Beatrice, Gideon, Noire und ich passen auf Ilias auf und wir werden unseren Auftrag meistern. Davon bin ich überzeugt.« Ich schließe die Augen und öffne sie erst, als ich aufgestanden bin, in der Hoffnung, die Nuria in Erinnerung zu behalten, die ich kennengelernt habe.

Während sich Beatrice von Nuria verabschiedet, spreche ich Rafael, Kiana

und Aiden dankende Worte zu. Sie haben ihr Leben für uns gegeben und das werde ich ihnen niemals vergessen.

Der Gedanke, dass die Toten zur Natur zurückkehren erfüllt mich mit einem Gefühl, das bitter auf der Zunge und warm in meiner Brust ist. Im Sommerkönigreich werden die Toten verbrannt. Ohne ein Wort oder einen Hinweis, wohin der Weg nach dem Tod sie führt oder, ob er sich womöglich im Nichts des Feuers verläuft. Wie Verbrecher oder Städte, die nicht mehr sein sollen, werden Tote im Sommerkönigreich entsorgt, bis sie Asche und Staub sind. Bis jetzt war der Gedanke für mich normal, nun frage ich mich mit einem Blick zum Himmel, wohin ich nach meinem Tod zurückkehren werde. Ob es für mich dort draußen ein Mehr gibt, obwohl ich nicht an eine höhere Macht, ein Zurückkehren zur Natur, glaube.

Ilias bleibt bei Nuria, während wir die drei anderen Gräber mit der, daneben aufgehäuften Erde zuschaufeln. Die Schaufel halte ich so verkrampft, dass meine Finger ebenso blauviolett anlaufen wie die Gesichter der Toten, die im blassen Mondlicht wie Kerzenwachs glänzen.

Als Beatrice mit der Schaufel in der Hand zu Nurias Grab geht, nimmt ihr Ilias diese aus den Händen. Beatrice öffnet den Mund, dann schluckt sie ihren Protest herunter und lässt Ilias Nurias Grab zuschaufeln.

Alle Farbe ist aus Ilias' Gesicht gewichen, als er mit kleinen schweren Schritten auf mich zukommt. Bei mir angekommen, drückt er Beatrice etwas in die Hand. Beinahe rutscht ihr Nurias Anhänger, der sie als Anführerin des Lagers ausgezeichnet hat, aus den klammen Fingern. »Der Anhänger gehört jetzt Erika«, erinnert sie Ilias mit erstickter Stimme.

Ilias steckt die Hände in die Hosentaschen, damit sie ihm den Anhänger nicht zurückgeben kann. »Du wirst ihre Stellvertreterin sein.«

Beatrice betrachtet das im Silberlicht matt glänzende Schmuckstück und streichelte sanft über dessen Oberfläche. Nachdem sich ihre Atmung normalisiert und das Beben ihrer Schultern aufhört, schließt sie ihre Hand darum. Sie hebt den Kopf, der Schwere des Anhängers, der sie in den Boden rammen möchte, zum Trotz. »Lasst uns zurück zu den anderen gehen.«

Ilias läuft einige Schritte vor uns, als wir durch die Bäume hindurch zurück zur Lichtung gehen. Über Beatrice und mir schwebt die drückende Stille des Todes, obwohl wir diese hinter uns zurücklassen.

»Ich habe mir immer gewünscht, eines Tages stellvertretende Anführerin

oder Anführerin zu werden«, bricht Beatrice die Stille. Sie senkt den Kopf. »Jetzt fühlt es sich falsch an.«

Ich widerstehe dem Impuls, meine Hand nach ihr auszustrecken. »Du hast Zeit, um darüber nachzudenken.« Meine Stimme verliert an Stärke. Ich schaue zum Himmel, der hinter den Baumkronen unsichtbar scheint. »Unsere kleine Gruppe braucht eine Anführerin.«

Beatrice beißt sich auf die Unterlippe. »Nuria wusste, wohin wir reiten müssen. Sie ist diejenige, die in den Archiven Schriften gelesen und Wissen gesammelt hat. Diejenige, die einen Plan hatte.«

»Wenn wir alle an einem Strang ziehen, können wir ihren Plan weiterführen«, sage ich mit mehr Selbstbewusstsein in der Stimme, als ich habe. »Das sind wir Nuria, Kiana, Aiden und Rafael schuldig.«

»Ich weiß.« Beatrice schluckt. »Am Ende des Tages müssen wir aufstehen und kämpfen. Nurias Pläne dürfen nicht umsonst gewesen sein.«

Der Wald lichtet sich. Über den Zelten liegt ein Mantel der Trauer, den es zu durchtrennen gilt, sobald Beatrice und ich einen Plan geschmiedet haben. Ilias macht einen Schritt in Richtung des Zeltes, das er mit Nuria geteilt hat. Ein Kopfschütteln von Gideon, der mit Noire in der Mitte der Lichtung sitzt, stoppt seine Schritte. Mit hängenden Schultern nimmt Ilias die Einladung an und lässt sich neben Noire und Gideon nieder.

»Ich hoffe, der Verlust lässt ihn nicht zerbrechen.«

»Wir werden dafür sorgen, dass das nicht passiert«, entgegne ich. »Gideon, Noire, du und ich. Wir können ihm Nuria nicht wiederbringen, aber wir können ihm einen Teil des Schmerzes nehmen.« Ich möchte weitergehen, da greift Beatrice nach meinem Blusenärmel und bringt mich dazu, stehenzubleiben und sie anzusehen.

Ihre Augen werden von geröteten Adern durchzogen, die dem Grün seinen Schimmer nehmen wie bei einem verschmutzten See. »Danke, dass du bei mir geblieben bist.« Das Lächeln auf ihren Lippen erreicht ihre Augen und lässt ihr Gesicht strahlen wie ihr Haar, in dem sich Mondlichtstrahlen brechen. »Ich weiß nicht, was ich ohne dich gemacht hätte.«

Dreiundzwanzig - Gemeinsam

In dieser Nacht schafft es kein Mondlichtstrahl, die schwarze Wolkendecke zu durchbrechen. Kein leuchtender Schmetterling erhellt die Lichtung mit seiner Farbpracht. Die Natur spiegelt das Unwetter in uns.

Beatrice, Gideon, Ilias, Noire und ich sitzen in der Mitte der Lichtung. Als wollten wir vom Waldrand fernbleiben, falls uns gelbe oder grüne Augenpaare anfunkeln, kurz bevor wir heißen Wolfsatem auf der Haut fühlen. Niemand von uns macht ein Auge zu. Gideons Hände sind dank Noire makellos. Die Mühe, uns das Blut und den Schweiß von der Kleidung zu waschen, machen wir anderen uns nicht. Mit den Substanzen würden unsere Erinnerungen an den Preis, den wir zahlen mussten, um in diesem Augenblick zu atmen, fortgespült. Erde vom Schaufeln der Gräber haftet unter meinen Fingernägeln. Die braunen Schandflecken werde ich vorerst genauso wenig wegbekommen wie das zentnerschwere Gefühl in meiner Brust. Wie ein Korsett aus Eisen nimmt es mir die Atemluft. Dass es nicht meine Schuld ist, haben sie gesagt. Wegen mir sind wir auf der Suche nach den übrigen Wächterinnen; gäbe es mich nicht, wäre niemand im Wald gewesen. Wann immer die Gedanken durch meinen Kopf ziehen wie Gewitterwolken, lehne ich meine Schulter fester gegen Noires. Sie versteht mich und leistet mir stillen Beistand, der das Eisenkorsett ein Stück weit lockert.

Die ersten Augenblicke des Sitzens sind in stummer Trauer vergangen. Ilias hat sein Gesicht in den Händen vergraben und schluchzt. Beatrice möchte ihn in den Arm nehmen, er schüttelt sie ab und weint, bis keine Tränen mehr übrig sind. Wie ausgebrannte Sterne starren seine braunen Augen danach zum Himmel, als hoffe er, Nurias dunkelblaue Augen zwischen den Nachtwolken zu erblicken.

Tröstende Worte zerfallen in meinem Mund zu Staub, bevor ich sie

ausspreche. Ich weiß, wie es ist, wenn ein Elternteil tot ist, aber meine Mutter habe ich nie kennengelernt. Wir sind nur wenige Atemzüge gemeinsam Teil dieser Welt gewesen. Danach hat sie sich in Asche aufgelöst und mich mit meinen Albträumen zurückgelassen. Deshalb weiß ich nicht wie Ilias sich fühlt, der heute nach seinen leiblichen Eltern eine seiner Ziehmütter verloren hat. Mein Blick schweift durch die Runde, über nass glänzende Augen mit violetten Ringen darunter, blutig gekaute Unterlippen und Gesichter, blass wie Milch. Wie ein Blitzschlag trifft mich die Erkenntnis, dass wir alle mindestens einen Elternteil verloren haben. Bei Noire bin ich mir nicht sicher – wenn ihre Eltern am Leben wären, wieso ist ein damals vierjähriges Mädchen allein im Wald unterwegs gewesen?

Ich schließe die Augen, dahinter, in der Schwärze, lauern die Bilder. Die endlose Kellertreppe wie ein bodenloser Abgrund. Ich dachte, Julius würde mir endlich eine Chance geben. Mit sechs Jahren bin ich noch ein naives Kind gewesen. Er hat einen Kutscher bestochen, uns auf einen Ausflug an den Waldrand, nahe der Mauer zu bringen. Mutprobe hat er es genannt, als er mich überredet hat, eine verfallene Hütte zu betreten. In Wirklichkeit wollte er mich in den Tod schicken. Gefangen in der Dunkelheit, bin ich die morschen Stufen der Kellertreppe heruntergefallen. Ein lautes Knacken. Brennender Schmerz in meinem Genick. Stille und Schwärze. Ein hellblaues Auge hat mir den Weg zurück ins Licht geebnet und mich beim Aufwachen aus meiner Ohnmacht erwartet. Ich habe Noire bei mir aufgenommen, ohne zu zögern. Sie hat mir das Leben gerettet und ich habe eine Freundin gebraucht, um gegen Julius zu bestehen.

Blinzelnd öffne ich die Augen, lege instinktiv einen Arm um Noire und drücke sie an mich. Als müsste ich sie festhalten, weil ich sie sonst verliere. Schließlich hätte ich sie beim Wolfsangriff verloren, wenn ich den Rubin nicht abgenommen hätte. Stirnrunzelnd sieht sie mich an, dann lehnt sie sich in die Umarmung. Vielleicht ist das, was passiert ist nicht meine Schuld. Nicht, wenn es bedeutet, dass Noire blass, aber lebendig neben mir sitzt.

Der nächtliche Wind echot das Jaulen der Wölfe, wenngleich es längst verstummt ist. Was, wenn dort draußen mehr von ihnen lauern? Auf einen Fehltritt wartend und auf Rache aus? Ich fröstle. Wölfe meiden Menschen, haben die anderen gesagt ... was, wenn sie von einer Krankheit befallen und deshalb auf Blut aus gewesen sind? Jede mögliche Antwort wirbelt mit dem

Nachtwind davon, ehe ich sie packe.

Schweigend warten wir auf die ersten Sonnenstrahlen. Wie eine rotorange blutende Wunde brechen sie durch die dunklen Wolken und tauchen die Lichtung in hell flimmerndes Licht. Für vier Menschen ist der gestrige Sonnenaufgang ihr letzter gewesen.

Ich spüre Beatrice' Blick auf mir und drehe meinen Kopf in ihre Richtung. Erde klebt ihr im Gesicht und macht sie im Licht der Morgensonne nicht weniger schön. Tränen haben sich in ihren Augen gesammelt, ein kleiner See, den sie fort blinzelt, bevor er droht überzulaufen. Auf dem Grund des Sees kommt ein entschlossenes Glimmern zum Vorschein. In der rechten Hand hält Beatrice Nurias Anhänger, der einen Abdruck dort hinterlassen hat. Jetzt dreht sie ihn gegen das Sonnenlicht. Wie ein Lichtzeichen, dass es Zeit ist aufzustehen und weiterzumachen, reflektiert er die rotorangenen Strahlen.

Meine Finger zucken in Beatrice' Richtung, wollen ihr den Anhänger und die mit ihm verbundene Last abnehmen. Vielleicht lässt sie zu, dass wir sie gemeinsam tragen. Ich richte mich gerade auf, löse meinen Arm von Noires Schultern und breche die Stille, die wie Nebel über uns liegt. »Es ist Zeit, aufzustehen und weiterzumachen.« Ich zwinge mich, meinen Worten so viel Nachdruck zu verleihen wie möglich. »Das sind wir nicht nur Nuria und den anderen schuldig, sondern auch den Menschen in den beiden Lagern, die auf uns und unseren Auftrag zählen.«

Beatrice' Finger um den Anhänger entkrampfen sich und ihre harten Gesichtszüge werden weicher, als sie mir fest in die Augen schaut. Ihre Lippen formen ein ›Danke‹, ehe sie in die Runde blickt. Ilias sieht aus wie erstarrt, seine Augen sind gerötet und blutunterlaufen. Gideons Gesicht ist blass und er zittert in der siedend heißen Morgensonne. Noire sitzt in sich zusammengesunken neben mir, aber in ihrem Auge blitzt eine Entschlossenheit, die bei Ilias und Gideon fehlt. »Noire«, setzt Beatrice an, »könnt ihr die Soldaten aus Jaxons Lager bitten, saubere Kleidung anzuziehen. Danach zieht ihr euch ebenfalls um und wir bauen gemeinsam die Zelte ab. Anschließend treffen wir uns in der Mitte der Lichtung.«

Noire hört einen Moment lang auf zu atmen. Ich drücke ihre Hand, um ihr zu verstehen zu geben, dass Beatrice sie nicht einfach so für diese Aufgabe ausgewählt hat, sondern weil sie weiß, dass sie das schafft. »Sicher.« Noire

reckt das Kinn. Ihr Blick schnellt zu mir und sie legt den Kopf schief.

»Beatrice und ich müssen etwas besprechen«, erkläre ich und höre neben mir ein erleichtertes Aufatmen. »Danach helfen wir beim Abbauen der Zelte.«

»In Ordnung«, sagt Noire und gibt Beatrice mit einem Blick, der Ilias und Gideon einschließt, zu verstehen, dass sie auf die beiden aufpassen wird.

Beatrice schenkt ihr ein Lächeln, das ihre Augen nicht erreicht. Sie steht vom Boden auf und möchte sich den Staub von der Hose klopfen, was sich als zwecklos erweist. Erde und Blut haben sich wie Maden in den Stoff gefressen. Wir anderen folgen ihrem Beispiel. Mein Rücken steht für einen Moment in Flammen, ich beiße mir auf die Innenseite der Wange, um still zu bleiben. Hinter meinen Schläfen pocht es und meine Beine scheinen aus Blei zu bestehen.

Noire verabschiedet sich mit einem Händedruck von mir, dann ist sie mit Ilias und Gideon in Richtung der Zelte von Jaxons Soldaten verschwunden.

Beatrice und ich gehen in die entgegengesetzte Richtung. Ich erwarte Wolfsaugen, die mich aus dem Gestrüpp anstarren. Stattdessen sind dort bunte Blumen, die ich an diesem trüben Morgen am liebsten abreißen würde. Ihre Schönheit sollte verboten sein, nachdem gestern das Wolfsrudel wie ein Gewitter über uns hereingebrochen ist.

Beatrice tritt von einem Fuß auf den anderen. Den Anhänger dreht sie auf eine Weise zwischen den Fingern, die mich an Cania und ihren Ring erinnert. Eine nervöse Geste, die Beatrice sich von ihrer Mutter angeeignet hat. »Meinst du, dass ich mit ihm darüber sprechen soll?«

Atemluft bleibt mir wie ein Fremdkörper im Hals stecken. Beatrice von meinen Wünschen erzählen, mit ihr über Pferde sprechen, mehr über ihr Training erfahren und sie kennenlernen ist eine Sache. Ihr gestern Beistand leisten, war eine andere und jetzt von ihr um Rat gefragt werden, lässt mein Herz erst aufhören zu schlagen, dann rast es.

Ich schließe die Augen und bereue meinen tiefen Atemzug. Der Geruch von lieblichen Blumen fühlt sich falsch an. Die Luft sollte nach Asche schmecken und nach Blut riechen, nicht blumig frisch. Hinter meinen geschlossenen Augenlidern flackert das Bild von Gideon auf wie er zur Skulptur erstarrt. Er schaut seine Hände an und zittert unkontrolliert. Darüber legt sich ein Bild von Noire. Blaue Flecken auf ihrer Haut, kahle Stellen in ihrem Haar.

Stumme Anklagen, aber wofür? Ihr weit aufgerissenes Auge und ihr blasses Gesicht, als sie zum ersten Mal auf Donnas Rücken steigen musste. Tränen, die meine Bluse durchnässen, wenn sie Zerstörung sehen muss.

Als ich die Augen öffne und Beatrice anschaue, wünsche ich mir, eine andere Antwort geben zu können. »Ich verstehe, wie du dich fühlst«, setze ich an. »Noire und ich kennen uns seit vierzehn Jahren, ich weiß, dass sie ein Trauma erlitten hat, aber nicht, was es ist. Sie verdrängt es. Spreche ich sie darauf an, verschließt sie sich vor mir, aus Angst, dass ihre Erinnerungen an die Oberfläche dringen.« Ich zupfe am Saum meiner Bluse, um meine zitternden Finger davon abzuhalten, die Nägel ins wunde Fleisch meiner Handflächen zu graben. »Ich glaube, bei Gideon ist das genauso. Zerbrich dir nicht den Kopf darüber, wieso er – wenn es um Menschen geht – keine Wunden und kein Blut sehen kann. Wenn er bereit ist, darüber zu sprechen, wird er auf dich zukommen.«

Beatrice senkt die Schultern. »Er spricht mit Noire.«

»Ob sie darüber sprechen, weiß ich nicht. Selbst wenn nicht, glaube ich, sie beide haben schon zu viel gesehen und verstehen einander ohne Worte«, antworte ich mit sanfter, beständiger Stimme, die hoffentlich einer tröstenden Umarmung gleicht. »Außerdem ist es manchmal einfacher, sich jemandem anzuvertrauen, den man gerade kennenlernt, statt jemandem, an dessen Seite man den Großteil seines Lebens verbracht hat.«

»Ich hasse, dass du recht hast«, seufzt sie und bricht unseren Blickkontakt, um den Anhänger in ihrer Hand anzusehen. »Ich sollte mich darauf konzentrieren«, sie streicht über die glatte Oberfläche, »und mich nicht ablenken lassen, nicht wahr?«

»Sich ablenken zu lassen, ist menschlich«, entgegne ich. »Selbst für eine Anführerin.«

Sie hebt den Kopf. Die angestauten Tränen in ihren Augen sind wie Morgentau verdunstet und ein Lächeln zupft an ihren Lippen. »Wenn Ilias recht hat, macht mich Erika zu ihrer Stellvertreterin, sobald wir zuhause sind. Streng genommen darf ich als Stellvertreterin keine Stellvertreterin haben, das wäre Quatsch.« Sie streicht über den Anhänger, als wolle sie ihn mit ihren Fingern polieren. »Solange wir unterwegs sind, um den Auftrag auszuführen, kann ich Unterstützung gebrauchen.« Sie beißt sich auf die Unterlippe. »Zum Beispiel eine Person, die Nurias Karte lesen kann oder

eine zweite Meinung hat, wenn wir einen Plan schmieden.«

Das Gewicht einer Krone, die mich zu Boden drückt, senkt sich auf meinen Kopf herab. Ich rolle die Schultern nach hinten, stelle mich gerade hin und trage sie mit Stolz. Weil ich es nicht allein tragen muss, sondern mit Beatrice gemeinsam. »Gerne.« Zuerst lächle ich, dann stiehlt sich ein freches Schmunzeln auf meine Lippen. »Vor unserem Aufbruch ins Winterkönigreich wurde ich von dir als nutzlos bezeichnet, wenn ich mich nicht irre.«

Beatrice schnappt nach Luft und stemmt die Hände in die Hüften. »Du hast unsere Unterhaltung belauscht.«

Ich hebe abwehrend die Hände. »Eure Unterhaltung war nicht zu überhören.«

Sie wirft mir einen Blick zu, der abschätzig sein soll, doch ihr Lächeln verrät sie. »Ich habe in jener Nacht gesagt, du bist schön anzusehen und nutzlos. Was das nutzlos sein angeht, hast du mir das Gegenteil bewiesen.« Mit strahlenden Augen hält sie meinen Blick fest. Zum ersten Mal fällt mir auf, dass diese nicht einfach grün sind. Verschiedene Nuancen von grün, die Farbe junger Baumwipfel bis hin zu dunklem Moos, vereinen sich in ihren Augen zu einem Gemälde. Stundenlang könnte ich es ansehen, ohne jede Farbe gesehen zu haben. »Bei ersterem bleibe ich.«

Mein Herz setzt einen Schlag aus, als habe es ein Instrument gespielt, doch den letzten Takt vergessen. Danach spielt es schneller als vorher. Meine Atmung beschleunigt sich. Am liebsten möchte ich den Blick senken, aber ihre Augen ziehen die meinen in ihren Bann. Der Wald um uns herum gerät mitsamt aller Schatten, die über uns liegen, in den Hintergrund. Erst, als ich warme, weiche Haut unter meinen Fingerspitzen fühle, wird mir bewusst, dass ich eine Hand nach Beatrice' Wange ausgestreckt habe.

Beatrice spannt sich unter meiner Berührung an, entzieht sich mir aber nicht. Unglaube spiegelt sich in den verschiedenen Grünschattierungen ihrer Augen. Flacher Atem dringt aus ihren leicht geöffneten Lippen und streift warm und elektrisierend mein Gesicht.

Behutsam streiche ich ihr Erde von der Wange und lasse meine Hand mit klopfendem Herzen sinken. »Du hast Erde an der Wange ... also, immer noch«, stammle ich. Mit glühenden Wangen breche ich den Blickkontakt.

Ein Lächeln, das so verlegen aussieht, wie ich mich fühle, huscht über Beatrice' Lippen. »Dann sollten wir uns waschen und die dreckige Kleidung

loswerden.« Unsicherheit schwingt in ihren Worten mit. »Und die anderen
können unsere Hilfe beim Abbauen der Zelte gebrauchen ...«

Ich finde ihren Blick und erwidere ihr Lächeln, ehe wir ihrem Vorschlag
nachkommen. Warme morgendliche Sonnenstrahlen berühren meine Haut
und die blumig frische Luft riecht wie ein Neuanfang.

Überredungskunst haben die Soldaten aus Jaxons Lager nicht gebraucht. Iris'
anerkennendem Nicken, das an Beatrice und mich gerichtet war, nach zu
urteilen, hat sie bei Thalia und Sven ein gutes Wort für uns eingelegt. Zudem
standen die beiden unter Schock. Sven hat seine Frau, während Beatrice
und ich den neuen Plan dargelegt haben, nicht losgelassen. Noch jemand,
der einen wichtigen Teil der Familie verloren hat. Mit dem Ende des ewigen
Sommers wird – wenn es nach mir geht – das Zerstören von Familien ein
Ende haben.

Kurz haben wir gemeinsam überlegt, was es mit den Wölfen auf sich hatte.
Ob sie an einer Krankheit gelitten haben, die sie zur Mordlust getrieben
hat, vermag niemand zu beantworten. Fest steht, wir müssen diesen Teil des
Waldes schnell verlassen, falls dort draußen ein größeres Rudel lauert.

Ich habe Nurias Karte studiert und festgestellt, dass die Route ins Frühlingskönigreich detailreich darauf vermerkt ist. Genau wie Lichtungen für
die nächtliche Rast. Der Weg zu unserem ersten Ziel ist von Nuria durchge-
plant worden, auf uns warten Fußabdrücke, in die wir guten Gewissens treten
können. Dass jenseits des Gebirges, wo das Herbstkönigreich auf uns wartet,
keine Rastplätze eingezeichnet sind, hat mir einen kalten Schauder über den
Rücken gejagt. Das Erreichen des Frühlingskönigreichs hat Priorität, zum
jetzigen Zeitpunkt müssen wir uns nicht darüber den Kopf zerbrechen.
Vorerst folgen wir Nurias Route, womit der Rest der Gruppe einverstanden
ist. Weil die Sonne hoch am roten Horizont steht, willigen alle ein, dass wir
schnellstmöglich aufbrechen sollten, um Nurias Zeitplan einzuhalten.

Ein Problem, das ich nicht vorhergesehen habe, erwartet mich, als wir
unseren Proviant und unsere Zelte in den Satteltaschen der Pferde unterbringen. Nachdenklich betrachte ich die zwölf Pferde. Wenn sie gut
abgerichtet sind und unser Tempo ohne Reiter durchhalten, kann man die
reiterlosen Pferde sicher zu Packpferden machen. An Donna bleibt mein
Blick lange hängen. Mein Herz wird schwer, aber ich lese in den wachsamen

braunen Augen der Stute, dass ich mit dem, was ich gleich sagen werde die richtige Entscheidung treffe. »Eine weitere Sache muss vor unserem Aufbruch geklärt werden«, beginne ich, als alle Sachen verstaut sind. »Wir haben drei Pferde zu viel.«

»Drei?« Iris hebt eine Augenbraue. »Es sind vier Leute gestorben.«

Gideons Blick zuckt von mir zu Donna und anschließend zu Noire. »Noire kann nicht reiten«, sagt er. »Aber ich nehme an, Ruby wird sie gleich dazu überreden.«

Noire stolpert einen Schritt nach hinten. »W-Was?«

Ich stelle mich vor sie, ehe sie weiter fliehen kann, und lege meine Hände auf ihre Schultern. Noire stellt sich auf die Zehenspitzen, damit wir miteinander auf Augenhöhe sind. Sie hat Mühe, meinem Blick standzuhalten, und ihr Gesicht nicht hinter ihren Haaren zu verstecken. »Du hast gesagt, dass du keine Angst mehr vor Donna hast«, erinnere ich sie mit sanfter Stimme. »Zahlreiche Tagesritte hast du hinter mir im Sattel verbracht, mittlerweile solltest du wissen, wie man reitet. Donna bekommt einen der übrigen Sättel für eine Person.« Ich werfe einen Seitenblick zu Gideon, der Noire fest im Blick hat. »Ich reite vor und Gideon hinter dir. Wenn du dich unwohl fühlst, halten wir sofort an.«

Noire schaut erst mich an, dann Gideon und schließlich Donna. Die Stute hat ihre Ohren aufgestellt und betrachtet das Geschehen aufmerksam. Noire hält ihren Blick fest, kaut auf ihrer Unterlippe herum und ringt mit sich selbst, bis sich ihre Körperhaltung entspannt. »In Ordnung«, sagt sie mit fester Stimme und entzieht sich meinem Griff. »Ich vertraue euch dreien.«

Beatrice betrachtet die Pferde. »Wenn du Noire deine Donna überlässt, welches Pferd reitest du?«

Ich zucke die Schultern.

»Du kannst Nurias Stute reiten«, flüstert Ilias. Es ist das erste Mal, dass ich ihn heute sprechen höre.

Meine Kehle schnürt sich zu. »Ich dachte, vielleicht möchtest du sie haben.«

Er schüttelt den Kopf. »Nuria hätte dir ihre Stute gegeben. Ich habe meinen Wallach, Smaragdauge, obwohl Erika immer meinte, ich soll ihm keinen Namen geben.«

»In Ordnung.« Ich schenke Ilias ein Lächeln, dann blicke ich in die

Runde. »Die übrigen Pferde werden wir zu Packpferden umfunktionieren und entsprechend an unseren Sätteln festbinden, damit sie uns folgen.«

Als zustimmendes Gemurmel ertönt, breitet sich Wärme in meiner Brust aus. Ich blicke zu Beatrice, wir lächeln einander zu und das Gefühl wird von warmen Sonnenstrahlen zu einem kleinen Feuer. Wir haben unseren Trupp zum erneuten Aufbruch gebracht. Rückschläge dienen dazu, uns stärker zu machen, nicht dazu, uns auszubremsen.

Schließlich stehen wir aufbruchsbereit am Rande der Lichtung.

Ehe ich aufsitze, drücke ich Beatrice die Zügel der weißen Stute in die Hand. Ilias hält Gideons Braunen fest. Während ich Donnas Zügel in die Hand nehme und die Stute darum bitte, aufmerksam und gehorsam gegenüber Noire zu sein, hilft Gideon dieser auf Donnas Rücken. Noire sieht angespannt aus, die Arme und Beine verkrampft, mit einem nervösen Glitzern im Auge.

»Ich lasse Donnas Zügel jetzt los«, sage ich. Nach einem zustimmenden Nicken von Noire, tue ich was ich gesagt habe. Ein letztes Mal streichle ich den Hals der Stute und lächle Noire aufmunternd zu. »Du schaffst das. Donna passt auf dich auf.«

Noire klopft Donnas Hals. »B-Braves Pferd.«

»Wenn du Bogenschießen kannst, wirst du mit einem Pferd bestens zurechtkommen«, sagt Gideon. Die Blicke der beiden halten einander fest. Dann schauen die grünen Augen, die denen seiner Schwester gleichen wie ein Spiegelbild, mich an. »Danke, dass Beatrice die Lasten auf ihren Schultern dank dir nicht allein tragen muss«, sagt Gideon so leise, dass ich sicher bin, niemand außer Noire und mir hört ihn.

Ich bin zu perplex, um etwas zu erwidern und Gideon gibt mir keine Zeit, seine Worte zu verarbeiten. Er verschwindet zu seinem Pferd, ehe ich ihn aufhalten kann.

Mir bleibt nichts anderes übrig, als es ihm gleichzutun. Ich nehme Beatrice die Zügel der Schimmelstute aus der Hand. Sie trippelt auf der Stelle, als ich mich in den Sattel schwinge und meine Beinmuskeln spannen sich stärker als gewöhnlich an, weil sie einige Zentimeter breiter ist als Donna.

»Sind alle bereit?«, ruft Beatrice und trifft auf zustimmendes Gemurmel, woraufhin sie ihrem Palomino die Schenkel in den Rumpf presst und diesen in einem schnellen Trab laufen lässt.

Ich tue es ihr gleich. Nicht auf Donnas Rücken zu sitzen, fühlt sich an, wie meinen Rubin abzunehmen. Als fehle mir ein Arm, dennoch ist es am besten so. »Du brauchst einen Namen«, flüstere ich Nurias Stute zu, während die Bäume an uns vorbeifliegen. »Im Lager habt ihr Pferde keine, aber als meine neue Freundin musst du einen Namen haben.« Ich überlege eine Weile, bis mir ein Gedanke kommt. »Schnee«, hauche ich. »Ich benenne dich nach dem gefrorenen Wasser, von dem Königin Enya in ihrem Tagebuch schrieb und welches angeblich einst im Winterkönigreich vom Himmel fiel. Schließlich bist du genauso weiß, wie Schnee gewesen sein soll.« Schnee schnaubt leise, um mir zu vergewissern, dass sie mit ihrem Namen einverstanden ist.

Zum letzten Mal schlagen wir die Zelte für die Nacht im Wald auf. Morgen werden wir die Nacht durchreiten, um in der Morgendämmerung das Frühlingskönigreich zu erreichen. Beatrice stöhnt, als ich ihr diesen Teil von Nurias Zeitplan vorlese, aber letztendlich willigt sie ein. Nachdem die Zelte aufgebaut sind, gehen Noire und ich unserer üblichen Tätigkeit – dem Beerensammeln – nach. Zeit mit ihr allein zu verbringen, an zuhause zu denken, und Ängste bezüglich des morgigen Tags zu äußern, hat sich reinigender angefühlt als jedes Bad.

Als wir zurückkehren, versammeln wir uns zum Abendessen. Iris sagt, sie möchte für sich allein bleiben, aber falls ich trainieren möchte, soll ich es ihr sagen. Thalia und Sven essen allein.

Noire, Beatrice, Gideon, Ilias und ich essen gemeinsam. Ilias setzt sich nur widerwillig zu uns, da Beatrice ihm keine andere Wahl lässt. Keinen Bissen isst er, während er in gebeugter Haltung, den Kopf in den Händen vergraben, zwischen Beatrice und Gideon sitzt. Nurias Tod hat ihn tief in den Sumpf der Trauer gezogen. Ein Blick in die Gesichter der anderen drei versichert mir, dass wir dasselbe denken. Wir müssen Ilias helfen, seinen Weg ins Licht wiederzufinden.

Beatrice schaut ihn eindringlich an. »Du musst etwas essen, Ilias.«

»Wenn du nichts essen möchtest«, Gideon legt Ilias eine Hand auf die Schulter, woraufhin er zurückzuckt und sich dem Griff entzieht, »trink wenigstens etwas.«

Ilias nimmt die Hände vom Gesicht und blickt kalkulierend zwischen den beiden hin und her, wobei er mich schmerzlich an Nuria erinnert. »Lasst

mich in Ruhe.«

Gideon nickt in Richtung seiner Schwester. »Wir wissen beide, dass Beatrice nicht nachgibt, wenn sie sich etwas in den Kopf gesetzt hat.«

Beatrice reckt das Kinn. »Ich höre den ganzen Abend nicht auf, dich darum zu bitten, etwas zu essen und zu trinken. Das verspreche ich dir.«

Ilias' von violetten Ringen gezierte und von rötlichen Adern durchzogene Augen schauen hilfesuchend zu Noire und mir.

Am liebsten möchte ich ihn in den Arm nehmen und trösten. Aber das wird ihm Nuria nicht zurückbringen und er sollte sich nicht darauf verlassen, dass ihn jemand anders aus dem Abgrund zieht. Beatrice, Gideon, Noire und ich werden ihn unterstützen, aber das Klettern muss er allein schaffen. Noire nimmt meine Hand. Mit sanftem Druck gibt sie mir zu verstehen, dass sie weiß ich finde die richtigen Worte. »Ilias«, beginne ich. »Nuria war etwas vollkommen anderes für dich als für uns, deshalb kann ich nur für mich selbst sprechen.« Ich hole tief Luft, um die Tränen herunterzuschlucken. Jetzt bloß nicht weinen. »Für mich war sie diejenige, die mir mein Schicksal offenbart hat. Sie hat mir den Weg gezeigt, den ich gehen muss, um unsere Zukunft zu etwas Besserem zu machen und mir selbst die Entscheidung überlassen, ob ich ihn gehen möchte. Gestern war ich mir unsicher, ob ich den Weg allein weitergehen kann.« Ich setze mich gerade hin und zerquetsche mit der meinen beinahe Noires Hand. »Aber Aufgeben war für Nuria nie eine Option, nicht wahr?«

»Natürlich nicht«, antwortet Ilias, ohne überlegen zu müssen.

»Siehst du.« Ich lächle ihm zu. »Deshalb muss ich den von ihr geebneten Weg weiter gehen, damit sie stolz auf meine Leistung und zufrieden mit mir ist.«

»Wir alle müssen weitermachen.« Diesmal entzieht Ilias sich ihm nicht, als Gideon ihm eine Hand auf die Schulter legt. »Für alle Menschen in den Königreichen und in den Lagern. Wir kämpfen für etwas, das größer als wir selbst ist.«

Beatrice schenkt ihrem Bruder ein Lächeln, dann wendet sie sich an Ilias. »Sonst wären wir heute nicht weiter geritten.« Ihr Blick zuckt einen Moment lang zu mir und sie atmet auf. »Auch du musst weitermachen, Ilias. Ich weiß, wie schwer das ist und wie unmöglich es klingen mag: Du wirst dich jeden Morgen anziehen und mit uns weiter reiten, bis du am Ende als

Held gefeiert wirst.«

»Ich?« Ilias schüttelt den Kopf. »Ein Held?«

»Du hilfst, die Ordnung wiederherzustellen«, sagt Noire mit fester Stimme, ohne meine Hand loszulassen. »Natürlich wirst du ein Held.«

Ilias wischt sich mit dem Handrücken die letzten Tränen aus den Augen. »Wenn Nuria das möchte, kann ich schlecht nein sagen.« Dann greift er, ohne zu zögern, nach einem Apfel aus dem vor uns stehenden Korb. Seine Finger umschließen die rote Schale zittrig, er nimmt einen Bissen, schluckt quälend langsam, aber schafft einen zweiten Bissen.

Gideon klopft ihm auf die Schulter. »Das wollten wir sehen.«

Während wir essen, spekulieren wir über das, was uns im Frühlingskönigreich erwarten wird. Gideons Miene verdüstert sich. Er rechnet mit einem zweiten Winterkönigreich. Noire ist der Überzeugung, dass hinter der Mauer, von der Jaxons Soldaten sprechen, sicher Menschen leben. Beatrice wünscht sich Verstärkung für unsere dezimierte Gruppe. Ich hoffe auf eine zweite Wächterin, die mir zeigen kann, wie sie ihre unbändige Magie in Schach hält.

Beim Gedanken an meine Magie lasse ich meinen Blick über die Lichtung schweifen. Iris sitzt abseits, wie jeden Abend. Als sie meinen Blick bemerkt, hebt sie eine Augenbraue. ›Gleich‹ formen meine Lippen. Sie gibt mir mit einem Nicken zu verstehen, dass sie bereit für eine Trainingseinheit ist, wenn ich es bin.

Ich verlagere mein Gewicht, was das unsichere Flattern meines Herzens nicht abzuschwächen vermag. »Habt ihr Lust, mir beim Trainieren zuzusehen?«

Beatrice springt auf die Füße. »Ich dachte, du fragst nie.«

Ich blicke meine Hände an. Vor Beatrice darf meine Magie nichts Dummes machen. Als meine Handflächen schwitzig werden bin ich mir unsicher, ob ich mich mit ihr in der Nähe konzentrieren kann.

Noire zieht mich an der Hand auf die Füße. »Du wirst sie beeindrucken, das weiß ich«, flüstert sie mir ins Ohr.

Nachdem Ilias und Gideon einwilligen und aufstehen, gehen wir zum Rand der Lichtung. Dort wartet Iris statt mit der üblichen Schüssel Wasser mit einem Nagel und einem Blätterhaufen.

Sie hebt eine Augenbraue. »Du hast Publikum mitgebracht?«

Ich ringe die Hände. »Unterstützung«, verbessere ich.

»Haltet ein wenig Abstand.« Iris hält inne, als sie mein entsetztes Gesicht sieht. »Sollte etwas passieren, sollte ein Feuer ausbrechen, kann ich es jederzeit löschen.« Sie wirft mir einen durchdringenden Blick zu. »Aber ich glaube daran, dass Ruby ihre Konzentration im Griff hat.«

Ich beiße mir auf die Unterlippe, denn da ist sie die einzige. Neun Augen bohren sich in meinen Körper wie Pfeile. Statt mich von ihnen in die Knie zwingen zu lassen, richte ich mich zu voller Größe auf und konzentriere mich allein auf Iris. »Was soll ich heute machen?« Ich betrachte den Nagel und die Blätter mit zusammengekniffenen Augen.

»Heute lernst du, Energie zu übertragen«, erklärt Iris.

»Also«, Ich streiche mir eine Haarsträhne aus dem Gesicht, »soll ich die im Nagel gespeicherte Wärme auf die Blätter übertragen.«

»Genau« sagt Iris. »Konzentriere dich auf die Wärme, nicht auf die Beschaffenheit des Nagels. Gleichzeitig musst du dich auf die Blätter fixieren, bis beides in deinem Kopf zu einem Ganzen verschmilzt. So überträgst du die Wärme aus des Nagels als Energie in deinen Körper und schließlich auf den Blätterhaufen, welchen du verdorren lassen wirst. Mit der wenigen Energie, welche der Nagel hergibt, sollte es unmöglich sein, den Wald anzuzünden.«

»D-Der Rubin –«, setzt Noire an.

»Ich bin weit genug, ihn selbst abzunehmen«, sage ich. Ohne noch einmal mit der Wimper zu zucken, öffne ich den Verschluss des Goldbands, der Rubin gleitet zu Boden.

Sicherheitshalber knie ich mich mit dem Nagel und dem Blätterhaufen hin. Ich konzentriere mich zuerst auf den Nagel. Als ich eine deutliche Welle seiner Energie in mir spüre, versuche ich, nicht die Energie, sondern die Beschaffenheit des Blätterhaufens zu spüren. Letztlich lasse ich die Energie des Nagels, als hektisch ausgestoßenen Atemzug frei. Die Blätter verdorren in Sekundenschnelle. Eine kleine Ecke beginnt zu qualmen, leichter Rauch erinnert mich daran, dass das Ergebnis nicht perfekt und ein weiterer Schritt in Richtung Ziel gleichermaßen ist.

VIERUNDZWANZIG - FRÜHLINGSUFER

Sieben Tage ist das Frühlingskönigreich von meinem ehemaligen Gefängnis entfernt, ich hätte jederzeit dorthin reiten können. Während ich in der Nacht auf Schnees Rücken die letzten Meilen bis zu unserem ersten Ziel reite, komme ich mir unglaublich dumm vor. Wieso kam mir der Gedanke nicht eher? Schließlich habe ich Karten gesehen, auf denen die gefallenen Königreiche eingezeichnet sind. Konnte ich die Entfernung so schlecht abschätzen?

Zeitgleich nagen Zweifel, warum das Frühlingskönigreich so nah vor der Tür des Feindes existieren darf, an mir. Es kann nicht aussehen wie das Winterkönigreich, das verkrafte ich nicht. Starke Bewachung heißt es. Demnach müssen Menschen im Frühlingskönigreich leben. Haben sie Soldaten? Eine Armee? Welchen Grund gibt es, sie nicht anzugreifen und auszulöschen? Den Lagern fehlen die Mittel. Wie können sie einem ganzen Königreich fehlen? Wie kann sich König Ignatius sicher fühlen? Wie konnten seine Vorgänger, ohne zu zittern, auf ihren Thronen sitzen, wenn sich ein nicht ganz gefallenes Königreich unweit ihrer Haustür befindet? Fragen ohne Antworten.

Je mehr die Nacht schwindet und sich der Himmel rosa färbt, desto näher kommen wir unserem Ziel. Die Bäume tauchen aus den Schatten auf, nehmen mir den Schutz vor der schwülen Nachthitze.

Schnees Fell wirkt ohne das Mondlicht matt. Ich kann mich nicht an die Stute gewöhnen. Sie ist jünger und weniger gut ausgebildet als Donna. Ihren Kopf hochreißen, um mir die Zügel zu entziehen, nach anderen Pferden schnappen und auf der Stelle trippeln, weil sie nervös ist, sind ihre Lieblingsbeschäftigungen. Ich streichle sanft ihren Hals. »Wir freunden uns an«, verspreche ich ihr, vor allem, weil Noire bisher gut mit Donna zurechtgekommen ist.

Die letzten Sterne glimmen am Himmel. Als ich das nächste Mal blinzle, verschluckt die Morgenröte sie in ihrem rotorangenen Schlund. Wenn wir nirgends falsch abgebogen sind, werden wir jede Sekunde unser Ziel erreichen. Meine Spekulationen bereiten mir Kopfschmerzen. Ich nehme eine Hand vom Zügel, um mir die Schläfen zu massieren, da pariert Beatrice vor mir ihren Palomino durch. Mit einer Hand schaffe ich es, Schnee in ein Schritttempo durchzuparieren, ehe sie neben dem Wallach zum Stehen kommt. Ich muss nicht fragen, warum wir anhalten, da ich die riesige Mauer, welche wie aus dem Nichts zwischen den Bäumen auftaucht, mit eigenen Augen sehe. Glatte, schwarze Steine sprießen aus dem Waldboden. Gut das doppelte meiner fünf Fuß und sieben Zoll ragt die Mauer in die Höhe. Geschliffene Metallstücke wie Pfeilspitzen stechen bedrohlich zwischen den Steinen hervor.

»Ich wusste, dass das Frühlingskönigreich stark bewacht wird.« Beatrice' Augen verengen sich. »*Das* ist übertrieben.«

»Nicht wenn seine Einwohner Angst vor dem Eindringen ungebetener Gäste haben.« Ich kneife die Augen zusammen. Hoffe, durch die schwarzbraunen Steine hindurch spähen zu können. »Oder dass irgendjemand hinauskommt«, füge ich leiser hinzu und fröstle. Die Mauer erinnert mich an den Ort, der sich zwanzig Jahre lang als mein Zuhause verkleidet hat.

Noire lässt Donna mit einigem Sicherheitsabstand neben Schnee zum Stehen kommen. »Wenn die M-Menschen e-eine große M-Mauer gebaut h-haben, s-sind wir i-ihnen sicher nicht willkommen.«

»Selbst wenn wir ihnen nicht willkommen sind«, Ilias' Stimme ist schneidend wie die Dolche in der Innenseite seiner Jacke, »müssen wir hinein. Für Nuria.«

»Über diese Mauer kann kein Mensch klettern«, sagt Thalia.

»Es wird einen Weg hinein geben«, versichert ihr Iris.

Einen Eingang hat Nuria nicht auf ihrer Karte verzeichnet, uns bleibt nichts anderes übrig, als an der Mauer entlang zu reiten. Westen erscheint uns die logischste Option, da im Osten laut Karte ein reißender Fluss lauert.

Die Sonne steht ein Stück höher am Himmel, als ein silbern schimmernder Stahl in der Ferne aufblitzt. Beim Näherkommen entpuppt er sich als vergittertes Tor, vor dem zwei Wachen stehen.

»Die Wachen sind unbewaffnet«, sagt Beatrice sofort. Tatsächlich glitzern

keine Waffen an ihren Körpern und Rüstungen tragen sie nicht.

Gideon schnaubt. »Was für miserable Wachen sollen das sein? Für mich sieht das aus wie ein Hinterhalt.«

»Egal, was es ist«, erwidert Beatrice. »Wir brauchen einen Plan, wie wir durch das Tor kommen.«

»Hast du nicht zugehört?« Iris macht eine ausladende Handbewegung. »Die Wachen sind unbewaffnet, wir können sie mit Leichtigkeit niederstrecken.«

»Und uns das Frühlingskönigreich auf den Hals hetzen«, bemerkt Ilias. »Ich schlage vor, wir verhandeln.«

»Steckt eure Waffen weg«, sagt Beatrice. »Wenn die Wachen unbewaffnet sind, sollten wir es auch sein.«

»Die Waffen jetzt wegzustecken, bringt nichts«, wirft Sven ein. »Die Wachen haben uns gesehen.«

Ich blicke in Richtung der Mauer, von wo aus uns die Wachen anblicken wie Statuen, ohne sich zu rühren. Sind sie unbewaffnet oder ist das ein Hinterhalt wie Gideon vermutet?

Beatrice sitzt ab, wir anderen tun es ihr gleich, woraufhin sie Gideon die Zügel ihres Palominos in die Hand drückt.

Er atmet scharf ein. »Komme ich etwa nicht mit?«

Sie schüttelt den Kopf. »Ruby und ich gehen allein. Andernfalls wirken wir feindseliger als ohnehin schon.« Als sich die Schatten über Gideons Augen nicht lichten, seufzt Beatrice. »Du passt in unserer Abwesenheit auf die Gruppe auf.«

Missmutig schaut Gideon seine Hände an, dann nickt er.

Schnees Zügel gebe ich Ilias, weil ich es Noire nicht zumuten möchte, sich mit den Launen der Stute herumzuschlagen.

Anschließend fange ich ihr aufmunterndes Lächeln auf, das mich mit neuer Kraft durchflutet wie eine Kerze in einem fensterlosen Zimmer. »Die Wachen werden sich anhören, was ihr zu sagen habt«, sagt sie mit fester Stimme.

Ich lächle ihr zu, dann wende ich mich ab, um gemeinsam mit Beatrice, in stillem Einverständnis, die letzten Meter zum Tor zu gehen. Wir wechseln einen ratlosen Blick, wohlwissend, dass wir improvisieren müssen, wenn wir das Frühlingskönigreich betreten wollen. Die Verhandlungen, die ich am Königshof miterlebt habe, waren stets im Vornherein geklärt. König Ignatius

hätte nie mit Menschen verhandelt, die seinen Plan ablehnen. Diese Wachen sind auf unser Kommen nicht vorbereitet. Mein Atem ist ruhig. Dank Beatrice, die ihren Kopf hoch erhoben trägt und den Weg bis zum Tor in selbstsicheren Schritten geht. Ich recke das Kinn, damit meine eigene Maske nicht herunterfällt, und halte mit Beatrice' zügigem Tempo Schritt.

»Wer seid ihr?« Einer der Wachmänner baut sich schützend vor dem Tor auf, obwohl selbst sein muskulöser Körper nicht in der Lage ist, es vor uns zu verbergen. »Was wollt ihr an diesem Ort?«

»Es wäre ratsam, zu verschwinden«, fügt sein Nebenmann hinzu. »So lange ihr könnt.«

Ich hebe die Hände, um zu zeigen, dass ich unbewaffnet bin. »Wir hoffen, ihr gewährt uns Eintritt ins Frühlingskönigreich.«

Der größere Wachmann betrachtet Beatrice und mich mit einem Stirnrunzeln und geweiteten Augen. »Ihr seid keine Soldaten des Königs. Ihr tragt keine Uniformen.«

Beatrice imitiert meine Geste und zeigt ihre leeren Hände. »Wir kommen in Frieden.«

»Wieso möchtet ihr eintreten?«, fragt der kleine Wachmann. »Wir haben ein Handelsabkommen, das wir erfüllen, darum dürfen wir leben.«

Die Wahrheit zu sagen, ist nicht sicher, doch einen kleinen Hinweis müssen wir geben. »Gibt es in euren Reihen Magier?«, erkundige ich mich.

»Ihr solltet verschwinden«, sagt der Größere der beiden. »Wir mussten am eigenen Leib erfahren, wozu Magie fähig ist, wenn sie in die falschen Hände gerät.«

Sein Nebenmann seufzt tief. »Dieser Ort ist nicht mehr das, was er einmal war.«

Beatrice und ich wechseln einen Blick. Magie in den falschen Händen. Mit einem Nicken bestätigt sie mir, dass wir denselben Verdacht teilen. Nurias Karte hat uns auf die richtige Spur geführt, jetzt müssen wir ihre Fußspuren verlassen und ihn allein gehen.

»Sind in letzter Zeit Menschen hierher gekommen, um Zuflucht zu suchen?«, erkundigt sich Beatrice.

Der Wachmann verschränkt die Arme vor der Brust. »Diese Information geht euch nichts an.«

»Das tut sie sehr wohl.« Ich hebe die Stimme und mache mir zum ersten

Mal das wenige Sprechtraining, das ich als Kind über mich ergehen lassen musste, zu Nutze. Hoffentlich klinge ich wie eine Prinzessin, die jedes Recht hat, ihre Wachen zu befehligen. »Auf unserem Weg hierher sind wir einem zerstörtes Lager und einem Wolfsrudel in die Fänge gegangen. Ich bin mir sicher, dass einige Überlebende hierher gekommen sind, um Zuflucht zu suchen.«

Die Wachen wechseln einen Blick. »Sie hat es wieder getan.«

»Sie?«, fragen Beatrice und ich wie aus einem Mund. Meine Kehle ist trocken, meine feste Stimme wäre fort, wenn ich sprechen würde.

Der größere Wachmann blickt zu seinem Kollegen. »Ich schätze, wir müssen diesem Trupp Eintritt gewähren. Die zwei Frauen wissen zu viel. Außerdem ist es im Wald nicht sicher, solange sie dort draußen ist.«

Ich blinzle und erzittere, als ich grüne, mordlustige Augen aufleuchten sehe. Hektisch schaue ich über die Schulter, zwischen den Bäumen ist nichts, nicht einmal der Wind lässt die Blätter rascheln. Das Wolfsrudel, natürlich. Eine starke Frühlingsmagierin ist in der Lage, Tiere zu kontrollieren, so viel habe ich aus meinen Trainingsstunden im Lager mitgenommen. Vielleicht ... eine Wächterin?

»Ich weiß einen Weg, wie ich eure Probleme lösen kann«, setze ich vorsichtig an.

Der größere Wachmann verengt die Augen. »Das glaube ich weniger.«

»Lasst uns mit eurem König sprechen.«

Der Blick meines Gegenübers verdüstert sich weiter. »Anführer.«

»Mit eurem Anführer«, verbessere ich mich selbst. »Ich habe eine Vermutung, warum ihre Magie außer Kontrolle ist.«

»Wir können helfen.« Beatrice verlagert ihr Gewicht von einem Fuß auf den anderen. »Wir sind auf der Suche nach ihr hierhergekommen. Dass sie außer Kontrolle ist, haben wir nicht geahnt. Was es mit ihrer Magie auf sich hat, ist nicht für jedermanns Ohren bestimmt. Aber seid versichert, dass wir euch helfen wollen.«

Die Wachmänner wechseln einen Blick, ehe sie beginnen, so leise miteinander zu sprechen, dass wir kein Wort verstehen »In Ordnung«, sagt der größere Wachmann nach der gewisperten Unterhaltung. »Wir schicken eine Eskorte, die euch nach Riewa bringen soll.«

»Riewa?«, entfährt es mir. »Ich dachte, eure Hauptstadt sei Salirem.«

»Salirem wurde beim Fall der Königreiche fast komplett zerstört, der Blütenpalast ebenso«, antwortet der kleinere Wachmann. »Den Rest werden unsere Anführer erklären.«

Beatrice seufzt tief, während ich mir auf die Unterlippe beiße, um ein Seufzen meinerseits zu unterdrücken.

»Die Eskorte wird in Kürze hier sein«, meint der größere der beiden. »So lange könnt ihr hier warten.« Daraufhin wendet er sich von uns ab, um an einem Strick zu ziehen, welcher von der Mauer herab hängt, womit er eine Glocke dreimal erklingen lässt, welche sich auf der anderen Seite der Mauer befinden muss.

»Danke für eure Hilfe«, sage ich.

»Wenn ihr einen Weg kennt, sie außer Gefecht zu setzen, ist das das Mindeste, was wir tun können«, erwidert der größere Wachmann. Zum ersten Mal verschwindet die Dunkelheit aus seinem Blick, erste Hoffnungssterne brechen die Nachtwolken mit ihrem Silberglanz auf.

Wir verabschieden uns von den Wachen. Auf dem Weg zu den anderen verlieren wir keine Zeit mit einer Besprechung. Wir müssen uns mit der ganzen Gruppe beratschlagen.

»Dürfen wir eintreten?«, fragt Iris ohne Umschweife, als wir in Hörweite sind.

»Ja.« Beatrice nimmt Gideon die Zügel ihres Wallachs aus den Händen und streichelt dessen goldenes Fell. »Die Wachen haben eine Eskorte gerufen, die uns zu den Anführern des Frühlingskönigreichs bringen soll.«

Thalia hebt die Augenbrauen. »Anführer?«

»Verstanden haben wir nicht alles.« Diesmal kann ich mein Seufzen nicht unterdrücken. Ein Satz aus der Unterhaltung kann meine Gedanken nicht verlassen. Das Wort Handelsabkommen ist gefallen und es durchfährt mich Eiseskälte beim Gedanken daran, wer der Vertragspartner ist. Was hat König Ignatius mir noch verschwiegen? Wie viel weiß Julius? »Scheinbar lässt der König das Frühlingskönigreich existieren, ich habe das Wort Handelsabkommen gehört.«

Gideon presst die Lippen zusammen. »Wenn alle Wachen unbewaffnet sind, ist das kein Wunder.« In seinen Augen spiegelt sich etwas anderes, als er erst seine Schwester, dann Ilias und zuletzt Noire ansieht. Hoffnung, dass den dreien im Frühlingskönigreich kein Leid geschehen wird.

Beatrice bemerkt Gideons Blick nicht. Seine Bemerkung kommentiert sie mit einem mahnenden Ausdruck auf dem Gesicht. »Von den Anführern werden wir alle Details erfahren. Außerdem haben wir eine starke Vermutung, nach wem wir Ausschau halten müssen, wenn wir nach der zweiten Wächterin suchen.«

Ilias' Hand schnellt zu den Dolchen in der Innenseite seiner Jacke. Er richtet sich zu voller Größe auf. »Die Soldaten wussten, wo sie ist?«

»Nicht ganz.« Ich hebe beschwichtigend eine Hand. »Wahrscheinlich haben wir es mit einer Wächterin außer Kontrolle zu tun.« Meine Brust zieht sich zusammen. »Nicht, dass das es das erste Mal wäre.«

Beatrice fängt meinen resignierten Blick auf und schenkt mir ein Lächeln. »Du verbesserst dich.«

Prickelnde Schauer rieseln über meine Haut und fluten, warm wie Sonnenlicht, meine Adern. Ich atme auf. »Meine Magie war außer Kontrolle, aber ich habe nie absichtlich jemandem wehgetan«, werfe ich ein, als sich mein Pulsschlag beruhigt hat. »Bei der Wächterin des Frühlingsköngreichs, wenn sie diejenige ist, von der die Soldaten gesprochen haben, scheint es anders zu sein –«

Noires Finger um Donnas Zügel verkrampfen sich. »W-Wie kommt i-ihr d-darauf?«

»Vor einigen Tagen suchten die Überlebenden des zerstörten Lagers, das wir fanden, jenseits der Mauer Schutz. Die Soldaten haben uns gesagt, dass eine Frühlingsmagierin dafür verantwortlich ist.« Meine Stimme zittert. Ich möchte nicht an das zerstörte Lager und an Nurias deformierten Körper denken. Ich rieche Blut und Schweiß. An meinen Fingern klebt Erde, die ich nicht abschrubben kann. »Sie glauben, sie hat die Wölfe gelenkt – absichtlich.«

»Sie lässt Wölfe absichtlich Menschen umbringen, die ihr nichts getan haben?« Ilias ballt die Hände zu Fäusten. »Das wird diese Frau mir büßen. Sie ist Nurias Mörderin.«

»Sei nicht voreilig«, mahnt Beatrice. »Vielleicht weiß sie es nicht besser und schaffte es nicht, die Wölfe rechtzeitig zurückzurufen.«

»Sie könnte u-uns w-wieder weh t-tun«, bemerkt Noire, die ihren Kopf auf der Suche nach Schutz gegen Donnas Hals lehnt. In einer anderen Situation hätte ich über die Freundschaft der beiden geschmunzelt.

»Wir werden es herausfinden«, verspreche ich den anderen, während ich in ihre erschrockenen Gesichter blicke. »So oder so brauchen wir ihre Magie auf unserer Seite.«

Beatrice nickt. »Diese Frau muss unschädlich gemacht werden und mit uns kommen.«

Mir wird übel, wenn ich daran denke, was ich ohne den Rubin mit meiner Magie anstellen könnte. Mutter, Lucius und Nurias Tod. Was ich angestellt habe. Diese Frau hat keine Jade, die ihre Magie einschließen könnte. Ich dachte, eine andere Wächterin könnte mir helfen, die Meisterin meiner Magie zu werden. Jetzt höre ich beim Gedanken an sie ein tiefes Knurren. Wenn sie weitere Wölfe auftreibt, könnte uns die Wächterin des Frühlingskönigreichs mit einer Handbewegung vernichten.

Die Wachen prüfen uns auf Waffen und übergeben sie der Eskorte, danach lassen sie uns von ihr in Empfang nehmen. Dass die Eskorte nur aus zwei Reiterinnen, Aja und Tia, mit diesen Namen haben sie sich uns vorgestellt, besteht, säht Misstrauen in unserer Gruppe. Womöglich tut sich hinter der Mauer eine bodenlose Schlucht auf, in die wir hineinfallen. Andererseits bin ich mir sicher, dass die Wachen bezüglich der Wächterin außer Kontrolle nicht gelogen haben.

Nachdem das Ziel unseres Weges, der Lobeliensee, über den wir auf einem Schiff Riewa erreichen werden, geklärt ist, reiten wir durch das Tor. Ich halte den Atem an. Auf einmal schmeckt der Wind nach Asche, mir ist als würde Staub meine Lungen füllen. Ich blinzle und sehe auf einmal Rauch, der verfallene Häuser wie ein vernichtender Umhang einhüllt. Die Spitze des Schneepalasts zersticht den roten Horizont. Das Porträt des Winterkönigreichs zerfließt und mischt sich mit den trüben staubigen Straßen Feliones und dem Sonnenplast, der über den heruntergekommenen Hütten der ausgehungerten Menschen ragt wie ein grausamer König. Blinzelnd wische ich die Farbe von beiden Porträts und finde ein Fenster dahinter.

Vom Tor aus tut sich vor uns ein breiter Sandweg auf, der von Bäumen abgegrenzt wird, die in Reih und Glied, offenbar von Menschenhand gepflanzt, stehen. Da wir in schnellem Trab unterwegs sind, komme ich nicht dazu, zwischen ihnen hindurchzusehen, und etwas hinter den bräunlichen Blättern zu erspähen. Früher müssen die Bäume in allen Farben geblüht

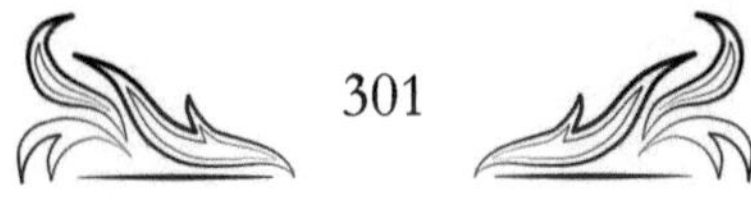

haben, da Frühlingsmagier eine Affinität gegenüber Pflanzen haben. Dieses muss das farbenfroheste, prachtvollste und fruchtbarste Königreich gewesen sein, bevor es dem ewigen Sommer zum Opfer gefallen ist. Plötzlich bin ich froh über die meine Sicht versperrenden Bäume. Womöglich befinden sich dahinter von Asche überzogene Ruinen ganzer Städte. Was mich antreibt, weiter zu reiten, ist der Gedanke, dass in Riewa Überlebende auf uns warten. Menschen, die dem ewigen Sommer täglich die Stirn bieten.

Als die Mittagssonne hoch am Himmel steht und mir trotz der schützenden Baumkronen meine weiße Bluse an den Rücken klebt, lichten sich die Bäume. Wir kommen auf ein freies Feld, stellenweise ist das Gras ausgetrocknet, an anderen Stellen grün. Verdorrte Büsche stehen neben blühenden Brombeerhecken wie unliebsame Zwillinge.

Städte oder Dörfer sehe ich in der Ferne keine, sie müssen meilenweit von diesem Ort entfernt sein.

Die Felder fliegen an uns vorbei wie Porträts, die nach einem Blinzeln ihre Farbe ändern. Vor dem Fall der Königreiche muss Obst und Gemüse auf ihnen gewachsen sein, das ich mir in meinen kühnsten Träumen nicht vorstellen kann.

Meine Finger zittern an Schnees Zügeln. Mit der Kraft meiner Schenkel allein schaffe ich es, nicht vom Rücken der weißen Stute hinunterzufallen. Ich muss die Fehler aus der Vergangenheit gutmachen. Wenngleich ich mit meiner Magie nur Wasser verdunsten und Blätter verdorren lassen kann. Wenn die wahnsinnige Frühlingsmagierin die zweite Wächterin ist ... nicht auszudenken. Heißer Wind nimmt mein Lachen mit sich. Erbärmlich, dass ausgerechnet wir Wächterinnen sind.

Jedoch bin ich meinem Gegenstück noch nicht begegnet. Vielleicht weiß sie nicht, wie sie ihre Magie einzusetzen hat, statt sie mit bösen Absichten zu speisen. Wenn ich seit meiner Flucht eins gelernt habe, dann, dass die Welt nicht schwarz oder weiß ist, sondern grau. Jeder Mensch begeht Fehler, manche sind unverzeihlich. Dennoch ist es nie zu spät, den Weg zum Licht zu finden. Nachdem ich zwei Menschenleben beendet und meine kleine Schwester im Stich gelassen habe, weiß ich das besser als die meisten meiner Kameraden.

Die Sonne steht tief am blutroten Himmel wie ein halb geschlossenes Augenlid, als der glitzernde Lobeliensee am Horizont auftaucht. Weiße

Klippen verschiedener Höhen versperren uns den Weg zum Lobeliensee, als wir an seinem Ufer, das nur von einer einzelnen Holzhütte geziert wird, absitzen. Daneben ist ein Holzsteg, an dessen Ende ein riesiger Holzklotz auf dem Wasser schwebt. Ein Schiff. Ich habe in Erzählungen von ihnen gehört und hielt sie, wie die Monster im Wald, für Mythen. Bei seinem Anblick wird mir kalt. Lieber sitze ich auf dem Pferderücken oder laufe mit festem Boden unter den Füßen, als einem Gebilde aus Holz zu vertrauen.

Um mich vom Anblick des Schiffs loszureißen, blicke ich auf die Wellen. Der Lobeliensee ist ein Spiegel des in Flammen stehenden Himmels. Bald werden sie sich im Tintenschwarz der Nacht kleiden, das sich am westlichen Horizont anschleicht. Jetzt glitzern seine Wellen wie rotgoldene Flammen beinahe heruntergebrannter Kerzen, die mich in ihren Bann ziehen, obwohl Feuer und Wasser einander nicht freundlich gesinnt sind.

»Beatrice, komm da sofort weg!« Gideons Stimme reißt mich aus meinen Gedanken.

Ich folge seinem Blick. Beatrice ist bis an den Rand der Klippen gelaufen. Die Nachtbrise spielt mit ihrem Haar, ihre Brust hebt sich friedlich und sie schließt die Augen, während sie die Seeluft einatmet. Einen Moment lang steht sie ruhig dort, eins mit den Klippen. Mir stockt der Atem, als sie erst ihre Stiefel, dann ihre Hose und anschließend ihre Bluse auszieht. Schwarze Unterwäsche ist alles, was ihren Körper noch bedeckt.

Ich halte die Luft an und schließe die Augen zwei Sekunden lang, ehe die Neugierde siegt. Mein Blick gleitet langsam an Beatrice herauf. Beim Anblick der langen muskulösen Beine wird mir heiß. Einen so flachen, definierten Bauch habe ich nie zuvor gesehen.

Wie einen Schwall kaltes Wasser spüre ich im Gegenzug einen Blick auf mir, der mir durch Mark und Bein geht. Hektisch atmend senke ich den Kopf und betrachte meine Stiefel. Obwohl Beatrice diejenige nur mit Unterwäsche am Leib ist, fühle ich mich entblößt. Meine Wangen glühen wie heiße Kohlen. Nur weil ich außer meinem Spiegelbild, Soleil und Noire noch nie eine Frau in Unterwäsche gesehen habe, sollte ich Beatrice nicht so anstarren.

»Komm weg da!« Ein Zittern schwingt in Gideons Stimme mit.

Beatrice' Blick gibt mich frei, ich schaue auf. Sie grinst ihren Bruder spöttisch an, wendet sich dem Lobeliensee zu und hat einen Kopfsprung in die Wellen gemacht, ehe Gideon sich überlegen kann, sie aufzuhalten – was, weil

er Beatrice' Wallach und seinen Braunen am Zügel hält, schwierig geworden wäre. Ich atme erst aus, als Beatrice aus den Wellen auftaucht. Ihr nasses Haar schimmert wie der Nachthimmel, welcher bald über dem Lobeliensee, in dem gerade die Sonne versinkt, Einzug finden wird.

Gideon atmet hörbar auf, dennoch ruft er ihr tadelnde Worte zu. »Das war selbst für deine Verhältnisse leichtsinnig! Du hättest dich ernsthaft verletzen können!«

Beatrice ignoriert ihn. In schnellen Schwimmbewegungen schwimmt sie bis zu einer Stelle, an der das Wasser weniger tief ist, sodass sie sich hinstellen kann. »Komm schon.«

Ich trete von einem Fuß auf den anderen. »Du weißt, dass ich nicht schwimmen kann.«

»Du kannst hier stehen.« Sie reckt sich ein Stück, um mir zu zeigen, dass ihr das Wasser bis zum Bauchnabel reicht. »Es ist nicht der Ozean, in dem du eines Tages schwimmen wirst, aber es ist ein Anfang. Worauf wartest du, Prinzessin?«

Ich schaue an mir herunter und erwäge, Beatrice' Aufforderung angezogen nachzukommen. Meine Reitkleidung weicht einem Korsett, Klauen packen mich bei den Schultern. Im nächsten Augenblick trägt die Abendbrise sie davon. Die Schatten haben mich nicht in der Hand. Es ist meine Entscheidung und auf meinen Körper wird niemand stechende Blicke erhaschen. Ich habe ein weißes Leinenhemd unter meiner Bluse an. Sobald ich in den See gewatet bin, wird man weder das sehen, was das nasse Hemd preisgibt noch meine nackten Beine. Deshalb liegen meine Stiefel, meine Hose und meine Bluse wenige Augenblicke später im Gras und ich drücke Ilias zum zweiten Mal am heutigen Tag Schnees Zügel in die Hand.

»D-Du kannst n-nicht schwimmen!«, ruft Noire.

Ich beachte ihre Worte nicht. Am Rand der Klippen angekommen fällt mir ein, dass ich weder einen eleganten Kopfsprung machen kann noch sollte, weil das Wasser hier weniger tief ist. Ein Blick in die strahlend grünen Augen nicht weit von mir genügt. Ungeachtet des Zitterns meiner Glieder stoße ich mich vom steinigen Boden ab und kneife die Augen zusammen. Der Aufprall auf die Seeoberfläche erschüttert mich bis ins Mark, dann hüllt mich eine Welle warmes Seewasser ein. Ich öffne die Augen und erblicke das Gold der Abenddämmerung, das mich in eine Umarmung zieht wie eine lang vermisste

Freundin. Ein Lächeln formt sich auf meinen Lippen. Ich möchte einen Schritt nach vorne machen, da knicken meine Beine weg und ich verliere das Gleichgewicht. Wasser füllt meine Lungen.

Bevor ich dem Lobeliensee zum Opfer falle, liegen Hände an meiner Taille und ziehen mich auf die Beine. Die plötzliche Berührung lässt meinen Körper zu Stein erstarren.

Beatrice schiebt mich eine Armlänge von sich fort und lässt mich los. Das Seewasser ist warm, dennoch durchzuckt mich ein kalter Hauch. »Du kannst hier stehen, schon vergessen?«

Ich huste. Wasser läuft mir aus dem Mund. »So hatte ich mir das nicht vorgestellt.«

Beatrice' Augen funkeln amüsiert. Rasch wende ich den Blick ab. Ein Fehler, weil er prompt auf ihren Bauchmuskeln fällt, die von seichten Wellen umspielt werden. Ich beiße mir auf die Unterlippe. Als ich mich ihrem Gesicht zuwenden möchte, zieht etwas meine Aufmerksamkeit an. Die Wassertropfen auf dem schwarzen Stoff des Bandeaus, der ihre Brüste bedeckt, glitzern wie Diamanten. Meine Finger zucken, wollen die unzerstörbaren Juwelen aus vergänglicher Substanz auffangen. Schnell presse ich meine Nägel in die Handflächen, beiße die Zähne zusammen und hebe den Kopf.

Das Funkeln in Beatrice' Augen ist undurchsichtig wie ein im Schatten einer Hauswand verborgener Mond. Flacher Atem dringt aus ihren leicht geöffneten Lippen.

Bevor ich mich fragen kann was das bedeutet, trifft ein Schwall Wasser mein Gesicht. Ich blinzle die Tropfen nicht fort, sondern hole mit der Hand aus und hoffe, blind mein Ziel zu treffen.

Das mulmige Gefühl in mir lichtet sich und macht einer Freiheit und Leichtigkeit Platz, die ich noch nie gespürt habe. Wir spritzen uns Wasser ins Gesicht, bis meine Augen so sehr brennen, dass ich sie kaum offenhalten kann.

Anschließend lässt sich Beatrice auf dem Rücken treiben. »Das kannst du auch versuchen«, sagt sie. »Obwohl du nicht schwimmen kannst, wird dich das Wasser aufrecht halten.« Für einen Augenblick schließt sie die Augen. Ein Lächeln liegt auf ihren Lippen und sie atmet friedlich.

Mein Blick streift ihre von Wassertropfen benetzte Haut. Im Licht der Abendsonne tritt ihr warmer dunkler Unterton stärker hervor. Ein warmes

Kribbeln nistet sich in meiner Brust ein. Ich trete von einem Fuß auf den anderen. Unsicher, ob ich ihrer Aufforderung nachkommen soll. Dem Seewasser vertraue ich nur bedingt. Beatrice dafür umso mehr ... vielleicht kann sie mir helfen, mich treiben zu lassen. Der Gedanke verstärkt das Kribbeln wie ein neuer Funke knisterndes Feuer.

Gleichzeitig erinnern mich meine brennenden Augen daran, dass Beatrice die Missetäterin ist, wegen der dieses Gefühl sicher noch Stunden anhalten wird. Sollte ich mich rächen, indem ich sie unter Wasser drücke? Mein Herz stolpert. Ein Teil von mir möchte Beatrice berühren, während sich der Rest von mir beim Gedanken daran seltsam verlegen fühlt ...

»Die Pferde sind im Schiff verladen.« Tias Stimme setzt meinen Gedanken ein Ende. Unsere Wasserblase zerplatzt. »Kommt ihr?«

Beatrice bringt sich in eine stehende Position. Wir waten durchs Wasser, bis wir an einer Stelle ankommen, wo uns die flachen Klippen den Aufstieg ermöglichen.

Während wir unsere Reitkleidung überziehen, konzentriere ich mich auf mich und richte den Blick aufs verdorrte Gras. Dennoch fühle ich mich, als stünde ich inmitten eines Feuers. In der Hitze wird die Unterwäsche, welche mir nass am Körper klebt, schnell trocknen. Genau wie meine Haare, die eine Wasserspur ins Gras tropfen, als wir uns zum Steg aufmachen.

Beatrice zwinkert mir zu. »Beim nächsten Mal bringe ich dir Schwimmen bei«, verspricht sie.

Ihre Worte zeichnen mir ein Strahlen aufs Gesicht. »Ich nehme dich beim Wort.«

Am Steg angekommen begrüßt uns Gideon mit einem Kopfschütteln und Noire mit einem Ausdruck wie kalter Stahl in ihrem Auge. Mit dem Blick in den blauen Abgrund bildet sich ein Knoten in meiner Brust. Ich stelle mich neben sie und lehne meine Schulter gegen Noires. Zunächst ist ihr Körper starr, dann entspannt sie sich und der Knoten verdunstet wie Wasser in der Sonne. Hoffentlich tun ihre dunklen Gedanken dasselbe und entschweben als Wasserdampf zum nächtlichen Firmament.

Zwei Freundinnen zu haben – ich stolpere über den Gedanken, unsicher ob es zu früh ist, Beatrice so zu bezeichnen – die unterschiedlicher nicht sein könnten, wird schwieriger als ich gedacht habe.

Fünfundzwanzig –
Im Schutz der Wölfe

»Nun sind wir vollzählig«, bricht Tia die Stille. »Ist dies eure erste Schiff-fahrt?« Zustimmendes Nicken. »Das dachte ich mir, schließlich ist die wenige Schifffahrt, die auf dem Kontinent existierte, ausgestorben, seit der ewige Sommer über uns hereingebrochen ist. Handelsschiffe haben keinen Grund, weit zu fahren, der Fluss ist nicht tief genug und auch der Lobeliensee wird zunehmend kleiner und die Fische rar.« Sie streicht sich ihr dunkles Haar zurück. »Unter Deck könnt ihr schlafen. An Deck ist die einzige Regel, nicht ins Wasser zu fallen. Der Frachtraum und die Brücke sind für euch tabu.« Ich traue mich nicht, nachzufragen, was eine Brücke ist. Sicherlich nicht das, was ich mir im alltäglichen Leben darunter vorstelle. »Wir werden die ganze Nacht unterwegs sein und am Morgen nahe Riewa ankommen. Speisen und Getränke befinden sich an Bord.«

In stillem Einverständnis folgen wir ihr aufs Schiff. An Deck, wie Tia die obere Plattform des Schiffs bezeichnet, angekommen finden wir einen gedeckten Tisch vor. Brot, das einen nussigen Duft verströmt, eine Käse-platte, ein Obstkorb und ein Krug Wasser warten auf uns. Mein Magen erinnert mich mit einem Knurren daran, dass ich heute nichts gegessen habe. Den anderen geht es ähnlich, weshalb sich unsere Gruppe in Windeseile am Tisch einfindet. Beatrice wartet nicht ab, bis alle Platz genommen haben, sondern nimmt sich im selben Atemzug, in dem sie sich hinsetzt, das größte Stück Brot aus dem Brotkorb. Ich zügle meinen Hunger und lasse mir das erste Stück Weichkäse, das ich esse, auf der Zunge zergehen. Noire benötigt meine Aufforderung, um sich ein Brot zu nehmen, Ilias einen mahnenden Blick von Beatrice.

Während Aja etwas mit dem Kapitän bespricht, lässt sich Tia vor Kopf am Tisch nieder. Ihre dunklen Augen sind so klar, dass sich die aufglimmenden

Sterne darin spiegeln, ihre Haut und ihre Locken erinnern an heiße Schokolade. Tia setzt sich gerade auf, streicht ihre Bluse glatt und räuspert sich. »Bevor ihr morgen mit meinen Eltern sprecht –«

Beatrice verschluckt sich an ihrem Apfel, der ihr aus der Hand auf die Tischplatte fällt. »Moment«, bringt sie nach einem kräftigen Husten heraus und kneift die Augen zusammen. »Deine Eltern? Du bist die Tochter der Anführer des Frühlingskönigreichs?«

Tias Arme verkrampfen sich sichtbar auf den Stuhllehnen. »Das ist nichts Besonderes.«

»Nichts Besonderes –« Beatrice ringt nach Worten.

Tias Augenbrauen schnellen nach oben. »Was hat sie?«

»Ich kann nur für mich sprechen«, beginne ich mit sanfter Stimme. »Denn meine Kameraden stammen aus Lagern im Wald, Noire und ich stammen aus Felione.«

»Felione?« Tias Wispern ist das laue Rauschen des Windes, bevor sich ein Sturm auftut.

»Sie befürworten die Handlungen des Königshauses nicht«, sagt Ilias.

Bekräftigend nicke ich. »Ich wollte sagen, dass es in Felione etwas Besonderes ist, mit der Obrigkeit verwandt zu sein.«

»So einfach kannst du das nicht vergleichen.« Tias dunkelbraune Augen betrachten mich kalkulierend. »Wo ich herkomme, gibt es keine Obrigkeit. Vater und Mutter sind unsere Anführer. Die eigentliche Macht geht jedoch vom Volk aus, das sie gewählt hat, nicht von ihnen.«

Nun ist es an mir, Tia mit offenem Mund anzustarren. Ich umklammere das Stück Brot, das ich mir genommen habe, weil mir andernfalls der Boden unter den Füßen weggerissen würde. Ein Königreich ohne einen König, ohne eine königliche Familie? Davon habe ich nie gehört. Mit der freien Hand streiche ich mir Schweiß von der Stirn. »Wie soll das funktionieren?«

Tia seufzt. »Bevor wir in Riewa ankommen, solltet ihr wissen, was euch erwartet«, beginnt sie mit zitternder Unterlippe und angespannter Miene. »Aufgrund der hohen Mauer war das Frühlingskönigreich schwierig einzunehmen, als die Unruhen ausbrachen und der ewige Sommer ins Land zog. Kurz nach dem Einbruch des ewigen Sommers, kam der damalige Sommerkönig zur Mauer, auf der Suche nach Überlebenden. Es wurde ein Abkommen geschlossen, das beiden Seiten nützt, weil das Frühlingskönigreich über den

Lobeliensee als Wasserquelle und fruchtbaren Boden verfügt, die dem ewigen Sommer bisher die Stirn geboten haben. Laut des Abkommens müssen in jeder Vollmondnacht Abgaben geleistet werden.«

Ich beiße mir auf die Innenseite der Wange, um nicht laut nach Luft zu schnappen. Was hat mir König Ignatius noch verheimlicht? Hätte ich genauer hinsehen müssen ... und hätte das etwas geändert? Meine Glieder sind starr, der Apfel, von dem ich abgebissen habe, hat beim Schlucken einen bitteren Nachgeschmack. Noires vertraute Finger, die zwischen meine gleiten, bringen einen Funken Wärme in meinen Körper zurück.

»Magie ist in der Frühlingsrepublik nicht verboten.« Ein dunkler Unterton schwingt in Tias Worten mit. »Vor den Soldaten aus dem Sommerkönigreich, die regelmäßig hierherkommen, auch über die Abgaben hinaus, muss sie geheim gehalten werden.« Dichter Nebel liegt über ihre Miene. Ihre ineinander verschränkten Finger zittern. »Andernfalls nehmen sie die Magier mit.« Tia schluckt trocken. »Unsere Anführer werden nicht vom Sommerkönigreich gestellt, sondern vom Volk aus einer Gruppe von Repräsentanten gewählt. Bei Abstimmungen haben meine Eltern und das unter ihnen stehende Parlament das letzte Wort, Vorschläge werden vom Volk gemacht. Verbrechen werden mit gemeinnütziger Arbeit und im Extremfall Verbannung bestraft.« Sie fährt sich durchs Haar. »Das Sommerkönigreich untersagt uns den Besitz und die Fertigung von Waffen. Königliche Soldaten kontrollieren unangemeldet, ob diese Regeln eingehalten werden. Die Strafe für den Besitz einer Waffe ist immer Verbannung –«

Wut lodert in meinen Adern wie ein Feuer, dem stetig jemand neue Holzscheite hinzufügt. Als Noire nach Luft schnappt, bemerke ich, dass ich ihre Finger zerquetsche und lockere meinen Klammergriff um ihre Hand. Behutsam zieht sie mit dem Daumen Kreise auf meinem Handrücken, die das Feuer nicht löschen. Jede Wahrheit, für die ich zwanzig Jahre lang blind gewesen bin, ist ein neuer Holzscheit ...

»Eure weiteren Fragen werden meine Eltern morgen beantworten«, verspricht Tia. »Ich«, Sie ringt die Hände, »erwarte nicht von euch, dass ihr mir erzählt, wieso ihr hierhergekommen seid, bevor ihr mit meinen Eltern verhandelt habt. Aber ihr sucht nach einer Frühlingsmagierin außer Kontrolle, habe ich recht?« Zustimmendes Nicken. »Ihr sucht nach meiner kleinen Schwester, sie ist erst vierzehn und allein da draußen.« Sie starrt

den Horizont an. »Edens Magie hat sie von unserem Vater geerbt, der seine seit nunmehr fünfzig Jahren vor den Soldaten aus dem Sommerkönigreich geheim hält. Bei Eden hat sie sich im Kindesalter gezeigt und sie musste vor den Soldaten aus dem Sommerkönigreich versteckt werden, weil sie ihre Magie nicht unterdrücken konnte. Selbst ihr Training hat nichts genützt. Wie ein Feld aus Wildblumen, das aus unfruchtbarer Erde sprießt, ist sie aus ihr herausgebrochen. Menschen sind von Ranken eingesperrt worden, wenn Eden wütend war, oder ein Erdrutsch hat jemanden ernsthaft verletzt.« Tia versteckt ihr Gesicht hinter einem Vorhang dunkler Locken und nimmt einen tiefen Atemzug. »Letztes Jahr wollten die Einwohner Riewas Eden dem Sommerkönigreich übergeben. Ich konnte das nicht zulassen und bin mit ihr in ein Waldstück außerhalb von Riewa geflohen. Dort hat Eden gesagt, sie spürt ein grollendes Unwetter in der Luft. Weil ich vorher nie im Wald war, außer, um Heilkräuter zu sammeln, war ich unachtsam, bin über eine Baumwurzel gestolpert und habe mir an herumliegenden Ästen das Bein aufgeschnitten. Der Schnitt hat zu bluten begonnen. Daraufhin ist hinter mir ein Knurren ertönt und beim Blick in Wolfsaugen habe ich Edens Worten von vorher geglaubt.« Sie blickt über die Schulter, wo sich der Lobeliensee erstreck. Kein Wolfsrudel.

Im selben Moment höre ich ein Knurren wie Donnergrollen und ein kalter Schauder läuft meine Wirbelsäule hinab. Noires und meine Hände finden sich, wir wechseln einen Blick. In ihrem Auge spiegelt sich mein blasses Gesicht.

»Meine kleine Schwester hat die Wölfe aufgehalten und mir gesagt, dass ich davonlaufen soll«, fährt Tia fort. »Gehorcht habe ich erst, als sie mir einen Erdrutsch hinterhergeschickt hat. Seitdem ist sie bei den Wölfen. Bei ihnen fühlt sie sich sicher. Ich habe sie aufgesucht, zurückkommen möchte Eden nicht. In ihrer Wut auf die Menschen, die sie ans Sommerkönigreich ausliefern wollten, testet sie ihre Kontrolle über die Wölfe, indem diese Bauern anfallen oder Dörfer plündern.« Meine Hand verkrampft sich, Noires Finger nehmen einen bläulichen Farbton an. »Das Waldstück ist ihr und ihren Wölfen ein Zuhause und mit ihrer Magie kann sie Risse in die Mauer schlagen. So geht sie in der Frühlingsrepublik ein und aus. Ihr habt selbst mitangesehen, wie sie die ungeschützten Lager überfällt, die Überlebenden haben hier meist Zuflucht gesucht. Ihr könnt euch denken, was sie hier anrichtet.« Tia sieht mit großen Augen in die Runde, in denen sich ein feuchter Glanz wie der Lobeliensee spiegelt. »Ich war zufällig in der Nähe des Tores, weil dort seltene Heilkräuter wachsen. Als ich hörte es geht um eine Frühlingsmagierin außer Kontrolle, habe ich mich freiwillig für die Eskorte gemeldet. Das Schiff, das mich zurück nach Riewa bringen sollte, stand bereit.« Tias Stimme wird dünn. »Was immer ihr vorhabt, bitte tut meiner Schwester nicht weh.«

Meine Augen geben Tia frei, richten sich gen Himmel und die silbernen Sterne formen sich zu goldenen Augen, umrahmt von erdbeerblonden Wellen aus Sternenschimmer. Die Sterne haben den Fall der Königreiche miterlebt, jetzt schaue ich in ihre toten silbernen Augen. Im Sommerkönigreich gibt es keine höhere Macht, jetzt frage ich mich, ob wir als Staubpartikel zu den Sternen zurückkehren. Ob meine kleine Schwester dort oben oder im Sonnenpalast auf mich wartet. Als Noire meine Hand sanft drückt, wende ich mich vom Sternenhimmel ab und schaue ihr ins Gesicht. Schmerz flackert in ihren Gesichtszügen auf, aber auch Entschlossenheit. Unsere Gedanken müssen einem anderen vierzehnjährigen Mädchen gelten.

»Wir werden deiner Schwester nicht wehtun«, sagt Beatrice, deren Augen Funken sprühen.

»Sie ist Nurias Mörderin«, spricht Ilias ihre Gedanken aus. Er springt vom Tisch auf und ist verschwunden, ehe ihn jemand aufhalten kann.

»Geh«, sagt Beatrice an Gideon gewandt und deutet in jene Richtung, in die Ilias verschwunden ist.

Er starrt sie perplex an. »Wieso ich?«

»Weil ich gebraucht werde, um einen Plan zu schmieden.« Beatrice hebt eine Hand, möchte sie auf Gideons legen, zieht sie aber im letzten Augenblick zurück, als sei eine unsichtbare Wand zwischen ihnen. »Er schaut zu dir auf, du kannst ihn auf andere Gedanken bringen.«

Gideon wirft einen Seitenblick zu Noire. Erst als sie ihm zunickt, folgt er Ilias.

Tia starrt ihm hinterher. »Was hat das zu bedeuten?«

Beatrice seufzt. »Wie du weißt, sind wir im Wald Edens Wölfen begegnet. Vier aus unserer Gruppe sind ihnen zum Opfer gefallen, darunter Ilias' Ziehmutter.«

»Dennoch werden wir Eden nicht wehtun«, verspreche ich Tia, die

311

aussieht, als sei ihr übel. Eden wurde aus ihrer Heimat vertrieben, weil sie andernfalls als Magierin den Tod gefunden hätte, genau wie ich. Ihre Magie ist seit vierzehn Jahren Teil ihres Lebens. Sie scheint gelernt zu haben, diese besser unter Kontrolle zu halten als ich, dennoch kennt sie meine Bürde wie niemand sonst. Für Nurias Tod sollte ich sie hassen und kann es nicht, weil ich weiß, wie es ist, mit einem Monster zu leben. »Du hast gerade erfahren, dass ich aus Felione stamme«, fahre ich fort. »Der Grund für meine Flucht ist meine Magie.« Ich deute auf mein linkes Auge. »Hat Eden zufällig ein Mal im Auge?« Tia erstarrt auf ihrem Stuhl, benommen nickt sie. »Das dachte ich mir. Eden und ich haben beide unter der Bürde unserer Magie zu leiden. Eigentlich sollte das anders sein, denn unsere Magie ist die Waffe im Kampf gegen den ewigen Sommer.« Als Tia nichts erwidert, sondern gebannt dreinschaut, erzähle ich ihr von den Wächterinnen und vom Fall der Königreiche.

»Das ist die Wahrheit?«, wispert Tia.

»Ja«, bestätigt Iris. »Unser Ziel ist es, die übrigen Wächterinnen zu finden und gegen den ewigen Sommer in den Kampf zu ziehen.«

Die Augen lässt Tia nicht von mir. »Das erklärt Edens gefährliche Magie«, sagt sie. »Wir werden sehen, ob meine Eltern bereit sind, das Abkommen zu missachten und sich im Untergrund gegen das Sommerkönigreich zu stellen. Denn uns in einen Krieg einzumischen, haben wir in der Frühlingsrepublik nicht vor.« Sie rutscht auf ihrem Stuhl hin und her. »Außerdem weiß ich nicht, ob Eden mit sich sprechen lässt.«

»Das ist unwichtig.« Beatrice lehnt sich zurück und verschränkt die Arme vor der Brust. »Weil wir ihr keine Wahl lassen.«

Schlafentzug bewirkt Wunder, sonst hätte ich auf dem Schiff keinen traumlosen Schlaf gefunden. Jetzt sitze ich in Schnees Sattel. Nach der Fahrt im Frachtraum hat mich die Schimmelstute mit einem vorwurfsvollen Blick gestraft. In stiller Entschuldigung streichle ich ihr glänzendes Fell, während wir vom Lobeliensee aus über ein weites Feld reiten. Hier können wir nebeneinander reiten, was die Pferde sichtlich genießen. Mehrmals bremse ich Schnee mit sanften Hilfen am Zügel, damit sie nicht in einen schnellen Galopp fällt, sich ein Rennen mit Beatrice' Wallach neben mir liefert und die Vorderpferde überholt.

Je näher wir Riewa kommen, desto mehr Hütten aus einfachem rostrotem

Stein mit spitz zulaufenden Dächern geraten in unser Blickfeld. Vereinzelt arbeiten Menschen auf den Feldern, die uns entweder nicht bemerken oder uns lange hinterher starren. Besuch ohne rotgoldene Uniform und verhängnisvoll blitzende Schwerter sind sie offenbar nicht gewohnt. Die Felder, auf denen sie arbeiten, sind großzügiger bewachsen als ihre Gegenstücke aus Felione. Der Lobeliensee als Wasserquelle muss ein wahrer Segen sein. Zwischen kleine, grüne Zucchinis mischen sich nur wenige verdorrte. Mein Herz stolpert. Ich bin unsicher, ob ich mich freue, weil es Menschen gibt, die dem ewigen Sommer die Stirn bieten oder, ob ich wütend sein sollte, weil das Bürgertum Riewas mehr Nahrungsmittel besitzt als meine Untertanen.

Am Stadtrand angekommen ist der Boden vereinzelt von Staub und Schutt übersät, während die Häuser aussehen als seien sie aus verschiedenen Materialien zusammengefügt. So ist Riewa aus der Asche und den Trümmern auferstanden. Die Nähe sowohl zum Lobeliensee als auch zu mehreren Flüssen, beantwortet mir die Frage, wieso sich die Einwohner der heutigen Frühlingsrepublik für Riewa als ihre neue Hauptstadt entschieden haben.

Eine wachsende Menschengruppe betrachtet unseren Einzug in die Stadt. Ich atme aus. Die wenigsten tragen zerlumpte Kleidung oder weisen unterdurchschnittliches Gewicht auf. Dass es diesen Menschen besser als in Felione geht, hat nicht nur mit dem ewigen Sommer zu tun. Aufstände gibt es ebenfalls, aber die Bedingungen und Regelungen sind anders, menschlicher.

In der Stadtmitte befindet sich ein kreisförmiger Platz, an dessen Rand verdorrte Bäume wachsen. In seiner Mitte steht eine fünfstöckige Villa, welche aus verschiedenen Häusern und Trümmern zusammengesetzt wurde.

»Wie lange das wohl gedauert hat.« Ilias blickt die Fassade der Villa hinauf. »So eine Villa hätte ich gerne.«

»Wie du alle Einzelteile besorgst, um dir eine zu bauen, möchte ich sehen«, bemerkt Beatrice. Seit wir Riewas Grenze überquert haben, sieht sie sich zu allen Seiten mit großen Augen um, als wolle sie nichts verpassen und jeden Eindruck ihres ersten Besuchs einer Stadt in sich aufnehmen. Ein Teil von mir möchte ihr Felione zeigen und wissen, welchen Eindruck meine alte Heimat auf sie hat. Mein Magen zieht sich zusammen. Daran sollte ich nicht denken, solange Felione auf Blut und Knochen der Armen steht, um die Reichen zu ernähren und der ewige Sommer wie die menschenverachtenden Gesetze zunehmend Opfer fordert.

»Wenn unser Auftrag beendet und die Schlacht gegen den ewigen Sommer gewonnen ist, bauen wir dir eine Villa, Ilias«, verspreche ich ihm.

Seine Augen leuchten. Für einen Augenblick ist die Trauer in seinem Inneren Vergangenheit und er denkt an die Zukunft in seiner Villa.

Beatrice hebt eine Augenbraue. »Wie wollt ihr das anstellen?«

Ein Schmunzeln umspielt meine Lippen. »Lass das Ilias' und meine Sorge sein.«

»Du darfst mich nicht besuchen kommen.« Ilias wirft ihr einen missbilligenden Blick zu. »Nicht, wenn du meine Villa schlecht machst.«

Beatrice lacht. »Ist ja gut.«

Der Tag ist halb gewonnen. Ich es geschafft, Ilias, der sich, den violetten Augenringen nach zu urteilen, die ganze Nacht mit Gideon unterhalten hat, für einen Augenblick aufzuheitern.

Vor der Villa angekommen halten wir an.

»Wir werden eure Pferde in den nahegelegenen Stallungen unterbringen«, erklärt Tia. Sie winkt einige der umstehenden Menschen herbei, die uns die Zügel abnehmen, ohne Fragen zu stellen. Sind das ihre Bediensteten? *Hat* Tia Bedienstete, wenn die Macht vom Volk ausgeht? »Ihr könnt sie nach dem Mittagessen besuchen.«

»Wir sind nicht zum Mittagessen hier«, wirft Iris ein. »Sondern möchten mit deinen Eltern verhandeln.«

Tias Lächeln verrutscht nicht. »Wer sagt, dass das nicht während eines Mittagessens möglich ist?«

Ich atme die abgestandene Luft ein, dann betrete ich neben Noire und Beatrice das Innere der Villa. Mittlerweile überrascht mich das elektrische Licht, welches die Möbel in orange leuchtende Silhouetten verwandelt, nicht mehr. Die Möblierung des Flurs ist spärlich, eine Kommode und ein Spiegel zieren die Wände. Ich senke den Kopf, damit mir der Blick auf mein Spiegelbild erspart bleibt. Nach Wochen draußen in der Wildnis muss ich grauenhaft aussehen.

Wir folgen Tia über eine Wendeltreppe aus mehreren aneinander genagelten Treppen bis in die dritte Etage. Solche hohen Häuser gibt es im Sommerkönigreich nicht. Einzig der Sonnenpalast verfügt über drei Etagen sowie mehrere Turmzimmer und den Ort unter dem Erdgeschoss, der mich beim bloßen Gedanken an ihn zittern lässt. Hier haben die Menschen ganze

Arbeit geleistet, um dem Anführer einen Regierungssitz zu bauen.

»Ich gehe Wolf und Eva Bescheid sagen«, verkündet Aja, die neben Tia hergegangen ist, dann ist sie die Treppe hinauf verschwunden.

Vom Flur auf der ersten Etage gehen zwei Türen ab, eine links, eine hinten. An ersterer geht Tia ohne ein weiteres Wort vorbei und schiebt die aus zwei Flügeltüren zusammengeschraubte Tür am Ende des Flures auf, um den Blick auf einen Speisesaal freizugeben. Kleiner als im Sonnenpalast, aber größer als jeder Raum, den ich in den letzten Wochen betreten habe, vom Archiv abgesehen. Inmitten des Speisesaals steht eine ovale Tafel, welche mit Speisen und Getränken gedeckt ist. Gesäumt wird sie von verschiedensten Stühlen, die Einrichtung möchte nicht zusammenpassen und wirkt unordentlich. Dennoch haben diese Menschen und ihre Vorfahren das Beste aus den Ressourcen gemacht, die sie nach dem Fall ihres Königreichs übrig gehabt haben. An den Wänden hängen zahlreiche Gemälde, die grüne Bäume, welche verschiedenfarbige Blüten tragen, dicht bepflanzte Felder und einen See, auf dem sich Wasserpflanzen tummeln, zeigen. Einige Bilder sind an den Ecken verkohlt oder es fehlen Stücke von ihnen. Erinnerungen an ein schöneres Frühlingskönigreich, die aus dem Schutt gezogen wurden, weil dasselbe mit dem Frühlingskönigreich nicht möglich gewesen ist. Die Frühlingsrepublik hat seinen Platz eingenommen , was mich mit einem warmen Gefühl in der Brust und pochenden Schläfen zugleich beehrt.

Gebannt betrachten wir die Bilder, ehe Tia das Wort ergreift. »Meine Eltern werden in Kürze hier sein und ihr könnt euch derweil an der Tafel einfinden.« Ihr Blick zuckt zu Beatrice. »Du bist ihre Anführerin, richtig?«

»Ja, aber«, Beatrice wirft mir einen kurzen Blick zu, ehe sie sich an Tia wendet, »ohne Ruby wäre unsere Gruppe nicht dort, wo sie jetzt ist.«

Das warme Gefühl in meiner Brust breitet sich aus, Lichtstrahlen durchbrechen die finsteren Gedanken. »Wir sind ein Team.«

Beatrice greift nach meinem Ärmel und zieht mich in Richtung der Tafel, wo wir uns links und rechts vor Kopf niederlassen.

»Nun, da wir das geklärt haben«, Tia macht einen Schritt rückwärts, »werde ich mich nach unserem Ritt frischmachen und mein Pferd versorgen.« Zuerst möchte ich fragen, ob sie keine Angestellten hat, die das für sie erledigen, dann beiße ich mir auf die Zunge.

Kaum ist Tia verschwunden und der Rest der Gruppe hat sich an der Tafel

niedergelassen, öffnet sich die Flügeltür. Die Anführer des Frühlingskönigreichs, eine Frau, die Tia mit den dichten dunklen Haaren, den dunklen Augen und der dunklen Haut wie aus dem Gesicht geschnitten ist, und ein Mann mit kahlem Kopf, dafür umso längerem Bart, betreten den Speisesaal. Beide tragen gewöhnliche Kleidung, keine Juwelen, nichts, was sie als Anführer auszeichnet. Sie lassen sich vor Kopf nieder, dann erhebt der Mann die Stimme: »Es freut mich, Gäste zu haben, die uns hoffentlich weiterhelfen können. Mein Name ist Wolf, das hier ist meine Frau Eva.«

»Die Freude ist ganz meinerseits«, sage ich, bevor jemand anderes das Wort ergreift. Schließlich kennt sich sonst niemand in Etikette aus. »Mein Name ist Ruby.« Dass der Name sich nach Wochen nicht mehr bitter auf meiner Zunge anfühlt, lässt mich frösteln. Danach stelle ich meine Gefährten der Reihe nach vor. »Wir kommen aus verschiedenen Lagern im Wald, Noire und ich sind Flüchtlinge aus Felione. Der Grund, wieso wir geflohen sind, ist derselbe, aus dem wir die Frühlingsrepublik aufgesucht haben.«

Eva senkt den Kopf. »Ich dachte, es ginge um Eden.«

»Um Eden geht es auch«, versichert ihr Beatrice. »Euer Problem hängt mit dem unseren zusammen.«

»Wir verhandeln normalerweise nicht mit Menschen von außerhalb«, bemerkt Wolf. »Das Frühlingskönigreich war stets neutral und friedliebend, unsere Frühlingsrepublik ist es auch. Waffen haben wir nicht, die Macht hat das Volk und bisher hat uns jeder Sommerkönig in Ruhe gelassen. Wir haben ein Abkommen und müssen jeden Mond von unseren Rohstoffen abgeben. Wenn ihr aus einem anderen Grund gekommen seid, außer Eden zu helfen, verschwendet ihr eure Zeit. Wir mischen uns in keinen Krieg ein.«

»Das ist kein Krieg.« Ich rücke auf meinem Stuhl nach vorne und setze mich so gerade hin wie möglich. »Sondern dient dazu, gegen den ewigen Sommer in den Kampf zu ziehen, dem keine geschmiedete Waffe Verletzungen zufügen könnte. Es gibt einen Weg, die Ordnung wiederherzustellen und Frieden über den Jahreszeitenkönigreichen einziehen zu lassen.«

»Oder wollt ihr für immer isoliert in eurer Frühlingsrepublik verweilen?« Beatrice verzieht das Gesicht. »Abgaben leisten und euch nicht mit Waffen, geschmiedet oder magisch, schützen dürfen? Ständig in Angst, dass dem nächsten Sommerkönig in den Sinn kommt, das Staatsgebiet des Sommerkönigreichs zu erweitern?«

»Die Wasserquellen dort neigen sich dem Ende zu«, füge ich hinzu. »Der Lobeliensee wäre ein Hoffnungslicht für die verdurstenden Menschen. Der Tag, an dem Soldaten in rotgoldener Uniform kommen, um eure Republik einzunehmen, statt Abgaben abzuholen, rückt näher.«

Noire deutet auf die Bilder an der Wand. »Ihr könnt das w-wiederhaben, w-wenn ihr uns zuhört.«

»Ihr wollt uns weismachen, dass der ewige Sommer ein Ende finden kann?« Wolfs Augen weiten sich. »Das ist unmöglich. Wir Frühlingsmagier haben alles versucht.«

»Hier kommt Eden ins Spiel«, sage ich.

»Eden –« Eva seufzt. »Nein, sie kann nicht helfen. Unsere Tochter bringt mit ihrer Magie Zerstörung, anders als ihr Vater. Ihre Wölfe haben zahlreiche Menschenleben auf dem Gewissen.«

»Weil sie Angst hat«, entgegne ich mit ruhiger Stimme, als würde ich ein verletztes Pferd besänftigen, »und sich an den Menschen zu rächen versucht, die ihr nach dem Leben trachten. Eden bringt keine Zerstörung, ihre Aufgabe ist es, Ordnung zu bringen.« Ich deute auf mein linkes Auge. »Tia sagte mir, Edens linkes Auge sei meinem nicht unähnlich.«

Eva schaut mich wenige Sekunden an. Dann schiebt sie ihren Stuhl so schnell zurück, dass Wolf sie festhalten muss, damit sie nicht mitsamt des Stuhls umfällt. »Edens Mal sieht aus wie eine Rosenblüte«, sagt sie mit erstickter Stimme. »Wir haben uns immer gefragt, ob es ein Geburtsfehler ist oder, ob mehr dahintersteckt.«

»Es steckt mehr dahinter«, verspricht Beatrice ihr und erzählt Wolf und Eva dieselbe Geschichte, die Tia am Vorabend hören durfte. Die Wahrheit über den Fall der Königreiche und Edens Aufgabe, sie auferstehen zu lassen.

»Das ist wahr?« Wolf runzelt die Stirn. »Ich weiß nicht.«

»Diese junge Frau«, Eva deutet auf mich, »hat genau so ein Mal wie Eden. Der Form des Mals nach zu urteilen und da du aus Felione stammst, bist du die Wächterin des Sommerkönigreichs, richtig?«

Ich nicke.

»Angenommen ihr habt recht.« Wolf knackt mit den Knöcheln. »Wollt ihr, nachdem ihr alle Wächterinnen beisammenhabt, in Felione einmarschieren, um das Jahreszeitensiegel zu stehlen?«

»Darüber machen wir uns Gedanken, wenn der Zeitpunkt gekommen

ist«, antwortet Iris in endgültigem Tonfall.

»Das Wichtigste ist vorerst einen Weg zu finden, Eden auf unsere Seite zu ziehen.« Beatrice schaut den Anführern der Frühlingsrepublik fest in die Augen. »Tia wird sie für uns aufspüren und wir lassen ihr keine Wahl, als sich uns anzuschließen.« Ihre Augen zucken zu meinem Rubin. »Ein Weg, ihre Magie einzuschließen, wäre von Vorteil. Ist es möglich, ein Schmuckstück aus Jade zu fertigen, das sie nicht selbst abnehmen kann?«

Evas Finger verkrampfen sich bei Beatrice' ersten Satz, ehe sie sich auf ihrem Stuhl aufrichtet. »Gebt uns bis morgen Zeit und Eden hat ein Jadearmband«, verspricht sie. »Ob sie es tragen wird, weiß der Himmel.« Sie schaut zu ihrem Ehemann. »Lass uns das Armband in Auftrag geben.«

»Niemand darf wissen, wozu es dienen soll«, ruft Beatrice ihnen hinterher, als sie, ohne einen Bissen gegessen zu haben, von der Tafel verschwinden.

Gideon verschränkt die Arme vor der Brust. »Vertraut ihr ihnen?«

»Sie sind unsere einzige Option«, antworte ich. »Mit Vertrauen hat das nichts zu tun.«

Noire wirft einen Blick auf die Gemälde. »S-Sie wollen das w-wiederhaben und i-ihre Tochter w-wollen sie sicher nicht für i-immer bei W-Wölfen im Wald lassen. Ans Sommerkönigreich a-ausliefern werden s-sie uns nicht.«

»Auf deine Verantwortung«, sagt Gideon, ehe er sich an seine Schwester wendet. »Wie sieht dein Plan aus?«

Beatrice isst einen Löffel Pudding, den ich mich nicht anzurühren traue, und schluckt rasch ehe sie antwortet. »Wir stellen Eden ein Ultimatum. Entweder sie kommt mit uns, um ihre Magie für Ordnung einzusetzen, oder sie wird dem Volk der Frühlingsrepublik übergeben und ans Sommerkönigreich ausgeliefert.« Sie isst einen zweiten Löffel, den sie eine Weile im Mund behält, um zu überlegen. »Wenn das Jadearmband an ihrem Arm ist, sollte das für ein vierzehnjähriges Mädchen keine schwierige Entscheidung sein.« Ihr Blick schnellt zu mir. »Vor allem, wenn sie Rubys Geschichte hört und sieht, dass es einer zweiten Magierin ähnlich ergeht. Vertrieben von ihren eigenen Leuten, jetzt auf dem Weg, die Ordnung wiederherzustellen.«

»Was ist mit ihren Wölfen?«, fragt Ilias mit zu Schlitzen verengten Augen.

»Davon sollten nicht viele übrig sein«, antwortet Beatrice. »Bevor Eden mit sich sprechen lässt, müssen wir auf einen Kampf gefasst sein, bis wir ihr das Armband angelegt haben, denn ohne ihre Magie ist sie machtlos.«

Nachdem wir einen groben, auf Spekulationen aufgebauten Plan geschmiedet haben, öffnet sich die Flügeltür. Tia hat sich ein senfgelbes Kleid angezogen, das ihre dunkle Haut strahlen und ihre Haare glänzen lässt wie frisch gewaschen. Jetzt sieht sie tatsächlich aus wie die Tochter der Anführer der Frühlingsrepublik. Ein Seufzen entfährt meinen Lippen. Mit einem Blick auf meine zerschlissene Reitkleidung, wird mir bewusst, wie sehr ich meine eigenen Kleider vermisse. »Meine Eltern lassen ausrichten, das Jadearmband wird morgen gefertigt sein«, sagt sie. »Ich weiß, wo meine Schwester zu finden ist, morgen, bevor wir aufbrechen, wird alles weitere besprochen. Gemächer für euren Aufenthalt werden hergerichtet und ihr seid heute frei, zu tun was euch beliebt.« Sie schenkt uns ein warmes Lächeln. »Wenn ihr Fragen habt, könnt ihr zu mir kommen.«

Ein zweites Mal betrachte ich missmutig meine Reitkleidung. Mit einer Hand fahre ich durch meine Locken. »Wäre es möglich, ein Bad zu nehmen?«

»Prinzessin«, zischt Beatrice. Daraufhin zucke ich zusammen, ehe ich mich ermahnen kann, mir nicht anmerken zu lassen, was der Spitzname in mir auslöst.

»Sicher« antwortet Tia. »Wenn du möchtest, kannst du mitkommen und mein Bad benutzen. Ich zeige dir, wo alles ist.« Sie lässt ihre dunklen Augen über mich, Beatrice und Noire schweifen. »Deine beiden Freundinnen können auch baden, wenn sie wollen. Danach kann ich euch Kleidung leihen, die Kleidung, die ihr jetzt tragt, wird derweil gewaschen.« Sie blickt in die Runde. »Das Angebot gilt natürlich für euch alle.«

Beatrice rümpft die Nase. »Ich überlege es mir.«

»Ich nehme d-das Angebot g-gerne a-an«, sagt Noire.

»Schön.« Tia schenkt mir ein Lächeln. »Ruby, richtig? Komm mit, ich zeige dir mein Bad.«

Ich drücke Noires Hand zum Abschied, dann folge ich Tia aus dem Speisesaal. Meine Gedanken sind beherrscht vom anstehenden Bad, das die Steine auf meinem Weg fortspült.

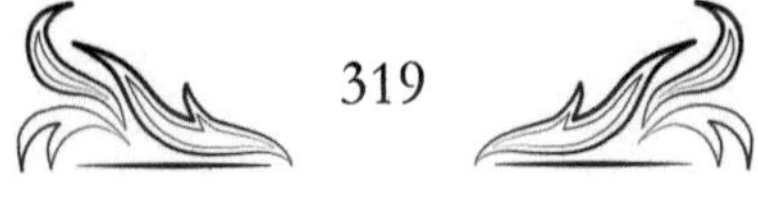

Sechsundzwanzig - Aufwind

Das kristallklare Seewasser färbt sich tiefrot wie der Mittagshimmel. Der Dreck der letzten Wochen wird fortgespült, während meine Erinnerungen sich weder abwaschen noch von der nach Orangen und Zimt duftenden Seife übertönen lassen. Meine Haut fühlt sich wie in warmes Sonnenlicht getaucht an, nachdem ich das erste warme Bad seit einer Ewigkeit genießen konnte. Jetzt bin ich in einen seidenen Bademantel gehüllt. Schließe ich die Augen und atme den Seifenduft ein, stehe ich im Bad in meinen Gemächern.

Auf nassen Sohlen tappe ich aus dem Bad, so in Gedanken versunken, dass ich auf dem Gang beinahe mit Beatrice zusammenstoße. »Du möchtest baden?« Ich hebe eine Augenbraue. »Ist das nicht nur etwas für Prinzessinnen?« Wenn ich ihren Spitznamen für mich nebenbei benutze, schöpft sie vielleicht keinen Verdacht, dass sie den Nagel auf den Kopf getroffen hat.

»Schaden kann es nicht, den Dreck von meinem Körper zu waschen.« Sie rümpft die Nase. »Ich hoffe, Tia hat etwas anderes für uns anzuziehen als Kleider.«

Ich nähere mich ihr, bis zwischen uns nur noch Platz für einen Atemzug ist. »Ich bekomme dich dazu, ein Kleid anzuziehen«, flüstere ich ihr ins Ohr.

Sie erschaudert. »Ist das eine Drohung?«

Ein Schmunzeln stiehlt sich auf meine Lippen. »Vielleicht.«

Ohne dass mein Schmunzeln verblasst, verschwinde ich, an ihr vorbei, in Tias Zimmer. Kribbelnd warme Schauer rieseln über meine Haut wie das Badewasser, gleichzeitig verstehe ich nicht, was mit mir los ist ... *ob* etwas mit mir los ist.

Tias Zimmer ist direkt ans Bad angeschlossen wie mein Schlafzimmer im Sonnenpalast. Neben dem großen Fenster, das den Raum mit Sonnenlicht durchflutet, steht ein geräumiges Doppelbett mit Bettwäsche in einem zarten Grün. Gegenüber befinden sich ein Sofa und ein Sessel von ähnlicher Farbe mit einem kleinen Tisch. Ein Kleiderschrank aus Eichenholz nimmt beinahe eine komplette Wand ein, daneben hängt ein Spiegel, in den ich bisher nicht schaue. Ein Regal mit Tinkturen und Kräutern steht gegenüber dem Kleiderschrank. Gemälde von Kräutern, Blumen und Tieren schmücken die Wände. Manche in Farbe, andere als schwarzweiße Skizzen.

Tia sitzt auf ihrem Bett und lächelt mir zu. »Noire benutzt Edens Bad«, sagt sie. »Wenn ihr fertig seid, kümmern wir uns um eure Kleidung. Erst einmal gebe ich dir einen Augenblick für dich, einverstanden?«

»Einverstanden.«

Sie nickt mir zu, ehe sie aus dem Zimmer verschwindet.

Ich zwinge Luft in meine Lungen, dann wage ich einen Blick in den Ganzkörperspiegel. Ein Schrei brennt in meiner Kehle. Ich beiße auf die Innenseite meiner Wange, damit er im Keim erstickt. Nicht, dass jemand denkt, ich werde ermordet. Ermordet ist das richtige Wort für den Anblick vor mir. Prinzessin Robin Juliette von Felione wurde ermordet. Befreit aus dem goldenen Käfig und geworfen in eine Welt, in der sie lernen muss, ihre starken Flügel auszubreiten. An ihrer Stelle starrt mich eine junge Frau an, deren goldene Augen von Schatten geziert sind. Die roten Locken kleben nass an ihren Wangen und fallen knapp über die Schlüsselbeine. In der Sonne ist der goldene Unterton der Haut stärker hervorgetreten und an den feingliedrigen Händen haben sich Schwielen gebildet.

Noire taucht hinter mir im Spiegel auf, ich zucke heftig zusammen. »E-Entschuldigung.« Sie ringt die Hände. »S-Soll i-ich gehen?« Den Bademantel muss sie festhalten, damit er passt. »Tia h-hat gesagt, i-ich soll schauen, o-ob du fertig bist.«

»Ich war in Gedanken«, entschuldige ich mich. »Du kannst bleiben.«

Sie legt den Kopf schief. »Was f-für Gedanken?«

Ein zweites Mal schaue ich die Fremde im Spiegel an und stoße ein tiefes Seufzen aus. »Ich frage mich, was aus mir geworden ist. Wo ich die Frau gelassen habe, die aus Felione geflohen ist.«

Noire betrachtet mein Spiegelbild eindringlich. »Vermisst d-du sie?«

»Nein, obwohl ich noch nicht weiß, wer ich jetzt bin.« Ich drücke Wasser aus meinen nassen Locken. »Das gilt es während unseres restlichen Weges

herauszufinden.«

»Du bist meine beste Freundin, das weiß ich sicher.« Sie legt mir einen Arm um die Taille. »Wenn du anderweitig Hilfe brauchst, dich selbst zu finden, komm zu mir, ja?«

»Danke«, hauche ich und lehne mich in Noires Umarmung. »Mich selbst zu finden, hat viel damit zu tun, meine Magie kennenzulernen. Ich hoffe, Eden kann mir weiterhelfen. Außerdem weiß ich nicht, wie alles weitergehen soll, wenn wir siegreich aus dem Kampf gegen den ewigen Sommer hervorgehen.« Ich beiße mir auf die Unterlippe. »Lass uns darüber sprechen, wenn der Zeitpunkt gekommen ist. Wir sollten uns Unterwäsche anziehen, bevor Tia und Beatrice hereinkommen.«

Noire nickt, woraufhin wir uns rasch einkleiden. Danach ziehen wir die Bademäntel wieder über. Beim Umziehen sehe ich, dass Noire dünner geworden ist. Sie war immer Haut und Knochen, jetzt stehen ihre Rippen hervor wie gläserne Flügel unter einer porzellanen Hautschicht, die man mit bloßer Hand brechen könnte. Bitterer Geschmack hat sich bei dem Anblick in meinem Mund gesammelt. Ich muss ein Auge darauf haben, dass Noire ausreichend isst.

Kaum habe ich mich in den Bademantel gehüllt, betreten Beatrice und Tia den Raum von beiden Seiten. Tia in ihrem senfgelben Kleid und mit einem Bündel Kleidung auf dem Arm. Beatrice in Unterwäsche. Rasch schaue ich auf meine von Schwielen gezeichneten Hände, um sie nicht anzustarren wie gestern, und atme unruhig ein und aus.

»Ich habe dir Kleidung von Eden mitgebracht, Noire«, sagt Tia. »Ihr teilt dieselbe Statur.«

Noire lächelt ihr zu. »Danke.«

Tia erwidert das Lächeln, dann wendet sie sich an Beatrice und mich. »Ihr könnt euch an meinem Kleiderschrank bedienen.« Sie deutet in dessen Richtung. »Meine Kleider werden euch ein wenig zu kurz sein, aber im Großen und Ganzen sollten sie passen.«

Beatrice macht einen Schritt auf mich zu, bedächtig, als wolle sie sich anschleichen. »Muss ich wirklich ein Kleid anziehen?«

Ich schließe die Lücke zwischen uns, bleibe direkt vor ihr stehen, sodass ihr warmer Atem mein Gesicht streichelt, und betrachte sie eindringlich. »Hattest du je eins an?«

»Soldatinnen tragen keine Kleider«, zischt sie.

Ich hebe eine Augenbraue. »Wer sagt das?«

Beatrice fährt sich durchs Haar und bringt kein Wort über die Lippen.

Ich wende mich dem Kleiderschrank zu. »Dachte ich mir. Du wirst nie erfahren, ob es dir gefällt oder nicht, wenn du es nicht versuchst. Und ein Kleid macht dich nicht automatisch zu einer hilflosen Prinzessin.« Ich öffne die Eichenholztüren des Kleiderschranks. Kleidungsstücke in mir vertrauten und unbekannten Schnitten mit herrlich schillernden Farben springen mir entgegen. Ich schaue mir verschiedene Kleider an, ehe ich ein langärmliges Kleid aus schwarzem Spitzenstoff herausziehe. Für eine Prinzessin wäre es mit seiner Länge, bis zur Mitte der Oberschenkel, skandalös, aber für Beatrice ist es perfekt. Mit dem Kleid in den Händen drehe ich mich zu ihr um. »Wie gefällt dir das?«

»Es ist ein Kleid«, murmelt sie in nüchternem Tonfall.

Ich verdrehe die Augen. »Ohne dich wäre ich darauf nie gekommen.« Zunächst möchte ich sie daran erinnern, dass ich für sie in den Lobeliensee gesprungen bin. Da fällt mir etwas Besseres ein. Mit zuckenden Mundwinkeln betrachte ich erst das Kleid, dann Beatrice. »Ich glaube, das Schwarz beißt sich mit deiner Haarfarbe. Du solltest das Kleid besser nicht anziehen.«

Beatrice reißt mir das Kleid aus den Händen. »Das werden wir sehen.«

Ich kann mir ein Schmunzeln nicht verkneifen.

Sie zieht den schwarzen Stoff über und sieht mich ratlos an. »Wie?«

Mein Schmunzeln wird breiter, während mein Herz seinen Rhythmus verliert. »Ich schnüre es dir zu.«

Sie spielt mit einer nassen Haarsträhne. »In Ordnung.«

Zögerlich nähere ich mich ihr, woraufhin sie mir den Rücken zudreht. Schatten blauer Flecken am Rücken und feine Einschnitte, wie Risse in einer Rüstung aus Stahl, an den Hüften zieren die olivfarbene Haut. Ich schmecke Asche auf der Zunge. Ist das beim Training passiert? Meine Finger zittern, wollen die Kontur der Narben nachziehen und Beatrice vergangenen Schmerz nehmen. Statt nach ihrer Haut, auf der sich eine feine Gänsehaut bildet, taste ich nach den Schnüren des Kleides, die mir wiederholt aus den Fingern rutschen. So nah hinter ihr stehend, atme ich den Geruch der Orangen-Zimt-Seife aus Tias Bad, vermischt mit Beatrice' Duft nach Wildblumen ein. Funken tanzen über meine Haut und mein Gesicht glüht. Nachdem das

Kleid zugeschnürt ist, streiche ich Beatrice ihr nasses Haar aus dem Nacken und gehe einen Schritt zurück.

»Was sagst du?« Sie dreht sich zu mir um und die Hitze im Raum nimmt zu wie vor einem Gewitter. Das schwarze Kleid schmiegt sich, wie für sie geschaffen, an Beatrice' Körper und gibt meinen Blick auf ihre langen Beine frei. Gefährlich schön, das habe ich bei unserer ersten Begegnung gedacht und bleibe dabei. Mein Mund ist trocken, unfähig zu schlucken.

»Das Kleid steht dir ausgezeichnet«, finde ich meine Stimme wieder und deute auf den Spiegel. »Überzeug dich selbst.«

Ihre Lippen formen sich zu einem strahlenden Lächeln, ehe sie sich ihrem Spiegelbild zuwendet. »Ich sehe in Ordnung aus«, murmelt sie. Ihre leuchtenden Augen erzählen eine andere Geschichte. »Siehst du, das Schwarz beißt sich nicht mit meiner Haarfarbe.«

»Oh, das wusste ich.« Ich suche in Tias Kleiderschrank nach einem Kleid für mich. »Ich wollte dich in einem Kleid sehen und das Ziel habe ich erreicht.« Weil ich nicht die Farben des Sommerkönigreichs an mir sehen möchte, entscheide ich mich für ein dunkelgrünes Samtkleid. Schulterfrei und knielang. Nicht so skandalös wie das schwarze Kleid, nicht minder tabu für eine Prinzessin.

Beatrice schnappt nach Luft. »Ich hätte es wissen müssen.« Ein letztes Mal betrachtet sie ihr Spiegelbild, dann das Kleid in meinen Händen. »Darf ich dir dein Kleid schnüren oder möchtest du, dass Noire es zuschnürt?« Ihre Wangen schimmern rosarot wie ein neuer Morgen.

Die Art, wie sie die Frage stellt, als müsse sie um Erlaubnis bitten, erfüllt mich mit einem warmen Gefühl. »Ich möchte, dass du mein Kleid zuschnürst.« Ich drehe ihr den Rücken zu. Mit klammen Fingern öffne ich den Bademantel und lasse ihn zu Boden gleiten. Weil das Kleid schulterfrei ist, muss ich meinen Bandeau ungeschickt ausziehen und halte mir danach schützend eine Hand vor die Brüste. Mit der freien Hand ziehe ich das Kleid über, halte den Atem an und weiß nicht, was mit mir los ist. Soleil, Noire, Penelope und zahlreiche Dienstmägde haben mir Kleider zugeschnürt. Bei keiner von ihnen hat meine Haut gekribbelt und mein Herz geflattert – vor allem nicht vorher.

Beatrice schließt die Distanz zwischen uns. Warmer Atem streift meine Haut wie Morgenwind und ich atme tief ihren Duft ein.

»Darf ich?« Federleicht tastet sie mit den Fingerspitzen nach meinen Schultern.

Reflexartig halte den Atem an, meine Muskeln werden zu Stein. Klauen packen meine Schultern, die Luft schmeckt nach Asche und Rotwein.

Die Berührung an meinen Schultern verschwindet, ein scharfer Atemzug wie Wind, der durch eine morsche Hütte pfeift, ertönt. »Entschuldigung, ich wollte nicht –«

Beatrice' Worte bringen mich in die Wirklichkeit zurück. Ich atme klare süße Luft ein und meine versteinerten Glieder lockern sich. »Ja«, antworte ich, bevor sie weitersprechen kann, mit heiserer Stimme, aber aus vollem Herzen.

Sie atmet aus, tastet zum zweiten Mal nach meiner Haut und streichelt meine Schultern. Ich lasse mich in die Berührung fallen, die meine Adern mit Wärme flutet. Weil ich möchte. Eine Gänsehaut breitet sich aus. Ich beiße mir auf die Unterlippe, um keinen Laut von mir zu geben. Beatrice' Finger wandern von den Schultern zu den Schnüren des Kleides, um der für sie bestimmten Aufgabe nachzugehen.

Als mein Kleid zugeschnürt ist, stellen wir uns vor den Spiegel. Unsere Spiegelbilder betrachtet Beatrice mit einer Intensität, die ersten Strahlen der Morgensonne auf meinem Gesicht gleicht. Am liebsten würde ich den Augenblick in einem Bernstein einfangen wie Blüten, damit er nie vergeht und sie mich für immer auf diese Weise ansieht. »Du bist wunderschön«, sagt sie mit einem Lächeln. »Das Kleid steht dir viel besser als mir und es macht dich nicht zu einer hilflosen Prinzessin. Denn die bist du nicht, sondern stärker als du glaubst. Du hast mir mehrfach bewiesen, dass du nach jedem Gang durch die Dunkelheit heller strahlst. Das macht dich umso schöner.«

Ihre Worte verschlagen mir die Sprache. Mir ist so heiß, dass ich nach meinem Rubinanhänger tasten muss, um sicherzugehen, dass er meine Magie einschließt. »Ob du ein Kleid trägst oder deine Reitkleidung, ist auch nicht von Bedeutung«, erwidere ich nach einer Atempause. Mein Herz droht aus meiner Brust zu springen und den Spiegel zu zertrümmern. »Du bist atemberaubend schön, Beatrice, äußerlich und von innen.« Ich lege den Kopf schief. »Ich finde, Soldatinnen sollten öfter Kleider tragen. Stell dir die Gesichter einer feindlichen Armee vor, wenn du deinen Speer unter deinem Kleid versteckt hältst, statt sichtbar am Gürtel.« Die letzten Worte füge ich hinzu,

um die Spannung zwischen uns aufzulösen.

Beatrice lacht. »Das ist eine Überlegung wert.«

Ich betrachte unsere Spiegelbilder nebeneinander. Zwei Gemälde. Eins gemalt mit Tusche, das andere mit Wasserfarbe, in unterschiedlichen Farbgebungen wie Tag und Nacht. Dennoch hängen sie dort, wo sie immer hingehört haben.

Beatrice ist die erste, die sich vom Spiegel abwendet. Da ich auf die Suche nach einem Kleid für sie fixiert war, habe ich Noire und Tia vergessen. Das aufkommende mulmige Gefühl in meinem Magen dränge ich zurück.

Noire bemerkt unsere Blicke und macht einen vorsichtigen Schritt auf uns zu, als würde sie über nassen Marmor wandeln. »W-Wir wollten e-euch nicht stören«, stammelt sie. Sie trägt ein schulterfreies kurzes Kleid, dessen weißer Seidenstoff ihr Haar wie Silberkristalle glimmen lässt.

»Noire, du siehst aus wie«, Beatrice sucht nach den richtigen Worten, »Schnee.«

Noire macht einen Schritt rückwärts. »Sch-Schnee?«

»Ich weiß zwar nicht, wie Schnee aussieht, aber so stelle ich ihn mir vor, wenn man Erzählungen Glauben schenken mag«, erklärt Beatrice. »Weiß und glitzernd.«

Noires Wangen färben sich rosa. »Quatsch.«

Ich lege ihr einen Arm um die schmalen Schultern. »Beatrice hat recht. Nimm das Kompliment an.«

Sie schüttelt den Kopf. Danke sagen kann sie nicht.

»Habt ihr Lust, Riewa zu sehen?«, fragt Tia. »In den Kleidern drehen sich sicher alle nach euch dreien um.«

Während das Kleid neu für Beatrice ist, entpuppt sich Riewa für mich als neue fremde Welt – auf andere Weise als das Lager. Die erste Stadt nach Felione, in der ich mich aufhalte und verschiedener könnten sie nicht sein.

Häuser wie aus bunten Bauklötzen zusammengesetzt, belebte Straßen voller Menschen, die uns freundlich zuwinken oder uns begrüßen. Das lauernde Monster in Form des Sommerkönigreichs und das Wissen, unbewaffnet nichts ausrichten zu können, scheint nicht präsent in ihren Köpfen zu sein. Durch die Straßen fließt ein breiter Fluss, ein Kanal, wie Tia ihn nennt, welcher in den Lobeliensee mündet. Am Straßenrand stehen Marktstände, an

denen Obst, Schmuck und Stoffe verkauft werden. In Felione wird der Markt streng bewacht. Betreten darf ihn, wer den Soldaten genügend Gold zeigen kann. Menschen, die sich einen Marktbesuch nicht leisten können, dürfen ihre Rohstoffe selbst anbauen, wenn sie Abgaben ans Königshaus leisten. Unbefugter Gang auf den Markt wird mit dem Scheiterhaufen bestraft. Ich sehe dunkle Gassen im Schatten des bunten Treibens, weiß, nicht allen kann es gleich gut gehen und sehe Riewa dennoch als den guten Zwilling Feliones. Als wir an einer Gruppe Musikanten vorbeikommen, wird mein Herz schwer. Soleil hätte es hier gefallen. Meine Schritte beschleunigen sich, um der Musik zu entfliehen, die Melodie bleibt in meinem Kopf.

Schließlich führt uns Tia zu einem kleinen Lokal, während die Sonne am Himmel langsam zu sinken beginnt. Nach kurzem Protest, weil wir drei nicht wissen, wie in Riewa bezahlt wird, lädt uns Tia zum Abendessen ein. Von unserem Tisch draußen kann man in den heißen Abendstunden den Lobeliensee am Horizont flimmern sehen. Tia bestellt uns vier Gläser Weißwein, während wir die Speisekarten studieren. Nachdem Beatrice einmal am Wein genippt hat, den sie mit ihrem vor Ekel verzerrten Gesicht beinahe nicht herunterschlucken kann, überlässt sie mir ihr Glas und bittet Tia, ihr eine heiße Schokolade zu bestellen. Als Hauptgericht bestellt Beatrice Blaubeerpfannkuchen, Noire eine Kürbiscremesuppe mit frischem Brot, Tia Bratlinge aus Hirse mit kandiertem Gemüse und ich gebackenen Ziegenkäse mit Süßkartoffeln und karamellisierten Walnüssen. Tia besteht darauf, uns Nachtisch zu bestellen. Jeweils ein Stück Marzipankuchen und Pudding mit Beeren. Beatrice starrt Noires Kuchen eindringlich an, bis sie ihr die Hälfte davon überlässt. Jeder zweite Bissen schmeckt bitter auf der Zunge und das Essen liegt mir schwer im Magen. Der Lobeliensee ist ein für die Frühlingsrepublik Gold wert, wenngleich Tia mehrmals betont hat, dass er in der Hitze zunehmend schrumpft. Dank der vielen Menschen mit Frühlingsmagie im Blut, gedeihen mehr Pflanzen und Rohstoffe, unter ständiger Bewässerung, bevor sie verrotten. Die Frage ist nicht, ob das Sommerkönigreich diesen Ort eines Tages einnehmen wird, sondern *wann*. Das Volk kann sich ohne Waffen nicht wehren. Irgendetwas ist von langer Hand geplant. Diese Gedanken trüben den schönsten Tag seit langem wie ein einzelner Staubfleck das Glas eines Spiegels.

Tia erzählt uns von ihrer kleinen Schwester, ihre Augen leuchten vor

Hoffnung darauf, dass wir Eden zu ihr zurückbringen. Gleichzeitig erfahren wir Eckdaten über die Frühlingsrepublik. Tiere sind hier heilig und werden nicht verspeist, sondern wie Kameraden behandelt, weshalb auch auf die Wölfe, welchen sich Eden angeschlossen hat, keine Jagd gemacht werden darf. Darüber hinaus erklärt Tia, nachdem ich ihr von der Armut in Felione berichtet habe, dass arme Menschen Sozialhilfe von der Regierung bekommen und dass Waisenkinder zur Pflege in Familien geschickt werden, um die Möglichkeit auf ein besseres Leben zu haben. Natürlich verschwindet die Kluft zwischen Arm und Reich nicht, die ärmeren Menschen stehlen regelmäßig von denjenigen, die mehr haben, um im Gegenzug dafür bestraft zu werden. Ein ewiger Kreislauf wie es ihn an jedem von Menschen besiedelten Ort gibt.

Auf dem Rückweg legt sich der Mantel des Schweigens über die bunten Häuser. Wenige Händler und eine Handvoll Familien auf dem Weg nach Hause treffen wir an. Ich verspüre ein warmes Gefühl, nachdem ich einen Tag mit drei Freundinnen verbracht habe.

An der Villa angekommen umfassen eiserne Fesseln meine Glieder und meine Brust, die sich zusammenzieht. Hier endet der schönste Tag meines Lebens.

Bevor Tias Hand die Türklinke berührt, wird die Tür aufgerissen. Gideons Kopf kommt dahinter zum Vorschein. »Wo wart ihr?«, beginnt er, dann sieht er seine Schwester neben Tia stehen und erstarrt. »Wer bist du und was hast du mit meiner kleinen Schwester gemacht?«

Beatrice reckt das Kinn. »Heute ist ein besonderer Tag für dich, du siehst mich zum ersten Mal in einem Kleid. Ob es gleichzeitig das letzte Mal ist, muss ich mir überlegen«, antwortet sie, ehe sie an ihm vorbei in die Villa stolziert und die Treppe hinauf verschwindet.

Gideon wendet sich mit hochgezogenen Augenbrauen an mich. »Wie hast du sie dazu überredet?«

Ich grinse. »Sag Beatrice, etwas passt nicht zu ihren Haaren und sie muss das Gegenteil beweisen.«

Er erwidert mein Grinsen. »Die Idee hätte vor Jahren von mir stammen müssen.« Seine Miene wird schlagartig ernst, er betrachtet seine Hände, ehe er zurück in meine Augen sieht. »Danke.«

Ich lege den Kopf schief. »Dafür, dass ich sie überredet habe, ein Kleid

anzuziehen?«

Gideon schüttelt den Kopf. »Nein.« Er atmet tief durch. »Dafür, dass ich Beatrice nicht mehr so glücklich gesehen habe, seit Erika sie zu ihrer Sekundantin gemacht hat. So unbeschwert wie an deiner Seite habe ich sie noch nie gesehen. Es ist, als würde sie lernen, dass Kämpfen und Rache am Sommerkönigreich zu nehmen, nicht alles im Leben sind.« Sein Lächeln kehrt zurück. »Nicht nur Beatrice hat gesagt, dass du nutzlos bist. Ich nehme alles zurück.«

Beim Gedanken an Beatrice und mit dem Nachhall von Gideons Worten in den Ohren, formen sich meine Lippen zu einem strahlenden Lächeln. »Wenn sie dasselbe möchte, bleibe ich gerne an Beatrice' Seite.« Die Worte schmecken süß wie Honig und verfaulen im nächsten Augenblick zu bitterem Geschmack in meinem Mund. *Darf* ich an Beatrice' Seite bleiben? Wenn ja, wie? Was, wenn sie die Wahrheit erfährt und nichts mehr von mir wissen will? Meine Hände sind schwitzig und mein Atem kurz. Ich muss mich ablenken und atme aus, als mir etwas einfällt.

Ich gehe einen Schritt zur Seite und gebe Gideons Blick auf Noire frei, die sich aufgrund meiner hohen Absätze perfekt hinter mir verstecken konnte. Er schaut sie an, als würde er sie zum ersten Mal sehen. Zunächst hält Noire den Kopf gesenkt, das Gesicht hinter ihren Haaren versteckt, dann reckt sie das Kinn und wartet auf Bestätigung.

»Wir lassen euch allein«, sage ich und ziehe Tia mit mir die Treppe hinauf, Beatrice hinterher in Tias Zimmer.

Beatrice sitzt mit übereinander geschlagenen Beinen auf der Bettkante. »Wo ist Noire?«, fragt sie, dann sieht sie meinen Gesichtsausdruck. »Nein«, stammelt sie.

»Doch.« Ich grinse. »Vielleicht bekommt Gideon den Mund auf und sagt ihr, wie atemberaubend sie in Edens Kleid aussieht, wenn niemand danebensteht.«

Beatrice strahlt wie die hinter Tias Fenster aufglimmenden Sterne. Nachdem uns Tia Nachthemden herausgesucht, uns Edens statt ihres Zimmers überlassen und sich von uns verabschiedet hat, um ihre Eltern nach dem Jadearmband zu fragen, schleichen Beatrice und ich an den Fuß der Wendeltreppe. Was Noire und Gideon sagen, verstehen wir von unserer Position aus nicht. Dass sie miteinander reden, lässt uns beide grinsen. Als sie

sich eine gute Nacht wünschen, rennen Beatrice und ich in Edens Zimmer so schnell uns unsere Beine tragen.

Noire möchte uns nicht verraten, worüber sie mit Gideon gesprochen hat. Ich werfe Beatrice einen mahnenden Blick zu und respektiere Noires Wunsch. Darüber, dass sie mit Gideon jemanden zum Reden gefunden hat und jemand, der sie, letzter Differenzen zum Trotz, glücklich macht, bin ich genauso froh wie sie. Stattdessen sprechen wir über Riewa, bis Noire auf Edens Sofa von ihrer Erschöpfung überwältigt wird und einschläft.

An Schlaf denken Beatrice und ich nicht. Als Tia sich erkundigt hat, ob es in Ordnung ist, dass wir uns Edens Bett teilen, hat Beatrice mir die Entscheidung überlassen. Meine Antwort ist ein Nicken gewesen, obwohl sich ein mulmiges Gefühl in meiner Brust eingenistet hat. Nie habe ich mit jemandem, von Soleil und Noire abgesehen, im selben Bett geschlafen. Es sind nicht die in den Schatten lauernden Albträume, die ich heute Nacht aus meinem Schlaf verbannt wissen möchte, welche mich starr auf meiner Bettseite gefangen halten. Ich spüre Beatrice' Wärme, obwohl Abstand zwischen uns ist und fühle mich von ihr wie von einem einzelnen Stern am nächtlichen Firmament angezogen. Vorhin hat sie meine Schultern federleicht berührt und etwas in mir ausgelöst, das mir fremd ist. Ich möchte erneut von ihr berührt werden. Was, wenn ich mich im Schlaf bewege und der Anziehung hingebe? Der Gedanke entfacht Funken in meiner Brust, die nicht wagen, zu einem Feuer heranzuwachsen.

Beatrice bemerkt nicht, was mit mir los ist oder ignoriert es und unser Gespräch lenkt mich von meiner Anspannung ab. Um Noire nicht zu wecken, flüstern wir und aus dem Schwärmen über Riewa komme ich nicht heraus.

»Du möchtest bald hierher zurückkommen, habe ich recht?«, wispert Beatrice.

»Ja«, antworte ich. »Unter einer Bedingung.«

»Ich dachte, du liebst diesen Ort«, meint sie. »Wie kannst du eine Bedingung haben?«

Beim Schlucken schmecke ich Wein. Brechen die Worte deshalb wie ein Sturm aus mir hervor? Ich habe zwei Gläser getrunken, dennoch fühle ich mich nicht betrunken, sondern auf eine fremde Weise leichter als sonst. »Du hast versprochen, mir im Lobeliensee Schwimmen beizubringen. Wenn ich hierher zurückkomme, musst du mitkommen und deinem Versprechen Taten

folgen lassen.«

Beatrice hält den Atem an. »Mit dir gemeinsam komme ich gerne hierher zurück«, sagt sie nach einer kurzen Pause. »Und dass ich dir schwimmen beibringen werde, ist ein Versprechen.«

Ich lächle in die Dunkelheit. »Ich freue mich.«

»Dann wird sich alles verändert haben.«

»Glaubst du an eine bessere Zukunft?«

»Ja«, Als sie lächelt, treten smaragdgrüne Sterne an den Platz ihrer Augen, »weil wir sie gemeinsam möglich machen.«

Daraufhin überlegen wir uns Pläne von Friedensverträgen, neuen Gesetzen und nicht zuletzt neu erbauten Orten. Keine Käfige wie Riewa, aber sicher für die Einwohner.

»Ich hoffe, eine solche Welt sehe ich in meinen Träumen«, flüstert Beatrice. »Schlaf gut, Prinzessin.«

»Du auch«, wispere ich.

In der darauffolgenden Stille werde ich mir ihrer Nähe umso bewusster, die Funken in meiner Brust entfachen eine Stichflamme. Am liebsten würde ich näher zu Beatrice rücken, sie berühren und bei ihr Schutz vor meinen Albträumen suchen. Weil ich keine Grenze überschreiten möchte und der Gedanke, ihre Nähe zu suchen, mich gleichzeitig frösteln lässt, drehe ich mich, die Augen fest zusammengekniffen, um.

Einen Augenblick lang sind meine zittrigen Atemzüge alles, was ich wahrnehme.

Bis das Bett leise knarrt und Beatrice' Bettdecke raschelt. Ihre Wärme wird präsenter, als sie näher zu mir rückt. Zart wie Schmetterlingsflügel streicheln ihre Fingerspitzen meine Schultern. »Ist das in Ordnung?«

Diesmal entspanne ich mich sofort unter ihrer Berührung, die warme Schauer über meine Haut rieseln lässt. »Ja«, hauche ich.

Beatrice' Atem streichelt mein Haar, als sie hörbar ausatmet. Ihre Nähe hüllt mich ein wie eine warme Decke, die mich in dieser Nacht vor meinen Albträumen schützt.

Gideon hält mich für einen guten Einfluss auf seine Schwester und umgekehrt ist das genauso. Beatrice zieht die Kontur meiner Schulterblätter nach, als wisse sie, dass meine Flügel darunter verborgen sind und dass ich fliegen werde, wenn der Moment des Absprungs gekommen ist. Sie ist nicht mein

Aufwind, den ich mir gefangen im goldenen Käfig gewünscht habe, sondern zeigt mir, dass ich mein eigener Aufwind sein kann.

Beatrice' sanftes Streicheln meine Schulterblätter und meine Wirbelsäule entlang stoppt, ihr Atem ist gleichmäßig und ihre Hand liegt auf meiner Taille. Vorsichtig genug, damit ich mich der Berührung leicht entziehen könnte, und dennoch schützend und sicher.

Mit einem Lächeln auf den Lippen und einem warmen Gefühl in der Brust gleite ich in traumlosen Schlaf.

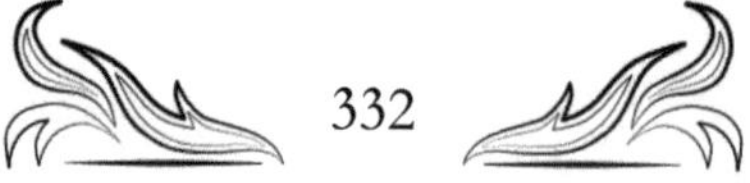

Siebenundzwanzig - Fallender Garten

Meine Füße gleiten über weiches Moos, als sei es eine Matratze, auf der sie sich schlafen legen wollen. Ein grüner Weg durchs Unterholz, der Schutz vor Steinen, Zweigen und Dornen bietet.

Stille umhüllt das Waldstück wie eine Luftblase. Kein Tier gibt einen Laut von sich, selbst der Wind hält den Atem an.

Unsere Gruppe teilt sich auf, da wir Eden einkreisen und die Überraschung auf unserer Seite wissen möchten. Beatrice, Iris und ich schleichen uns von Westen an, die größere Gruppe von Osten, angeführt von Tia. Noire will nicht von meiner Seite weichen. Gideons Miene ist ein offenes Buch, in dem jeder lesen kann, dass er seine Schwester nicht allein lassen möchte. Beatrice verdreht so heftig die Augen, dass man nichts als Weiß sieht, woraufhin Noire und Gideon ihre Proteste herunterschlucken. Iris verspricht ihnen, auf Beatrice und mich aufzupassen.

An Beatrice' Hals glimmt mein Rubinanhänger im blassgrünen Licht. Iris sagt, so ist sie unter Umständen vor meiner Magie geschützt, sollte ich diese in ihrer unmittelbaren Nähe anwenden. Jetzt möchte ich fragen, wer die morschen Bäume mit ihren spärlichen, grünen Baumkronen vor dem Feuer in meinem Inneren rettet, während mein Hals nackt wie poliertes, goldenes Porzellan ist. Nachdem ich Iris das bei unserer Besprechung am Morgen gefragt habe, ist ihre Antwort gewesen, dass sie jedes Feuer im Keim ersticken wird, das ich entfache. Um meine Sinne von Quellen für meine Magie abzulenken, atme ich die Waldluft ein und lasse mich von ihr einhüllen wie vom warmen Seewasser vorgestern.

Beatrice dreht sich um, legt einen Finger an die Lippen und macht mit ihrer den Speer umklammernden Hand eine Bewegung, um Iris und mich hinter sich zu scheuchen. Hintereinander schleichen wir tiefer ins Unterholz wie Diebinnen in der Nacht bis grelles Licht durch die Bäume dringt. Rechtzeitig blinzle ich, erlange klare Sicht und bleibe hinter Beatrice stehen. Wortlos nickt sie in Richtung des sich lichtenden Waldes, woraufhin Iris und ich nach vorne an ihre Seite schleichen.

Vor uns erstreckt sich eine saftig grüne Lichtung, überwuchert von einem Meer aus Wildblumen in zartem Rosa, kräftigem Violett und strahlendem Gelb, die ich weder in der Natur gesehen habe, noch habe ich im Sonnenpalast Kleidung aus Stoffen in diesen Nuancen besessen. Die Prinzessin in mir wünscht sich Kleider, welche die gesamte Farbenpracht einfangen. Zwischen den Wildblumen steht eine Hütte, überwuchert von bunten Ranken. Anders als im windstillen Waldstück geht ein Rauschen durch die Baumkronen, der Wind atmet beim Anblick der von Frühlingsmagie geschaffenen Pracht ehrfürchtig ein.

Umringt wird die Hütte von Bäumen und Sträuchern. Neben einem Pflaumenbaum, der violette Früchte trägt, die größer als mein Kopf sind, hockt ein Mädchen, umringt von Blumen und herabgefallenen Früchten. Eden ist Tias jüngeres Spiegelbild. Im Sonnenlicht schimmert ihre Haut wie frisch gebrühter Kaffee mit Milch, ihr dunkles Haar wird von der warmen Brise zerzaust und auf ihrem Kopf thront eine Krone aus Blumen. Aus ihrem linken Auge schimmert mir ein rötliches, verschnörkeltes Mal entgegen, das wie eine der roten Rosen auf der Lichtung aussieht. Als mein linkes Auge brennt, wird mir bewusst, dass ich hinein fassen wollte. Ich bin nicht allein. Es gibt eine Person, in der dasselbe Monster schlummert.

Eden lässt eine Pflaume in ihrer Hand anschwellen wie einen violetten Lampion, dann verrotten. Ein Kreislauf von Leben und Tod, gesteuert von einem vierzehnjährigen Mädchen, vorbei in einem Wimpernschlag. Rascheln der Blätter östlich unserer Position lässt Eden innehalten. Sie schließt die Augen, reckt das spitze Kinn und atmet die Blütenluft ein. »Hallo, Tia.«

Ihre Schwester tritt zwischen den Bäumen hervor. »Eden.« Tias Stimme umschließt den Namen ihrer Schwester wie eine Kostbarkeit. Sie schaut sich um. »Wo sind deine Wölfe?«

Sie senkt den Kopf. »Fort.«

»Fort?«, fragt Tia. Hoffentlich schafft sie es, die Maske der überraschten, mitfühlenden Schwester festzuhalten.

»Die überlebenden habe ich ziehen lassen«, antwortet Eden. »Ohne mich

ist es sicherer für sie. Niemand wird ihnen wehtun, sie werden niemandem wehtun, außer derjenige hat böse Absichten.« Sie spannt ihre Muskeln an, die verrottete Pflaume in ihren Händen tropft als bräunlicher Matsch auf die Lichtung. »Trotzdem lautet die Antwort nein. Ich komme nicht zurück nach Hause.« Rote Blumen sprießen zu ihren Füßen. »An einem Ort, an dem ich nicht ich selbst sein kann, möchte ich nicht leben. Vielleicht suche ich mir ein neues Versteck, außerhalb der Mauern. Dort hätte ich längst bleiben sollen, statt immer hierher zurückzukehren.«

Tia stemmt die Hände in die Hüften. »Du weißt, dass ich nicht zulasse, dass du verschwindest.«

»Mitnehmen werde ich dich sicher nicht.« Die roten Blumen zerfallen in einzelne Blütenblätter wie aus einer Wunde rinnendes Blut. »Du bist genauso zerbrechlich wie diese Blumen. Im Gegensatz zu mir, bist du in diesem«, Sie spuckt das Wort aus, »Käfig in Sicherheit.«

Tia strafft die Schultern. »Ich werde dich aufhalten.«

Eden hebt als Antwort eine dunkle Augenbraue.

»Du lässt mir keine Wahl.« Bedächtig, als wäre sie ein verletztes Wolfsjunges, macht Tia einen Schritt auf ihre reglos verharrende Schwester zu. Mit einem Blick über die Schulter, stößt sie einen Pfiff aus.

Flankiert von Iris und Beatrice, wie eine Prinzessin von ihren Leibwächterinnen, trete ich aus dem Schutz der Bäume hervor. Hinter Tia taucht der Rest unserer Gruppe aus den Schatten auf.

Edens Aufmerksamkeit gilt ihrer Schwester. Feuchter Schimmer trübt das dunkle Braun ihrer Augen wie Schlamm. »Du hast«, Sie stockt, »Fremde hierhergeführt?« Ihre Stimme bebt. »Wie konntest du nur? Du, die mich überreden wollte, mein Leben in Riewa wieder aufzunehmen.« Zu ihren Füßen reißt die Lichtung auf wie die Kruste auf einer Wunde. Dunkelgrüne Ranken sprießen aus der freigelegten Erde. »Wegen dir bin ich nicht aus der Frühlingsrepublik geflohen, Tia, begreifst du das? Weil ich dich nicht verlassen wollte, die einzige Person, die immer zu mir gehalten hat.« Ranken, von purpurroten Blüten bewachsen, die aus der Sonne selbst geboren sind, legen sich um Edens Glieder. »Sobald wir Riewa betreten, wartet eine Eskorte aus dem Sommerkönigreich auf mich, nicht wahr? Du treibst mich in den Tod.« Sie schließt die Augen und nimmt einen tiefen Atemzug. »Seinen Fängen bin ich schon einmal entkommen und ich versichere dir, ich

renne schneller als er.«

Ein Geräusch von feinkörniger Erde schwillt unter unseren Sohlen an, bevor jemand von uns einen Blick wechseln oder ein Signal geben kann öffnet sich der Boden zu einem breiten Schlund. Tia, als einzige auf die Magie ihrer Schwester vorbereitet, gelingt ein Sprung darüber. Thalia versinkt in der Erde, Svens Griff nach ihrem Arm geht ins Leere, und er fällt zu Boden. Das Geschehen ist ein Rauschen am Rand meines Bewusstseins, weil ich nur Augen für die Person habe, die ich beschützen sollte. Noire baut sich, so gut sie kann, vor Ilias und Gideon auf und scheucht sie hinter sich, aus dem Weg, auf dem sich der Riss durch den Boden frisst. Keinen Moment später öffnet sich die Erde unter Noires Füßen. Zuerst scheint sie in der Luft zu schweben, dann kippt sie zur Seite und kommt in einer riesigen Staubwolke auf dem Boden, dicht neben dem Riss, auf. Ich halte den Atem an, taste nach der Magie in meinem Inneren. Sie entgleitet meinen Fingern.

Plötzlich packen Klauen meine Wade, ich verliere den Boden unter den Füßen und falle auf die Knie, ohne Schmerzen davonzutragen. Dennoch hallt der Aufprall wie ein Echo durch meine Knochen, für einen Atemzug bin ich gelähmt, obwohl ich zu Noire muss. Ranken schließen meine Beine ein wie eine tödliche Umarmung, aus der ich mich nicht befreien kann, kriechen meine Brust hinauf, über meine Arme, bis ich in einem dunkelgrünen Gefängnis gefangen bin, das mir gerade genug Luft zum Atmen gewährt.

»Deine Armee hat keine Chance, gegen mich zu bestehen, Tia.« Eden stellt sich auf die Zehenspitzen. »Jedem Soldaten, ob aus dem Sommerkönigreich oder der Frühlingsrepublik, wird es ergehen wie diesen Menschen.«

Tia wagt keinen Blick über die Schulter. Starr steht sie wenige Schritte von ihrer Schwester entfernt.

Falls sie sich unterhalten, dringt kein weiteres Wort zu mir durch. Mein Atem ist kurz, mein Körper wird einzig von den Ranken aufrecht gehalten, denn meine Aufmerksamkeit gilt nicht dem Mädchen, das unsere Gruppe in einem Atemzug außer Gefecht gesetzt hat. Noire liegt wie eine unliebsam weggeworfene Puppe neben dem Erdloch, das sie zu Fall gebracht hat. Ihr Auge ist friedlich geschlossen, doch ihr Haar färbt sich rot, Rubine auf feinen Spinnweben.

Ein erstickter Laut dringt aus meiner Kehle. Rauch steigt zu meinen Füßen auf. Eine unsichtbare Hand greift nach den Rauchschwaden, will sie mir

entreißen. Ich beiße die Zähne zusammen und packe sie fester.

»Noire ist nicht tot«, erklingt Beatrice' Stimme wie das Rauschen eines entfernten Flusses. Sie und Iris teilen mein Schicksal, in einem Käfig aus Ranken eingeschlossen zu sein. »Sie ist bewusstlos. Ihre Brust hebt und senkt sich, siehst du das nicht?« Wie lindernde Heilkräuter legen sich ihre Worte auf meine Wunden. Noire atmet tatsächlich, wie in tiefen Schlaf gefallen, während sich eine Blutpfütze unter ihrem Kopf sammelt. »Ich verspreche dir, dass sie keine bleibende Verletzung davonträgt. Kein Grund, dass deine Magie aus dir herausbricht, Prinzessin.«

Ich beiße die Zähne zusammen, lasse mich von Beatrice' Stimme leiten wie von einem seidenen Faden, der in die Tiefen eines Abgrunds führt. Auf einen Schlag lasse ich meine Magie los, der Rauch zu meinen Füßen verschwindet gemeinsam mit dem Schatten von Iris' Magie, der über ihn gewacht hat.

»Ich wusste, dass du das kannst, jetzt überlegen wir uns –« Beatrice' Worte enden in einem scharfen Atemzug, der wie ein Schatten des Wortes ›Nein‹ klingt.

Ich folge ihrem Blick mit angehaltenem Atem. Direkt neben Noire stehen Gideon und Ilias. Die Ranken, wie Fesseln an ihren Fußgelenken, nehme ich erst auf den zweiten Blick wahr.

Gideon hält Noires Bogen und einen einzelnen Pfeil in den Händen, den er mit zitternden Händen einspannt. Der Pfeil schneidet sich durch die Luft wie ein tödlicher Vogel. Sein Zischen und Beatrice' ruheloses Zähneknirschen sind die einzigen Geräusche. Mit klopfendem Herzen verfolge ich seine Flugbahn, bis er sein Ziel, Edens Oberarm, streift und neben ihr zu Boden fällt.

Sie betrachtet den Pfeil und tastet nach der Wunde, die so klein ist, dass ich sie von meiner Position aus nicht erkenne. Dabei vergisst sie, dass ihre Schwester in der Nähe ist, ohne Ranken oder Erde, die sie daran hindern, zu ihr zu gelangen.

Schnell wie ein Windstoß steht Tia neben Eden, greift nach ihrem Arm und legt ihr das Jadearmband um. Den dazu passenden Schlüssel lässt sie zwischen ihren Fingern verschwinden.

Eden zieht ihren Arm weg, als hätte sie sich verbrannt. Mit den Fingerspitzen zieht sie die Konturen der eingearbeiteten Jade nach.

»Es ist vorbei.« Tias Stimme klingt wie fließender Honig. »Du musst nicht mehr davonlaufen, dich nicht verstecken, und diese Menschen sind

nicht der Feind.«

»Deine Schwester hat recht, Eden«, hallt eine Stimme wie Donnergrollen über die Lichtung. »Es ist vorbei.«

Ein Echo, das mich wie ein Blitzschlag durchzuckt. Hektisch wie ein Kaninchen, das in die aufgestellte Falle hoppelt, drehe ich mich in die Richtung, aus der die Stimme kommt. Aus dem Schutz des Dickichts, hinter der Hütte, betritt die junge Frau die Lichtung, die uns gemeinsam mit Tia nach Riewa eskortiert hat. Aja, fällt mir ihr Name ein. Hinter ihr lösen sich Gestalten aus den Schatten. Ich nehme einen scharfen Atemzug. Kälte strömt durch meine Glieder. Meine Angst bleibt unbegründet. Es sind keine Soldaten aus dem Sommerkönigreich, sondern ein Dutzend Männer und Frauen in gewöhnlicher Kleidung. Die Kälte bleibt und macht meinen Körper starr.

Mit weit aufgerissenen Augen starrt Tia sie an. »Was hat das zu bedeuten? Das ist nicht Teil unseres Plans.«

»Euren Plan habe ich belauscht, mir war schon auf dem Schiff klar, was ihr vorhabt.« Aja lacht freudlos. »Eden muss unschädlich gemacht werden.« Sie gibt ein knappes Handzeichen, wie gleichzeitig geführte Schachfiguren nähert sich seine kleine Armee Tia und Eden. »Diese Bauern, deren Land sie gestohlen hat, haben sie seit ihrer Flucht ohne Erfolg aufzuspüren versucht. Du wusstest, wo sie sich befindet und hast nicht gewagt, ihr Geheimnis zu verraten, nicht einmal deinen Eltern, bis *diese Gruppe* aufgetaucht ist.«

Tia ballt ihre Hände zu Fäusten. »Weil ich wusste, dass ihr jemand wehtun wird, wenn ich ein Wort über den Weg zur Lichtung verliere.« Sie macht einen Schritt auf ihre Schwester zu und streckt eine Hand nach ihr aus.

Eden weicht zurück, bis sie mit dem Rücken gegen die Hüttenwand prallt. Ihre Lippen formen lautlose Worte. Der Kratzer an ihrem Arm blutet längst nicht mehr. Nackte Angst formt ihre Gesichtszüge.

»Ich kann nicht zulassen, dass du deiner Schwester ihr Armband abnimmst.«

»Mein Armband?« Eden zerrt erfolglos am bronzenen, mit Jade besetzten Schmuckstück. »Was für eine Magie ist das?«

Wie aus dem Nichts taucht eine der Bäuerinnen neben Tia auf, verdreht ihren Arm hinter ihrem Rücken und hält sie fest. Aus der Innentasche ihrer Jacke zieht sie ein Messer.

»Aber –« Mehr bringt Tia nicht heraus, weil die Frau die silberne Klinge

an ihre Kehle drückt.

»Was glaubst du, was mit den konfiszierten Waffen passiert, Tia? Dass deine Eltern sie ordnungsgemäß dem Sommerkönigreich übergeben? Nein, für den Notfall behalten sie welche.« Kopfschüttelnd wendet sich Aja von ihr ab und fixiert Eden mit, zu Schlitzen verengten Augen wie eine Wölfin ihre Beute. »Komm freiwillig mit uns und rette das Leben deiner Schwester.«

»Ruby«, Iris' dumpfe Stimme dringt von ihrem Rankenkäfig bis zu meinem, »benutze deine Magie.«

»Meine Magie?« Kalte Blitze zucken meinen Rücken hinab. »Aber –«

»Mit mir gemeinsam«, fährt Iris mit ruhiger Stimme fort. »Wir entziehen den Ranken ihre Lebensenergie. Danach können Beatrice und ich es mit den Bauern aufnehmen.«

»Du schaffst das.« Beatrice' Stimme zittert. Ich weiß, ihre Aufmerksamkeit gilt ihrem Bruder.

Blut rauscht mir in den Ohren und meine Muskeln sind so angespannt, dass mein Gefängnis aus Ranken enger wird. »In Ordnung.«

»Taste nach der Lebensenergie der Ranken, die dich gefangen halten, am besten an ihren Wurzeln«, erklärt Iris. »Ich halte deine Magie im Zaum.«

Nachdem sie bis drei gezählt hat, schließe ich die Augen. Ein Funke in mir entfacht, tastet sich vorwärts und findet die Energie der Ranken, die mich in einem dunkelgrünen Käfig gefangen halten. Wie eine helfende Hand, bereit, mich aus den Fluten zu retten, sollte ich versinken, spüre ich Iris' Magie als wärmendes Flimmern am Rande meines Bewusstseins. Mein Herz rast auf zittrige Weise, als ich die im dunklen Grün gespeicherte Wärme mit meiner Magie umschließe. Behutsam lasse ich einen Teil der Wärme frei, werde eins mit den Ranken und atme Rauch ein. Asche rieselt auf meine Haut wie feine Salzkristalle. Als keine Energie übrig ist und die Ranken verdorrt sind, packe ich den Funken in meiner Brust. Mein Atem geht stoßweise, das Feuer in meinen Venen hat Blut geleckt. Ich wage nicht, die Augen zu öffnen oder mich zu bewegen.

»Gib deiner Magie ein neues Ziel, übertrage sie auf meine Ranken.«

Iris' Stimme lenkt die Funken, welche drohen, ein Feuer zu entfachen. Gierig wie ein Schwarm Motten über Seide, fallen sie über die Ranken her, in denen Iris eingeschlossen ist. Ihre Magie, ein Rettungsseil, an das ich mich klammere, hilft mir, die Ranken und das Monster in mir festzuhalten. Als

keine Energie mehr da ist, die von Mottenzähnen gefressen werden kann, schwirren die Funken unruhig und unsichtbar umher. Auf der Suche nach einem neuen Ziel.

Aus dem Nichts liegt Iris' Hand auf meiner Schulter und gibt mir Kraft, sie im Zaum zu halten. »Das machst du hervorragend«, raunt sie mir ins Ohr. »Nur noch Beatrice' Ranken, dann hast du deinen Rubinanhänger zurück.«

Mit ihr dicht neben mir und ihren Worten, die ich wie süßen Nektar aufsauge, schaffe ich es, meine Magie auf Beatrice' Ranken umzulenken, ohne dass ein Unglück geschieht. Diesmal sind es keine Motten, sondern Wölfe, die ihr Beutetier in Sekundenschnelle fressen. Noch immer halte ich die Lider geschlossen und atme Rauch ein, der mir in den Lungen brennt.

Als eine zweite Hand auf meiner Schulter liegt und ich Wildblumen statt Rauch einatme, öffne ich die Augen. Der Druck auf meiner rechten Schulter verschwindet, Iris legt mir das Goldband mit dem Rubinanhänger um den Hals. In mir übrige Funken zerfallen zu Staub. Währenddessen schaue ich fest in Beatrice' Augen, deren intensives Grün, dem Rauch trotzend, strahlt. »Ich wusste, dass du das schaffst.« Ihre Gesichtszüge sind weich, als sie mich ansieht und verhärten sich binnen Sekunden. »Jetzt helfen wir Tia und Eden.«

Der Rauch um Beatrice, Iris und mich, das letzte Zeichen meiner Magie, lichtet sich. Wir schauen in Ajas weit aufgerissene dunkle Augen, ein Spiegel der Gesichtsausdrücke von zwei Dutzend Bauern.

»Sie ist wie ich«, bricht Eden die Stille. Sie sieht mir intensiv in die Augen … in mein linkes Auge. »Wie ist das möglich?«

»Ja, wie?«, erhebt die Bäuerin, deren Messer an Tias Kehle liegt, ihre Stimme. »Egal, was in der Frühlingsrepublik im Verborgenen geschieht und wer für unsere so genannten Anführer zu arbeiten pflegt – Magier müssen an Soldaten aus dem Sommerkönigreich ausgeliefert werden.«

»Diese Menschen kommen von außerhalb«, antwortet einer der Bauern.

»Das ist kein Grund, sie zu verschonen.«

»Soldaten aus dem Sommerkönigreich zahlen sicher einen hohen Preis für sie.«

Beatrice nickt Iris kaum merklich zu. »Jetzt«, formen ihre Lippen.

Eine Spur der Zerstörung frisst sich durch das Gras zu Iris' Füßen und färbt seine hellgrüne Pracht äschern. An ihren Fingerspitzen glimmen identische,

rotorangene Flammen auf, deren Anblick mich anzieht wie das schönste Gemälde, das ich je gesehen habe. »Sieh nicht direkt in die Flammen.« Gerade rechtzeitig hebe ich den Kopf. Lichtstrahlen schießen aus Iris' Fingerspitzen wie Pfeile, einer trifft die Bäuerin ins linke Auge, der zweite Ajas. Geblendet lässt die Bäuerin Tia los, Eden ist sofort an ihrer Seite, verschränkt ihre Finger mit denen ihrer Schwester und hält sie fest. Aja verliert die Kontrolle, hält sich schützend die Hände vors Gesicht und stolpert rückwärts.

Die Lichtstrahlen drängen die Bauern und Bäuerinnen, mit Aja in ihrer Mitte, auf einen Fleck auf der Lichtung zurück wie ein Rudel Wölfe. Als sie dicht aneinandergedrängt, ihre Arme schützend vor den Gesichtern, innehalten, formen sich die Lichtstrahlen zu einem Käfig aus Flammen, der sie in seinem Inneren gefangen hält.

Auf Iris' Stirn glitzern Schweißperlen, eine Schicht Rauch liegt über ihren Augen. Vorhin hat sie mir geholfen, jetzt muss sie den Flammenkäfig allein stemmen.

»Tia«, rufe ich, ohne lange zu überlegen, »nimm Eden das Armband ab. Wir brauchen einen massiven Käfig, der ohne Einwirkung einer Magierin nicht in sich zusammenfällt.«

Tia massiert sich die Kehle. »Auf deine Verantwortung«, erwidert sie mit dünner Stimme und schließt das Jadearmband an Edens Handgelenk auf.

Zu Edens Füßen sprießt eine Vielzahl bunter Blumen. »Meine Magie hat mich nicht verlassen«, murmelt sie zu sich selbst, hebt den Kopf und sucht in meiner Miene nach etwas, als würde das Mal in ihrem jenes in meinem Auge magisch anziehen. »Bist du wie ich?«, wispert sie. »Möchte Tia mir wirklich helfen?«

»Ja«, antworte ich, »beides stimmt.« Ich deute auf den Flammenkäfig und verschränke meine Finger mit den zunehmend an Farbe verlierenden von Iris. »Diese Menschen wollen dir nicht helfen. Wenn du den Flammenkäfig durch einen aus Ranken ersetzt, erkläre ich dir alles.«

Eden legt den Kopf schief, dann nickt sie. »In Ordnung.« Sie sieht von mir zu Iris und wartet auf ein stummes Zeichen.

Als die Flammen erloschen sind wie Kerzen im Wind, halte ich Iris, meine Hand in ihrer, aufrecht. Ihr Atem geht stoßweise, ihr Haar ist schweißverklebt und wir stehen in einem Meer aus Asche, aber sie ist unverletzt.

»Ich hätte dir helfen sollen«, hauche ich.

»Das hast du«, entgegnet sie mit heiserer Stimme. »Es war richtig von dir, mir nicht mit deiner Magie, sondern mit deinem Verstand zu helfen.« Ihre von Asche bedeckten Lippen formen sich zu einem Lächeln, das ich zögerlich erwidere.

Aja und die Bauern sind sicher in Käfigen aus Ranken eingeschlossen.

Da ihr Werk vollendet ist, kommt Eden schnellen Schrittes auf mich zu. »Wieso?« Ein einzelnes Wort, das die Wortreihen hunderter Bücher in sich trägt.

Bevor ich ihre Frage beantworte, werfe ich Beatrice, die mich nicht wahrnimmt und von einem Fuß auf den anderen tritt, einen raschen Blick zu. »Gideon braucht dich.« Als hätte sie auf meine Worte gewartet, sprintet sie an seine Seite, um ihn und Ilias von den Rankenfesseln zu befreien.

Iris lässt meine Hand nicht los, als ich Eden meine Geschichte erzähle. »Zwanzig Jahre lang wurde meine Magie für mich unzugänglich gemacht, nachdem ich«, Ich beiße mir auf die Unterlippe, »meine Mutter bei der Geburt getötet habe. Als ich meine Magie entdeckt habe, musste ich aus dem Sommerkönigreich fliehen, weil ich andernfalls hingerichtet worden wäre. Dann habe ich die richtigen Menschen kennengelernt und mir wurde offenbart, dass meine Magie, die ich mein Leben lang für ein Monster hielt, nicht für Zerstörung gemacht ist.« Knackend rolle ich die Schultern nach hinten. »Deine Schwester wird dir die Geschichte erzählen und wir besitzen ein Buch, in dem alles nachzulesen ist. Du wirst sehen, dass es bezogen auf die Menschen, deren Ziel es war, dich aus deiner Heimat zu vertreiben, etwas Schöneres als Rache gibt. Du wirst ihre Anerkennung bekommen, wenn du die dir zugeteilte Aufgabe erfüllst und Anerkennung ist kostbarer als Rache.«

Wie auf ein Stichwort, tritt Tia an Edens Seite.

Ich entziehe meine Finger Iris' Griff und renne an Noires Seite. Außer einer Blutspur inmitten der Blumen ist kein Hinweis auf das Geschehene erkennbar. Ilias kniet neben ihr, ohne sie zu berühren. Gideon steht abseits, ohne Noire anzusehen, seine Haut ist wie von Asche überzogen und seinem Gesichtsausdruck nach zu urteilen, ist Noire tot. Beatrice' Umarmung ist sein einziger Anker, der ihn vor dem Ertrinken bewahrt, seine Muskeln sind steif, dennoch stößt er seine Schwester nicht von sich.

»Sie hat nur eine Platzwunde am Kopf«, ruft Ilias, als er meinen Gesichts-

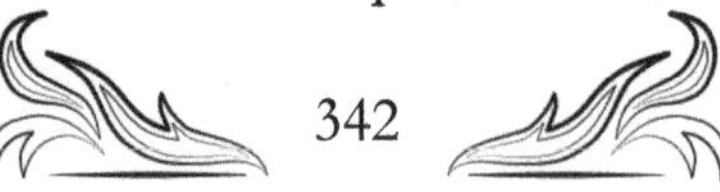

ausdruck, fragend, ob Beatrice vorhin die Wahrheit gesagt hat, bemerkt.

Tränen, gewachsen aus verschiedensten Emotionen, brennen auf meinen Wangen. Bei den anderen angekommen, falle ich auf Noires anderer Seite auf die Knie, fühle ihren regelmäßigen Puls und streiche ihr mit klammen Fingern das blutverklebte Haar von der Stirn.

»Du hast keinen Grund zu weinen, Prinzessin.« Beatrice' Worte sind eine tröstende Umarmung. »Noire ist unglücklich hingefallen und wird mit Kopfschmerzen aufwachen, aber bald geht es ihr besser.« In ihrer Miene spiegelt sich bedingungslose Ehrlichkeit. »Das habe ich dir vorhin versprochen und meine Versprechen halte ich.«

Meine Tränen versiegen wie Wasserdampf. »Danke.«

»Ich muss mich bei dir bedanken«, entgegnet sie.

Mit gerunzelter Stirn sehe ich sie an.

»Dank deiner Magie und deiner Überzeugungskraft hat unser Plan funktioniert.« Ihre Lippen formen sich zu einem flüchtigen Lächeln. »Als die Bauern aufgetaucht sind, habe ich alles für verloren gehalten, am Ende hat ihr Hinterhalt uns in die Karten gespielt – indem wir Tia und Eden vor den Bauern gerettet haben, konnten wir Eden auf unsere Seite ziehen.«

Ich erwidere ihr Lächeln, vergänglich wie die Ranken, deren Leben ich mit meiner Magie beendet habe. »Gemeinsam schaffen wir alles.«

Klamme, kalte Finger verschränken sich mit meinen. Ich lasse Beatrice' Blick los und schaue in Noires blasses Gesicht. Blinzelnd öffnet sie ihr Auge. Ein trockenes Schluchzen dringt über meine Lippen. Ich ziehe Noire in eine Umarmung und atme ihren Duft nach Heimat und einem Stück Kindheit ein. Hinter uns erklingt Gideons tiefes Ausatmen. Ich drücke Noire fester an mich, ihr leises Wimmern zwingt mich, die Umarmung zu lösen. In wenigen Worten erkläre ich ihr, dass wir diesen Kampf gewonnen haben, ehe Tia zu uns eilt, um sich Noires Verletzung anzusehen. Drei Mal muss sie mir versichern, dass Noire bloß eine Gehirnerschütterung hat, bis ich ihr glaube.

Danach beschließen wir alle gemeinsam, Aja und die Bauern auf der Lichtung sicher in ihrem Rankensarg zu lassen, bis eine Eskorte aus Riewa sie abholt. Wie ihre Eltern mit ihnen verfahren werden, kann uns Tia nicht beantworten.

Beim Aufbruch ist mir nicht bewusst gewesen, dass ich mich von Riewa nicht mehr verabschieden kann. Mit Eden an unserer Seite ist es uns verboten,

die Stadt zu betreten.

Mit jedem von Schnees Galoppsprüngen, die mich in Richtung des Lobeliensees führen, verblasst die Erinnerung an Riewa, wird durchsichtig und entschwebt zum Himmel. Ich lege meine Arme fester um Noire, die zu benommen ist, um allein zu reiten ... und, um zu bemerken, dass Gideon sie meidet. Er wagt keinen Blick in ihre Richtung. Seine volle Aufmerksamkeit gilt ohnehin Ilias, in dessen Augen Wut und Schmerz um die Vorherrschaft kämpfen. Dennoch zieht sich mein Magen zusammen – Gideon hätte etwas zu Noire sagen müssen.

Unsere Gruppe ist geschrumpft, weil Thalia und Sven zwangsweise nach Riewa zurückkehren müssen. Tia hat schnell festgestellt, dass Thalias Fuß gebrochen und Reiten unmöglich ist.

Am Horizont taucht der Lobeliensee auf. Mein Herz schrumpft auf einen Punkt zusammen, denn auf seinen Wellen befindet sich das Schiff, mit dem ich auf unserem Weg nach Riewa flüchtig Bekanntschaft machen musste. Sternenlicht wird vom dunklen Holz absorbiert wie bei einer bodenlosen Schlucht. Der Lobeliensee darunter schimmert violett, der Schiffskörper schaukelt in der über die Wellen wehenden Brise von links nach rechts. Staub füllt meine Lungen. Das schwarze Schiff auf den violetten Wellen ist ein Sarg, in dem ich nicht bloß eine Nacht, sondern mindestens fünf Tage verbringen muss. Auch auf ein Pferd zu vertrauen ist mit einem Risiko verbunden, doch egal, ob es brav ist wie Donna oder dickköpfig wie Schnee, ich kann es beeinflussen. Dieses Schiff gleitet ohne mein Zutun über die Wellen. War ich wochenlang frei, spüre ich die Fesseln einer Gefangenen in Augenblicken wie diesen.

Um Abstand zwischen Eden und die Frühlingsrepublik zu bringen sowie, um unsere Reise zu beschleunigen, wird das Schiff uns über den Lobeliensee und den Fluss nach Osten bringen. Von dort wird es nicht mehr weit bis zum Gebirge sein. Vorher werden wir dort ansässige Lager aufsuchen. Beatrice hofft, dass deren Anführer oder Anführerin uns weitere Soldaten stellt, wenn er oder sie Eden und mich zu Gesicht bekommt. Der Schiffskapitän wird eine Vergütung in Form von Nahrungsmitteln und Rohstoffen erhalten, Schweigegeld, damit er uns nach Osten bringt.

Wolf und Eva warten neben dem Steg, der zum Schiff führt, auf uns. Eden hält sich keinen Augenblick lang zurück und rennt zu ihrer Mutter, der sie

um den Hals fällt. Tia sitzt ebenfalls von ihrem Pferd ab und folgt ihrer Schwester. Bitterer Geschmack wie abgestandener Wein füllt meinen Mund. Ich drücke Noire an mich. Der zweite Teil meiner Familie fehlt, doch sie ist mir geblieben, komme, was wolle.

Achtundzwanzig - Hand in der Flamme

Treu wie einer von Edens Wölfen wache ich an Noires Seite, seit wir das Schiff betreten haben. Sie schläft friedlich, dank einem Trank, den Tia ihr verabreicht hat. In einem kleinen Zimmer mit hellgrünen Wänden, zwei Betten aus Eichenholz, einem Schrank und einem weißen Teppich. Meine eigene Leibwächterin bewacht die Tür, obwohl keine Gefahr droht, vor der sie Noire und mich beschützen muss. Das habe ich Beatrice gesagt, trotzdem geht sie nicht weg.

Zweifellos ist sie die bessere Leibwächterin, weil mich meine Erschöpfung rasch überwältigt. Noires Griff nach meinem Blusenärmel lässt mich aufschrecken wie ein Kaninchen, das von Wolfsgeheul aus dem Schlaf gerissen wird. Sie massiert sich mit schmerzverzerrtem Gesicht die Schläfen. In mir zerspringt bei ihrem Anblick etwas. Ich bin diejenige mit Heilkräften, die ich nicht anzuwenden weiß. Meinen Rubin umklammere ich wie einen Schutzschild. Würde ich versuchen, Noire zu heilen, würde ihr Schlimmeres widerfahren als eine Platzwunde und eine Gehirnerschütterung.

Noires Pupille zuckt im Raum hin und her wie ein über den Lobeliensee hüpfender Stein. Mein Herz wird schwer. Zeitgleich flammt Wut in meinen Adern auf. Gideon möchte auf Ilias, der in Edens Nähe unruhig ist, aufpassen. Das rechtfertigt nicht, dass er Noire, mit der er gestern Abend unbefangen gelacht und geredet hat, nicht sehen möchte.

Beatrice steckt ihren Kopf durch die Tür, als sie unsere Stimmen hört, woraufhin ich sie bitte, Tia zu holen. Dass Noire eine Heilerin braucht, ist neben ihrem Wunsch, Eden nicht allein zu lassen, Tias Argument gewesen, mit dem sie ihre Eltern von ihrem Vorhaben, mitzukommen überzeugt hat. Sie versorgt Noires Wunde zum zweiten Mal mit einer Tinktur aus Heilkräutern und verabreicht ihr einen Trank, der sie schlafen lässt, ohne dass ihre Schmerzen sie davon abhalten.

Als Noire eingeschlafen und Tia verschwunden ist, rede auf Beatrice ein, bis sie einsieht, dass sie sich ausruhen muss. Kaum liegt sie im Bett neben Noires, ist sie eingeschlafen.

Ich verharre im Zimmer und betrachte die beiden, obwohl ich, an Beatrice' Stelle, die Tür bewachen sollte.

Noire, die mein Anker zu meinem alten Leben und seit vierzehn Jahren treu an meiner Seite ist. Das Mädchen ohne Vergangenheit, das ich großgezogen habe, obwohl ich selbst ein Kind gewesen bin. Wie eine Mutter möchte ich ihr das Haar aus dem Gesicht streichen und über sie wachen, bis sie wieder gesund ist.

Beatrice' Haar schimmert im matten Licht wie ein Sternenhimmel und sie atmet friedlich. Gestern haben wir uns ein Bett geteilt, ich spüre das Phantom ihrer Berührungen auf meinen Schulterblättern und erschaudere. Sie hat mein altes Leben durcheinandergebracht wie ein Sturm, der mir den Weg freimacht. Dank ihr finde ich meine innere Stärke und lerne, Vertrauen in mich und meine Entscheidungen zu haben. Wir bestreiten unsere gegenwärtigen Kämpfe gemeinsam, aber wenn ich an eine ferne Zukunft denke, wird mir kalt. Meine Lügen und unsere jeweiligen Verpflichtungen sind ein Graben zwischen uns. Füllen wir ihn mit Erde, bleibt die Zukunft, die ich mir für uns wünsche, hinter Nebelschwaden verborgen, weil sie neu und ungewiss ist wie der mögliche Wiederaufbau der Jahreszeitenkönigreiche nach dem ewigen Sommer.

Ich ermahne mich, dass es meine Aufgabe ist, die Tür zu bewachen. Deshalb löse ich mich vom Anblick meines alten Lebens, meiner Gegenwart und meiner ungewissen Zukunft. Leise lasse ich die Tür ins Schloss fallen und setze mich auf den Gang.

Nach einer Weile bekomme ich die Gesellschaft, die ich früher oder später aufsuchen muss. In der Ferne heult ein Wolf, als ich in Edens dunkle Augen schaue. Ihre dreckige Kleidung hat sie gegen eine senfgelbe Bluse, eine dunkle Stoffhose und dick besohlte Stiefel getauscht. Das dunkle Haar ist zu einem hohen Zopf zusammengebunden, gebändigt und von seiner Wildheit befreit. In den Händen hält Eden ein Tablett mit drei Tellern, auf denen sich je ein Stück goldgelber Kuchen befindet, der einen Duft von Kräutern verströmt. Daneben stehen ein Obstkorb, eine Karaffe Wasser, drei Gläser und ein

Fläschchen Medizin für Noire. Eden tritt von einem Fuß auf den anderen. »Tia hat mir aufgetragen, euch etwas zu essen zu bringen.«

Ich bedeute ihr, dass sie sich zu mir auf den Teppichboden setzen kann. Sie kommt dem Angebot nach und stellt das Tablett zwischen uns. »Danke.« Während ich das Wort ausspreche, bedenke ich sie mit einem Blick, von dem ich hoffe, er beweist meine Entschlossenheit.

Eden ringt die Hände. »Ich wollte mich bei Noire entschuldigen, sobald sie wach und aufnahmefähig ist.« Sie stößt einen Schwall Luft aus. »Bei den Bauern, die ich um ihr Vieh gebracht habe, muss ich mich auch entschuldigen. Zumindest bei denen, die mich gestern nicht ans Sommerkönigreich ausliefern wollten.« Ihr Blick weicht meinem aus. »Die Liste ist zu lang, um alle Menschen aufzusuchen und bei einer Vielzahl von ihnen kann ich mich nicht mehr entschuldigen.«

Verständnis flackert wie eine einzelne Fackel in finsterer Nacht in mir auf. In Eden wütet ein Erdbeben, das dem Flammensturm in mir gleicht. »Noire wird bald aufwachen.« Knackend rolle ich meine Schultern nach hinten, ehe ich mir einen der drei Teller nehme. Der Kuchen hat eine krümelige Konsistenz und schmeckt nach Salbei mit einem Hauch von frischen Birnen und Zimt. »Ich verstehe dich. Die Menschen, bei denen ich mich für den Schaden entschuldigen muss, den meine Magie angerichtet hat, atmen nicht mehr.« Ich lege das Kuchenstück auf dem Teller ab und nehme meinen Rubin fest in eine Hand. »Was zählt ist, es in Zukunft besser zu machen.« Meine Finger verkrampfen sich um den roten Stein, während mein Herz rast wie ein junges Pferd im Galopp. »Ich weiß, dass du deine Magie besser kontrollieren kannst als ich und möchte dich um Hilfe bitten.«

Eden runzelt die Stirn. »Du bist älter als ich und hast eine Mentorin«, entgegnet sie. »Ich habe mir alles selbst beigebracht, nachdem die Lehrer aus Riewa die Geduld nicht mehr aufbringen wollten. Wie kannst du meine Hilfe wollen?«

»Ja, ich habe eine Mentorin und dafür bin ich sehr dankbar. Iris hat mir in der kurzen Zeit, die wir einander kennen, viel beigebracht und meine Konzentration geschult«, antworte ich. »Aber sie ist keine Wächterin.« Der Hauch eines Lächelns zuckt über meine Mundwinkel, flüchtig wie ein Blitz in finsterer Nacht. »Dazu kommt, dass ich meine Magie wesentlich später entdeckt habe als du. Dich begleitet sie seit vierzehn Jahren, meine war

zwanzig Jahre lang«, Mein Blick zuckt zum roten Stein an meinem Hals, der seit jeher wie ein zweites außerkörperliches Herz für mich gewesen ist, »unzugänglich für mich. Wenn ich den Rubin abnehme, überrollt mich eine magische Welle, die nach außen möchte, um alles um mich herum zu vernichten. Ohne Iris' und Beatrice' Hilfe wäre das Monster aus mir herausgebrochen, als ich die Ranken habe verdorren lassen.« Ich lasse den Rubin los, breche eine Ecke des Kuchens ab, kaue und schlucke das Stück langsam herunter, ehe ich fortfahre. »Mit der schwächsten Quelle kann ich großen Schaden anrichten. Was ich mit Körperwärme oder der Sonne anrichte, wollen wir uns nicht ausmalen. Ich weiß, dasselbe passiert dir auch, wenn du die Kontrolle verlierst, aber weißt du, wie man sie langfristig, ohne einen Gegenstand, der die Magie einschließt, behält?«

Eden betrachtet mich einen Augenblick lang, als wolle sie sich jeden meiner Gesichtszüge einprägen. »Mit der Magie ist es wie mit einer Emotion. Wenn du besonders wütend oder traurig bist, tust du unüberlegte Dinge«, beginnt sie. »Gerade in solchen Momenten versucht die Magie, dir die Situation zu erleichtern. Du bist außer Kontrolle. Die Welle der Magie reißt dich mit.« Missmutig betrachtet sie das Jadearmband an ihrem linken Arm. »Du lernst, auf ihr zu schwimmen, wenn du den Rubin abnimmst und die Magie in die hinterste Schublade deines Bewusstseins verbannst, wann immer sie dich mit sich zerren möchte.« Ihre Augen finden meine wieder, ihre Körperhaltung ist mir zugewandt und von Offenheit geprägt. »Darin bin ich nicht perfekt. Als Kind habe ich zahlreiche Katastrophen ausgelöst und täglich mehrmals die Kontrolle verloren. In der Zeit allein im Wald waren weniger Eindrücke um mich herum, die meine Emotionen gefordert haben, ich konnte mich in Konzentration und Kontrolle üben.« Ihre Augen verdunkeln sich vom warmen Braun zu bodenlosem Schwarz. »Dennoch waren die Wölfe, wenn ich unachtsam war, die Personifikation des Monsters in mir.« Mit der anderen Hand dreht sie das Jadearmband hin und her, wohlwissend, dass sie es ohne Tias Einwirkung nicht abnehmen kann. »Dieses Ding werde ich sicher nicht für immer tragen, sonst übe ich mich nicht in Kontrolle, sondern verlasse mich auf einen Gegenstand, der nicht Teil meines Körpers und meiner Magie ist.«

»Den Rubin abnehmen –« Ich drücke den blutrot glänzenden Stein in die Lücke zwischen meinen Schlüsselbeinen. Wenn diese Geschichte ihr

gutes Ende nehmen soll, bin ich gezwungen, ihn abzunehmen. Ich umfasse den Rubin fester. Mit ihm werde ich einen Teil von mir verlieren und das Monster freilassen. »Ich weiß nicht.«

»Nicht jetzt«, entgegnet Eden. »Jeden Tag für ein paar Stunden. Anders erhältst du nie die vollkommene Kontrolle über deine Magie.«

Um nicht sofort antworten zu müssen, esse ich den Rest meines Kuchens und kaue jeden Krümel einzeln. »Ich werde darüber nachdenken.« Meine Stimme ist heiser, die Krümel Sand in meiner Kehle.

Sie verdreht die Augen.

»Trainieren wir von jetzt an gemeinsam?«, frage ich leise. »Mit Iris versteht sich.«

Eden nickt.

Bevor sie zu einer gesprochenen Antwort ansetzen kann, öffnet sich die Holztür, neben der ich sitze. Zuerst betrachtet Beatrice den Teller, dann Eden und anschließend mich. Sie hebt eine Augenbraue. »Habt ihr keinen bequemeren Ort zum Essen gefunden?«

Ohne den Teller abzustellen, rapple ich mich auf. »Ich wollte die Tür bewachen.«

Eden steht auf und nimmt das Tablett in die zitternden Hände. »Ist Noire wach?«

»Ja und sie behauptet, dass es ihr besser geht.« Beatrice legt die Stirn in Falten und seufzt. »Dass sie ihre Schläfen ständig massiert oder nach ihrem Hinterkopf tastet, spricht eine andere Sprache.«

Ich schmecke eine Schärfe auf der Zunge, die nicht vom Kuchen herrührt. »Hoffentlich geht es ihr besser, bis wir das Schiff verlassen.«

Beatrice legt mir eine Hand auf die Schulter. »Ganz sicher.«

»Glaubt ihr, Noire möchte mich sehen?«, wispert Eden.

Einstimmig nicken Beatrice und ich. Mit Eden als Nachhut betreten wir das kleine Zimmer. Noire hat sich auf dem schmalen Bett in eine sitzende Position gebracht. Ihr blondes Haar ist zerzaust und sie streicht über ihren Hinterkopf. In der Bewegung zuckt sie wiederholt zusammen. Ein Pfeil bohrt sich in meine Brust und macht meinen Atem kurz. Als Noire uns bemerkt, hört sie auf, ihren Kopf anzufassen und faltet die Hände unruhig im Schoß.

»Geht es dir besser?«, erkundige ich mich.

»Sicher« antwortet sie, richtet sich im Bett gerade auf und fährt in sich

zusammen, als ihr Hinterkopf die Wand über dem Kopfende berührt.

»Noire«, setzt Eden an. »Ich wollte mich dafür entschuldigen, dass du wegen mir verletzt bist.«

Sie lächelt ihr zu. »Entschuldigung angenommen.«

Eden seufzt erleichtert, dann lässt sie sich neben Noire nieder und reicht ihr einen Teller Kuchen sowie eine Phiole mit einem Trank gegen die Schmerzen.

Beatrice und ich setzen uns aufs gegenüberliegende Bett. Sie isst ihren Kuchen und einen großen Apfel aus dem Obstkorb und erkundigt sich bei Eden, ob sie etwas verpasst hat, was diese verneint.

Noire isst langsam und mit schmerzverzerrtem Gesicht. Ihre Finger zucken. Ich kenne sie lange genug, um zu wissen, dass sie sich zwingt, nicht einzuknicken, indem sie ihre Schläfen massiert. Am liebsten möchte ich mich neben sie setzen und sie in den Arm nehmen. Doch ich weiß, dass sie in diesem Augenblick keine Stütze möchte. Weil Eden neben Noire sitzt und sich immer wieder auf die Unterlippe beißt, fällt mir etwas ein. »In Königin Enyas Tagebuch habe ich von Heilkräften gelesen«, sage ich. Noires Körper versteift sich mit jedem meiner Worte. »Weißt du, wie man sie anwendet, Eden?«

Sie schüttelt den Kopf. »Wenn man das Wachsenlassen von Pflanzen nicht zählt, habe ich nie jemanden geheilt.«

»Ich habe Angst, jemanden mehr zu verletzten, statt zu heilen, wenn ich es versuche.« Ich betrachte meine Schuhspitzen. »Mit Sommermagie heilen klingt lächerlich.« Mein Blick zuckt nach oben, um einen Punkt in der Ferne zu fixieren. »Obwohl mich meine Magie mein Leben lang selbst heilt.«

Eden hebt eine Augenbraue. »Wie meinst du das?«

»Meine Heilkräfte heilen mich ohne mein Zutun«, erkläre ich und taste nach meinem Hals, obwohl die Schnittwunde von Jaxons Klinge längst eine Erinnerung ist. »Ich hatte mein Leben lang keinen Kratzer, der länger als einen Tag geblieben ist und krank bin ich nie gewesen.«

»Ich hatte als Kind hohes Fieber. Bis zu meiner Genesung hat es lange gedauert«, überlegt Eden laut. »Aber, wenn Königin Enyas recht hat und Tia mir dieses Ding abnimmt«, Sie spielt an ihrem Jadearmband herum, »kann ich versuchen, mich für die Platzwunde zu revanchieren.« Sie wendet sich Noire zu. »Wenn du möchtest.«

Noire stellt den Teller neben sich ab. Ihr Gesicht ist hinter ihren Haaren versteckt, ihre Fingernägel tief in den Handflächen vergraben. Sie atmet stoßweise wie eine Läuferin nach einem langen Rennen. »W-Wenn ihr n-nicht w-wisst wie d-das Heilen f-funktioniert –«

Bevor sie ihre Mauer, die Eden abwehren soll, weiter bauen kann, springt Beatrice auf und setzt dem Gespräch damit ein Ende. Ihr Blick ist auf die geschlossene Tür gerichtet und ihre Augen sprühen Funken. Erst als ich mich genau konzentriere, höre ich die Schritte auf dem Gang, welche Beatrice zum Aufspringen bewegt haben. In zügigen Schritten ist sie bei der Tür, reißt sie auf und stemmt eine Hand in die Hüfte. »Du kannst anklopfen und reinkommen, statt einen Graben in den Teppich zu laufen.« Ihre Stimme ist schneidend wie eine Scherbe. »Das ist nicht schwierig. Dann kannst du Noire sehen und aufhören, dir Sorgen zu machen.«

Sie macht einen Schritt zur Seite und gibt unseren Blick auf Gideon frei. Sein Gesicht ist blass, sein Kiefer so angespannt, dass es schmerzen muss und seine Hände zittern. Bei seinem Anblick hellt sich Noires Miene zuerst auf. Als sie seine Anspannung bemerkt, sackt sie in sich zusammen, als hätte Gideon ihr das Rückgrat zertrümmert.

»Ich möchte sie nicht sehen.« Gideon senkt den Blick, in der Hoffnung seine Anspannung vor uns verbergen zu können und tritt von einem Fuß auf den anderen.

Beatrice knirscht mit den Zähnen. Ihre Rückenmuskeln zeichnen sich unter ihrer Bluse ab wie bei einer Raubkatze. Anmutig, aber jederzeit bereit zum Sprung.

Noire kommt ihr mit dem Angriff zuvor. Sie springt vom Bett auf, verzieht vor Schmerz das Gesicht und bleibt schwankend stehen. Eine Hand umklammert den Bettpfosten, die zweite ist zur Faust geballt. »Sag mir das gefälligst ins Gesicht, Gideon.« Ihre Stimme klingt wie ein in die Jahre gekommener Spiegel, klar, aber von Kratzern und Altersspuren geziert, welche die durchsichtige Oberfläche zum Zerbrechen bringen.

Gideon schluckt schwer und starrt sie mit weit aufgerissenen Augen an.

»Du kannst es mir nicht sagen, weil du feige bist. Weil du dir einredest, die Welt um dich herum wäre schwarz, denn das ist einfacher, als die Maske abzunehmen.« Noire verzieht keine Miene. Sie löst ihre Faust und deutet auf die Tür. »Wenn du mich nicht sehen willst, wenn ich dir egal bin, dann

geh.«

»Du«, Gideons Stimme versagt, ein zweites Mal schluckt er, während sein Gesicht ebenso weiß, wie gestern auf der Lichtung, wird, »hast keine Ahnung wovon du redest.«

Noire hebt ihre Augenbraue. »Wenn ich keine Ahnung habe, klär mich auf.«

Gideon öffnet den Mund, schaut sich auf der Suche nach Hilfe um, findet die zu Schlitzen verengten Augen seiner Schwester und senkt den Kopf.

»Du vertraust mir nicht.« Noires Stimme ist schneidend kalt. »Soll ich dir etwas sagen, Gideon? Ich bin dir egal? Dann brauchst du nicht länger hier stehen und mit mir sprechen. Verschwinde.« Sie wendet sich von ihm ab, während Gideon sie ein letztes Mal anschaut. Er ringt die Hände und in seinen grünen Augen flackert Schmerz auf.

Beatrice lässt ihren Bruder nicht aus den Augen, als er auf dem Absatz kehrt macht. Als die Tür hinter ihm ins Schloss gefallen ist, gibt sie ihm fünf Sekunden, in denen sie tief durchatmet. Dann folgt sie ihm. Mit einem dumpfen Knall fällt die Tür hinter ihr ins Schloss.

Ich starre ihr hinterher, spüre gleichzeitig Noires Präsenz und werde in zwei Teile gerissen.

Noire lässt sich neben mir auf dem Bett nieder und tastet nach meiner Hand, damit ich sie ansehe. »Könnt ihr b-bitte gehen?« Ihre Stimme ist dünn, das gefrorene Wasser wird zu Rauch. Ihr Blick schließt Eden mit ein. Diese versteht, deutet auf die Medizin und verschwindet.

Mein Herz setzt einen Schlag aus. »Soll ich wirklich gehen?«

»Bitte.« Noire schaut mir fest in die Augen. »Ich möchte darüber gerade nicht sprechen, ich möchte lieber schlafen und weder an meine Kopf-schmerzen noch an«, Sie schluckt trocken, »Gideon denken und Beatrice braucht dich mehr als ich.« Sie blickt auf unsere verschränkten Hände. »Sie muss das seit zwanzig Jahren ertragen und ich muss diesen Kampf allein kämpfen.« Ich nehme Noire in den Arm und verlasse das Zimmer langsam, als würde eine Kette aus Blei an meinen Füßen hängen, die mich auf den Grund zieht. Ich hoffe inständig, dass der Trank ihr ein weiteres Mal Schlaf schenkt.

Beatrice und Gideon muss ich nicht lange suchen, weiter als ein paar Schritte haben sie sich nicht von der Tür entfernt. Sie stehen einander

gegenüber wie zwei Krieger, die nicht bereit zum ersten Schwertschlag sind. Gideon blinzelt, während Beatrice ihn mit einem Ausdruck wie loderndes Feuer in den Augen anstarrt. Zu Wort kommt er nicht, weil die Worte aus seiner Schwester herausbrechen wie ein Sturm. »Wie kannst du zu Noire, die dir nie etwas Böses wollte, keine wahren Worte sagen, wenn sie diese von dir verlangt?« Sie ballt die Hände zu Fäusten und mahlt mit dem Kiefer. »Wie kannst du ihr dasselbe antun, wie dem kleinen Mädchen, das dir wie einer von Edens Wölfen hinterhergelaufen ist? Wenn du sie zurückgelassen hast, war dir auch egal, ob sie in den Wald rennt und sich tödlich verletzt!« Ihre Augen funkeln nicht nur vor Wut, sondern auch vor angestauten Tränen. »Warum hasst du dich selbst so sehr?« Sie rammt ihre Schulter gegen Gideons und verschwindet an ihm vorbei.

Gideon starrt ihr mit bebenden Schultern und blassem Gesicht hinterher. Als spüre er meine Anwesenheit, wirbelt er herum und weicht meinem Blick aus.

»Das machst du gefälligst wieder gut. Lass dir etwas einfallen und entschuldige dich bei ihnen«, knurre ich, dann tragen mich meine Füße an ihm vorbei, Beatrice hinterher.

Mein Herz blutet, weil die Personen, die mir innerhalb der Gruppe am meisten bedeuten, leiden. Noire hat mich darum gebeten, diesen Kampf allein kämpfen zu dürfen. Ich kann nicht immer ihre Hand nehmen, um sie das Schwert führen zu lassen, sie muss es selbst lernen. Obwohl sich der Gedanke genauso falsch anfühlt, wie meinen Rubin abzunehmen.

Beatrice kämpft ihre Kämpfe immer allein, jetzt möchte ich ihr eine Stütze sein. Weil uns eines von Anfang an verbunden hat, weiß ich wohin ihre Flucht sie geführt hat.

Der Abstieg in den Frachtraum schnürt mir die Kehle zu. Schatten tanzen vor meinen Augen und die Holzstufen unter meinen Füßen knacken wie brechende morsche Knochen. Ich kralle mich, damit ich nicht falle, am Treppengeländer fest. Im Frachtraum angekommen atme ich tief durch. Druck in meinen Ohren bleibt zurück, ich versuche nicht daran zu denken, dass ich mich in einem schwimmenden Sarg, unter der Seeoberfläche, befinde.

Für jedes Pferd gibt es eine geräumige Box mit hölzernen Wänden. Der Geruch von Heu erfüllt die Luft.

Aus einer Box blickt ein schwarzer Pferdekopf hervor und Donnas Wiehern

verrät mich. Beatrice' Wallach ist in der Box daneben untergebracht, mechanisch streichelt sie sein goldenes Fell. »Wieso bist du nicht bei Noire?«, fragt sie mit brüchiger Stimme, ohne mich anzusehen.

»Weil ich dich nicht allein lassen möchte.« Als sie nichts erwidert, nähere ich mich ihr auf wackeligen Beinen. Vor Donnas Box bleibe ich stehen und streichle abwesend die Nüstern der Stute, ohne meinen Blick von Beatrice abzuwenden. »Obwohl du nicht allein bist.«

Sie zieht die Blesse ihres Wallachs, die sich wie eine weiße Kette mit immer kleiner werdenden Perlen von seiner Stirn bis zu seinen Nüstern zieht, mit den Fingerspitzen nach. Beatrice' Knöchel sind aufgeschürft und blutverklebt. Darunter schimmern sie violett. Der Anblick hält mich gefangen wie der von Eden geschaffene Käfig aus Ranken. Schwer schluckend spreche ich sie nicht darauf an, sondern lasse Beatrice entscheiden, welche Seiten sie mir zu lesen geben möchte. »Er ist mein bester Freund. Pferde handeln mit reinen Absichten, anders als Menschen. Sie lügen nicht oder stoßen jemanden von sich.« Der sanfte Ausdruck in ihren Augen wird zu Stahl. »Gideon versteht das nicht und sagt, er wäre nur ein Pferd.«

»Ich verstehe das«, antworte ich. »Donna ist immer die erste, bei der ich Trost suche.«

Beatrice dreht sich zu mir um. Der Stahl in ihrem Blick schmilzt. Für einen Atemzug werden ihre Gesichtszüge so weich, dass meine Knie es ihnen beinahe gleichtun. »Obwohl es eine Person gibt, der ich langsam genauso vertraue wie ihm.«

Kaum hat Beatrice ihre Aufmerksamkeit auf mich gerichtet, tippt ihr Wallach sie mit der Schnauze an. Ein Schmunzeln stiehlt sich auf meine Lippen. »Das scheint er nicht zu dulden. Trotzdem hätte ich nichts dagegen, mit ihm auf einer Stufe zu stehen.«

Beatrice' Augen glitzern. Dann legen sich Schatten über das Grün wie Wolken, welche die Schönheit des Waldes in Nebel tauchen. »Manchmal hasse ich meinen Bruder.« Ihre Brust hebt sich in einem tiefen Atemzug wie die Wellen des Lobeliensees, welchen wir gerade überqueren. »Er hat Noire zu nah an sich herangelassen. Jetzt muss er sie von sich stoßen, sonst zerfällt die in dreiundzwanzig Jahren sorgfältig erbaute Mauer in ihre Einzelteile.« Mit einer Hand hält sie sich an der Boxtür fest. »Bis heute verstehe ich nicht, wieso er sie gebaut hat. Ich habe aufgegeben, ihn darauf anzusprechen, als

ich acht war. Mutter sagt, Vaters Tod ist der Grund für sein Verhalten.«
Sie schaut mir fest in die Augen. »Versprich mir, Noire nichts davon zu
erzählen.«

Ich erwidere ihren intensiven Blick. »Versprochen.«

Beatrice lässt die Boxtür los, ihre Knöchel färben sich weiß. Nach einem
Stups von ihrem Wallach mit seiner goldenen Schnauze, kommt sie seiner
Aufforderung nach und streichelt sein Fell. »Ich kenne auch nicht die
ganze Geschichte, aber Mutter kennt sie und möchte sie mir nicht erzählen.
Spreche ich sie darauf an, weicht sie meinen Fragen aus und wechselt das
Thema. Früher dachte ich, sie möchte nicht, dass ich mir Gideons Verhalten
abschaue. Jetzt bin ich mir sicher, dass mehr dahintersteckt.« Ihre Kiefer-
muskeln spannen sich an, sie schluckt schwer. »Vor zwanzig Jahren, sieben
Monde vor meiner Geburt und fünf vor Gideons drittem Geburtstag gab es
Unruhen im Sommerkönigreich.«

Die Worte halten mich gefangen wie ein Korsett, dessen Schnüre festge-
zogen werden, bis Staub meine Lungen füllt. Ich weiß, was sie mir erzählen
wird und was der Auslöser für das Chaos damals gewesen ist. Meine Hand
umklammert den Rubin um meinen Hals, als wünschte sie das außerkörper-
liche Herz zu zerquetschen. Sieben Monde bevor Beatrice geboren wurde, ist
Königin Juliette bei meiner Geburt gestorben, was für Unruhen im Sommerkönigreich gesorgt hat. Der Rubin hinterlässt einen blauvioletten Abdruck
in meiner Hand.

»Mein Vater war Teil einer Truppe, welche die Königsfamilie beschatten
sollte«, fährt Beatrice mit angespannter Stimme fort. »Ziel sollte es sein,
durch die Ablenkung tiefer ins Sommerkönigreich vorzudringen. Doch der
Trupp wurde von einem guten Freund meines Vaters an die königlichen
Soldaten verraten. Sie wurden alle auf dem Scheiterhaufen verbrannt, es gab
nichts, was man hätte beerdigen können.«

Beatrice' Worte ziehen mich durch den staubigen Schiffsboden auf den
Grund des Lobeliensees. Ich bin unfähig, an die Oberfläche zu schwimmen
und höre ihre Stimme von weither dumpf an meine Ohren dringen.

»Ein Puzzleteil fehlt.« Tränen sammeln sich in Beatrice' Augen und lassen
das Grün schimmern wie mit Tau bedeckte Blätter. »Vaters Tod erklärt,
wieso Gideon kein Soldat werden möchte und wieso er nicht möchte, dass ich
Soldatin werde. Dafür, dass er kein Blut sehen kann und jahrelang panische

Angst vor fremden Menschen hatte, gibt es keine Erklärung.« Ihr Atem geht stoßweise wie nach langem Laufen. »Mutter und mich hat Gideon geduldet, unsere Hütte war unser Käfig, aus dem es kein Entkommen gab. Ich musste meine Mutter anbetteln, Reiten lernen zu dürfen. Fast neu Jahre lang habe ich, vom Reiten abgesehen, ausschließlich das Innere unserer Hütte gesehen.« Ihre Stimme ist angespannt wie die Luft vor einem Gewitter. Ruhelos tritt Beatrice von einem Fuß auf den anderen. »Gideon hat sich gewundert, wieso ich ihm hinterherlaufe. Was hätte ich sonst tun sollen?« Sie schaut mich mit zitternden, zusammengepressten Lippen und feucht schimmernden Augen an, als hoffe sie, dass ich die Antwort auf ihre Frage habe. Mein Herz wird schwer, ihr Blick zieht mich tiefer auf den Seegrund. »Mit zwölf hat Gideon im Schwerttraining etwas gefunden, das den Sturm in seinem Inneren bändigen kann.« Ein ersticktes Schluchzen unterbricht sie. »Er ist wieder unter Menschen gegangen, die er allesamt von sich fortstößt. Ilias ist eine Ausnahme, weil Gideon weiß, dass er zu ihm aufschaut. Dann kam Noire. Ich glaube, Gideon hat sie interessant gefunden, seit er sie mit dem Bogen gesehen hat. Noire hat einen Teil der Mauer so still eingerissen, dass Gideon die Steine nicht hat fallen hören.« Ein See aus Tränen, der jeden Augenblick überlaufen wird hat sich in ihren Augen gebildet. Mit zitternden Knien schließe ich die Lücke zwischen Beatrice und mir. »Erst als Noire verletzt war, ist ihm das aufgefallen und er hat sich wieder vor ihr verschlossen.« Eine einzelne Träne löst sich aus ihrem Augenwinkel und rinnt Beatrice' Wange hinab. Ich fange den Tropfen mit der Fingerspitze auf, als könnte ich Beatrice so ihren Schmerz nehmen. »Ich kann Gideon nicht hassen, obwohl es manchmal einfacher wäre. Genauso wie es einfacher ist, eine Maske aus Stahl zu haben und dem Feuer fernzubleiben, statt sich ihm zu nähern.« Sie kommt einen Schritt näher zu mir – unsere Schultern berühren sich beinahe – und atmet durch. »Ich hoffe, Gideon sieht ein, dass es nichts Schlechtes ist, einen Menschen an sich heranzulassen, sonst verschließt er sich auch vor Glück und Freude.«

Beatrice hat eine Last auf meinen Schultern abgelegt, aber als ich ihren Blick festhalte wird mir klar, dass ich sie gerne mit ihr gemeinsam trage. »Deine Worte sind bei mir sicher. Wenn Noire und Gideon sich beruhigt haben, wird er ihr das hoffentlich selbst erzählen, dann klären die beiden das. Wir beide hatten einen holprigeren Start als Gideon und Noire«, sage ich

nach einer Atempause. »Trotzdem hast du mir all das anvertraut.«

Beatrice streichelt ein letztes Mal das goldene Fell ihres Wallachs, dann wendet sie sich mir zu. »Es gibt wohl wirklich eine Person, bei der ich mich genauso sicher fühle wie bei meinem Pferd«, erwidert sie mit einem Lächeln.

Ihre Worte und ihr Lächeln dringen warmem Sonnenlicht gleichend in mein Herz. Einen Atemzug lang halte ich ihren Blick fest, intensiv wie eine Umarmung … bis meine Fingerspitzen zucken. Ich möchte Beatrice berühren, weiß jedoch nicht, wie und ein kleiner, zittriger Teil meines Herzens schreckt davor zurück.

Mit angehaltenem Atem breche ich den Blickkontakt und atme aus, als mir etwas einfällt. Ich spüre Königin Enyas Tagebuch schwer wie Blei in der Innenseite meiner Jacke wiegen. Es ist Zeit, die Gegenwart zu verlassen und sich mit der Vergangenheit zu beschäftigen. So kann ich Beatrice auf andere Gedanken bringen.

»Ich muss mir Königin Enyas Tagebuch vornehmen«, beginne ich, hebe den Kopf und schaue Beatrice fest in die Augen, »und würde dir gerne daraus vorlesen. Gemeinsam finden wir vielleicht Hinweise auf die Heilkräfte.«

Beatrice verlagert ihr Gewicht auf einen Fuß. Sie presst ihre Lippen fest zusammen. »Es macht dir nichts aus, mir vorzulesen?«

»Nein«, entgegne ich mit sanfter Stimme. »Zu zweit fallen uns sicher mehr Informationen auf.«

Beatrice wirft ihrem Wallach einen schnellen Blick zu, als warte sie auf Bestätigung. Ihre Körperhaltung entspannt sich. »Einverstanden«, sagt sie, verabschiedet sich von ihrem Wallach und folgt mir aus dem Frachtraum.

Drückende Mittagshitze begrüßt uns an Deck. Eine Erinnerung an unseren Auftrag und daran, dass unser Feind überall lauert. Als Beatrice mich fragt, ob wir uns an die Reling setzen wollen, schaue ich sie fragend an. Lachend erklärt sie mir, dass sie damit die weißen Stützen meint, welche den Rand des Schiffs bilden. Davor steht eine Bank aus schwarzem Holz, auf der wir uns niederlassen. Der vom Lobeliensee zu uns wehende Wind kämpft einen ungleichen Kampf gegen die Mittagshitze und spielt mit meinem Haar. Nachdem wir uns gesetzt haben, hole ich Königin Enyas Tagebuch aus der Innenseite meiner Jacke. Sachte, um den alten Einband nicht zu beschädigen, welcher in der Sonne aus purem Kristall scheint, schlage ich das Tagebuch auf.

Beatrice senkt den Blick. »Mir hat noch nie jemand vorgelesen, nicht einmal meine Mutter. Sie hat Gideon zuhause unterrichtet. Ich habe ihren Unterricht abgelehnt, und wollte nicht, dass sie herausfindet warum.« Sie hebt den Kopf. Ihre Pupillen huschen hin und her, auf der Suche nach etwas, bis ihr Blick mit meinem verschmilzt. »Glaubst du mir, wenn ich sage, dass Buchstaben und Wörter vor meinen Augen die Plätze tauschen?«

»Natürlich glaube ich dir.« Mein Blick hält ihren fest, während ich aus dem Augenwinkel ihre zitternden Finger betrachte. »Es bedeutet mir viel, dass du mir das anvertraust«, schließe ich mit bitterem Geschmack auf der Zunge. Beatrice hat mir zahlreiche Seiten aus dem Buch ihres Lebens gezeigt, die ich lesen darf. Für sie bleibe ich, was meine Vergangenheit angeht, eine leere Seite. Sie fragt nicht nach, als wüsste sie, dass andernfalls etwas für immer zerbricht.

Beatrice' Blick wird weich und ihre Augen funkeln, ihre Suche ist erfolgreich gewesen. »Wörter und ich haben uns nie gut verstanden. Ich habe spät sprechen gelernt und lange gebraucht, Wörter so auszusprechen wie meine Mutter es vorgemacht hat oder Wörter Gegenständen zuzuordnen. Deshalb hatte ich nie den Wunsch, Lesen und Schreiben zu lernen.« Sie zwirbelt eine Haarsträhne um den Finger, um ihren unruhigen Händen etwas zu tun zu geben. »Als ich Mutter und Gideon dabei beobachtet habe oder wenn ich ein Etikett auf einer von Mutters Heilsalben gesehen habe, sind die Wörter nicht an Ort und Stelle geblieben. Nach einem Blinzeln stand ein neues Wort an derselben Stelle.« Ein Zucken geht durch ihren Körper, sie rutscht an den Rand der Bank und richtet sich gerade auf, um es zu überspielen. »Das ist der Grund, wieso ich es nie lernen wollte. Erika hat meine Ausbildung trotzdem übernommen und mich später offiziell zu ihrer Sekundantin gemacht. Die Angst, dass mir Wörter statt Schwerter eines Tages das Genick brechen, bleibt.«

Zuerst ist es der Flügelschlag eines Schmetterlings, dann ein Sturm in meinem Inneren, der mich die Hand nach Beatrice ausstrecken lassen möchte. Wie würde sich ihre Hand, die von Arbeit gezeichnet ist in meiner anfühlen? Da ich Königin Enyas Tagebuch in den Händen halte, kann ich Beatrice nicht berühren. »Das wird nicht passieren, du hast deine Schwäche längst zu deiner Stärke gemacht«, erwidere ich. »Ich kenne niemanden außer dir, die in jeder Situation die richtigen Worte findet.« Ich schaue ihr fest in

die Augen. »Wenn ein Sturm über dir aufzieht, lenkst du ihn zu deinem Vorteil, und das ist wahre Stärke.«

Erst spiegelt sich Unglaube in ihren Augen, dann zucken ihre Mundwinkel nach oben und meine tun dasselbe. »Wenn es mir das nächste Mal schlecht geht, gehe ich vielleicht nicht als erstes zu meinem Pferd.«

Ich grinse und beginne, ihr aus dem Tagebuch vorzulesen, während mich das dumpfe Gefühl aus den Stallungen wie ein Windstoß trifft. Beatrice hält ihre Hand in eine rotgoldene Flamme und ich hindere sie nicht daran. Hoffentlich löscht ein Sturm die Flammen aus, bevor es zu spät ist. Mein Leben lang habe ich mich für ein Monster gehalten. Erst in diesem Augenblick hasse ich mich und wünschte, meine eigene Magie könnte mich verbrennen.

Neunundzwanzig - Netz aus Lügen

Auf dem Schiff haben wir schnell eine Routine gefunden, die mich den Gedanken ans tiefe Wasser unter mir vergessen lässt. Neben Essen und Schlafen sind meine Magie und Königin Enyas Tagebuch die wichtigsten Aktivitäten auf meiner Liste.

Praktische Übungen außer Blätter verdorren lassen hat mir Iris auf engem Raum nicht erlaubt. Schnaubend ergrünt Eden meine Blätter wieder und lässt Früchte, die wir als Proviant dabeihaben, wachsen. Ihre Magie strahlt Wiederaufbau aus, meine Zerstörung und ich weiß, gemeinsam können wir etwas zur Ordnung beitragen. Für den Weg zum Herbstkönigreich verspricht mir Iris forderndere Übungen, weil meine Konzentration mit jedem Training geschult wird und ich bereit dafür bin.

Vor und nach dem Training lese ich Beatrice aus Königin Enyas Tagebuch vor. Noire habe ich angeboten, sich dazuzusetzen. Sie hat abgelehnt, weil sie die Vergangenheit zu sehr aufwühlt. Die meiste Zeit auf dem Schiff verbringt sie mit Schlafen, auch als Tia uns versichert, dass sie das Schlimmste ihrer Gehirnerschütterung überstanden hat. Ob ihr Rückzug und ihre Unterlippe, in deren blassem Rosa sich permanente Bissspuren abzeichnen, meine Freundschaft mit Beatrice oder ihren Streit mit Gideon als Auslöser hat, möchte Noire mir nicht sagen. Ich verbringe jeden Augenblick, der nicht meinem Training oder dem Tagebuch gilt, mit ihr und hoffe, mir gelingt es, zwei Freundinnen zu haben, ohne eine von ihnen zu vernachlässigen. Gideon hat am Abend des Streits versucht mit Noire zu sprechen, sie wollte nicht reden. Daraufhin habe ich ihm gesagt, er soll ihnen Zeit geben. Noire, um ihre Wut loszulassen und sich selbst, um sich darüber klar zu werden, ob er bereit ist, seine Mauer für Noire einzureißen. Mit seiner Schwester geht Gideon nicht anders um als vorher und umgekehrt. Mit dem Unterschied, dass Beatrice ihn vermehrt auf Noire anspricht. Ilias hat mir verraten, dass die beiden sich nach jedem Streit so verhalten.

Obwohl es nicht mein Streit ist, verschleiert er wie dunkle Wolken meine Gedanken. Sonnenstrahlen, welche diese durchbrechen, haben Beatrice und ich in Königin Enyas Tagebuch kaum gefunden. Nach jedem Eintrag habe ich die brauchbaren Informationen – vorher bekannte und neue – niedergeschrieben. Das Winterkönigreich lebte, als ärmstes der vier Jahreszeitenkönigreiche, vom Export von Fischen. Für weitere Lebensmittel und Rohstoffe war es auf den Import angewiesen, vor allem weil Schneestürme die Städte regelmäßig heimgesucht haben. Die weitere Erschließung des Eismeers und der Bau einer königlichen Flotte waren vor dem Fall der Königreiche geplant. In den Archiven gibt es Schriften in einer unbekannten Sprache, die auf eine vergessene Zivilisation oder einen Nachbarkontinent hindeuten. Vor Einbruch des ewigen Sommers gab es ein Handelsabkommen zwischen den Jahreszeitenkönigreichen, weil sie im Export und Import voneinander abhängig waren. Das Abkommen hat Heiratsallianzen nichtig gemacht. Bei externen Konflikten fanden Anhörungen mit Repräsentanten aus allen vier Königreichen statt, für interne Konflikte war die eigene Verfassung zuständig. Niemand wusste, was geschieht, wenn sich die Arten der Jahreszeitenmagie in den Blutlinien vermischen. Welche Magie dominant vererbt wird, wenn beide Elternteile eine andere Art in sich tragen, ist bis heute ein Rätsel. Magie kann in der Vererbung Generationen überspringen. Dass sie mehr als zwei überspringt, ist unwahrscheinlich – dieses Wissen zeichnet neue Bilder des Schreckens in meinen Albträumen ... zwei Generationen bedeutet, meine Großeltern, die ich nie kennengelernt habe, ... das kann nicht stimmen, König Ignatius hätte niemals eine Frau aus einer Familie mit nachweislich magischem Blut geheiratet. Einige Magier waren Teil der königlichen Garde. Auch über die Wächterinnen habe ich Informationen gefunden. Nach dem Tod einer Wächterin wurde ihre Nachfolgerin geboren und zum Jahreszeitensiegel gebracht, das im Wechsel in den Palästen aufbewahrt wurde. Die magische Energie bleibt darin gespeichert, weil die Wächterin ihre Magie darin bindet. Deshalb stirbt sie nicht mit der Wächterin, sondern wenn man das jeweilige Juwel entfernt. Deshalb funktioniert das Jahreszeitensiegel mit drei Wächterinnen vermutlich nicht, ein neues Ungleichgewicht würde unter Umständen den Kontinent heimsuchen. Dieses Wissen ist ein Abgrund auf unserem Weg, den wir nicht überwinden können. Beatrice und ich sind uns einig, dass wir auf drei Wächterinnen bauen und das Beste hoffen müssen. Wenngleich das Winterkönigreich so ein ewiger Schatten seiner früheren Pracht bleibt.

Ich kann die Liste auswendig wie die jährlich gleichen königlichen Reden zur weißen und schwarzen Nacht. In meinem Kopf formen sich die Worte zu einer schiefen Melodie. Hören kann ich den fehlenden Ton, der sie wohlklingend macht, trotz meiner Anstrengung nicht.

Gestern während des Einbruchs der Nacht haben Beatrice und ich die Liste dem Rest der Gruppe gezeigt. Eden ist ernüchtert, nichts Brauchbares über die Heilkräfte herausgefunden zu haben. Noires Vorschlag ist daraufhin, das Tagebuch im Fluss zu versenken und die Vergangenheit ruhen zu lassen. Ich beharre darauf, es zu behalten, um den stillen Ton womöglich zu vernehmen und die Melodie zu vervollständigen.

Vor allem das Wissen, dass alles umsonst sein könnte, weil Wintermagie ausgestorben ist, verfolgt mich bis in meine Albträume.

Auf Schnees Rücken entkomme ich dem Gefühl, eingesperrt zu sein, das auf dem Schiff meinen Atem kurz macht und meine Nächte mit Albträumen füllt. Mit meinen Haaren spielender Wind erinnert mich an die neu gewonnene Freiheit. Die Angst vor Kontrollverlust über das Schiff weht er mit sich fort, während wir den Fluss begleitet vom Zwitschern in den Baumkronen versteckter Vögel hinter uns lassen.

Vom Gebirge, welches das Herbstkönigreich beheimatet, sind wir noch weit entfernt. Unser erstes Ziel ist es, Lager zu besuchen und neue Verbündete für uns zu gewinnen, die bei der Suche nach der letzten Wächterin helfen. Die Stelle, an der das Schiff angelegt hat, damit wir unseren Ritt fortsetzen, habe ich ausgewählt, weil wir schon heute ein Lager erreichen könnten, wenn ich die Entfernung richtig abgeschätzt habe.

In diesem Teil des Waldes ist das Gras vergilbter und erinnert an Heu. Große Vögel mit braunweißem Gefieder beobachten uns von den Baumkronen aus, Schnees Ohren drehen sich in alle Richtungen, als müsse sie sich auf Gefahren vorbereiten. Statt bunter Beeren säumen Brombeersträucher den Weg, in der Ferne plätschert der Fluss durch grünes Moos als einziger Farbtupfer in dieser trostlosen Gegend.

»Vor uns hört der Pfad auf und wir kommen auf eine Lichtung«, reißt mich Beatrice aus meinen Gedanken.

Innerlich verfluche ich die Karte, weil die Wege innerhalb des Waldes nicht eingezeichnet sind. Wir reiten auf Gutglück nach Nordosten. Wohlwissend, dass sich in der Nähe eins der zwölf ursprünglichen Lager befindet. Hört der Weg auf, müssen wir umkehren und einen neuen suchen. »Führt kein Weg von der Lichtung herunter?«

Beatrice schüttelt den Kopf. »Bisher sehe ich keinen.«

Auch vor mir lichtet sich der Wald und ich schließe zu Beatrice' Palomino auf.

Wenige Augenblicke später sind Noire und Donna auf meiner anderen Seite. »W-Was ist d-das?«

»Eine Lichtung«, schnaubt Eden. »Das seht ihr.«

»D-Das habe ich n-nicht gemeint.« Noire deutet erst nach vorne, anschließend hinter uns. »Ich m-meinte, w-wieso hier e-eine Lichtung i-ist, wenn d-dort vorher e-ein Weg war?«

»Finden wir es heraus.« Edens schwarzweiß gescheckte Stute galoppiert an und zieht an der Gruppe vorbei. Am Rande der Lichtung wird sie vom Schwarzgrün der Bäume verschluckt. Entweder sie reitet blindlings ins Dickicht oder es gibt einen versteckten Weg.

Ich presse meine Schenkel in Schnees Rumpf und galoppiere zeitgleich mit Beatrice und ihrem Palomino an. Im Vorbeireiten sehe ich links verschwommene Brombeerhecken und Himbeerbüsche. Noire schließt mit Donna links neben mir auf und versperrt mir die Sicht auf die Hecken, bevor ich ausmache, ob sie von Menschenhand gepflanzt wurden oder nicht. Ein breiter Pfad tut sich vor uns auf wie die Einladung in ein Lager. Finden wir heute neue Verbündete?

Plötzlich prescht Eden auf ihrer Stute aus dem Gebüsch. Weder sie noch wir parieren schnell genug durch. Schnee steigt und ich muss mich an ihrer Mähne festhalten, um nicht herunterzufallen. Beatrice hängt mit einem Fuß auf dem Rücken ihres Palominos und schafft es, sich wieder hochzuziehen. Noire und Eden haben weniger Glück. Edens Stute knickt mit den Vorderbeinen ein, sodass ihre Reiterin eine Rolle über ihren Hals hinweg macht. Donna steigt und Noire kann sich nicht halten. Sofort bleibt die schwarze Stute neben ihrer abgeworfenen Reiterin stehen.

Mein Herz rast wie Edens Stute, die uns allesamt über den Haufen gerannt hat. Ich möchte abspringen. Da zieht sich Noire an Donnas Zügeln in eine stehende Position und fängt meinen Blick auf. »N-Nichts passiert.«

Meine Muskeln spannen sich an. »Bist du dir sicher?«

Noire nickt. Behutsam klopft sie den Hals der besorgt dreinblickenden Stute. »Donna i-ist a-auch nichts passiert.«

Hinter mir fragt Gideon, ob es allen gutgeht. Ich weiß wen er meint, fange seinen Blick auf und forme ein ›Ja‹ mit den Lippen. Daraufhin entspannt sich seine Körperhaltung. Vorher sah er aus, als wolle er von seinem Pferd abspringen und zu Noire rennen.

Tia ist von ihrem Braunen abgesprungen, um zu ihrer Schwester zu eilen. Auch diese ist wieder auf den Beinen.

Iris rümpft die Nase. »Was sollte das, Eden?«

Eden ist außer Atem. »Ich habe etwas entdeckt. Ihr müsst das sehen, jetzt sofort.«

»Hast du ein Lager gefunden?«, fragt Beatrice.

»Ja.« Eden wippt auf den Fußballen. »Hinter den Bäumen ist es.«

Ilias' Stirn legt sich in Falten, dann verdreht er die Augen. »Haben die Bewohner nicht bemerkt, dass du wie vom Blitz getroffen davon galoppiert bist?«

Eden schüttelt den Kopf. »Ihr müsst es sehen. Ich kann das nicht erklären.«

Wie Schatten, die von Licht angezogen werden, rücken die Brombeerhecken am Rand der Lichtung näher zu mir. Die Beeren auf den Zweigen schimmern im Sonnenlicht wie getrocknetes Blut. Rasch wende ich den Blick fort, sitze von Schnees Rücken ab und vergewissere mich ein zweites Mal bei Noire, ob alles in Ordnung ist. Weil sie nicht blutet und keinen Riss in der Kleidung hat, glaube ich ihre bejahenden Worte. Auch den Pferden fehlt auf den ersten Blick nichts Ernstes. Beatrice' Palomino trippelt hektisch auf der Stelle, während sie ihm Mut zuspricht, und Schnee legt beim Anblick von Edens Stute die Ohren an.

Gemeinsam gehen wir den Pfad entlang. Dabei übernimmt Eden gemeinsam mit Tia die Führung. Weil beide kleiner sind als ich, sehe ich den Pfad deutlich vor mir. Als sich dahinter das Lager vor uns auftut, ist mir, als würde ich in einen klirrend kalten See fallen.

»Was zum –« Beatrice' Frage endet mit einem scharfen Atemzug. Ihr

Blick zuckt zu ihrem Bruder, der das Kinn reckt, als könne er die Zerstörung vor uns auf diese Weise nicht sehen.

»Es ist nicht das erste zerstörte Lager.« Gideons Finger zittern, dankbar für die Ablenkung richtet er seine volle Aufmerksamkeit auf seine Schwester. »Und sicher nicht das letzte.«

»Eden«, Ilias' Blick wirft Dolche in Richtung des Mädchens, »waren das deine Wölfe?«

»Was?« Eden reißt die Augen auf. »Natürlich nicht!«

»Ich habe dir gesagt, du sollst das Armband nicht für immer abnehmen«, setzt Tia an.

»Auf dem Boden ist überall Asche«, bemerkt Iris. »Das kann weder Eden gewesen sein noch waren es Wölfe. Jemand hat die Hütten in Brand gesteckt.«

Eden deutet nach rechts. »Mitsamt der Einwohner.«

»I-Ich g-glaube mir w-wird schlecht«, stammelt Noire.

Ich traue mich kaum, einen Blick nach rechts zu werfen, auf den dort lauernden Schrecken. Wie bei einer Hinrichtung auf dem Scheiterhaufen ist es unmöglich, der Schaulust zu widerstehen. Ich drehe den Kopf und bereue es sofort. Ein Haufen verkohlter Knochen, an denen vereinzelt angesengtes Fleisch hängt, ist am rechten Rand des Lagers aufgebahrt. Die Menschen, denen diese Knochen gehört haben, sind nicht zu identifizieren. Galle sammelt sich in meinem Mund und ein Strick legt sich um meine Brust.

Schweigend gehen wir tiefer ins Lager. Zwischenzeitlich finden wir weitere Leichen auf dem Boden. Irgendwann wird der Anblick normal, eine abschottende Wasserblase umfängt mich.

Noire klammert sich fest an Donnas Zügel, bis ihre Finger bluten und geht so schnell, dass sie bald einige Schritte von uns entfernt ist. Mit Schnee am Zügel kann ich schlecht ihre Hand nehmen. Vor allem nicht, seit die weiße Stute schlecht auf andere Pferde zu sprechen ist.

Vereinzelt finden wir Waffen oder Kleidungsfetzen auf dem Boden, an einigen kleben Fleisch und Knochen. Der Geruch nach verbrannter Haut ruft mir Lucius' Gesicht ins Gedächtnis. Magensäure kriecht meinen Hals hinauf und flutet meinen Mund. Ich wage nicht, mich vor allen zu übergeben und schlucke die ätzende Flüssigkeit herunter.

»So viel zu unserem Plan, Lager zu besuchen und neue Verbündete zu

gewinnen.« Beim Sprechen ist Iris' Blick zum Horizont gerichtet, ihre Hände sind zu Fäusten geballt und ich glaube, sie für einen Augenblick aufglimmen zu sehen wie zwei kleine Flammen.

Tias Augen sind glasig. »Wer tut so etwas?«

Noire dreht sich zu uns um. Die Hand, welche nicht Donnas Zügel umklammert wie ihren Lebensfaden, hat sie hinter ihrem Rücken versteckt. Ihr Auge glitzert nass. »Das kann i-ich beantworten.« Als sie meinen Blick auffängt, kenne ich die Antwort. Mein Herz scheint zu Asche zu zerfallen, denn atmen kann ich nicht mehr. »Ich fand d-da drüben d-die.« Sie holt die Hand hinter ihrem Rücken hervor und hält eine Flagge hoch, welche das Wappen des Sommerkönigreichs ziert.

Ein rotgoldener Strudel legt sich über die verkohlten Überreste des Lagers. Er dreht es im Kreis, während die Erdanziehung mich am Boden gefangen hält. Ich trage eine Maske und bin für den Rest der Gruppe Ruby, ein Flüchtlingsmädchen, in deren Inneren ein Monster haust. Der Prinzessin, die ihre Haut teilt, kann ich nicht entkommen. Jenes Monster, das sie mit ihrer Flucht freigelassen hat, wütet wie ein Feuersturm über dem Kontinent. Zerstörte Hütten und verbranntes Fleisch Unbekannter sind der Anfang. Jeder, der ihre Lügen glaubt, bekommt eine Zielscheibe auf die Stirn gemalt. Wenn ich vor meinem Schicksal als Wächterin und meiner Magie nicht fliehen kann, ist eine Flucht vor meiner Herkunft ebenso unmöglich.

»Was macht das Sommerkönigreich in diesem Teil des Waldes?« Iris' Worte lenken meine Sinne auf das Jetzt.

Gideons Augen ruhen auf seiner Schwester. »Es gibt leichtere Opfer«, sagt er mit erstickter Stimme.

»Hör. Sofort. Auf.« Beatrice presst jedes Wort einzeln zwischen zusammengebissenen Zähnen hervor. Blut rinnt aus ihrem Mundwinkel und tropft von ihrer Hand in die Asche. Sie muss sich in die Hand gebissen haben. Ihr Anblick zerreißt etwas in mir. Meine Schuld, die Worte hallen in meinem dröhnenden Kopf wider. »Ja, unser Lager ist das leichtere Ziel. Dennoch wurden wir nie angegriffen, außer wir haben das Sommerkönigreich betreten. Dieses Lager muss etwas getan haben, das die Bosheit des Sommerkönigreichs auf sich zog.«

»Und wie?« Eden verschränkt die Arme vor der Brust. »Bei den vielen Tagesritten Entfernung.«

Beatrice' Gesicht läuft rot an und ihre Nasenflügel beben. Gideon packt sie am Oberarm, damit sie nichts Unüberlegtes tut.

Ilias nähert sich Beatrice und Gideon auf leisen Sohlen. Als sie ihn bemerken, flackert Schmerz in ihren Mienen auf. Gideon lässt seine Schwester los, streckt eine Hand nach Ilias aus und legt ihm einen Arm um die Schultern.

Ilias lehnt sich in die Umarmung. Als er spricht, ist seine Stimme kraftlos. »Kann es sein, dass das Sommerkönigreich das selbe Ziel wie wir hat?«

»Wieso sollte das Sommerkönigreich ausgerechnet jetzt nach den Wächterinnen suchen?«, fragt Eden.

Tia schaut zu mir. »Wurdet ihr bei eurer Flucht aus Felione gesehen?«

Mein eigenes Blut läuft meine Hände hinab, genauso gut könnte es das Blut der Einwohner dieses Lagers sein. »Ich habe auf unserer Flucht jemanden mit meiner Magie getötet.« Etwas in mir zerspringt, als ich die Lüge ausspreche. Welche Wahl habe ich? Die Wahrheit wäre in diesem Moment mein Tod. »Einen Soldaten, aus Versehen. So habe ich meine Magie entdeckt, weil er mich angegriffen und«, Ich taste nach meinem Rubin und presse ihn in die Lücke zwischen meinen Schlüsselbeinen, sodass mir die Luft wegbleibt, »mir den Rubin vom Hals gerissen hat.« Zum ersten Mal gibt mir der Anblick von Asche und Knochen Halt. Das Zeichen, dass er tot ist und nicht dort, wo das Lager den Wald berührt, auf mich lauert. »Danach sind wir geflohen. Ob uns jemand gesehen hat«, Ein Schluchzen dringt aus den Tiefen meiner Kehle, »weiß ich nicht.«

Iris drückt Tia die Zügel ihres Pferdes in die Hand. Bedächtig geht sie auf mich zu, ihr Griff an meiner Schulter ist fest, ihr Blick ein weicher Kontrast dazu. »Selbst wenn euch jemand gesehen hat, ist die Zerstörung dieses Lagers nicht deine Schuld. Du kannst dir nicht an allem die Schuld geben und alle Lasten des Kontinents auf deinen Schultern tragen.« Erst als ich benommen nicke, spricht Iris weiter. »Falls euch jemand gesehen hat, wie wahrscheinlich ist es, dass die Person das Mal in deinem Auge gesehen hat und wusste, worum es sich dabei handelt?«

»Nicht sehr wahrscheinlich«, bringe ich über meine zitternden Lippen.

»Du hast gesagt, die Zustände im Sommerkönigreich verschlechtern sich«, fährt Iris fort. »Vielleicht sucht deshalb ein Trupp unabhängig von eurer Flucht nach den Wächterinnen oder einer anderen Hilfe fürs Sommer-

königreich. Die Versorgungssituation kann dort nicht viel besser als in den Lagern sein. Es ist eine Frage der Zeit bis der ewige Sommer uns in den Tod reißt, nicht nur wir sind zum Handeln gezwungen.«

»Wir müssen herausfinden, was vor sich geht.« Meine Finger, die Schnees Zügel festhalten, flattern wie unbeholfene Flügel eines jungen Vogels.

Beatrice nimmt rasche Atemzüge und strafft die Schultern. »Es gibt nur einen Weg, die Absicht des Sommerkönigreichs mit Sicherheit zu erahnen.« Sie schwingt sich in den Sattel ihres Wallachs. »Wir müssen schleunigst ein zweites Lager aufsuchen.«

Gideon schüttelt den Kopf. »Nicht in unserem jetzigen Zustand.« Er drückt Ilias enger an sich, seine freie Hand ist zur Faust geballt. »Wir reiten ein Stück fort, schlagen unser Nachtlager auf und gehen morgen auf die Suche nach Antworten.«

Beatrice blickt auf der Suche nach Bestätigung zu mir.

Meine Glieder fühlen sich flüssig wie das Blut zu meinen Füßen an. Ich schaue von Beatrice zu Noire und lese in ihrer Miene das, was ich fühle. Wir müssen uns ungestört unterhalten. »Wir machen das, was Gideon sagt«, entscheide ich.

Obwohl Beatrice eingewilligt hat, dass wir schnell unser Nachtlager aufschlagen müssen, reiten wir, dem Stand der hinter den Bäumen verborgenen Sonne nach zu urteilen, eine endlose Stunde durch den Wald. Schließlich finden wir direkt am Fluss eine Lichtung. Das Gras ist vergilbt, weil keine Bäume da sind, um es vor der roten Sonne zu beschützen. In stiller Übereinkunft binden wir die Pferde am Flusslauf an, damit sie essen und trinken können. Dann bauen wir gemeinsam die Zelte auf. Niemand scheint gewillt, sich von der Gruppe wegzubewegen. Wer weiß, wer im Dickicht auf uns wartet? Kein Wolfsgeheul, sondern im Sonnenlicht tödlich aufglimmende Schwerter und rotgoldene Uniformen, die unseren Tod bedeuten. Immer wieder rutschen mir die Heringe beim Zeltaufbau aus den schweißnassen Fingern, mein Herz pocht so laut, dass es den Vogelgesang, der tödlichem Abgesang gleicht, übertönt. Als unser Zelt steht, sage ich den anderen, dass Noire und ich uns ein Stück Flussabwärts waschen, gehen wollen. Beatrice fragt, ob sie mitkommen soll, was ich verneine.

Außer Sichtweite der anderen suchen Noire und ich uns einen umge-

stürzten Baumstamm, der wie eine kleine Brücke über dem zunehmend schmaler werdenden Fluss liegt. Darauf lassen wir uns nieder. Eine Last fällt von meinen Schultern ab, als sich Noire an mich lehnt und meine Hand nimmt.

Ihre Muskeln spannen sich an, sie betrachtet unser Spiegelbild im Wasser. »S-Sucht d-dieser Trupp nach dir?«

Der Gedanke hat auch mich wie ein hungriger Wolf zerfressen, seit wir aus dem zerstörten Lager aufgebrochen sind. Iris' Worte haben die Wunde, welche er aufgerissen hat, verschlossen wie ein goldener Faden. »Würde er nach mir suchen, wäre er spätestens zwei Tage nach uns in Nurias Lager gewesen.«

Noire atmet hörbar auf, wendet sich von unserem Spiegelbild ab und blickt mit zusammengezogener Augenbraue zu mir. »Warum ist er d-dann hierher g-gekommen?«

»Ich bin mir nicht sicher.« Meine freie Hand balle ich zur Faust. »Sicher weiß ich, die Zerstörung trägt die Handschrift des Königs. Es könnte um die Wächterinnen gehen oder um Abgaben von einem anderen Ort auf dem Kontinent.« Ich löse die Faust und bohre meine Fingernägel in die Handflächen. »Seit ich weiß, dass König Ignatius mich nicht getötet hat, obwohl er sofort gesehen hat, was ich bin, kann ich seine Pläne und Vorhaben nicht mehr einschätzen.«

Noire öffnet den Mund, es kommt kein Ton heraus, zu japsend sind ihre Atemzüge. Eine Träne rinnt ihre Wange hinab und sie lehnt sich enger an mich.

»Keine Sorge«, sage ich mit fester Stimme, um Noire nicht nur mit meiner Schulter eine Stütze zu sein. »Der Trupp bekommt uns nicht zu fassen. Wenn wir ihm begegnen, seid ihr sechs Kämpfer, die es mit Waffen oder Magie mit ihm aufnehmen können.« Ich sauge scharf die Waldluft ein. »Einen Haken hat die Sache.«

»Die Soldaten k-könnten dich e-erkennen.« Noires Stimme ist angespannt wie ihr Bogen vor dem Schuss.

»Genau.« Ich senke den Blick. »Ich sehe nach den Wochen außerhalb des Sonnenpalastes kein Bisschen wie eine Prinzessin aus.« Ich schaffe es nicht, Luft zu holen. »König Ignatius wird im Sonnenpalast bleiben, da er Königin Anthea niemals die Macht über das Sommerkönigreich übergeben würde,

wenn er abwesend ist. Julius, als Kronprinz und Befehlshaber über die königliche Armee, womöglich nicht, wenn es um einen Auftrag von Wichtigkeit geht.«

»Ist dies der Moment, die Wahrheit zu sagen?«, erkundigt sich Noire. Dann senkt sie den Blick, um dem meinen auszuweichen, als merke sie wie schlecht ihre Idee ist.

Meine Muskeln spannen sich an, ich mahle mit dem Kiefer, bis es schmerzt und schüttle heftig den Kopf. »Heute ist ihre Wut aufs Sommerkönigreich gewachsen. Niemand würde mir zuhören.«

»Woher w-weiß man, w-wann d-der richtige Moment für die Wahrheit i-ist?« Noire schaut mich nicht an. »Ist es nicht z-zu spät, w-wenn man sich z-zu sehr in seinem Netz a-aus Lügen verfangen hat?«

»Es ist nie zu spät, die Wahrheit zu sagen.« Die nächsten Worte sprudeln, wie mit Öl getränktes Feuer aus mir heraus, nachdem ich sie wochenlang verdrängt habe. »Manchmal ist eine Lüge der einzige Ausweg. Ohne meine Identität geheimzuhalten, wäre ich nie bis hierhin gekommen.« Im Flusswasser spiegelt sich Beatrice' Gesicht. Unsere Freundschaft hat gerade zu blühen begonnen. Mein Herz wird schwer, wenn ich daran denke, dass sie, fragil wie eine Mondblume, jederzeit verwelken könnte. »Bevor wir in Felione einmarschieren, muss ich den anderen die Wahrheit sagen. Spätestens.« Der Nachmittagswind ist siedend heiß, dennoch frisst sich Kälte in meine Knochen, bis ich fröstle. »Ob sie mir jetzt, nachdem das Sommerkönigreich ein Lager zerstört hat und«, Ich stocke, »noch mehr zerstören wird und, obwohl alle Menschen auf dem Kontinent denselben Feind haben, verzeihen könnten, weiß ich nicht.«

Tränen laufen über Noires, mir zugewandte Wange. Sie beißt sich auf die Unterlippe, kämpft einen inneren Kampf. »Könntest d-du dir alles, w-was du opfern m-musstest, die Lügen, d-die du erzählt h-hast, verzeihen?«

Meine Hand verkrampft sich so sehr, dass sich Noires Finger blauviolett färben. »Nein«, erwidere ich, in Gedanken bei Beatrice' und Gideons Vater, den ich genauso gut eigenhändig hätte töten können.

Noire richtet sich auf, blinzelt ihre Tränen weg und sagt mit fester Stimme: »Falls die anderen gehen, hast du immer noch mich. Wenn sich das ganze Sommerkönigreich, der ganze Kontinent, von dir abwendet. Wenn die rote Sonne am Himmel verglüht und nie wieder aufgeht, ich bleibe bei dir.«

Meine Dankbarkeit, dass Noire seit vierzehn Jahren an meiner Seite ist und mir beisteht, kann ich nicht in Worte fassen. Statt etwas zu sagen, nehme ich sie fester in den Arm und halte mich an ihr fest, aus Angst, sonst vom reißenden Fluss meiner Schuld davongetragen zu werden.

Eine Weile sitzen wir nebeneinander, in stillem Beistand und mit dem Rauschen der Flusswellen als einzigem Begleiter. Mit einem Blickwechsel geben wir einander, als die Sonne am Himmel tiefer gewandert ist, zu verstehen, dass es Zeit ist, zurück zu den anderen zu gehen, bevor jemand auf falsche Gedanken kommt und fürchtet, dass uns etwas zugestoßen ist. Und so sehr Noires Nähe eine Salbe für die Wunden ist, die mir der Anblick des zerstörten Lagers zugefügt hat, so sehr weiß ich, dass die anderen unseren Beistand ebenfalls brauchen. Wenn wir als Gruppe nicht zusammenhalten, können wir unseren Auftrag nicht ausführen. Zumal dieser nach dem, was wir heute mit ansehen mussten, an Wichtigkeit gewonnen hat. War ich zuvor in dem Glauben, dass sich der Großteil des Sandes in der Sanduhr, welche unsere Zeit misst, in der oberen Hälfte befindet, weiß ich es nun besser. Die Zeit rennt. Wenn unsere dunklen Vermutungen stimmen, fallen die Sandkörner schnell und die Sanduhr ist zerbrechlich wie die Flügel eines Schmetterlings. Heute sei uns eine Pause gegönnt, morgen müssen wir weiter reiten, um baldige Gewissheit zu finden. Der Karte nach zu urteilen, ist das nächste Lager jedoch etwa fünf Tagesritte von unserem jetzigen Standort entfernt, wenn ich die Entfernung auf dem hügeliger werdenden Gelände richtig abschätze.

Mit Noires Hand in meiner verlasse ich den Flusslauf, der einen Teil der Schwärze fortgespült, aber Blut an meinen Händen und unter meinen Fingernägeln zurückgelassen hat. Wäre Noire nicht an meiner Seite, wüsste ich nicht, ob ich den Rückweg schaffen würde. Zu schwer wiegt die Schuld auf meinen Schultern.

Zunächst bemerkt niemand unser Kommen. Tia und Eden sind in ein Gespräch vertieft, genau wie Ilias und Gideon. Iris sitzt abseits der Gruppe, die Augen wachsam abwechselnd auf die Gesprächspaare und die Umgebung gerichtet. Beatrice geht am Rand der Lichtung auf und ab wie eine ruhelose Wölfin, die am liebsten dem nächstbesten Beutetier ihre Reißzähne in den Körper rammen möchte. Ihr Anblick jagt eine Schmerzwelle durch meine Glieder, mein Griff um Noires Hand verstärkt sich. Ich weiß, bei wem Beat-

rice in Gedanken ist. Obwohl Iris gesagt hat, dass ich mir nicht an allem die Schuld geben kann und obwohl ich die Absichten des Sommerkönigreichs nicht kenne, hallen Worte wie Glockenschläge durch meinen Kopf, die meine letzte Stunde ankündigen. *Das ist deine Schuld.*

Plötzlich versteift sich Noires Körper neben meinem. Ihre Finger quetschen mir das Blut ab, meine Finger werden taub. Ich richte meine Aufmerksamkeit in dieselbe Richtung wie sie. Gideon ist von seinem Platz auf der Lichtung aufgestanden, Ilias steht wie sein Schatten einige Schritte abseits von ihm.

»Noire.« Gideon tritt von einem Fuß auf den anderen. Seine Stimme zittert vor Anspannung. »Ilias und ich waren lange nicht mehr jagen.« Er schluckt. »Seit dem Vorfall mit den Wölfen. Das wollten wir heute ändern und«, Noire hält neben mir den Atem an, während Gideons grüne Augen nicht unergründlich, sondern ein offenes Buch sind, »ich weiß, du magst Jagen nicht. Du musst nicht mitkommen, wenn du keine Lust hast. Aber«, Bedächtig macht er einen Schritt auf sie zu, »du bist die Treffsicherste von uns und warst bei der einen Unterrichtsstunde, die wir hatten, eine gute Lehrerin.« Mit zitternden Fingern fährt er sich durchs Haar. »Ich weiß, dass ich einiges gutmachen und mir etwas einfallen lassen muss, aber vielleicht ist das ein Anfang.« Er senkt den Kopf. Seine Schultermuskeln spannen sich an, dann finden seine Augen Noires wieder. »Und du bist mir nicht egal, das solltest du wissen.«

Zunächst halten ihre Blicke einander fest, dann schaut Noire mich an und beißt sich auf die Unterlippe. Statt etwas zu sagen, lasse ich ihre Hand los und nicke ihr, für Gideon hoffentlich unsichtbar, zu.

Sie atmet auf, dann wendet sie sich von mir ab und ihr Blick findet Gideons wieder. »Es ist ein Anfang«, bestätigt sie seine Worte von vorher mit fester Stimme. Im selben Moment, als sie die Worte ausspricht, entspannt sich Gideons Körperhaltung, als wäre eine tonnenschwere Last von ihm abgefallen. Hoffentlich weiß er, dass es weitere Lasten gibt, die er ablegen muss, damit zwischen Noire und ihm alles funktioniert. Dennoch formt sich der Hauch eines Lächelns auf meinen Lippen, flüchtig wie die letzten Sonnenstrahlen vor Einbruch der Nacht, als Noire, Gideon und Ilias zum Waldrand aufbrechen. Ehe sie verschwunden sind, wirft Noire einen letzten Blick über die Schulter, um sich zu vergewissern, dass ich klarkomme. Ich nicke ihr stumm zu und sie wendet sich ab.

Erst als die drei von den Bäumen verschluckt werden, wird mir mit pochendem Herzen bewusst, dass ich nicht weiß, ob ich klarkomme. Beim Gedanken daran, meine Magie zu trainieren, geht der Wald um mich herum hinter meinen geschlossenen Augenlidern in Flammen auf. Kontrolle und Konzentration sind zwei Dinge, die mitsamt dem Lager, das wir gefunden haben, zerstört wurden.

Mein Blick findet Beatrice, bevor ich bewusst nach ihr suche. Sie hat aufgehört, auf und ab zu gehen und starrt Gideon, Noire und Ilias hinterher. Ihre Finger sind zu Fäusten geballt und ihre Knöchel aufgeschürft. Blutreste kleben an ihren Händen. Immer wieder verlagert sie ihr Gewicht von einem Fuß auf den anderen.

Am liebsten möchte ich sie in den Arm nehmen und ihr sagen, dass es ihrer Mutter, Erika und ihrem Zuhause gutgeht. Doch in diesem Moment möchte sie keine Umarmung und nicht reden, sondern etwas zu tun haben. Unsicher wie ich ihr eine Ablenkung geben kann, aber gewillt mir etwas einfallen zu lassen, gehe ich auf sie zu.

Beatrice schaut nicht in meine Richtung, ihr Blick bleibt an die Stelle gerichtet, wo Noire, Gideon und Ilias verschwunden sind. »Wieso muss erst etwas Schlimmes passieren, damit sie miteinander sprechen?«

Ich folge ihrem Blick. »Weil ihnen bewusst geworden ist, dass unsere Zeit kostbar ist und wir sie nutzen sollten.«

Sie lässt die Schultern hängen, ihre Augen sind trübe wie eine verschmutzte Seeoberfläche. »Das klingt nicht optimistisch.«

Auf der Suche nach etwas, das den Glanz zurück in Beatrice' Augen bringt, bleibt mein Blick an Schnee hängen, die uns aus sicherer Entfernung beobachtet. Zuerst ist es ein Pinselstrich, dann formt sich ein Bild in meinem Kopf. »Wie klingt das Wort Pferderennen für dich?«

Beatrice wirbelt herum und richtet ihre Aufmerksamkeit auf mich, als hätte ich einen Hebel betätigt, der die Energie in ihren Körper zurückbringt. Ihre Mundwinkel zucken. »Wie etwas, bei dem du verlierst.«

Ich schmunzle und verschränke die Arme vor der Brust. »Ich bin nicht diejenige, die heute beinahe vom Pferd gefallen ist.«

Sie zieht die Nase kraus. »Ich habe mich auf seinem Rücken tapfer gehalten.«

»Das sah für mich anders aus.« Ich lege den Kopf schief. »Du solltest mir

beweisen, wer von uns die bessere Reiterin ist.«

Beatrice macht einen Schritt auf mich zu, zwischen uns ist kaum Platz für einen Atemzug, was meinen Herzschlag beschleunigt. »Du weißt nicht, worauf du dich einlässt.« Ihre Worte hallen auf meinen Lippen nach.

»Du zögerst«, bemerke ich. »Hast du Angst, zu verlieren?«

Für einen Moment schauen Beatrice und ich einander mit herausfordernd funkelnden Augen an. Im Sattel sitzend kann ich den Schrecken des Tages hinter mir lassen. Vor allem beim Gedanken, als Gewinnerin aus dem Wettrennen hervorzugehen, erfüllt mich ein warmes Gefühl.

»Nein, weil du welche haben solltest, Prinzessin.« Beatrice streicht mir eine Haarsträhne aus dem Gesicht. »Wenn du deine Lektion unbedingt lernen möchtest, habe ich nichts dagegen.« Sie wendet sich von mir ab, geht in Richtung der angebundenen Pferde und ich folge ihr. Auf dem Weg spüre ich noch immer ihren Atem auf meinem Gesicht und ihre Finger dort, wo sie meine Wange gestreift und ein angenehmes Kribbeln hinterlassen haben.

Schnee hebt den Kopf und schaut mich fragend mit ihren dunklen Augen an. »Wehe du enttäuscht mich«, flüstere ich ihr ins Ohr und bekomme ein Schnauben als Antwort, das alles bedeuten könnte. Mit Schnee gegen Beatrice zu bestehen, wird nicht leicht. Zwölf Jahre sind sie und ihr Wallach ein Team. Die beiden kennen jede Bewegung des jeweils anderen und verstehen sich ohne Worte. Für mich ist das Pferderennen nicht nur eine Gelegenheit, Beatrice zu zeigen, dass ich die bessere Reiterin bin. Es ist ebenso eine, das feine Band zwischen Schnee und mir zu festigen.

Ich binde die Schimmelstute vom Baum los, an dem wir sie für die Rast angebunden haben, sattle sie stumm und sitze auf. Mit einem Blick über die Schulter vergewissere ich mich, dass Beatrice und ihr Wallach startklar sind. Im Schritt reiten wir von der Lichtung

»Bereit, zu verlieren?«, erkundigt sich Beatrice, als wir auf dem Waldweg angekommen sind.

Ich richte mich gerade im Sattel auf. »Bereit, dir das Gegenteil zu beweisen.«

Beatrice zieht mit den Fingern Kreise auf dem goldenen Fell ihres Palominos. »Das werden wir sehen.«

»Und ob«, versichere ich ihr.

Statt etwas zu erwidern, drückt Beatrice ihrem Palomino die Schenkel in

den Rumpf und lässt ihn aus dem Schritt angaloppieren.

Das lasse ich nicht auf mir sitzen. Schnee steigt, als ich Beatrice' Bewegung imitiere und ich fürchte, sie könnte mich abwerfen. Letztlich galoppiert die Schimmelstute an und wir holen zu Beatrice und ihrem Wallach auf.

Zwar reite ich von Kindesbeinen an, aber ein solches Rennen wäre für mich als Prinzessin weder geduldet noch möglich gewesen. Nun zieht der Wald in seinem Braun und Grün an mir vorbei. Warmer Wind weht mir nicht nur das Haar ins Gesicht, sondern alle negativen Gedanken fort, um ausschließlich einem Gefühl der Freiheit Platz zu lassen.

Ich werfe einen Blick zu Beatrice. Ihre Wangen sind leicht gerötet und ihre grünen Augen funkeln, wie die an uns vorbeiziehenden Baumkronen. Sie bemerkt meinen Blick, und lächelt mir zu. Wärme erfüllt meinen Körper, mir wird schwindelig und ich fürchte, aus dem Sattel zu rutschen. Ich kann nicht aus dem Sattel rutschen, erinnere ich mich selbst. Ich bin vollkommen frei. Ich könnte auf der Stelle fliegen, wenn ich Schnees Zügel loslasse und meine Flügel endlich ausbreite.

Vor uns tut sich eine Weggabelung auf und wir wechseln einen Blick. Das hier ist die Stelle der Entscheidung.

War die Herausforderung für einen Augenblick vergessen, überrollt mich der Drang, mich Beatrice zu beweisen. Statt Schnee zu schnellerem Galopp anzutreiben, gebe ich ihr mit einem leichten Ruck am Zügel zu verstehen, sich zurückzuhalten und lasse Beatrice an mir vorbeiziehen. Erst als sie kurz vor dem Ziel ist, presse ich die Schenkel zu fest in Schnees Rumpf, woraufhin die Stute leise keucht. »Entschuldige«, wispere ich. Trotz der Schmerzen setzt Schnee zu einem so rasanten Galopp an, dass der Wald um mich herum zu einem einzigen Strudel aus Farben wird. Im letzten Moment erblicke ich die Weggabelung und lasse Schnee so ruckartig durchparieren, dass ich beinahe aus dem Sattel geschleudert werde.

»Der Trick hätte von mir stammen müssen.« Beatrice' Wallach kommt neben Schnee zum Stehen. »Ich hätte nie gedacht, dass du gegen mich gewinnst.«

Ich grinse. »Ich habe dich gewarnt.«

»Ich hätte auf dich hören sollen.« Ihre Worte sind abgehackt, weil sie außer Atem ist. Das Funkeln in ihren Augen verschwindet nicht. »Du bist eine ausgezeichnete Reiterin.«

Stolz glimmt in mir auf. Gleichzeitig werden meine Wangen heiß. »Danke«, bringe ich zwischen flachen Atemzügen heraus. Unsere Blicke verschmelzen, die Luft ist elektrisch aufgeladen wie vor einem Gewitter. »Beim nächsten Mal lasse ich dich vielleicht gewinnen«, füge ich hinzu, um die Spannung zwischen uns aufzulösen, obwohl, oder weil, sie mich zunehmend elektrisiert.

»Ich hoffe, es gibt bald ein nächstes Mal.« Beatrice senkt den Blick, die Spannung verschwindet. »Die Pferde sind zu müde für solch ein Wettrennen, wenn sie den ganzen Tag in Bewegung waren.«

Bei ihrem ersten Satz sehne ich mich nach dem Gefühl der Freiheit. Der zweite bringt mich in die Wirklichkeit zurück. »Wir sollten zurück reiten«, murmle ich.

Sie hebt den Kopf und nickt mir stumm zu.

Wir lassen die schweißnassen Pferde in einem gemütlichen Schritttempo den Weg zurück aufnehmen.

Während des Rückwegs sprechen wir über nichts Bestimmtes. Niemand erwähnt das zerstörte Lager, dennoch zieht sich mein Magen zusammen. Ich möchte Beatrice' Augen funkeln sehen … am Ende werde ich der Grund sein, aus dem das Funkeln erlischt.

Dreissig - Blutender Himmel

›Ich tue alles, um meine Magie zu beherrschen. Alles, außer den Rubin abzunehmen‹, sind vor vier Tagen meine Worte gewesen, als ich das Training eingeleitet habe. Der Drang, meine Magie als Waffe gegen die Zerstörung einzusetzen lodert in mir wie eine Stichflamme. Wie viele Lager werden zerstört, wie viele Menschen müssen sterben, bevor ich mein Ziel erreiche?

Viele, wenn ich mein Training nicht ernster nehme. Iris hat sich eine neue Übung für mich einfallen lassen, die auf dem Schiff nicht möglich gewesen ist. Mit ihrer Magie zündet Iris eine Fackel an, ich soll ihre Energie in mich aufsaugen und sie löschen. Zunächst hört es sich einfacher an, als Energie zwischen verschiedenen Materialien, wie einem Nagel und Blättern, zu bewegen. Jetzt, vier Tage später, weiß ich, dass es leichter gesagt als getan ist, die Energie der Fackel aufzusaugen ohne Schaden anzurichten. Bisher hat das Gras zu meinen Füßen jedes Mal gebrannt, wenn sie erloschen ist. Mit den Flammen, die sich durch sein Braungrün fressen, steigt die Wut auf mich selbst und meine Konzentration schwindet. Wenn ich es nicht mit einer Fackel aufnehmen kann, wie soll ich mich König Ignatius stellen?

Heute hat das verdorrte Gras mehrfach gebrannt. Den Geruch nehme ich nicht mehr wahr, er erinnert mich auch nicht mehr an Lucius oder an das zerstörte Lager, ich bin zu abgestumpft. Zu sehr darauf versessen, mein Ziel endlich zu erreichen. Der blöden Fackel den Garaus zu machen, ohne das Gras mit ihr ins Verderben zu reißen.

Wieder sauge ich die Energie in mir auf. Es klappt nicht und das Gras beginnt zu brennen. Nach wenigen Sekunden erlischt das Feuer durch Iris' Magie. Heiße Tränen steigen mir in die Augen. Ich sinke auf die Knie, wo es vor wenigen Sekunden gebrannt hat, und durchbreche den quälenden Kreislauf des Versagens.

Ich blicke hinauf zur brennenden Fackel, deren Anblick meine Atmung beschleunigt, bis Rauch meine Lungen gefangen hält und mich husten lässt. »Ich kann das nicht.«

Iris hockt sich neben mich und legt mir eine Hand auf die Schulter. »Nicht aufgeben.«

»Versuch, deine Wut und die Energie der Fackel nicht miteinander in Berührung kommen zu lassen«, erklingt Edens Stimme hinter mir. »Dann kannst du dich besser konzentrieren.«

»Du schaffst das.« Ich blicke über die Schulter, als ich Beatrice' Stimme höre. »Hock nicht auf dem Boden, als wäre die Krone runtergefallen, Prinzessin. Kopf hoch, dann kannst du es mit der Fackel aufnehmen.« Im Gegensatz zu Noire, der die Fackel Angst macht – was ich ihr nicht verübeln kann – überwacht Beatrice mein Training täglich. Iris beäugt sie dabei argwöhnisch, weil sie sie für eine Ablenkung hält, die ich nicht gebrauchen kann. Jetzt entfachen ihre Worte neues Feuer in mir.

Ich blinzle und wende mich von Beatrice ab. Iris' Hand verschwindet von meiner Schulter und ich wende meine Aufmerksamkeit der Fackel zu. In mir wütet Verzweiflung wie die tosenden Wellen des Lobeliensees am Schiffsrumpf, sodass ich die Energie des Feuers kaum spüre. Als die Fackel erlischt und der Boden nicht brennt, klappt mir der Unterkiefer herunter. »Wie habe ich das gemacht?«

»Deine Emotionen waren stärker als die Energie des Feuers.« Stolz schwingt in Iris' Stimme mit wie eine wohlklingende Melodie. »Deshalb konntest du nicht zu viel von ihr in dir aufnehmen.«

Ich kneife die Augen zusammen. »Heißt das, ich muss verzweifeln, bevor ich etwas richtig mache?«

»Nein, du musst den Einsatz von Magie als etwas Normales ansehen. Wie dein Gesicht waschen oder schlafen«, erklärt Eden. »Weil du nicht so weit bist, waren die Emotionen nötig, um die Energie des Feuers zu überlagern.«

»Werde ich es jemals lernen, so etwas«, Ich deute auf die Asche am Boden, »als etwas Normales anzusehen?«

Beatrice hockt sich neben mich. »Ja«, sagt sie mit fester Stimme, die keinen Zweifel lässt. »Jetzt versuchst du es ein zweites Mal und es wird funktionieren.«

Ihre Worte übertragen ein Bruchstück ihres eisernen Willens auf mich.

Ich straffe die Schultern, dann gebe ich Iris ein Zeichen und wir setzen unser Training fort. Erstaunlicherweise erlöschen die nächsten zehn Fackeln ebenfalls, ohne weiteren Schaden anzurichten. Mit einem warmen Gefühl in der Brust mache ich mich an der Seite der anderen auf, mein Abendessen einzunehmen. Der Gedanke, dass das nächste Lager nicht weit ist und dort Antworten warten könnten, die schmerzhafter brennen als Feuer, ist weit weg wie die am Firmament aufglimmenden Sterne.

Noire fängt meinen Blick auf, als wir uns ihr, Tia, Ilias und Gideon nähern, mit denen sie in der Mitte der Lichtung sitzt. Als sie meinen Gesichtsausdruck sieht, strahlt sie genauso. Obwohl sie sich augenscheinlich für mich freut, bevor ich ihr alles über mein Erfolgserlebnis erzählt habe, zieht sich mein Magen zusammen. Noire hat während unseres Ritts ihre Phasen des wenigen Schlafes. Seit wir das zerstörte Lager vorgefunden haben, geht es ihr schlechter, sie isst kaum und spricht weniger. Mehrmals habe ich ihr versichert, dass sie keine Angst vor Soldaten aus dem Sommerkönigreich haben muss oder sie in stummem Beistand in den Arm genommen. Genützt hat es nichts. Weil es ihr, nachdem wir im Winterkönigreich gewesen sind, ähnlich schlecht ging, hoffe ich, dass sich die Wunden schließen und ein mögliches zweites zerstörtes Lager nicht zu viel für Noire sein wird. Zumal sie eigentlich Grund zur Freude hat, weil sie und Gideon sich wieder annähern. In den letzten Tagen haben die beiden kaum Zeit allein verbracht, wahrscheinlich hat er Angst, sich ihr zu öffnen und sie hat welche, dass er es noch immer nicht kann, aber sie gehen mit jedem Tag unbeschwerter miteinander um. Noire gibt Gideon jeden Abend Übungsstunden im Bogenschießen. Nicht mehr lange, dann wird er Beutetiere ins Auge treffen, sagt sie.

Beim Abendessen erzähle ich Noire von meinem Erfolgserlebnis, ihr Lächeln erreicht ihr Auge nicht. Die Pfefferminzsuppe, die Tia gekocht hat, schmeckt fad. Weil sich mein Magen zusammenzieht, kann ich kaum schlucken. Nach dem Abendessen bitte ich Gideon um ein Wort, was Beatrice und Noire jeweils mit einem Stirnrunzeln kommentieren.

Gideons Augen bleiben auf Noire gerichtet. »Sie redet also auch nicht mit dir.«

Ich lasse die Schultern hängen und schüttle den Kopf. »Nein«, antworte ich. »Ich möchte sie dazu nicht drängen, aber es tut mir weh, sie so zu sehen.«

Er presst die Lippen zusammen. »Ist sie noch wütend auf mich?«

»Nein«, entgegne ich, daran zurückdenkend wie Noire in wenigen Momenten mit Gideon ehrlich gelächelt hat. »Darauf, dass du dich ihr nicht öffnest, kann sie nicht wütend sein, weil sie selbst Schwierigkeiten damit hat.« Mein Blick wandert über den Himmel. Weil ihn keine Baumkronen verdecken, sind die strahlenden Sterne gut zu erkennen, Antworten kann ich in ihren unendlichen Weiten keine finden. »Ich weiß genauso wenig über ihre Vergangenheit wie du. Sie sagt, dass sie sich nicht erinnert.«

Gideon schaut mich eindringlich an, bis ich mich ihm zuwende. Er legt den Kopf schief. »Aber das glaubst du nicht.«

»Doch«, antworte ich mit Nachdruck in der Stimme. Die Sterne formten sich zu Noires Auge bei unserer ersten Begegnung. Sie wusste nicht, wo ihr Zuhause ist, was damit passiert war oder wie sie heißt. Daran hat sich nichts geändert, dennoch zieht sich mein Magen zusammen. »Aber vor seiner Vergangenheit kann man nicht weglaufen. Irgendwann holt sie dich ein und die Falle schnappt zu. Vielleicht kommen die Bruchstücke bei Noire zurück und setzen sich zu einem Bild zusammen, mit dem sie nicht umgehen kann.«

»Würde es helfen, wenn –«, Gideons Muskeln spannen sich an und zeichnen sich deutlich unter seinem schwarzen Hemd ab. Er schluckt trocken. »Ich den Anfang mache und mich ihr öffne?«

»Vielleicht.« Ich fahre mir durchs Haar, um meinen Händen etwas zu tun zu geben. »Vielleicht reichen auch schönere Gedanken, auf die du sie bringen kannst.«

Gideon erwidert nichts, sondern betrachtet den Himmel, meine Suche nach Antworten dort imitierend. Mein Herz springt unruhig in meiner Brust auf und ab, weil wir beide machtlos scheinen und Noire nicht helfen können. Unser Gespräch ist beendet, es bleibt abzuwarten. Bevor wir schlafen gehen, überlegt sich Gideon immerhin eine nette Geste für Noire und bittet Eden, eine weiße Rose wachsen zu lassen. Später in unserem Zelt ziehen Noires Finger in einer endlosen Bewegung die Kontur der Blütenblätter nach. Vorsichtig, damit sie sich nicht in Blütenstaub auflösen. Noire schläft mit einem Lächeln ein, das hoffentlich nicht so vergänglich wie die Rose in ihren Händen ist.

Heute erreichen wir das nächste Lager, ob auf der Suche nach schmerzhaften Antworten oder Verbündeten, die uns zur Seite stehen werden, bleibt abzu-

warten. Gestern während des Ritts bin ich unruhig gewesen, heute trägt lauer Wind meine dunklen Gedanken fort wie Gewitterwolken. Noire hat endlich eine Nacht durchgeschlafen, nachdem sie fertig damit war, die Konturen der Rose nachzuziehen. Jetzt steckt die Blüte, zwischen dem hellen Blond beinahe unsichtbar, in ihrem Haar. Einerseits zieht sich bei dem Gedanken, Noire könnte sich Gideon mehr öffnen als mir mein Magen zusammen. Andererseits bin ich dankbar, dass es ihn gibt, dass seine Mauern fallen und er auf Noire aufpasst, selbst wenn sie ihn abweist. Das zweite Gefühl siegt. In mir flackert die Flamme des Triumphes über meine Magie gestern. Zahlreiche Steine liegen auf meinem Weg, ihre Meisterin zu werden, doch ich bin bereit, ihn zu gehen. Mein Blick zuckt nach oben. Der Himmel ist nicht blutrot, sondern aus zahlreichen schimmernden Rubinen geformt und die Sonne hat sich verzogen, um ein paar Wolken Platz zu machen, als ahne sie, dass sie heute nicht willkommen ist. Während des Ritts lässt sie sich nicht blicken. Ausnahmsweise schwitze ich vor Anstrengung, nicht vor Hitze. Weil wir die Sonne nicht sehen, ist schwer abzuschätzen, wie spät es ist und wie lange wir bereits unterwegs sind. Sollten wir das Lager, das auf der Karte eingezeichnet ist, nicht bald erreichen?

Mein nächster Atemzug endet in einem röchelnden Hustenanfall. Die Luft schmeckt nach Asche. Ein Blick zum Himmel verrät mir, dass sich die Wolken dunkel färben wie in Tusche getränkt. Es wird Nacht, einen anderen Grund für den schwarzgrauen Vorhang über dem Rubinrot darf es nicht geben.

»Riechst du das?«, ruft Beatrice im selben Moment.

Ehe ich antworten kann, hat Eden ihre Stute neben Schnee gequetscht, die prompt die Ohren anlegt. »Trainierst du ohne mich«, Eden legt die Stirn in Falten, »oder wieso riecht es verbrannt?«

Ich rümpfe die Nase. »Der Rubin ist fest an meinem Hals.«

»W-Wir s-sollten umdrehen«, schlägt Noire vor.

»Wir müssen herausfinden, woher der Geruch stammt«, wirft Iris ein, die ihr Pferd neben Donna lenkt. »Wenn wir ein zweites zerstörtes Lager finden«, Ihre Stimme wird dünn wie Rauch, »haben wir die Antwort.«

Beatrice strafft die Schultern. »Egal was wir finden, niemandem von euch wird etwas zustoßen.« Anspannung schwingt in ihren Worten mit.

Es dauert nur wenige Augenblicke, bis wir uns am Rand des Lagers wieder-

finden. Was gestern ein schwarzes gezeichnetes Kreuz auf Nurias Karte war, ist heute ein Meer aus Asche und Trümmern, von einem Mantel aus schwarzen Rauchschwaden geschützt.

Iris berührt einige der Gebäude, schließt die Augen und atmet den Rauch ein. »Das Feuer ist nicht lange erloschen«, murmelt sie.

»W-Wer das g-gelegt h-hat –«, setzt Noire an. Als Eden, die sich weiter umsieht, eine Flagge des Sommerkönigreichs aus den Trümmern zieht, hält Noire inne. »Der Trupp des Sommerkönigreichs«, Sie nimmt einen japsenden Atemzug. Eine Hand hält Donnas Zügel fest, die andere umklammert die weiße Rose, »ist n-nicht m-mehr hier.« Am Ende des Satzes erhebt sie die zitternde Stimme wie bei einer Frage.

»Wenn der Trupp des Sommerkönigreichs nicht mehr hier ist«, Ilias steigt von Smaragdauges Rücken ab und führt den Wallach an den Rand des Lagers, »wer sind dann die da?«

Während ich von Schnees Rücken abspringe, drehe ich den Kopf langsam in jene Richtung, in die Ilias geht. Zwischen den Bäumen erkenne ich Gestalten in rotgoldenen Umhängen. Nicht die beste Tarnung im von braun und grün dominierten Wald. Unverkennbar die Farben des Sommerkönigreichs. Mir bleibt das Herz stehen. Was, wenn sie mich erkennen? Ich nehme einen kräftigen Atemzug, der in einem Hustenanfall endet. Was, wenn sie uns alle töten? Sechzehn Soldaten, nicht der gesamte Trupp. Sie müssen zurückgeblieben sein, um nach den Einwohnern des Lagers Ausschau zu halten, die während seines Niederbrennens nicht dort gewesen sind. Es zu Ende bringen.

Gideon starrt die Soldaten mit geweiteten Augen und angespanntem Kiefer an. »Wieso greifen sie nicht an?«

»Sie denken, wir entdecken sie nicht«, antwortet Iris mit ruhiger Stimme.

»Alle, die auf ihren Pferden sitzen steigen ab«, sagt Beatrice. Es ist ein Befehl, kein Vorschlag. »Jeweils einer von uns nimmt zwei Pferde, um sie schnell anzubinden. Danach nehmt ihr eure Waffen. Greift nicht an. Sie sollen den ersten Schritt machen.«

Ich lasse mir von Noire Schnees Zügel aus der Hand nehmen. Auch die anderen binden die Pferde eilig an einer der Hütten, welche unversehrt ist, an.

»Da drin sind Vorräte«, bemerkt Tia, nachdem sie Eden ihr Armband

abgenommen hat. »Wenn wir das hier überleben, dann –« Bevor sie den Satz beenden kann, verfehlt ein Pfeil knapp ihre rechte Schulter. Ein Keuchen entfährt ihren Lippen.

»Dürfen wir jetzt angreifen?«, fragt Eden daraufhin mit leuchtenden Augen. Ein zweiter Pfeil fliegt in ihre Richtung. Eden ist so klein, dass sie auf solche Entfernung schwer zu treffen ist, weshalb sie sich mit Leichtigkeit ducken kann.

»Eden, zerstör ihnen die Deckung«, sagt Beatrice. »Einen Angriff auf Distanz können wir nicht gebrauchen, weil wir überwiegend Nahkämpfer sind.«

Binnen weniger Sekunden fallen die Bäume am Rand des Lagers, hinter welchen sich die Soldaten verstecken, um. Gedämpfte Schreie ertönen, gefolgt von einem Geräusch wie das Zerplatzen einer Beere im Mund. Mir wird schlecht.

Zwölf Soldaten kommen auf uns zu. Ihre rotgoldenen Umhänge flattern im Wind wie die Flügel bedrohlicher Raubvögel. Die übrigen vier Soldaten wurden von den Bäumen zerquetscht.

Ich trete von einem Fuß auf den anderen. »Was soll ich machen?«

»Deine Magie im äußersten Notfall benutzen«, ruft Iris.

»U-Und hinter m-mir bleiben«, fügt Noire hinzu.

Während ich ihrem Befehl nachkomme, feuert sie den ersten Pfeil in Richtung der Soldaten ab. Bevor der Pfeil die Brust eines Soldaten trifft, scheint die Welt für den Mann stehen zu bleiben. Er hängt in der Luft, der Umhang flattert hinter ihm, dann geht er zu Boden. Nie hätte ich gedacht, meine beste Freundin könnte jemanden töten, ohne mit der Wimper zu zucken. Hatte der Mann eine Familie? Könnte ich willentlich einen Menschen töten? Magensäure sammelt sich in meinem Mund. Hier geht es um Leben und Tod. Wir oder sie. Ordnung oder Schreckensherrschaft.

Vier weiteren Soldaten bricht der Boden unter den Füßen weg. Beatrice und Gideon flankieren Ilias mit erhobenen Waffen wie zwei Leibwächter. Beatrice sagt ihrem Bruder, sie bleiben gemeinsam zurück und er soll sie anschauen, nicht das Kampfgetümmel, woraufhin sich ein Teil von Gideons Anspannung löst. Ilias wirft seine Dolche aus sicherer Entfernung. Zwei Soldaten gehen dank ihm zu Boden. Kurz darauf gehen die Körper der beiden in Flammen auf. Iris' Magie ist nicht so stark wie die einer Wächterin,

weshalb die Körper nicht lange brennen. Die Männer sind noch am Leben. Es stinkt mehr nach verbranntem Fleisch als vorher und die Körper der Männer zieren tiefe Wunden. Nicht lange und sie erliegen den Verletzungen. Seltsamerweise spüre ich kein Mitgefühl. Bloß Ekel, wann immer ich die zum Atmen ungeeignete Luft schmecke.

Die verbleibenden fünf Soldaten, alle mit Schwertern bewaffnet, halten inne. Eden versucht einen weiteren Erdrutsch herbeizurufen. Diesmal haben vier der fünf Soldaten ihre List durchschaut. Sie machen einen Satz über den Riss im Boden. Ilias rennt vorwärts, ohne zu überlegen, bevor Beatrice und Gideon eingreifen können. Einem der Soldaten kann Ilias ein Messer in den Arm. Drei Soldaten sind übrig und mehreren Gegnern gleichzeitig ist er nicht gewachsen. Noire schießt einem weiteren Soldaten einen Pfeil in den Hals. Er fällt auf die Knie. Im selben Moment sticht ein anderer Soldat Ilias sein Schwert ins Bein. Der Junge geht zu Boden. Ehe ich schreien kann, hat Beatrice dem Angreifer ihren Speer von hinten in die Brust gerammt. Als sie ihn herauszieht, fällt der Körper wie eine leblose Puppe nach vorne. Noire schießt einen weiteren Pfeil, um dem Leben eines Soldaten, welchen sie zuvor in die Wirbelsäule getroffen hat, ein Ende zu setzen. Iris betrachtet die am Boden liegenden Körper auf der Suche nach Zeichen des Lebens, die sie mit ihrer Sommermagie erstickt.

Beatrice will Ilias auf die Füße ziehen und scheitert, weil sein Bein scheinbar unbeweglich ist. Den letzten Soldaten hat sie vergessen. »Beatrice!«, rufe ich, als er mit ausgestrecktem Schwert auf sie zu rennt. Sie nimmt ihren Speer quer in beide Hände, um den Schwertschlag abzublocken.

Gideon nutzt den Augenblick, in dem Beatrice den Soldaten ablenkt, um Ilias an den Rand zu ziehen, wo Tia sich versteckt hält.

Ich achte nicht mehr darauf, was um mich herum passiert, weil meine Aufmerksamkeit Beatrice gilt. Hielte ich eine Waffe in den Händen, würde sie herunterfallen, weil meine Handflächen schweißnass wie zwei Seen werden. Mein Atem wird kurz. Beatrice kämpft einen ungleichen Kampf. Wenn sie versucht mit ihrem Speer anzugreifen, statt ihn quer in der Hand zu halten, durchbohrt ihr der Soldat mit seinem Schwert das Herz.

Meine Kehle schnürt sich zu und Tränen trüben meine Augen. Beatrice wird unscharf, als schaue ich durch einen verschmutzten Spiegel, dennoch sehe ich klar. Ich darf die Person, die mir Rückendeckung gibt, mir meine

eigene Stärke zeigt und meine Verbündete in so vielen Dingen ist, nicht verlieren. Mit zusammengebissenen Zähnen, um ein Schluchzen zu unterdrücken, bohre ich meine Fingernägel in die Handflächen. Weil Beatrice Unrecht hat, ich bin eine hilflose Prinzessin und kann ihr keine helfende Hand reichen wie sie mir. Dabei hat das feine Band zwischen uns gerade begonnen zu wachsen und das darf nicht Beatrice' Ende sein. Sie soll ihr Glück finden, zu der Anführerin werden, die sie sein soll und dazu beitragen, dass der ewige Sommer seinen Todesstoß bekommt. Ihre Mutter wiedersehen. Mir schwimmen beibringen, ein zweites Pferderennen gegen mich verlieren und an meiner Seite die Königreiche bereisen. Vor allem muss ich mich überwinden, ihr die Wahrheit zu sagen. Hoffen, Zeit wird ihre Wunden heilen und sie wird mir vergeben. Nachdem ich ihr Leben kennengelernt habe, soll sie einen Einblick in meins bekommen. Ich möchte ihr Soleil vorstellen, weil ich mir sicher bin, dass sie einander mögen werden. Am ganzen Körper fröstelnd löse ich den Blick von Beatrice und blinzle angestaute Tränen fort. Hilfesuchend schaue ich die anderen an, möchte schreien, dass jemand handeln muss – auf der Stelle.

Noire spannt ihren Bogen, den Pfeil abzuschießen wagt sie nicht, weil sie Beatrice treffen könnte. Iris' Finger glimmen auf, als warte sie auf ein Zeichen. Eden tritt von einem Fuß auf den anderen, ihre Gesichtsmuskeln spannen sich an und ihre Augenbrauen ziehen sich zusammen. Nach einem Blinzeln tut sich ein Riss im Boden auf, der den Soldat zu Boden schickt. Ich möchte aufatmen. Als ich sehe, dass er unverletzt ist und sein Schwert neben seinem ausgestreckten Arm liegt, bleibt mir der nächste Atemzug im Hals stecken. Beatrice braucht einen Augenblick, um sich zu sammeln. Sie realisiert nicht, wie sich die ausgestreckte Hand des Soldaten um den drohend im Sonnenlicht schimmernden Schwertgriff schließt und ausholt.

Klamm umfasse ich meinen Rubinanhänger. Ich könnte Beatrice verletzen, aber ich muss das Risiko eingehen. Wenn ich die Körperwärme des Soldaten zu fassen bekomme, ist der Kampf gewonnen. Beim ersten Versuch sind meine Finger zu schweißverklebt, um das Goldband zu lösen. Der zweite Versuch endet genauso.

»Nicht meine Schwester!« Gideon, der zuvor weit entfernt gewesen ist, wirft sich zwischen die beiden. Sein Schwert trifft den Soldaten in den Kopf, als er auf diesen fällt und Beatrice im selben Moment hinter sich stößt.

Der Himmel lichtet sich, die rote Sonne scheint durch den Rauch. Wir haben einen weiteren Kampf gewonnen. Am ganzen Körper zitternd, als wäre mir kalt, lasse ich meine den Rubin umschließende Hand sinken.

Vom Himmel blicke ich zu Beatrice, die wie erstarrt inmitten der Asche steht. Mehr als flüchtige Berührungen hat es zwischen uns seit jener Nacht in Riewa nicht gegeben. Jetzt möchte ich zu ihr rennen, ihr um den Hals fallen und mit allen Sinnen spüren, dass sie am Leben ist – sie ohne den Schutz der Nacht oder einen Vorwand berühren, weil ich es möchte. Bevor ich dem Wunsch nachkommen kann, zucke ich zusammen, als hätte mich ein Schwert zu Boden gerissen.

Es ist keine Waffe, sondern ein Geräusch. Beatrice schreit. Ein markerschütternder Schmerzenslaut wie ich ihn nie zuvor gehört habe, der mich trifft wie ein Pfeil in die Brust und durch meinen Körper hallt.

Noire wirft ihren Bogen achtlos auf den Boden und rennt zu Beatrice und Gideon. Meine Starre löst sich und ich folge ihr.

Beatrice zieht Gideon vom Körper des Soldaten nach oben. Seine Augen sind glasig, aber geöffnet.

Er ist am Leben. Mit diesem Gedanken im Hinterkopf schaffe ich die letzten Schritte zu den beiden. Dort angekommen nimmt mir der abgestandene Qualm die Atemluft.

Die Sonne scheint nicht durch den Qualm hindurch, weil wir einen Kampf gewonnen haben. Wir haben verloren. Der Himmel blutet, weil die Momente des Glücks gestorben sind.

Der Himmel blutet wie Gideons, sich langsam hebende und senkende Brust, in der ein Schwert steckt.

Einunddreissig - Ins Auge gesehen

Jemand schreit, bis mir das Brennen meiner Kehle begreiflich macht, dass ich geschrien habe. Meine Zähne bohren sich ins Fleisch meiner Unterlippe, um den Laut zu ersticken. Das brennende Gefühl bleibt in meiner Kehle zurück, genau wie mein Schrei das Schwert nicht aus Gideons Brust ziehen und die Wunde schließen kann.

Noire klammert sich an meinem Arm fest. Ihr Körper zittert und ihr Atem geht stoßweise.

»Wir können ihn hier nicht liegen lassen.« Beatrice' Stimme zittert und ihre Muskeln sind so angespannt, dass ich sie vor meinem inneren Auge reißen sehe.

Ehe ich reagieren kann, sind Eden und Iris da. Ich lasse sie nicht zu Wort kommen. »Geht zu Tia und Ilias. Lasst Ilias das nicht sehen und bleibt dort.« Obwohl mein Herz rast wie nach einem langen Rennen, schaffe ich es, einen königlichen Befehlston zu imitieren, der keinen Widerspruch duldet. Sie gehorchen mir aufs Wort.

»Beatrice –« Meine Stimme ist ein Wispern, als hätte ich Angst, sie könne zerbrechen, wenn sie mich hört. »Was soll ich machen?« Am liebsten würde ich sie in den Arm nehmen, aber ich weiß, dass die Geste weder ihren Schmerz mildern noch den Blutfluss stoppen wird.

»Du musst mir helfen, ihn fortzubringen. Er soll nicht das zerstörte Lager sehen, wenn –« Sie zieht die Nase hoch und schaut mich mit glasigen Augen an. »Bitte.«

Ein bleischwerer Stein bildet sich in meiner Kehle, meine Stimme klingt gepresst. »Wohin?«

Noire zieht an meinem Ärmel. »D-Der Vorratsraum, wo die Pferde angebunden sind.«

Gideons Augen sind geöffnet und er dreht den Kopf zur Seite, als er ihre Stimme hört, als wolle er etwas sagen. Dass es in Ordnung ist, ihn liegenzulassen?

Egal was er uns sagen möchte, Beatrice nimmt ihn bei den Schultern und blickt mit flehenden Augen zu mir hinauf, als wäre ich diejenige, die den Blutfluss stoppen kann. Sofort lässt Noire mich los, damit ich Gideons Beine packen kann. Gemeinsam schaffen wir es, ihn bis zum Vorratsraum zu tragen. Noire trippelt hinter uns her.

Gideons Blut läuft nicht meine Hände hinab, weil der Soldat seine Brust mit einem Schwert durchbohrt hat, sondern weil ich aus meinem goldenen Käfig ausgebrochen bin. Ich zerstöre alles, womit ich in Berührung komme, ohne selbst das Schwert schwingen zu müssen, weil der Trupp aus dem Sommerkönigreich das nach meiner Flucht übernommen hat. Meine Lungen füllen sich mit dem Geruch des Todes, welcher uns allesamt ersticken wird.

Der Vorratsraum ist mit einer dicken Schicht Heu ausgelegt, Heuballen stehen in allen Ecken und stellen uns wenig Platz zur Verfügung. An der hinteren Wand stehen Regale, auf denen sich Obst und Gemüse tummeln.

Beatrice und ich lassen Gideon ins Heu sinken. Er gibt keinen Laut von sich. Würde sich sein Brustkorb nicht heben und senken, wären seine Augen nicht offen, abwechselnd auf Noire und Beatrice gerichtet, hielte ich ihn für tot. Das Schwert steckt noch immer in seiner Brust.

Ich rapple mich auf, während Beatrice die Fassung verliert. Sie reißt Gideons blutgetränktes Hemd auf, um das Schwert herum bleiben Fetzen zurück. Beatrice drückt ihren Kopf gegen Gideons Brust. »Du darfst nicht sterben.« Tränen laufen ihr über die Wangen. »Ich verbiete dir das! Du bist mein großer Bruder, ich brauche dich, auch wenn du mir das niemals glauben wirst.« Er greift nach ihrer Hand, Beatrice zieht ihre weg, um auf seine Brust einzuschlagen. »Wieso hast du nicht mich sterben lassen? Dieses Schwert sollte in meiner Brust stecken. Bitte stirb nicht!« Sie dreht sich mit aufgequollenen Augen zu mir um. »Du hast Heilkräfte, wieso tust du nichts?«

Meine Heilkräfte habe ich vergessen. Nun sehe ich Gideons Körper in Flammen aufgehen, wenn ich daran denke, den Rubin abzunehmen. »Ich weiß nicht, wie sie funktionieren und würde ihm mehr wehtun«, stammle ich mit tränenerstickter Stimme.

Wortlos wendet sich Beatrice ab. Sie schlägt noch einmal auf Gideons

Brust ein. »Es muss etwas geben, das wir machen können. Er darf nicht sterben!« Dann lässt sie den Kopf sinken und schluchzt auf eine Weise, die mein Herz zerreißt.

Gideon tastet nach ihrem Haar, diesmal lässt sie die Berührung zu. »Niemand kann etwas machen«, presst er hervor. »Es ist zu spät. Es tut mir leid.«

Beatrice verharrt regungslos neben Gideon, auf dessen Brust sich ein dunkelroter Fluss bildet. Zwischendurch bebt ihr Körper aufgrund des Schluchzens. Gideons Finger streichen ihr durchs Haar.

Noire vergräbt ihren Kopf in meiner Halsbeuge, ihre Hand hält meine in einem eisernen Griff und sie weint leise. »I-Ich hätte ihn n-nicht wegstoßen sollen, a-als er den ersten Schritt g-gemacht hat.« Sie zieht die weiße Rose aus ihrem Haar, hebt den Kopf und starrt die Blütenblätter an. »Ich h-hätte nicht böse a-auf ihn sein s-sollen, w-weil ich ihm so vieles n-nicht gesagt habe und i-ihn verstehe.« Ihr Blick findet meinen. »Er bedeutet mir v-viel und ich h-habe d-das zerstört.« Sie schaut von mir zur weißen Rose und zurück.

»Du kannst ihm alles sagen. Beatrice möchte sicher auch, dass er das hört.« Ich schaue zu den Geschwistern. Gideons Augen sind geöffnet, seine Hand bewegt sich im Haar seiner Schwester, während sein Atem flacher wird. »Geh zu ihm, Noire.«

Noire schaut mich an, ohne mich zu sehen. »I-Ich k-kann ihm alles sagen, wir h-haben n-noch eine Chance.«

Mein Herz zerfällt zu Asche und ich halte den Atem an. Sie sind alle drei zerbrochen, nur Gideon wird die Schmerzen bald nicht mehr spüren. Es ist an mir, die Scherben zusammenzuhalten. Noire und Beatrice eine Stütze zu sein.

Gideons Augen fallen zu.

Ich muss versuchen, ihn zu heilen. Noire und Gideon haben ihre Chance verdient. Beatrice braucht ihren großen Bruder. Ich bin mir fast sicher, Gideon wird nie wieder eine der beiden von sich stoßen und er verdient die Chance auf ein Leben, in dem er lernt, nicht jeden Menschen abzuwehren und das Grau – nicht das Schwarz – der Welt zu sehen. Weil nichts auf der Welt Gideons Schmerzen verschlimmern kann, taste ich nach dem Verschluss meiner Kette. Kann ich die Früchte und das Heu als Quelle nutzen?

Noire folgt meinem Blick und beißt sich auf die Unterlippe, bis ihr Blut aus

dem Mundwinkel rinnt. Ein letztes Mal dreht sie sich zu mir um, woraufhin ich in der Bewegung, den Verschluss in der Hand, innehalte. Sie blickt mir fest in die Augen. »Ich hoffe, du kannst mir irgendwann verzeihen.«

Wieso steht sie hier und übt, was sie Gideon sagen möchte? Zudem *wird* Gideon ihr verzeihen, wenn ich ihn heile.

Gemeinsam mit Noire drehe ich mich zu Beatrice und Gideon um. Die Handbewegung mit der Gideon das Haar seiner Schwester berührt wird kraftloser. Seine Brust zieht sich krampfartig zusammen, ehe sie sich wieder hebt.

Plötzlich springt Beatrice auf die Füße. Ich stolpere einen Schritt rückwärts. Hat sie seinen letzten Herzschlag gespürt? Ist es zu spät? Nein, seine Brust hebt sich kaum merklich.

Noire schiebt sich an Beatrice vorbei. Sie starrt Noire mit weit aufgerissenen Augen an, ohne sich vom Fleck zu bewegen.

Auch meine Beine scheinen mit dem Heu verschmolzen. Dabei muss ich zu Noire und Gideon.

Bedächtig hockt sich Noire neben Gideon. Ehe ich blinzeln kann, zieht sie das Schwert aus seiner Brust.

Beatrice kreischt »Du bringst ihn um!«, ohne sich zu bewegen.

Mehr Blut tritt aus Gideons Wunde aus. Seine Augen öffnen sich für den Bruchteil einer Sekunde, dann schließen sie sich.

Kalter Wind erfasst mich. Ist das der Tod?

Beatrice zuckt zusammen, als hätte sie dieselbe schneidende Kälte gespürt. Ihr Blick richtet sich auf das am Boden liegende Heu und ihre aufgequollenen Augen weiten sich.

Auf dem gelblichen Heu breitet sich eine Schicht Kristalle aus, binnen weniger Sekunden hat sie sich bis unter meine Füße ausgebreitet. Ich gehe in die Knie, berühre das Heu und ziehe den Finger erschrocken zurück, als der Heuhalm bei meiner Berührung zerbricht. Von meiner blau angelaufenen Fingerkuppe aus durchströmt ein Sturm aus Kälte meine Glieder. Ich blicke über die Schulter. Der Boden glitzert silberweiß, wo Heu gewesen ist, sind Kristalle wie eine Blumenwiese aus Glas. Die Früchte im Regal strahlen mir entgegen, bis sie alle nacheinander wie abgesprochen zersplittern, um weitere Kristalle freizugeben. Mir ist so kalt, dass ich weder meine Glieder spüre noch meinen Hals bewegen kann.

Beatrice' Kreischen taut mich auf. Mit einem Knacken wie das Brechen von Knochen drehe ich den Hals, um mich vom Anblick der Kristalle, die schön aussehen und sich furchtbar anfühlen, loszureißen.

Meine Augen sehen es, ohne zu begreifen. Gideons Brust ist voller Blut, während sich das zerrissene Fleisch zusammenzuziehen scheint. Im ersten Augenblick ist die Schnittwunde dort, ich blinzle, und letzte Blutspuren bleiben als ihr Schatten zurück. Gideons Brust ist unversehrt und starr, sie hebt und senkt sich nicht mehr.

Kälte betäubt meine Sinne. Mein Kopf sollte jede Sekunde von meinem Hals fallen und wie das Heu zerspringen. Mir bleibt, Noire und Gideon anzustarren.

Mit zitternden Fingern streicht Noire über jene Stelle an Gideons Brust, an der sich zuvor die Schnittwunde befunden hat. »D-Dir tut nichts mehr w-weh. Atme. Bitte. T-Tu das deiner Schwester n-nicht an. Oder Ilias. Atmen, Gideon. Tu m-mir das n-nicht an. Es ist v-vorbei, a-alles ist vorbei. Wach auf. Atme. T-Tu mir d-das nicht an. Bitte. I-Ich muss mich n-noch entschuldigen, o-obwohl du mich jetzt h-hassen wirst. Atme. B-Bitte. Komm zurück.«

Ich verstehe noch weniger, was sich vor meinen Augen abspielt, als sich Gideons Brust hebt. Während sie sich senkt, öffnet er die Augen und schaut Noire an, als wäre sie der einzige Mensch in diesem Raum. »Bin ich tot?« Seine Stimme klingt heiser. »Wenn ja, ist das ein schöner Tod.«

In Noires Auge schimmern Tränen wie silberblaue Kristalle, während ein Strahlen ihr Gesicht erhellt. »Du bist nicht tot.«

»Ich dachte –« Gideon schaut an sich herunter. Als er Blut, aber keine Wunde, erblickt, weiten sich seine Augen. »Noire, wie?«

Eine einzelne Träne rinnt aus ihrem Augenwinkel »I-Ich konnte d-dich n-nicht sterben lassen.«

Gideon nimmt die Rose, welche Noire fest umklammert, und steckt sie ihr wieder ins Haar. »Ich dachte, dass ich erst beweisen müsste, dass ich die Entschuldigung ernst meine und dass du mir alles andere als egal bist.«

Noire greift nach seiner Hand, nachdem sich die Rose wieder in ihren Haaren befindet. »I-Ich weiß, d-dass ich dir nicht e-egal bin.« Sie schluckt trocken. »Du b-bist mir auch n-nicht e-egal, aber –« Ihre Stimme bricht wie die Kristalle zu meinen Füßen.

»Du hattest Angst, ich stoße dich wieder fort, weil ich nicht bereit bin,

mich zu öffnen?«

Sie nickt zögerlich, dann lässt sie seine Hand los und senkt den Blick. »Und, d-dass du m-mich hasst. Für d-die Wahrheit, wenn du e-es herausfindest.«

Ihr letzter Satz führt die Bruchstücke, welche ich nicht zu einem Bild zusammenzufügen vermochte, an die für sie bestimmten Stellen. Erst ist es eine Skizze, dann ein Gemälde. In mir lodert ein Feuer, das mich auftauen lässt. Es ist die Wahrheit, welche ich tief in mir gewusst habe, sie jedoch fortgestoßen habe, sobald sie mir zu nahegekommen ist, wie es Gideon und Noire miteinander gemacht haben. *Ich hoffe, du kannst mir irgendwann verzeihen, diese Worte waren nie für Gideon bestimmt.*

Mein Feuer schmilzt das Eis. In derselben Sekunde, in der ich meine Beine spüre, stürze ich mich mit meinem ganzen Körpergewicht auf Noire und drücke mein Knie gegen ihre Brust. Ihr Auge ist aufgerissen, ihr Mund leicht geöffnet. Der Anblick lässt das Feuer auflodern. »Ich habe mir damals in der Hütte das Genick gebrochen, als ich die Treppe heruntergefallen bin.« Meine Stimme ist leer wie das verfallene Haus im Wald, in dem Noire und ich uns zum ersten Mal begegnet sind. In mir zerbricht etwas in tausend Stücke. Unter meinem Knie spüre ich Noires zittrigen Atem.

Mein Leben lang bin ich nie verletzt oder krank gewesen. Nicht eine Narbe habe ich am Körper. Sie verträgt die Hitze nicht. Ihre Haut ist stets vom Sonnenbrand geziert. Ich habe meine eigene Körperwärme unbewusst als Quelle für Magie benutzt und es überlebt. Danach habe ich Dinge über Magie von einer Person erfahren, die nichts darüber wissen konnte. Wölfe, die vor eine unsichtbare Wand prallen. Gideons Hände, an denen Wunden gewesen sind und dann nicht mehr. Eden hat als Kind Fieber gehabt und ist nicht in der Lage dazu gewesen, sich selbst zu heilen. Ich drücke mein Knie fester gegen Noires Brust, bis sie keucht. Die Reaktion auf das Winterkönigreich und das Tagebuch. Ihre Schlaflosigkeit, seit wir in Nivret gewesen sind und ihr Rückzug von menschlicher Interaktion, nachdem wir das erste zerstörte Lager gefunden haben. Beim Blick in den silberblauen Abgrund, der sich mit Tränen füllt, sehe ich das Porträt von Königin Enya und Noire in Tias weißem Kleid nebeneinander. Ich habe mich zu Königin Enya hingezogen gefühlt, weil ich ihre Nachfahrin kenne. Sie gleichen einander wie Schwestern, obwohl sie Generationen voneinander trennen.

Vierzehn Jahre habe ich eine Augenbinde getragen. Wenn Lichtstrahlen sie gekitzelt haben, habe ich sie fester um meinen Kopf gebunden, damit ich das Offensichtliche nicht erkennen muss.

Hitze wallt in mir auf. Ich knacke mit dem Kiefer, während Noires Körper unter mir zittert und so kalt wird, dass sich eine Gänsehaut auf meiner Haut ausbreitet.

Ein Bruchstück fehlt.

Ich blicke in ihr rechtes Auge. Hellblau, fast durchsichtig wie die Kristalle auf dem Boden. Danach starre ich ihre Augenklappe an, als sehe ich sie zum ersten Mal. Das letzte Bruchstück fügt sich ein, das vollständige Bild spiegelt sich im kristallklaren Blau von Noires Auge. Neue heiße Wut durchströmt mich. »Du hast dir dein Auge selbst herausgeschnitten!« Meine Stimme zerschneidet die im Vorratsraum herrschende Stille wie ein Messer. »Weil du ein verdammter Feigling bist!«

Ihr Schweigen gibt mir den Rest. Sie streitet es nicht ab und versucht nicht, sich zu rechtfertigen. Mit ausgestreckten Fingernägeln greife ich nach der schwarzen Augenklappe und reiße sie der mächtigsten Magierin unserer Zeit und der rechtmäßigen Königin des Winterkönigreichs aus dem Gesicht. »Seit unserer ersten Begegnung hast du mich angelogen.« Ich starre auf ihre vernarbte linke Gesichtshälfte, an deren Stelle ein Auge mit einem Mal darin sein sollte. »Wann wolltest du mir die Wahrheit sagen? Als ich verzweifelt war, weil ich jemanden mit Magie getötet habe? Als die Last, eine Wächterin zu sein mich hat zusammenbrechen lassen? Als ich eine gute Seite meiner Magie, die Heilkräfte, entdeckt habe und wissen wollte, wie ich sie kontrolliere, damit ich mich selbst nicht mehr als Monster sehe?« Ihre Lippen öffnen sich einen Spalt, kein Wort kommt heraus. Mein Druck auf ihren Körper ist zu fest. »Wieso hast du mir nicht vertraut? Was hätte ich dir tun können? Niemals hätte ich gedacht, dass die Person, für die ich alles getan habe, mich hintergeht, vierzehn Jahre lang.«

Meine Muskeln spannen sich an und meine Gedanken liegen in Trümmern, da gehorcht mein Körper mir nicht mehr. Anders als vorhin, als ich unter Schock gestanden habe und Angst gehabt habe, Gideon mehr wehzutun. Nun hat Noires Magie meine Fäden in den Händen. Mein Herz schlägt langsam. Kälte umhüllt mich, schließt mich ein und hält mich fest. Ich hocke über ihrem dürren Körper und kann mich nicht bewegen. Ihr

Auge ist voller Tränen, die unaufhörlich fließen und ihr Blick lässt meinen nicht los.

»Du wagst es –« Beatrice ist plötzlich neben mir. Noires Magie hat sie freigegeben und hält stattdessen mich gefangen. Sie zieht Noire auf die Füße, als wiege sie nicht mehr als die Eiskristalle. Noires dunkelgrüne Bluse reißt unter ihrem Griff wie Papier. »Du wagst es, deine Magie gegen deine beste Freundin einzusetzen –« In Beatrice' aufgequollenen Augen lodern grüne Stichflammen. »Du wagst es, ihr nicht zu erzählen was du bist, ihr nicht zu helfen –« Als die Bluse zu Boden fällt und die hervorstehenden Rippen unter der blassen Haut zum Vorschein bringt, packt Beatrice Noire bei den Schultern. »Du hast gewartet, bis mein Bruder fast stirbt und sogar gezögert, bis du dir nicht mehr zu fein dafür warst, zu offenbaren was du bist.« Beatrice' Augen sind schmale grüne Schlitze wie bei einer Katze, bevor sie die Maus packt. Sie knirscht mit den Zähnen. »Wenn du am Leben bist, heißt das, es gibt mehr von deiner Sorte und die Winterblutlinie ist nicht ausgerottet worden?«

Noires Gesichtszüge härten sich, sie spannt all ihre Muskeln an, um nicht zurückzuzucken. »N-Nein.«

Beatrice' Finger krallen sich in Noires Schultern. »Es gibt nicht mehr von deiner Sorte.« Ihre Stimme ist angespannt wie die Luft vor einem drohenden Gewitter. »Die wenigen Menschen, die im Winterkönigreich leben haben kein Winterblut und wissen nicht, dass es dich gibt, richtig?«

Noire presst die zitternden Lippen zusammen. »J-Ja.«

»Als Ruby weggelaufen war, hat Aegira dich gefragt, ob du Winterblut hast, da hätte ich es wissen müssen.« Das erklärt ihr Verhalten in Nivret noch mehr. »In deinem weißen Kleid in Tias Zimmer sahst du fast aus wie die Königin, die du sein könntest.« Beatrice nimmt eine Hand von Noires zitternder Schulter, mit der anderen drückt sie weiter zu. »Aber eine Königin und eine Magierin, die zu feige ist, zu sich selbst zu stehen, würde niemand akzeptieren.« Bei den nächsten Worten, die sie ausspricht, bricht das Gewitter aus ihr heraus. Jedes Wort ist ein Donnerschlag. »Du widerst mich an. Du hast deine beste Freundin vierzehn Jahre belogen, du hast Gideon belogen und du hast uns allen etwas vorgemacht, du Miststück!« Mit der freien Hand holt Beatrice aus und trifft die vernarbte Gesichtshälfte.

Als Antwort erhält sie einen markerschütternden Schrei, der meinen

Körper freigibt, weil die Konzentration meiner Peinigerin abreißt. Ich rapple mich vom Boden auf, die Augen auf die Narben gerichtet, welche Beatrice nach vierzehn Jahren aufgerissen hat. Neben dem weinenden Auge sieht das herabfließende Blut aus wie rote Tränen, die Noires Lügen fortspülen und im nassen Heu zu ihren Füßen versickern lassen.

Beatrice' Nasenflügel beben, sie öffnet die Lippen und wird, bevor sie Worte formen kann, von einer Kraft nach hinten gerissen.

Gideon hält ihren Arm fest. »Was stimmt nicht mit dir?« Während Beatrice' Stimme vorher klang wie Donnerschläge, hat Gideons etwas von einem Blitz, der die aufgeladene Luft durchschneidet.

Beatrice und Gideon stehen einander gegenüber wie zwei Raubtiere vor dem Sprung. »Was stimmt nicht mit dir?« Beatrice versucht erfolglos, ihren Arm aus seinem Klammergriff zu befreien. »Du wärst fast gestorben, ich habe gespürt wie dein Herz kurz davor war, mit dem Schlagen aufzuhören.« Schmerz flackert in ihren verengten Augen auf, als ihr Blick zu Gideons jetzt makelloser Brust zuckt, auf der nur letzte Blutreste an die tödliche Wunde erinnern. Beatrice atmet auf, dann schaut sie Gideon ins Gesicht. »Und du verteidigst *sie*?«

Gideon richtet sich zu voller Größe auf. Die beiden trennen keine vier Zoll, jetzt scheint er seine Schwester zu überragen. »Sie hat mir das Leben gerettet.«

»Nachdem sie uns belogen und hintergangen hat. Du hast dir eine großartige Freundin ausgesucht!« Beatrice' Worte sind nicht für mich bestimmt, dennoch treffen sie mich wie ein mit Eis überzogener Pfeil in die Brust. Mein Herz flattert panisch. Noire könnte die einzige Trumpfkarte spielen, die ihr bleibt. Schweiß tritt aus allen Poren an meinen Handflächen aus. Ein Wort mit fünf Buchstaben, mehr muss sie nicht sagen, dann bricht das letzte die Scherben meines Lebens zusammenhaltende Fundament zusammen. Tränen, die quälend lange in meinen Augen gestanden haben wie ein randvoller Brunnen, beginnen zu fließen.

Als er das Wort ergreift, ist Gideons Stimme sanft und vorsichtig wie eine Katze in der Nacht. »Sie hat dir nichts getan –«

Beatrice schneidet ihm das Wort ab. »Sie ist eine Verräterin und eine Lügnerin.« Ein gepresstes Knurren dringt über ihre Lippen, als sie erfolglos versucht, sich loszureißen. »Ich dachte, du verstehst, was los ist.« Kaum

merklich senkt sie die Schultern, ihre Stimme wird mit jedem Wort brüchiger.

»Du denkst nie, Beatrice!« Gideon packt ihren Arm fester. »Sie hat nichts gesagt, weil sie Angst hatte.«

Beatrice dreht ihre Schulter nach rechts, Gideon zieht den Arm in die entgegengesetzte Richtung. Ein hässliches Knacken wie das Brechen einer morschen Treppenstufe erfüllt die kühle Luft. Gideon lässt Beatrice mit blassem Gesicht los. Tränen steigen ihr in die Augen. Sie beißt die Zähne aufeinander. »Ich habe dich angefleht, am Leben zu bleiben und das ist der Dank?« Sie klingt wie ein kleines Mädchen. Inmitten der Leere in meinem Inneren flackert der Wunsch, Beatrice in den Arm zu nehmen auf. »Was muss ich tun, damit du mich einmal, für einen Augenblick, wie deine Schwester behandelst? Wieder fast sterben, so wie gerade?« Ich höre ihr Herz nicht brechen, aber ich sehe in ihren feucht schimmernden Augen, dass es wie ein alter Spiegel zersprungen ist. »Wieso hast du mich nicht sterben lassen, wenn du mir weiter Schwerter in die Brust rammst? Mich hätte deine Freundin nicht geheilt.«

»I-Ich kann d-dich j-jetzt heilen.«

Beatrice fährt in die Richtung herum, aus der die Stimme kommt. Mit dem linken Handrücken wischt sie die Tränen fort. Ihr Blick, als sie Noire anschaut, ist schärfer als die Schwertklinge. »Die Betonung liegt wohl auf jetzt. Wäre ich an Gideons Stelle gewesen, hättest du mich verbluten lassen.« Das Kopfschütteln ignoriert Beatrice. »Wenn du jetzt versuchst, mich zu heilen, schneide ich mir den Arm ab. Lieber habe ich keinen Arm, lieber kann ich nie wieder kämpfen, als mir von einer Lügnerin helfen zu lassen.«

Gideon stellt sich zwischen seine Schwester und die Frau, die ihm das Leben gerettet hat. Als ob Noire einen Beschützer braucht, wenn die Magie in ihrem Blut ihre undurchdringliche Rüstung aus Eis ist.

Der Anblick entfacht einen letzten Funken tiefer Erschütterung in mir, ich finde meine Stimme wieder. »Wieso hast du nie etwas gesagt?« Meine Worte klingen flehend. Hoffnung, dass alles ein Albtraum ist, aus dem ich gleich aufwache, schwingt als leise Melodie darin mit. »Ich habe dich aufgenommen und dich großgezogen, obwohl ich selbst ein Kind gewesen bin. Du warst vierzehn Jahre lang an meiner Seite und hattest genug Gelegenheit, mir die Wahrheit zu sagen.«

Noire stolpert einen Schritt zurück, als sie meine Stimme hört, als wolle

sie vor mir fliehen. Dabei prallt sie mit dem Rücken gegen die Wand. »I-Ich w-wollte –«, kaum hat sie mit dem Sprechen begonnen, beißt sie sich auf die zitternde Unterlippe und weicht meinem Blick aus.

»Du wolltest es mir sagen, aber das hast du nicht, Noire.« Ich erschaudere. Der Name hinterlässt einen verfaulten Geschmack in meinem Mund. »Was nicht einmal dein richtiger Name ist.«

Sie sinkt an der Wand entlang zu Boden, das eingefrorene Heu verwandelt sich in tausend Eiskristalle. »Das i-ist mein r-richtiger Name.« Blut und Tränen machen ihr Gesicht zu einer unkenntlichen Maske. »B-Bitte, l-lass mich alles erklären, d-du bist meine beste Freundin.«

»War. Ich *war* deine beste Freundin!« Ein letztes Mal schaue ich auf ihren geschundenen Körper hinab. Ich sehe nur Umrisse hinter einem Vorhang aus salzigen Tropfen. Blind vor Tränen mache ich auf dem Absatz kehrt und renne aus der Hütte. Ich will weg. Aus diesem Albtraum aufwachen.

Zweiunddreissig - Teile eines Ganzen

Meine Gedanken sind von einem Vakuum umgeben, das nur Beatrice' Anwesenheit neben mir durchdringt. Sie ist mir gefolgt und hat mich rasch eingeholt.

Mit zitternden Muskeln bleibe ich stehen. Eiskristalle durchbohren mein langsam schlagendes Herz. Meine Glieder frieren durch das Eis in meinem Inneren ein. Blinzle ich, schaue ich in das blaue Auge, welches mir vierzehn Jahre lang Kraft und Sicherheit gegeben und meinen goldenen Käfig erträglicher gemacht hat. Ich möchte mich irgendwo zusammenkauern und erst aufstehen, wenn ich zurück im Sonnenpalast bin. In einer Welt, in der ich Prinzessin Robin Juliette von Felione bin und sie meine Getreue. Oder zurück zu jenem Tag vor vierzehn Jahren. Sie hätte mich und meine zersplitterten Knochen den Schatten überlassen sollen. Eingefroren stehe ich dort. Nicht ihre Magie als Wächterin, sondern ihre Magie, mit der sie mir das Herz gebrochen hat, hält mich gefangen.

Beatrice drängt mich nicht, mit ihr zu sprechen oder streckt ihre Hand nach mir aus. Sie steht stumm neben mir, abwartend und mit einem ebenso gebrochenen Herzen wie ich. Als sie nach langem Überlegen einen Schritt auf mich zumacht, spüre ich ein Ziehen in meiner Brust. Dass sie bei mir ist, gibt mir Sicherheit. Dennoch möchte ich am liebsten mein Gesicht an ihrer Schulter vergraben, hemmungslos weinen und mich in die Wärme ihrer Umarmung flüchten.

Weil ich mir unsicher bin, ob ich damit eine Grenze übertreten würde, beiße ich mir auf die Innenseite der Wange und zwinge Klarheit in die dunklen Wolken über meinen Gedanken. »Wir sollten den anderen alles erklären«, presse ich mit erstickter Stimme hervor.

»Nein.« Beatrice schaut fest mit ihren geröteten Augen in meine. »Das ist

nicht deine Aufgabe und du musst verarbeiten, was passiert ist.«

»Bleibst du bei mir?«, wispere ich.

Sie nickt und nimmt mich mit der linken Hand beim Blusenärmel. Ihre Hände sind voller Blut. Gideons Blut. Noires Blut. Erinnerungen daran, dass die letzte Stunde keine Einbildung gewesen ist.

Beatrice führt mich durch die Trümmer. Trümmer, die mich an mich selbst erinnern. Kommt irgendwann der Punkt, an dem man nicht weiter kaputt gehen kann? Wenn ja, muss ich ihn heute erreicht haben. An einem kleinen Teich, am Rande dessen, was vom einstigen Lager übrig ist, bleiben wir stehen.

»Wollen wir uns setzen?«, flüstert Beatrice mit sanfter Stimme.

Zu mehr als einem Schulterzucken bin ich nicht fähig. In meiner Kehle ist Staub, der sich nicht zu Worten formen lässt.

Beatrice nimmt meine stumme Antwort hin. Sie lässt sich am Ufer des Teiches nieder und starrt aufs flache, in der Abendsonne glitzernde Wasser.

Letztlich setze ich mich neben sie, froh, meinen schmerzenden Gliedern eine Pause geben zu können.

Wir schweigen. Doch es ist keine unangenehme Stille zwischen uns, Beatrice' Anwesenheit reicht mir, um mich beschützt zu fühlen.

In mir ist ein Trümmerfeld aus Asche, die der Sommerwind nicht fortwehen möchte. Verschwindet sie, bleibt Leere zurück, die von nichts auf der Welt gefüllt werden kann.

Während die rote Sonne im Teich versinkt und dessen sich kräuselnde Oberfläche in einem zarten Violett färbt, kommen mir erneut die Tränen. Zwanzig Jahre habe ich in einem Palast aus Lügen gelebt, geschaffen von meiner Familie, die ich verabscheue. Meine Gefangenschaft haben zwei Personen erträglicher gemacht. Für beide hätte ich mein Leben gegeben, unwissend, dass eine von ihnen ihrerseits einen Palast aus eigenen Lügen gebaut hat. Nachdem der letzte Stein zertrümmert ist, stehe ich inmitten von Schutt. Ohne ein Ziel und ohne zu wissen, wer ich bin oder wohin ich gehöre, weil die Lügen mich vor der Realität draußen beschützt haben.

Aus dem Augenwinkel schaue ich zu Beatrice. Am liebsten würde ich die Lücke zwischen uns schließen und ohne Worte sagen, dass wir jeden Stein auf unserem Weg gemeinsam wegräumen werden. In uns beiden ist heute etwas zerbrochen. Wir wurden von einem Menschen hintergangen, der jahrelang

an unserer Seite war. Ich rücke nicht näher zu Beatrice, weil ein Schatten über uns liegt. Keine schützende Decke, sondern eine, die uns zu ersticken versucht. Beatrice kennt die Wahrheit nicht. Ich weiß mit jedem Tag mehr über sie und muss ihr etwas zurückgeben. Ihr die Wahrheit über mich sagen, bevor es zu spät ist. Ich darf nicht denselben Fehler wie Noire machen. Ich weiß, dass sie Beatrice nicht die Wahrheit über mich gesagt hat, weil sie mir nicht meinen einzigen Anker nehmen wollte, der mich am Ertrinken hindert. Ein einfacher Satz hätte genügt, um Beatrice zu zerbrechen und die Scherben in alle Himmelsrichtungen zu verstreuen, damit sich niemand auf die Suche nach ihnen macht. Darf ich jemandem böse sein, die dasselbe tut wie ich?

Ich spüre Augen auf mir, die ich mittlerweile gut kenne und drehe meinen Kopf nicht in Beatrice' Richtung. Ich fürchte, sie könnte den inneren Kampf in meinen Augen sehen. Ihr Blick bringt mich dazu, die Stille zu brechen.

»Wieso hast du dich für mich eingesetzt?« Meine Stimme klingt heiser. »Du hast mich vor Noires Magie beschützt. Aber wärst du nicht auf Noire losgegangen –« Zum ersten Mal sehe ich ihren rechten Arm wirklich an. Ihre Schulter ist verdreht. Mein Herz setzt einen Schlag aus. Der Kloß in meiner Kehle frisst sich wie Scherben durch meine Haut, als ich ihn quälend langsam herunterschlucke. Zurück bleibt eine Stichflamme. »... hätte dir Gideon nicht wehgetan. Das ist meine Schuld –« Meine Stimme bröckelt mit jedem Wort wie das Fundament, auf dem meine Freundschaft mit Noire gestanden hat.

»Ist es nicht«, wispert sie.

Ich wage, sie durch meinen Tränenschleier anzusehen. Sie hat sich von mir abgewandt und starrt mit angezogenen Knien auf die Wasseroberfläche.

Ihr Anblick legt neue Lasten auf meine Schultern, die drohen, mich auf den Grund eines tiefen, finsteren Sees zu ziehen. »Ich hätte dazwischengehen sollen«, beharre ich.

»Nein.« Ihre Stimme klingt wie ein verrosteter Dolch, schneidend, aber nach seinen besten Jahren abgenutzt. »Das hätte nichts genützt, außer, dass du ein zweites Mal Noires Magie zum Opfer fällst.« Sie knirscht mit den Zähnen. »Dann wäre sie nicht mit einer Ohrfeige davongekommen –« Beatrice rutscht ein Stück näher an mich heran, bis sich unsere Schultern berühren. Durch unsere dünnen Blusen spüre ich ihre Wärme auf meiner

Haut. »Körperliche Wunden sind gerade nicht von Bedeutung. Bitte gib dir nicht die Schuld.« Sie macht eine Atempause. »Du hast es nicht geahnt, oder?« Ich spüre, wie sich ihre Muskeln nah an meiner Schulter anspannen.

Mein Herz ist schwer, dennoch gewähre ich ihr ihren Wunsch nach einem Themenwechsel. Ich werde lernen, meine Heilkräfte zu beherrschen und Beatrice' körperliche Wunden heilen. Das schwöre ich mir im Stillen. »Doch«, meine Stimme ist vergänglich wie schmelzendes Eis. »Ich hatte zumindest diese Ahnung, dass etwas nicht stimmt. Seit wir im Winterkönigreich waren, hat sie sich seltsam benommen. Sie hat mich all die Jahre lang geheilt, jeden Kratzer. Hinterfragt habe ich es nie. Später dachte ich, meine eigene Magie würde mich heilen.« Ich greife nach meinem Rubin und drücke zu, bis Schmerz wie Flammen in meiner Hand aufflackert. »Wieso habe ich mir nicht mehr Gedanken darüber gemacht? Meine Magie ist eingeschlossen, ich kann mich nicht selbst heilen.« Im Teichwasser vor mir spiegelt sich Noires Auge. Darüber legt sich eine Erinnerung an das Porträt von Königin Enya und ihrer Tochter, das mich im Winterkönigreich magisch angezogen hat. Weil ich mit meinen eigenen Ängsten beschäftigt gewesen bin, habe ich nie weiter darüber nachgedacht, obwohl die Ähnlichkeit zu Noire in jedem Gesichtszug der beiden zu sehen war. Königin Enyas Tochter muss überlebt haben, während ihre Mutter ertrunken ist. Obwohl Tränen meine Wangen hinabrinnen, wenn ich an Noire denke, möchte ich wissen, was damals mit den Überlebenden passiert ist. Wie es sein kann, dass die Winterblutlinie weiter existiert hat, sodass Noire hundert Jahre nach Königin Enya leben kann. Wieso sie die letzte ihrer Blutlinie ist und was passiert war, bevor wir einander in der Hütte im Wald gefunden haben. »Selbst meine erste Begegnung mit ihr war eine Lüge«, spreche ich die Erkenntnis mit zitternder Stimme aus. Gleichzeitig richten sich meine Sinne auf meine Schulter, die Beatrice berührt, und mein Herz flattert unruhig wie ein eingesperrter Vogel. Ich bin nicht besser als Noire, weil Beatrice' und meine erste Begegnung genauso eine Lüge gewesen ist. Damit sie mich nicht ans Sommerkönigreich ausliefert, habe ich ihr nicht gesagt, dass ich aus dem Königshaus komme. Wäre Beatrice bereit gewesen, sich meine Geschichte anzuhören, statt vorschnell zu handeln? Wäre sie jetzt bereit mir zuzuhören?

»Wie hast du sie kennengelernt?« Beatrice' Stimme setzt meinen Gedanken ein Ende.

402

Zeit für die nächste Halbwahrheit. Eine Träne fließt mir für jede Lüge aus dem Augenwinkel. Nach all den Wochen fällt mir das Lügen so leicht wie das Weinen vor anderen. »Als ich sechs Jahre alt war, habe ich in einem verlassenen Haus gespielt. Ich wollte einen Moment für mich haben, an einem Ort, den niemand anderes finden kann«, erzähle ich. »Ich bin die Kellertreppe heruntergefallen und dachte, ich würde sterben, weil mein Genick geknackt hat. Ich habe es mir gebrochen, nur hat sie mich geheilt, während ich bewusstlos war und mir das Leben gerettet. Das ist mir erst vorhin bewusst geworden. Als ich aufgewacht bin, war sie bei mir, verängstigter und magerer als jetzt. Nicht ein Wort kam aus ihrem Mund, ohne, dass sie gestottert hat. Ich frage mich, ob das Stottern echt ist.«

»Ich hätte nicht die Disziplin, jahrelang so zu tun, als würde ich stottern«, wirft Beatrice ein.

Meine erste Begegnung mit Noire flackert vor meinem inneren Auge auf. Nicht einen Augenblick hat sie vor dem Stottern gezögert, ganze Wörter und Sätze auszusprechen fiel ihr schwer. »Dann ist zumindest eine Sache an ihr echt«, schlussfolgere ich, ehe ich fortfahre. »Sie hat mir erzählt, sie hätte mich die Treppe hinaufgetragen. Dann habe ich herausgefunden, dass sie weder einen Namen noch ein Zuhause hat. Ich habe ihr beides gegeben. Jetzt frage ich mich, ob das gelogen war, ob sie nichts davon gebraucht hat.« Ein unkontrollierbares Schluchzen lässt meinen Körper so stark erbeben, dass ich mich fühle, als würde es mich zerreißen. Noire ist im Sonnenpalast eine meiner beiden Schwächen gewesen, die der König und Julius gegen mich ausgespielt haben. Gleichzeitig hat sie jeden Kampf mit mir gemeinsam gekämpft und war nach meiner Flucht alles, was mir aus meinem alten Leben geblieben ist. Ich dachte, Noire und ich würden jedem Sturm gemeinsam trotzen. Jetzt ist sie der Schneesturm, der mein Feuer erstickt. Ich weiß nicht wie sich Liebe anfühlt und dachte, nur romantische Gefühle sind dazu in der Lage, einem Menschen das Herz zu brechen. Noire hat mir das Gegenteil bewiesen. Ich bin mir sicher, dass Gideon Beatrice ebenso gezeigt hat, dass jeder Mensch, der einem etwas bedeutet, dazu in der Lage ist, ein Herz zu zertrümmern, als er sich auf Noires Seite gestellt hat.

Federleicht tastet Beatrice nach meiner Wange, dreht meinen Kopf sanft zu sich und streicht mir Tränen aus dem Gesicht. Ich spüre ihren zittrigen Atem auf meiner Haut. Mir ist nicht bewusst gewesen, wie nah wir einander sind.

Nur ein Atemzug trennt uns voneinander. Ihr Atem streichelt wie warmes Sonnenlicht mein Gesicht und berührt kribbeln meine Lippen. Ich bemerke zum ersten Mal, dass Beatrice' schmale Lippen, die sich in einem zarten Rosa von ihrer olivfarbenen Haut abheben, ungleichmäßig geschwungen sind. Ich könnte mich nach vorne beugen und dann … und dann *was*? Der Nebel über meinem Verstand lichtet sich. Mein Herz setzt einen Schlag aus, ich öffne die Lippen, ohne dass sie ein Wort verlässt, und erstarre.

Beatrice schluckt. Sie zieht ihre Finger zurück und lässt die Hand sinken. Meine Wange wird kalt, als hätte sie etwas Wichtiges verloren. »Du hast sie bei dir aufgenommen, weil es richtig gewesen ist und du nichts von ihrer Geschichte ahnen konntest. Bitte mach dir deswegen keine Vorwürfe.« Sie strafft ihre gesunde Schulter, deren Anspannung sich auf meine überträgt. »Könnte ich dir deinen Schmerz nehmen, würde ich es auf der Stelle tun. Versprechen, dass du alles, was jetzt kommt, nicht allein durchstehen musst und dass du bei mir in Sicherheit bist, kann ich.«

Ihre Worte sind eine tröstende Umarmung, die ein warmes Gefühl in mir entfacht und mir gleichzeitig ein zittriges Schluchzen über die Lippen bringt – weil sie eine einzelne Blume in der uns umgebenden Asche ist. »Gemeinsam«, formen meine Lippen und ich nehme behutsam ihre Hand. Nicht, weil es einen Vorwand gibt, sie zu berühren, wie Erde auf ihrer Wange oder ein Kleid, das zugeschnürt werden muss, und ohne den Schutz der Nacht wie in Riewa. Sondern, weil ich diese Berührung möchte. Funken, die sich anfühlen wie meine Magie, springen von ihrer Hand in meine. Als ich auf unsere Hände blicke, sehe ich kein Feuer, sondern, dass die Zwischenräume zwischen meinen Fingern perfekt mit denen zwischen ihren zusammenpassen.

Ich halte den Atem an und schaue auf. Beatrice hat sich von mir abgewandt, ihr Blick ist auf unsere verschränkten Hände gerichtet. Unter ihrer Bluse sind ihre Rückenmuskeln angespannt und sie muss sich auf die Unterlippe beißen, um deren Zittern Einhalt zu gebieten.

Sanft streichle ich ihren Handrücken mit dem Daumen. »Wie fühlt sich das an?« Meine Stimme ist vergänglich wie ein nahezu erloschenes Feuer.

Beatrice hebt den Kopf. In ihren Augen glitzern Tränen, darunter funkeln die verschiedenen Grüntöne auf eine Art, die ich nie zuvor gesehen habe. »Das fühlt sich richtig an.« Im Gegensatz zu meiner Stimme ist ihre fest. Sie

drückt sanft meine Hand, ein warmes Kribbeln rieselt über meine Haut und sammelt sich in meiner Brust.

Ein Teil der Asche darin glimmt zu neuem Leben auf. Mit Beatrice' Hand in meiner hat sich das Loch in meinem Herzen ein Stück weit geschlossen, eine seichte Welle neuer Kraft durchflutet mich.

»Wie geht es jetzt weiter?«, murmelt Beatrice. »Zusammenarbeiten müssen wir wohl oder übel, unser Ziel ist dasselbe.«

»Möchtest du nicht mit Gideon reden?«, frage ich leise, wohlwissend, dass ich mich auf dünnem Eis bewege.

»Gideon hat seine Wahl getroffen.« Ihre Stimme ist hart wie Diamant. »Möchtest du etwa mit Noire reden?«

»Nein«, antworte ich. »Sie wollte mir vorhin alles erklären und sie wird es weiterhin versuchen. Aber wie soll ich ihr jemals wieder ein Wort glauben?«

Beatrice muss nichts erwidern, weil wir einander in diesem Augenblick ohne Worte verstehen und wissen, welcher Sturm im Inneren der anderen tobt.

Meine Gedanken wirbeln in alle Richtungen. Mein Kopf und meine Augenlider sind schwer.

Ich lege meinen Kopf auf Beatrice' Schulter, als hätte ein magischer Impuls mich dazu bewegt und als wäre es das Natürlichste auf der Welt. Zuerst kitzelt ihr zittriger Atem wie leichter Wind meine Wange, dann hält Beatrice die Luft an. Ihre Muskeln spannen sich an, dennoch ist die Nähe nicht unangenehm. Beatrice' Körper wird starr, nicht weil sie Noires Magie in ihrem Besitz hat, sondern weil ich eine Grenze überschritten habe. Anfangs ist zwischen uns ein Graben gewesen, weil wir aus zwei Welten stammen. Seit wir einander näher kennengelernt haben, hat er sich mit Erde gefüllt. Jetzt stehen wir auf der frischen Erde, unsicher, was daraus wachsen wird. Beatrice' Atem ist flach, als sie Luft holt.

Mein Herz flackert in meiner Brust wie eine Fackel im Sturm, unsicher, ob sie brennen oder erlöschen soll. Beatrice' Schulter ist wie geschaffen für meinen Kopf. Auf verräterische Weise schmiegt er sich enger an sie. Habe ich gerade einen Stein in unseren Weg gelegt, den wir nicht wegräumen können? Meine Muskeln spannen sich auf dieselbe Art an, wie die ihren, weil ich nicht weiß, wie unser Weg aussieht. Ich nehme einen scharfen Atemzug, meine Hand, die Beatrice' Hand hält, zittert vor Anspannung.

»Tut mir leid«, hauche ich, obwohl mein Kopf keine Anstalten macht, sich zu bewegen. Er hat eine Lücke gefunden, in die er wie ein Puzzleteil passt. Während die Zukunft hinter Nebelschwaden verborgen ist, möchte ich in diesem zerbrechlichen Augenblick nur eins – Beatrice' Nähe.

Beatrice atmet tief aus und lehnt ihre Wange gegen meine Stirn. Von der Stelle, an der sich unsere Haut berührt breitet sich eine Gänsehaut aus, die sich von meiner Stirn bis über meinen Rücken zieht. »Das muss dir nicht leidtun«, flüstert sie mir zu. »Weil es sich auch richtig anfühlt.« Ich wusste nicht, dass eine schwere Last auf meinen Schultern gelegen hat, bis sie sich durch Beatrice' Worte in Asche auflöst. Ein Stein ist aus dem Weg geräumt.

Mein Herz schlägt schneller als sonst. Ich weiß nicht, wohin Beatrice und ich gehen, aber meine Lügen sind eine Hürde zwischen uns. Ob sie unüberwindbar ist oder, ob mir Beatrice zuhören wird, wenn es so weit ist, muss ich herausfinden. Damit darf ich auf keinen Fall so lange warten wie Noire, damit das feine Band zwischen Beatrice und mir die Möglichkeit hat, zu wachsen, statt zu zerreißen. Ich fröstle, obwohl mir in Beatrice' Nähe warm ist. Sie rückt näher zu mir und ich atme ihren Duft wie Leder und Wildblumen ein. Ein kleines warmes Feuer erhebt sich aus der Asche, während ich mich von Beatrice vor neuen Tränen schützen lasse.

DREIUNDDREISSIG - FLIEGEN STATT FALLEN

Aufwachen ist die Erlösung aus meinen Albträumen. Weinend wie ein kleines Mädchen oder schreiend bis meine Kehle sich mit Sand füllt, kehre ich ins Licht der Wirklichkeit zurück. Heute kommt kein Aufwachen, keine Erlösung, weil ich nicht träume. Meine Albträume sind aus Erinnerungen geformt, dieser Albtraum ist die schmerzhafte Wirklichkeit, die mir einen Dolch ins Herz gestoßen hat.

Beatrice ist mein Licht während der Nacht, die wir wach nebeneinander verbracht haben und jetzt, als die ersten Sonnenstrahlen den Teich mit violettem Schimmer überziehen. Wenn ich von neuen Tränen überwältigt wurde, habe ich mich enger an sie gekuschelt, sie hat beruhigende Worte geflüstert und mit dem Daumen über meinen Handrücken gestrichen. Mit jeder weiteren Geste der Nähe, die Beatrice zugelassen hat, hat mein Herz schneller geschlagen. Unsere Körper passen wie zwei Puzzleteile nebeneinander, ich fühle mich beschützt und zeitgleich nervös auf eine fremde Art und Weise. Geschlafen haben wir nicht, sondern gemeinsam auf den Sonnenuntergang und den Augenblick, in dem die Wahrheit unsere Blase zerplatzt, gewartet.

Beatrice drückt meine Hand sachte, sodass ich endgültig im Jetzt ankomme. »Es ist hell, wir sollten zu den anderen gehen.«

»Du hast recht.« Ich suche im Teichwasser nach Antworten, es ist zu trübe, um mir einen Blick auf den Teichgrund zu gewähren. »Niemand weiß, wohin wir gegangen sind und wir müssen weiter reiten. Die letzte Wächterin ausfindig machen.«

»Und in Felione einmarschieren, um das Jahreszeitensiegel in unseren Besitz zu bringen«, fügt Beatrice hinzu. Nach einem Zögern hebt sie den Kopf. Meine Stirn kribbelt, wo ihre Wange sie berührt hat, und sehnt sich

nach einer erneuten Berührung. Ich kann gerade den Kopf von Beatrice’ Schulter heben, ehe sie mich an der Hand auf die Füße zieht.

»Das auch.« Ein Blitz trifft jeden meiner Wirbel einzeln, ich zucke kaum merklich zusammen. Sobald wir in Felione sind, erlischt mein Licht und überlässt mich den Schatten meiner Albträume. Ich weiche Beatrice’ Blick aus. Unwillkürlich finden sich meine Augen auf ihre rechte Schulter blickend wieder. »Soll sich das jemand ansehen?«

»Nein«, antwortet sie mit bitterem Unterton.

»Kannst du Zügel festhalten?«

Als ich aufblicke, weicht sie meinem Blick aus. »Ich muss.«

Meine freie Hand umschließt den Rubin, ich nehme einen tiefen Atemzug. »Soll ich dich heilen?«

Beatrice reißt den Kopf hoch. »Dann kannst du meinen Arm gleich abschneiden.« Sie sieht meinen Gesichtsausdruck und fügt »Weil du nicht weißt, wie deine Heilkräfte funktionieren« hinzu.

Ich lasse die Schultern hängen, weil Machtlosigkeit wie Felsbrocken auf meinen Schultern liegt. Tatenlos muss ich zusehen wie Beatrice seelische und körperliche Schmerzen hat, die ich ihr nicht zu nehmen vermag. »Tut mir leid.«

»Das muss dir nicht leidtun.« Mit zusammengekniffenen Augen blickt sie auf ihre Schulter herab. »Außerdem möchte ich nicht geheilt werden.« Herausfordernd reckt sie das Kinn. »Gideon soll daran erinnert werden, was er getan hat.« Als könnte Beatrice in meinen Gedanken lesen wie in einem Buch und als wüsste sie, dass es mir auf der Zunge liegt, sie auf Gideon anzusprechen, drückt sie meine Hand fester. »Zeit, zu den anderen zu gehen.« Ihr Tonfall duldet keinen Widerspruch, ihre Gesichtszüge sind weich und ihre Hand meine Stütze. Sie zieht mich an der Hand mit sich, in Richtung des zerstörten Lagers.

Mit jedem Schritt werden meine Beine schwerer. Ich möchte stehenbleiben oder wegrennen, aber nicht in Noires Richtung gehen.

Beatrice stoppt das Zittern meiner Finger mit ihren. »Du brauchst keine Angst haben, Noire zu sehen.«

»Solange ich nicht mit ihr sprechen muss, ist alles in Ordnung.« Hinter meinen Augenlidern pochen verräterische Tränen. »Einen neuen Streit verkrafte ich nicht.«

»Wenn sie dich in Ruhe lässt, passiert nichts.« Hinter Beatrice' ruhiger Stimme grollt Donner, der darauf lauert, andernfalls über Noire hereinzubrechen.

»Ich frage mich, wie sie den anderen beibringen wird, wer sie ist.« Der Gedanke allein ist ein Pfeil in meiner Brust. »Sie muss es sagen, damit wir weiterkommen.« Ob sie Gideon ihre Geschichte erzählt hat ... ob sie den anderen erzählen wird, was geschehen ist? Wieso sie am Leben ist, obwohl Wintermagie als ausgestorben gilt? Wieso sie ihre Magie versteckt hat? Fragen wie ein wütender Schneesturm, den ich mit einem Kopfschütteln verscheuche.

Als der Schneesturm in meinem Kopf rotem Sonnenlicht Platz gemacht hat, sind wir am Rand des zerstörten Lagers angekommen. Wir müssen ein Stück gehen bis wir Ilias, Eden, Iris und Tia erblicken. Sie sitzen auf den Stufen vor einer heilen Hütte, in der Mitte des Lagers. Von Gideon und Noire fehlt jede Spur. Beim Anblick jener Hütte, in der gestern alles zerbrochen ist, lässt mich Eiseskälte frösteln und ich atme Blutgeruch ein.

Meine Beine frieren am von Trümmern gesäumten Boden fest. »Ich werde nach den Pferden schauen, bevor wir mit den anderen sprechen.«

Beatrice liest die Worte zwischen den Zeilen. »Ich sollte nach Ilias schauen«, murmelt sie. »Dass ich ihn gestern allein gelassen habe, war unverantwortlich.«

»Das hat er sicher vergessen.« Behutsam löse ich unsere verschränkten Hände. Meine Handfläche fühlt sich leer an. »Bis gleich.«

Beatrice lächelt mir zu. »Bis gleich.« Dann ist sie verschwunden.

Ich atme tief durch, ehe ich zu den Pferden gehe. Bevor ich mit jemandem außer Beatrice spreche brauche ich einen Moment für mich. Meine Glieder sind schwer, mein Kopf steht ihnen in nichts nach. In dieser Hütte habe ich meine beste Freundin verloren. Um ihren Eingang nicht ansehen zu müssen, fixiere ich die Pferde. Niemand muss nach ihnen sehen. Ich brauche ihre Nähe, ihre Wärme und ihren beruhigenden Geruch in meiner Nase. Zuerst suche ich nach Donna, die mich mit einem Wiehern begrüßt und der ich in gleichmäßigen Bewegungen den Hals kraule. Dann fällt mir ein, dass die Stute zur Zeit nicht mein Pferd ist. Ein weiterer Teil meines Herzens zerbricht. Ich kann Donnas Anblick nicht ertragen und weiche einen Schritt zurück, um mich Schnee zuzuwenden, die mich keines Blickes würdigt. In

der Bewegung stoße ich mit jemandem zusammen.

»Tut mir –« Ich blicke in Gideons grüne Augen. »Oh –«

Er hebt eine Augenbraue. »Weil ich es bin, musst du dich nicht entschuldigen?«

Beatrice' verdrehte Schulter spiegelt sich in seiner Miene. Wut, die heißen Blitzen gleicht, zuckt durch meine Adern. Ich beiße mir auf die Unterlippe und ersticke das Gefühl. Ihn darauf anzusprechen, wird Beatrice nicht heilen, das kann nur meine Magie. »Nein, das muss ich trotzdem. Ich hätte besser aufpassen sollen«, murmle ich. »Ich habe nicht erwartet, dich bei Donna zu sehen.«

Die grünen Augen, welche denen seiner Schwester für meinen Geschmack zu ähnlich sind, betrachten mich. »Ich möchte ein Hemd für mich holen und eine Bluse für –«

»Kann sie sich ihre Bluse nicht selbst holen?«, unterbreche ich ihn.

Er wendet sich Donnas Satteltasche zu. und holt eine dunkelrote Bluse daraus hervor. »Sie hat mich darum gebeten.« Seine Rückenmuskeln spannen sich unter einem tiefen Atemzug an. »Ich verstehe, dass du verletzt, bist«, beginnt er und wendet sich mir schwer schluckend zu. Er schaut mir fest in die Augen, als suche er darin nach Verständnis. »Wieso es gerade besser ist, nicht miteinander zu sprechen. Ich hoffe dennoch, du kannst ihr eines Tages zuhören.«

»Kannst du Beatrice zuhören?« Ich verschränke die Arme vor der Brust. »Nach allem, was passiert ist?«

Gideon weicht meinem Blick aus. Er ringt die Hände, welche die Bluse umklammert halten und tritt von einem Fuß auf den anderen. »Nein, nicht jetzt.« Seine Stimme ist kraftlos. Er hebt den Kopf und seine Augen finden meine wieder. »Deshalb verstehe ich dich.«

Ich atme tief ein. »Wird sie den anderen die Wahrheit erzählen?«

»Ja«, antwortet er.

Nachdem sie es vierzehn Jahre lang nicht ihrer besten Freundin erzählt hat. Ich schlucke bittere Spucke herunter. »Einen Keil zwischen uns können wir nicht gebrauchen«, spreche ich eher mir selbst zu als Gideon. »Wir haben dasselbe Ziel und müssen an einem Strang ziehen.«

»Das hat sie mir genauso gesagt«, erwidert er. »Ich sollte mich besser auf den Weg machen. Nachdem Noire den anderen die Wahrheit gesagt hat,

sollten wir aufbrechen.«

Ich wende mich von ihm ab, um in Schnees Satteltasche zu greifen und Königin Enyas Tagebuch herauszuziehen, das ich Gideon wortlos entgegenhalte.

Gideon legt den Kopf schief. »Was soll ich damit?«

Ich presse die Lippen zusammen. »Es gehört nicht mir, sondern ihr.«

»Kannst du es ihr nicht selbst geben?«

Nachdem ich den Kopf geschüttelt habe, nimmt er mir das Tagebuch aus der Hand und verschwindet ohne ein weiteres Wort in der Hütte.

Egal wie sehr es schmerzt, ich streichle noch einmal Donnas Hals.

»Was wollte Gideon von dir?«

Ich wirble herum, Beatrice steht neben mir. »Gideon wollte nichts von mir, sondern eine neue Bluse für seine Freundin holen.«

Einen Augenblick lang schaut Beatrice die Hütte an, als wünsche sie, diese in Flammen aufgehen zu lassen. Dann nimmt sie meine Hand und zieht mich in die Mitte des Lagers.

Eden bemerkt uns als erste. »Was war gestern los?«

»Du hast noch nichts gesagt.« Es ist eine Feststellung, dennoch nickt Beatrice.

»Was los war, würde ich auch gerne wissen«, sagt Iris mit Nachdruck in der Stimme. In ihren Augen schimmert Besorgnis, als sie mich ansieht.

Lange kann ich die Maske nicht mehr festhalten. Für diesen Moment erlaube ich es mir und zögere das Unvermeidliche hinaus. Statt Iris zu antworten, schaue ich Ilias an. »Ist bei dir alles in Ordnung?«

»Ja«, antwortet er. »Bis auf ein paar Kratzer.« Seine Hose ist bis zum Knie hochgekrempelt, um die blauviolett angelaufene Wade freizugeben. In ihrer Mitte klafft eine offene Wunde, geziert von einer Krone aus verkrustetem Blut.

»Gestern sahen die *Kratzer* schlimmer aus«, entgegnet Tia. »Nach einer Behandlung mit Kräutern aus der Frühlingsrepublik, sollte er keine Schmerzen mehr haben.« Sie wirft Beatrice einen Blick zu. »Bevor wir weiter reiten, sollte ich mir deine Schulter ansehen. Wie ist das überhaupt passiert?«

Beatrice beißt die Zähne knirschend aufeinander. »Frag Gideon.«

Tias Antwort ist ein verwirrtes Blinzeln.

»Wo ist Gideon?«, fragt Iris. Mein Inneres wird von Kälte gepackt, ehe sie fortfährt. »Und wo ist Noire? Sobald sich Tia Beatrice' Schulter angesehen hat, müssen wir weiter.«

»Als ich nach den Pferden gesehen habe, war Gideon ebenfalls dort«, antworte ich leise. »Sie wollten gleich kommen.« Mein Herz hämmert in meinem Brustkorb und droht, ihn zu zertrümmern. Nichts kann das Loch füllen, den Platz der Person einnehmen, die vierzehn Jahre mit mir durchgestanden hat. Ich wünschte, Soleil wäre hier, weil sie dieselben vierzehn Jahre mit uns erlebt hat, und weil es ihre Magie ist, sich in andere Menschen hineinzuversetzen, Situationen zu verstehen. Meine Brust wird enger, der Schmerz unerträglicher. Nein, ich wünschte sie wäre nicht hier, sie soll von den Lügen verschont bleiben, die auch ihr erzählt wurden.

Ilias deutet in Richtung der Hütte. »Sie kommen.«

Ich kneife die Augen zusammen. Meine Finger knacken unter Beatrice' Griff. Ich straffe die Schultern und öffne die Augen, während ich einen Blick nach hinten wage. Mein Feuer wird von ihrem Eis angezogen, unsere Blicke kreuzen sich und ich schaue rasch weg.

Beatrice zieht mich an der Hand ein Stück zur Seite, um den beiden Neuankömmlingen Platz zu machen.

Mit der freien Hand greife ich nach dem rot schimmernden Käfig für mein inneres Monster. Ohne die schützende kalte Oberfläche, mit dem Monster auf freiem Fuß, hätte der gestrige Tag mit einem lichterloh brennenden Wald geendet.

Mein Blick gleitet durch die Runde, ich schaue in vier entsetzte Gesichter. Zuerst gebe ich Gideons gutem Gesundheitszustand die Schuld und verwerfe den Gedanken, da dieser keine Überraschung mehr sein kann. Ein zweites Mal betrachte ich die Neuankömmlinge und das Bild fügt sich zusammen. Tia, Ilias, Eden und Iris wussten nicht, was hinter Noires Augenklappe ist. Weil ich diese zerrissen habe, sind die Narben auf vom Sonnenbrand gezierter Haut ungeschützt.

Schließlich kommen die beiden in unserer Runde zum Stehen. Königin des Winterkönigreichs, dass ich nicht lache. Sie zittert so sehr, dass Gideon ihr einen Arm um die Taille gelegt hat, um sie am Umfallen zu hindern. Ihre Haare sind zerzaust, ihr Gesicht geschwollen, mit einem blauvioletten Fleck an der Stelle, wo Beatrice' Hand auf die entstellte Gesichtshälfte getroffen

412

hat. Der Kloß in meiner Kehle ist schneidend kalt, als ich ihn und meinen Schrei herunterschlucke. Wir haben ein gemeinsames Ziel. Das Feuer in mir lodert protestierend auf, verschlingt all meine Gefühle und lässt dumpfe Leere zurück.

»Das wurde Zeit«, begrüßt Iris die beiden. »Wir sollten aufbrechen. Die Sonne steht bereits hoch am Himmel.«

»N-Nein«, Ihre Stimme zittert und ihre Finger kratzen an ihren Handflächen, »zuerst m-muss ich e-euch etwas sagen.«

Eden atmet aus. »Wir erfahren, was gestern Abend passiert ist?« Ihr Blick zuckt zu Beatrice und mir. »Die beiden waren weg und Gideon hat mich fortgeschickt.«

»Ist das so wichtig, dass es nicht bis heute Abend warten kann?«, wirft Iris ein. Ihr Blick bleibt dabei auf mich gerichtet, als fürchte sie, jeden Augenblick meine Umgebung in Flammen aufgehen zu sehen.

»Es ist wichtig.« Jedes Mal, wenn sie nicht stottert, zieht sie alle Blicke auf sich und zuckt unter deren Last zusammen. Hilfesuchend schaut sie zu Gideon, die beiden führen eine stille Unterhaltung, ehe sie es schafft, mit gerecktem Kinn in die Runde zu schauen. »Ich bin eine Lügnerin«, presst sie abgehackt hervor. »Ich habe euch angelogen.« Ihre Stimme bricht. »D-Die ganze Zeit, w-weil ich –« Für den Bruchteil einer Sekunde richtet sie ihr aufgrund der Tränen wie ein Eiskristall glimmerndes Auge auf mich. »I-Ich wusste, d-die Person, d-die mir am meisten bedeutet, w-würde mir meine Lügen n-niemals verzeihen. Vierzehn Jahre, s-so l-lange habe ich sie angelogen. Ich w-war zu feige, m-meinem Schicksal ins Auge z-zu sehen. Was i-ich getan h-habe, ist unverzeihlich. Aber i-ihr müsst die Wahrheit erfahren u-und w-wir müssen zusammenarbeiten.« Sie holt Luft. Ihr schmaler Brustkorb hebt und senkt sich so schnell, dass ich fürchte – hoffe –, er zerschmettert. Kälte legt sich über uns wie eine Decke, die vernichtet, statt zu schützen. Eiskristalle breiten sich auf dem braungrünen Gras aus. Ihr Körper hüllt sich ebenfalls in eine silbrig glitzernde Schicht. Wären da nicht Gideons Hand und das Zittern, sähe sie aus wie eine Königin.

»Ilias!«, ruft Tia.

Er schaut an sich herunter, die *Kratzer* haben Platz für makellose Haut gemacht. »Wie?« Ilias springt auf. »Keine Schmerzen. Keine Wunde«, murmelt er.

»Ich versuche, seit mir Ruby von ihnen erzählt hat, hinter das Geheimnis der Heilkräfte zu kommen«, zischt Eden. »Was hast du dir dabei gedacht?«

»Das glaube ich nicht.« Iris kneift die Augen zusammen. »Ausgerechnet.«

»Ich dachte, Wintermagie sei ausgestorben«, sagt Tia mit einem Lächeln. »Jetzt müssen wir uns keine Sorgen mehr machen, dass das Jahreszeitensiegel nicht funktioniert.«

»Keine Worte m-machen das w-wieder gut.« Ein Bach aus schmelzenden Eiskristallen bildet sich auf ihrer Haut. In der Mittagssonne verdunstet das Wasser und hüllt sie in einen unwirklichen Glanz, als sei diese Version von ihr ein Trugbild, eine Spiegelung in der Hitze.

»Wieso hast du nichts gesagt?« In Ilias' Stimme ist kein Vorwurf und er lächelt aufmunternd.

»Sie kommt aus Felione«, antwortet Gideon. »Dort werden Magier verfolgt und getötet.«

»Sie kann für sich selbst sprechen«, zischt Beatrice, woraufhin ich vorsichtig an ihrem Arm ziehe, um sie zu erinnern, dass wir keinen Streit wollen. »Und sie ist noch nicht fertig.«

»Beatrice hat recht. Ich bin mehr als die Wächterin des Winterkönigreichs«, Sie presst jedes Wort einzeln hervor, um nicht zu stottern. »Mein richtiger Name ist Noire von Nivret, ich bin die Königin eines zerbrochenen Königreichs und die letzte Überlebende meines Volkes, dem ich schuldig bin, die Trümmer wieder aufzubauen.«

Das Feuer in mir zerfrisst mein letztes Stück Selbstbeherrschung. »Das ist nicht dein Name!«

Noire reckt das zitternde Kinn. »I-Ist e-es. Vor d-dir hat mir niemand e-einen gegeben.« Blut läuft ihre Hände hinab, da sie die Fingernägel ins Fleisch bohrt. »Du kannst m-mir dein Vertrauen nehmen, d-deine Freundschaft, a-aber nicht meinen Namen. D-du hast i-ihn mir g-gegeben und e-er gehört m-mir.«

Beatrice hebt eine Augenbraue. »Müssen wir dich nicht ab jetzt Eure Majestät nennen?«

Gideon schaut sie mit verengten Augen an.

Ich ersticke das Feuer. »Wir haben ein gemeinsames Ziel«, rattere ich herunter. »Ist es erreicht, gehen wir getrennte Wege, bis dahin müssen wir miteinander auskommen.«

»Jetzt ergibt alles Sinn.« Eden grinst. »Du wusstest nicht, wer deine beste Freundin wirklich ist. Gestern Abend hat sie Gideon geheilt und sich zu erkennen gegeben. Ihr habt euch gestritten und beide schnell einen Ersatz gefunden. Habe ich recht?«

Beatrice macht einen Schritt nach vorne. Mein Griff um ihre Hand wird eisern, ich bringe sie wirkungsvoll zum Innehalten.

Gideon ignoriert Edens Bemerkungen und wirft mir einen anerkennenden Blick zu. »Sie hat recht. Wir müssen miteinander auskommen und dürfen keine Zeit mehr verlieren, unser Ziel zu erreichen.«

»Aber«, Ilias schaut Noire mit großen Augen an, »ich würde gerne deine Geschichte hören.« Er legt den Kopf schief. »Was ist mit deinem Volk passiert? Wie kommt es, dass niemand, nicht einmal Ruby, wusste, wer du bist? Wieso hast du deine Magie vor uns versteckt?«

»E-Entschuldigung, Ilias.« Noire beißt sich auf die Unterlippe. »Es gibt jemanden, d-der ich d-diese Antworten zuerst schulde.«

»Auf einmal?« Meine freie Hand ballt sich zu einer Faust. »Du hattest vierzehn Jahre Zeit, es mir zu sagen, bei Gideon hat es einen Abend gedauert –« Da fallen mir meine eigenen Worte wieder ein und ich beiße mir auf die Zunge. »Erzähl es jemandem, der es hören möchte.« Mit Beatrice im Schlepptau mache ich einen Schritt nach vorne. »Macht es euch etwas aus, wenn wir weiter reiten? Ich für meinen Teil habe vor, schnellstmöglich die Grenze zum Herbstkönigreich zu erreichen, nachdem sich das Suchen von Verbündeten in Lagern als erfolglos erwiesen hat.« Ohne eine Antwort abzuwarten, zerre ich Beatrice in Richtung der Pferde. Hinter mir ertönt undefinierbares Stimmengewirr, gefolgt von Schritten.

Beatrice zieht an meinem Arm, sodass ich herumwirble. Sie steht so nah vor mir, dass ich ihren warmen Atem auf meinem Gesicht spüre. Eine Gänsehaut breitet sich aus und zieht sich meinen Hals hinab bis über meinen Rücken. Ich halte die Luft an. In einer zittrigen Bewegung hebt Beatrice unsere verschränkten Hände. »Bin ich ein Ersatz?«, fragt sie leise. Das Echo ihrer Worte hallt auf meinen Lippen nach.

Mein Blick verschmilzt mit ihrem. »Natürlich nicht. Wir sind schon lange ein Team und ich war vor dem gestrigen Abend genauso froh, dich zu haben wie jetzt.« Mit klopfendem Herzen strecke ich eine Hand nach ihr aus und streiche ihr eine seidige Haarsträhne aus dem Gesicht. Federleicht verharren

meine Fingerspitzen auf ihrer Wange und ich spüre Beatrice erschaudern. »Ohne dich würde ich jetzt nicht hier stehen, sondern weinend im Wald sitzen und nicht mehr wissen, wie es weitergeht.« Meine Stimme ist ein Wispern. »Danke.«

Sie drückt meine Hand fester. Ein Lächeln zupft an ihren Lippen und ihre Augen leuchten. Ein Gefühl wie Schmetterlingsflügel, die warmen Wind in mir entfachen, nimmt mich ein.

Während des Reitens lässt mich Beatrice kaum aus den Augen. Ist der Pfad breit genug, reiten wir nebeneinander. Dass Schnees Ohren aufgrund der Nähe zu Beatrice' Wallach angelegt sind, lässt mich, ebenso wie die Versuche der Stute, an ihm vorbeizuziehen, unbeeindruckt.

Zwischendurch möchte Beatrice ihren rechten Arm nach mir ausstrecken, merkt, dass er sich nicht bewegt und starrt ins Leere. Der Anblick schmerzt mich ebenso sehr, wie der Versuch der Bewegung Beatrice schmerzt. Vor unserem Aufbruch habe ich auf sie eingeredet, bis sie zugelassen hat, dass sich Tia die Verletzung ansieht. Ihre Schulter ist gebrochen. Ich habe ihre Hand gehalten, während Tia ihr einen stützenden Verband angelegt und ihr Kräuter gegen die Schmerzen verabreicht hat. Das reicht nicht. Ich werde meine Heilkräfte beherrschen lernen und Beatrice heilen.

Als wir auf einer Lichtung anhalten, um das Nachtlager aufzuschlagen, halte ich nach Gideon Ausschau. Sobald Noire nicht an seiner Seite ist, drücke ich Beatrice Schnees Zügel in die Hand und gehe zu ihm. »Wir müssen die Zelte tauschen.«

»Ich weiß.« Er seufzt. »Das ist im Moment für alle am besten.«

Aus dem Augenwinkel sehe ich Noire auf uns zukommen. Sie hält nicht an und wirft mir einen flehenden Blick zu. Ohne ein Wort des Abschieds drehe ich mich auf dem Absatz um und gehe zurück dorthin, wo ich mich sicher fühle: An Beatrice' Seite.

Ihr Blick ist starr auf Noire und Gideon gerichtet, als sei sie diejenige von uns, die Körperwärme kontrollieren und jemanden von innen heraus verbrennen kann. In einer Hand hält sie die Zügel unserer Pferde. Ihren Bruch hat Tia ein zweites Mal versorgt, während wir anderen die Zelte aufgebaut haben.

Ich lege den Kopf schief. »Wieso hast du die zwei losgebunden und wieso

sind sie gesattelt?«

Beatrice blickt zu mir, woraufhin sich die harten Gesichtszüge entspannen. »Iris war gerade bei mir und hat gesagt, dass du heute sicher nicht trainierst.«

Ich erstarre, weil ich trainieren muss. Mich Noire beweisen. Beatrice heilen.

»Mach nicht so ein Gesicht.« Sie drückt mir Schnees Zügel in die Hand. »Wir werden ein Stück reiten, weg von hier.«

Während ich aus meiner Starre auftaue, schleicht sich ein Lächeln auf meine Lippen. Auf andere Gedanken kommen, mich auf dem Pferderücken frei fühlen, ist besser als trainieren. »Danke«, flüstere ich.

Keinen Augenblick später sitzen wir zum zweiten Mal am heutigen Tag auf unseren Pferden. Ohne uns von den anderen zu verabschieden, verlassen wir die Lichtung. Das Reiten strengt Beatrice sichtlich an, ihre Körperhaltung ist verkrampft, zwischendurch verzieht sie das Gesicht. Die Kräuter können ihr nicht allen Schmerz nehmen. Sobald wir zurück sind, werde ich Iris davon überzeugen, dass ich bereit bin, mich den Heilkräften zu stellen. Beatrice' Verletzung und einen der Risse in meinem Herzen heilen.

»Ich glaube nicht, dass ich zu einem Wettrennen in der Lage bin«, reißt mich Beatrice' Stimme aus meinen Gedanken. Missmutig sieht sie ihre rechte Schulter an. »Wenn du ein Stück galoppieren und deinen Frust loswerden möchtest, verstehe ich das.«

Ich möchte nichts lieber als das, dennoch wird mein Herz schwer. »Bist du sicher?«

»Ich bin direkt hinter dir.« Sie lässt die Zügel los und streckt eine Hand nach mir aus. »Worauf wartest du?«

Ich ergreife Beatrice' Hand sanft und spüre eine Flutwelle Energie, die durch meinen Körper pulsiert.

Nach einem letzten Lächeln in Beatrice' Richtung gebe ich Schnee das Kommando zum Angaloppieren. Die Stute lässt sich das nicht zweimal sagen. Schon bald rasen die Bäume an mir vorbei, ein Strudel aus Grün umgibt mich und der Wind bläst mir das Haar aus dem Gesicht. In weiter Ferne wird das Grün des Waldes vom Schwarzgrau einer Steinklippe abgelöst. Ich treibe Schnee fester an. Sie keucht, dann gehorcht sie. Schneidender Wind peitscht mir entgegen, außer der Schwärze vor mir und vereinzelten grünen Wirbeln sehe ich nichts.

Vor meiner Reise bin ich in einem goldenen Käfig gefangen gewesen, ohne

zu spüren, wie mir die Seidenkleider die Luft zum Atmen nahmen. Jetzt ist der goldene Käfig zerbrochen und ein Wirbelsturm aus Scherben umfängt mich. Ich kann meine Flügel nicht spüren, deshalb muss ich springen und hoffen, dass ich fliege, statt zu fallen.

DANKSAGUNG

Als mir im Mai 2016 während eines viel zu heißen Tages der Gedanke kam, dass die Vorstellung von ewigem Sommer schrecklich wäre, hatte ich keine Ahnung, welche Reise auf mich zukommt. Dass ich nach fünf Jahren diese Geschichte in Händen halten würde, hätte ich damals nicht gedacht. Aber aus dem Funken einer Idee ist ein immer heller leuchtendes Feuer herangewachsen und sie wollte erzählt werden.

Robin ist, wie ich, auf dem Weg, ihre innere Stärke zu finden und an sich selbst zu glauben. Dennoch hätte sie ihren bisherigen Pfad nicht ohne Unterstützung geschafft und ich auch nicht.

An erster Stelle danke ich besonders Johanna, die sich meiner Geschichte angenommen hat, ohne dass sie wusste, was auf sie zukommt und die mich immer unterstützt hat. Ohne dich hätte ich niemals die Hürde gemeistert, ein Exposé zu schreiben, du hattest immer ein offenes Ohr und die passenden Denkanstöße für mich, wenn ich nicht weiter wusste und dafür bin ich dir von ganzem Herzen dankbar. Wärst du nicht gewesen, würde jetzt niemand dieses Buch in den Händen halten.

Mandy, die mich von der ersten Idee an begleitet hat. Du durftest diese Geschichte als Erste lesen, hast mir als Erste Feedback gegeben und mich motiviert, den ersten Entwurf zu beenden. Ich hoffe, im Gegenzug kann dir Noires Weg Stärke verleihen, ihre Geschichte widme ich dir.

Sana, die eine meiner ersten Testleserinnen war, woraus eine der besten Freundschaften entstanden ist, die ich mir wünschen kann. Danke für dein immer ehrliches Feedback, deine Motivation und vor allem für dein Sensitivity Reading auf den letzten Metern, das mich darin bestärkt hat, auch diesen dunklen Teil von Robins Geschichte zu erzählen.

Charline, die meinen Weg zur Veröffentlichung lange begleitet hat und ebenfalls auf den letzten Metern immer Tipps für mich hatte. Egal wie viele überarbeitete Szenen ich dir auf einmal geschickt habe und wie viele Fragen ich hatte, du hast mich immer unterstützt.

Tanja, die meine Geschichte mit ihrem Feedback auf die richtige Spur gebracht und mir geholfen hat, sie niemals aufzugeben. Ich weiß nicht, ob du dich noch daran erinnerst, was du in dein signiertes Buch für mich geschrieben hast ... wenn wir uns das nächste Mal sehen, signiere ich dir auf jeden Fall ein Buch!

Anastasia, die mir ebenso eine Unterstützung gewesen bist. Du hast in der Phase bevor ich den Vertrag unterschrieben habe an meiner Seite gestanden und dich im ersten Moment sogar mehr gefreut als ich.

Sandra, die meine Schreibanfänge von der ›Panem‹-Zeit an begleitet hat. Hätten wir unser Projekt damals nicht verwirklicht, hätte ich vielleicht nie gedacht, dass ich tatsächlich ein Buch beenden kann.

Victoria, die immer daran geglaubt hat, dass sich mein Wunsch, diese Geschichte mit der Welt zu teilen, irgendwann erfüllt. Du hattest recht, manchmal muss man so lange an sich glauben bis sich alles zum Guten wendet.

Ein ganz großes Danke an das Team vom Wreaders Verlag, vor allem an Lena, die alles auf die Beine stellt und für jede Frage ein offenes Ohr hat. Danke, dass ihr Robins Geschichte ein Zuhause gegeben und mir dabei alle Freiheiten gelassen habt, die ich mir nur wünschen konnte.

Danke an das tolle Team, das du mir zur Seite gestellt hast. Allen voran meine zwei Lektorinnen. Anna, die mir meine letzten Unsicherheiten genommen hat und Nina, die sich, nachdem sie 2017 meinen damaligen Prolog test

gelesen hat, noch einmal meiner Geschichte widmen durfte. Ich danke euch für die tolle Zusammenarbeit, ihr habt das Beste aus meinem Manuskript herausgeholt!

Ein großer Dank gilt auch meiner Grafikerin Jasmin. Aus meiner Buchkarte, die aussah wie von einer Erstklässlerin gezeichnet, hast du ein Kunstwerk erschaffen und alle meine Wünsche genauso umgesetzt, wie ich es mir vorgestellt habe.

Durch die Autor*innen-Community auf Instagram habe ich im Lauf der Jahre zahlreiche wundervolle Menschen kennengelernt, die mich immer wieder bestärkt haben, meine Geschichten zu erzählen. Danke fürs Mut machen, das Lesen und Kommentieren meiner Beiträge und den Austausch mit euch – ihr seid toll.

Last but not least, Julia. Du hast mir gezeigt, dass Sterne in der Dunkelheit am hellsten leuchten, wenn ich es vergessen habe, dir meine Sorgen und Zweifel angehört und im Gegenzug nie an dieser Geschichte gezweifelt. Du bist meine Beatrice und das sagt mehr als tausend Worte.

Zu guter Letzt – danke an dich, weil du diese Geschichte gelesen hast. Ich hoffe, sie konnte dir etwas mitgeben und du wirst im zweiten Band wieder Teil dieser Reise sein.

 421